czarownica

SAGA KRYMINALNA
Camilli Läckberg

Camilla Läckberg

czarownica

Przełożyła Inga Sawicka

Wydawnictwo Czarna Owca
Warszawa 2017

Tytuł oryginału
HÄXAN

Redakcja
Grażyna Mastalerz

Koncepcja graficzna serii
www.blacksheep-uk.com

Projekt okładki
Panczakiewicz Art.Design

Zdjęcie na okładce
© Jayne Szekely / Arcangel Images

DTP
Marcin Labus

Korekta
Jolanta Kucharska

Redaktor prowadzący
Anna Brzezińska

Wydanie II

Druk i oprawa
CPI MORAVIA BOOKS

ISBN 978-83-8015-817-7

Wydawnictwo

ul. Alzacka 15a, 03-972 Warszawa
www.czarnaowca.pl
Redakcja: tel. 22 616 29 20; e-mail: redakcja@czarnaowca.pl
Dział handlowy: tel. 22 616 29 36; e-mail: handel@czarnaowca.pl
Księgarnia i sklep internetowy: tel. 22 616 12 72; e-mail: sklep@czarnaowca.pl

Dla Polly

Nie sposób dziś stwierdzić, jak wyglądałoby życie tej dziewczynki. Kim by została. Czym by się zajmowała, kogo kochała, po kim płakała, kogo straciła, a kogo zdobyła. Kim byłyby jej dzieci, gdyby je miała. Ani jak wyglądałaby jako dorosła. W kimś, kto liczy sobie dopiero cztery lata, nic nie jest jeszcze gotowe. Oczy miała ni to niebieskie, ni zielone, włosy zaraz po urodzeniu ciemne teraz były jasne, lekko rudawe, ich kolor na pewno by się jeszcze zmienił. Stwierdzić to byłoby teraz jeszcze trudniej, bo leżała twarzą w dół na dnie jeziorka, a jej potylicę pokrywała gruba warstwa skrzepniętej krwi. I tylko unoszące się na wodzie długie pasma wyrastające z czubka głowy miały jasny odcień.

Nie można powiedzieć, żeby scena z martwą dziewczynką była w jakiś sposób upiorna. I nie chodziło o to, że leżała w wodzie. Las wydawał te same odgłosy co zawsze. Światło przesączało się przez korony drzew tak samo jak zawsze, kiedy świeci słońce. Woda falowała lekko, gładką powierzchnię naruszała jedynie ważka, która co pewien czas siadała na niej, tworząc drobne kręgi. Proces przeobrażania już się rozpoczął, z czasem dziewczynka stopi się w jedno z lasem i wodą. Jeśli nikt jej nie znajdzie, przyroda będzie się rozwijać swoim normalnym trybem i wchłonie ją.

Jeszcze nikt nie wie, że dziewczynki już nie ma.

– MYŚLISZ, ŻE mama będzie w białej sukience? – spytała Erika, odwracając się na łóżku do Patrika.

– Rzeczywiście, bardzo śmieszne – odparł.

Zaśmiała się i szturchnęła go w bok.

– Dlaczego tak ci przeszkadza, że wychodzi za mąż? Ojciec od dawna ma drugą żonę, więc co w tym dziwnego?

– Wiem, że to głupie. – Patrik pokręcił głową. Spuścił nogi z łóżka i zaczął wciągać skarpetki. – Lubię Gunnara i czuję ulgę, że mama nie będzie sama… – Wstał i włożył dżinsy. – Po prostu nie zdążyłem się do tego przyzwyczaić. Odkąd pamiętam, mama była zawsze sama, więc jeśli się w to wgłębić, pewnie to problem na linii matka – syn. Nie mieści mi się w głowie… że mama może… współżyć.

– Chcesz powiedzieć, że mama i Gunnar chodzą ze sobą do łóżka?

Patrik zatkał uszy rękami.

– Przestań!

Śmiejąc się, rzuciła w niego poduszką. Od razu do niej wróciła. Rozpętała się prawdziwa wojna. Patrik rzucił się na nią. Zapasy szybko przeszły w pieszczoty i przyśpieszone oddechy. Erika wyciągnęła ręce i właśnie zaczęła mu rozpinać pierwszy guzik spodni.

– Co wy robicie?

Znieruchomieli na dźwięk jasnego głosiku Mai i odwrócili się do drzwi. Stała w nich nie tylko Maja: również obaj bliźniacy przyglądali się leżącym na łóżku rodzicom.

– Trochę się łaskotaliśmy – odparł zasapany Patrik i wstał.

– Załóż w końcu zasuwkę! – syknęła Erika, zasłaniając się kołdrą.

Usiadła na łóżku i spróbowała się uśmiechnąć.

– Idźcie na dół i zacznijcie szykować śniadanie, zaraz przyjdziemy.

Patrik zdążył się już ubrać i popchnął dzieci przed sobą.

– A jak nie możesz sam założyć, to poproś Gunnara. Mam wrażenie, jakby był w ciągłym pogotowiu z tą swoją skrzynką z narzędziami. Chyba że jest zajęty twoją mamą…

– Odpuść – zaśmiał się Patrik i wyszedł.

Erika położyła się, uśmiechając się do siebie. Mogła jeszcze chwilkę poleżeć. Nie musiała chodzić do pracy na określoną godzinę, co w sytuacji, kiedy człowiek jest swoim własnym szefem, może być plusem, ale również minusem. Praca pisarza wymaga charakteru i dyscypliny wewnętrznej, czasem brakowało jej też kontaktu z ludźmi. Ale kochała to swoje pisanie. Lubiła tchnąć życie w bohaterów swoich opowieści, dokumentować ich losy i dowiadywać się, co się zdarzyło i dlaczego. Rzecz, nad którą obecnie pracowała, nęciła ją od dawna. Sprawa małej Stelli, uprowadzonej i zamordowanej przez Helen Persson i Marie Wall, głęboko wzburzyła mieszkańców Fjällbacki i nadal ich poruszała.

W dodatku Marie Wall właśnie wróciła do Fjällbacki. Podziwiana gwiazda Hollywood przyjechała, żeby zagrać w filmie o Ingrid Bergman. Miasteczko aż się trzęsło od plotek.

Wszyscy znali te dziewczyny albo ich rodziny i wszyscy przeżyli szok, gdy tamtego lipcowego popołudnia tysiąc dziewięćset osiemdziesiątego piątego roku zwłoki Stelli odnaleziono w leśnym stawie.

Odwracając się na bok, Erika zastanawiała się, czy słońce świeciło wtedy równie mocno jak tego dnia. Sprawdzi, kiedy już przyjdzie czas, żeby przejść przez przedpokój do gabinetu. Jeszcze chwilę poczeka. Zamknęła oczy i słuchając głosów Patrika i dzieci dochodzących z kuchni, z parteru, zapadła w drzemkę.

Helen pochyliła się i rozejrzała. Spocone dłonie oparła na kolanach. Pobiła własny rekord, chociaż wybiegła później niż zwykle.

Patrzyła na rozciągające się przed nią błękitne, krystaliczne morze, ale w środku miała burzę. Wyprostowała się i objęła, ale nie mogła powstrzymać drżenia. W tym momencie jakby ktoś przeszedł po moim grobie – mawiała jej matka. Może rzeczywiście. Nie w tym sensie, że przeszedł po j e j grobie. Po jakimś.

Czas spuścił zasłonę na to, co było, wspomnienie było bardzo niewyraźne. Pamiętała przede wszystkim głosy domagające się odpowiedzi, chciały wiedzieć, co dokładnie się stało. Pytania powtarzały się raz za razem, w końcu sama już nie wiedziała, co było ich prawdą, a co jej.

Wtedy powrót do Fjällbacki i układanie sobie życia na nowo wydawały jej się zupełnie niemożliwe. Ale z biegiem lat szepty i krzyki ucichły, przeszły w ciche pomrukiwania, żeby w końcu zupełnie zamilknąć. Znów stała się niekwestionowaną częścią tutejszej rzeczywistości.

Znów się zacznie gadanie. Wszystko wróci. I jak to zwykle bywa różne wydarzenia zbiegły się w czasie. Po liście od Eriki Falck, która napisała, że pracuje nad książką i chciałaby się z nią spotkać, przez kilka tygodni nie mogła spać. Musiała odnowić receptę na tabletki, których już od lat nie brała. Bez nich nie dałaby rady, a potem na dodatek dowiedziała się, że wróciła Marie.

Trzydzieści lat minęło. Żyli z Jamesem w ciszy i spokoju, wiedziała, że James właśnie tak chce. W końcu przestaną gadać, mówił. I miał rację. Mroczny czas minął szybko, powinna tylko dbać o to, żeby nadal wszystko było jak należy. A wspomnienia udało jej się zepchnąć w niepamięć. Aż do teraz. Pod powiekami mignął jej wyraźny obraz twarzy Marie. I radosny uśmiech Stelli.

Znów skierowała wzrok na morze, starała się podążać za nielicznymi falami. Ale obrazy nie chciały odpłynąć. Marie wróciła, a wraz z nią nadciągnęła katastrofa.

– Przepraszam, gdzie tu jest toaleta?

Sture spojrzał zachęcająco na Karima i pozostałych uczestników lekcji szwedzkiego w ośrodku dla uchodźców w Tanumshede.

Wszyscy starali się w miarę możliwości powtarzać za nim.

– Przepraszam, gdzie tu jest toaleta?

– Ile to kosztuje? – ciągnął Sture.

Za nim chór:

– Ile to kosztuje?

Karim zmagał się ze sobą, usiłując połączyć głoski wymawiane przez Sturego, który stał przed tablicą z wypisanymi zwrotami. Wszystko było inne. Litery, które mieli czytać, i dźwięki, które mieli wydawać.

Rozejrzał się po pokoju, w którym siedziało sześć zdeterminowanych osób. Pozostali albo korzystali ze słońca i grali w piłkę, albo leżeli w swoich domkach. Jedni próbowali przespać kolejny dzień, podczas gdy inni wymieniali maile z przyjaciółmi i krewnymi, którzy zostali na miejscu i z którymi wciąż można się było skontaktować, albo surfowali po portalach informacyjnych. Niewiele znajdowali wiadomości z kraju. Rząd uprawiał propagandę, a światowe media natrafiały na trudności, kiedy próbowały wysyłać tam korespondentów. W poprzednim życiu Karim był dziennikarzem, więc zdawał sobie sprawę, jakim problemem jest zdobycie prawdziwych i aktualnych relacji z kraju ogarniętego wojną, zwłaszcza tak rozdartego przez siły wewnętrzne i zewnętrzne jak Syria.

– Dziękuję, że nas do siebie zaprosiliście.

Karim prychnął. Nigdy nie będzie miał okazji tego powiedzieć. Szybko się nauczył, że Szwedzi są bardzo zdystansowani. W ogóle nie mieli z nimi kontaktu, jeśli nie liczyć Szwedów pracujących w ośrodku dla uchodźców.

Żyli jakby w małym państwie w państwie, w izolacji od świata zewnętrznego. Za towarzystwo mieli tylko siebie. I wspomnienia z Syrii. Dobre, ale przede wszystkim złe. Przez wielu przeżywane wciąż na nowo. Karim starał się wyprzeć je z pamięci. Wojnę, która stała się codziennością. A potem długą podróż do ziemi obiecanej na północy Europy.

Udało mu się przetrwać. Razem z ukochaną Aminą i swoimi skarbami Hassanem i Samią. Tylko to się liczyło. Zdołał ich dowieźć w bezpieczne miejsce, gdzieś, gdzie mają przed sobą jakąś przyszłość. W snach widział ciała unoszące się na wodzie, ale kiedy otworzył oczy, znikały. On i jego rodzina są tutaj. W Szwecji. Tylko to się liczy.

– A jak się mówi, kiedy się uprawia z kimś seks?

Mówiąc to, Adnan się zaśmiał. On i Khalil byli najmłodsi. Siedzieli obok siebie i podpuszczali się nawzajem.

– Więcej szacunku – odezwał się po arabsku Karim, rzucając im gniewne spojrzenie.

Wzruszył ramionami i spojrzał przepraszająco na Sturego, który lekko kiwnął głową.

Khalil i Adnan przyjechali do Szwecji sami, bez rodziny i przyjaciół. Udało im się wyrwać z Aleppo, zanim ucieczka stała się zbyt niebezpieczna. Ucieczka albo pozostanie na miejscu. Jedno i drugie oznaczało to samo śmiertelne zagrożenie.

Mimo tego oczywistego braku szacunku Karim nie potrafił się na nich gniewać. Przecież to jeszcze dzieci. Wystraszone i samotne w obcym kraju. Została im tylko zuchwałość. Wszystko było obce. Karim rozmawiał z nimi po lekcjach. Ich rodziny wysupłały ostatni grosz, żeby tylko przedostali się do Szwecji. Na ich barkach spoczął niemały ciężar: nie tylko zostali wysłani do zupełnie obcego świata, ale też oczekiwano od nich, żeby jak najprędzej urządzili się na miejscu tak, żeby móc ściągnąć rodziny z ogarniętej wojną Syrii. Rozumiał ich, ale uważał, że nie wolno im odnosić się do nowej ojczyzny bez szacunku. Nawet jeśli Szwedzi się ich boją, to przecież ich przyjęli. Dali strawę i dach nad głową. A Sture poświęcał im swój wolny czas, żeby ich uczyć, jak pytać, ile coś kosztuje i gdzie jest toaleta. Karim wprawdzie nie rozumiał Szwedów, ale był im dozgonnie wdzięczny za to, co zrobili dla jego rodziny. Nie wszyscy się z nim zgadzali, a ci, którzy nie szanowali nowego kraju, szkodzili pozostałym. Przez nich Szwedzi robili się jeszcze bardziej podejrzliwi.

– Jaka dziś ładna pogoda – powiedział wyraźnie stojący przed tablicą Sture.

– Jaka dziś ładna pogoda – powtórzył Karim i się uśmiechnął.

Już po dwóch miesiącach pobytu w Szwecji zrozumiał, dlaczego Szwedzi tak się cieszą, kiedy świeci słońce. Cholerna psia pogoda – to był jeden z pierwszych zwrotów, jakich się nauczył po szwedzku. Chociaż wciąż mu nie wychodziło to „pś" na początku.

– Jak często uprawia się seks, kiedy jest się w tym wieku? Jak myślisz? – spytała Erika i pociągnęła łyk musującego wina.

Anna wybuchnęła głośnym śmiechem, ściągając na siebie spojrzenia pozostałych gości kawiarni na molo.

– Serio pytasz, siostra? Nad tym się zastanawiasz? Jak często matka Patrika chodzi do łóżka?

– No wiesz, myślę w szerszym kontekście – odparła Erika, nabierając łyżką owoce morza. – Ile jeszcze lat fajnego współżycia zostało? A może w którymś momencie człowiek traci zainteresowanie seksem? Utrzymuje się na tym samym poziomie czy zamiast tego człowiek czuje nieodpartą potrzebę rozwiązywania krzyżówek albo sudoku i zajadania się pralinkami?

– No więc…

Anna pokręciła głową, starała się usadowić w miarę wygodnie. Patrząc na nią, Erika poczuła gulę w gardle. Nie tak dawno miały straszliwy wypadek samochodowy. Anna straciła dziecko, którego się spodziewała. Blizny na zawsze pozostaną na jej twarzy, ale wkrótce urodzi następne dziecko, owoc miłości do Dana. Życie bywa naprawdę zaskakujące.

– Myślisz na przykład, że…

– Jeśli choćby napomkniesz o naszych rodzicach, to wstanę i wyjdę – powiedziała Anna, podnosząc ostrzegawczo dłoń. – Nawet myśleć o tym nie chcę.

Erika się zaśmiała.

– Okej, nie napomknę, ale jak myślisz, jak często uprawiają seks Kristina i Bob Budowniczy?

– Erika! – Anna zasłoniła twarz rękami i znów pokręciła głową. – Skończcie wreszcie z nazywaniem biednego Gunnara Bobem Budowniczym. I to tylko dlatego, że jest uczynny i zręczny.

– Dobra, więc porozmawiajmy o ślubie. Ty też zostałaś poproszona o radę w sprawie sukni? Nie mogę sama doradzać i robić dobrej miny, kiedy będzie mi pokazywać kolejną koszmarnie ciotkowatą kreację.

– Owszem, mnie też poprosiła. – Anna starała się pochylić, żeby dosięgnąć swojej kanapki z krewetkami.

– Połóż ją od razu na brzuchu – zaproponowała z uśmiechem Erika.

Anna odpowiedziała wściekłym spojrzeniem.

Oboje z Danem cieszyli się na to dziecko, ale w taki upał chodzenie w ciąży było mało przyjemne, zwłaszcza że jej brzuch był wręcz gigantycznych rozmiarów.

– Może spróbujemy na nią wpłynąć? Ma świetną figurę, w talii jest szczuplejsza ode mnie i ma lepsze piersi, tylko boi się je pokazywać. Pomyśl, jak by jej było ładnie w wąskiej, koronkowej sukni z dekoltem.

– Jeżeli chcesz przeprowadzić akcję metamorfoza, to proszę, beze mnie – odparła Anna. – Cokolwiek włoży, będę jej mówić, że wygląda wspaniale.

– Cykor z ciebie.

– Pilnuj swojej teściowej, a ja będę pilnowała swojej.

Z prawdziwą przyjemnością odgryzła kęs kanapki z krewetkami.

– Dobra, chociaż Esther jest cholernie męcząca – zauważyła Erika, przypominając sobie miłą matkę Dana, która nigdy nie pozwoliłaby sobie na jakąkolwiek krytykę albo odmienny pogląd.

Pamiętała ją z czasów, kiedy sama chodziła z Danem.

– Masz rację, udała mi się – odparła Anna i zaklęła, bo kanapka wylądowała na jej brzuchu.

– Nie martw się, przy takich balonach i tak nie widać brzucha – powiedziała Erika, wskazując na piersi Anny w rozmiarze G.

– Zamknij się.

Anna próbowała zetrzeć majonez z sukienki. Tymczasem Erika pochyliła się, ujęła w dłonie twarz młodszej siostry i pocałowała ją w policzek.

– A to co? – spytała zdumiona Anna.

– Kocham cię – odpowiedziała Erika krótko i podniosła do góry kieliszek. – Za nas, Anno. Za ciebie, za mnie i naszą zwariowaną rodzinę. Za wszystko, co przeszłyśmy, co przeżyłyśmy, i za to, że już niczego przed sobą nie ukrywamy.

Anna zamrugała oczami, a potem podniosła szklankę z colą i stuknęła się z Eriką.

– Za nas.

Przez mgnienie oka Erice wydawało się, że we wzroku Anny dojrzała coś mrocznego, ale musiało to być złudzenie.

Sanna pochyliła się nad krzakiem jaśminowca i wciągnęła w nozdrza zapach. Inaczej niż zwykle nie podziałał na nią uspokajająco. Wokół kręcili się klienci: podnosili doniczki, ładowali na taczki ziemię, ale prawie ich nie zauważała. Miała przed oczami tylko jedno: fałszywy uśmiech Marie Wall.

Nie mieściło jej się w głowie, że wróciła. Po tylu latach. Jakby nie wystarczyło, że musi się natykać w miasteczku na Helen i jeszcze kiwać jej głową na dzień dobry.

Pogodziła się z tym, że Helen jest niedaleko, co pewien czas wpadała na nią i w jej oczach czytała poczucie winy, z biegiem lat zjadające ją coraz bardziej. Natomiast Marie nigdy nie pokazała po sobie, że żałuje, a jej uśmiechnięte zdjęcia były we wszystkich tabloidach.

Teraz wróciła. Fałszywa, piękna, roześmiana Marie. Kiedyś chodziły do tej samej klasy w Kyrkskolan*. Z zazdrością patrzyła na jej długie rzęsy i kręcone blond włosy aż do pasa, ale już wtedy dostrzegła w niej zło.

Dzięki Bogu, że chociaż rodzice nie dożyli widoku uśmiechniętej Marie w Fjällbace. Miała trzynaście lat, kiedy mama umarła na raka wątroby, a piętnaście, kiedy ostatnie tchnienie wydał ojciec. Lekarze nie potrafili określić bezpośredniej przyczyny zgonu, ale ona i tak wiedziała. Umarł z żalu.

Pokręciła głową i ból natychmiast przypomniał jej o sobie.

Musiała potem zamieszkać u ciotki Linn, ale nigdy nie poczuła się tam u siebie. Dzieci ciotki i wujka Paula były od niej dużo młodsze. Nie wiedzieli, co począć z nastoletnią sierotą. Nie byli dla niej źli ani niemili, na pewno się starali, ale pozostali obcy.

Wybrała naukę w odległym technikum rolniczym i prawie zaraz po maturze poszła do pracy. Od tamtej pory treścią jej życia była praca. Prowadziła nieduże gospodarstwo ogrodnicze na obrzeżach Fjällbacki. Zarobek był niewielki, ale wystarczał, żeby mogła utrzymać siebie i córkę. Więcej nie potrzebowała.

Po śmierci Stelli jej rodzice umarli za życia. Nawet ich rozumiała. Są ludzie, którzy rodzą się z wyjątkowo silnym urokiem, i Stella do nich należała. Zawsze radosna, miła, gotowa obdzielać wszystkich całusami i uściskami. Gdyby Sanna mogła w tamten upalny letni poranek umrzeć zamiast niej, zrobiłaby to.

Ale to Stellę znaleźli w leśnym jeziorku. Wtedy wszystko się skończyło.

– Przepraszam, czy jest jakaś odmiana róż łatwiejsza w uprawie od innych?

Drgnęła i podniosła wzrok. Spojrzała na kobietę, której wcześniej nie zauważyła.

---

* Kyrkskolan – dosłownie: szkoła kościelna.

Kobieta się uśmiechnęła, zmarszczki na jej twarzy się wygładziły.

– Kocham róże, ale niestety nie mam ręki do kwiatów – dodała.

– Chodzi pani o jakiś konkretny kolor? – spytała Sanna.

Była prawdziwą specjalistką od kojarzenia ludzi i roślin. Jedni pasują do kwiatów wymagających różnych zabiegów i większej uwagi. Tacy potrafią zadbać o dobrostan orchidei, żeby kwitła raz po raz i żeby mogli spędzić razem wiele szczęśliwych lat. Inni ledwo dają sobie radę sami ze sobą i potrzebują roślin cierpliwych i mocnych. Może nie kaktusów – te zostawiała dla najcięższych przypadków. Takim proponowała na przykład skrzydłokwiat Wallisa albo monsterę dziurawą. Połączenie właściwej rośliny z właściwym człowiekiem stawiała sobie za punkt honoru.

– Różowy – odparła klientka z rozmarzeniem. – Uwielbiam róż.

– W takim razie mam dla pani właściwą różę. Gęstokolczastą. Musi się pani trochę postarać przy sadzeniu. Trzeba wykopać głęboki dół i dobrze go nawodnić. Następnie podsypać trochę nawozu. Dam pani odpowiedni rodzaj. A potem wsadzi pani krzak róży. Zasypie ziemią i znów podleje. Podlewanie jest bardzo ważne na początku, kiedy roślina się ukorzenia. Potem wystarczy pilnować, żeby nie uschła. I przyciąć na przedwiośniu. Mówi się, że trzeba to robić wtedy, kiedy na brzozach pojawiają się mysie uszka.

Kobieta patrzyła rozkochanym wzrokiem na krzak róży, który włożyła jej do wózka. Sanna doskonale ją rozumiała. Róże mają w sobie coś szczególnego. Często porównywała do nich ludzi. Stella byłaby różą francuską. Piękną, wspaniałą, z kilkoma warstwami płatków.

Kobieta chrząknęła.

– Wszystko w porządku? – spytała.

Sanna pokręciła głową. Zdała sobie sprawę, że znów pogrążyła się we wspomnieniach.

– W porządku, jestem tylko trochę zmęczona. To przez ten upał…

Kobieta przytaknęła.

Ale nie było w porządku. Zło wróciło. Ona wyczuwała to tak samo wyraźnie jak zapach róż.

Urlopu z dziećmi raczej nie da się zaliczyć do czasu wolnego, pomyślał Patrik. To dziwna kombinacja czegoś cudownego i absolutnie wyczerpującego. Zwłaszcza teraz, pomyślał. Był sam z całą trójką, bo Erika umówiła się na lunch z Anną. W dodatku wbrew własnym przekonaniom wybrał się z nimi nad morze, bo w domu zaczynali już chodzić po ścianach. Zwykle potrafił ich pogodzić, dzięki temu, że wymyślał im jakieś zajęcia. Niestety zapomniał, że plaża wszystko utrudnia. Przede wszystkim ze względu na ryzyko utonięcia. Ich dom stał w Sälvik, dokładnie nad kąpieliskiem, i Patrik nie raz budził się zlany potem, bo śniło mu się, że któreś z dzieci zabłąkało się na plażę. Do tego jeszcze ten piach. Noel i Anton nie tylko obrzucali piachem inne dzieci, co ściągało na Patrika gniewne spojrzenia ich rodziców, ale na dodatek z niezrozumiałego powodu pakowali go sobie do buzi. Żeby jeszcze był to sam piach. Patrik wzdrygał się na myśl o znajdujących się w nim obrzydliwościach. Dopiero co wyrwał Antonowi niedopałek papierosa. Było tylko kwestią czasu, kiedy trafi na kawałek szkła. Albo torebkę po porcyjce snusu.

Dzięki Bogu za Maję. Czasem miał wyrzuty sumienia, że mała bierze na siebie tak dużą odpowiedzialność za braciszków, ale Erika mówiła, że Maja to lubi. Podobnie jak ona lubiła się opiekować młodszą siostrą.

A teraz Maja pilnowała, żeby bliźniacy nie wchodzili za głęboko, wyprowadzała ich na brzeg, sprawdzała, co wkładają do buzi, i pomagała innym dzieciom otrzepywać się z piachu. Patrik czasem wolałby, żeby nie była taka porządna. Bał się, że jeśli zawsze będzie taką dzielną dziewczynką, w przyszłości nieuchronnie dorobi się wrzodów żołądka.

Odkąd parę lat wcześniej przydarzyły mu się problemy z sercem, zdawał sobie sprawę, że musi o siebie dbać, znajdując czas na odpoczynek i odprężenie. Można by się zastanawiać, czy zapewni mu to urlop z dziećmi. Kochał je wprawdzie ponad wszystko, ale musiał się przyznać przed samym sobą, że czasem tęskni za spokojem w komisariacie w Tanumshede.

Marie Wall odchyliła się na leżaku i sięgnęła po drinka. Bellini, szampan z sokiem brzoskwiniowym. Nie tak smaczny jak u Harry'ego w Wenecji. Niestety. Tutaj nie mają świeżych brzoskwiń. Drink był uproszczonym wariantem taniego szampana, który wstawiły jej do lodówki skąpiradła z wytwórni filmowej, zmieszanego z sokiem Proviva. Ale niech będzie. Zażądała, żeby kiedy przyjedzie, składniki drinka były już na miejscu.

Powrót wiązał się dla niej z dziwnym uczuciem. Oczywiście nie powrót do domu, bo dom został dawno rozebrany. Ciekawe, czy mieszkańców nowego, który został zbudowany na miejscu starego, nie nawiedzają złe duchy, zważywszy na to, co się tam stało. Raczej nie. Zło pewnie poszło do grobu razem z jej rodzicami.

Wypiła kolejny łyk. Ciekawe, gdzie są teraz właściciele tego domku. Przy tak pięknej sierpniowej pogodzie powinni spędzić tam tydzień i cieszyć się nim, zwłaszcza że jego budowa i wyposażenie musiały kosztować ładnych kilka milionów. Nawet jeśli nie bywają w Szwecji zbyt często. Prawdopodobnie siedzą w swojej przypominającej pałac rezydencji w Prowansji, którą Marie obejrzała sobie w internecie. Bogacze rzadko zadowalają się czymś gorszym od doskonałości. Nawet jeśli chodzi o letni dom.

Ale była im wdzięczna, że zgodzili się go wynająć. Śpieszyła tam po każdym dniu zdjęciowym. Wiedziała, że na dalszą metę to się nie uda, że pewnego dnia znów spotka Helen, uprzytomni sobie, ile kiedyś dla siebie znaczyły i jak bardzo się wszystko zmieniło. Ale wciąż nie była na to gotowa.

– Mamo!

Przymknęła oczy. Od zawsze próbowała nauczyć Jessie, żeby zwracała się do niej po imieniu, a nie tym okropnym określeniem. Ale jej córka uparcie mówiła do niej mama, jakby w ten sposób mogła zamienić Marie w pulchną mamuśkę robiącą wypieki.

– Mamo!

Wołanie dobiegło zza jej pleców. Zdała sobie sprawę, że się przed nią nie schowa.

– Tak? – odezwała się, sięgając po kieliszek.

Bąbelki drapały ją w gardle. Z każdym łykiem jej ciało stawało się bardziej miękkie i elastyczne.

– Chcielibyśmy z Samem wypłynąć jego łódką, możemy?

– Pewnie – odparła i wypiła następny łyk.

Mrużąc oczy, spojrzała spod kapelusza na córkę.

– Chcesz trochę?

– Mamo, ja mam piętnaście lat – westchnęła Jessie.

Boże, jaka porządna, aż trudno uwierzyć, że jest jej córką. Na szczęście po przyjeździe do Fjällbacki udało jej się poznać jakiegoś chłopaka.

Opadła z powrotem na leżak i zamknęła oczy, ale zaraz znów je otworzyła.

– No i dlaczego jeszcze stoisz? Zasłaniasz mi słońce. Próbuję się trochę opalić. Po lunchu mam zdjęcia i chcą, żebym miała naturalną opaleniznę. Ingrid była podczas urlopów na Dannholmen opalona na czekoladkę.

– Ja... – zaczęła Jessie, ale szybko odwróciła się na pięcie i wyszła.

Marie usłyszała głośne trzaśnięcie i uśmiechnęła się do siebie. Nareszcie sama.

Bill Andersson zdjął pokrywę i wyjął z koszyka kanapkę przygotowaną przez Gun. Spojrzał w niebo i natychmiast zamknął koszyk. Mewy są tak szybkie, że wystarczy chwila nieuwagi, a porwą cały lunch. Zwłaszcza na pomoście.

Gun szturchnęła go lekko w bok.

– To dobry pomysł – powiedziała. – Szalony, ale dobry.

Zamknął oczy i odgryzł kęs.

– Naprawdę tak myślisz czy mówisz tak tylko po to, żeby zadowolić swojego starego?

– A od kiedy ja mówię cokolwiek po to, żeby cię zadowolić? – odpowiedziała Gun i Bill musiał jej przyznać rację.

W ciągu czterdziestu wspólnie spędzonych lat niewiele było takich sytuacji, kiedy jego żona powstrzymała się od powiedzenia czegoś prosto z mostu.

– Faktem jest, że od czasu, kiedy obejrzałem tamten film, wciąż o tym myślę i wydaje mi się, że tutaj też powinno zadziałać. Rozmawiałem z Rolfem z ośrodka dla uchodźców, niefajnie się tam dzieje. Ludzie mają tyle obaw, że nawet do nich nie podchodzą.

– Tu, w Fjällbace, wystarczy, że jesteś ze Strömstad*, jak ja, żeby cię uważali za obcego. Może nie ma się co dziwić, że nie witają Syryjczyków z otwartymi ramionami.

Sięgnęła po następną bułeczkę, świeżo kupioną u Zetterlindów, i posmarowała grubo masłem.

– W takim razie pora zmienić to nastawienie – stwierdził Bill, robiąc szeroki gest ręką. – Oni uciekli z dziećmi i skromnym dobytkiem od wojny i nieszczęść, w drodze spotkało ich drugie tyle nieszczęść. Powinniśmy przynajmniej doprowadzić do tego, żeby ludzie zaczęli z nimi rozmawiać. Jeżeli ludzi z Somalii można nauczyć jeździć na łyżwach i grać w bandy, to chyba Syryjczyków da się nauczyć żeglować? Zresztą czy Syria nie leży nad jakąś wodą? Może oni już umieją?

Gun pokręciła głową.

– Nie mam pojęcia, serce moje, wygoogluj sobie.

Bill sięgnął po iPada. Leżał obok, bo przed południem zmagali się z sudoku.

– Owszem, Syria leży nad morzem, ale trudno powiedzieć, ilu ich mogło tam bywać. Zawsze mówię, że każdy może się nauczyć żeglarstwa, a teraz jest okazja to udowodnić.

– Nie wystarczy, że będą żeglować dla przyjemności? Muszą się zaraz ścigać?

– W filmie *Trevligt folk*** właśnie o to chodziło. Zmotywowało ich wyzwanie. Potraktowali to jako swoiste *statement****.

Aż się uśmiechnął z zadowolenia, że umie się wyrazić nie tylko mądrze, ale do tego błyskotliwie.

– Dobrze, ale po co to – jak mówiłeś? – *statement*?

– Inaczej nie wzbudzi takiego odzewu. Jeśli się tym zainspiruje więcej osób, jak było ze mną, to pójdzie dalej i podziała jak kręgi na wodzie, uchodźcom będzie łatwiej zintegrować się ze społeczeństwem.

---

* Strömstad leży w odległości czterdziestu ośmiu kilometrów od Fjällbacki.
** *Trevligt folk* (szw.) – mili ludzie; tytuł filmu dokumentalnego o Somalijczykach mieszkających w Szwecji, którzy chociaż nigdy przedtem nie mieli na nogach łyżew, stworzyli drużynę bandy i zgłosili się do mistrzostw świata w tej dyscyplinie.
*** *Statement* (ang.) – deklaracja, oświadczenie.

Oczami wyobraźni widział już, jak tworzy ogólnospołeczny ruch. Wielkie przemiany muszą mieć jakiś początek. Zaczęło się od mistrzostw świata w bandy dla Somalijczyków, następnym krokiem będą regaty z udziałem Syryjczyków, a potem to już wszystko będzie możliwe!

Gun uśmiechnęła się i położyła dłoń na jego ręce.

– Jeszcze dziś pojadę porozmawiać z Rolfem i postaram się zorganizować zebranie w ośrodku dla uchodźców – powiedział Bill, sięgając po następną bułkę.

Pomyślał chwilę, potem wziął jeszcze jedną i rzucił mewom. W końcu one też muszą jeść.

Eva Berg wyrwała nać i włożyła do stojącego obok koszyka. Serce jak zwykle zabiło jej żywiej, kiedy się rozejrzała. To wszystko ich. Historia tego miejsca wcale im nie przeszkadzała. Żadne z nich nie było przesądne. Kiedy dziesięć lat wcześniej kupili gospodarstwo od Strandów, ludzie oczywiście gadali o nieszczęściach, które ich spotkały. Ale jeśli dobrze zrozumiała, chodziło o tragedię, która potem spowodowała resztę. Tragiczne losy rodziny Strandów nie miały nic wspólnego z samym gospodarstwem.

Pochyliła się przy pieleniu, nie zważając na ból w kolanach. Dla niej i dla Petera to miejsce było prawdziwym rajem. Oboje pochodzili z miasta, jeśli Uddevallę można nazwać miastem, ale zawsze marzyli o zamieszkaniu na wsi. Gospodarstwo koło Fjällbacki było z wielu względów idealne. Z powodu tragedii, która się tam rozegrała, cena była niska i mogli sobie pozwolić na jego kupno. Eva miała nadzieję, że nasycili to miejsce dostatecznie dużą dozą miłości i pozytywnej energii.

A najważniejsze, że Nei było w tym domu tak dobrze. Dali jej na imię Linnea, ale ona od małego mówiła na siebie Nea, więc Eva i Peter też tak mówili. Miała już cztery lata i tak mocny charakter, że Eva truchlała na myśl o tym, że kiedyś będzie nastolatką. Więcej dzieci raczej nie będą mieli, więc kiedy nadejdzie ten moment, oboje skupią się na niej. Na razie wydawało się to bardzo odległe. Nea szalała po podwórku. Jej jasną twarzyczkę okalała chmura blond włosów, które odziedziczyła po mamie. Eva bała się, że jej córeczka spiecze się na słońcu, ale przybywało jej tylko piegów.

Usiadła i starła pot z czoła przegubem, żeby się nie pobrudzić rękawicami ogrodowymi. Uwielbiała pielić grządki w warzywniku. Kontrastowało to, i to mocno, z pracą w biurze. I jeszcze ten wręcz naiwny zachwyt, który czuła, kiedy nasiona wyszły z ziemi, rośliny się pleniły, dojrzewały i w końcu można je było zebrać. Uprawiali je tylko na własne potrzeby, nie daliby rady wyżyć z gospodarstwa, ale mieli ogród warzywny, zielnik i własne ziemniaki. Czasem niemal miała wyrzuty sumienia, że wiedzie im się tak dobrze. Lepiej, niż sobie kiedykolwiek wyobrażała: miała Petera, Neę i ten dom, i nie potrzebowała niczego więcej.

Zabrała się do wyrywania marchewek. Z daleka zobaczyła, jak Peter nadjeżdża traktorem. W tygodniu pracował w zakładzie Tetra Pak, ale czas wolny najchętniej spędzał na traktorze. O świcie, na długo zanim się obudziła, wyjechał, zabierając kanapki i termos kawy. Do gospodarstwa należał kawałek lasu. Postanowił go trochę przetrzebić, więc wiedziała, że wróci z drewnem na zimę, spocony i brudny, obolały i szeroko uśmiechnięty.

Włożyła marchewki do koszyka i odstawiła. Będą na kolację. Zdjęła rękawice, położyła je i ruszyła do męża. Mrużąc oczy, próbowała dostrzec na traktorze Neę. Pewnie jak zwykle przysnęła. Wstała tak wcześnie, bo uwielbiała chodzić z ojcem po lesie. Mamę na pewno kochała, ale tatę ubóstwiała.

Peter wjechał na podwórko.

– Cześć, kochanie – odezwała się Eva, kiedy wyłączył silnik.

Zobaczyła, że się uśmiecha, i serce zabiło jej szybciej. Wciąż, po tylu latach, miała miękkie nogi, kiedy na niego patrzyła.

– Cześć! Fajnie spędziłyście dzień?

– Tak…

Jak to: spędziłyście?

– A wy? – spytała.

– Jacy wy? – Dał jej spoconego całusa.

Rozejrzał się.

– Gdzie Nea? Ucięła sobie popołudniową drzemkę?

Poczuła, że szumi jej w uszach, usłyszała, jak mówi jakby z oddali:

– Myślałam, że jest z tobą.

Spojrzeli na siebie i w tym momencie zawalił im się świat.

Sprawa Stelli

Linda spojrzała na Sannę podskakującą na siedzeniu.

– Jak myślisz, co powie Stella, kiedy zobaczy, ile dostałaś nowych ciuchów?

– Myślę, że się ucieszy – odparła Sanna z uśmiechem i na moment zrobiła się podobna do młodszej siostrzyczki. Potem zmarszczyła nos w ten swój charakterystyczny sposób. – Ale może będzie trochę zazdrosna.

Wjeżdżając na podwórko, Linda się uśmiechnęła. Sanna była kochającą siostrą.

– Powiemy jej, że też dostanie nowe, ładne ciuchy, kiedy będzie szła do szkoły.

Nie zdążyła do końca zatrzymać samochodu, kiedy Sanna wyskoczyła, żeby wyciągnąć torby z zakupami.

Otworzyły się drzwi, Anders wyszedł przed dom.

– Przepraszam za spóźnienie – powiedziała Linda. – Wstąpiłyśmy jeszcze na coś słodkiego.

Anders patrzył na nią z dziwnym wyrazem twarzy.

– Wiem, że niedługo pora kolacji, ale Sanna bardzo chciała iść do cukierni – ciągnęła Linda, uśmiechając się do córki, która szybko uściskała ojca i wbiegła do domu.

Anders pokręcił głową.

– Nie o to chodzi. Ja... Stella nie wróciła.

– Jak to nie wróciła?

Spojrzała na męża i poczuła ucisk w żołądku.

– No nie wróciła. Dzwoniłem i do Marie, i do Helen. Żadnej nie ma w domu.

Linda odetchnęła i zatrzasnęła drzwi samochodu.

– Spóźniają się i tyle. Wiesz, jaka jest Stella. Pewnie chciała iść przez las i wszystko im pokazać.

Pocałowała Andersa w usta.

– Na pewno masz rację – powiedział, ale jakoś bez przekonania.

Zadzwonił telefon. Anders pośpieszył do kuchni odebrać.

Linda zmarszczyła czoło i nachyliła się, żeby zdjąć buty. Zdenerwował się, to aż do niego niepodobne, ale pewnie od godziny chodzi i zastanawia się, co się mogło stać.

Wyprostowała się. Mąż stanął przed nią z wyrazem twarzy, który ją zmroził.

– Dzwonił KG*. Helen już wróciła, właśnie siadają do kolacji. Dzwonił też do Marie. Obie mówią, że odprowadziły Stellę około piątej.

– Co ty mówisz?!

Anders włożył sportowe buty.

– Przeszukałem całe obejście, ale może poszła do lasu i zabłądziła.

Linda przytaknęła.

– Trzeba jej szukać.

Podeszła do schodów i zawołała do córki:

– Sanna! Idziemy z tatą szukać Stelli. Pewnie poszła do lasu. Wiesz, jak to lubi. Niedługo wrócimy.

Spojrzała na męża. Nie chcieli okazać, że się niepokoją.

Pół godziny później już tego nie ukrywali. Anders ściskał kierownicę pobielałymi dłońmi. Przeszukali las przylegający do ich parceli, potem jeździli drogą tam i z powrotem, zwalniając wszędzie tam, gdzie Stella lubiła się bawić, ale nigdzie jej nie było.

Linda położyła rękę na kolanie męża.

– Musimy wracać.

Skinął głową i spojrzał na nią. Miał w oczach ten sam lęk co ona.

Trzeba zadzwonić na policję.

---

* KG – powszechnie używany skrót od popularnej kombinacji imion Karl Gustav.

GÖSTA FLYGARE WERTOWAŁ leżącą przed nim kupkę papierów. Sierpniowy poniedziałek, więc papierów było niedużo. Nie miał nic przeciwko temu, żeby pracować latem. Co pewien czas robił rundkę po polu golfowym, poza tym nie miał wiele do roboty. Ebba wpadała wprawdzie od czasu do czasu, ale po narodzinach kolejnego dziecka jej wizyty stały się rzadsze. Nawet to rozumiał. Wystarczało mu, że go zaprasza w odwiedziny do Göteborga, i to, że zaproszenie zawsze jest równie serdeczne jak szczere. Taka odrobina rodziny to zawsze lepiej niż nic. A urlop w samym środku lata niech sobie weźmie raczej Patrik, który ma małe dzieci. On i Mellberg mogą posiedzieć we dwóch, jak para starych koni dyszlowych, i pozałatwiać bieżące sprawy. Co pewien czas zaglądał Martin, żeby rzucić okiem na staruchów, jak mówił, ale według niego chodziło mu raczej o towarzystwo. Od śmierci Pii nie poznał żadnej kobiety. Gösta uważał, że to niedobrze. Fajny gość z tego Martina, a jego córeczce przydałaby się kobieca opieka. Wiedział, że Annika, sekretarka, czasem bierze do siebie małą Tuvę. Mówi mu, że po to, żeby się pobawiła z jej córeczką Leią. Ale to za mało. Tuva potrzebuje mamy. Tymczasem Martin nie jest jeszcze gotów na nowy związek i nie ma na to rady. Miłość przychodzi, kiedy sama zechce. W jego życiu była tylko jedna kobieta. Uważał jednak, że Martin jest na coś takiego za młody.

Wiedział, że niełatwo spotkać nową miłość. Uczucia nie da się wzbudzić na komendę, zresztą w takiej małej miejscowości podaż jest dość ograniczona. W dodatku Martin dawniej, zanim poznał Pię, był niezłym kobieciarzem, a w takich przypadkach istnieje ryzyko, że dojdzie do powtórki. Raczej bez szans na pozytywny wynik, skoro nie udało się za pierwszym razem. Ale co on może o tym wiedzieć? Jego wielką miłością była jego żona Maj Britt, z którą dzielił całe dorosłe życie. Ani przed nią, ani po niej nie było dla niego żadnej kobiety.

Z rozmyślań wyrwał go głośny dzwonek telefonu.

– Komisariat policji w Tanumshede.

Chwilę słuchał uważnie.

– Już jedziemy. Proszę podać adres.

Zanotował, odłożył słuchawkę i bez pukania wpadł do sąsiedniego pokoju.

Mellberg drgnął, obudzony z głębokiego snu.

– Co jest, do cholery? – spytał, gapiąc się na niego.

Pożyczka, którą bez powodzenia starał się zakryć łysinę, zsunęła mu się z czubka głowy. Wprawnym gestem zarzucił ją na miejsce.

– Zaginęło dziecko – odparł Gösta. – Dziewczynka, cztery lata. Nie ma jej od rana.

– Od rana? I dopiero teraz dzwonią? – Mellberg zerwał się z fotela.

Gösta spojrzał na zegarek. Parę minut po trzeciej.

Zaginięcia dzieci nie należały do zwykłych przypadków. Latem mieli do czynienia najczęściej z pijakami, włamaniami i kradzieżami, pobiciami, czasem usiłowaniem gwałtu.

– Matka myślała, że jest z ojcem, a ojciec, że z matką. Powiedziałem, że już jedziemy.

Mellberg wsunął stopy w buty stojące obok biurka. Jego pies, Ernst, który też się obudził, znudzony opuścił łeb. Najwyraźniej to zamieszanie nie miało oznaczać ani spaceru, ani jedzenia.

– O co chodzi? – spytał Mellberg, truchtając za Göstą do garażu.

Do auta dotarł mocno zasapany.

– To gospodarstwo Bergów – odpowiedział Gösta. – Tam, gdzie dawniej mieszkali Strandowie.

– O cholera – zaklął Mellberg.

Słyszał i czytał o tym, co się wydarzyło całe lata przed jego przybyciem do Fjällbacki. Ale Gösta był wtedy na miejscu. Nowa sprawa wydała mu się nieprzyjemnie znajoma.

– Halo?

Patrik otrzepał wprawdzie rękę, ale i tak zapiaszczył sobie telefon. Drugą, wolną ręką wyjął paczkę herbatników i pudełko z pokrojonymi jabłkami i machnął do dzieci, żeby podeszły. Noel i Anton zaczęli sobie wyrywać paczkę z herbatnikami.

Skończyło się na tym, że większość spadła w piach. Obserwowali to inni rodzice. Patrik niemal czuł, jak prychają. Nawet ich rozumiał. Uważał, że on i Erika są dobrymi rodzicami, a jednak bliźniacy zachowywali się czasem tak, jakby wzrastali wśród wilków.

– Erika, zaczekaj chwilę – powiedział. Z westchnieniem pozbierał herbatniki i zdmuchnął z nich piach.

Noel i Anton zjedli już tyle piasku, że jeszcze trochę pewnie im nie zaszkodzi.

Maja wzięła pudełko z ćwiartkami jabłek, postawiła je sobie na kolanach i rozejrzała się po plaży. Patrik patrzył na jej szczuplutkie plecy i włosy wijące się na karku od wilgoci. Jak zwykle nie udało mu się ich związać w ogonek, ale i tak była śliczna.

– Już, mogę mówić. Jesteśmy na plaży, właśnie mieliśmy mały incydent z herbatnikami, musiałem sobie poradzić...

– Aha. Poza tym wszystko dobrze? – spytała.

– Oczywiście – skłamał, starając się wytrzeć dłonie o kąpielówki.

Noel i Anton brali i zajadali herbatniki. Piasek zgrzytał im w zębach. Nad nimi krążyła mewa. Tylko czekała na odpowiedni moment. Nic z tego. Bliźniacy potrafili pochłonąć paczkę herbatników w rekordowym czasie.

– Już zjadłam lunch – powiedziała Erika. – Przyjść do was?

– Bardzo proszę – odparł. – Weź ze sobą termos kawy, bo zapomniałem zabrać.

– Zrozumiano. *Your wish is my command**.

– Dzięki, kochanie, nie masz pojęcia, jak mi się chce kawy.

Odkładając słuchawkę, uśmiechał się. Co za szczęście: pięć lat małżeństwa i troje dzieci, a on, kiedy słyszy głos Eriki w słuchawce, nadal ma motylki w brzuchu. Była najlepszym, co mu się w życiu przytrafiło. No i dzieci, ale ich nie byłoby bez Eriki.

– To mama? – spytała Maja. Odwróciła się do niego, osłaniając oczy dłonią.

Ależ ona jest czasem podobna do matki, pomyślał z satysfakcją, bo w jego oczach Erika była najpiękniejsza.

– Tak, mama zaraz tu przyjdzie.

---

* *Your wish is my command* (ang.) – twoje życzenie jest dla mnie rozkazem.

– Jak fajnie! – zawołała Maja.

– Czekaj, dzwonią z pracy, muszę odebrać – powiedział, naciskając zieloną słuchawkę.

Na wyświetlaczu zobaczył imię: Gösta. Wiedział, że nie dzwoniłby do niego podczas urlopu, gdyby nie chodziło o coś ważnego.

– Cześć, Gösta – odezwał się. – Chwileczkę. Maju, daj chłopakom po kawałku jabłka, dobrze? I zabierz Noelowi tego lizaka, do którego właśnie się dobiera… Dzięki, córeczko. Przepraszam cię, Gösta, już słucham. Jestem na plaży w Sälvik z dzieciakami, panuje tu nieopisany zamęt…

– To ja przepraszam, że ci przeszkadzam na urlopie – odparł Gösta – ale pomyślałem, że pewnie chciałbyś wiedzieć. Dostaliśmy zgłoszenie o zaginięciu dziecka, dziewczynki. Nie ma jej od rana.

– Co ty mówisz? Od rana?

– Tak. Nie wiem jeszcze nic więcej, ale jadę z Mellbergiem do jej rodziców.

– Gdzie mieszkają?

– Właśnie o to chodzi. To gospodarstwo Bergów.

– O cholera. – Patrik zlodowaciał. – Czy to nie tam mieszkała Stella Strand?

– Właśnie.

Patrik spojrzał na swoje dzieci. W tym momencie bawiły się w miarę spokojnie. Na samą myśl o tym, że któreś z nich mogłoby zaginąć, robiło mu się słabo. Nie zastanawiał się długo. Gösta nie powiedział wprawdzie wprost, ale najwyraźniej chciał, żeby mu ktoś pomógł, ktoś oprócz Mellberga.

– Przyjadę – zdecydował. – Erika będzie za jakieś piętnaście minut, wtedy wyruszę.

– Wiesz, gdzie to jest?

– Oczywiście – odparł Patrik.

Pewnie, że wiedział. Od jakiegoś czasu w domu często mówiło się o tym miejscu. Wciskając czerwoną słuchawkę, poczuł rosnące napięcie. Pochylił się i mocno przytulił całą trójkę. Wyrywali się tak, że cały był obsypany piaskiem. Ale to nie miało żadnego znaczenia.

– Trochę śmiesznie to wygląda – stwierdziła Jessie.

Odgarnęła włosy, które wiatr zwiewał jej na twarz.

– Jak to śmiesznie? – spytał Sam, mrużąc oczy od słońca.

– Nie wyglądasz na faceta... z łódką.

– A jak wygląda facet z łódką?

Skręcił ster, żeby wyminąć żaglówkę.

– Ojej, wiesz, co mam na myśli. Na nogach żeglarskie buty z pomponami, granatowe szorty, koszulka polo i zawiązany na ramionach sweter w serek.

– I żeglarska czapka, co? – Sam uśmiechnął się lekko. – A skąd to wiesz? Raczej nie pływałaś po morzu.

– Nie, ale widziałam na filmie. I w gazetach.

Sam tylko udawał, że nie rozumie. Pewnie, że facet z łódką tak nie wygląda. Te postrzępione ciuchy, włosy czarne jak u kruka i czarne kreski wokół oczu. I paznokcie. Czarne, poobgryzane. Nie krytykowała go. Nigdy nie widziała chłopaka piękniejszego od niego.

Ale głupio. Tylko otworzyła usta i od razu wypsnęło jej się coś głupiego. W kolejnych szkołach z internatem ciągle jej to mówili. Że jest głupia. I brzydka.

Mieli rację, wiedziała, że tak jest.

Była gruba i niezgrabna, twarz miała całą w pryszczach i zawsze tłuste włosy, żeby nie wiedzieć jak często je myła. Poczuła, że do oczu napływają jej łzy. Zamrugała, żeby Sam nie zobaczył. Nie chciała narobić sobie wstydu. Był pierwszym przyjacielem, jakiego kiedykolwiek miała. Zaczęło się, kiedy do niej podszedł w kolejce do kiosku Centrum. Powiedział, że wie, kim jest, a ona domyśliła się, kim jest on.

I kim jest jego mama.

– Kurde, pełno tu ludzi – powiedział. Szukał jakiejś zatoczki, w której nie byłoby już dwóch albo trzech łodzi cumujących albo stojących na kotwicy.

Większość miejsc była zajęta już przed południem.

– Pieprzeni wczasowicze – mruknął.

W końcu znalazł zaciszną szczelinę w skałach na wyspie Långskär.

– Tutaj przybijemy. Wyskoczysz na brzeg z cumą?

Wskazał na linę na dziobie.

– Mam wyskoczyć?

Ona nie skacze. Nigdy. A już na pewno nigdy nie wyskaki-
wała z łodzi na śliską skałę.

– Nie bój się – powiedział spokojnie. – Wyhamuję. Kucnij na
dziobie, to będziesz mogła skoczyć. Będzie dobrze. Zaufaj mi.
Zaufaj mi. Czy ona może komuś zaufać? Zaufać Samowi?

Zaczerpnęła tchu, podczołgała się na dziób, mocno chwyciła cumę i kucnęła. Kiedy wyspa była już blisko, Sam wyhamo-
wał, wrzucając wsteczny, i miękko, powoli dopłynął do skały. Ku
własnemu zdziwieniu wyskoczyła z łódki na skałę i wylądowała
całkiem miękko. Nadal trzymała w dłoni cumę.

Udało się.

Czwarta rundka po Hedemyrs w ciągu dwóch dni. Ale w Tanumshede nie było za bardzo co robić. Khalil i Adnan krąży-
li między ubraniami a innymi rzeczami na piętrze. Khalil czuł
na plecach, że za nimi patrzą. Już nie miał siły się denerwować.
Z początku z trudem bronił się przed podejrzliwymi spojrzeniami. Teraz pogodził się już z tym, że tak bardzo się wyróżniają.
Nie wyglądają jak Szwedzi, nie mówią i nie ruszają się jak oni.
On pewnie też by się gapił, gdyby w Syrii natknął się na Szweda.

– Co się gapisz? – syknął po arabsku Adnan do siedemdzie-
sięcioletniej pani, która uporczywie się w nich wpatrywała.

Pewnie pilnowała, żeby niczego nie zwędzili. Khalil mógłby jej powiedzieć, że nigdy w życiu nie wzięli nic cudzego. Że do
głowy by im to nie przyszło. Że nie zostali wychowani w ten sposób. Kobieta tylko prychnęła i ruszyła w stronę schodów na parter, i wtedy uświadomił sobie, że to nie ma sensu.

– Co oni o nas myślą? Zawsze to samo.

Adnan przeklął po arabsku i machnął rękami, o mało nie
strącając lampy z półki.

– Niech sobie myślą, co chcą. Pewnie jeszcze nie widzieli
Araba…

Wreszcie mu się udało go rozśmieszyć. Adnan był od niego dwa lata młodszy, miał szesnaście lat, i czasem wydawał się
jeszcze chłopcem. Nie panował nad emocjami, to one panowały nad nim.

Khalil od dawna nie czuł się chłopcem. Od dawna, czyli od
dnia, kiedy bomba zabiła jego mamę i młodszych braci. Na samą

myśl o Bilalu i Tariqu łzy napływały mu do oczu. Mrugał wtedy szybko, żeby Adnan nie widział. Bilal był wesołym psotnikiem, nie sposób było się na niego gniewać. Tariqa, który ciągle siedział z nosem w książce, wszystko ciekawiło, mówiło się, że wyrośnie na kogoś ważnego. Jedna chwila i było po nich. Znaleźli ich w kuchni, ciało mamy na ich ciałach. Nie udało jej się ochronić synów.

Rozejrzał się i zaciskając pięści, myślał o tym, jak teraz wygląda jego życie. Całe dnie spędza w pokoiku w ośrodku dla uchodźców albo spaceruje ulicami tego dziwnego miasteczka. Pustego, bez zapachów, odgłosów i kolorów.

Szwedzi żyją w innym świecie, ledwo się ze sobą witają, a jeśli się do nich coś powie, wyglądają na przestraszonych. Mówią cicho i w ogóle nie gestykulują.

Zjechali schodami na dół, wyszli na rozgrzaną ulicę i przystanęli. Codziennie to samo. Nic do roboty. Ściany ośrodka jakby się schodziły, żeby ich zadusić. Khalil nie chciał wyjść na niewdzięcznika. Miał gdzie mieszkać i co jeść, dał mu to ten kraj. I jeszcze poczucie bezpieczeństwa. Nie lecą bomby, nie grożą mu ani żołnierze, ani terroryści. A jednak życie w stanie zawieszenia jest trudne, nawet kiedy jest bezpiecznie. Bez domu, bez zajęcia, bez celu.

To nie życie. To trwanie.

Idący obok Adnan też westchnął. W milczeniu wrócili do ośrodka.

Eva objęła się ramionami. Stała w miejscu, jakby przymarzła do ziemi. Peter bez przerwy biegał. Przeszukiwał wszystko po cztery, pięć razy. Podnosił te same narzuty, przestawiał wciąż te same pudła, wołając córeczkę. Eva już wiedziała, że to nie ma sensu, Nei nie ma. Odczuwała jej nieobecność całym ciałem.

Mrużąc oczy, dostrzegła w oddali kropkę. Rosła coraz bardziej, aż zbielała. Domyśliła się, że to policja. Wkrótce widać było wyraźnie niebiesko-żółte paski. Poczuła, jak się w niej otwiera otchłań. Nie ma jej dziecka. Przyjechała policja, bo Nea zaginęła. Nie ma jej od samego rana. Jak mogli być tak złymi rodzicami, żeby nie zauważyć, że czteroletniej dziewczynki nie ma cały dzień?

– To pani dzwoniła?

Z radiowozu wysiadł starszy mężczyzna i ruszył w jej kierunku. Kiwnęła głową. Wyciągnął do niej rękę.

– Gösta Flygare. A to Bertil Mellberg.

Drugi policjant, mniej więcej w tym samym wieku, ale znacznie tęższy, też wyciągnął do niej rękę. Pocił się obficie i wycierał czoło rękawem koszuli.

– Jest pani mąż? – spytał ten szczuplejszy i bardziej siwy, rozglądając się po podwórku.

– Peter! – zawołała i natychmiast się przestraszyła, że ma taki słaby głos.

Zawołała jeszcze raz. Peter wybiegł z lasu.

– Znalazłaś ją? – krzyknął.

Spojrzał na radiowóz i się zgarbił.

Nagle wszystko wydało jej się zupełnie nierealne. Zaraz się obudzi i z ulgą stwierdzi, że to tylko sen.

– Możemy porozmawiać przy kawie? – spytał spokojnie Gösta, chwytając ją za łokieć.

– Tak, proszę za mną, usiądziemy w kuchni – powiedziała i ruszyła przodem.

Peter się nie ruszył. Stał bezradnie, z opuszczonymi rękami. Wiedziała, że chce jeszcze szukać, ale czuła, że nie da rady sama prowadzić tej rozmowy.

– Chodź, Peter.

Stawiając ciężko kroki, wszedł do domu. Eva zaczęła się krzątać koło maszynki do kawy, ale choć stała tyłem do wszystkich, wciąż czuła ich obecność. Jakby ich mundury wypełniały całą przestrzeń.

– Mleko? Cukier? – spytała odruchowo.

Obaj policjanci skinęli głowami.

Wyjęła mleko i cukier. Jej mąż nadal stał w drzwiach.

– Siadaj – powiedziała trochę za ostro. Wreszcie posłuchał.

Mechanicznie wystawiała kubki i wyjmowała łyżeczki, z szafki wyjęła opakowanie kruchych ciastek. Nea je uwielbiała. Drgnęła i upuściła łyżeczkę. Gösta schylił się, żeby ją podnieść, ale go uprzedziła. Podniosła ją i wrzuciła do zlewu, wyjęła z szuflady nową.

– Może byście wreszcie zaczęli? – odezwał się Peter, wpatrując się w swoje ręce. – Nie ma jej od rana, liczy się każda sekunda.

– Niech żona usiądzie, to zaczniemy – odparł Gösta.

Eva nalała wszystkim kawy i usiadła.

– Kiedy widzieli państwo córeczkę ostatni raz? – spytał grubas, sięgając po herbatnik.

Poczuła, że szumi jej w uszach ze złości. Wystawiła te ciasteczka, bo tak się robi, kiedy do domu przychodzi gość, ale zdenerwowało ją to, że pytając o Neę, facet zajada czekoladowe ciasteczko.

Musiała odetchnąć. Zdawała sobie sprawę, że jej reakcja jest irracjonalna.

– Wczoraj wieczorem. Poszła spać o tej samej porze co zwykle. Ma własny pokój. Przeczytałam jej bajkę na dobranoc, potem zgasiłam światło i zamknęłam drzwi.

– I potem jej państwo nie widzieli? Może się obudziła w nocy? Żadne z państwa nie wstawało? Może coś słyszeliście.

Głos Gösty brzmiał tak łagodnie, że prawie nie zwróciła uwagi na to, że jego kolega sięgnął po następne ciasteczko.

Peter chrząknął.

– Ona przesypia całą noc sama. Ja wstałem pierwszy, bo miałem jechać traktorem do lasu. Szybko wypiłem kawę, zjadłem kanapkę i wyszedłem.

W jego głosie słychać było prośbę, jakby liczył, że znajdą odpowiedź na to, co się stało. Eva położyła rękę na jego dłoni. Była tak samo zimna jak jej.

– I rano nie widział pan córki?

Peter pokręcił głową.

– Nie, drzwi do jej pokoju były zamknięte. Przechodząc obok, skradałem się jak najciszej, żeby jej nie obudzić. Chciałem dać pospać żonie.

Ścisnęła go za rękę. Cały Peter. Zawsze taki troskliwy.

– A pani? Proszę powiedzieć, co pani robiła rano.

Słuchała tego miękkiego głosu i zbierało jej się na płacz.

– Obudziłam się późno, około wpół do dziesiątej. Nie pamiętam, kiedy ostatnio tak długo spałam. W całym domu panowała cisza. Od razu poszłam do Nei. Drzwi jej pokoju były otwarte, łóżko nieposłane. Nie było jej, więc pomyślałam…

Zaszlochała. Peter przykrył jej dłoń drugą ręką i ścisnął.

– Myślałam, że pojechała do lasu z ojcem. Bardzo to lubi i często tak robi. Więc się nie zdziwiłam, nawet przez sekundę nie myślałam... Już nie mogła powstrzymać łez. Starła je wolną ręką.

– Ja pomyślałem tak samo – powiedział Peter.

Wiedziała, że miał prawo tak myśleć. A jednak. Gdyby tylko...

– A może poszła do koleżanki? – spytał Gösta.

Peter pokręcił głową.

– Nie, bawi się tylko na podwórku. Nigdy nawet nie próbowała wyjść poza obejście.

– Kiedyś zawsze jest ten pierwszy raz – zauważył grubas. Do tej pory tylko w milczeniu zajadał ciastka, więc Eva aż drgnęła. – Mogła zabłądzić w lesie.

Gösta rzucił Mellbergowi spojrzenie, którego Eva nie potrafiła zinterpretować.

– Zorganizujemy poszukiwania, pójdziemy tyralierą – powiedział.

– Wierzycie w to? Że mogła zabłądzić w lesie?

Las wydawał się Evie nieskończony i słabo jej się robiło na myśl o tym, że Nea mogła w nim zabłądzić. Do tej pory nie mieli takich obaw. Zresztą ich córka nigdy nie chodziła do lasu sama. Może byli naiwni, nieodpowiedzialni, że pozwolili czteroletniej dziewczynce biegać samej po podwórku. Teraz okazuje się, że zabłądziła w lesie i że to ich wina.

Gösta jakby czytał w jej myślach.

– Jeśli jest w lesie, to na pewno ją znajdziemy. Zadzwonię w parę miejsc i zaraz ruszą poszukiwania. Za godzinę będziemy mieć tyralierę. Trzeba korzystać z dziennego światła.

– Przetrwałaby noc w lesie? – spytał bezbarwnym głosem Peter.

Był blady jak trup.

– Noce są nadal ciepłe – uspokoił go Gösta. – Na pewno nie zamarznie, ale, rzecz jasna, zrobimy wszystko, żeby ją znaleźć przed zapadnięciem ciemności.

– Jak była ubrana? – spytał Mellberg, sięgając po ostatnie ciasteczko.

Gösta wyglądał na zdziwionego.

– Rzeczywiście, dobre pytanie. Wiedzą państwo, co miała na sobie? Nawet jeśli rano jej nie widzieliście, może dałoby się sprawdzić, czego brakuje?

Eva wstała i poszła na górę, do pokoju Nei. Wreszcie coś konkretnego.

Przed drzwiami zawahała się i odetchnęła kilka razy. Pokój wyglądał tak samo jak zwykle. Było to wręcz rozdzierające. Różowa tapeta na ścianie, obskubana przez Neę. Przechodziła taki okres. W nogach łóżka sterta misiów. Pościel z Elsą z *Krainy lodu*. Na jej poduszce jak zwykle bałwanek Olaf. Wieszak z... zatrzymała się. Już wiedziała, co Nea włożyła. Na wszelki wypadek zajrzała jeszcze do szafy i rozejrzała się po pokoju. Nie, nie ma. Pośpieszyła na dół.

– Ma na sobie sukienkę Elsy.

– Jak wygląda taka sukienka? – spytał Gösta.

– Błękitna, na piersi jest obrazek z księżniczką Elsą z filmu *Kraina lodu*. Uwielbia ten film. Na pewno włożyła też majteczki z obrazkami z tego filmu.

Eva zdawała sobie sprawę, że rzeczy oczywiste dla niej jako matki małej dziewczynki dla kogoś innego mogą być zupełnie niezrozumiałe. Sama widziała ten film albo słyszała ścieżkę dźwiękową setki razy, bo Nea od roku oglądała go co najmniej dwa razy dziennie. Potrafiła zaśpiewać całą piosenkę *Mam tę moc*. Eva miała przed oczami córkę, jak w błękitnej sukience i długich białych rękawiczkach tańczy i śpiewa całą piosenkę. Gdzie ona jest teraz? Dlaczego jej jeszcze nie szukają, zamiast tutaj siedzieć?

– Pójdę zadzwonić i zaraz zaczniemy poszukiwania – powiedział Gösta, jakby ją słyszał.

Kiwnęła tylko głową. Spojrzała na męża. Dręczyły ich te same mroczne myśli.

Prowincja Bohuslän 1671

Był pochmurny listopadowy poranek. Elin Jonsdotter marzła, siedząc na rozklekotanym wozie obok córki. Zbliżająca się coraz bardziej plebania wyglądała jak pałac w porównaniu z domkiem, w którym mieszkała z Perem w Oxnäs. Britcie się poszczęściło. Jak zawsze zresztą. Była oczkiem w głowie ojca, w dzieciństwie cieszyła się wszystkimi możliwymi przywilejami i nie było wątpliwości, że znajdzie dobrą partię. Tak też się stało. Wyszła za pastora i wprowadziła się na plebanię, podczas gdy Elin musiała się zadowolić Perem, który był rybakiem. Ale Elin sobie nie krzywdowała. Per był wprawdzie biedny, ale na całym świecie nie znalazłaby lepszego człowieka.

Na myśl o mężu zrobiło jej się ciężko na sercu. Poprawiła się na siedzeniu i zebrała w sobie. Nie ma co wylewać łez, skoro nie może tego zmienić. Bóg życzył sobie wystawić ją na próbę, obie z Märtą muszą teraz nauczyć się żyć bez Pera.

Musiała przyznać, że Britta okazała im wielką życzliwość, kiedy zaproponowała jej miejsce służącej na plebanii, a im obu dach nad głową. Jednak kiedy Lars Larsson skręcił na podwórko i zajechał z nimi i ich skromnym dobytkiem przed plebanię, poczuła się nieswojo. Britta była kiedyś niedobrym dzieckiem, z wiekiem raczej nie stała się lepsza. Ale Elin nie mogła sobie pozwolić na odrzucenie propozycji siostry. Nie mieli z Perem własnej ziemi, tylko dzierżawę, a po śmierci Pera właściciel powiedział, że wolno jej tam mieszkać tylko do końca miesiąca, potem ma się razem z córką wynieść. Bez domu i źródła utrzymania jako biedna wdowa była zdana na dobrą wolę innych. Słyszała też, że mąż Britty, Preben, pastor z Tanumshede, jest człowiekiem dobrym i uprzejmym. Widziała go jedynie w kościele, bo na ślub nie została zaproszona, podobnie jak nie było mowy o tym, żeby złożyła wizytę na plebanii. Ale wejrzenie miał miłe.

Kiedy wóz się zatrzymał, Lars mruknął, żeby wysiadły. Na chwilę mocno przytuliła Märtę. Będzie dobrze, mówiła sobie. Ale wewnętrzny głos mówił jej zupełnie co innego.

MARTIN ZNÓW PCHNĄŁ huśtawkę i uśmiechnął się, słysząc radosne okrzyki Tuvy.

Z każdym dniem czuł się trochę lepiej, głównie dzięki Tuvie. Teraz, gdy w przedszkolu były wakacje, a on miał urlop, spędzali każdą chwilę razem i dobrze im było ze sobą. Od śmierci Pii spała z nim i co wieczór zasypiała, wtulając buzię w jego pierś, najczęściej w środku bajki. Upewniwszy się, że zasnęła, wstawał i na godzinę lub dwie zasiadał przed telewizorem. Popijał herbatkę ziołową. Namówiła go do tego Annika. Zimą, kiedy miał największe kłopoty ze snem, poradziła mu, żeby sobie kupił jakieś uspokajające ziółka. Nie potrafiłby powiedzieć, czy był to efekt placebo, czy rzeczywiście działały, ale w końcu zaczął dobrze spać. Może właśnie o to chodziło, bo dzięki temu zaczął radzić sobie z żałobą. Nie była już tak dotkliwa, pozwalał sobie nawet pomyśleć o Pii bez obawy, że znów się załamie. Starał się rozmawiać o niej z Tuvą. Opowiadał jej o mamie, pokazywał zdjęcia. Tuva była taka malutka, kiedy Pia umarła, że nie miała własnych wspomnień, więc usiłował jej przekazać jak najwięcej.

– Tatusiu, wyżej!

Krzyczała z zachwytu, kiedy ją bujał, a huśtawka wzlatywała coraz wyżej. Ciemne włosy fruwały jej koło twarzy i jak wiele razy przedtem Martina uderzyło jej niezwykłe podobieństwo do matki. Sięgnął po telefon, żeby ją sfilmować, i cofnął się, żeby mu się zmieściła w kadrze. Zawadził o coś piętami i usłyszał wrzask. Przerażony obejrzał się i zobaczył rocznego chłopczyka z zapiaszczoną łopatką, który krzyczał wniebogłosy.

– Ojej, przepraszam – powiedział z przerażeniem i ukląkł. Usiłował pocieszyć małego.

Rozejrzał się, ale nikt z dorosłych nie ruszył się, żeby podejść do dziecka. Widocznie nie byli jego rodzicami.

– Nie płacz, malutki, zaraz znajdziemy mamę albo tatę – mówił, starając się uspokoić dziecko, które krzyczało coraz głośniej.

Kawałek dalej, pod krzewem, stała, rozmawiając przez telefon, kobieta w jego wieku. Usiłował nawiązać z nią kontakt wzrokowy, ale wydawała się zdenerwowana, mówiła ze złością, energicznie gestykulując. Pomachał do niej, ale nadal go nie widziała. Zwrócił się do Tuvy, jej huśtawka zwolniła:

– Zaczekaj chwilę, tylko odprowadzę tego malucha do mamy.

– Tatuś kopnął malucha – stwierdziła pogodnie Tuva.

Martin gwałtownie pokręcił głową.

– Nie, tatuś nie kopnął, tylko… nieważne, potem porozmawiamy.

Wziął na ręce krzyczące dziecko i miał nadzieję, że zdąży podejść, zanim matka zorientuje się, że obcy mężczyzna niesie jej synka. Nie musiał się martwić, bo nadal była bardzo zajęta rozmową. Patrzył, jak rozmawia i gestykuluje, i zdenerwował się. Mogłaby lepiej pilnować dziecka. Chłopczyk wrzeszczał tak, że uszy pękały.

– Przepraszam – powiedział, podchodząc.

Kobieta umilkła w pół zdania. W oczach miała łzy, na policzkach rozmazany tusz.

– Muszę kończyć, twój syn płacze! – powiedziała i się rozłączyła się.

Wytarła łzy i wyciągnęła ręce do synka.

– Przepraszam, wpadłem na niego – wyjaśnił Martin. – Chyba nic mu się nie stało, ale się przestraszył.

Kobieta uściskała małego.

– To nic takiego, po prostu wszedł w fazę, kiedy dzieci boją się obcych – powiedziała, mrugając oczami, żeby się pozbyć łez.

– Wszystko w porządku? – spytał.

Zaczerwieniła się.

– Przepraszam, głupio mi, że tu ryczę, Jona też nie dopilnowałam. Na pewno uważasz, że jestem okropną matką.

– Ależ skąd, nie przejmuj się, małemu nic się nie stało. Mam nadzieję, że tobie też nic nie jest.

Nie chciał jej wypytywać, ale wyglądała na zrozpaczoną.

– Nikt nie umarł, chodzi tylko o to, że mój były jest durniem. Jego nowa dziewczyna najwyraźniej nie jest zainteresowana jego bagażem z przeszłości, więc właśnie mi zakomunikował, że nie weźmie Jona na trzy dni, jak się umawialiśmy, bo Madde chce, żeby spędzili ze sobą trochę czasu we dwoje.

– Żałosne – stwierdził Martin. Zdenerwował się. – Co za dupek.

Uśmiechnęła się. Zapatrzył się na jej dołeczki.

– A ty?

– Ja? W porządku – odparł.

Wtedy się roześmiała.

Jakby coś ją rozświetliło od środka.

– Pytałam, które jest twoje.

Kiwnęła głową w stronę placu zabaw. Martin złapał się za głowę.

– No jasne. O to chodziło. To ta mała na huśtawce, z niezadowoloną miną, bo została unieruchomiona.

– Ojej, to lepiej idź ją pohuśtaj. A może jej mama też tu jest?

Martin się zaczerwienił. Czy ona z nim flirtuje? Złapał się na tym, że chciałby. Nie wiedział, co powiedzieć, ale w końcu uznał, że najlepiej powiedzieć prawdę.

– Nie, jestem wdowcem – odparł.

Wdowcem. Zabrzmiało to tak, jakby był osiemdziesięciolatkiem, a nie młodym ojcem małej dziewczynki.

– Ojej, przepraszam – powiedziała, kładąc rękę na ustach. – A ja głupio żartuję, że nikt nie umarł.

Położyła dłoń na jego ramieniu. Martin uśmiechnął się uspokajająco. Nie chciał, żeby się martwiła albo czuła zakłopotana, wolałby, żeby się śmiała. Chciał znów zobaczyć jej dołeczki.

– W porządku – zapewnił. Widział, że się uspokoiła.

Za jego plecami Tuva wołała coraz bardziej natarczywie:

– No taaatooo!

– Lepiej idź, pobujaj ją – powiedziała, ścierając z buzi Jona piasek i smarki.

– Może się tu jeszcze spotkamy? – spytał.

Uświadomił sobie, że mówi to z nadzieją. Uśmiechnęła się, dołeczki stały się jeszcze wyraźniejsze.

– Często tu przychodzimy. Jutro też będziemy – odparła. Radośnie kiwnął głową i ruszył do Tuvy.

– To się zobaczymy – powiedział, próbując nie uśmiechać się tak szeroko.

W następnej chwili zawadził o coś piętami. Rozległ się głośny wrzask. Usłyszał, jak Tuva na huśtawce wzdycha.

– Ojej, tato…

W środku tego zamieszania zadzwonił jego telefon. Wyszarpnął go z kieszeni. Na wyświetlaczu zobaczył imię: Gösta.

– Skąd ty ją wziąłeś? – powiedziała Marie do reżysera Jörgena Holmlunda i odepchnęła kobietę, która od godziny nakładała jej na twarz tapetę.

– Yvonne jest bardzo dobra – odparł Jörgen z denerwującym drżeniem w głosie. – Pracowała przy większości moich filmów.

Stojąca za nią Yvonne załkała. Ból głowy, który męczył Marie od chwili, kiedy weszła do przyczepy, jeszcze się nasilił.

– W każdej scenie w każdym calu powinnam wyglądać jak Ingrid. Ona była zawsze *flawless**. Nie mogę wyglądać jak jakaś Kardashianka. *Contouring*, słyszałeś coś podobnego? Mam idealne rysy i niepotrzebny mi żaden cholerny *contouring*! – krzyczała, wskazując na swoją twarz z wyraźnymi plamami bieli i brązu.

– To się rozetrze, nie zostanie tak jak teraz – wyszeptała Yvonne tak cicho, że Marie ledwie ją słyszała.

– Mam to gdzieś. Moje rysy nie wymagają korekty!

– Jestem pewien, że Yvonne ci to poprawi – powiedział Jörgen. – Zgodnie z twoim życzeniem.

Na czole kroplił mu się pot, chociaż w przyczepie było chłodno.

Ekipa filmowa i kierownictwo produkcji miały bazę w TanumStrand, ośrodku turystyczno-konferencyjnym znajdującym się między Fjällbacką a Grebbestad, ale na planie w Fjällbace korzystali z kamperów, w których urządzono charakteryzatornie i przebieralnie.

– Okej, proszę mi to usunąć i przerobić, wtedy zobaczymy – powiedziała i uśmiechnęła się, widząc ulgę na twarzy Yvonne.

Na początku pobytu w Hollywood Marie poddawała się formowaniu przez innych według ich koncepcji i robiła wszystko,

---

* *Flawless* (ang.) – nieskazitelny.

o co ją proszono. Ale to się zmieniło. Teraz wiedziała dokładnie, jak powinna odegrać swoją rolę. I jak ma wyglądać.

– Najdalej za godzinę powinniśmy skończyć – zauważył Jörgen. – W tym tygodniu kręcimy najłatwiejsze sceny.

Marie odwróciła się. Yvonne starła jej makijaż, owoc godzinnej pracy, jej twarz była teraz czysta.

– Chcesz powiedzieć: te mniej kosztowne? Myślałam, że mamy zielone światło ze wszystkich stron.

Nie potrafiła ukryć niepokoju. To nie była jedna z tych produkcji, o które inwestorzy są gotowi ubiegać się jeden przez drugiego. Klimat wokół filmu w Szwecji zmienił się, preferowano produkcje niskobudżetowe i już kilka razy niewiele brakowało, żeby ich film w ogóle spadł z produkcji

– Wciąż dyskutują na temat priorytetów... – Znów to nerwowe drżenie w głosie. – Ale nie musisz sobie tym zaprzątać głowy. Skup się i daj z siebie wszystko na planie. Tylko o tym powinnaś myśleć.

Marie odwróciła się znów do lustra.

– Jest tu wielu dziennikarzy, proszą o wywiad z tobą – powiedział Jörgen. – Ciekawią ich twoje związki z Fjällbacką. I to, że wróciłaś tu po raz pierwszy po trzydziestu latach. Rozumiem, że rozmowa o tym może być dla ciebie... trudna, ale gdybyś...

– Umów ich – przerwała mu, nie odrywając wzroku od lustra. – Nie mam nic do ukrycia.

Jeśli się czegoś nauczyła, to tego, że nieważne, co mówią, byleby mówili. Uśmiechnęła się do swojego odbicia. Chyba właśnie przeszedł ten przeklęty ból głowy.

Erika przejęła dzieci od męża, spakowała je i powoli ruszyła pod górę, do domu. Patrik pobiegł, jak tylko przyszła. Widziała w jego oczach niepokój. Podzielała go. Na samą myśl o tym, że dzieciom mogłoby się coś stać, poczuła się, jakby stanęła nad przepaścią.

Po powrocie do domu musiała je dodatkowo wycałować, potem ułożyła bliźniaków do popołudniowej drzemki, a Maję posadziła przed telewizorem i *Krainą lodu*. Wreszcie mogła zaszyć się w gabinecie. Podobieństwa nasuwały się same. Patrik powiedział jej, z którego gospodarstwa zginęła dziewczynka. Na dodatek dziecko było w tym samym wieku. Wszystko to sprawiło, że musiała przejrzeć swoją dokumentację. Nie dojrzała jeszcze do pisania, ale całe biurko miała zawalone skoroszytami, kserokopiami artykułów i notatkami dotyczącymi śmierci małej Stelli. Przez chwilę siedziała nieruchomo, patrząc na to wszystko. Do tej pory, jak chomik, zbierała fakty, nie systematyzowała ich, nie porządkowała ani nie sortowała. To będzie następny krok na długiej i wyboistej drodze do nowej książki. Sięgnęła po odbitkę artykułu z czarno-białym zdjęciem dwóch dziewczyn. Helen i Marie. Wzrok miały posępny, mroczny. Trudno powiedzieć, czy była w nim złość, czy strach. A może zło, jak twierdziło wiele osób. Ale Erice nie mieściło się w głowie, żeby dzieci mogły być złe.

Tego rodzaju rozważania snuto zawsze, gdy zbrodnie popełniały dzieci. Mary Bell, która miała zaledwie jedenaście lat, kiedy zabiła dwoje dzieci. Mordercy trzyletniego Jamesa Bulgera. Pauline Parker i Juliet Hulme, dwie Nowozelandki, które zamordowały matkę jednej z nich. Erika bardzo lubiła oparty na tej historii film Petera Jacksona *Niebiańskie stworzenia*. Ludzie mówili potem: zawsze była paskudnym bachorem. Albo: już kiedy był dzieckiem, źle mu patrzyło z oczu. Sąsiedzi, znajomi, nawet krewni chętnie się wypowiadali, wymieniali dowody na wrodzone zło. Ale dziecko chyba nie może być złe samo z siebie. Już prędzej gotowa była wierzyć w to, że zło to nieobecność dobra. I w to, że rodzimy się ze skłonnością do przejścia na jedną albo na drugą stronę. A potem wzmacniają ją albo łagodzą środowisko i wychowanie.

Dlatego postanowiła dowiedzieć się jak najwięcej o dziewczynkach ze zdjęcia. Kim były Marie i Helen? Jakie miały dzieciństwo? Ciekawiło ją, co się działo za zamkniętymi drzwiami ich rodzinnych domów. Jaki obowiązywał tam system wartości? Jak były traktowane? Czego nauczyły się o świecie przed tamtym strasznym dniem w 1985 roku?

Po pewnym czasie dziewczynki wycofały zeznania, powiedziały, że nie przyznają się do popełnienia zbrodni, i uparcie twierdziły, że są niewinne. Większość ludzi była przekonana o ich winie, ale pojawiło się wiele spekulacji. A może śmierci Stelli winien jest ktoś inny, bo akurat tego dnia nadarzyła się sposobność? A jeśli ta sposobność nadarzyła się znów? To nie może być przypadek, że z tego samego domu ginie druga dziewczynka w tym samym wieku. Jakie jest prawdopodobieństwo takiego zbiegu okoliczności? Musi istnieć jakiś związek między przeszłością a teraźniejszością. Może policji coś wtedy umknęło i z jakiegoś powodu morderca znów przystąpił do dzieła. Czyżby zainspirował go powrót Marie? Ale dlaczego? Czy w niebezpieczeństwie są inne dziewczynki?

Szkoda, że nie zdążyła zgromadzić więcej dokumentów. Wstała z krzesła. Panował duszny upał. Pochyliła się nad biurkiem, żeby otworzyć okno na oścież. Na dworze życie toczyło się swoim torem. Odgłosy lata. Okrzyki i śmiech dzieci dochodzące z plaży. Krzyk mew nad wodą. Szum wiatru w koronach drzew. Istna idylla. Ale ona tego nie widziała.

Znów usiadła przy biurku i zaczęła sortować materiały. Nawet nie zaczęła robić wywiadów. Sporządziła długą listę osób, z którymi zamierzała porozmawiać. Na szczycie były oczywiście Marie i Helen. Do Helen już pisała, i to kilka razy, bez odpowiedzi. Kontaktowała się też z agentem Marie do spraw PR-u. Miała przed sobą odbitki wywiadów prasowych, w których Marie mówiła o sprawie Stelli, zakładała więc, że nie odrzuci jej prośby o rozmowę. Panowało nawet dość powszechne przekonanie, że kariera Marie nie potoczyłaby się tak, jak się potoczyła, gdyby informacje o tej sprawie nie trafiły do prasy wkrótce po jej pierwszych rólkach w kilku mniejszych produkcjach.

Pisanie książek o prawdziwych zbrodniach nauczyło Erikę, że wszyscy, niemal bez wyjątku, odczuwają potrzebę, żeby opowiedzieć swoją historię, wyrzucić ją z siebie.

Włączyła telefon, na wypadek, gdyby Patrik dzwonił, chociaż pewnie był zbyt zajęty, żeby dać jej znać, co się dzieje. Była gotowa pomóc w poszukiwaniach, ale Patrik powiedział, że na pewno będzie dość ochotników i lepiej żeby została z dziećmi. Nie oponowała. Z dołu dochodziły odgłosy świadczące o tym, że Elsa właśnie uwolniła swoją moc i zbudowała zamek z lodu. Erika odłożyła papiery. Dawno nie siedziała przed telewizorem razem z Mają. Muszę jakoś znieść tę egoistyczną księżniczkę, pomyślała. Zresztą bałwanek Olaf jest uroczy. Renifer też.

– Co załatwiliście do tej pory? – spytał Patrik, jak tylko wszedł na podwórko. Nie zawracał sobie głowy powitaniami.

Gösta stał przed wejściem do domu, obok pomalowanych na biało drewnianych ogrodowych mebli.

– Dzwoniłem do Uddevalli, wysłali helikopter.

– A do ratownictwa wodnego?

Gösta kiwnął głową.

– Do wszystkich, już jadą. Dzwoniłem do Martina, poprosiłem, żeby ściągnął ochotników, żebyśmy mogli uformować tyralierę w lesie. Poczta pantoflowa już działa, więc lada chwila będzie tu pewnie mnóstwo ludzi. I przewodnicy z psami z Uddevalli.

– Co o tym myślisz? – spytał cicho Patrik, patrząc na rodziców zaginionej dziewczynki. Stali nieopodal, obejmując się.

– Chcą wyruszyć i sami szukać – odparł Gösta. – Ale powiedziałem im, że powinni poczekać, aż się zorganizujemy, bo za chwilę będziemy marnowali siły, żeby szukać również ich. – Chrząknął. – Wiesz, Patriku, sam nie wiem, co o tym myśleć. Żadne z nich nie widziało córki od chwili, gdy poszła spać, wczoraj około ósmej. To małe dziecko. Cztery lata. Gdyby była w pobliżu, na pewno dałaby jakiś znak. Wróciłaby do domu, choćby dlatego, że byłaby głodna. Więc musiała zabłądzić. Chyba że…

Urwał.

– Dziwny zbieg okoliczności – zauważył Patrik.

Wolał o tym nie myśleć.

– Tak, to samo miejsce – powiedział Gösta. – I dziewczynka jest w tym samym wieku. Nie sposób nie skojarzyć.

– Przypuszczam, że zgubienie się w lesie to nie jedyny punkt wyjścia do poszukiwań – powiedział Patrik, nie patrząc na rodziców Nei.

– Nie jedyny – odparł Gösta. – Jak tylko będzie to możliwe, zaczniemy pytać sąsiadów, zwłaszcza mieszkających przy tej drodze. Może coś widzieli albo słyszeli w nocy. Ale najpierw trzeba się skupić na przeszukaniu lasu. Jest sierpień i ciemność zapada dość szybko. Na samą myśl o tym, że mała może błąkać się po lesie sama, człowiek wpada w rozpacz. Mellberg chce zwołać konferencję prasową, ale ja wolałbym się z tym wstrzymać.

– O mój Boże, jasne, że chce zwołać konferencję – westchnął Patrik.

Szef komisariatu robił ważną minę, przyjmując przybywających ochotników.

– Trzeba to zorganizować, przyniosłem mapę okolicy – powiedział Patrik.

– I podzielić na sektory – odparł Gösta, zabierając mu ją.

Położył ją na stole, z kieszonki wyjął ołówek i zaczął kreślić.

– Jak myślisz? Czy taka wielkość sektora na jedną grupę będzie odpowiednia? Jeśli grupa będzie liczyć trzy, cztery osoby?

– Chyba tak – stwierdził Patrik.

Od paru lat jego współpraca z Göstą układała się doskonale. Wprawdzie najczęściej współpracował z Martinem, ale dobrze się czuł również ze starszym kolegą. Całkiem inaczej niż jeszcze kilka lat wcześniej, kiedy Gösta współpracował z nieżyjącym już Ernstem. Okazało się, że starego psa jednak da się nauczyć siadać. Zdarzało się wprawdzie, że Gösta był duchem raczej na polu golfowym niż w komisariacie, ale w takich sytuacjach jak ta potrafił myśleć i reagować błyskawicznie.

– Zrobisz krótki briefing czy ja mam to zrobić? – spytał Patrik.

Nie chciał go urazić, przejmując dowodzenie.

– Zrób – zdecydował Gösta. – Najważniejsze to nie dopuścić do głosu Bertila…

Patrik kiwnął głową. Mellberg przemawiający do ludzi to właściwie nigdy nie był dobry pomysł. Kończyło się zawsze na tym, że ktoś był urażony albo oburzony, a oni tracili czas na zażegnywanie kryzysów, zamiast zajmować się tym, czym powinni.

Spojrzał w stronę rodziców Nei. Przytuleni do siebie wciąż stali na środku podwórka.

Po chwili wahania powiedział:

– Tylko się z nimi przywitam. Potem zbiorę tych, którzy już przyszli, i będziemy przekazywać wskazówki następnym. Ciągle zgłaszają się nowi ochotnicy, więc zebranie wszystkich jednocześnie będzie niemożliwe. Tym bardziej że powinniśmy wyruszyć jak najprędzej.

Podszedł ostrożnie do rodziców dziewczynki. Rozmowa z bliskimi ofiar zawsze była dla niego trudna.

– Patrik Hedström, również z policji – powiedział i wyciągnął rękę. – Jak państwo widzą, zbierają się ochotnicy. Przejdą tyralierą przez las. Za chwilę przekażę im niezbędne informacje i zaraz wyruszamy.

Zdawał sobie sprawę, że brzmi to bardzo oficjalnie, ale był to jedyny sposób, żeby utrzymać na wodzy emocje i skupić się na zadaniu.

– Wezwaliśmy telefonicznie przyjaciół, rodzice Petera mają przylecieć z Hiszpanii – powiedziała cicho Eva. – Mówiliśmy im, że nie trzeba, ale okropnie się niepokoją.

– Z Uddevalli jadą funkcjonariusze z psami – ciągnął Patrik. – Mają państwo coś, co należało do córeczki?

– Do Nei. – Eva przełknęła ślinę. – Właściwie ma na imię Linnea, ale mówimy na nią Nea.

– Nea, ładnie. Macie coś, co można dać do powąchania psom, żeby wiedziały, czego szukać?

– W koszu na brudną bieliznę są ubrania, które miała na sobie wczoraj. Mogą być?

– Znakomicie. Może je pani przynieść? I zaparzyć kawę?

Zdawał sobie sprawę, że brzmi to tak, jakby miała im serwować kawę, ale po pierwsze wolał, żeby rodzice mu nie przeszkadzali, kiedy będzie wydawał instrukcje ochotnikom, a po drugie chciał ich czymś zająć. Zazwyczaj tak było lepiej.

– Może my też powinniśmy wziąć udział w poszukiwaniach? – zapytał Peter.

– Będziecie potrzebni tu, na miejscu. Kiedy mała się znajdzie, musimy wiedzieć, gdzie jesteście, więc lepiej zostańcie, i tak jest nas dużo.

Peter chyba się wahał, Patrik położył mu rękę na ramieniu.

– Wiem, że takie czekanie jest trudne, ale uwierzcie mi, bardziej przydacie się tutaj.

– Okej – odparł cicho Peter i razem z żoną poszli do domu.

Patrik gwizdnął na palcach, żeby przyciągnąć uwagę około trzydziestu osób zgromadzonych na podwórku. Dwudziestolatek, który filmował coś komórką, schował ją do kieszeni.

– Zaraz zaczniemy poszukiwania. Kiedy zaginie tak małe dziecko, liczy się każda minuta. A zatem szukamy czteroletniej Linnei, zwanej Neą. Nie wiadomo dokładnie, od kiedy jej nie ma, rodzice nie widzieli jej, odkąd wczoraj około ósmej położyli ją spać. Wskutek niefortunnego nieporozumienia matka myślała dziś, że córka jest z ojcem, a on, że z matką. Dlatego dopiero jakąś godzinę temu odkryli, że małej nie ma. Najbardziej prawdopodobne jest to, że zabłądziła w lesie.

Wskazał na Göstę, który stał przy ogrodowym stole nad rozłożoną mapą.

– Podzielimy was na grupy po trzy, cztery osoby i każdej przydzielimy do przeszukania jeden sektor. Nie mamy map do rozdania, więc orientujcie się na oko. Możecie też zrobić zdjęcie mapy komórką.

– Można też skorzystać z mapy w komórce – odezwał się łysy mężczyzna i podniósł do góry telefon. – Jeśli ktoś nie wie, która aplikacja jest najlepsza, chętnie pokażę, bo często chodząc po lesie, korzystam z mapy w komórce.

– Dzięki – powiedział Patrik. – Proszę, żebyście zachowywali odległość na wyciągnięcie ręki. Idźcie powoli. Wiem, że każdy chciałby jak najprędzej przeszukać swój sektor, ale w lesie jest mnóstwo miejsc, w których można ukryć czterolatkę… to znaczy, w których mogłaby się schować… więc szukajcie dokładnie. – Odkaszlnął, zasłaniając usta pięścią. – Gdybyście… coś znaleźli – powiedział i urwał. Nie wiedział, co mówić dalej. Miał nadzieję, że zrozumieli i że nie musi wyjaśniać. – Gdybyście coś znaleźli, proszę niczego nie dotykać ani nie przesuwać. Mogą to być ślady albo… co innego.

Kilka osób kiwnęło głowami, większość patrzyła w ziemię.

– Proszę wtedy zostać na miejscu i zadzwonić do mnie. Tu jest mój numer – dodał, przyczepiając do ściany obory dużą kartkę. – Zapiszcie sobie w komórkach. Zrozumiano? Zostać na miejscu i zadzwonić do mnie. Tylko tyle. Okej?

Stojący z tyłu starszy mężczyzna podniósł rękę. Patrik go znał: Harald, dawny wieloletni właściciel piekarni w Fjällbace.

– Czy istnieje… – zająknął się i zaczął od początku. – Czy istnieje ryzyko, że to nie przypadek? To gospodarstwo? Dziewczynka? I to, co się stało…

Nie musiał kończyć, wszyscy zrozumieli.

Patrik musiał się zastanowić, co odpowiedzieć.

– Niczego nie wykluczamy – odrzekł w końcu. – Ale na tę chwilę najważniejsze jest przeszukanie lasu. Najbliższej okolicy.

Kątem oka zobaczył, że z domu wyszła mama Nei ze stertą ubranek.

– A zatem ruszamy.

Pierwsze cztery osoby podeszły do Gösty, żeby im przydzielił sektor. Wtedy usłyszeli warkot zbliżającego się helikoptera. Nie było problemu z lądowaniem. Na podwórzu było dość miejsca. Wszyscy ruszyli w stronę skraju lasu. Patrik patrzył za nimi. Za jego plecami helikopter zszedł do lądowania. Jednocześnie na podwórze wjechały samochody z psami policyjnymi z Uddevalli. Jeśli dziewczynka rzeczywiście jest w lesie, na pewno ją znajdą, był o tym przekonany. Bał się tylko, że jednak nie zabłądziła.

Sprawa Stelli

Szukali dziewczynki przez całą noc. Dołączało coraz więcej ludzi. Chodząc po lesie, Harald słyszał ich głosy. Policja wykonała dobrą robotę, ochotników nie zabrakło. Rodzina była lubiana i wszyscy znali dziewuszkę o rudoblond włosach. To takie dziecko, do którego nie sposób się nie uśmiechnąć.

Przeżywał to razem z jej rodzicami. Jego dzieci były już duże, dwóch synów brało udział w poszukiwaniach. Zamknął piekarnię. Ruch i tak był mały, lipcowe urlopy w przemyśle już się skończyły, od jednego dzwonka nad drzwiami do następnego mijało sporo czasu. Chociaż i tak by zamknął, nawet gdyby ruch był duży. Serce mu się ściskało, kiedy wyobrażał sobie, co przeżywają rodzice Stelli.

Znalezionym patykiem na chybił trafił rozgarniał krzaki. Zadanie było niełatwe. Las był wielki, ale jak daleko może zajść taka mała? Pod warunkiem, że rzeczywiście jest w lesie. Była to tylko jedna z możliwości rozważanych przez policję. Jej zdjęcie pokazywały wszystkie programy informacyjne. Równie dobrze mogła zostać wciągnięta do jakiegoś samochodu i znajdować się już daleko stąd. Postanowił, że nie będzie o tym rozmyślał. Ma do wykonania zadanie, ma jej szukać w tym lesie wraz z innymi. Ich odgłosy dochodziły do niego przez gęstwinę.

Zatrzymał się i wciągnął w nozdrza zapach lasu. Zbyt rzadko tu przychodzi. Piekarni i obowiązkom rodzinnym poświęcił ładnych parę dziesiątków lat, ale w młodości spędzał dużo czasu na łonie przyrody. Obiecał sobie, że do tego wróci. Życie jest takie krótkie i nigdy nie wiadomo, kiedy przybierze całkiem inny obrót. Ten dzień mu o tym przypomniał.

Jeszcze kilka dni wcześniej rodzice Stelli na pewno byli przekonani, że wiedzą, co przyniesie im życie. Dzień toczył się za dniem, nie zatrzymywali się, żeby się cieszyć każdą chwilą i tym, co mają. Podobnie jak inni ludzie. Dopiero gdy dzieje się coś złego, docenia się każdą chwilę spędzoną z tymi, których się kocha.

Znów ruszył, powoli, krok za krokiem. Przed nim między drzewami zalśniła woda. Dostali wyraźne instrukcje, co powinni zrobić, jeśli natrafią na jakieś jeziorko albo staw. Mieli natychmiast powiadomić policję. Policja miała przeszukać dno bosakami albo ściągnąć nurków, gdyby woda okazała się głęboka. Powierzchnia jeziorka była gładka i spokojna, malutkie kręgi pojawiały się tylko wtedy, kiedy siadały na niej ważki. Nie zobaczył nic poza pniem, który wpadł do wody powalony kilka lat wcześniej przez wiatr albo piorun. Podszedł bliżej i zobaczył, że część korzeni jeszcze tkwi w ziemi. Ostrożnie wdrapał się na pień. Nic, tylko woda. A potem spojrzał pod nogi. I wtedy zobaczył włosy. Rudoblond, unosiły się na mętnej wodzie jak falujące wodorosty.

SANNA ZATRZYMAŁA SIĘ na środku sklepowej alejki. Latem jej gospodarstwo ogrodnicze było otwarte dla klientów do późna, ale tego dnia miała gonitwę myśli i pytania w rodzaju „jak często trzeba podlewać pelargonie" wyjątkowo ją drażniły.

Rozejrzała się po sklepie. Vendela miała wrócić od ojca, więc chciała, żeby w domu były jej ulubione dania i przekąski. Dawniej znała je na pamięć, teraz zmieniały się równie często jak kolor włosów córki. Przez tydzień była weganką, tydzień później jadła tylko hamburgery, przez cały kolejny się odchudzała i gryzła tylko marchewkę, a ona zrzędziła, że zaraz wpadnie w anoreksję. Ciągle coś nowego, nic nie było tak jak przedtem.

Czy Niklas też miał z nią tyle problemów? Przez wiele lat naprzemienna opieka nad córką funkcjonowała bardzo dobrze. A teraz Vendela najwyraźniej uświadomiła sobie, jaką ma władzę. Jeśli nie odpowiadało jej jedzenie u matki, mówiła, że u ojca było lepsze i że pozwalał jej włóczyć się wieczorami z Nilsem. Chwilami Sanna czuła, że jest u kresu sił. Dziwiła się nawet, że kiedy jej córka była malutka, mogła uważać ten okres za męczący. Ten był dużo gorszy.

Często odnosiła wrażenie, że ma do czynienia z obcą osobą. Dawniej Vendela napadała na nią, jeśli ją przyłapała na paleniu papierosa za domem, i od razu wygłaszała wykład o ryzyku zachorowania na raka. Ale kiedy ostatnio u niej była, jej ubranie wyraźnie śmierdziało papierosami.

Rozejrzała się po półkach i w końcu zdecydowała się na pewniaka. Tacos. Zarówno z nadzieniem mięsnym, jak i sojowym, na wypadek gdyby właśnie wypadł tydzień wegański.

Sama jako nastolatka właściwie nie przeszła przez okres buntu. Za szybko dorosła. Śmierć Stelli i wszystkie okropności, które potem nastąpiły, wypchnęły ją w dorosłość. Nie było czasu na fanaberie. I nie było rodziców, na których można by się wkurzać.

Niklasa poznała w technikum rolniczym. Zamieszkali razem i od razu poszła do pierwszej pracy. Po pewnym czasie urodziła się Vendela, właściwie była wypadkiem przy pracy. To, że im potem nie wyszło, nie było jego winą. Niklas był dobrym mężem, ale ona nie potrafiła otworzyć się przed nim do końca. Wcześnie się nauczyła, że miłość boli, nieważne, czy to miłość do męża, czy do córki.

Włożyła do wózka pomidory, ogórek i cebulę i ruszyła do kasy.

– Pewnie już słyszałaś – powiedziała Bodil, z wprawą skanując kolejne zakupy, które Sanna wykładała na taśmę.

– Nie, a co? – spytała Sanna, chwytając butelkę coli. Położyła ją z boku.

– O tej dziewczynce!

– Jakiej dziewczynce?

Słuchała jednym uchem. Właśnie pomyślała, że źle zrobiła, kupując córce colę.

– Tej, co zaginęła. Z waszego dawnego gospodarstwa.

Bodil nie ukrywała podniecenia. Sanna zastygła z torebką tartego sera texmex w ręku.

– Z naszego? – spytała. W uszach lekko jej szumiało.

– No tak – ciągnęła Bodil, skanując kolejne artykuły. Nie zauważyła, że Sanna przestała wykładać zakupy na taśmę. – Dziewczynka, cztery lata. Zaginęła, trwają poszukiwania. Idą tyralierą przez las. Wygląda to na wielką akcję, mój mąż też tam jest.

Sanna odłożyła ser na taśmę. Ruszyła do drzwi, zakupy zostawiła. Torebkę też. Słyszała, jak Bodil woła za nią.

Anna rozsiadła się na krześle i spojrzała na Dana. Piłował deskę. W najgorszy upał postanowił ruszyć z projektem nowy taras. Mówili o tym od trzech lat, ale najwyraźniej nie dało się tego dłużej odkładać. Domyślała się, że zadziałał instynkt: Dan wił gniazdo. U niej przejawiło się to przeglądaniem wszystkich szaf. Dzieci zaczęły chować swoje ulubione ciuchy w obawie, że trafią do punktu zbierania odzieży.

Uśmiechnęła się do zmagającego się z upałem Dana i uzmysłowiła sobie, że po raz pierwszy od bardzo dawna naprawdę cieszy się życiem. Jej firma wnętrzarska może nie dojrzała jeszcze, żeby trafić na giełdę, ale dostawała zlecenia od wielu wymagających letników i doszło nawet do tego, że musiała odmawiać, bo nie starczało jej czasu. A dzieciątko w brzuchu rosło. Postanowili, że nie chcą znać płci, więc mówili po prostu berbeć. Dzieci zaangażowały się w wymyślanie imienia, ale propozycje takie jak Buzz Astral*, Rackaralex** czy Darth Vader*** nie były specjalnie pomocne. Pewnego wieczoru Dan lekko zgryźliwie zacytował Freddiego z serialu komediowego *Solsidan*: każde z nas sporządziło własną listę proponowanych imion, a potem wzięliśmy pierwsze z listy: Mickan. A wszystko dlatego, że Anna zdecydowanie odrzuciła jego pomysł, żeby ewentualnemu chłopcu dać na imię Bruce, po Springsteenie. Sam nie był lepszy, bo kiedy zaproponowała imię Philip, zauważył, że brzmi to tak, jakby dzieciak miał się urodzić od razu w marynarce. Na tym stanęło. Za miesiąc poród i ani jednej rozsądnej propozycji ani dla chłopaka, ani dla dziewczyny.

Ułoży się, pomyślała Anna, patrząc na idącego do niej Dana. Pochylił się i dał jej całusa w usta. Smakował słono, od potu.

– A ty tu sobie siedzisz i jest ci dobrze – powiedział, poklepując ją po brzuchu.

– Tak, dzieciaki są u kolegów – odparła, pociągając łyk zimnej kawy z kostkami lodu.

Wiedziała, że podobno nie należy w ciąży pić dużo kawy, ale musiała mieć jakąś przyjemność, skoro alkohol i sery pleśniowe były objęte absolutnym zakazem.

– O mało dziś nie umarłam podczas lunchu. Moja siostra sączyła zimne bąbelki z dużego kieliszka – stęknęła.

Dan objął ją ramieniem. Usiadł wygodnie obok, zamknął oczy i wystawił twarz do słońca.

– Już niedługo, kochanie – powiedział i pogłaskał jej dłoń.

– Po porodzie wykąpię się w winie – westchnęła i też zamknęła oczy.

Od razu uzmysłowiła sobie, że przez ciążowe hormony może dostać plam od słońca. Zaklęła i wzięła ze stolika kapelusz z szerokim rondem.

---

* Buzz Astral – postać z filmu *Toy Story*.
** Rackaralex – Alexander Ken Hermansson, popularny w Szwecji youtuber i prezenter telewizyjny.
*** Darth Vader – jeden z głównych bohaterów filmowej sagi *Gwiezdne wojny*.

– Cholera, nawet opalać się nie można – mruknęła.

– Co? – spytał sennie Dan. Najwidoczniej właśnie zapadał w drzemkę.

– Nic, kochanie – odparła, chociaż miała ochotę kopnąć go w kostkę za to tylko, że jest mężczyzną i nie musi znosić niewygód związanych z ciążą.

Co za niesprawiedliwość. I jeszcze te wszystkie kobiety wzdychające, jak to c u d n i e być w ciąży, jaki to d a r, że można nosić w brzuchu dziecko. Im też by przyłożyła. Mocno.

– Ludzie są durni – mruknęła.

– Co? – spytał znów Dan, pogrążając się coraz głębiej we śnie.

– Nic – odpowiedziała, zsuwając kapelusz na oczy.

O czym to myślała, zanim jej przerwał? A, właśnie. Że życie jest wspaniałe. No bo jest. Mimo rozmaitych dolegliwości ciążowych i innych rzeczy. Jest kochana i otoczona rodziną.

Zdarła z głowy kapelusz i odwróciła twarz do słońca. Najwyżej będzie miała plamy. Życie jest za krótkie, żeby odmawiać sobie słońca.

Sam pragnąłby zostać tu na zawsze. Od małego to uwielbiał. Ciepło skał. Plusk wody. Krzyk mew. Uciekał tutaj od wszystkiego. Wystarczyło zamknąć oczy i już nic nie było.

Jessie leżała tuż obok. Czuł bijące od niej ciepło. Istny cud. Że też pojawiła się w jego życiu właśnie teraz. Córka Marie Wall. Co za ironia losu.

– Kochasz swoich rodziców?

Otworzył jedno oko i spojrzał spod zmrużonej powieki. Patrzyła na niego, leżąc na brzuchu i podpierając ręką podbródek.

– Dlaczego pytasz?

Intymne pytanie. Znali się tak krótko.

– Ja nie poznałam swojego taty – powiedziała, odwracając wzrok.

– Dlaczego?

Wzruszyła ramionami.

– Nawet nie wiem. Widocznie mama nie chciała. Nie jestem pewna, czy wie, kto nim był.

Ostrożnie wyciągnął rękę i dotknął jej przedramienia. Nie odsunęła go, więc nie cofnął ręki. W jej oczach pojawił się blask.

– A ty? Dobrze ci się układa z rodzicami? – spytała.

Spokój i poczucie bezpieczeństwa zniknęły. Ale zrozumiał jej pytanie i to, że w jakimś sensie jest jej winien odpowiedź.

Usiadł i patrząc na morze, odpowiedział:

– Mój tata, był... no tak, był na wojnie. Czasem nie ma go wiele miesięcy. I kiedy wraca, przynosi tę wojnę do domu.

Jessie pochyliła się w jego stronę, położyła mu głowę na ramieniu.

– Czy on...

– Nie chcę o tym rozmawiać... jeszcze nie.

– A mama?

Zamknął oczy, wystawiając twarz do słońca.

– Jest w porządku – powiedział w końcu.

Przez chwilę myślał o tym, o czym zabraniał sobie myśleć, i jeszcze mocniej zacisnął powieki. Pomacał kieszeń, wyjął dwa skręty, zapalił oba i dał jej jednego.

Odprężył się, brzęczenie w głowie ustało, dym rozproszył wspomnienia. Nachylił się i pocałował ją. W pierwszej chwili zesztywniała. Ze strachu. Z braku wprawy. Potem poczuł, że jej wargi miękną, rozchylają się.

– Proszę, jacy rozkoszni!

Sam drgnął.

– Patrzcie tylko, jakie gołąbeczki!

Ze skały zszedł Nils, w ślad za nim Basse i Vendela. Jak zwykle. Sprawiali wrażenie, jakby nie potrafili bez siebie istnieć.

– I kogóż my tu mamy? – Nils usiadł tuż obok, natrętnie wpatrując się w Jessie. Zaczęła poprawiać stanik od bikini. – Znalazłeś sobie dziewczynę, Sam?

– Mam na imię Jessie – powiedziała, wyciągając do niego rękę.

Nils ją zignorował.

– Jessie? – powtórzyła stojąca za nim Vendela. – Przecież ona jest córką Marie Wall.

– A, córka kumpelki twojej matki. Gwiazdy Hollywood.

Nils wpatrywał się w Jessie jak urzeczony. Ciągle poprawiała stanik. Sam chciał ją osłonić przed ich spojrzeniami, objąć i powiedzieć, żeby się nie przejmowała. Ale tylko sięgnął po jej T-shirt.

– Właściwie nie ma się co dziwić, że się spiknęli – zauważył Basse i szturchnął łokciem Nilsa.

Mówił falsetem. Miał wysoki głos, jak kobieta, ale z obawy przed Nilsem nikt mu z tego powodu nie dokuczał. Właściwie miał na imię Bosse, ale już w gimnazjum kazał mówić na siebie Basse, bo tak było bardziej *cool*.

– Fakt, nie ma się co dziwić – powtórzył Nils, patrząc to na Jessie, to na Sama.

Wstał z tym błyskiem w oku, od którego aż ściskało w brzuchu. Zaraz zrobi coś paskudnego. Zwrócił się do Vendeli i Bassego:

– Jestem głodny jak cholera – powiedział. – Spadamy.

Vendela uśmiechnęła się do Jessie.

– Do zobaczenia.

Sam spojrzał za nimi ze zdumieniem. Co to było?

Jessie oparła się o niego.

– Co to za jedni? Dziwni jacyś. Przyjemni, ale dziwni.

Sam pokręcił głową.

– Oni nie są przyjemni. Ani trochę.

Wyjął z kieszeni komórkę i zaczął przeszukiwać zakładkę z filmami. Wiedział, dlaczego zapisał sobie ten film: żeby pamiętać, co ludzie potrafią zrobić innym. Zrobić jemu. Przedtem nie miał zamiaru pokazywać go Jessie, widziało go dostatecznie dużo ludzi.

– W zeszłym roku latem wrzucili to na Snapchata – powiedział, podając jej komórkę. – Zdążyłem zapisać, zanim został zdjęty.

Kiedy Jessie kliknęła start, odwrócił wzrok. Nie musiał patrzeć. Słyszał głosy i wszystko miał przed oczami.

– Jesteś niewysportowany! – rozległ się przenikliwy głos Nilsa. – Jak panienka. Pływanie jest dobre na kondycję.

Podszedł do jego łódki. Stała przycumowana niedaleko miejsca, gdzie właśnie siedzieli.

– Popłyń sobie do Fjällbacki. Nabierzesz mięśni.

Vendela się zaśmiała. Cały czas filmowała swoim telefonem. Basse biegł obok Nilsa.

Nils wrzucił cumę na łódkę, postawił stopę na dziobie i po-pchnął. Drewniana łódka ruszyła powoli, ale już po kilku me-trach trafiła na prąd i popłynęła szybciej.

Nils odwrócił się i z szerokim uśmiechem spojrzał w obiektyw.

– Przyjemnego pływania.

Na tym film się skończył.

– O kurde – powiedziała Jessie i spojrzała na Sama. Coś jej zalśniło w oczach.

Wzruszył ramionami.

– Bywało gorzej.

Zamrugała. Podejrzewał, że ona też przeżyła niejedno. Po-łożył dłoń na jej ramieniu. Poczuł, jak drży, ale także że coś ich łączy.

Pewnego dnia pokaże jej swój notatnik. Podzieli się z nią swoimi przemyśleniami, swoim wielkim planem. Jeszcze im wszystkim pokaże.

Jessie objęła go za szyję. Cudownie pachniała słońcem, po-tem i trawką.

Robiło się późno, chociaż wciąż było widno. To było jak wspo-mnienie słońca, które świeciło cały dzień na błękitnym niebie. Eva spojrzała na podwórko, cienie były coraz dłuższe. Serce ści-snął jej lód. Przypomniała sobie, że Nea zawsze przychodziła do domu na długo przed zmrokiem.

Ludzie przychodzili i wychodzili. Ich głosy mieszały się ze szczekaniem psów, które brały udział w poszukiwaniach. Znów poczuła lód w sercu.

Wszedł starszy policjant, Gösta.

– Chciałem tylko napić się kawy i zaraz wracam do lasu.

Wstała, żeby mu nalać do filiżanki. Od kilku godzin nie przestawała parzyć kawy.

– Nic? – spytała, chociaż znała odpowiedź.

Gdyby wiedział, powiedziałby od razu. Nie prosiłby o kawę. Ale samo zadawanie pytań działało uspokajająco.

– Nie, ale w poszukiwaniach bierze udział naprawdę dużo ludzi. Mam wrażenie, jakby cała Fjällbacka wyległa z domu, żeby szukać.

Kiwnęła głową.

– Tak, ludzie są fantastyczni – powiedziała, starając się panować nad głosem, i znów usiadła. – Peter też szuka. Nie byłam w stanie go zatrzymać w domu.

– Wiem. – Gösta usiadł naprzeciw niej. – Spotkałem go z jakąś grupą.

– Co… – zacięła się. – Co się mogło stać, jak pan myśli?

Bała się spojrzeć na niego. Do głowy przychodziły jej różne możliwości, ale kiedy usiłowała się chwycić którejś z nich, zrozumieć, czuła taki ból, że zaczynała się dusić.

– Nie ma co gdybać – odparł miękko.

Pochylił się nad stołem i pomarszczoną dłonią przykrył jej rękę. Udzieliło jej się jego ciepło.

– Tak długo jej nie ma.

Ścisnął jej rękę.

– Jest lato, na dworze ciepło, nie zamarznie. Las jest duży, trzeba wielu godzin. Na pewno ją znajdziemy. Będzie wystraszona i zszokowana, ale na to jest rada, prawda?

– Ale… z tamtą dziewczynką tak nie było.

Gösta cofnął rękę, wypił łyk kawy.

– To było trzydzieści lat temu. Inne życie, inne czasy. To czysty przypadek, że mieszkacie w tym samym domu, i przypadek, że wasza córka ma tyle samo lat. Czterolatki błądzą. Są ciekawskie, a z tego, co wiem, wasza córeczka jest dzielną dziewczynką, nie daje sobie w kaszę dmuchać, więc nic dziwnego, że w końcu nie wytrzymała i wyruszyła w las. Potem widocznie stało się inaczej, niż myślała, ale będzie dobrze. Tyle osób jej szuka.

Wstał.

– Dziękuję za kawę, idę. Będziemy szukać całą noc, ale pani mogłaby się przespać, dobrze by to pani zrobiło.

Pokręciła głową. Miałaby spać, kiedy Nea jest sama w lesie?

– Tak myślałem. Tak czy inaczej powiedziałem to.

Patrzyła na drzwi, które się za nim zamknęły. Znów była sama. Ze swoimi myślami i lodem ściskającym serce.

Prowincja Bohuslän 1671

Elin nachyliła się, żeby posłać łóżko Britty. Złapała się za plecy. Jeszcze się nie przyzwyczaiła do twardej pryczy w czworakach.

Spojrzała na piękne łóżko Britty, pozwoliła sobie nawet na odrobinę zazdrości. Pokręciła głową i wyciągnęła rękę po pusty nocnik.

Ze zdziwieniem odkryła, że siostra nie dzieli z mężem ani sypialni, ani łoża. Cóż, to nie jej sprawa. Inna rzecz, że dla niej najlepszą chwilą był wieczór, kiedy mogła się przytulić do Pera. Leżąc w jego ciepłych, bezpiecznych objęciach, miała wrażenie, że nic złego nie może spotkać ani jej, ani Märty.

Jakże się myliła.

– Elin?

Drgnęła, słysząc łagodny głos pana domu. Była tak pogrążona w myślach, że o mało nie upuściła nocnika.

– Słucham? – Odwróciła się, kiedy już zapanowała nad sobą.

Patrzył na nią swymi niebieskimi, przyjaznymi oczami. Poczuła, że się czerwieni, i szybko spuściła wzrok.

Nie wiedziała, jak się zachowywać wobec szwagra. Zawsze był miły dla niej i dla Märty. Był pastorem i panem tego domu, a ona zaledwie służącą. Wdową żyjącą na cudzej łasce.

– Mały Jan mówi, że Elin potrafi odczynić chorobę. Moja najlepsza mleczna krowa bardzo cierpi.

– To Stjärna? – spytała Elin ze wzrokiem utkwionym w podłogę. – Parobek mówił coś rano.

– Tak, Stjärna. Widzę, że Elin jest zajęta, ale czy mogłaby pójść i spojrzeć na nią?

– Tak, oczywiście.

Odstawiła dzbanek i poszła za nim cicho do obory. Krowa leżała w głębi i muczała. Widać było, że ją boli i że trudno jej wstać. Elin kiwnęła głową do parobka, Małego Jana, który stał obok i nie wiedział, co począć.

– Niech idzie do kuchni i przyniesie trochę soli.

Kucnęła i delikatnie pogłaskała miękki krowi pysk. Stjärna miała szeroko otwarte oczy. Ze strachu.

– Czy Elin potrafi jej pomóc? – spytał cicho Preben i również pogłaskał łaciatą krówkę.

Ich ręce się zetknęły. Gwałtownie cofnęła swoją, jakby ją ukąsił wąż. Znów poczuła, że się czerwieni. Wydawało jej się, że również pan domu lekko pokraśniał. Szybko wstał, kiedy wrócił zasapany Mały Jan.

– Jest – powiedział, sepleniąc lekko, i podał jej solniczkę.

Elin wzięła ją i wysypała sobie na dłoń sporą kupkę soli. Palcem wskazującym prawej ręki kręciła w kierunku przeciwnym do ruchu wskazówek zegara, jednocześnie wymawiając zaklęcie, którego nauczyła ją babcia.

– Nasz Pan Jezus szedł po górach i dolinach, uzdrawiał i odczyniał uroki. Słowo Boże, amen.

– Amen – powtórzył Preben, a za nim Mały Jan.

Stjärna muczała.

– I co teraz? – spytał Preben.

– Trzeba czekać. Odczynianie solą zazwyczaj pomaga, ale to może potrwać. Zależy to też od tego, jak ciężka jest niemoc. Zajrzyjcie do niej jutro rano. Myślę, że już będzie dobrze.

– Mały Jan słyszał – powiedział Preben. – Jutro skoro świt ma zajrzeć do krowy.

– Tak jest, panie – odparł Mały Jan i wyszedł.

Preben zwrócił się do Elin:

– Gdzie się Elin nauczyła takich rzeczy?

– Od babki – odparła krótko.

Nadal czuła niepokój po tym, jak zetknęły się ich ręce.

– Czemu jeszcze Elin potrafi zaradzić? – spytał i oparł się o żłób.

Zaszurała lekko stopą i niechętnie odpowiedziała:

– Chyba większości niedomagań, byle nie nazbyt poważnych.

– Zarówno u ludzi, jak i zwierząt? – dopytywał się Preben z ciekawością.

– Tak – odparła.

Zdziwiła się, że Britta nigdy nie wspomniała o tym mężowi, choć Mały Jan opowiedział mu o jej umiejętnościach. Ale pewnie nie było w tym nic dziwnego, bo kiedy mieszkały jeszcze u ojca, jej siostra zawsze z lekceważeniem wypowiadała się o jej babce i jej mądrościach.

– Niech opowie więcej – powiedział Preben, ruszając do wyjścia.

Poszła za nim. Niechętnie, bo uważała, że nie uchodzi, żeby gawędziła z panem domu. Zaraz ich wezmą na języki. Ale pomyślała: to on tu rządzi, więc poszła za nim. Na podwórzu stała Britta. Wzięła się pod boki i patrzyła mrocznym wzrokiem. Elin poczuła się tak, jakby serce zjechało jej do żołądka. Właśnie tego się bała. On niczego nie ryzykował, ona mogła popaść w niełaskę. A z nią Märta.

Miała rację, że obawiała się życia na łasce młodszej siostry. Britta była złośliwa i wymagająca. Zarówno ona, jak i Märta miały już do czynienia z jej ostrym językiem.

– Elin pomogła mi przy Stjärnie – powiedział Preben, patrząc spokojnie w oczy żony. – A teraz idzie nakryć do stołu. Podpowiedziała mi, żebyśmy pobyli trochę we dwoje, bo ostatnio sporo wyjeżdżałem w sprawach parafii.

– Podpowiedziała? – powtórzyła podejrzliwie Britta, ale już łagodnym tonem. – W takim razie dobrze zrobiła.

Energicznie wzięła go pod rękę.

– Okropnie mi brakowało pana męża. Ostatnio trochę mnie zaniedbywał – powiedziała.

– Moja kochana żona ma absolutną rację – odparł, kierując się do domu. – Ale zaraz temu zaradzimy. Elin powiedziała, że za pół godziny możemy zasiąść do stołu, i bardzo dobrze, bo będę mógł się przygotować, żeby przy mej pięknej żonie nie wyglądać na oberwańca.

– E, ty nigdy nie będziesz oberwańcem – zaprotestowała Britta i lekko trzepnęła go po ramieniu.

Zapomnieli o Elin. Idąc za nimi, odetchnęła z ulgą. Znała ten mrok w spojrzeniu siostry. Wiedziała, że nic jej nie powstrzyma przed zaszkodzeniem temu, kto według niej zrobił jej coś złego. Tym razem Preben uratował ją i Märtę. Była mu za to nieskończenie wdzięczna. Chociaż to on postawił ją w tej sytuacji. Nie powinien był tego robić.

Pośpiesznie ruszyła do kuchni. Miała pół godziny, żeby nakryć do stołu i skłonić kucharkę do przygotowania czegoś wyjątkowego. Poprawiła fartuch, mając w pamięci ciepło dłoni Prebena.

– OJCIEC, CO ROBISZ?

Bill był tak zaabsorbowany tekstem, że drgnął, kiedy usłyszał głos syna. Potrącił filiżankę, na biurko chlupnęło trochę kawy. Odwrócił się do stojącego w drzwiach Nilsa.

– Pracuję nad nowym projektem – powiedział i odwrócił ekran, żeby syn mógł zobaczyć.

– Milsi ludzie – odczytał głośno Nils z pierwszej strony w PowerPoincie.

Pod spodem zdjęcie żaglówki sunącej po wodzie.

– Co to jest?

– Pamiętasz ten film, który oglądaliśmy? *Mili ludzie* Filipa i Fredrika.

Przytaknął.

– O tych czarnuchach, którzy mieli grać w bandy.

Bill się skrzywił.

– O Somalijczykach, którzy mieli grać w bandy. Nie mówi się czarnuchy.

Nils wzruszył ramionami.

Bill spojrzał na stojącego w półmroku syna. Ręce trzymał nonszalancko w kieszeniach, jasna grzywka opadała mu na oczy. Pojawił się w ich życiu dość późno. Nie był dzieckiem planowanym ani nawet szczególnie upragnionym. Gun miała już czterdzieści pięć lat, on prawie pięćdziesiąt, a dwaj bracia Nilsa już dawno byli starszymi nastolatkami. Gun upierała się, że urodzi, mówiła, że musi w tym być jakiś sens. Ale on nigdy nie nawiązał z Nilsem takiego kontaktu jak z dwoma starszymi synami. Zabrakło mu sił, może woli, żeby przewijać, przesiadywać przy piaskownicy albo po raz trzeci odrabiać z dzieckiem matmę.

Odwrócił ekran z powrotem.

– To prezentacja dla mediów. Chciałbym jakoś pomóc uchodźcom mieszkającym w naszej okolicy zintegrować się ze szwedzkim społeczeństwem.

– Będziesz ich uczył grać w bandy? – spytał Nils, wciąż z rękami w kieszeniach.

– Nie widzisz łódki? – Bill wskazał na ekran. – Nauczą się żeglować! A potem wezmą udział w regatach dookoła Dannholmen.

– Regaty dookoła Dannholmen to nie to samo co mistrzostwa świata w bandy, w których brały udział tamte czarnuchy – zauważył Nils. – To całkiem inny kaliber.

– Nie mów czarnuchy!

Na pewno robi to po to, żeby mnie zdenerwować, pomyślał Bill.

– Wiem, że nasze regaty to impreza na niewielką skalę, ale tu, w Szwecji, będzie to miało symboliczne znaczenie i ściągnie uwagę mediów. Zwłaszcza w związku z filmem, który teraz kręcą.

– Pod warunkiem, że to rzeczywiście uchodźcy. Przecież przyjeżdżają tylko ci, których na to stać. Wiem, czytałem w sieci. A te niby dzieci, które przyjeżdżają, noszą brody i wąsy.

– Ależ Nils!

Bill spojrzał na syna, który z podniecenia aż poczerwieniał. Jakby patrzył na kogoś obcego. Gdyby go nie znał, pomyślałby, że jest… rasistą. Niemożliwe, nastolatki po prostu za mało wiedzą o świecie. Tym bardziej powinien zrealizować swój projekt. Większość ludzi jest dobra, potrzebują tylko, żeby ich lekko popchnąć we właściwą stronę. Wykształcenie. O to chodzi. Wkrótce Nils się przekona, jak bardzo się myli.

Usłyszał, jak Nils zamyka drzwi. Jutro spotkanie organizacyjne, trzeba przygotować wszystko dla mediów. To będzie wielka sprawa. Naprawdę wielka.

– Halo! – zawołała Paula, wchodząc z Johanną do mieszkania. Każda niosła na biodrze dziecko, oprócz tego miały trzy walizki i dwa wózki.

Paula uśmiechnęła się do Johanny i postawiła na podłodze najcięższą walizkę. Urlop na Cyprze z trzylatkiem i niemowlęciem nie był najlepszym pomysłem, ale jakoś to przeżyły.

– W kuchni jestem!

Słysząc głos matki, Paula się odprężyła: jeśli ona i Bertil są tutaj, to zajmą się dziećmi, a one będą mogły spokojnie się rozpakować. Albo odłożyć wszystko do jutra, rzucić się na łóżko, pogapić na jakiś film i przy nim zasnąć.

Rita uśmiechnęła się, kiedy weszły do kuchni. Nie było nic nadzwyczajnego w tym, że stoi i gotuje w ich kuchni, jakby była u siebie. Rita i Bertil mieszkali piętro wyżej, ale od kiedy urodziły się dzieci, granica między ich mieszkaniami zatarła się na tyle, że właściwie mogliby je połączyć schodami.

– Zrobiłam wam enchiladas, pomyślałam, że będziecie głodne po podróży. Fajnie było?

Wyciągnęła ręce do Lisy.

– Tak. A właściwie nie – odparła Paula, z przyjemnością oddając niemowlę. – Zastrzel mnie, jeśli kiedyś znów powiem, że fajnie byłoby wyjechać na tydzień z dziećmi.

– Faktycznie, to był twój pomysł – mruknęła Johanna, starając się obudzić Lea.

– To był koszmar – dodała Paula. Skubnęła kawałek złotawego sera pokrywającego enchiladę. – Wszędzie dzieci, dorośli chodzili w tym upale przebrani za przytulanki, śpiewając jakąś cholerną pieśń bojową.

– To chyba niewłaściwe określenie – zaśmiała się Johanna.

– Dobra, to była sekciarska indoktrynacja. Gdybym musiała wysłuchać tej pieśni jeszcze raz, na pewno udusiłabym wielkiego włochatego misia.

– Opowiedz o fontannie czekolady – wtrąciła Johanna.

Paula jęknęła.

– O Boże. Co wieczór był bufet, głównie dla dzieci. Naleśniki, klopsiki, pizza i spaghetti w ogromnych ilościach. Plus fontanna czekolady. Pewien dzieciak, Linus, dał się zapamiętać w sposób szczególny. Wszyscy go znali, bo matka ciągle za nim latała i wrzeszczała: nie, Linus, tak nie wolno, Linus! Linus, nie kop dziewczynki! Jego tatuś od śniadania pociągał piwo. A ostatniego dnia...

Johanna zdusiła chichot, a Paula wzięła talerz, nałożyła sobie enchilady i usiadła przy stole.

– Ostatniego dnia wpadł prosto na tę fontannę czekolady i ją przewrócił. Czekolada rozlała się po całej podłodze, a ten mały rzucił się i zaczął w niej taplać. Matka, cała w histerii, biegała w kółko.

Paula odgryzła spory kęs i westchnęła. Pierwszy raz od tygodnia jadła coś, co było przyprawione jak trzeba.

– Dziadzia Bertil? – powiedział Leo, budząc się w ramionach Johanny.

– Właśnie, gdzie Bertil? – spytała Paula. – Już śpi przed telewizorem?

– Nie… – odparła Rita. – Jest w pracy.

– Tak późno?

Mellberg raczej nie brał wieczornych dyżurów.

– Musiał. A ty jesteś jeszcze na urlopie macierzyńskim – powiedziała Rita, patrząc z wahaniem na Johannę.

Zdawała sobie sprawę, że niełatwo było przekonać jej córkę do wzięcia urlopu. Johanna stale się obawiała, że Paula wróci do pracy wcześniej. Plan był taki, że lato spędzą razem, całą rodziną.

– Co się dzieje? – spytała Paula, odkładając sztućce.

– Szukają kogoś, kto zaginął.

– Kto zaginął?

– Dziecko – odparła Rita, nie patrząc jej w oczy. – Czteroletnia dziewczynka.

Znała swoją córkę.

– Od jak dawna jej nie ma?

– Możliwe, że od wczorajszego wieczoru, ale rodzice zorientowali się dopiero późnym popołudniem, więc poszukiwania trwają dopiero od paru godzin.

Paula spojrzała błagalnie na Johannę. Johanna popatrzyła na Lea i kiwnęła głową.

– Jasne, leć. Przyda im się każda pomoc.

– Kocham cię, pędzę.

Wstała i pocałowała swoją partnerkę w policzek.

– Gdzie to jest? – spytała, stojąc w przedpokoju i wciągając cienką letnią kurteczkę.

– Jakieś gospodarstwo. Bertil mówił o gospodarstwie Bergów.

– Bergów?

Paula znieruchomiała. Znała to miejsce. I jego historię. Nie miała złudzeń, to nie mógł być zwykły zbieg okoliczności.

Karim zapukał do drzwi. Wiedział, że Adnan jest u siebie, i nie zamierzał odejść, dopóki nie otworzy. Doświadczenia ze świata, w którym pukanie do drzwi bywa równoznaczne ze śmiercią, sprawiły, że ludzie otwierali niechętnie. Karim załomotał. W końcu drzwi się otworzyły.

Na widok wielkich oczu Adnana Karim prawie pożałował, że tak walił.

– Rozmawiałem przed chwilą z Rolfem. Powiedział, że cała Fjällbacka szuka zaginionej dziewczynki. Musimy pomóc.

– Dziewczynki? Dziecka?

– Tak. Rolf mówił, że ma cztery lata. Przypuszczają, że zabłądziła w lesie.

– Pewnie, że musimy pomóc. – Adnan odwrócił się i sięgnął po kurtkę. – Khalil! Chodź!

Karim się cofnął.

– Popukaj do innych. Powiedz ludziom, że zbieramy się przy kiosku. Rolf obiecał, że nas podwiezie.

– Jasne. Śpieszmy się, dziecko nie powinno być w nocy samo w lesie.

Karim zapukał do kolejnych drzwi. Słyszał, że Khalil i Adnan robią to samo. Po chwili okazało się, że zmobilizowali kilkanaście osób. Rolf będzie musiał obrócić dwa albo nawet trzy razy, żeby wszystkich podwieźć, ale to na pewno nie problem. Miły człowiek. Pomocny.

W tym momencie Karim się zawahał. Rolf jest miły. I zna ich. Ale jak inni Szwedzi zareagują, kiedy się zjawią? Ciapaci z ośrodka dla uchodźców? Wiedział, że tak na nich mówią. Czarnuch albo ciapaty. Ale zaginione dziecko to sprawa wszystkich, nieważne, czy to dziecko szwedzkie, czy syryjskie. Gdzieś jakaś matka płacze z rozpaczy.

Kiedy podjechał Rolf, Karim, Adnan i Khalil czekali już z Rashidem i Faridem. Karim spojrzał na Rashida, którego dzieci zostały w Syrii. Nie miał pojęcia, czy jego dzieci jeszcze żyją, ale był zdecydowany pomóc w poszukiwaniu małej szwedzkiej dziewczynki.

Dzieci poszły spać i w domu zapadła błogosławiona cisza. Erika miewała nawet wyrzuty sumienia, że tak ją cieszy wieczorny spokój. Kiedy Maja była malutka, weszła na internetowe forum „życie rodzinne". Chciała napisać o tym i znaleźć kogoś, kto czuje podobnie jak ona. Myślała, że na pewno jest więcej kobiet, które przeżywają swego rodzaju konflikt między byciem mamą a potrzebą, żeby czasem być tylko sobą. Napisała o swoich emocjach, ale spadła na nią taka fala hejtu, że już nigdy więcej tam nie weszła. Kompletnie zaskoczyły ją obelgi i wyzwiska ze strony innych matek. Pisały, że jest okropna, skoro nie umie cieszyć się każdą chwilą karmienia, nocnego czuwania, przewijania i płaczu. Dowiedziała się, że nie powinna mieć dzieci, że jest egoistką, skoro nie potrafi się wyrzec własnej przestrzeni. Wpadła w gniew, kiedy przypomniała sobie, jak ją odsądziły od czci i wiary tylko dlatego, że nie postępowała i nie czuła dokładnie tak samo jak one. Dlaczego miałabym nie robić tego, co mi odpowiada? – pomyślała i dla odprężenia usiadła z kieliszkiem czerwonego wina na kanapie przed telewizorem.

W tym momencie powędrowała myślami do Evy, matki małej Nei. Wyobrażała sobie, co w tej chwili przeżywa. Wysłała Patrikowi SMS-a z pytaniem, czy na pewno nie mogłaby pomóc. Poprosiłaby Kristinę, żeby posiedziała z dziećmi. Powtórzył, że jest ich tylu, że więcej nie trzeba, i że większy będzie z niej pożytek, jeśli zostanie w domu, z dziećmi.

Erika nie znała Bergów i nigdy nie była w ich gospodarstwie. Myślała nawet o tym, żeby tam pojechać, by móc jak najdokładniej opisać to miejsce. Chciała poprosić, żeby jej pozwolili się rozejrzeć i zrobić zdjęcia, ale jakoś do tego nie doszło. Znała stare zdjęcia, mogła więc opisać gospodarstwo w czasach, kiedy mieszkali tam Strandowie. Ale to nie to samo co poczuć atmosferę, zapoznać się ze szczegółami i wyobrazić sobie, jak się tam żyło.

Wypytywała trochę o Bergów. Przeprowadzili się z Uddevalli, żeby znaleźć spokój na wsi. Dobre miejsce do wychowywania dziecka. Erika miała nadzieję, że ich pragnienie się ziści, że wkrótce dostanie od Patrika wiadomość, że znaleźli dziewczynkę, wystraszoną, ale żywą. Intuicja podpowiadała jej jednak coś innego.

Zakręciła kieliszkiem. Pozwoliła sobie na mocne amarone, mimo że wieczór był upalny. Latem większość ludzi wybiera schłodzone różowe wino albo białe z kostkami lodu. Ale ona nie lubiła ani białego, ani różowego i niezależnie od pory roku piła wyłącznie wina musujące albo mocne czerwone. W ogóle nie czuła natomiast różnicy między drogim szampanem a niedrogą cavą. W tym sensie była tania w utrzymaniu, jak lubił żartować Patrik.

Głupio jej się zrobiło, że rozmyśla o winach, kiedy czteroletnie dziecko błąka się po lesie. W najlepszym razie. Ale właśnie tak funkcjonowała. Myśl o tym, co mogło się przydarzyć dziecku, była tak przykra, że podświadomie szukała ucieczki w sprawach banalnych. Cóż, mama Nei nie mogła sobie pozwolić na taki luksus. Ona i jej mąż na pewno przeżywali koszmar.

Erika wyprostowała się i odstawiła kieliszek. Sięgnęła po leżący na stole wielki notes. Od lat zawsze starała się mieć pod ręką papier i długopis. Rzucała na papier przemyślenia i koncepcje, sporządzała listy spraw, które powinna załatwić, żeby zrobić postępy w pisaniu. Instynkt podpowiadał jej, że musi istnieć jakiś związek między zaginięciem Nei a śmiercią Stelli. Od kilku tygodni się leniła. Górę wzięły lato i słońce, nie mogła ruszyć z pisaniem tak, jak zamierzała. Ale teraz ruszy, a jeśli stało się najgorsze, może będzie mogła pomóc dzięki temu, czego się dowiedziała o tamtej, dawnej sprawie. I może znajdzie to, co je łączy. Była przekonana, że tak jest.

Spojrzała na telefon. Wciąż żadnej wiadomości od Patrika. A potem zaczęła gorączkowo notować.

Sprawa Stelli

Kiedy ich zobaczyła, od razu się domyśliła. Ciężki krok. Wzrok wbity w ziemię. Nie musieli nic mówić.

– Anders! – krzyknęła przeraźliwie.

Wypadł z domu, ale na widok policjantów stanął jak wryty. Padł na kolana. Podbiegła, objęła go. Zawsze był wysoki i silny, a teraz to ona musi dźwigać ich oboje.

– Tato? Mamo?

W otwartych drzwiach stanęła Sanna. Padające z tyłu światło sprawiło, że włosy utworzyły wokół jej głowy aureolę.

– Mamo, znaleźli Stellę?

Nie była w stanie spojrzeć córce w oczy. Odwróciła się do jednego z policjantów.

– Znaleźliśmy państwa córkę. Ona… nie żyje. Bardzo nam przykro, wyrazy współczucia.

Wpatrywał się w czubki swoich butów i przełykał łzy. Był blady jak trup. Linda zastanawiała się, czy widział Stellę. Jej zwłoki.

– Mamo, przecież ona nie mogła umrzeć. Prawda, mamo? Tato?

Dobiegający zza pleców głos jej córki. Jej pytania. Nie miała dla niej odpowiedzi. Ani słów pocieszenia. Wiedziała, że powinna puścić Andersa, utulić córkę. Ale tylko Anders rozumiał ból, który odczuwała każdym nerwem swego ciała.

– Chcemy ją zobaczyć – powiedziała, kiedy już zebrała siły na tyle, żeby podnieść głowę z jego ramienia. – Musimy zobaczyć naszą córkę.

Wyższy policjant chrząknął.

– Oczywiście, zobaczycie. Ale najpierw musimy zrobić, co do nas należy. Trzeba ustalić, kto to zrobił.

– Jak to: zrobił? Przecież to był wypadek, prawda?

Anders uwolnił się z objęć Lindy i wstał.

– Nie, to nie był wypadek. Państwa córka została zamordowana.

Ziemia zbliżyła się tak szybko, że Linda nawet nie zdążyła się zdziwić. A potem zapadła w ciemność.

JESZCZE TYLKO DWADZIEŚCIA.

Robiąc ostatnie pompki, James Jensen nawet się nie zasapał. Codziennie to samo. Latem i zimą. W Wigilię i w noc świętojańską. Nieważne. Ważne, żeby się trzymać ustalonych reguł. Konsekwencja. Porządek.

Zostało dziesięć.

KG, ojciec Helen, doceniał znaczenie reguł. James właściwie nie pozwalał sobie na takie słabości jak tęsknota, ale nadal mu go brakowało. Prawie dziesięć lat temu KG umarł na zawał i nikt nie był w stanie go zastąpić.

Ostatnia. Podniósł się. Zrobił sto szybkich pompek. Lata służby w wojsku nauczyły go, że zawsze trzeba być w najwyższej formie.

Spojrzał na zegarek. Minuta po ósmej. Miał opóźnienie. W domu zawsze siadał do śniadania punktualnie o ósmej zero zero.

– Śniadanie czeka! – zawołała Helen, jakby słyszała jego myśli.

Zmarszczył czoło. Woła, czyli zauważyła, że się spóźnił.

Wytarł twarz ręcznikiem i z tarasu wszedł do salonu połączonego z kuchnią, z której dochodził zapach boczku. Zawsze jadł na śniadanie to samo. Jajecznicę z bekonem.

– Gdzie Sam? – spytał, kiedy już usiadł i zabrał się do jedzenia.

– Jeszcze śpi – odparła Helen, nakładając na talerz kruchy, idealnie wysmażony bekon.

– Ósma godzina, a on jeszcze śpi?

Zdenerwował się, poczuł mrowienie na całej skórze. Ostatnio zawsze tak miał, za każdym razem, kiedy pomyślał o Samie. Żeby o ósmej rano jeszcze spać! W młodości wstawał latem o szóstej i musiał ciężko pracować do późnego wieczora.

– Obudź go – zarządził i wypił duży łyk kawy. Natychmiast wypluł ją do filiżanki. – Co jest, kurwa, bez mleka?

– Ojej, przepraszam. – Wyjęła mu filiżankę z ręki, wylała kawę do zlewu i nalała świeżej, z dodatkiem trzyprocentowego mleka.

Teraz smakowała jak trzeba.

A potem szybko wyszła z kuchni. Doszły go raźne kroki na schodach i szmer głosów.

Rozdrażnienie wróciło. Takie samo jak wtedy, kiedy jechał ze swoim oddziałem i ktoś pozorował, że coś robi, albo robił uniki ze strachu. Nie miał dla takiego zachowania zrozumienia. Jeśli człowiek decyduje się pójść do wojska, a wyjazd do innego kraju, do strefy walk, może być tylko dobrowolny, to powinien wykonać zadanie, które mu przydzielono. Strach zostawia się w domu.

– O co ta panika? – mruknął Sam i wszedł do kuchni, powłócząc nogami. Ufarbowane na czarno włosy sterczały mu na wszystkie strony. – Po co mam wstawać o tej porze?

James zacisnął pięści.

– W tym domu nie przesypia się dnia – oznajmił.

– Nie dostałem żadnej pracy na lato, to co, kurwa, mam robić?

– Nie będziesz mi tu przeklinał!

Helen i Sam drgnęli. Billowi ze złości zrobiło się ciemno przed oczami. Zmusił się do kilku głębokich oddechów. Trzeba zapanować nad sobą. I nad tą rodziną.

– O dziewiątej zero zero widzimy się za domem na ćwiczeniach ze strzelania.

– Okej – odparł Sam, wpatrując się w stół.

Helen wciąż stała za nim przygarbiona.

Chodzili całą noc. Harald ze zmęczenia aż dostawał zeza, ale do głowy mu nie przyszło, żeby wracać do domu. To byłoby tak, jakby się poddał. Kiedy w końcu zmęczenie go przerosło, wrócił do gospodarstwa Bergów, żeby się ogrzać i napić kawy. Za każdym razem zastawał w kuchni Evę Berg. Twarz miała poszarzałą, niemą. Wystarczyło na nią spojrzeć i zaraz zbierał siły, żeby znów ruszyć na poszukiwania.

Ciekaw był, czy inni wiedzą, kim jest. Jaką rolę odegrał trzydzieści lat wcześniej. Że to on odnalazł tamtą dziewczynkę. Ci, co mieszkali tu od dawna, wiedzieli, ale nie przypuszczał, żeby wiedzieli Bergowie. Miał nadzieję, że nie.

Kiedy przydzielano sektory, specjalnie wziął ten z jeziorkiem, w którym znalazł Stellę. I tam skierował pierwsze kroki. Jeziorko od dawna było wyschnięte, został tylko las. I wielki powalony pień. Wiatr i burze zrobiły swoje, zrobił się łamliwy i suchszy niż trzydzieści lat wcześniej. Ale dziewczynki tam nie było. Złapał się na tym, że westchnął z ulgą.

W nocy cały czas się przegrupowywano, bo część poszukiwaczy szła do domu przespać się kilka godzin, a nowi przybywali, w miarę jak letnia noc przechodziła w świt. Byli i tacy, którzy nie pojechali odpocząć, wśród nich mężczyźni i chłopcy z ośrodka dla uchodźców. Chodząc po lesie, Harald trochę z nimi rozmawiał, posługując się swoją kulawą angielszczyzną. Oni próbowali mówić kulawą szwedczyzną. Jakoś się dogadywali.

W grupie był człowiek, który miał na imię Karim. I Johannes Klingsby, robotnik budowlany z okolicy, którego zatrudniał przy remontach swojej piekarni. Szli powoli przez rozświetlany coraz bardziej promieniami słońca las. Policjanci kierujący poszukiwaniami powtarzali im, żeby się nie śpieszyli, ale szukali dokładnie, metodycznie.

– Całą noc przeszukują najbliższą okolicę – odezwał się Johannes. – Nie mogła odejść daleko…

Rozłożył ręce.

– Ostatnim razem szukaliśmy całą dobę – powiedział Harald.

Miał jeszcze przed oczami ciałko Stelli.

– *What?*

Karim pokręcił głową. Nie bardzo rozumiał potoczystą mowę, którą posługiwał się Harald.

– *Harald found dead girl in the woods, thirty years ago* – wyjaśnił Johannes.

– *Dead girl?* – zdziwił się Karim i stanął. – *Here?*

– *Yes, four years old, just like this girl.*

Johannes pokazał cztery palce.

Karim spojrzał na Haralda, a on przytaknął.

– *Yes. It was just over here. But it was water there then.*

Wstydził się swojej kiepskiej angielszczyzny, ale Karim kiwnął głową, że rozumie.

– *There* – powiedział Harald, wskazując palcem na pień. – *It was a… not a lake… a… the Swedish word is tjärn.*

– *A small lake, like a pond* – dodał Johannes.

– *Yes, yes, a pond* – potwierdził Harald. – *It was a pond here over by that tree and the girl was dead there.*

Karim podszedł do drzewa. Przykucnął, położył rękę na pniu. Kiedy się odwrócił, był tak blady, że Harald aż się cofnął.

– *Something is under the tree. I can see a hand. A small hand**.

Harald się zachwiał. Johannes pochylił się nad jakimś krzakiem. Wymiotował, a może łkał. Harald spojrzał na Karima, w jego oczach zobaczył odbicie własnej rozpaczy. Trzeba wezwać policję.

Marie Wall siedziała ze scenariuszem na kolanach, uczyła się dialogów do kolejnej sceny. Wyraźnie jej nie szło. Zdjęcia odbywały się pod dachem, w dużej poprzemysłowej hali w Tanumshede. Powstały tam zgrabne dekoracje, gotowe do zasiedlenia miniświaty. Akcja filmu miała się rozgrywać głównie na Dannholmen i obejmować lata, gdy Ingrid była żoną dyrektora teatru Lassego Schmidta, jak również kolejne, po rozwodzie, bo nadal tam przyjeżdżała.

Marie wyprostowała się i pokręciła głową, jakby chciała wyrzucić z głowy myśli, które nie dawały jej spokoju, odkąd ludzie zaczęli mówić o zaginionej dziewczynce. Myśli o roześmianej Stelli, która podskakiwała, idąc przed nią i Helene.

Westchnęła. Teraz jest tutaj i ma zagrać rolę marzeń. Na to pracowała tyle lat, to była jej nagroda, bo już nie dostawała tylu ról w Hollywood. Zasłużyła na to, bo ma talent. Wejście w rolę i udawanie kogoś innego nie jest trudne. Ćwiczyła to od małego. Blaga czy teatr – granica między nimi jest cieniutka, jedno i drugie miała opanowane od dawna.

Gdyby jeszcze mogła przestać myśleć o Stelli.

– Jak moja fryzura? – zwróciła się do Yvonne, która podeszła nerwowym krokiem.

---

* *Harald found...* (ang.) – Trzydzieści lat temu Harald znalazł w lesie martwą dziewczynkę. / Miała cztery lata, tak samo jak ta. / Tak, to było w tym samym miejscu, ale wtedy była tu woda. / To nie było jezioro, po szwedzku to... / Małe jeziorko, coś jak staw. / Pod drzewem coś jest. Widzę rączkę.

Yvonne zatrzymała się tak nagle, że prawie się zachwiała. Przyjrzała się jej od stóp do głów, z węzła na jej karku wyjęła grzebyk i poprawiła kilka włosów. Potem podała jej lusterko i w napięciu czekała na uwagi.

– Chyba dobrze – powiedziała Marie.

Z twarzy Yvonne znikł niepokój.

Marie odwróciła się w stronę salonu, w którym Jörgen dywagował z oświetleniowcem Sixtenem.

– Kończycie już?

– Daj nam jeszcze kwadrans!

W jego głosie słychać było frustrację. Wiedziała, dlaczego tak jest. Wszystko, co wymagało czasu, pociągało za sobą koszty.

Ciekawe, jak im idzie z finansowaniem filmu. Już jej się zdarzało brać udział w projektach, które ruszały przed dopięciem strony finansowej i potem trzeba było je przerywać. Nic nie było pewne, dopóki nie minęli punktu, w którym wydatki były już na tyle duże, że nie opłacało się rezygnować. Tu jeszcze do niego nie dotarli.

– Przepraszam, czy mógłbym pani zadać kilka pytań, skoro i tak pani czeka?

Marie podniosła wzrok, spojrzała znad scenariusza. Stał przed nią mężczyzna po trzydziestce, uśmiechał się szeroko. Oczywiście dziennikarz. W normalnych okolicznościach nigdy by się nie zgodziła na wywiad, gdyby nie był umówiony, ale T-shirt leżał na nim tak ładnie, że nie zdecydowała się wyrzucić go z planu.

– Niech pan pyta, skoro i tak czekam.

Z zadowoleniem stwierdziła, że ładnie jej w bluzce, którą ma na sobie. Ingrid zawsze miała styl i gust.

Facet z ładnie umięśnionym ciałem powiedział, że ma na imię Axel. Pracował w redakcji „Bohusläningen". Zaczął od kilku banalnych pytań o film i jej karierę, a potem przeszedł do sedna. Usiadła wygodnie i skrzyżowała długie nogi. Przeszłość przydała jej się w karierze.

– Jak się pani czuje po powrocie? O mało nie powiedziałem: na miejsce zbrodni, ale nazwijmy to freudowskim przejęzyczeniem, bo i pani, i Helen zawsze twierdziłyście, że jesteście niewinne.

– Bo b y ł y ś m y niewinne – podkreśliła Marie. Z satysfakcją odnotowała, że młody człowiek nie może przestać wpatrywać się w jej dekolt.

– Ale zostałyście skazane – zauważył Axel, z trudem odrywając wzrok od jej piersi.

– Byłyśmy jeszcze dziećmi i jako takie byłyśmy absolutnie
niezdolne do popełnienia zbrodni, o którą nas oskarżyli, ale nawet w naszych czasach zdarzają się polowania na czarownice.

– A jak później układało się pani życie?

Marie się żachnęła. Nie potrafiłaby odpowiedzieć, nie zrozumiałby. Pewnie wychował się w przykładnej rodzinie, która
we wszystkim go wspierała, a teraz mieszka z partnerką i dziećmi. Zerknęła na jego lewą dłoń. Z żoną, nie partnerką, poprawiła się w myślach.

– To był pouczający okres – powiedziała. – Pewnego dnia
opiszę to obszernie we wspomnieniach, bo zwięźle się nie da.

– À propos wspomnień, czytałem, że tutejsza pisarka Erika
Falck pracuje nad książką o tym morderstwie, o pani i Helen. Czy
pani z nią współpracuje? Czy wyrażacie zgodę na tę książkę?

Marie chwilę zwlekała z odpowiedzią. Erika wprawdzie się
z nią kontaktowała, ale ona negocjowała teraz własną wersję
z dużym sztokholmskim wydawnictwem.

– Jeszcze się nie zdecydowałam, czy będę z nią współpracować – odparła, dając do zrozumienia, że nie życzy sobie więcej
pytań na ten temat.

Dziennikarz zrozumiał i zmienił temat.

– Domyślam się, że słyszała pani o zaginionej od wczoraj
dziewczynce. Z tego samego domu, w którym kiedyś mieszkała
Stella.

Umilkł, najwyraźniej liczył na jakąś reakcję, ale Marie tylko znów skrzyżowała nogi. Obserwował ją. Zdawała sobie z tego
sprawę. Z tego, że nie widać po niej, że w nocy nie spała, również.

– Dziwny zbieg okoliczności. Na pewno po prostu zabłądziła.

– Miejmy taką nadzieję – odparł.

Zerknął do notesu. W tym momencie Jörgen kiwnął do
niej. Prasa to dobra rzecz, ale teraz miała wkroczyć do salonu
na Dannholmen i tam brylować. Przekonać inwestorów, że film
odniesie sukces.

Złapała Axela za rękę, ściskała dosyć długo, i pożegnała się. Ruszyła do Jörgena i reszty ekipy, ale nagle się zatrzymała i odwróciła. Axel jeszcze nie wyłączył magnetofonu, więc nachyliła się i ochrypłym głosem wymieniła do mikrofonu kilka liczb. Spojrzała na Axela.

– Mój numer.

A potem znów się odwróciła i weszła w lata siedemdziesiąte, na smaganą wiatrem wysepkę, która dla Ingrid Bergman była rajem na ziemi.

Patrik odebrał telefon – numer nieznany – i już po pierwszych słowach zorientował się, że właśnie tego telefonu się obawiał. Słuchał, a jednocześnie kiwnął na Göstę i Mellberga. Stali nieopodal, omawiając coś z przewodnikami psów.

– Tak, wiem, gdzie to jest – powiedział. – Proszę absolutnie niczego nie ruszać. I poczekać na nas na miejscu.

Rozłączył się. Mellberg i Gösta właśnie do niego podeszli. Nie musiał nic mówić. Czytali z jego twarzy.

– Gdzie ją znaleźli? – spytał Gösta.

Patrzył na dom, w którym mama Nei szykowała kolejny dzbanek kawy.

– W tym samym miejscu co tamtą dziewczynkę.

– Kurde, co takiego? – zdumiał się Mellberg.

– Przecież już tam szukaliśmy, wiem, że było tam kilka grup – ciągnął Gösta. – Jak mogli ją przeoczyć?

– Nie wiem – odparł Patrik. – Dzwonił Harald, właściciel piekarni Zetterlindów. Znalazła ją jego grupa.

– Stellę też on znalazł – dodał cicho Gösta.

– Dziwne, nie? – zauważył, wpatrując się w niego, Mellberg. – Jakie są szanse, że ten sam człowiek w odstępie trzydziestu lat znajdzie dwie zamordowane dziewczynki?

Gösta zbył go machnięciem ręki.

– Sprawdziliśmy go poprzednim razem. Miał niepodważalne alibi i nic wspólnego z morderstwem. – Spojrzał na Patrika. – Na pewno chodzi o morderstwo? A może wypadek? Chociaż jeśli pomyśleć o tym, że znaleźli ją w tym samym miejscu, nie chce się wierzyć, że to nie morderstwo.

Patrik przytaknął.

– Zaczekajmy, dowiedzmy się, co powiedzą technicy. Harald powiedział, że mała jest rozebrana.

– O cholera. – Mellberg aż poszarzał.

Patrik zaczerpnął tchu. Słońce wzeszło wysoko, przepocona koszula kleiła mu się do ciała.

– Rozdzielmy się. Ja pójdę do Haralda. Jego grupa czeka tam, gdzie znaleźli zwłoki. Wezmę ze sobą taśmę i odgrodzę teren. Bertilu, ściągnij z Uddevalli Torbjörna z ekipą techniczną, i to jak najszybciej. I powiadom ludzi, którzy będą wracać z lasu, żeby już tam nie szli. A przewodników psów i śmigłowce, że poszukiwania zakończone. Ty, Gösta…

Patrik umilkł, zgnębiony spojrzał na kolegę.

Gösta skinął głową.

– Biorę to na siebie – powiedział.

Patrik mu nie zazdrościł. To było jednak najbardziej logiczne. Gösta od początku dobrze się dogadywał z rodzicami Nei, a poza tym Patrik uważał, że sobie poradzi.

– I zadzwoń po pastora – dodał Patrik, a potem spojrzał na Mellberga. – Bertilu, postaraj się złapać jej ojca, żeby się nie dowiedział od innych, zanim powie mu Gösta.

– Trudna sprawa – zauważył, krzywiąc się, Mellberg.

Nad wargą zebrały mu się wielkie krople potu.

– Wiem. Wiadomość rozejdzie się lotem błyskawicy, ale spróbuj.

Mellberg kiwnął głową. Patrik ruszył do lasu. Nie mógł zrozumieć, jak to się stało, że wcześniej jej nie zauważyli. Przecież w pierwszej kolejności sprawdzili miejsce, gdzie trzydzieści lat temu znaleziono zwłoki Stelli. Musieli ją przeoczyć.

Dziesięć minut później dotarł do trzech czekających mężczyzn. Dwóch młodszych od Haralda, jeden wyglądał na cudzoziemca. Patrik podał im rękę. Unikali patrzenia mu w oczy.

– Gdzie leży? – spytał.

– Pod tym wielkim pniem. – Harald wskazał palcem. – Dlatego z początku jej nie widzieliśmy. Pod pniem zrobił się dół i ktoś ją tam wepchnął. Widać ją, tylko jeśli się człowiek schyli i poruszy pniem.

Patrik pokiwał głową. To wszystko tłumaczyło. Mimo to złościł się na siebie, że nie kazał przeszukać tego miejsca dokładniej.

– Słyszałeś, że wróciła, co? Przyjechała pierwszy raz, odkąd ją stąd wywieźli.

Nie musiał pytać, kogo Harald ma na myśli. Nikomu w miasteczku nie umknęła wiadomość, że Marie Wall wróciła. Zwłaszcza że jej powrót był widowiskowy.

– Tak, wiemy o tym – odparł, nie wnikając głębiej.

Oczywiście on też o tym myślał. Dziwny zbieg okoliczności: ginie dziecko z tego samego gospodarstwa, znajdują je w tym samym miejscu, a wszystko to dzieje się prawie w tym samym momencie, kiedy przyjeżdża Marie Wall.

– Muszę odgrodzić teren taśmą. Technicy będą badać miejsce zdarzenia.

Postawił na ziemi torbę i wyjął z niej dwa duże zwoje niebieskiej i białej taśmy.

– Możemy wracać? – spytał młodszy mężczyzna. Powiedział, że nazywa się Johannes Klingsby.

– Nie, proszę, żebyście zostali i starali się jak najmniej chodzić. Chodziliście po tym terenie, więc technicy będą musieli zbadać wasze ubrania i buty.

Mężczyzna wyglądający na cudzoziemca zrobił minę, jakby chciał o coś zapytać. Harald zwrócił się do niego po angielsku:

– *We stay here. Okay, Karim?*

– *Okay.*

Patrik domyślił się, że Karim jest jednym z tych, którzy przyjechali z Rolfem z ośrodka dla uchodźców.

Umilkli. To był naprawdę ostry kontrast: to, po co przyjechali, i otaczająca ich idylla. Radosny śpiew ptaków, jakby nic się nie stało, a kilka metrów dalej martwe dziecko. Do tego szum w koronach drzew. Piękno do bólu. Światło słońca przesączające się między drzewami jak promienie lasera. Na ziemi, tuż przy jego nogach, wielka kolonia kurek. W normalnych warunkach serce by mu zabiło z wrażenia.

Zaczął rozwijać taśmę. Jedyne, co mógł zrobić dla tego dziecka, to jak najlepiej wykonać swoją pracę. Starał się nie patrzeć w stronę powalonego pnia.

Eva stała przy zlewie, płukała dzbanek do kawy. Nie umiałaby powiedzieć, ile było tych dzbanków w nocy. Usłyszała ciche chrząknięcie i odwróciła się. Zobaczyła, jak Gösta na nią patrzy, jaki jest spięty, i dzbanek wypadł jej z rąk. Trzask szkła, a potem krzyk, niby blisko, a tak daleko. Krzyk żalu i bezgranicznej straty. Wydobywający się z jej krtani.

Padła w ramiona Gösty. Nie mogła złapać tchu. Gösta gładził ją po głowie. Pragnęła tylko jednego: żeby Nea była przy niej, żeby biegała wokół jej nóg, zaśmiewając się w głos. A potem żeby nigdy się nie urodziła, żeby nigdy nie urodziła dziecka, żeby je potem stracić.

Wszystko przepadło, wszystko umarło wraz z Neą.

– Zadzwoniłem po pastora – powiedział Gösta, prowadząc ją do krzesła.

– Po co? – spytała zupełnie szczerze.

Cóż takiego może dla niej zrobić pastor? Nigdy nie miała głębszej wiary. A dziecko powinno być z rodzicami, a nie z jakimś Bogiem w niebie. Co takiego może powiedzieć duchowny, co by ją i Petera choćby trochę pocieszyło?

– Peter? – odezwała się ochrypłym, suchym głosem.

Jej głos też umarł wraz z Neą.

– Szukają go. Niedługo tu będzie.

– Nie – powiedziała, kręcąc głową. – Nie róbcie tego. Nic mu nie mówcie.

Dajcie mu zostać w lesie, pomyślała. Zostawcie mu nadzieję. On jeszcze żyje. Ona już umarła, z dzieckiem.

– Przecież musi się dowiedzieć – stwierdził Gösta, obejmując ją. – Nie da się tego uniknąć.

Kiwnęła głową. Oczywiście, Peter nie może chodzić po lesie jak duch. Trzeba mu powiedzieć, choćby też miał umrzeć.

Wyswobodziła się z objęć Gösty i oparła głowę na stole. Poczuła drewno pod policzkiem. Nie spała ponad dobę, nadzieja i lęk nie pozwoliły jej spać. Teraz wolałaby zasnąć. Niechby to wszystko okazało się snem. Jej ciało się rozluźniło, drewniany blat wydał się miękki jak poduszka, odpływała coraz bardziej. Miękka ręka głaskała ją delikatnie po plecach. Ciepło ogarnęło całe jej ciało.

Drzwi się otworzyły. Czuła, że nie chce podnieść powiek ani głowy, nie chce spojrzeć na stojącego w drzwiach Petera. Gösta ścisnął jej ramię i wtedy to zrobiła. Podniosła głowę, ich spojrzenia się spotkały. Był w nich ten sam nieskończony ból.

Prowincja Bohuslän 1671

Rankiem, kiedy Mały Jan zajrzał do obory, Stjärna była już zdrowa. Preben nie powiedział o tym Elin ani słowa, ale przyglądał jej się jakoś inaczej, z podziwem. Przygotowując śniadanie, czuła na sobie jego spojrzenie. Britta była w niezwykle jak na nią dobrym humorze, kiedy pomagała jej się wyszykować. Inna sprawa, że w niedzielę zawsze miała humor, bo podczas nabożeństwa uwielbiała siedzieć w pierwszej ławce, pięknie ubrana i uczesana. Za nią siedzieli parafianie jej męża.

Z plebanii do kościoła było niedaleko, służba szła razem w jednej grupie. Preben i Britta wyjechali wcześniej wozem, żeby piękny strój Britty nie pobrudził się i nie ubłocił.

Elin mocno trzymała Märtę za rękę. Dziewczynka szła, podskakując, jasne warkocze fruwały na jej okrytych wytartym paltem plecach. Było lodowato zimno, więc Elin wepchnęła do butów córki trochę papieru, żeby je ocieplić i uszczelnić, ale także wypełnić, bo Märta odziedziczyła je po jednej ze służących, która miała znacznie większe stopy. Dziewczynka nie narzekała, bo buty to buty. Już się nauczyła cieszyć tym, co dostawała.

Na widok wznoszącego się przed nimi kościoła w Vinbäck Elin zrobiło się lżej na sercu. Był tak pięknie położony. Nowa wieża była wspaniała, a ołowiany dach lśnił w zimowym słońcu. Kościół wraz z przylegającym do niego cmentarzem był otoczony murem z drewnianym czerwonym daszkiem i trzema bramami z żelazną kratą, która miała chronić cmentarz przed krowami.

Już kiedy przechodziła przez bramę, chciało jej się śpiewać, a kiedy weszła do kościoła, brała głęboki oddech i poddawała się atmosferze spokoju.

Siadała z Märtą w tylnych ławkach. W kościele było ich czterdzieści osiem, ale już nie wszystkie się zapełniały. Wojny i głód wyludniły okolicę tak, że po gromadach ludzi, którzy przybyli na wybrzeże sto lat wcześniej, w okresie śledzia*, pozostały jedynie blade wspomnienia. Opowiadała jej o nich babcia, która słyszała o tym od swoich rodziców i dziadków. Wszystko było inaczej niż dziś. Śledzi było tyle, że nie wiadomo było, co robić z tą masą ryb, ludzie napływali z całego kraju, żeby się tu osiedlić. Ale śledzie się skończyły i przyszedł czas wojen. Zostały jedynie opowieści. I wiele pustych ławek w kościele. W pozostałych zasiedli apatyczni, bladzi i wychudzeni ludzie ze zgasłymi spojrzeniami. Wymęczony naród, pomyślała Elin, rozglądając się.

Okna znajdowały się tylko w południowej ścianie kościoła, ale wpadające przez nie światło było tak piękne, że Elin aż się wzruszyła. Ambona również stała po południowej stronie. Kiedy wszedł na nią Preben, gwar umilkł.

Zaczęli od psalmu. Elin jak zwykle nie oszczędzała głosu, bo wiedziała, że pięknie śpiewa. Pozwalała sobie na tę małą próżność, bo Märta uwielbiała jej słuchać.

Starała się zrozumieć, co mówi pastor. W kościele wolno było mówić i wygłaszać kazania tylko po szwedzku. Parafianie uważali to za kłopotliwy wymysł, bo byli przyzwyczajeni raczej do duńskiego i norweskiego.

Ale miał piękny głos. Elin zamknęła oczy i od razu przypomniało jej się ciepło bijące od jego dłoni. Otworzyła oczy i zmusiła się do patrzenia na kark siedzącej daleko z przodu Britty. Britta miała piękny warkocz – zaplotła go jej rano – i świeżo wykrochmalony biały kołnierz. Słuchała męża i kiwała głową.

Elin odepchnęła od siebie myśli o głosie Prebena, o ciepłym dotyku jego dłoni. To mąż jej siostry, a ona pozwala sobie na grzeszne myśli, w dodatku w domu Bożym. Nie zdziwiłaby się, gdyby piorun uderzył w kościół i zabił ją za tę bezbożność na miejscu. Ścisnęła rękę Märty i zmusiła się do słuchania, chciała zrozumieć słowa padające z ambony. Preben mówił o wielkim

---

* *Stora sillperioden* – trwający kilka dekad tzw. okres wielkich śledzi, gdy wielkie ławice śledzi atlantyckich podpływały blisko zachodnich wybrzeży Szwecji; tu lata 1556–1589.

zgiełku* niosącym się po całym królestwie, również po ich prowincji, o tym, że ich rodacy toczą odważną walkę z diabłem, wyłapują jego wysłanników i stawiają przed sądem. Parafianie słuchali jak urzeczeni. Diabeł, podobnie jak Bóg, był nieodłączną częścią ich codziennego życia. Wszechobecną siłą starającą się rozplenić zło. Wszędzie czaiło się niebezpieczeństwo, w oku kota, w ciemnościach morza, w kruku na gałęzi. Szatan był równie rzeczywisty jak ojciec, brat czy najbliższy sąsiad. Nie widać go gołym okiem. Tym gorzej – należało stale się pilnować, strzec siebie i swoich bliskich.

– Do tej pory było nam to oszczędzone – mówił Preben, a jego głos odbijał się pięknym echem od kamiennych ścian świątyni. – Ale jest tylko kwestią czasu, kiedy szatan wbije swoje szpony w dzieci i ladacznice z naszego zakątka świata. Zatem proszę was, bądźcie czujni. Bo będą znaki. Przypatrujcie się żonie, córce, dziewce służebnej i sąsiadce, teściowej i siostrze. Im wcześniej odkryjemy wśród nas oblubienice szatana, tym wcześniej uderzymy na niego i nie pozwolimy, żeby się wśród nas rozpanoszył.

Słuchali, przytakując, z rozognionymi twarzami. Dzieci chichotały, ale szybko cichły, kiedy dostały kuksańca, wytargano je za włosy albo wymierzono siarczysty policzek.

Reszta mszy minęła aż nazbyt szybko. Nabożeństwo oznaczało upragnioną przerwę w codzienności, czas odpoczynku i chwilę dla ducha.

Elin wstała i mocno chwyciła rękę Märty, żeby ich nie rozdzieliła ciżba ludzi pchających się jednocześnie do wrót. Kiedy weszły na górkę wznoszącą się przed kościołem, aż się wzdrygnęła z zimna.

– Tfu! – dobiegło z tyłu.

Odwróciła się, ale natychmiast spuściła wzrok. Zobaczyła, kto za nią splunął. Była to Ebba z Mörhult, wdowa po Claesie, który zginął wraz z jej mężem i całą załogą kutra. Ebba była

---

* Wielki zgiełk (szw.) – *det stora oväsendet* – fala zbiorowej histerii, która przetoczyła się przez Szwecję za panowania Karola XI w latach 1668–1676 i znalazła odzwierciedlenie w procesach o czary. W ich wyniku zginęło około trzystu osób.

jednym z powodów tego, że nie mogła zostać w Fjällbace i musiała przyjąć gościnę u siostry. Jej nienawiść do niej – obwiniała ją o to, co się stało – nie miała granic. A Elin wiedziała, dlaczego ją oskarża, chociaż słowa, które owego nieszczęsnego ranka wypowiedziała do Pera, nie miały wpływu na to, że kuter zatonął. To nie słowa zatopiły Pera i jego ludzi, tylko sztorm, który uderzył nagle i z niespodziewaną siłą.

Ale Ebbie po śmierci męża źle się powodziło, więc o wszystkie swoje nieszczęścia winiła Elin.

– Ebbo, tylko nie na terenie kościoła i nie na poświęconej ziemi – ostrzegła ją Helga Klippare, jej starsza siostra, ciągnąc ją za ramię.

Elin rzuciła jej spojrzenie pełne wdzięczności i pośpieszyła z córką, żeby nie doszło do jeszcze gorszego przedstawienia. Śledziło ją wiele par oczu, zdawała sobie sprawę, że niektórzy przyznają Ebbie rację. Jej starsza siostra Helga zawsze była dobra i sprawiedliwa. W dodatku w tamten wiosenny poranek przed ośmiu laty pomogła Märcie przyjść na świat. W całej okolicy nie było dzieciaka, który by się nie urodził pod jej okiem i dzięki jej doświadczeniu. Mówiło się, że pomaga również biednym dziewczynom, które wpadły w tarapaty, ale Elin nie była tego pewna.

Ciężkim krokiem wracała na plebanię. Uniesienie, w które wprawiło ją nabożeństwo, wyparowało jak kamfora, powłóczyła nogami i wspominała tamten dzień. Zazwyczaj starała się o nim nie myśleć, bo co się stało, tego nawet Pan Bóg nie odwróci. Po części Per sam był sobie winien, do upadku doprowadziła go własna zuchwałość, przed którą go ostrzegała od chwili, gdy zgodziła się za niego wyjść. Teraz leży wraz z innymi na dnie morza, służąc za pokarm dla ryb, podczas gdy ona idzie z córką do domu siostry jako nędzna sługa. Do końca będzie jej towarzyszyć świadomość, że pożegnała męża niegodziwym słowem. Które ma jej za złe Ebba i kto wie ilu jeszcze mieszkańców Fjällbacki.

Zaczęło się od beczki soli. Wydano zarządzenie, że wszelki handel z zagranicą może się odbywać tylko przez Göteborg. Cała prowincja Bohuslän dostała zakaz handlowania z Norwegią i innymi krajami. Przyczyniło się to do jeszcze większej nędzy. Ludzie byli bardzo źli na władze, które beztrosko podejmowały decyzje odbierające im chleb. Nie wszyscy posłuchali i konni celnicy mieli dużo pracy przy konfiskowaniu nieoclonych towarów. Elin wiele razy prosiła Pera, żeby przestrzegał zakazu, bo ściągnie na nich nieszczęście. A on kiwał głową, że się z nią zgadza.

Gdy zatem w tamto wrześniowe popołudnie konny celnik Henrik Meyer zapukał do ich drzwi, wpuściła go, nie żywiąc żadnych obaw. Ale jedno spojrzenie na siedzącego przy stole Pera wystarczyło, żeby zrozumiała, że zrobiła wielki błąd. Celnik nie potrzebował wiele czasu, żeby w głębi szopy ze sprzętem rybackim znaleźć nieocloną beczkę soli. Doskonale wiedziała, co to znaczy, i zacisnęła pięści w kieszeniach spódnicy. Tyle razy mówiła mężowi, żeby nie robił głupstw. Ale on nie potrafił się powstrzymać. Dla jednej beczki soli.

Znała go dobrze. Jego i to jego przekorne, mimo biedy, dumne spojrzenie, jego odwagę. Już samo to, że się do niej zalecał, pokazywał, że ma w sobie śmiałość, której brakowało innym. Nie wiedział przecież, że ojcu nie bardzo na niej zależy. W jego oczach była córką bogacza i powinna być poza jego zasięgiem. Ale ta sama odwaga, duma i siła sprowadziła na nich wszystkich nieszczęście.

Celnik oznajmił, że konfiskuje łódź, ale dał Perowi jeszcze trzy dni. Potem miał mu odebrać łódź, na którą tyrał tyle lat, choć połów był marny i za rogiem stale czaił się głód. W końcu stała się jego własnością, a teraz miał ją stracić z powodu beczki soli przywiezionej bez pozwolenia z Norwegii.

Elin rozgniewała się jak nigdy dotąd. Miała ochotę rzucić się na męża, wydrapać mu te jego zielone oczy, wyrwać jasne włosy. Przez jego przeklętą dumę stracą wszystko. Z czego będą teraz żyć? Brała każdą robotę, ale nie przynosiło to wiele grosza. Wiedziała, że Perowi też nie będzie łatwo dostać pracę na czyjejś łodzi, gdy już nie wolno handlować towarami z zagranicy. Rybołówstwo też nie przynosiło dochodu.

Przez całą noc milczała. Sąsiadka powiedziała jej, że celnik Meyer został wraz z koniem przewrócony przez wiatr i wpadł do rowu, kiedy od nich wracał. Pomyślała, że dobrze mu tak, bo nie okazał nawet odrobiny współczucia, kiedy im oznajmił, że konfiskuje łódź, która jest podstawą ich utrzymania. Bez łodzi nie mają nic.

Nad ranem Per położył dłoń na jej ramieniu, ale strąciła ją i roniąc gorzkie łzy, odwróciła się do niego plecami. Ze złości. I ze strachu. Na dworze wiatr jeszcze się wzmógł, a gdy o świcie Per wstał, usiadła i spytała, dokąd się wybiera.

– Wypływamy łodzią – odparł, wciągając spodnie i koszulę.

Märta spała smacznie na kuchennej ławie, Elin wbiła w niego wzrok.

– W taką pogodę? Rozum ci odjęło?

– Skoro za trzy dni zabierają mi łódź, musimy zdążyć zarobić, ile się tylko da – powiedział, wkładając kapotę.

Elin ubrała się szybko i wyszła za nim. Nic nawet nie zjadł. Tak mu się śpieszyło, żeby wypłynąć w tę niepogodę, jakby go diabeł gonił.

– Nie wypłyniesz dzisiaj! – Jej krzyk przebił się przez wiatr. Kątem oka zobaczyła, jak z sąsiednich domów wychodzą ciekawscy.

Claes, mąż Ebby z Mörhult, też wyszedł, a za nim równie rozgniewana żona.

– Ściągniecie na siebie śmierć, wypływając w taką niepogodę! – wrzasnęła Ebba, ciągnąc męża za kurtkę.

Wyrwał się i syknął:

– Jeśli chcesz, żeby dzieci miały co jeść, to nie ma wyboru.

Per skinął na Claesa i obaj ruszyli do kutra. Elin patrzyła na szerokie plecy męża. Ogarnął ją taki lęk, że ledwo mogła oddychać. Przemogła się i przekrzykując wiatr, zawołała:

– Rób, co chcesz. Niech cię morze pochłonie razem z tą przeklętą łodzią, bo ja was nie chcę!

Kątem oka zobaczyła przerażenie na twarzy Ebby. Zawróciła na pięcie i z fruwającą wokół nóg spódnicą weszła do domu. Rzuciła się z płaczem na łóżko, nie zdając sobie sprawy, że te słowa będą się za nią ciągnąć aż do śmierci.

JESSIE OBRÓCIŁA SIĘ na łóżku. Mama wyjechała na plan tuż przed szóstą, więc mogła się rozkoszować tym, że ma cały dom dla siebie. Wyciągnęła się, położyła dłoń na brzuchu i wciągnęła go mocno. Wydał jej się cudownie płaski. Nie gruby i ciastowaty jak zawsze, tylko szczupły i płaski. Jak u Vendeli.

W końcu jednak musiała odetchnąć i znów wydęło jej brzuch. Z obrzydzeniem zabrała z niego dłoń. Nienawidziła swojego brzucha. Całego ciała. Swojego życia. Tylko nie Sama. Wciąż czuła smak jego pocałunku.

Spuściła nogi z łóżka i wstała. Zza okna dochodził plusk wody. Odsunęła zasłony. Znów cudownie słoneczny dzień. Oby Sam znów chciał wypłynąć łódką. Mimo tego filmu, który jej pokazał.

Przez całe życie w różnych szkołach, w różnych krajach i częściach świata stykała się z ludźmi takimi jak Nils, Basse i Vendela. Wiedziała, czego chcą. Do czego są zdolni.

Ale z jakiegoś powodu wydawało jej się, że nie chcą tego zrobić jej.

Zawsze wiedziała, kiedy po szkole już się rozeszło, kim jest jej mama. Najpierw uśmiechy i duma, że do ich szkoły chodzi córka gwiazdy filmowej. Potem następował ciąg dalszy, gdy ktoś wygooglował, kim naprawdę jest jej mama. Morderczynią, która została aktorką. I wtedy przychodziła pora na spojrzenia, na szepty i plotki. Nigdy nie będzie miała powodzenia. Bo wygląda tak, a nie inaczej, i jest, kim jest.

Mama tego nie rozumiała. Dla niej dobry był rozgłos z każdego powodu. Choćby sytuacja w szkole stała się nie do wytrzymania, Jessie musiała tam chodzić, dopóki mama nie zaczęła kręcić nowego filmu gdzie indziej.

Z Samem było podobnie. To, co trzydzieści lat wcześniej przydarzyło się ich matkom, kładło się na nich ciężkim cieniem.

Poszła do kuchni i otworzyła lodówkę. Jak zwykle pustą: to znaczy bez jedzenia, za to z baterią butelek szampana. Jedzenie

nie należało do priorytetów mamy. Dbała tylko o własną figurę. Jessie żyła z hojnego kieszonkowego, które dostawała raz na miesiąc. Większość przeznaczała na fast foody i słodycze.

Przesunęła ręką po butelkach, czubkami palców poczuła zimne szkło. Powoli wyciągnęła jedną. Była niespodziewanie ciężka. Postawiła ją na marmurowym blacie. Nigdy nie próbowała szampana, za to mama... M a r i e piła prawie bez przerwy.

Oderwała sreberko i przez kilka sekund wpatrywała się w stalowy drut wokół korka. Potem zaczęła go ostrożnie odginać. Pociągnęła lekko za korek, ale siedział mocno. Rozejrzała się. Właśnie, przy wyciąganiu Marie zwykle owijała go ścierką. Jessie sięgnęła po jedną z białych ścierek kuchennych i pociągnęła korek, jednocześnie nim kręcąc. W końcu ruszył. Pociągnęła mocniej i nagle rozległo się plopp... korek wyleciał z szyjki.

A za nim piana. Odskoczyła, żeby się nie opryskać. Na blacie stała szklanka. Szybko nalała do niej odrobinę szampana. Wypiła łyk na próbę i skrzywiła się. Smakował paskudnie. Ale Marie zwykle dodawała soku. Powinien być lepszy. Aha, i piła z kieliszków do szampana. Jessie sięgnęła do szafki po wysoki, smukły kieliszek, a potem do lodówki po jedyny stojący tam karton soku. Nie miała pojęcia, ile powinna nalać, więc wlała dwie trzecie kieliszka szampana i dolała soku. Musiała szybko wychłeptać to, co się rozlało. Teraz smakowało dużo lepiej. Było nawet dobre.

Wstawiła do lodówki otwartą butelkę i sok, wzięła kieliszek i wyszła przed dom, na pomost. Mama miała spędzić cały dzień na planie. Mogła robić, co jej się podobało.

Sięgnęła po telefon. Może Sam wpadnie napić się szampana.

– Puk, puk! – zawołała Erika w stronę otwartych drzwi, wokół których pięły się ogromne jasnoróżowe róże. Pachniały tak cudownie, że pozwoliła sobie pokontemplować przez minutę, może dwie.

– Proszę! – odezwał się ze środka jasny głos.

Erika zdjęła w przedpokoju buty i weszła dalej.

– Dzień dobry, o, to pani? – powiedziała kobieta w wieku sześćdziesięciu kilku lat, stając przed nią z kuchenną ścierką w jednej ręce i talerzykiem w drugiej.

Erika zawsze czuła się głupio, kiedy ją ktoś rozpoznał, chociaż nie znał jej osobiście. Odkąd jej książki zaczęły odnosić sukcesy, stała się swego rodzaju celebrytką, zdarzało się nawet, że ludzie zatrzymywali ją na ulicy, żeby zrobić sobie z nią zdjęcie albo poprosić o autograf.

– Dzień dobry, jestem Erika Falck – powiedziała, podając starszej pani rękę.

– Viola – odparła starsza pani, uśmiechając się szeroko.

Wokół oczu miała siateczkę zmarszczek wskazujących na to, że często i chętnie się uśmiecha.

– Znajdzie pani dla mnie kilka minut? – spytała Erika. – Pracuję nad książką o jednej z dawnych spraw prowadzonych przez pani ojca, a ponieważ on nie żyje...

– ...postanowiła się pani dowiedzieć, co ja na ten temat wiem – wpadła jej w słowo Viola i znów się uśmiechnęła. – Proszę wejść, właśnie nastawiłam kawę. Chyba nawet wiem, o którą sprawę chce pani zapytać.

Ruszyła pierwsza. Do kuchni wchodziło się z przedpokoju. Była jasna i przestronna, jedynym kolorowym akcentem były akwarele na ścianie. Erika, pełna podziwu, zatrzymała się przed jedną. Nie znała się na sztuce i nawet niespecjalnie się nią interesowała, ale patrząc na ten obrazek, czuła, że to dobre malarstwo, a motyw wręcz frapujący.

– Jakie piękne obrazy – powiedziała, oglądając je po kolei.

– Dziękuję – odparła Viola, czerwieniąc się. – To ja je namalowałam. Kiedyś było to tylko hobby, ale zaczęłam wystawiać i... wygląda na to, że się sprzedają. W piątek mam wernisaż w Stora Hotellet, proszę przyjść, jeśli ma pani ochotę.

– Postaram się. I nie dziwię się, że się sprzedają, są cudne – powiedziała Erika, siadając przy dużym białym stole przy olbrzymim starym oknie ze szprosami.

Uwielbiała takie okna: z nierównościami w szkle, dzięki którym wydawały się dużo żywsze od nowych, współczesnych okien wytwarzanych metodą przemysłową.

– Mleka? – spytała Viola.

– Odrobinę. – Erika skinęła głową.

Viola wzięła z blatu babkę piaskową i ukroiła kilka grubych kawałków. Erice pociekła ślinka.

– Przypuszczam, że chce pani rozmawiać o dochodzeniu, które mój ojciec prowadził w sprawie zabójstwa małej Stelli – zaczęła Viola, siadając po drugiej stronie stołu.

– Tak, zamierzam opisać tę sprawę, a pani ojciec był w niej ważną postacią.

– Mija prawie piętnaście lat od jego śmierci. Może pani już wie, że odebrał sobie życie. To był straszny szok, chociaż powinniśmy się byli domyślić, że może do tego dojść. Po tym, jak mama zmarła na raka płuc, był w głębokiej depresji. A po przejściu na emeryturę zrobiło się jeszcze gorzej. Mówił, że już nie ma po co żyć. Ale pamiętam, że aż do samej śmierci często mówił o tej sprawie.

– A pamięta pani, co mówił?

Erika ugryzła spory kęs ciasta. Musiała przemóc impuls, żeby zamknąć oczy. Roztapiało się w ustach.

– To było tak dawno. Szczegółów nie pamiętam, ale może sobie coś przypomnę, jeśli się chwilę zastanowię. Pamiętam tylko, że męczyła go ta sprawa. Miał wątpliwości.

– Co do czego?

– Że to te dziewczyny.

W zamyśleniu wypiła z białego ceramicznego kubka łyk kawy.

– Zwątpił, że to one zabiły?

Nigdy o tym nie słyszała. Słowa Violi wprawiły ją w podniecenie. Od wielu lat dzieliła życie z policjantem i wiedziała z doświadczenia, że ich przeczucia najczęściej się sprawdzają. Jeśli Leif nabrał wątpliwości co do winy dziewczyn, musiał mieć jakieś powody.

– Powiedział, skąd te wątpliwości?

Viola trzymała kubek w dłoniach i wodziła kciukami po wypukłym wzorze.

– Nie… – odparła po chwili. – Nic konkretnego. Ale na pewno swoje zrobiło to, że obie wycofały zeznania i potem przez lata powtarzały, że są niewinne.

– Ale nikt im nie wierzył – dodała Erika, przypominając sobie wycinki z prasy i komentarze miejscowych, którzy co pewien czas wracali do tej sprawy.

Nikt nie miał wątpliwości, że to dziewczyny zabiły Stellę.

– Krótko przed śmiercią powiedział, że chce wrócić do tej sprawy i wznowić dochodzenie. Ale popełnił samobójstwo. Zresztą był już na emeryturze, więc musiałby najpierw przekonać nowego szefa komisariatu. Nie wydaje mi się, żeby ten nowy miał ochotę. Sprawa została oficjalnie wyjaśniona i zamknięta, chociaż ze względu na młody wiek dziewczyn nie doszło do normalnego procesu.

– Nie wiem, czy pani słyszała... – powiedziała Erika, zerkając na swój telefon. Wciąż żadnej wiadomości od Patrika. – Zaginęła mała dziewczynka. Nie ma jej od wczoraj, w najgorszym razie od przedwczorajszego wieczoru. Mieszkała w tym samym gospodarstwie co kiedyś Stella.

– Co pani mówi! – zdumiała się Viola. – Nie, nie słyszałam. Nie ruszałam się z pracowni, przygotowuję się do wernisażu. Co się stało?

– Na razie nie wiadomo. Szukają jej. Mój mąż jest policjantem, bierze udział w poszukiwaniach.

– Ale co... jak...

Nie znajdowała słów. Prawdopodobnie pomyślała o tym samym, o czym od poprzedniego dnia myślała Erika.

– To rzeczywiście dziwny zbieg okoliczności – zauważyła Erika. – Dziewczynka jest w tym samym wieku co Stella. Cztery lata.

– O mój Boże. Może po prostu zabłądziła? Gospodarstwo leży trochę na uboczu, prawda?

– Zgadza się. Miejmy nadzieję, że się odnajdzie.

Widać było, że Viola, podobnie jak ona, nie bardzo w to wierzy.

– Czy pani ojciec robił jakieś notatki? Może w domu zostały jakieś materiały z dochodzenia?

– O ile wiem, nie – odparła Viola. – Po jego śmierci razem z braćmi zrobiliśmy inwentaryzację, ale niczego takiego chyba nie znalazłam. Mogę spytać braci, chociaż nie wydaje mi się, żeby były jakieś notesy czy skoroszyty. A gdyby nawet były, to boję się, że mogliśmy je wyrzucić. Nie gromadzimy rzeczy i nie jesteśmy sentymentalni, uważamy, że wspomnienia ma się tu. – Położyła dłoń na sercu.

Erika ją rozumiała. Chciałaby być taka sama, ale rozstawanie się z rzeczami o wartości sentymentalnej przychodziło jej z największym trudem. Patrik żartował, że ożenił się z chomikiem.

– Proszę ich spytać i zapisać sobie mój numer na wypadek, gdyby pani jednak coś znalazła. Albo sobie przypomniała. Cokolwiek. Proszę zadzwonić, nawet gdyby chodziło o jakiś drobiazg albo pozornie nieistotny szczegół. Nigdy nic nie wiadomo.

Wyjęła z torebki wizytówkę i podała Violi. Viola przyglądała jej się przez chwilę, a potem odłożyła na stół.

– Straszna historia z tą dziewczynką. Mam nadzieję, że ją znajdą – powiedziała.

– Ja też. – Erika znów zerknęła na telefon.

Nadal żadnej wiadomości od Patrika.

– Dziękuję. – Podniosła się. – Zajrzę w piątek, jeśli tylko mi się uda. Obrazy są bardzo ładne.

– No to mam nadzieję, że się zobaczymy – odparła Viola, rumieniąc się z zadowolenia.

Idąc do samochodu, Erika miała jeszcze w nozdrzach zapach róż, a w uszach słowa Violi. Jej ojciec miał wątpliwości co do tego, czy Stellę zabiły Marie i Helen.

Oczekiwanie dłużyło się w nieskończoność. Godzinę po telefonie Mellberga zobaczyli idących przez las Torbjörna Ruuda i jego ekipę techników kryminalistyki z Uddevalli. Przywitali się. Patrik wskazał na pień leżący kilka metrów za policyjną taśmą.

– O kurde – powiedział krótko Torbjörn.

Patrik kiwnął głową.

Zdawał sobie sprawę, że technicy kryminalistyki są przyzwyczajeni do paskudnych widoków i z czasem muszą zobojętnieć. Ale śmierć dziecka nigdy nie przestaje poruszać. Kontrast między żywotnością dziecka a nieodwołalną śmiercią jest tak silny jak cios w splot słoneczny.

– Tam leży? – spytał Torbjörn.

Patrik przytaknął.

– Pod pniem. Nie zaglądałem, żeby nie zatrzeć śladów. Ci, którzy ją znaleźli, mówią, że pod pniem jest jama i że ktoś ją tam wcisnął. To dlatego jej nie znaleźliśmy wcześniej, chociaż kilka razy szukaliśmy w tym miejscu.

– To oni ją znaleźli? – Torbjörn wskazał na stojących nie-opodal Haralda, Johannesa i Karima.

– Tak. Kazałem im zaczekać, żebyście mogli się upewnić, że nie zostawili żadnych śladów. Domyślam się, że zrobicie zdjęcia podeszew ich butów.

– Zgadza się – potwierdził Torbjörn, wydając jednocześnie instrukcje jednemu z towarzyszących mu techników.

Potem włożył kombinezon i foliowe ochraniacze na buty i taki sam zestaw dał Patrikowi.

– Chodź – powiedział, kiedy już byli ubrani.

Patrik odetchnął i podszedł za Torbjörnem do drzewa. Pró-bował uzbroić się psychicznie, ale i tak się zachwiał. Najpierw zobaczył rączkę. Dziewczynka rzeczywiście leżała we wgłębie-niu pod pniem, goła i skulona, jakby w pozycji embrionalnej. Zwrócona do nich twarzyczką, którą częściowo zasłaniała czar-ną od ziemi rączką. W jasnych włosach miała liście i jakieś śmie-ci. Patrik musiał się powstrzymać, żeby ich nie strzepnąć. Jakim trzeba być człowiekiem, żeby zrobić coś takiego małemu dziec-ku? Gniew dał mu siłę. Dzięki niemu mógł zrobić to, co mu-siał, i podejść do tego chłodno, rzeczowo. Był to winien tej małej i jej rodzicom. Emocje odłożył na potem. Wiedział, że Torbjörn Ruud działa tak samo.

Kucnęli, żeby zarejestrować wszystkie szczegóły. Pozycja, w której leżała, nie pozwalała stwierdzić, co było powodem śmierci. To miał być następny krok. W tym momencie należa-ło zabezpieczyć wszystkie ewentualne ślady zostawione przez sprawcę.

– Odejdę na chwilę, żebyście mogli popracować – powie-dział Patrik. – Zawołajcie mnie, kiedy będziecie ją wyjmowali z tej jamy. Chcę przy tym być.

Torbjörn kiwnął głową. Technicy przystąpili do żmudne-go zbierania śladów wokół pnia. Nie dało się niczego przyśpie-szyć. Każdy włos, niedopałek, kawałek plastiku, wszystko, co znajdowali w sąsiedztwie ciała, powinno zostać sfotografowane i umieszczone w specjalnie oznaczonej torebce. Należało zabez-pieczyć ślady butów zostawione na miękkim podłożu. Do odci-sku buta wlewali specjalną masę. Kiedy stężała, zabierali odlew, żeby później użyć jako dowód przeciw ewentualnemu sprawcy.

Były to czynności bardzo czasochłonne. Po tylu dochodzeniach Patrik nauczył się panować nad zniecierpliwieniem, rozumiał, że musi im dać spokojnie wykonać ich robotę. Potem będzie miał z tego pożytek. Gdyby teraz coś zaniedbali, może nigdy nie udałoby się tego naprawić.

Stanął z boku, poza terenem odgrodzonym taśmą. Nie chciało mu się z nikim rozmawiać. Musiał się zastanowić, co dalej. Pierwsze dwadzieścia cztery godziny bywały dla wyników dochodzenia decydujące. Świadkowie szybko zapominają, ślady znikają, sprawca może zdążyć je zatrzeć. W ciągu jednej doby może się wiele zdarzyć, dlatego ważne jest ustalenie, co należy zrobić w pierwszej kolejności. W teorii powinien to ustalać Mellberg, szef komisariatu, ale w praktyce odpowiedzialność spadała na niego.

Wyjął telefon, żeby uprzedzić Erikę, że wróci późno. Pomyślał, że na pewno się zastanawia, co się stało. Liczył na to, że zachowa dyskrecję. Wiedział, że nikomu nie powie, dopóki nie da jej znać, że już może. Nie miał jednak zasięgu, więc wsunął telefon z powrotem do kieszeni. Później do niej zadzwoni.

W miejscu, gdzie stał, było gorąco. Zamknął oczy i wystawił twarz do słońca. Odgłosy lasu mieszały się ze szmerem głosów ekipy. Powędrował myślami do Gösty. Był mu wdzięczny, że wziął na siebie rozmowę z rodzicami dziewczynki.

Na jego nagim przedramieniu wylądował komar. Tylko go strzepnął. Miał dość śmierci.

Sytuacja wydawała się całkiem surrealistyczna. Oto stoi w Szwecji w środku lasu z nieznajomymi ludźmi.

Nie pierwszy raz widział martwego człowieka. W więzieniu w Damaszku na jego oczach strażnicy wlekli po ziemi zwłoki mężczyzny. Potem podczas przeprawy przez Morze Śródziemne widział unoszące się na wodzie ciała martwych dzieci.

Ale to było co innego. Przyjechał do Szwecji przekonany, że tu nie giną dzieci. A jednak.

Poczuł na ramieniu czyjąś rękę. To ten starszy mężczyzna, Harald, z przyjaźnie patrzącymi brązowymi oczami. Mówił po angielsku z tak silnym szwedzkim akcentem, że Karim z trudem go rozumiał. Ale polubił go. Czekając na ekipę kryminalistyczną, gawędzili ze sobą. Jeśli nie starczało im słów, wspomagali się gestami i minami. A Johannes, ten młodszy, pomagał Haraldowi znajdować słowa, które mu umykały.

Karim złapał się na tym, że po raz pierwszy od przyjazdu do Szwecji opowiada komuś o swojej rodzinie i swoim kraju. Wiedział, że w jego głosie słychać tęsknotę za miastem, które opuścił, żeby pewnie nigdy do niego nie wrócić. Zdawał sobie jednak sprawę z tego, że obraz, który rysuje, jest nieprawdziwy, że tęsknota przesłoniła panujący tam terror.

Ale który Szwed zrozumiałby, że stale trzeba było się oglądać przez ramię, bo w każdej chwili mógł cię zdradzić przyjaciel, sąsiad, nawet krewny? Rząd miał oczy wszędzie. Każdy pilnował jedynie swego i każdy zrobiłby wszystko, żeby ratować własną skórę. Każdy kogoś stracił. Każdy patrzył na śmierć kogoś, kogo kochał, więc gotów był na wiele, żeby nie przeżywać tego ponownie. Jako dziennikarz Karim był szczególnie narażony na represje.

– *You okay?* – spytał Harald. Jego dłoń wciąż spoczywała na jego ramieniu.

Karim zdał sobie sprawę, że ma to wszystko wypisane na twarzy. Opuścił gardę, obnażył swoją tęsknotę i frustrację, poczuł się jak przyłapany na gorącym uczynku. Uśmiechnął się i zamknął drzwi do wspomnień.

– *I'm okay. I'm thinking about the girl's parents* – powiedział i na mgnienie oka stanęły mu przed oczami twarze jego własnych dzieci.

Amina na pewno się niepokoi i jak zawsze jej niepokój udziela się dzieciom. Ale w lesie nie było zasięgu, nie mógł do niej zadzwonić. Potem będzie się na niego złościć. Zawsze tak jest, kiedy się denerwuje. Nie szkodzi. Piękna jest, kiedy się złości.

– *Poor people* – zauważył Harald.

Karim zobaczył, że zaszkliły mu się oczy.

Kawałek dalej, tuż obok martwej dziewczynki, pracowali na kolanach mężczyźni w białych plastikowych kombinezonach. Sfotografowali już podeszwy butów jego, Johannesa i Haralda. Przyklejali im do ubrań kawałki przylepca, a potem ostrożnie wkładali je do starannie oznaczonych foliowych torebek. Karim wiedział po co, chociaż nigdy wcześniej czegoś takiego nie widział. Chodziło o wykluczenie śladów, które wszyscy trzej zostawili tam, gdzie znaleźli dziewczynkę.

Johannes powiedział coś po szwedzku do starszego kolegi, a on kiwnął głową. Johannes przetłumaczył: *We thought maybe we could ask the policeman if we can go back. They seem to be done with us**.

Karim kiwnął głową: on też był za tym, żeby wreszcie poszli, żeby nie stali dłużej przy zwłokach dziecka.

Harald podszedł do stojącego za taśmą policjanta. Chwilę rozmawiali cicho, policjant kiwnął głową.

– *We can go back* – powiedział Harald, kiedy wrócił.

Teraz, gdy napięcie puściło, Karim poczuł, że drży. Marzył o tym, żeby wrócić do domu. Do dzieci i gniewnych oczu Aminy.

Kiedy Vendela wpadła z hukiem na schody, Sanna zamknęła oczy. Głowa jej pękała i aż się wzdrygnęła, kiedy drzwi znów trzasnęły. Już widziała to powiększające się pęknięcie w futrynie.

A wszystko przez to, że zaproponowała córce, żeby jej pomogła w gospodarstwie. Vendela wprawdzie nigdy nie przepadała za ogrodem, ale teraz zachowała się, jakby to była kara. Sanna zdawała sobie sprawę, że nie powinna jej ulegać, ale nie miała siły. Jakby wszystkie siły opuściły ją w momencie, kiedy usłyszała o zniknięciu Nei.

Z góry huknęła muzyka, zagrzmiały basy. Ciekawe, jak Vendela spędzi ten dzień. Ostatnio głównie szwendała się z dwoma chłopakami, którzy z całą pewnością nie byli dla niej odpowiednim towarzystwem. Piętnastoletnia dziewczyna i dwaj chłopcy w tym samym wieku. Z tego mogą być tylko problemy.

Sprzątnęła ze stołu po śniadaniu. Vendela zjadła tylko jajko, bo chleb, który jadła od dziecka, podobno zawierał za dużo cukru. Sanna upiekła sobie grzankę i posmarowała grubo dżemem pomarańczowym. Była spóźniona, ale uznała, że pięć minut dłużej nie zrobi różnicy.

---

* *I'm okay…* (ang.) – W porządku. Myślałem o rodzicach tej dziewczynki. / Biedni ludzie. / Pomyśleliśmy, że może spytamy policjanta, czy możemy wracać. Chyba z nami skończyli.

Uważała, że w pewnym sensie to nawet dobrze, że Vendela jest w buntowniczym nastroju, bo dzięki temu ona nie musiała rozmyślać o Nei. I o Stelli. Znów ją dopadły te myśli. Pamiętała tamten dzień w najdrobniejszych szczegółach. Jak się cieszyła na wyjazd do Uddevalli po nowe ubrania na rozpoczęcie szkoły. Jaka była rozdarta między radością, że jedzie z mamą na zakupy, a zazdrością, że Stella zostaje pod opieką dwóch superfajnych starszych dziewczyn. Ale kiedy pomachała jej na do widzenia i wielkie volvo z mamą za kierownicą ruszyło do miasta, zapomniała o zazdrości.

W drodze powrotnej cały czas zerkała na tylne siedzenie, na którym leżały torby z ciuchami. Ładne były. Cieszyła się tak bardzo, że ledwo mogła usiedzieć. Mama zwracała jej uwagę i śmiała się.

To był ostatni raz, kiedy widziała, jak mama się śmieje.

Odłożyła kanapkę. Kęs urósł jej w ustach. Przypomniała sobie chwilę, kiedy wysiadły z samochodu, i szalejącego z niepokoju ojca, który wyszedł im na spotkanie. Nagle zrobiło jej się niedobrze. Pomknęła do ubikacji. Zdążyła jeszcze podnieść klapę. Po chwili kanapka z dżemem pomarańczowym pływała w sedesie. Poczuła w żołądku następny skurcz.

Trzęsąc się, opadła na zimne kafelki. Z góry dudniła głośno muzyka.

Na jednej z tablic przymocowanych do drzew rosnących wokół polany za domem rozległ się suchy trzask.

– Dobrze, Sam – powiedział krótko James.

Sam powstrzymał się od uśmiechu. Jedyna rzecz, za którą ojciec go chwali. Bo potrafi strzelić dokładnie w wybrany punkt. Najważniejsza zaleta syna w oczach ojca.

– Coraz celniej strzelasz. – Ojciec kiwnął głową, patrząc na niego znad stalowej oprawki okularów przeciwsłonecznych. Model dla pilotów z lustrzaną powłoką. Wyglądał w nich jak parodia amerykańskiego szeryfa. – Spróbuj, czy trafisz z większej odległości. – Kiwnął na syna, żeby się cofnął.

Sam odszedł dalej.

– Podeprzyj rękę. Przed naciśnięciem spustu zrób wydech. Skup wzrok – instruował spokojnie.

Przez wiele lat odnosił sukcesy jako instruktor żołnierzy szwedzkich sił specjalnych. Sam wiedział, że cieszył się dobrą opinią. A poza tym był pozbawionym uczuć bydlakiem, co też na pewno pomogło mu w karierze. Za to syn nie mógł się doczekać jego wyjazdu na kolejną misję.

Zdarzało się, że długo przebywał w nieznanym miejscu, i był to czas, kiedy Sam oddychał z ulgą. I on, i mama chodzili lżejszym krokiem, mama się częściej śmiała, co sprawiało mu przyjemność. Wystarczyło, żeby ojciec stanął w drzwiach, a jej śmiech gasł, nawet biegała inaczej i więcej niż zwykle. I robiła się jeszcze szczuplejsza. Na twarzy malowało się napięcie. W tym samym stopniu jej wtedy nie znosił, co kochał, kiedy była radosna. Zdawał sobie sprawę, że jest niesprawiedliwy, ale przecież sama wybrała sobie tego mężczyznę, żeby mieć z nim dziecko. Nigdy nie mówił o nim ojciec. Ani tata.

Kilka szybkich strzałów. Był pewien, że trafił idealnie.

James kiwnął głową z zadowoleniem.

– Kurde, gdybyś miał więcej charakteru, mógłby być z ciebie dobry żołnierz – zaśmiał się.

– Idę pobiegać – oznajmiła mama, która przyszła za dom, ale żaden z nich nie odpowiedział.

Sam myślał, że już jej nie ma, zwykle wychodziła zaraz po śniadaniu, żeby uniknąć najgorszego upału, ale teraz była prawie dziesiąta.

– Cofnij się jeszcze kilka metrów – odezwał się James.

Sam wiedział, że też trafi. Podczas nieobecności Jamesa ćwiczył strzały z jeszcze większej odległości, ale z jakiegoś powodu nie chciał ujawnić, jaki jest dobry. Nie chciał, żeby James mógł z dumą wypinać pierś i mówić, że Sam ma to po nim. Bo to nie była jego zasługa. Nic w życiu Sama nie było zasługą Jamesa, wręcz przeciwnie.

– *Nice!* – zawołał ojciec po następnej serii strzałów.

Kolejna rzecz, która drażniła Sama. James często przechodził na angielski z szerokim amerykańskim zaśpiewem. Nie miał nic wspólnego z Ameryką, po prostu dziadek w młodości lubił Jamesa Deana. Jednak James spędził tyle czasu z Amerykanami, że udzieliła mu się ich wymowa. Niewyraźna, gardłowa. Dla Sama brzmiało to wręcz żenująco.

– *One more time* – odezwał się James, jakby czytał w jego myślach i postanowił się podrażnić.

– *All right* – odparł Sam z równie szerokim amerykańskim akcentem, licząc, że James się nie zorientuje.

Wycelował w środek tarczy i strzelił. W sam środek tarczy.

Prowincja Bohuslän 1671

– Mała weszła wczoraj na plebanię, Elin pamięta, co jej mówiłam!

Britta mówiła ostrym tonem i Elin pochyliła głowę.

– Porozmawiam z nią – powiedziała cicho.

– Nie bez powodu służba ma osobne mieszkanie!

Britta spuściła nogi z łóżka.

– Mamy dziś ważnych gości – ciągnęła. – Wszystko musi wypaść idealnie. Czy Elin uprała i wykrochmaliła moją niebieską suknię? Tę z brokatu?

Wsunęła kapcie stojące przy łóżku. Przydawały się, bo choć plebania była najpiękniejszym domem, jaki Elin widziała, jednak panowały tu okropne przeciągi i zimą podłogi były lodowate.

– Wszystko gotowe – odparła Elin. – Wysprzątany każdy kąt, a Boel z Holty już od wczoraj gotuje w kuchni. Na przystawkę szykuje faszerowane łby dorszowe, koguta w agreście na główne danie i krem warstwowy na deser.

– Dobrze – stwierdziła Britta. – Wysłannik Haralda Stakego powinien zostać przyjęty jak wielki pan, bo Harald Stake jest gubernatorem naszej prowincji i zgodnie z królewskim zarządzeniem ma mówić z duchownymi o pladze, która spadła na nasz kraj. Zaledwie kilka dni temu Preben opowiadał, że w Marstrand złapali czarownicę.

Britta dostała aż czerwonych plam na policzkach.

Elin kiwnęła głową. Ludzie nie mówili o niczym innym, jak o nowo powołanej komisji do spraw czarownictwa, która stawia przed sądem czarownice. Wzięli się za nie w całym kraju. Elin wzdrygnęła się. Zloty czarownic i paktowanie z diabłem. Koszmar.

– Słyszałam od Idy-Stiny, że Elin pomogła Svei z Hult począć dzieciątko – powiedziała Britta, podczas gdy Elin pomagała jej się ubrać. – Cokolwiek Elin zrobiła dla niej, chcę, by zrobiła również dla mnie.

– Umiem jedynie to, czego nauczyła mnie moja babka – odparła Elin, sznurując mocno suknię Britty na plecach.

Prośba Britty jej nie zaskoczyła. Siostra zbliżała się do dwudziestki, od dwóch lat była żoną, ale jakoś nie zaczęła pęcznieć w talii.

– Proszę tylko o to, co Elin zrobiła dla Svei. Pora, żebym dała Prebenowi dziecko. Już mnie wypytuje, kiedy będę w odmiennym stanie.

– Zrobiłam jej napar z ziół według przepisu babki – powiedziała Elin, sięgając po szczotkę, żeby uczesać Brittę.

Siostry bardzo się różniły wyglądem. Elin odziedziczyła po matce blond włosy i jasnoniebieskie oczy, natomiast czarnowłosa Britta o ciemnoniebieskich oczach była podobna do kobiety, która jeszcze przed śmiercią matki zajęła jej miejsce. Wiejskie języki wciąż powtarzały, że Kerstin, matka Elin, umarła, bo pękło jej serce. Nawet jeśli była to prawda, Elin nie mogła tracić czasu na rozpamiętywanie. Minął rok od śmierci ojca i jedynie pomoc Britty dzieliła ją od śmierci głodowej.

– Nauczyła mnie również kilku zaklęć – dodała ostrożnie. – Jeśli Britta chce, mogę przygotować napar i wymówić zaklęcie. Wszystkie potrzebne zioła już mam, zasuszyłam jeszcze latem, żeby starczyły na zimę.

Britta machnęła ręką.

– Niech Elin robi, co trzeba. Muszę urodzić memu mężowi dziecko, inaczej ściągnę na nas nieszczęście.

Elin już chciała powiedzieć, że w takim razie byłoby dobrze dzielić małżeńskie łoże. Już miała to na końcu języka, ale rozum kazał jej zmilczeć. Już wiedziała, jakie skutki może mieć gniew Britty. Zastanawiała się przez chwilę, jak ten miły Preben mógł wziąć sobie za żonę kogoś takiego jak ona. Na pewno przyłożył do tego rękę ich ojciec. Dopilnował, żeby jego córka zrobiła dobrą partię.

– Z resztą poradzę sobie sama – oznajmiła i wstała. – Elin na pewno ma co robić przed przyjazdem wysłannika gubernatora.

I proszę przemówić córce do rozsądku, bo inaczej ja to zrobię. Rózgą.

Elin skinęła głową, ale w środku aż się zagotowała. Britta do tej pory nie podniosła ręki na Märtę, a ona wiedziała, że nie ręczy za siebie, jeśli to zrobi. Pomyślała, że musi jak najprędzej porozmawiać z córką, zabronić jej wchodzić na plebanię.

Wyszła na podwórze i rozejrzała się niespokojnie.

– Märta! – zawołała z cicha.

Britta nie lubiła, kiedy służba zachowywała się głośno. Była to kolejna rzecz, o której należało pamiętać, żeby nie popaść w niełaskę.

– Märta! – zawołała nieco głośniej i ruszyła do stajni.

Najprawdopodobniej była właśnie tam, chociaż to również było zakazane. Miała nie tylko zielone oczy ojca, ale także jego upór. Słowa za nic do niej docierały.

– Tutaj jesteśmy – usłyszała znajomy głos.

Preben. Stanęła jak wryta.

– Proszę wejść, Elin – odezwał się przyjaźnie z mroku w samej głębi stajni.

– Tak, matko, chodźcie tu – powiedziała z zapałem Märta.

Elin się zawahała, ale chwyciła skraj spódnicy, żeby jej nie pobrudzić, i żwawym krokiem poszła do kąta, z którego dochodziły głosy.

– Spójrzcie, matko – powiedziała z nabożeństwem Märta.

Siedziała w głębi pustego żłobu, na rękach trzymała troje kociąt. Nie miały więcej niż dzień czy dwa i kręciły łebkami, ślepe na ten świat. Obok siedział Preben, on również miał na rękach kilkoro kociąt.

– Proszę przyznać, czyż to nie cud boski? – spytał, głaszcząc szare kociątko, które pomiaukiwało, szturchając go w rękaw.

– Matko, pogłaszczcie tego! – Märta podała jej maleństwo w biało-czarne łaty. Kociak rozczapierzył łapki.

Elin zawahała się i obejrzała przez ramię. Britta będzie niezadowolona, jeśli je tutaj zobaczy. Z Prebenem.

– Niech Elin siada. Moja droga małżonka ma głowę zajętą przygotowaniami do wizyty dzisiejszych gości.

Uśmiechnął się blado.

Znów się zawahała, ale nie mogła się oprzeć bezradnemu czarno-białemu kotkowi. Wzięła go i usiadła na sianie.

– Preben mówi, że mogę sobie wybrać jednego i będzie mój, tylko mój – powiedziała Märta, wpatrując się w pastora.

Elin spojrzała na niego niepewnie. Uśmiechnął się, miał radość w oczach.

– I będzie mogła mu nadać imię – stwierdził. – Ale umówiliśmy się, że to będzie nasza tajemnica.

Położył palec na ustach i spojrzał na Märtę z powagą. Odpowiedziała równie poważnym spojrzeniem.

– Zachowam to jak najdroższą tajemnicę – odparła, patrząc na kocięta. – Bardzo tego chcę.

Pogłaskała szare biedactwo, najmniejsze ze wszystkich. Elin lekko pokręciła głową. Patrzyła na Prebena. Kociątko wyglądało na wygłodzone, wątpiła, czy przeżyje.

– Märta ma dobre oko, gdy chodzi o koty – powiedział jednak Preben spokojnie, drapiąc kociątko za uchem. – Ja bym wybrał tego samego.

Märta patrzyła na pastora wzrokiem, którego Elin u niej nie widziała, odkąd stało się zło. Serce ją zabolało, bo w ten sposób patrzyła tylko na ojca. Ale Preben przypominał jej Pera. Miał w oczach tę samą dobroć – kojącą i budzącą ufność.

– Nazwę ją Viola, bo fiołek to mój ulubiony kwiatek.

– Świetny wybór – zauważył Preben, spoglądając na Elin. Oby się nie okazało, że to nie kotka, tylko kotek.

– Märta chce się nauczyć czytać – powiedział, głaszcząc ją po jasnej główce. – Mój kościelny uczy dzieci dwa razy w tygodniu.

– Nie wiem, co by z tego był dla niej za pożytek – odpowiedziała Elin.

Życie nauczyło ją, że dla kobiety najlepiej jest, jeśli się nie wychyla. Ani nie oczekuje za wiele, bo wtedy spotykają ją same rozczarowania.

– Musi umieć czytać katechizm – podkreślił Preben.

Zawstydziła się. Co miałaby mu na to odpowiedzieć? Jeśli on uznaje za właściwe, a nawet wskazane, żeby jej córka nauczyła się czytać, to kimże ona jest, żeby się temu sprzeciwiać?

– W takim razie Märta z radością pójdzie na te lekcje – odparła Elin, pochylając głowę.

Ona nie nauczyła się czytać, a na katechezie radziła sobie w ten sposób, że wszystkiego uczyła się na pamięć.

– W takim razie postanowione – powiedział wesoło Preben i znów pogłaskał Märtę po główce.

Wstał i otrzepał spodnie. Elin starała się nie patrzeć. Miał w sobie coś takiego, co przyciągało jej wzrok, i wstydziła się, że w ogóle o tym pomyślała. Preben jest mężem jej siostry, jej panem i pastorem. Jakiekolwiek uczucia poza wdzięcznością i czcią dla tego mężczyzny są grzechem zasługującym na karę boską.

– Powinienem teraz pomóc Britcie w przygotowaniach, zanim zupełnie wykończy służbę – powiedział pogodnie i zwrócił się do Märty: – Niech się Märta opiekuje Violą, bo umie wyczuć, komu trzeba pomóc.

– Dziękuję. – Märta patrzyła na niego z uwielbieniem, od którego Elin stopniało serce.

I zabolało. Zatęskniła za Perem tak bardzo, że musiała odwrócić twarz. Słysząc oddalające się kroki Prebena, odepchnęła od siebie te myśli. Jej męża już nie ma. Nic na to nie poradzi. Są tylko ona i Märta. A teraz jeszcze Viola.

– TAK, CIĘŻKI dziś mamy dzień – powiedział Patrik, rozglądając się po obecnych w salce konferencyjnej.

Nikt się nie odezwał, nawet na niego nie patrzyli. Pewnie tak jak on myśleli o własnych dzieciach. Albo o wnukach.

– Odwołujemy was z Bertilem z urlopów. Od tej chwili wracacie do służby – zakomunikował. – Mam nadzieję, że odnosicie się do tego ze zrozumieniem.

– Chyba mogę w imieniu wszystkich powiedzieć: nie dalibyśmy się zatrzymać na urlopach – powiedziała Paula.

– Tak też myślałem.

Nawet Mellberg się nie zawahał:

– A jak sobie dacie radę? Macie dzieci, przedszkola są zamknięte...

Patrik spojrzał na Martina.

– Rodzice Pii zaopiekują się Tuvą, kiedy będę w pracy.

– Dobrze.

Nikt inny się nie odezwał, więc założył, że również Paula i Annika rozwiązały swoje problemy z opieką nad dziećmi. Śmierć dziecka to taka sprawa, kiedy obowiązuje zasada wszystkie ręce na pokład. Wiedział, że czeka ich mnóstwo pracy.

– Gösta, w jakiej formie są jej rodzice?

– W takiej, jakiej można się spodziewać – odparł Gösta i zamrugał oczami. – Przyjechał pastor. Wezwałem również lekarza rejonowego. Kiedy stamtąd odjeżdżałem, oboje dostali coś na sen.

– Nie mają krewnych, którzy mogliby do nich przyjść? – spytała Annika, również bardzo poruszona.

– Rodzice Evy nie żyją, a rodzice Petera mieszkają w Hiszpanii, ale już lecą do Szwecji. Za kilka godzin powinni tu być.

Annika pokiwała głową. Miała dużą rodzinę i była przyzwyczajona do tego, że ma wokół siebie wielu bliskich.

– A co mówi Torbjörn? Co udało mu się ustalić? – spytał Martin, sięgając do termosu z pompką, który Annika przed zebraniem napełniła kawą.

– Wiozą ciało do Göteborga, na sekcję – odparł Patrik cicho. Miał świadomość, że pewnych obrazów nie potrafi wymazać z pamięci. Był przy wyjmowaniu spod pnia ciałka Nei i wiedział, że ta scena przez wiele miesięcy będzie mu stawała przed oczami za każdym razem, kiedy zamknie oczy. Zwierzęta nie miały do niej dostępu, bo leżała w zagłębieniu, ale kiedy wyjmowali jej ciało, buchnęły roje insektów. Kolejne obrazy przesuwały się szybko jeden za drugim. Bywał przy sekcjach i wiedział – aż za dobrze – jak to wygląda. Nie chciał oglądać dziewczynki na zimnym stole sekcyjnym. Nie chciał wiedzieć, gdzie Pedersen będzie ciął, patrzeć, jak wyjmuje organy wewnętrzne, waży i mierzy wszystko to, co kiedyś dawało jej życie. Nie chciał widzieć szwów na nacięciach w kształcie wielkiego Y na klatce piersiowej.

– Jak im poszło na miejscu? – spytał Gösta. – Znaleźli coś ważnego?

– Zebrali sporo materiału, ale jeszcze nie wiadomo, co się okaże ważne.

– A co zebrali? – zapytał Martin.

– Ślady butów. Ale mogły należeć do tych, którzy ją znaleźli. W dodatku teren przeszukiwano kilka razy, więc na wszelki wypadek wszyscy uczestnicy poszukiwań musieli zostawić odciski butów. Może ktoś z was tam był? Wtedy też musielibyście to zrobić.

– Nie, żaden z nas nie był w tym sektorze – powiedział Gösta. On również nalał sobie kawy.

– Ślady butów. Co jeszcze? – spytała Paula.

– Nie wiem dokładnie, widziałem tylko, że wkładali do foliowych torebek różne rzeczy. Czekam na raport Torbjörna. On nie lubi przekazywać żadnych informacji, zanim wszystkiego dokładnie nie przejrzy.

Mellberg podszedł do okna.

– Cholera, ale gorąco.

Pociągnął się za kołnierzyk, jakby się dusił. Pod pachami miał wielkie plamy potu, pożyczka w kształcie ptasiego gniazda zjechała mu na ucho. Otworzył okno. Szum z ulicy był trochę dokuczliwy, ale nikt nie zaprotestował, bo do sali wpadło trochę świeżego powietrza. Ernst, który do tej pory sapał, leżąc na stopach Mellberga, podszedł do okna i podniósł do góry pysk. Dla jego dużego cielska upał był bardzo męczący, wielki jęzor zwisał mu ciężko z pyska.

– Nie znaleźli nic szczególnego? – dopytywała się Paula.

Patrik pokręcił głową.

– Nie, poczekajmy na wstępny raport. Muszę też spytać Pedersena, kiedy możemy się spodziewać wyników sekcji. Obawiam się, że kolejka jest długa, ale porozmawiam z nim, może da się coś zrobić.

– Przecież tam byłeś. Nic nie widziałeś? Chodzi mi o zwłoki… – Martin skrzywił się, zadając to pytanie.

– Nie. I nie ma sensu wdawać się w spekulacje, dopóki Pedersen na nią nie spojrzy.

– Kogo powinniśmy przesłuchać przede wszystkim? Jest jakiś ewidentnie podejrzany? – drążył Martin, bębniąc długopisem po stole. – Co z jej rodzicami? Znane są przypadki, kiedy rodzic zabija dziecko i potem pozoruje, że zrobił to ktoś inny.

– No nie, nie wierzę w to – powiedział Gösta i odstawił filiżankę tak gwałtownie, że omal nie rozlał kawy.

Patrik podniósł rękę.

– W tym momencie nie ma najmniejszego powodu przypuszczać, że rodzice Nei mają cokolwiek wspólnego z jej śmiercią. Ale Martin ma rację, nie da się tego wykluczyć. Trzeba z nimi jak najprędzej porozmawiać. Po pierwsze żeby sprawdzić ich alibi, po drugie żeby się dowiedzieć, czy wiedzą coś, co nam pomoże w dochodzeniu. Ale zgadzam się z Göstą: nic nie wskazuje na to, żeby oni to zrobili.

– Zważywszy na to, że dziewczynka była naga, powinniśmy sprawdzić, czy w okolicy nie przebywał żaden przestępca seksualny – zaproponowała Paula.

Zapadła cisza. Woleli nie myśleć, co to znaczy.

– Niestety masz rację – odezwał się po chwili Mellberg. – Ale jak to zrobić?

Spływał potem i sapał ciężko, całkiem jak Ernst.

– Teraz są tu tysiące turystów – ciągnął. – Nie da się ustalić, czy są wśród nich przestępcy seksualni albo wręcz pedofile.

– To prawda. Ale można przejrzeć doniesienia z lata. Chyba parę tygodni temu złożyła doniesienie jakaś pani, która zaobserwowała faceta ukradkiem robiącego zdjęcia dzieciom na plaży.

– Zgadza się – potwierdził Patrik. – Sam je przyjąłem. Dobry pomysł. Anniko, możesz przejrzeć doniesienia? Od maja? Bierz wszystko, co może się wydać interesujące, i lepiej za dużo niż za mało. Zbierz je, potem zrobimy selekcję.

– Załatwię to – odparła Annika. Zapisała sobie w notesie.

– Musimy się w końcu zastanowić nad śmierdzącym jajem w koszyku – powiedziała Paula, dolewając sobie kawy z termosu.

Rozległ się syk oznaczający, że kawa się kończy, więc Annika poszła dolać tego niezbędnego paliwa.

– Masz na myśli sprawę Stelli. Helen i Marie – odparł Patrik, wiercąc się na krześle.

– Właśnie – przytaknął Gösta. – Już tutaj pracowałem. Niestety nie pamiętam żadnych szczegółów. To było tak dawno, trzydzieści lat temu. Leif zlecił mi wtedy prowadzenie bieżących spraw, sam skupił się na dochodzeniu i przesłuchaniach. Ale pamiętam, w jakim szoku wszyscy byliśmy, kiedy Helen i Marie przyznały się, że zabiły Stellę, a potem się z tego wycofały. W mojej opinii to nie może być przypadek, że Nea zniknęła z tego samego gospodarstwa, a jej ciało znaleźliśmy w tym samym miejscu. W dodatku dokładnie wtedy, kiedy Marie przyjechała tu po raz pierwszy od trzydziestu lat... Jakoś nie mieści mi się w głowie, że to mógłby być przypadek.

– Zgadzam się – powiedział Mellberg. – Trzeba porozmawiać z jedną i drugą. Nie było mnie wprawdzie tutaj, kiedy to się stało, ale oczywiście słyszałem o tej sprawie i zawsze uważałem, że to straszne, że takie młode dziewczyny mogły zabić małe dziecko.

– Obie od lat twierdzą, że są niewinne – przypomniała Paula. Mellberg prychnął.

– Tak, ale najpierw się przyznały. Nigdy nie miałem wątpliwości, że to zrobiły. Nie trzeba być Einsteinem, żeby dodać dwa do dwóch, kiedy sytuacja się powtarza, a one po raz pierwszy od trzydziestu lat znów są razem. – Popukał się w nos.

– Myślę, że trzeba uważać z wyciąganiem pochopnych wniosków – zaoponował Patrik. – Ale zgadzam się, że należy je przesłuchać.

– A dla mnie to jasne jak słońce – stwierdził Mellberg. – Marie wraca, spotyka się z Helen. Dochodzi do kolejnego morderstwa.

W tym momencie Annika wróciła z termosem.

– Umknęło mi coś?

– Ustaliliśmy, że trzeba się przyjrzeć podobieństwom do sprawy Stelli – wyjaśnił Patrik. – I przesłuchać Helen i Marie.

– Właśnie. Trochę to dziwne – zauważyła Annika, siadając.

Patrik spojrzał na tablicę.

– Żebyśmy się tylko na tym nie zafiksowali. Powinniśmy oczywiście przestudiować sprawę Stelli i akta z dochodzenia z osiemdziesiątego piątego roku. Anniko, spróbuj znaleźć protokoły z przesłuchań i wszelkie materiały dotyczące tamtej sprawy. Wiem, że będzie trudno, w archiwum jest bałagan, ale spróbuj.

Annika kiwnęła głową i znów zanotowała.

Patrik milczał przez chwilę. Zastanawiał się, czy dobrze przemyślał to, co zamierzał powiedzieć. Jeśli nie powie, wypłynie to kiedy indziej i wszyscy będą mieli pretensje, że nic nie mówił.

– À propos sprawy Stelli… – urwał. Po chwili zaczął od początku: – No więc tak. Erika zaczęła pracować nad nową książką. I… chce opisać właśnie tę sprawę.

Mellberg poprawił się na krześle.

– No to będzie musiała z tym zaczekać – powiedział. – Mieliśmy wystarczająco dużo kłopotów z twoją wścibską żoną. Wszędzie by właziła i się wtrącała. To sprawa dla policji, a nie dla cywilów bez przygotowania.

Patrik ugryzł się w język. Korciło go, żeby zwrócić uwagę, że podczas ostatnich poważnych dochodzeń Erika okazała się znacznie bardziej pomocna niż on. Zdawał sobie sprawę, że podszczypywanie Mellberga niczemu nie służy. I tak żywił niezachwiane przekonanie o własnej doskonałości, a on nauczył się działać, mimo że mu przeszkadzał, zamiast z nim współpracować. Jednocześnie uważał, że nie ma co mówić Erice, żeby się nie zajmowała sprawą Stelli, bo Erika, jeśli już złapie trop, nie ustąpi, dopóki nie znajdzie odpowiedzi na swoje pytania. W tym gronie nie musiał tego podkreślać, domyślał się, że to jasne dla wszystkich poza Mellbergiem.

– Oczywiście – powiedział. – Powiem jej. Ale zdążyła już zgromadzić sporą dokumentację, więc pomyślałem, że moglibyśmy skorzystać z jej wiedzy. Co wy na to, żeby tu przyszła po południu i opowiedziała nam, co wie o tej sprawie?

– Świetny pomysł – zgodził się Gösta.

Wszyscy przytaknęli – oprócz Mellberga. W końcu jednak dotarło do niego, że został pokonany. Mruknął:

– Niech będzie.

– Dobrze, powiem jej, jak tylko skończymy – powiedział Patrik. – Gösta, może jej pomożesz, jeśli coś ci się przypomni?

Gösta uśmiechnął się krzywo, dając do zrozumienia, że nie będzie tego wiele.

– Co jeszcze powinniśmy zapisać na liście spraw do załatwienia? – spytał Patrik.

– Konferencję prasową. – Mellberg się ożywił.

Patrik się skrzywił, ale uznał, że nie ma co otwierać zbyt wielu frontów. Niech Mellberg zajmie się konferencją prasową. Oni będą trzymać kciuki, żeby narobił jak najmniej szkód.

– Anniko, możesz zwołać konferencję na dziś po południu?

– Pewnie. Przed przyjściem Eriki czy po?

– Lepiej przed. Może około drugiej, a ja dopilnuję, żeby Erika była tu o wpół do czwartej.

– Ściągnę reporterów na czternastą. I tak bez przerwy dzwonią. W końcu będę mogła im coś powiedzieć.

– Powinniśmy mieć świadomość, że w mediach zrobią z tego cyrk – zauważył Patrik, wiercąc się. Siedział oparty plecami o biurko, ze skrzyżowanymi nogami i z rękami założonymi na piersi. Inaczej niż Mellberg zainteresowanie mediów uważał za obciążenie. Tylko wyjątkowo zdarzało się, że dzięki mediom zgłaszał się do nich ktoś, kto wiedział coś ważnego, ale negatywne skutki najczęściej przeważały nad pozytywnymi.

– Spoko, dopilnuję tego – zapewnił Mellberg, rozpierając się z zadowoleniem na krześle.

Ernst znów ułożył mu się na nogach. Mellberg pozwolił mu na to, choć musiał czuć się tak, jakby włożył grube wełniane skarpety. Erika mawiała, że miłość do wielkiego kudłacza była jedną z niewielu jego sympatycznych stron.

– Tylko żebyś ważył słowa – przestrzegł go Patrik, pamiętając, że jego szef chlapie językiem bez zastanowienia.

– Mam doświadczenie w postępowaniu z mediami. Kiedy służyłem w Göteborgu...

– To świetnie – wpadł mu w słowo Patrik. – Ale może ustalimy, na co powinniśmy zwrócić im uwagę, a co na razie zatrzymać dla siebie, okej?

Mellberg spochmurniał.

– Jak już mówiłem, kiedy służyłem w Göteborgu...

– Jak się podzielimy zadaniami? – spytał Martin, żeby mu przerwać tyradę.

– Ja pogadam z Torbjörnem i Pedersenem – odparł Patrik. Był mu wdzięczny za pomoc. – Dowiem się, kiedy możemy liczyć na wieści od nich.

– Ja mogę porozmawiać z Bergami – zadeklarował Gösta. – Ale najpierw zadzwonię do lekarza, dowiem się, w jakim są stanie.

– Chcesz, żeby ktoś ci towarzyszył? – upewnił się Patrik. Na myśl o rodzicach Nei zrobiło mu się przykro.

– Nie, pojadę sam. Wy przez ten czas możecie pchnąć do przodu dochodzenie.

– Ja mogłabym przesłuchać dziewczyny skazane za zamordowanie Stelli – zaproponowała Paula. – Teraz już kobiety. Już dawno nie są dziewczynami.

– Mogę się do ciebie przyłączyć. – Martin podniósł do góry rękę, jak uczeń.

– Dobrze. Ale zaczekajcie na Erikę, żebyście mieli szerszy obraz sytuacji. A na razie wykorzystajcie tych kilka godzin i pochodźcie po sąsiadach Bergów. Człowiek, który mieszka na uboczu, dostrzega każdą najmniejszą zmianę w otoczeniu. Więc warto spróbować.

– Okej. Pojedziemy porozmawiać z najbliższymi sąsiadami – powiedziała Paula.

– Ja zostaję na miejscu – odparł Patrik. – Telefon dzwoni bez przerwy. Przed konferencją prasową muszę przejrzeć wszystko, co już mamy.

– A ja muszę się przygotować. – Mellberg sprawdził ręką, czy pożyczka trzyma się na środku głowy.

– To do roboty. – Patrik dał znak, że zebranie skończone.

W sali zrobiło się tak duszno, że ledwie dało się oddychać. Nie mógł się doczekać, kiedy wyjdzie, i podejrzewał, że koledzy czują to samo. Postanowił, że najpierw zadzwoni do Eriki. Nie był przekonany, czy dobrze robi, dopuszczając ją do dochodzenia. Uważał jednak, że nie ma wyboru. Erika może wiedzieć coś, co im pomoże ująć zabójcę.

Pierwszy kilometr zawsze był ciężki, chociaż biegała od tylu lat. Później było już lżej. Czuła, jak jej ciało reaguje na wysiłek, a oddech się wyrównuje.

Zaczęła biegać właściwie od razu po zakończeniu procesu. Za pierwszym razem przebiegła pięć kilometrów, żeby wyrzucić z siebie cały gniew i bezradność. Zagłuszyć je mogły tylko chrzęst żwiru pod stopami, wiatr rozwiewający włosy i odgłosy przyrody.

Biegała coraz dalej, coraz lepiej. Przebiegła ponad trzydzieści maratonów. Tylko w Szwecji. Marzyła o maratonach w Nowym Jorku, Sydney i Rio, ale uważała, że powinna być wdzięczna Jamesowi, że pozwala jej brać udział w zawodach przynajmniej w Szwecji.

Pozwalał jej na tę pasję, zgadzał się, żeby kilka godzin dziennie przeznaczała na bieganie, bo wierzył w sportową dyscyplinę. Była to jedyna rzecz, za którą ją szanował. To, że biegła milę za milą i psychiką pokonywała ograniczenia ciała. Ale nie mogłaby mu powiedzieć, że kiedy biegnie, to, co się stało w przeszłości, robi się zamazane, odległe, jak dawno prześniony sen.

Kątem oka spojrzała na dom, który wyrósł w miejscu dawnego rodzinnego domu Marie. Stał już, kiedy ona po kilku latach wróciła do Fjällbacki. Wyprowadziła się z rodzicami prawie natychmiast po procesie. Matka nie mogła znieść szeptów, spojrzeń i plotek.

James i jej ojciec, KG, często się widywali i czasem, kiedy James jechał do Marstrand, towarzyszyła mu z Samem, żeby mógł się spotkać z jej rodzicami. Ona nie chciała się z nimi kontaktować. Zawiedli ją, kiedy najbardziej ich potrzebowała, i nie umiała im tego wybaczyć.

Nogi zaczęły jej drętwieć, musiała wyrównać krok. O to, jak o wszystko, też musiała walczyć. Nic nigdy nie przyszło jej łatwo.

Chociaż nie, to nieprawda. Aż do tamtego dnia było łatwo. Wtedy byli jeszcze rodziną. Nie pamiętała, żeby mieli jakieś problemy, pamiętała same jasne i ciepłe dni i zapach perfum, kiedy mama kładła ją spać. I miłość. Pamiętała miłość.

Przyśpieszyła kroku, żeby zagłuszyć wspomnienia. Te, które wymazywała, biegając. Dlaczego ją teraz naszły? Czy powrót Marie wszystko zepsuł?

Z każdym oddechem czuła, że wszystko się zmieniło. Oddychało jej się coraz trudniej. W końcu musiała się zatrzymać. Nogi jej zdrętwiały, osłabła od zakwasów. Po raz pierwszy jej ciało zwyciężyło nad wolą. Nawet nie zauważyła, że upada, i już leżała na ziemi.

Bill się rozejrzał. Do restauracji w ośrodku wypoczynkowo-konferencyjnym TanumStrand przyszło tylko pięć osób. Pięć umęczonych twarzy. Wiedział, że przez całą noc szukali małej Nei, i kiedy tu jechali z Gun, zastanawiali się nawet, czy nie przesunąć spotkania. Doszedł jednak do wniosku, że właśnie tego potrzebują.

Ale nie przypuszczał, że przyjdzie aż tak mało osób.

Rolf zadbał o to, żeby była kawa w termosach i bułeczki z serem i papryką. Bill zdążył już się poczęstować. Wypił łyk kawy. Siedząca obok Gun popijała ze swojego kubka.

Przeniósł wzrok na Rolfa, który stał niedaleko wejścia.

– Może byś nas sobie przedstawił?

Rolf skinął głową.

– To jest Karim. Przyjechał do Szwecji z żoną i dwojgiem dzieci. W Damaszku był dziennikarzem. Dalej Adnan i Khalil, lat szesnaście i osiemnaście. Przyjechali sami. Poznali się już tutaj, w ośrodku. A to Ibrahim, najstarszy z nich. *How old are you, Ibrahim?*

Stojący obok niego mężczyzna z wielką brodą uśmiechnął się i pokazał pięć palców.

– *Fifty*.

– Tak jest, Ibrahim ma pięćdziesiąt lat, przyjechał z żoną. I wreszcie Farid, przyjechał razem z matką.

Bill skinął na olbrzymiego mężczyznę z ogoloną głową. Wyglądał na trzydzieści parę lat. Jego gabaryty wskazywały na to, że jeśli tylko nie spał, to jadł. Kiedy jeden człowiek wygląda, jakby ważył co najmniej trzy razy więcej niż pozostali, może być kłopot z równomiernym rozłożeniem ciężaru na pokładzie, ale każdy problem da się rozwiązać. Grunt to myśleć pozytywnie. Gdyby tego nie robił, nie uszedłby z życiem, kiedy jego łódka przewróciła się niedaleko wybrzeża Afryki Południowej i wokół zaczęły krążyć rekiny białe.

– A ja jestem Bill – powiedział Bill powoli, wyraźnie. – Będę do was jak najwięcej mówił po szwedzku.

Umówili się z Rolfem, że tak będzie najlepiej. Przecież o to chodzi, żeby się nauczyli języka i dzięki temu szybciej wtopili w społeczeństwo.

Wszyscy zrobili miny, jakby chcieli o coś zapytać, oprócz Farida, który odpowiedział po szwedzku – z silnym akcentem, ale zupełnie poprawnie:

– Jako jedyny mówię po szwedzku, ale jestem tu najdłużej i ciężko na to zasuwałem. Mogę pomóc tłumaczyć, żeby chłopaki rozumieli, okej?

Bill kiwnął głową. Brzmiało to rozsądnie. Nawet Szwedom byłoby trudno przyswoić nowe słowa i zwroty dotyczące żeglarstwa. Farid szybko powtórzył po arabsku to, co powiedział Bill. Jego towarzysze pokiwali głowami.

– Spróbujemy… zrozumieć… po szwedzku… i nauczyć – odezwał się Karim.

– Świetnie! *Good!* – powiedział Bill, unosząc kciuk. – Umiecie pływać?

Zamachał rękami, jakby pływał. Farid przetłumaczył. Szybko powiedzieli coś do siebie, a potem Karim odpowiedział w ich imieniu:

– Umiemy… dlatego przyszliśmy na ten kurs. Inaczej nie.

– A gdzie się nauczyliście? – zdziwił się Bill. – Jeździliście często nad morze czy co?

Farid przetłumaczył i nastąpił wybuch śmiechu.

– Są jeszcze baseny – odparł z uśmiechem.

– No jasne.

Billowi zrobiło się głupio. Nie odważył się spojrzeć na Gun. I tak się domyślał, że ledwo się powstrzymała od prychnięcia. Powinien poczytać trochę o Syrii, żeby nie wyjść na durnia. Był wprawdzie w wielu miejscach na świecie, ale akurat Syria była na jego mapie białą plamą.

Sięgnął po jeszcze jedną bułkę. Grubo posmarowaną masłem, tak jak lubił.

Karim podniósł rękę.

– Kiedy... my zacząć?

Powiedział coś po arabsku do Farida, a on zapytał:

– Kiedy zaczniemy pływać?

Bill rozłożył ręce.

– Nie ma czasu do stracenia. Regaty dookoła Dannholmen ruszają za kilka tygodni, więc zaczniemy jutro o dziewiątej. Weźcie ciepłe ubrania, na morzu jest zimno, kiedy wieje.

Farid przetłumaczył i jego koledzy zaczęli się wiercić, jakby stracili pewność siebie. Ale Bill spojrzał na nich zachęcająco i postarał się o ujmujący uśmiech. Będzie super. Nie ma problemów. Są tylko rozwiązania.

– Dziękuję ci, że dzieci mogły u was pobyć. – Erika usiadła naprzeciw Anny na wciąż niedokończonym tarasie.

Z wdzięcznością przyjęła zaproszenie na herbatę z lodem. Upał był nieznośny. Przyjechała samochodem z zepsutą klimatyzacją i czuła się tak, jakby przez czterdzieści lat krążyła po pustyni. Sięgnęła po szklankę, którą Anna napełniła z karafki, i wypiła jednym haustem. Anna zaśmiała się i nalała jeszcze raz. Erika zaspokoiła pierwsze pragnienie i piła już wolniej.

– Było bardzo dobrze – powiedziała Anna. – Takie były grzeczne, że prawie ich nie zauważyłam.

Erika się roześmiała.

– Jesteś pewna, że mówisz o moich dzieciach? Maja jest grzeczna, ale te dwa dzikusy jakoś nie pasują do tego opisu.

Naprawdę tak uważała. Na początku bliźniacy bardzo się różnili: Anton był spokojniejszy i rozważniejszy od Noela, który nie potrafił usiedzieć w miejscu i wszystkiego musiał dotknąć. Teraz obydwaj weszli w stadium absolutnie niewyczerpanej energii, wysysali z niej wszystkie siły. Maja nigdy taka nie była, nawet okres buntu czterolatka przeszedł prawie niezauważalnie, więc oboje z Patrikiem byli zupełnie nieprzygotowani na coś takiego. W dodatku pomnożone przez dwa. Z przyjemnością zostawiłaby siostrze dzieci do wieczora, ale Anna wyglądała na zmęczoną, więc nie miała serca wykorzystywać jej jeszcze bardziej.

– I jak ci poszło? – spytała Anna, rozsiadając się wygodnie na leżaku z brzydkim materacem w krzykliwych kolorach.

Ile razy siadała na tarasie, złościła się na te materace, ale ponieważ uszyła je mama Dana, bardzo miła, nie miała serca ich wymienić. Pod tym względem Erika miała więcej szczęścia, bo Kristina, matka Patrika, cierpiała na igłowstręt.

– Niespecjalnie – powiedziała ponuro Erika. – Jej ojciec, Leif Hermansson, umarł dawno temu, a ona niewiele pamięta. Wydaje się jej, że w domu nie zostały żadne materiały z dochodzenia. Ale powiedziała jedną ciekawą rzecz, mianowicie że Hermansson nabrał wątpliwości, czy postąpili słusznie.

– Masz na myśli to, że miał wątpliwości, czy dziewczyny rzeczywiście były winne? – zapytała Anna, odganiając uparcie krążącego wokół nich bąka.

Erika obserwowała go uważnie. Nie cierpiała os, bąków i podobnego paskudztwa.

– Tak, mówi, że zwłaszcza pod koniec życia miał poważne wątpliwości.

– Przecież się przyznały – zauważyła Anna i jeszcze raz pacnęła bąka, który po krótkiej chwili oszołomienia znów zaczął ją atakować.

– Co jest, do cholery! – Wstała, chwyciła leżący na stoliku tygodnik, zwinęła go i uderzyła tak mocno, że rozgniotła bąka na ceracie.

Erika z uśmiechem obserwowała swoją ciężarną siostrę ścigającą bąka. Nie poruszała się zbyt zwinnie.

– Śmiej się, śmiej – powiedziała kwaśno Anna i starła pot z czoła. – O czym to mówiłyśmy? Aha, przecież się przyznały, prawda?

– Prawda, i na tej podstawie zapadł wyrok. Sąd nie orzekł kary, ponieważ były nieletnie, ale rozstrzygnął o winie.

– Ale dlaczego miałyby być niewinne, skoro się przyznały i sąd też uznał je za winne? – spytała Anna.

– Nie mam pojęcia. Sąd stwierdził, że razem popełniły tę zbrodnię. A co do tego przyznania się… Miały po trzynaście lat. Trzynastolatka jest w stanie powiedzieć wszystko, jeśli się ją do tego skłoni, kiedy się znajdzie w takiej sytuacji. Na pewno się bały. A kiedy zmieniły zeznanie, było już za późno. Sprawa została rozstrzygnięta, nikt im nie wierzył.

– A jeśli rzeczywiście b y ł y niewinne? Co za tragedia! – Anna wpatrywała się w siostrę. – Zniszczyło im to życie. Jedna z nich, zdaje się, mieszka tutaj? Trzeba przyznać, że odważna z niej kobieta.

– Tak, aż nie do wiary, że nie bała się po kilku latach wrócić z Marstrand. Mogę sobie wyobrazić, ile było gadania na ten temat. Ale w końcu ludzie mają dość.

– Spotkałaś się z nią? W sprawie książki?

– Nie, kilka razy do niej pisałam, ale nie odpowiedziała. Postanowiłam, że po prostu do niej pójdę. Zobaczę, jak zareaguje.

– Jak myślisz, jak na twoją pracę wpłynie to, co się teraz stało?

Erika opowiedziała jej o tym, że znaleziono zwłoki małej Nei. Wiedziała, że wiadomość o jej śmierci na pewno i tak rozejdzie się po miasteczku lotem błyskawicy.

– Nie wiem – odpowiedziała powoli Erika, dolewając sobie z karafki zimnej herbaty. – Może teraz ludzie będą bardziej skłonni mówić, a może odwrotnie. Nie wiem. Zobaczymy.

– A Marie? Nasza gwiazda Hollywood? Zgodzi się na wywiad?

– Od pół roku jestem w kontakcie z jej agentem do spraw PR-u. Domyślam się, że sama negocjuje w sprawie wydania książki i nie wie, czy moja pomogłaby w jej sprzedaży, czy odebrałaby całe zainteresowanie. Ale do niej też się wybiorę, przekonamy się.

Anna tylko mruknęła. Erika wiedziała, że dla jej siostry koszmarem jest sama myśl o tym, że miałaby podejść do zupełnie obcej osoby i nalegać na rozmowę.

– Może pogadamy o czymś przyjemniejszym? – zaproponowała. – Trzeba zorganizować Kristinie wieczór panieński.

– Tak, pewnie. – Anna zaśmiała się tak, że brzuch zaczął jej podskakiwać. – Ale co można wymyślić dla panny młodej, która jest w dość... dojrzałym wieku? Sprzedawanie całusów na ulicy byłoby chyba nie na miejscu, że nie wspomnę o skoku ze spadochronem albo na bungee.

– Rzeczywiście, trudno mi sobie wyobrazić Kristinę w takiej sytuacji – przyznała Erika. – Ale mogłybyśmy ściągnąć jej przyjaciółki i zorganizować fajny wieczór. Co ty na to? Kolację w Café Bryggan, smaczne jedzenie i dobre wino, to nie takie trudne.

– Bardzo dobry pomysł – stwierdziła Anna. – Ale trzeba jeszcze wymyślić, jak ją porwać. To musi być coś śmiesznego.

Erika przytaknęła.

– Fakt, inaczej nie będzie to wieczór panieński! Właśnie, a kiedy wy się pobierzecie? Kiedy Dan zrobi z ciebie uczciwą kobietę?

Anna się zaczerwieniła.

– Widzisz, jak ja wyglądam. Ustaliliśmy, że najpierw urodzi się dziecko, a potem pomyślimy o ślubie.

– Więc... – zaczęła Erika. Przerwał jej dochodzący z torebki sygnał *Mambo numer pięć*.

– Cześć, kochanie – powiedziała, spojrzawszy na wyświetlacz.

Słuchała. Patrik mówił, a ona odpowiadała monosylabami.

– Oczywiście. Tak, odbiorę dzieci. Do zobaczenia.

Rozłączyła się i włożyła telefon do torebki. Potem spojrzała błagalnie na Annę. Wiedziała, że ta prośba to już przesada, ale nie miała wyjścia. Kristina miała być w Uddevalli przez całe popołudnie, więc jej nie mogła poprosić.

– Dobrze, mogę się nimi jeszcze trochę zająć. Jak długo cię nie będzie? – Anna zaśmiała się na widok jej nieszczęśliwej miny.

– Mogłabym je podrzucić jeszcze raz około trzeciej? Patrik poprosił, żebym o wpół do czwartej przyszła do komisariatu opowiedzieć o sprawie Stelli. To znaczy, że wróciłabym o piątej, najpóźniej o wpół do szóstej. Może być?

– Pewnie. I tak radzę sobie z nimi lepiej niż ty.

– Cicho bądź. – Erika posłała jej całusa.

Anna miała rację. Dzieci zachowywały się u niej jak aniołki.

– Jak myślisz, czego się boją?

Sam uzmysłowił sobie, że bełkocze. Uderzył mu do głowy szampan wzmocniony słońcem. Trzymał kieliszek w lewej ręce, prawą miał trochę obolałą, drżała po porannym strzelaniu.

– Boją się? – powtórzyła Jessie.

Jej również plątał się język. Jeszcze zanim przyszedł, zdążyła wypić kilka kieliszków. Właśnie opróżniali drugą butelkę.

– Twoja mama nie zauważy, że brakuje butelek? – spytał, podnosząc rękę z kieliszkiem.

Żółte bąbelki zaiskrzyły w słońcu. Nigdy dotąd nie zwrócił uwagi na to, że szampan jest po prostu piękny. Z drugiej strony nigdy przedtem nie widział go z bliska.

– Jakoś to będzie, zresztą nie zwróci na to uwagi. Byleby dla niej wystarczyło.

Sięgnęła po butelkę.

– Co miałeś na myśli? Czego się boją? Przecież nie nas.

– Jasne, że się boją – odparł, podstawiając jej kieliszek.

Szampan zapienił się, trochę się wylało, ale on tylko się zaśmiał i zlizał go z ręki.

– Wiedzą, że nie jesteśmy tacy jak oni. Wyczuwają... wyczuwają w nas mrok.

– Mrok?

Przyglądała mu się w milczeniu. Pomyślał, że uwielbia ten kontrast między jej zielonymi oczami a jasnymi włosami, że powinna zrozumieć, jaka jest piękna, mimo nadwagi i pryszczy. Kiedy zobaczył ją w kolejce przed kioskiem, od razu rozpoznał w niej siebie, wiedział, że noszą w sobie to samo zagubienie. I ten sam mrok.

– Wiedzą, że ich nienawidzimy. Że wzbudzili w nas straszną nienawiść. A mimo to nie potrafią się powstrzymać i jeszcze dolewają oliwy do ognia. Potem nad nim nie zapanują.

Jessie zachichotała.

– Boże, aleś ty górnolotny. *Skål!* Słońce świeci, siedzimy na pomoście przed luksusową chałupą, pijemy szampana i jest nam cholernie *nice*.

– Masz rację. – Uśmiechnął się, kiedy ich kieliszki brzęknęły o siebie. – Jest nam cholernie *nice*.

– Bo jesteśmy tego warci – wybełkotała Jessie. – Oboje. Jesteśmy od nich lepsi. Oni nie są warci nawet tyle co paproch w pępku.

Podniosła kieliszek na tyle gwałtownie, że połowa szampana wylała jej się na nagi brzuch.

– Ojej – zachichotała.

Chciała sięgnąć po ręcznik, ale Sam ją powstrzymał. Rozejrzał się. Pomost był odgrodzony od domu płotem, a jachty na morzu były dość daleko. Byli sami na świecie. Ukląkł przed nią. Między jej nogami. Patrzyła na niego w napięciu. Zaczął nieśpiesznie zlizywać szampana z jej brzucha. Wyssał z pępka, potem przesunął językiem po rozgrzanej słońcem skórze. Miała smak szampana i potu. Podniósł wzrok i spojrzał jej w oczy. Nie przestając się w nią wpatrywać, chwycił z boku jej majtki i powoli ściągnął. Smakując ją, słyszał jej westchnienia mieszające się z krzykiem mew. Byli sami. Na całym świecie.

Sprawa Stelli

Leif Hermansson wciągnął głęboko powietrze, a potem wszedł do salki konferencyjnej, w której czekała na niego Helen Persson z rodzicami: KG i Harriet. Oczywiście znał ich, jak wszyscy w Fjällbace, ale była to tylko luźna znajomość. Co innego rodzice Marie Wall. Policja z Tanumshede miała wiele okazji, żeby ich poznać.

Nie przepadał za swoją funkcją. Nie lubił kierować innymi ludźmi ani podejmować decyzji, ale ponieważ był dobry, musiał zostać szefem. Wprawdzie tylko komisariatu w Tanumshede, bo uprzejmie, lecz stanowczo odrzucał propozycje awansu, z którymi wiązałaby się konieczność przeprowadzki. Tu się urodził i tu zamierzał dożyć swoich dni.

Jego funkcja doskwierała mu zwłaszcza przy takich okazjach jak ta. Wcale nie chciał być odpowiedzialny za ujęcie sprawcy albo sprawczyni zabójstwa dziewczynki. Uważał, że to brzemię zbyt ciężkie na jego barki.

Otworzył drzwi do dość ponurego pomieszczenia, o ścianach pomalowanych na szaro. Jego wzrok spoczął na Helen. Siedziała zgarbiona przy stole. Potem skinął głową jej siedzącym po obu jej stronach rodzicom.

– Czy to naprawdę konieczne, żeby przesłuchanie odbywało się w komisariacie? – spytał KG.

Karl Gustav Persson był przewodniczącym miejscowego klubu Rotary i szychą w miejscowym biznesie. Jego żona Harriet, zawsze zadbana, uczesana i z wymanikiurowanymi paznokciami, nie potrafiłaby powiedzieć, co robi poza pielęgnowaniem urody i działaniem w Stowarzyszeniu Dom i Szkoła. Na wszystkich imprezach występowała u boku męża, zawsze uśmiechnięta i zawsze ze szklaneczką martini w dłoni.

– Uznaliśmy, że tak będzie najprościej – odparł Leif, dając im do zrozumienia, że temat jest zamknięty.

To policja decyduje o tym, jak organizuje swoją pracę. Zresztą przeczuwał, że KG będzie próbował przejąć kontrolę nad tą rozmową.

– Powinniście porozmawiać z tamtą dziewczyną – powiedziała Harriet, poprawiając starannie wyprasowaną białą bluzkę. – Z Marie. Jej rodzina jest po prostu straszna.

– Musimy porozmawiać z obiema, ponieważ wiele wskazuje na to, że jako ostatnie widziały Stellę żywą.

– Ale proszę zrozumieć, że Helen nie ma z tym nic wspólnego.

KG był tak wzburzony, że podskakiwały mu wąsy.

– My nie twierdzimy, że mają coś wspólnego ze śmiercią tej małej, ale to one widziały ją jako ostatnie. Musimy ustalić przebieg wydarzeń, żeby ująć sprawcę.

Leif zerknął na Helen. Nie odzywała się, wpatrywała się w swoje ręce. Ciemnowłosa jak jej matka i ładna, dość przeciętną, nierzucającą się w oczy urodą. Wydawała się spięta i ciągle skubała spódnicę.

– Helen, czy mogłabyś opowiedzieć, jak to było? – spytał miękko, niemal z czułością. Aż się sam zdziwił.

Helen sprawiała wrażenie przewrażliwionej i wystraszonej, natomiast jej rodzice wydawali się tak zajęci sobą, że zupełnie tego nie dostrzegali.

Helen zerknęła na ojca, a on skinął głową.

– Zgodziłyśmy się popilnować Stelli. Mieszkamy niedaleko i czasem się z nią bawimy. Miałyśmy za to dostać po dwadzieścia koron i jeszcze pójść ze Stellą na lody.

– O której po nią przyszłyście? – spytał Leif.

– Chyba około pierwszej – odpowiedziała, nie podnosząc wzroku. – Po prostu przyszłam razem z Marie.

– Marie – prychnęła Harriet.

Leif podniósł rękę.

– A więc zaraz po pierwszej – zanotował. Przesłuchanie było wprawdzie nagrywane, ale notując, porządkował myśli.

– Tak, ale Marie będzie wiedziała lepiej – dodała Helen, wiercąc się na krześle.

– Kto był w domu, kiedy po nią przyszłyście?

Leif uniósł dłoń z długopisem i uśmiechnął się do niej. Wciąż na niego nie patrzyła, tylko skubała niewidoczne supełki na swojej białej letniej spódniczce.

– Jej mama. I Sanna. Właśnie miały wyjeżdżać. Dostałyśmy pieniądze na lody. Stella się okropnie cieszyła. Aż podskakiwała.

– I od razu poszłyście? Czy zostałyście w obejściu?

Helen pokręciła głową. Ciemne włosy z długą grzywką opadły jej na twarz.

– Trochę się pobawiłyśmy na podwórku, skakałyśmy z nią na skakance. Podobało jej się, kiedy trzymałyśmy końce skakanki, a ona mogła skakać. Ale ciągle zaliczała skuchy, więc w końcu miałyśmy dość.

– I co zrobiłyście?

– Poszłyśmy z nią do Fjällbacki.

– Musiało wam to zająć sporo czasu?

Leif szybko policzył w myślach. Jemu dojście z gospodarstwa Strandów do centrum zabrałoby na pewno dwadzieścia minut. Z czteroletnim dzieckiem trwałoby to znacznie dłużej, bo trzeba by wąchać trawę, zbierać kwiatki, wyjąć kamyk z bucika, potem trzeba by się wysiusiać, wreszcie nóżki by się zmęczyły i nie miałyby siły iść… Tak, przejście stamtąd do Fjällbacki musiałoby trwać nieskończenie długo.

– Wzięłyśmy wózek – powiedziała Helen. – Taki składany, całkiem mały, jak się go złoży…

– Pewnie taki parasolkowy – wtrąciła Harriet.

Leif rzucił jej gniewne spojrzenie.

– Tak, chyba tak się to nazywa. – Mówiąc to, Helen zerknęła na matkę.

Leif odłożył długopis.

– Jak myślisz, ile czasu wam to zabrało?

Ściągnęła brwi.

– Dość dużo, bo do szosy prowadzi szutrowa droga i ciężko się pcha wózek. Kółka ciągle się zacinały.

– A mniej więcej?

– Może ze trzy kwadranse? Ale nie sprawdzałyśmy, żadna z nas nie ma zegarka.

– Właśnie że masz zegarek – wtrąciła Harriet. – Tylko nie chcesz go nosić. Ale nie dziwi mnie, że tamta dziewczyna nie ma zegarka. Zresztą nawet gdyby miała, to na pewno kradziony.

– Mamo, przestań! – Z jej oczu posypały się iskry.

– Chciałbym, żebyśmy się trzymali tematu – powiedział Leif, patrząc na Harriet.

Kiwnął głową do Helen.

– I co było dalej? Jak długo byłyście ze Stellą w Fjällbace?

Helen wzruszyła ramionami.

– Nie wiem. Kupiłyśmy lody, a potem usiadłyśmy na pomoście, ale nie pozwalałyśmy Stelli podchodzić do krawędzi, bo ona nie umie pływać, a nie miałyśmy kamizelki ratunkowej.

– Bardzo słusznie – zauważył Leif. Zanotował, żeby spytać właścicieli budki, Kjella i Anitę, czy zapamiętali dziewczynki i Stellę.

– A więc siedziałyście na pomoście i jadłyście lody. Co jeszcze robiłyście?

– Nic, poszłyśmy z powrotem. Stella się zmęczyła i zasnęła w wózku.

– Czyli w Fjällbace byłyście mniej więcej godzinę. Zgadza się?

Kiwnęła głową.

– Wróciłyście tą samą drogą?

– Nie, bo Stella chciała, żebyśmy poszły przez las. Wysiadła z wózka i poszłyśmy.

Leif zanotował.

– Jak ci się zdaje, która mogła być godzina, kiedy doszłyście na miejsce?

– Nie umiem powiedzieć, ale z powrotem szłyśmy mniej więcej tak samo długo jak w tamtą stronę.

Leif spojrzał na swoje notatki. Jeśli dziewczyny zjawiły się w gospodarstwie Strandów około pierwszej, pobawiły się jakieś dwadzieścia minut, potem czterdzieści minut szły do Fjällbacki, były tam godzinę, a potem wracały czterdzieści minut, to powinny dotrzeć do domu Strandów mniej więcej za dwadzieścia czwarta. Nie bardzo ufał wyliczeniom Helen, więc zapisał:

piętnasta trzydzieści – szesnasta piętnaście, i wziął to w kółko. Nie miał nawet pewności, czy dobrze to obliczył.

– I co się stało, kiedy wróciłyście?

– Na podwórku stał samochód jej taty, więc pomyślałyśmy, że jest w domu. Stella pobiegła w stronę domu, a my sobie poszłyśmy.

– Więc nie widziałyście jej taty? Ani jak wchodziła do domu?

– Nie. – Pokręciła głową.

– Poszłyście prosto do domu?

– Nie...

Zerknęła na rodziców.

– A co robiłyście?

– Poszłyśmy się wykąpać w jeziorku za gospodarstwem rodziców Marie.

– Przecież ci mówiliśmy, że nie wolno... – Harriet urwała, kiedy Leif rzucił jej kolejne spojrzenie.

– Jak długo tam byłyście? Mniej więcej.

– Nie wiem. W każdym razie w domu byłam koło szóstej, w sam raz na kolację.

– Rzeczywiście – przyznał KG. – Nic nam nie mówiła o kąpieli, powiedziała, że przez cały ten czas pilnowały Stelli.

Spojrzał ze złością na córkę, która nie przestawała wpatrywać się w swoją spódniczkę.

– Oczywiście zauważyliśmy, że ma mokre włosy, ale powiedziała, że biegały ze Stellą pod zraszaczem.

– Wiem, to źle, że kłamałam – przyznała Helen. – Ale nie pozwalają mi tam chodzić. Nie podoba im się, że się przyjaźnię z Marie, bo ma taką rodzinę, ale czy to jej wina?

Znów oczy jej zaiskrzyły.

– Ta dziewczyna jest taka sama jak jej rodzina – rzucił KG.

– Ona jest po prostu... trochę bardziej uparta od innych – powiedziała cicho Helen. – Nie przyszło wam do głowy, że widocznie ma powód być taka, a nie inna? Nie wybrała sobie rodziny.

– Proszę się uspokoić. – Leif podniósł do góry obie ręce.

Ta kłótnia wiele mówiła o ich rodzinie, ale on uważał, że nie pora ani miejsce na roztrząsanie takich spraw.

Odczytał swoje notatki.

– Czy to się zgadza z tym, co pamiętasz z wczoraj?

Kiwnęła głową.

– Tak, zgadza się.

– Marie powie to samo?

Helen jakby się zawahała, ale potem powiedziała spokojnie:

– Tak.

– JAK SIĘ CZUJESZ? – spytała Paula, przyglądając mu się badawczo.

Martin był ciekaw, kiedy wreszcie przestaną się o niego martwić.

– Dobrze jest – odparł i nawet się zdziwił, że zabrzmiało to tak szczerze.

Żal po śmierci Pii nigdy nie przeminie, zawsze będzie się zastanawiał, jak mogłoby wyglądać ich wspólne życie, i zawsze kątem oka będzie jej wypatrywał, kiedy w życiu Tuvy będzie się działo coś ważnego. Mniej ważnego też. Zaraz po jej śmierci ludzie mówili mu, że z czasem odzyska radość życia, że będzie się umiał cieszyć i śmiać. Żal nie przeminie, będzie mu towarzyszyć, ale nauczy się z nim żyć. Wtedy wydawało mu się to niemożliwe, miał wrażenie, jakby brnął przez ciemności. W pierwszym okresie robił jeden krok do przodu i dwa do tyłu, ale później już dwa kroki do przodu i tylko jeden do tyłu. Aż przyszła chwila, kiedy zaczął iść tylko naprzód.

Przypomniała mu się młoda mama, którą poprzedniego dnia poznał na placu zabaw. Właściwie od tamtej pory sporo o niej myślał. Powinien był ją poprosić o numer telefonu. Albo przynajmniej spytać, jak ma na imię. Mądry po szkodzie. Sam był zaskoczony, że chciałby ją znów spotkać. Na szczęście mieszkają w małej miejscowości. Od rana miał nadzieję, że trafi na nią na placu zabaw. W każdym razie taki miał plan, zanim zabójstwo małej Nei zmusiło go do powrotu do pracy.

Zrobiło mu się głupio. Jak można w takiej sytuacji rozmyślać o jakiejś lasce?

– Wyglądasz na zadowolonego, ale najwyraźniej jesteś czymś zafrasowany – powiedziała Paula, jakby czytała w jego myślach.

Nie mógł się powstrzymać: opowiedział jej o kobiecie z placu zabaw. O mało nie przegapił zjazdu i musiał ostro skręcić w lewo.

– Taka ładna, że już zapomniałeś, jak się prowadzi samochód? – zapytała, łapiąc za uchwyt nad oknem.

– Pewnie uważasz, że jestem śmieszny – powiedział, czerwieniąc się. Piegi na tle jego kredowobiałej cery stały się jeszcze wyraźniejsze.

– Uważam, że to wspaniałe – odparła Paula, poklepując go po nodze. – I nie miej wyrzutów sumienia, życie musi się toczyć dalej. Jak ci będzie dobrze, to równie dobrze będzie ci się pracowało. Więc dowiedz się, kim jest, i zadzwoń do niej. Przecież i tak nie damy rady pracować na okrągło, bo zaczniemy popełniać błędy.

– Pewnie masz rację – przyznał Martin. Zastanawiał się, jak ma ją znaleźć.

Znał imię jej syna. To zawsze coś na początek. Tanumshede nie jest aż tak duże, żeby nie dało się jej znaleźć. Chyba że jest tylko przejazdem, że jest turystką. A jeśli w ogóle nie mieszka w okolicy?

– Nie zatrzymamy się? – zapytała Paula, gdy z chrzęstem opon minął pierwszy dom po zjeździe na szutrową drogę.

– E… co? Ojej, przepraszam. – Znów się zaczerwienił aż po cebulki włosów.

– Potem ci pomogę ją znaleźć – zaśmiała się Paula.

Zatrzymał się na podjeździe przed starym czerwonym domem z białymi narożami i mnóstwem drewnianych zdobień. Aż westchnął z zazdrości. Dokładnie tak chciałby mieszkać. Zaczęli z Pią odkładać na dom i zebrali prawie całą niezbędną sumę. Co wieczór wchodzili na Hemnet*, zdążyli nawet jeden obejrzeć. I wtedy dowiedzieli się o raku. Pieniądze zostały na koncie, a marzenie o domu umarło wraz z Pią. Podobnie jak pozostałe marzenia.

Paula zapukała do drzwi.

– Halo! – zawołała po chwili.

Spojrzała na Martina, nacisnęła klamkę i weszła do przedpokoju. W wielkim mieście coś takiego byłoby absolutnie niemożliwe, ale w tej okolicy niezwykłe było raczej zamykanie drzwi na klucz. Starsza pani, która wyszła im na spotkanie, nie wydawała się w najmniejszym stopniu przestraszona, kiedy usłyszała w przedpokoju obce głosy.

---

* Hemnet – portal pośredniczący w sprzedaży domów i mieszkań.

– No dzień dobry, czyżby przyszła w odwiedziny policja? – zagadnęła z uśmiechem.

Martin przestraszył się, że zaraz przewróci ją przeciąg, taka była drobniutka i pomarszczona.

– Wejdźcie, proszę. Właśnie oglądam trzecią rundę, między Gustafssonem i Danielem Cormierem – powiedziała.

Martin spojrzał pytająco na Paulę. Nie miał pojęcia, o co chodzi. Nie interesował się specjalnie sportem, mógłby ewentualnie obejrzeć mecz, gdyby Szwecja doszła co najmniej do półfinału mistrzostw Europy albo świata, ale to wszystko. Wiedział, że Pauli też to dotyczy, może nawet – o ile to w ogóle możliwe – jeszcze bardziej.

– Bez względu na powód tych odwiedzin musicie poczekać. Możecie sobie usiąść na kanapie – dodała starsza pani, wskazując na obitą błyszczącym materiałem w róże kanapę.

Sama z pewnym trudem usiadła w fotelu uszaku z podnóżkiem przed ogromnym telewizorem. Martin stwierdził ze zdumieniem, że to, o czym wspomniała, było walką dwóch facetów tłukących się zawzięcie w czymś na kształt klatki.

– W drugiej rundzie Gustafsson założył mu dźwignię na staw łokciowy. Cormier już pękał, ale gong zabrzmiał dokładnie w chwili, kiedy miał się poddać. Teraz wygląda, jakby Gustafsson się zmęczył, więc Cormier nabrał wiatru w żagle. Ale jeszcze nie daje za wygraną, Gustafsson ma cholerną wolę walki. Jeśli tylko uda mu się ściągnąć go do parteru, to myślę, że wygra. Cormier jest najmocniejszy w stójce, w parterze już nie jest taki ostry.

Martin zagapił się na starszą panią.

– To MMA*, tak? – spytała Paula.

Pani spojrzała na nią jak na głupią.

– Pewnie, że MMA. A myślałaś, że co, hokej? – zarechotała.

Martin zauważył, że na stoliku obok fotela ma szklaneczkę z solidną porcją whisky. Pomyślał, że kiedy sam osiągnie tak szacowny wiek, też będzie sobie pozwalał na wszystko, czego będzie chciał i kiedy będzie chciał, nie zastanawiając się, czy mu to posłuży.

---

* MMA – mieszane sztuki walki.

– To walka o mistrzostwo – wyjaśniła, nie odrywając wzroku od telewizora. – Walczą o tytuł mistrza świata.

Najwidoczniej dotarło do niej, że wpuściła do domu dwoje ignorantów.

– Najbardziej oczekiwana walka w tym roku. Dlatego musicie mi wybaczyć, że przez jakiś czas nie będę na was zwracać uwagi. Trudno, nie przepuszczę tego.

Sięgnęła po szklankę i wypiła porządny łyk whisky. Na ekranie jasnowłosy olbrzym powalił na ziemię ciemnoskórego mężczyznę o groteskowo szerokich ramionach i położył się na nim. Dla Martina wyglądało to na ciężkie pobicie, coś, za co grozi wieloletnie więzienie. A te uszy? Co im się stało w uszy? Wielkie, grube, wyglądały jak byle jak przyklejone bryłki gliny. Z tyłu głowy miał jakieś słowo i nagle zrozumiał, co znaczy określenie uszy kalafiorowate. A więc tak to wygląda.

– Jeszcze trzy minuty – powiedziała starsza pani i wypiła następny łyk.

Spojrzeli po sobie. Martin widział, że Paula powstrzymuje się od śmiechu. Czegoś takiego się nie spodziewali.

Nagle starsza pani wrzasnęła i zerwała się z fotela.

– Jest!

– Wygrał? – spytał Martin. – Gustafsson wygrał?

Jasnowłosy olbrzym szalał na ringu, wskoczył na siatkę i zaczął wrzeszczeć. Najwyraźniej zwyciężył.

– Przydusił Cormiera od tyłu, więc Cormier się w końcu poddał.

Wychyliła ostatni łyk.

– To ten, o którym piszą w gazetach? The... Mole? – spytała Paula, zadowolona, że coś jednak wie.

– The Mole, też coś! – prychnęła pani. – The Mauler, dziewczyno. Gustafsson należy do światowej elity. Powinno się wiedzieć takie rzeczy. To należy do ogólnego wykształcenia.

Ruszyła do kuchni.

– Nastawiam kawę, napijecie się ze mną?

– Poprosimy – odparli chórem.

Picie kawy było nieodłączną częścią ich pracy, rozmów z ludźmi. Jeśli w ciągu dnia było ich więcej, wieczorem ciężko im się zasypiało.

Poszli za starszą panią do kuchni. Martin uzmysłowił sobie, że jeszcze się nie przedstawili.

– Przepraszam, ja jestem Martin Molin, a to Paula Morales. Jesteśmy z komisariatu w Tanumshede.

– Dagmar Hagelin – odparła starsza pani wesoło, stawiając na kuchence imbryk z wodą. – Siądźcie sobie przy kuchennym stole, tu jest przyjemniej. W dużym pokoju siedzę tylko wtedy, kiedy oglądam telewizję. Większość czasu spędzam tutaj.

Wskazała na podniszczony stół zawalony krzyżówkami. Szybko zebrała je na kupkę i położyła na parapecie.

– Gimnastyka dla szarych komórek. We wrześniu kończę dziewięćdziesiąt dwa lata, więc muszę ćwiczyć makówkę. W przeciwnym razie człowieka dopada demencja, i to szybciej, niż zdąży powiedzieć... eee, zapomniałam. – Roześmiała się z własnego żartu.

– Jak to się stało, że zainteresowała się pani MMA? – spytała Paula.

– Mój prawnuk trenuje ten sport i osiągnął już poziom mistrzowski. Wprawdzie nie jest to jeszcze UFC*, ale to tylko kwestia czasu, bo jest dobry i ma wolę walki.

– No tak, ale to jednak dość... niezwykłe – powiedziała Paula ostrożnie.

Dagmar nie odpowiedziała, zdjęła imbryk z kuchenki i postawiła na korkowej podstawce. Potem wyjęła trzy śliczne filiżaneczki z cieniutkiej porcelany, w różowy deseń, ze złotym brzeżkiem. Usiadła i dopiero nalewając kawę, odpowiedziała:

– Zawsze byliśmy sobie z Oscarem bliscy, więc zaczęłam chodzić na jego walki. No i się wciągnęłam. To nie do uniknięcia. W młodości byłam niezłą lekkoatletką i potrafię sobie wyobrazić, co się wtedy czuje.

Wskazała na zdjęcie wiszące na ścianie: przedstawiało młodą, atletycznie zbudowaną kobietę skaczącą nad poprzeczką.

– To pani? – spytał Martin z podziwem, usiłując znaleźć związek między młodą, szczupłą, choć muskularną kobietą ze skurczoną osóbką, którą miał przed sobą.

---

* UFC – Ultimate Fighting Championship, amerykańska organizacja mieszanych sztuk walki.

Chyba się domyśliła i uśmiechnęła się szeroko.

– Mnie też nie mieści się to w głowie. Najdziwniejsze, że w środku człowiek czuje się taki sam jak wtedy. Czasem jestem w szoku, kiedy spojrzę w lustro. Zastanawiam się, kim jest ta starsza pani.

– Długo uprawiała pani sport? – spytała Paula.

– Według dzisiejszych standardów niezbyt, chociaż na tamte czasy aż za długo. Wyszłam za mąż, musiałam zrezygnować ze sportu, bo trzeba było się zająć dziećmi i domem. Ale nie mam pretensji, takie były czasy, moja córka jest dobrym dzieckiem. Chce, żebym u niej zamieszkała, kiedy już nie będę sobie dawała rady z domem. Ona też już nie jest młoda, zimą skończy sześćdziesiąt trzy lata. Na pewno będziemy się dogadywać, mieszkając pod jednym dachem.

Martin wypił łyk kawy.

– To kawa luwak – powiedziała Dagmar, widząc, że mu smakuje. – Importuje ją mój najstarszy wnuk. Ziarna kawy zjedzone i wydalone przez cywety zbiera się, oczyszcza i pali. Nie jest to tania kawa, zwykle kosztuje około sześciuset koron za kilogram, ale, jak powiedziałam, Julius jest importerem. Dostaje ją za niższą cenę i co pewien czas daje mi trochę. Wie, że ją uwielbiam, bo lepszej kawy nie ma.

Martin spojrzał na nią z przerażeniem, ale w końcu wzruszył ramionami i wypił kolejny łyk. Nieważne, skąd pochodzi coś, co smakuje tak bosko. Po chwili stwierdził, że wystarczy tej konwersacji.

– Nie wiem, czy pani słyszała, co się stało – zmienił temat, nachylając się lekko. – Ale w tutejszym lesie została zamordowana dziewczynka.

– Słyszałam, powiedziała mi córka, kiedy wpadła – odparła Dagmar i spochmurniała. – Śliczna jasnowłosa dziewuszka, zawsze kręciła się jak fryga. Codziennie chodzę na długi spacer i często przechodzę koło obejścia Bergów. Najczęściej tam ją widywałam.

– A kiedy ostatnio? – spytał Martin, popijając kawę.

– Właśnie, kiedy to było? – Dagmar zaczęła się zastanawiać. – Wczoraj nie, ale dzień wcześniej tak. A więc w niedzielę.

– O której? – spytała Paula.

– Na spacer wychodzę zawsze przed południem, zanim zrobi się gorąco. Bawiła się wtedy na podwórku. Jak zwykle do niej pomachałam, a ona do mnie.

– A więc w niedzielę przed południem – powtórzył Martin.

– Później już nie?

Pokręciła głową.

– Nie, wczoraj jej nie widziałam.

– A może zwróciła pani uwagę na coś innego? Coś odbiegającego od normy? Ważny może być każdy szczegół, nawet pozornie nieistotny.

Dopił kawę i ostrożnie odstawił delikatną, romantyczną filiżaneczkę, przy której jego dłoń wydawała się gruba i toporna.

– Niestety, nie przypominam sobie niczego, co mogłoby was zainteresować. Siedząc przy tym oknie, mam niezły ogląd sytuacji, ale nie wydaje mi się, żeby coś było inaczej niż zwykle.

– Gdyby pani jednak na coś wpadła, proszę się nie wahać, tylko do nas zadzwonić – dodała Paula i wstała. Spojrzała pytająco na Martina, a on kiwnął głową.

Położyła na stole wizytówkę i dosunęła krzesło.

– Dziękuję za kawę – powiedział Martin. – Była bardzo smaczna, a przy okazji było to niezwykłe doświadczenie.

– I właśnie o to chodzi – odparła starsza pani z uśmiechem.

Zerknął jeszcze raz na zdjęcie pięknej młodej kobiety w sportowym stroju: miała w oczach ten sam błysk co dziewięćdziesięciodwuletnia Dagmar. Taki sam jak Pia. Błysk świadczący o prawdziwej radości życia.

Delikatnie zamknął za sobą piękne stare drzwi.

Mellberg się wyprostował, siedział u szczytu stołu konferencyjnego. Przyszło zadziwiająco wielu reporterów, nie tylko z miejscowej prasy, również z gazet o zasięgu ogólnokrajowym.

– Czy mamy do czynienia z tym samym sprawcą? – spytał Kjell Ringholm z „Bohusläningen".

Patrik uważnie obserwował Mellberga. Wolałby sam poprowadzić tę konferencję, ale to przekroczyłoby granicę wytrzymałości jego szefa. Mellberg kochał ten wspaniały moment, kiedy stał w świetle reflektorów, i nie zamierzał z tego rezygnować.

Chętnie natomiast przekazywał Patrikowi i pozostałym wszelkie inne zadania, wszystko, co wymagało choćby odrobiny wysiłku.

– Nie możemy wykluczyć związku między tą sprawą a sprawą Stelli Strand, ale nie zamierzamy zamykać się na inne możliwości – odparł Mellberg.

– To chyba nie może być przypadek? – nalegał Ringholm.

W jego czarnej brodzie były już siwe nitki.

– Naturalnie zbadamy sprawę również pod tym kątem, ale kiedy coś wydaje się oczywiste, istnieje ryzyko, że można się zamknąć na inne możliwości, zamiast je również zbadać.

Dobrze, pomyślał zdumiony Patrik. Chyba się czegoś nauczył.

– Rzeczywiście mamy do czynienia z dość dziwnym zbiegiem okoliczności. Ta cała gwiazda filmowa zjawiła się dosłownie na moment przed zdarzeniem – dodał Mellberg.

Reporterzy gorączkowo notowali.

Patrik musiał spleść dłonie, żeby nie złapać się za głowę. Wyobrażał sobie tytuły na pierwszych stronach tabloidów.

– Przesłuchacie Helen Persson i Marie Wall? – spytał pismak z tabloidu. Z ciekawości aż się wychylił do przodu.

Jeden z tych młodszych. Oni zawsze są najbardziej napastliwi. Gotowi na wszystko, żeby tylko zdobyć etat w redakcji i wyrobić sobie nazwisko.

– Porozmawiamy z nimi – potwierdził Mellberg. Wyraźnie był zachwycony tym, że jest w centrum uwagi.

Ochoczo obracał się do obiektywów. Na wszelki wypadek upewnił się, czy fryzura układa się jak trzeba.

– Czyli są głównymi podejrzanymi, tak? – zapytała młoda reporterka z drugiego* wielkonakładowego tabloidu.

– No więc… nie, nie mógłbym ująć tego w ten sposób…

Podrapał się w głowę i chyba do niego dotarło, że źle pokierował konferencją. Spojrzał na Patrika, Patrik chrząknął.

– Na tym etapie dochodzenia w ogóle nie mamy podejrzanych – powiedział. – Jak już stwierdził szef komisariatu, pan Mellberg, nie ograniczamy się do jednego tropu. Czekamy na

---

* Z drugiego… – rynek szwedzkich tabloidów jest zdominowany przez dwa tytuły: „Expressen" i „Aftonbladet".

raport techników kryminalistyki i rozmawiamy z osobami, które mogłyby dostarczyć informacji, na podstawie których można by określić, kiedy dokładnie Nea zginęła.

– Więc wierzy pan w przypadek? Ginie dziewczynka z tego samego gospodarstwa, jej ciało zostaje znalezione w tym samym miejscu co kiedyś ciało Stelli Strand i wszystko to dzieje się tuż po powrocie do Fjällbacki jednej ze skazanych w tamtej sprawie?

– Nie sądzę, żeby ten na pozór logiczny związek był taki oczywisty – odparł Patrik. – Więc byłoby niedobrze, gdybyśmy się przywiązali do jednej jedynej wersji. Dokładnie tak jak powiedział pan Mellberg.

Kjell Ringholm podniósł rękę.

– W jaki sposób zginęła ta dziewczynka?

Mellberg pochylił się do przodu.

– Jak wspomniał Patrik Hedström, nie otrzymaliśmy jeszcze ani raportu techników, ani raportu z sekcji zwłok Linnei Berg. W związku z tym nie ma możliwości ani powodu, żebyśmy się wypowiadali na ten temat.

– Czy istnieje zagrożenie dla innych dzieci? – ciągnął Ringholm. – Czy rodzice z okolicy powinni zatrzymywać dzieci w domu? Bo krążą różne pogłoski i ludzie boją się coraz bardziej.

Mellberg nie odpowiedział od razu. Patrik lekko pokręcił głową, w nadziei, że jego szef odczyta ten sygnał. Nie ma sensu straszyć ludzi.

– Nie ma powodu do niepokoju – odparł w końcu Mellberg. – Rzuciliśmy wszystkie siły, żeby jak najszybciej wyjaśnić, jak zginęła Linnea Berg.

– Czy tak samo jak Stella Strand?

Ringholm się nie poddawał. Pozostali dziennikarze patrzyli to na niego, to na Mellberga. Patrik trzymał kciuki, żeby Mellberg nie dał się wciągnąć w takie rozważania.

– Jak już mówiłem, będziemy to wiedzieć dopiero po otrzymaniu raportu od medyków sądowych.

– Ale nie zaprzeczacie, że zginęła w ten sam sposób.

Teraz uparł się pismak z tabloidu. Patrik, który miał przed oczami obraz dziewczynki leżącej na zimnym stole sekcyjnym, nie mógł się powstrzymać. Burknął:

– Ile razy mamy powtarzać, że nie wiemy i nie będziemy wiedzieć, dopóki nie dostaniemy raportu medyków sądowych?! Pismak zrobił obrażoną minę i więcej nie pytał. Ringholm znów podniósł rękę. Teraz patrzył prosto na Patrika.

– Słyszałem, że twoja żona pisze książkę o sprawie Stelli Strand. To prawda?

Patrik domyślał się, że to pytanie padnie, a mimo to nie był do końca przygotowany. Spojrzał na swoje zaciśnięte pięści.

– Z jakiegoś dziwnego powodu moja żona nie rozmawia o swojej pracy nawet ze źródłem wywiadowczym, które ma w domu – odparł w końcu. Tu i ówdzie rozległy się śmiechy. – Słyszałem o tym, ale tylko mimochodem. Nie wiem, ile już zdążyła napisać, bo mnie nie wtajemnicza w proces twórczy aż do chwili, kiedy chce, żebym przeczytał gotowy rękopis.

Trochę skłamał. Orientował się, na jakim etapie jest Erika, chociaż opierał się raczej na tym, co mówiła przy różnych okazjach. Rzeczywiście w trakcie pracy nad książką nie lubiła o tym opowiadać, chyba że chciała się z nim skonsultować w jakiejś sprawie dotyczącej pracy w policji. Ale te pytania często były wyrwane z kontekstu, więc nie miał całościowego obrazu powstającej książki.

– Czy mogło to popchnąć mordercę do tego, co zrobił? – spytała z nadzieją młoda reporterka z drugiego tabloidu.

W Patrika jakby strzelił piorun. Co ona sugeruje? Że jego żona miałaby kogoś skłonić do zamordowania tej małej?

Już miał ją zwymyślać tak, żeby popamiętała, kiedy usłyszał głos Mellberga. Mówił spokojnie, ale ostrzegawczym tonem:

– Uważam to pytanie za wysoce niesmaczne i nieprzyzwoite. Nic nie wskazuje na jakikolwiek związek między książką, nad którą pracuje pani Erika Falck, a śmiercią Linnei Berg. Jeśli państwo nie potrafią utrzymać przyzwoitego poziomu – zerknął na zegarek – jeszcze przez dziesięć minut, które zostały do końca konferencji, to nie zawaham się przerwać jej przed czasem. Okej?

Patrik i Annika wymienili zdumione spojrzenia. Ku zdziwieniu Patrika dziennikarze do końca trzymali się w ryzach.

Kiedy Annika w końcu wyprosiła wszystkich – niektórzy jeszcze próbowali pytać – Patrik i Mellberg zostali w sali sami.

– Dziękuję – powiedział Patrik.

– Niech się odpieprzą od Eriki – mruknął Mellberg.

Zawołał Ernsta – leżał pod stołem, na którym Annika postawiła termosy z kawą i coś słodkiego – i wyszedł. Patrik zaśmiał się cicho. A to ci dopiero. Facet jednak ma jakieś tam pojęcie o lojalności.

Prowincja Bohuslän 1671

Elin musiała przyznać, że Britta wygląda prześlicznie. Jej ciemne oczy pięknie kontrastowały z błękitną suknią, rozpuszczone wyszczotkowane włosy lśniły, przewiązane na czubku głowy piękną jedwabną wstążką. Nieczęsto miewali tak dystyngowanych gości. Właściwie jeszcze nigdy. Nie było powodu, żeby składali wizytę prostemu pastorowi z parafii Tanumshede, ale królewskie rozporządzenie przekazane gubernatorowi prowincji Haraldowi Stakemu nie pozostawiało żadnych wątpliwości: wszyscy ludzie Kościoła mieli wziąć udział w walce z czarownictwem i siłami szatana. Państwo i Kościół wspólnie wytoczyły bitwę diabłu, stąd ta zaszczytna wizyta na plebanii w Tanumshede. Król postawił sprawę jasno: jego przesłanie musi trafić do wszystkich zakątków kraju. Britta szybko pojęła, że należy wykorzystać tę okazję. Podczas wizyty Larsa Hiernego nie będą musieli się wstydzić za poczęstunek, dom ani za poziom rozmowy. Wprawdzie uprzejmie zaproponował, że przenocuje w gospodzie, ale Preben odpowiedział, że to nie wchodzi w rachubę, że z oczywistych względów postarają się godnie podjąć tak znakomitego gościa. I chociaż w gospodzie, jak stanowiły przepisy, znajdowała się oddzielna część dla szlachty i lepszych gości, to przecież plebania w Tanumshede musiała dopilnować, żeby wysłannik gubernatora miał wszelkie wygody, których zapragnie.

Gdy zajechał ekwipaż, Britta i Preben witali ich w drzwiach. Elin i pozostała służba stali z tyłu, ze spuszczonymi głowami i wzrokiem wbitym we własne stopy. Nakazano im, żeby się porządnie umyli i ubrali w czystą i całą odzież. Dziewki służebne miały starannie uczesane włosy, schowane pod czepkami.

Pachniało dziegciem i świerkowymi gałązkami rozłożonymi po pokojach dla ozdoby.

Kiedy zasiedli przy stole, Elin nalała wina do pucharów. Pamiętała je z domu. Ojciec podawał w nich wino, a potem dał je Britcie w prezencie ślubnym. Ona dostała kilka obrusów haftowanych przez matkę, ale ogólnie rzecz biorąc, ojciec uznał, że piękne przedmioty z ich domu nie będą pasowały do biednej rybackiej chaty. Nawet się z nim zgadzała. Co mieliby z Perem robić z jakimiś ozdóbkami i błyskotkami? Na plebanii były bardziej na miejscu niż w jej prostym domu. Ale o obrusy po matce bardzo dbała. Przechowywała je w niedużej skrzyni razem z ziołami, które latem zbierała i suszyła, a potem zawijała w papier, żeby nie poplamiły białej tkaniny.

Märcie, już kiedy była maleńka, surowo przykazała, żeby nie otwierała skrzyni. Nie tylko dlatego, że dziecięce paluszki mogły pobrudzić obrusy, ale także dlatego, że niektóre zioła, niewłaściwie użyte, mogły się okazać trujące. Babka nauczyła ją, jak i kiedy je stosować i jakie zaklęcia przy tym wypowiadać. Takich rzeczy nie wolno było pomylić, bo skutki mogłyby być katastrofalne. Miała dziesięć lat, kiedy babka zaczęła ją uczyć. Postanowiła poczekać, aż Märta też będzie w tym wieku. Wtedy zacznie jej przekazywać swoją wiedzę.

– Straszna rzecz z tymi oblubienicami czarta – powiedziała Britta, uśmiechając się miękko do Larsa Hierne.

A on jak urzeczony patrzył na jej rozświetloną blaskiem świec piękną twarz. Dobrze wybrała błękitny brokat, błyszczący i skrzący się na tle ścian jadalni. Jej oczy wydawały się niebieskie jak morze w słoneczny lipcowy dzień.

Elin zastanawiała się w duchu, co Preben na to, że jego gość tak nieskromnie przypatruje się jego żonie, ale on wydawał się nieporuszony, jakby w ogóle tego nie widział. Spostrzegła za to, że patrzy na nią, i szybko spuściła wzrok. Mimo to zdążyła zauważyć, że wygląda niezwykle elegancko. Jeśli nie miał na sobie czarnej togi z białymi befkami, zazwyczaj chodził w brudnym ubraniu roboczym. Jak na człowieka z taką pozycją miał zadziwiające zamiłowanie do pracy fizycznej i zajmowania się zwierzętami. Już pierwszego dnia po przyjeździe na plebanię zagadnęła o to jedną ze służących. Odpowiedziała, że to dziwne, ale ich pan często pracuje ramię w ramię z nimi. Ale, ciągnęła, pastorowej się to nie podoba i często się o to kłócą. W tym momencie uprzytomniła sobie, kim jest Elin, i zaczerwieniła się po korzonki włosów. Takie sytuacje zdarzały się dość często, bo Elin zajmowała w gospodarstwie szczególną pozycję: była zarówno służącą, jak i siostrą pastorowej. Była jedną z nich i zarazem nie była. Często zdarzało się, że kiedy weszła do izby służebnej, przestawali rozmawiać i bali się na nią spojrzeć. Pogłębiało to wprawdzie jej samotność, ale jednocześnie nie bardzo jej przeszkadzało. Nigdy nie miała zbyt wielu przyjaciółek, kobiety jej zdaniem niepotrzebnie plotkowały i kłóciły się ze sobą.

– Tak, czasy nie są dobre – odparł Lars Hierne. – Na szczęście mamy króla, który nie zamyka na to oczu i nie cofa się przed walką z siłami zła. Nasze państwo ma za sobą kilka ciężkich lat. Zdobycze szatana są większe niż kilka pokoleń temu. Im więcej tych kobiet odnajdziemy i postawimy przed sądem, tym szybciej uda nam się przezwyciężyć władzę szatana.

Ułamał kawałek chleba i zjadł z wyraźną przyjemnością. Britta wpatrzyła się w jego wargi, w jej spojrzeniu były zarówno fascynacja, jak i przestrach.

Elin przysłuchiwała się, rozlewając wino do pucharów. Na stole pojawiło się pierwsze danie. Kucharka Boel z Holty nie musiała się wstydzić tego, co przygotowała. Wszyscy jedli z apetytem. Lars Hierne wiele razy chwalił potrawy, a Britta skromnie rozkładała ręce.

– Ale skąd pewność, że te niewiasty wpadły w sidła szatana? – spytał Preben i z pucharem w ręku rozsiadł się wygodnie na krześle. – W naszej okolicy jak dotąd nie musieliśmy nikogo postawić przed sądem, choć zapewne tego nie unikniemy. Do tej pory słyszeliśmy tylko pogłoski o tym, jak się to odbywa.

Lars Hierne oderwał wzrok od Britty i zwrócił się do niego:

– Istnieje dość prosty i uczciwy sposób, żeby ustalić, czy mamy do czynienia z czarownicą albo czarownikiem, bo nie zapominajmy, że nie tylko niewiasty ulegają pokusom szatana. Niemniej wśród niewiast jest to zjawisko częstsze, łatwiej bowiem padają one ofiarą diabelskich podszeptów. – Spojrzał z powagą na Brittę. – Po ujęciu czarownicy najpierw poddaje się ją próbie wody. Wrzucamy ją do wody ze skrępowanymi nogami i rękami.

– A potem? – spytała Britta, pochylając się do przodu. Bardzo ją to zaciekawiło.

– Jeśli wypłynie, jest czarownicą. Bo tylko czarownica wypływa, wiadomo to z dawien dawna. Jeśli zaś opadnie na dno, jest niewinna. Z dumą mogę powiedzieć, że dotąd nie oskarżyliśmy niesłusznie żadnej kobiety. Wszystkie unosiły się na powierzchni jak ptaki, ujawniając swoje prawdziwe oblicze. Potem oczywiście mogą się przyznać i tym samym uzyskać Boże przebaczenie.

– I te czarownice, które ujęliście, przyznały się?

Britta pochyliła się nad stołem jeszcze bardziej, płomienie świec odbijały się na jej twarzy.

Lars Hierne przytaknął.

– Ależ tak, bez wyjątku. Niektóre trzeba było przekonywać dłużej, jakby szatan trzymał je w swoich szponach mocniej. Nie wiadomo, czy dlatego, że dłużej były w jego władzy, czy dlatego, że upodobał je sobie szczególnie. Ale przyznały się wszystkie, co do jednej. I zostały stracone, zgodnie z królewskim i boskim nakazem.

– Dobrą robotę wykonujecie. – Preben w zamyśleniu pokiwał głową. – A jednak z przerażeniem myślę o dniu, gdy przyjdzie nam podjąć tę przykrą misję.

– Tak, to ciężki krzyż, ale Bóg, jak wiadomo, nie obarcza nas brzemieniem ponad siły. I wszyscy musimy mieć odwagę podjąć się zadania, które na nas nałożono.

– Prawdę mówicie, prawdę – odrzekł Preben, podnosząc do ust puchar.

Na stole postawiono drugie danie. Elin pośpiesznie dolała wszystkim czerwonego wina. Wszyscy troje pili obficie, oczy im błyszczały. Znów poczuła na sobie wzrok Prebena. Starała się na niego nie patrzeć. Dreszcz przeszedł jej po plecach, o mały włos nie upuściła dzbanka z winem. Babka mówiła, że to przeczucie, ostrzeżenie przed nadchodzącym złem, ale ona wmówiła sobie, że to tylko przeciąg, że to przez źle uszczelnione okna.

Ale kiedy późną nocą położyła się spać, znów naszło ją to przeczucie. Przytuliła się na wąskim posłaniu do Märty. Starała się odpędzić je od siebie, ale ono nie znikało.

GÖSTA CIESZYŁ SIĘ, że nie musi brać udziału w konferencji. Według niego było to przedstawienie, na które reporterzy przychodzą głównie po to, żeby wyłapywać błędy i stwarzać problemy, zamiast pomóc, pośrednicząc w komunikowaniu się ze społeczeństwem. Potem pomyślał, że może po prostu jest cyniczny, podobno to się nasila z wiekiem.

Z jednej strony cieszył się, że nie musi tam być, z drugiej – na myśl o tym, dokąd jedzie, robiło mu się nieprzyjemnie. Porozumiał się z lekarzem rejonowym, który ocenił, że Bergowie są wprawdzie w szoku, ale ich stan pozwala na przesłuchanie. Pamiętał, że kiedy on i Maj Britt stracili synka, długo byli sparaliżowani bólem.

Minął nieduży czerwony dom o białych narożach. Stał przed nim samochód Pauli i Martina. Oby wizyty u najbliższych sąsiadów coś przyniosły. Wiedział, że mieszkając na wsi, jak tam, człowiek zazwyczaj orientuje się, co się dzieje w sąsiedztwie. Sam mieszkał nieco na uboczu, niedaleko pola golfowego, i często łapał się na tym, że siedząc przy kuchennym oknie, obserwuje wszystkich przechodzących. Jego ojciec też tak siedział. W dzieciństwie wydawało mu się to okropnie nudne, ale teraz go rozumiał. Napełniało go to spokojem. Wyobrażał sobie, że to coś takiego jak medytacja, chociaż sam nigdy nie próbował tego rodzaju głupot.

Skręcił w krótki odcinek drogi do gospodarstwa Bergów. Było pusto, choć jeszcze poprzedniego dnia aż się gotowało. A teraz ani jednego człowieka. Cisza. Spokój.

Przed południem trochę wiało, ale wiatr ucichł, gdy słońce minęło zenit. Powietrze drżało od gorąca.

Na ziemi koło stodoły leżała skakanka. Ostrożnie obszedł wyryte w żwirze pole do gry w klasy. Jego kontury zaczęły się już zacierać. Pomyślał, że chyba nie przetrwają długo. Nea pewnie narysowała je nóżką, a może rodzice jej pomogli.

Przystanął i spojrzał na dom. Nic nie świadczyło o tym, że rozegrały się w nim prawdziwe tragedie. Stodoła wydawała się bardziej krzywa, niż zapamiętał sprzed trzydziestu lat, ale nieduży dom był odmalowany i zadbany, a ogród kwitnący i piękniejszy niż kiedykolwiek. Obok domu suszyło się pranie, między innymi dziecięce ubranka. Już nigdy miała ich nie włożyć dziewczynka, która je nosiła. Ścisnęło go w gardle, musiał odchrząknąć. A potem ruszył do wejścia. Niezależnie od tego, co czuł, miał zadanie do wykonania. Ktoś musi porozmawiać z rodzicami.

– Puk, puk, można?

Pchnął uchylone drzwi. Mężczyzna, który wyglądał jak starsze i bardziej opalone wcielenie Petera, wstał i podszedł z wyciągniętą ręką.

– Bengt Berg – przedstawił się.

Delikatna kobieta ze spowiałymi od słońca włosami przyciętymi na pazia i tak samo opalona też podeszła i przedstawiła się: Ulla Berg.

– Lekarz mówił nam, że pan przyjdzie – odezwał się Bengt Berg.

Jego żona usiadła z powrotem przy stole, na którym leżało mnóstwo pogniecionych papierków.

– Poprosiłem go, żeby państwa uprzedził, nie chciałem wpadać znienacka.

– Niech pan siada, pójdę po nich – powiedział cicho Bengt. – Musieli się na chwilę położyć.

Gösta usiadł naprzeciwko pani Berg. Spojrzała na niego oczami pełnymi łez.

– Kto mógł zrobić coś takiego takiej malutkiej…

Sięgnęła po rolkę papierowych ręczników i oderwała kawałek, żeby wytrzeć oczy.

– Zrobimy wszystko, żeby się tego dowiedzieć – odparł Gösta, splatając dłonie.

Kątem oka zobaczył, że pan Berg schodzi po schodach, a za nim synowa z synem. Szli bardzo wolno.

– Napije się pan kawy? – spytała machinalnie Eva Berg.

Jej teściowa się zerwała.

– Siadaj, kochanie, ja przygotuję.

– Ale ja mogę… – zaoponowała.

Ulla delikatnie popchnęła ją do stołu.

– Siadaj, ja zrobię kawę – powtórzyła i zaczęła szukać w szafkach.

– Filtry są w szafce nad zlewem po prawej. – Eva już chciała wstać.

Gösta położył dłoń na jej trzęsącej się ręce.

– Pani teściowa sobie poradzi.

– Chciał pan z nami rozmawiać – powiedział Peter, siadając na pustym krześle matki.

Zapatrzył się na papierki, jakby nie rozumiał, co tam robią.

– Coś się stało? – spytała Eva. – Ustaliliście coś? Gdzie ona teraz jest?

Mówiła bezbarwnym głosem, jej dolna warga drżała.

– Jeszcze nic nie wiemy, ale proszę mi wierzyć, pracujemy nad tym pełną parą. Nea jest teraz w Göteborgu, zobaczą ją państwo później, jeśli zechcą, ale jeszcze nie teraz.

– Co oni... co oni z nią robią? – spytała, patrząc na niego rozdzierająco.

Gösta starał się zapanować nad wyrazem twarzy. Wiedział bardzo dobrze, co robią ze zwłokami Nei, ale jej matka nie musiała tego słuchać.

– Eva, nie pytaj – powiedział Peter.

Gösta zauważył, że on też dygocze.

Z powodu szoku czy dlatego, że właśnie z niego wychodzą, trudno powiedzieć. Ludzie reagują różnie, podczas wieloletniej służby w policji widział tyle samo różnych reakcji co ofiar zbrodni.

– Muszę państwu zadać kilka pytań – powiedział, dziękując skinieniem za kawę, którą postawiła przed nim Ulla.

Wydawała się spokojniejsza, kiedy miała coś do zrobienia, i kiedy znów usiadła przy stole, oboje z mężem sprawiali wrażenie bardziej opanowanych niż poprzednio.

– Odpowiemy na wszystkie pytania, żeby wam pomóc – zapewnił Peter. – Najgorsze, że my nic nie wiemy. Nie rozumiemy, jak mogło do tego dojść. Kto... – Głos mu się załamał.

– Powoli, krok za krokiem – zaczął spokojnie Gösta. – Wiem, że już państwo odpowiedzieli na niektóre pytania, ale powtórzę je. Musimy ustalić wszystko dokładnie.

Położył na stole swój telefon, zapytał Petera, czy może, i włączył nagrywanie.

– Kiedy państwo widzieli córkę po raz ostatni? – spytał. – Proszę podać możliwie dokładną godzinę.

– W niedzielę wieczorem. Przedwczoraj – powiedziała Eva.

– Zaraz po ósmej. Włożyła koszulkę nocną i umyła zęby, poczytałyśmy bajkę. Czytałam jej chyba z pół godziny. To była jej ulubiona książeczka o krecie, któremu kupka spadła na głowę*.

Wierzchem dłoni dotknęła nosa. Gösta sięgnął po rolkę papierowych ręczników i urwał kawałek. Wytarła nos.

– A więc między wpół do dziewiątej a za kwadrans dziewiąta, tak? – spytał.

Eva spojrzała na męża, przytaknął.

– Tak, chyba się zgadza.

– A potem? Czy później ją słyszeliście albo widzieliście? W nocy się nie budziła?

– Nie, zawsze spała jak kamień – odparł Peter, kręcąc głową.

– I zawsze przy zamkniętych drzwiach. Mówiliśmy jej dobranoc i potem już nie zaglądaliśmy. Nie miała problemów z zasypianiem, nawet kiedy była bardzo malutka. Ona bardzo lubi swoje łóżko... to znaczy lubiła.

Drżał mu podbródek i ciągle mrugał oczami.

– Proszę opowiedzieć, co się działo w poniedziałek rano.

– Wstałem już o szóstej – powiedział Peter. – Chodziłem na palcach, żeby ich nie obudzić, więc tylko zrobiłem sobie kanapki do zabrania. Maszynkę do kawy przygotowałem już wieczorem, wystarczyło włączyć. A potem pojechałem.

– Nie zauważył pan nic... nic pana nie zdziwiło? Drzwi wejściowe były zamknięte na klucz?

Peter przez chwilę milczał, potem odparł zduszonym głosem.

– Tak, były zamknięte. – Zaszlochał. Ojciec pogłaskał go opaloną ręką po plecach. – Inaczej bym zauważył. Gdyby były otwarte, na pewno bym coś zrobił.

– A drzwi pokoju Nei?

---

* Książka Wernera Holzwartha *O małym krecie, który chciał wiedzieć, kto mu narobił na głowę.*

– Tak samo. Były zamknięte. Zwróciłbym uwagę, gdyby było inaczej.

Gösta nachylił się do niego.

– Czyli wszystko było jak zwykle. Nic nie wydawało się panu inne, nawet w najmniejszym stopniu? Przed domem? Przechodzący ludzie? Przejeżdżające samochody?

– Nie, nic. Wychodząc, miałem uczucie, jakbym w tym momencie tylko ja jeden na całym świecie nie spał. Słychać było jedynie śpiew ptaków, a jedynym stworzeniem, które widziałem, był kot. Przyszedł otrzeć mi się o nogi.

– Która mogła być godzina?

– Budzik nastawiłem na szóstą, w kuchni byłem może dwadzieścia minut. Więc jakieś dwadzieścia po albo wpół do siódmej.

– I wrócił pan do domu dopiero po południu? Spotkał pan kogoś? Może pan kogoś widział? Rozmawiał z kimś?

– Nie, spędziłem cały dzień w lesie. Do gospodarstwa należy kawałek lasu, trzeba o niego dbać…

Urwał, nie dokończył.

– Czyli nie ma nikogo, kto mógłby potwierdzić, gdzie pan był?

– Nie ma, ale o co panu chodzi?

– Czy ktoś mógłby potwierdzić, że był pan tam, gdzie pan mówi?

– Oskarżacie o coś Petera? – zapytał Bengt Berg i aż się zaczerwienił. – No nie…

Gösta uniósł dłoń. Był przygotowany na taką reakcję. Była zupełnie zrozumiała.

– Musimy o to pytać, żeby móc wykluczyć rodziców. Nie wierzę, żeby mieli coś wspólnego ze śmiercią swojego dziecka. Ale na tym polega moja praca. Muszę ich wykluczyć.

– W porządku – odezwała się Eva Berg słabym głosem. – Rozumiem. Bengt, pan Flygare wykonuje po prostu swoją pracę. Im szybciej skończy…

– Okej – odpowiedział Bengt Berg. Był napięty jak struna, gotów w każdej chwili bronić syna.

– Przez cały dzień nikogo nie spotkałem – odparł Peter. – Byłem w środku lasu, nie ma tam zasięgu, więc nawet z billingów nic by nie wynikło. Byłem zupełnie sam. Do domu przyjechałem za kwadrans trzecia. Wiem dokładnie, bo spojrzałem na zegarek, kiedy wjeżdżałem na podwórko.

– Okej. A pani? Co pani robiła rano i później?

– Spałam do wpół do dziesiątej. I też wiem dokładnie, bo pierwsze, co robię, to patrzę na budzik, chyba że go wcześniej nastawiłam. Pamiętam, że się zdziwiłam…

Pokręciła głową.

– Co panią zdziwiło? – spytał Gösta.

– Że jest tak późno. Zwykle budzę się przed siódmą, rzadko zdarza mi się spać dłużej, ale widocznie byłam zmęczona. – Potarła oczy. – Wstałam, zajrzałam do Nei. Nie było jej, ale nie zaniepokoiło mnie to. Ani trochę.

Mocno chwyciła za blat stołu.

– Dlaczego to pani nie zaniepokoiło?

– Bo często jeździła z ojcem – wtrąciła Ulla.

Eva przytaknęła.

– Tak, uwielbiała jeździć z tatą do lasu i też się wcześnie budziła. Dlatego pomyślałam, że z nim pojechała.

– I co robiła pani potem?

– Długo jadłam śniadanie, przeczytałam gazetę i wyszykowałam się. Około jedenastej postanowiłam pojechać na zakupy do Hamburgsund. Nieczęsto miewam czas dla siebie.

– Spotkała tam pani kogoś?

Gösta wypił łyk kawy. Była już zimna, więc odstawił filiżankę.

– Pewnie wystygła, naleję gorącej – zaproponowała Ulla.

Nie zaprotestował i podziękował uśmiechem.

– Pochodziłam po sklepach – ciągnęła Eva. – Było dużo ludzi, ale nikogo znajomego nie spotkałam.

– A czy przed wyjazdem do Hamburgsund albo kiedy już pani wróciła do domu, ktoś do pani wpadł?

– Nie. Widziałam tylko przejeżdżające samochody i biegaczy. I zaraz przed wyjazdem widziałam Dagmar, spacerowała, jak co dzień.

– Kto to jest?

– Sąsiadka. Mieszka w tym czerwonym domu kawałek dalej. Spaceruje tu codziennie przed południem.

Skinął głową, podziękował za filiżankę kawy, którą podała mu Ulla. Wypił łyk.

– Czy coś szczególnego zwróciło pani uwagę?

Musiała się zastanowić.

– Proszę się namyślić. Każdy drobiazg może się okazać istotny.

Pokręciła głową.

– Nie, wszystko było jak zwykle.

– A telefony? Czy w ciągu dnia rozmawiała pani z kimś przez telefon?

– O ile sobie przypominam, to nie. Chociaż tak, po powrocie do domu zadzwoniłam do ciebie, Ulla.

– A tak, rzeczywiście.

Na twarzy Ulli malowało się zdziwienie: jeszcze wczoraj życie toczyło się zwykłym torem, a teraz wszystko się zawaliło.

– Która to była godzina?

– Właśnie. – Eva spojrzała na Ullę.

Już się tak nie trzęsła, ale Gösta zdawał sobie sprawę, że ten względny spokój jest chwilowy. Jej umysł na chwilę odepchnął świadomość. Po sekundzie znów atakowała. Obserwował to wiele razy. Żałoba może przybierać różne oblicza i wywoływać różne reakcje – różne, a w gruncie rzeczy podobne. To się nigdy nie kończy.

– Wydaje mi się, że koło pierwszej. Bengt, słyszałeś, kiedy zadzwoniła. Czy to było koło pierwszej? Wybraliśmy się do La Mata, wykąpaliśmy się i zaraz przed pierwszą wróciliśmy do domu, żeby przygotować lunch. – Potem zwróciła się do Gösty: – W Torrevieja jadamy bardzo lekki lunch, trochę mozzarelli z pomidorami, które tam są nieporównanie lepsze, my... – W tym momencie położyła rękę na ustach, zdała sobie sprawę, że zapomniała, co się stało, i rozmawia z nim tak, jakby wszystko było jak zwykle. – Wróciliśmy do domu zaraz przed pierwszą – dokończyła cicho. – Chwilę potem zadzwoniła Eva. Rozmawiałyśmy może dziesięć minut.

Eva przytaknęła. Znów popłynęły jej łzy. Gösta sięgnął po papierowy ręcznik.

– Rozmawiała pani wczoraj z kimś jeszcze?

Miał świadomość, że wypytywanie o rozmowy telefoniczne i o to, kogo spotkali, musi im się wydawać kompletnie bezsensowne. Ale było dokładnie tak, jak im powiedział. Musiał być w stanie wykluczyć ich z dochodzenia i ustalić ewentualne alibi. Nawet przez moment nie wierzył, że mogą być zamieszani w śmierć córki, ale nie byłby pierwszym policjantem w historii, który by nie wierzył, że rodzice mogą zrobić coś złego swemu dziecku. Wielu musiało się potem z tego tłumaczyć. Zdarzają się wypadki. I nie tylko wypadki – to jeszcze bardziej wstrząsające.

– Nie, tylko z Ullą. Potem wrócił mąż i wtedy do mnie doszło, że nie ma Nei, i wtedy... wszystko się zaczęło.

Zacisnęła pięści, aż jej knykcie pobielały.

– Czy jest ktoś, kto według was mógłby chcieć skrzywdzić wasze dziecko? – spytał Gösta. – Czy mógł mieć jakiś powód? Znajomy z dawnych lat? Ktoś, kto by nienawidził was albo waszej rodziny?

Oboje pokręcili głowami.

– Jesteśmy zwyczajnymi ludźmi. I nigdy nie byliśmy zamieszani w żadne kryminalne sprawy ani nic takiego – powiedział Peter.

– Zemsta jakiegoś byłego?

– Nie – odparła Eva. – Poznaliśmy się, kiedy mieliśmy po piętnaście lat, w naszym życiu nie było nikogo innego.

Przed kolejnym pytaniem Gösta nabrał powietrza.

– Wiem, że to może się wam wydać obraźliwe, zwłaszcza w tej sytuacji, ale czy któreś z państwa ma jakiś romans na boku? Albo miało? Proszę się nie gniewać, pytam wyłącznie po to, żeby mieć jasność, czy taki motyw jest możliwy. Czy ktoś mógł postrzegać Neę jako przeszkodę.

– Nie – odparł Peter, wpatrując się w Göstę szeroko otwartymi oczami. – O Boże, nie. Jesteśmy ciągle razem i nigdy byśmy... Nie.

Eva gwałtownie pokręciła głową.

– Po co tracicie czas na takie rzeczy? Dlaczego nie szukacie mordercy? Czy są w tej okolicy ludzie, którzy... – Zbladła, kiedy uzmysłowiła sobie, co zaraz powie, jakiego słowa użyje i co ono oznacza. – Czy ona... Czy jej... O Boże...

Głośno się rozpłakała. Gösta siłą woli powstrzymał się, żeby nie wyjść. Widok rodziców, którzy zdali sobie sprawę, że jest pytanie, na które nie chcieliby znać odpowiedzi...

On również nie mógłby na nie odpowiedzieć i nie mógłby ich pocieszyć. Bo nie wiedział.

– Przepraszam, ale przed studiem jest niezły zamęt.

Jörgen odwrócił się do młodego asystenta. Na jego skroni pulsowała żyłka.

– Co jest, do cholery, tu się pracuje!

Popchnął kamerzystę, który podszedł za blisko. Kamerzysta wpadł na stolik w salonie i o mało nie strącił wazonu.

Marie zrobiło się żal asystenta. Zaraz będą kręcić czwarty dubel, a Jörgen jest w coraz gorszym humorze.

– Przepraszam – powiedział asystent.

Wydawało jej się, że ma na imię Jakob, a może Jonas.

Kaszlnął.

– Nie dam rady ich tam dłużej trzymać. Tam jest cała chmara reporterów.

– Mieli przyjść dopiero około czwartej, wywiady wyznaczyliśmy na tę godzinę.

Jörgen spojrzał na Marie, a ona rozłożyła ręce. Miała nadzieję, że ten ton nie wejdzie mu w zwyczaj, bo praca nad filmem nie tylko się przez to wydłuży, ale też zrobi nieprzyjemna.

– Mówią o śmierci jakiejś dziewczynki – powiedział nerwowo Jakob, a może Jonas. Jörgen przewrócił oczami.

– Tak, wiemy. O czwartej.

Jakob czy też Jonas zaczerwienił się aż po szyję, ale nie ustępował.

– Ale oni nie mówią… o tej dziewczynce, tylko o innej. Chcą rozmawiać z Marie. I to natychmiast.

Marie rozejrzała się po planie. Reżyser, kamerzyści, sekretarka planu, asystenci – wszyscy się w nią wpatrywali. Trzydzieści lat temu też wszyscy tak patrzyli. Znała to, więc poczuła się nawet całkiem bezpiecznie.

– Pójdę z nimi porozmawiać – powiedziała. Szybko obciągnęła bluzkę i poprawiła włosy.

Na pewno będą fotoreporterzy.

Spojrzała na zdenerwowanego asystenta.

– Poproś ich do pokoju socjalnego. – Potem zwróciła się do Jörgena: – Odwróćmy harmonogram. Nakręcimy te sceny wtedy, kiedy miałam udzielać wywiadów. W ten sposób nie stracimy czasu.

Na planie harmonogram jest bogiem. Jörgen zrobił minę, jakby mu się świat walił.

Marie doszła do drzwi pokoju socjalnego i przystanęła. Bardzo wielu ich przyszło. Dobrze, że była ubrana jak Ingrid, w krótkie białe szorty z guzikami po bokach i białą bluzkę. Włosy miała przewiązane apaszką. Ładnie wyglądała, dobrze wypadnie na zdjęciach. Przyda się to do promocji filmu.

– *Hello* – powiedziała lekko schrypniętym głosem, który stał się jej znakiem rozpoznawczym. – Słyszałam, że chcecie mnie o coś spytać.

– Może pani skomentować to, co się stało? – zapytał młody człowiek o głodnych oczach reportera tabloidu.

Wszyscy obserwowali ją z ogromnym zainteresowaniem. Usiadła na oparciu zajmującej większą część sali kanapy. Jej długie nogi zawsze wyglądały dobrze, kiedy je skrzyżowała.

– A co się stało? Proszę mi wybaczyć, ale siedzimy na planie, odcięci od świata.

– Dziewczynka, która wczoraj zaginęła, została zamordowana. Mieszkała w tym samym gospodarstwie co Stella Strand.

Jej dłoń powędrowała do piersi. Stanęła jej przed oczami dziewczynka z rudoblond włosami. W ręku trzymała wielki rożek z lodami. Lody ściekały jej na rączkę.

– To straszne – powiedziała.

Starszy człowiek siedzący obok reportera wstał, nalał wody do szklanki i podał ją jej.

Podziękowała mu skinieniem głowy i wypiła kilka łyków.

Znów się w nią wpatrywały oczy głodne sensacji.

– Policja właśnie zakończyła konferencję prasową. Według szefa komisariatu Bertila Mellberga policja interesuje się panią i Helen Jensen. Co pani na to?

Spojrzała na magnetofon, który jej podsunęli. Nie wiedziała, co powiedzieć. Przełknęła ślinę. Przypomniała sobie tamten pokój i tamto przesłuchanie. Policjanta, który patrzył na nią podejrzliwie.

– Nie dziwi mnie to – odparła. – Trzydzieści lat temu policja też bardzo prędko doszła do błędnych wniosków.

– Ma pani alibi? – spytał mężczyzna, który podał jej szklankę.

– Nie mogę na to pytanie odpowiedzieć, bo nie wiem, co się stało.

Pytania padały gęsto.

– Czy po przyjeździe do Fjällbacki kontaktowała się pani z Helen Jensen?

– Czy to nie dziwne, że dziewczynka z tego samego gospodarstwa zostaje zamordowana akurat wtedy, kiedy pani po latach wraca do Fjällbacki?

– Czy utrzymywała pani kontakt z Helen Jensen?

Zazwyczaj uwielbiała być obiektem zainteresowania. Teraz było go aż nadto. Przeszłość okazała się przydatna w karierze, wyróżniała ją spośród tysięcy dziewczyn bijących się o role. Z drugiej strony mocno ją ta przeszłość poturbowała, zwłaszcza wspomnienia z najgorszych lat.

A teraz miałaby przeżywać to wszystko od nowa.

– Nie, nie utrzymywałyśmy kontaktu. Od chwili kiedy oskarżono nas o coś, czego nie zrobiłyśmy, każda z nas żyła swoim życiem, kontaktowanie się byłoby równoznaczne z podtrzymywaniem bolesnych wspomnień. W dzieciństwie się przyjaźniłyśmy, ale dziś, kiedy jesteśmy dorosłe, jesteśmy innymi ludźmi. Tak więc od mojego powrotu też się nie spotkałyśmy. Kontakt urwał się wtedy, kiedy musiałam stąd wyjechać. Życie dwóch niewinnych dziewczyn zostało zrujnowane.

Fotoreporterzy pstrykali jedno zdjęcie za drugim.

– A zbieg okoliczności? – przypomniał reporter tabloidu.

– Policja najwyraźniej uważa, że istnieje jakiś związek między tymi dwoma morderstwami.

– Nie umiem na to pytanie odpowiedzieć – odparła.

Zmarszczyła czoło. Miesiąc wcześniej, może więcej, dała sobie wstrzyknąć botoks, ale jeszcze przed początkiem zdjęć zdążyła odzyskać kontrolę nad mięśniami twarzy.

– Chociaż ja również sądzę, że to nie może być zwykły zbieg okoliczności. Co jedynie potwierdza to, co mówiłam przez te wszystkie lata. Mianowicie że prawdziwy morderca pozostał na wolności.

Znów błysnęły flesze.

– A więc uważa pani, że to policja jest winna śmierci Linnei Berg? – zapytał starszy reporter.

– Tak miała na imię? Linnea? Biedna mała... Tak, twierdzę, że to by się nie stało, gdyby trzydzieści lat temu wykonali swoją pracę tak, jak należy.

– Nie sposób jednak nie zauważyć, że do kolejnego morderstwa doszło zaledwie parę dni po pani powrocie – powiedziała ciemnowłosa kobieta. – Czy pani powrót mógł w pewnym sensie sprowokować zabójcę do ponownego ataku?

– Zdecydowanie tak. Czyż nie jest to dość uprawnione przypuszczenie?

Ale będą tytuły. Na pewno w obu jutrzejszych tabloidach. Inwestorzy będą zachwyceni rozgłosem wokół niej, a to przełoży się na sytuację finansową całego projektu.

– Przepraszam, ale jestem tak wstrząśnięta tymi wiadomościami, że muszę je przetrawić, zanim będę mogła odpowiedzieć na następne pytania. A na razie proszę się zwracać do biura prasowego wytwórni.

Wstała i ze zdziwieniem zauważyła, że trzęsą jej się nogi. Nie powinna teraz o tym myśleć ani oddawać się wspomnieniom.

Jeśli człowiek chce się utrzymać na szczycie, na którym jest ciasno, nie wolno mu przestać się starać. Słyszała, jak reporterzy pędzą do wyjścia, do samochodów i komputerów, żeby zdążyć przed oddaniem składu do druku. Zamknęła oczy i znów zobaczyła pod powiekami uśmiechniętą dziewczynkę o rudoblond włosach.

– Fajnie masz, że twojej matki tak często nie ma w domu.

Nils zapalił papierosa. Wydmuchiwał dym pod sufit pokoju Vendeli, a popiół strząsał do puszki po coli stojącej na jej szafce nocnej.

– Ale dzisiaj próbowała mnie zaciągnąć do swojego ogrodu – powiedziała Vendela, wyciągając rękę po jego papierosa.

Zaciągnęła się. Nils zabrał go jej i też się zaciągnął, ale najpierw starł z niego ślad szminki.

– Jakoś nie mogę sobie wyobrazić ciebie sadzącej kwiatki.

– Czy ja też mogę? – spytał zatopiony w czerwonym worku sako Basse.

Nils rzucił mu pudełko marlboro, Basse je złapał.

– Gdyby mnie ktoś zobaczył, mieliby ze mnie ubaw w szkole.

– Za ładne masz cycki, żeby sobie robili z ciebie ubaw…

Złapał ją za pierś, trzepnęła go po ramieniu. Nie mocno, wiedział, że właściwie jej się to podoba.

– Widziałeś, jakie ona miała wielkie cycki? Wiesz, ta świnia – powiedział Basse z rozmarzeniem, którego nie potrafił ukryć.

Miał absolutną obsesję na punkcie dużych piersi.

Nils rzucił w niego poduszką.

– Tylko nie mów, że się na nią napaliłeś! Boże, nie widziałeś, jaka brzydka?

– Pewnie, że widziałem. Ale, kurde, te cycki to ma takie wielkie…

Pokazał dłońmi. Vendela westchnęła.

– Nienormalny jesteś.

Podniosła wzrok i spojrzała na jasne plamy na suficie. Rok wcześniej Nils nie wytrzymał i powiedział, że One Direction* jest dla dzieci. Następnego dnia zdjęła ich plakaty.

– Myślicie, że oni się bzykają?

Nils puścił kółko z dymu. Nie musiał tłumaczyć, kogo ma na myśli.

– Zawsze brałem go za pedała – stwierdził Basse, bezskutecznie próbując puścić takie same kółka. – Przecież się maluje. Nie rozumiem, jak jego stary może się na to zgadzać.

Kiedy byli trochę młodsi, bardzo podziwiali Jamesa Jensena, napakowanego bohatera wojennego. Teraz już podstarzałego i trochę zmarniałego. W końcu miał koło sześćdziesiątki. I pewnie dlatego, że James wyglądał na takiego twardziela, już w podstawówce zaczęli się drażnić z Samem, który w niczym nie przypominał ojca.

Nils sięgnął do puszki po coli. Zasyczało, kiedy wrzucił papierosa. Westchnął. Zaczynało go nosić.

– Kurde, niech się wreszcie coś zacznie dziać.

Basse spojrzał na niego.

– To się postaraj.

---

* One Direction – brytyjsko-irlandzki boysband.

Sprawa Stelli

Leif Hermansson powoli otworzył drzwi. Z Larrym i Lenitą Wall miewał już do czynienia, i to wielokrotnie. Z ich synami też. Ale z córką nigdy. Aż do dziś.

– Cześć – powiedział, wchodząc do pokoju.

Larry i Lenita odwrócili się, Marie nie spojrzała na niego.

– Niech się tylko coś stanie, od razu nas tu ciągacie – powiedział Larry. – Myśmy się już zdążyli przyzwyczaić, że wszystko zwalacie na nas. Ale powiem ci, że jak ściągacie na przesłuchanie Marie, to posuwacie się za daleko.

Mówiąc, zapluwał się. Stracił w bójkach trzy górne zęby. Za każdym razem, kiedy organizowano potańcówkę na molo albo jakieś występy, albo po prostu była sobota, był na miejscu, pijany i gotów do bitki.

– To nie jest przesłuchanie – podkreślił Leif. – Chcemy tylko porozmawiać z Marie. Wiemy, że Marie i Helen widziały Stellę jako ostatnie, więc musimy ustalić dokładnie, kiedy to było.

– Ustalić – prychnęła Lenita, potrząsając mocno rozjaśnionymi włosami po trwałej ondulacji. – Prędzej usadzić. Marie ma dopiero trzynaście lat.

Wzburzona zapaliła papierosa, a Leif nie miał siły powoływać się na regulamin, zabraniający palenia w komisariacie.

– Chcemy tylko wiedzieć, co się działo, kiedy były ze Stellą. To wszystko.

Przyjrzał się Marie. W milczeniu siedziała między rodzicami. Jak wyglądało jej życie w takiej rodzinie? Awantury, kradzieże, alkohol i ciągle interwencje policji z powodu przemocy domowej.

Przypomniał sobie pewną Wigilię. Marie była wtedy zaledwie niemowlęciem. Jeśli dobrze pamięta, wezwał ich starszy chłopiec. Ile lat mógł wtedy mieć? Dziewięć? Leif zastał Lenitę leżącą w kuchni. Twarz miała we krwi, bo Larry walił jej głową o kuchenkę. Kuchenka była zbryzgana krwią. W dużym pokoju, za choinką, siedzieli obaj chłopcy. Chowali się przed ojcem, który latał po domu, wrzeszcząc i przeklinając. Starszy chłopiec trzymał w objęciach siostrzyczkę. Leif nie mógł zapomnieć tej sceny.

Lenita jak zwykle odmówiła złożenia doniesienia. Przez całe lata zawsze broniła męża. On też czasem od niej dostał. Raz przyłożyła mu w głowę żeliwną patelnią. Leif wiedział, jak było, bo sam to widział.

– W porządku – powiedziała spokojnie Marie. – Niech pan pyta. Z Helen pewnie też pan będzie rozmawiał?

Leif przytaknął.

– Widziałam, jak tu przyszli – dodała, splatając ręce na kolanach.

Leif zauważył, że jest bardzo ładna. Nic dziwnego, z jej matki też była kiedyś prawdziwa piękność.

– Opowiedz, jak spędziłyście wczorajszy dzień. Będę nagrywał i jednocześnie notował, dobrze?

– Dobrze.

Wciąż miała dłonie splecione na kolanach. Była ubrana w zwykłe dżinsy i białą koszulkę. Długie, jasne i lśniące włosy miała rozpuszczone.

Spokojnie opowiedziała po kolei, co robiły ze Stellą. Godzina po godzinie, bez żadnych wątpliwości czy niejasności. Leif złapał się na tym, że słucha jak urzeczony. Miała lekko ochrypły, frapujący głos i wydawała się wyjątkowo dojrzała jak na swoje trzynaście lat. Widocznie na niektórych tak działa dorastanie pośród chaosu.

– Jesteś pewna tych godzin?

Kiwnęła głową.

– Więc zostawiłyście Stellę na podwórku. Stał tam samochód jej taty. Ale jego nie widziałyście?

Już mu to mówiła, ale wolał się upewnić, że dobrze zrozumiał.

– Zgadza się.

– A potem poszłyście z Helen się kąpać?

– Tak, chociaż rodzice jej nie pozwalają. Nie wolno nam się ze sobą zadawać.

Lenita znów prychnęła.

– Snoby. Zadzierają nosa i uważają się za lepszych. Ale przypuszczam, że srają zupełnie tak samo jak inni ludzie.

– Przyjaźnicie się? – spytał Leif.

– Pewnie tak – odparła Marie, wzruszając ramionami. – Trzymamy się razem od małego. Albo trzymałyśmy się, dopóki nam nie zabronili.

Leif odłożył długopis.

– Od kiedy nie wolno wam się kolegować?

Nie był pewien, czy chciałby, żeby jego córka zadawała się z kimś z rodziny Wallów. Może on też zadzierał nosa.

– Mniej więcej od pół roku. Dowiedzieli się, że palę, i wtedy zabronili swojej księżniczce się ze mną spotykać. Że niby mam na nią zły wpływ.

Larry i Lenita pokręcili głowami.

– Chciałabyś coś dodać? – spytał Leif, patrząc jej w oczy.

Były zupełnie nieodgadnione, ale na jej czole pojawiła się zmarszczka.

– Nie. Chcę tylko powiedzieć, że to straszne, co się stało ze Stellą. Była taka kochana. Mam nadzieję, że złapiecie człowieka, który jej to zrobił.

– Postaramy się – odparł Leif.

Spokojnie kiwnęła głową.

JAK DOBRZE BYŁO zamknąć za sobą drzwi gabinetu. Najpierw Patrik przez całą noc brał udział w poszukiwaniach, a potem, gdy znaleźli zwłoki, nastąpił dalszy ciąg. Oczy same mu się zamykały. Jeśli zaraz choć chwilę nie odpocznie, zaśnie przy biurku. Ale jeszcze nie mógł się położyć w pokoju wypoczynkowym. Najpierw musiał wykonać kilka telefonów. Potem miała przyjść Erika, żeby im opowiedzieć, co ustaliła w sprawie Stelli. Bardzo na to czekał. Bo niezależnie od tego, co powiedział Mellberg podczas konferencji prasowej, wszyscy w komisariacie czuli, że te sprawy się ze sobą łączą. Pytanie, w jaki sposób. Czy morderca wrócił? A może to naśladowca? O co tu chodzi?

Podniósł słuchawkę i wybrał pierwszy numer.

– Cześć, Torbjörn – powiedział, gdy po kilku sekundach odebrał szef techników. – Słuchaj, chciałem tylko spytać, czy masz już jakąś wstępną opinię, którą mógłbyś się podzielić.

– Znasz procedury równie dobrze jak ja – odpowiedział Torbjörn Ruud.

– Tak, wiem, ale nie żyje dziecko i liczy się każda minuta. Czy zwróciło twoją uwagę coś nietypowego? Na zwłokach? Albo w pobliżu?

– Przykro mi, Patriku, nie mam ci jeszcze nic do przekazania. Zebraliśmy sporo materiału, trzeba to dokładnie przejrzeć.

– Rozumiem. Ale warto było spróbować. Sam wiesz, jak ważny jest czas, zwłaszcza w pierwszej dobie. Przyciśnij trochę chłopaków i zadzwoń, jak tylko będziesz miał coś konkretnego. Potrzebna nam każda pomoc.

Spojrzał w błękitne niebo za oknem. W powietrzu płynął duży ptak, korzystał ze wznoszącego wiatru. Nagle zanurkował i zniknął mu z pola widzenia.

– Moglibyście odgrzebać raporty ze sprawy Stelli? – spytał. – Dla porównania.

– Już to zrobiłem. Zaraz dostaniesz mailem przez bezpieczne łącze.

Patrik się uśmiechnął.

– Jesteś nieoceniony.

Rozłączył się i odetchnął kilka razy, dopiero potem wybrał następny numer. Aż dygotał ze zmęczenia.

– Cześć, Pedersen. Mówi Hedström. Jak idzie sekcja?

– I co ci mam powiedzieć? – odpowiedział szef zakładu medycyny sądowej w Göteborgu. – Za każdym razem jest tak samo ciężko.

– Oj tak. Nie ma nic gorszego niż dziecko. Domyślam się, że dla was też.

Tord Pedersen tylko mruknął. Patrik mu nie zazdrościł.

– Jak myślisz, kiedy będziesz coś dla nas miał?

– Może za tydzień.

– O kurde, za tydzień? Szybciej się nie da?

Patolog westchnął.

– Sam wiesz, jak jest w sezonie...

– Owszem, rozumiem, upał. Więcej ludzi umiera. Ale mówimy o czteroletnim dziecku. Chyba mógłbyś...

Zdawał sobie sprawę, jakim tonem mówi. Szanował przepisy, ale ciągle miał przed oczami buzię Nei, więc gotów był nawet błagać, jeśli miałoby to przyśpieszyć dochodzenie.

– Daj mi cokolwiek, żebym mógł się na tym oprzeć. Na przykład wstępne określenie przyczyny śmierci. Na pewno zdążyłeś już spojrzeć...

– Na to jeszcze za wcześnie. Mogę ci tylko powiedzieć, że miała ranę na potylicy.

Patrik notował, podtrzymując telefon ramieniem. Kiedy wyjmowali ciało dziewczynki spod pnia, niczego nie zauważył.

– Nie wiesz, od czego ta rana? Czym zadana?

– Niestety nie.

– Rozumiem. Ale jeśli to możliwe, przyśpiesz sekcję i zadzwoń do mnie, jak będziesz coś miał. Okej? Dzięki.

Rozłączył się. Był rozczarowany. Wyniki były mu potrzebne, i to już. Niestety Pedersen miał ograniczone możliwości. Właściwie zawsze tak było. Czegoś się jednak dowiedział. Przynajmniej wstępnie. Chociaż nie był od tego dużo mądrzejszy. Mocno potarł oczy. Oby mógł niedługo odpocząć.

Mijając gospodarstwo, w którym mieszkała Nea Berg, Paula nie mogła się nie skrzywić. Leo, synek jej i Johanny. Miał trzy lata. Sama myśl o tym, że mogłoby mu się coś stać, wytrącała ją z równowagi.

– To nasz wóz – powiedział Martin. – Pewnie Gösta.

– Nie zazdroszczę mu – odparła Paula.

Kawałek dalej zobaczyli biały dom. Stał w odległości spaceru od gospodarstwa Bergów i prawdopodobnie widać go było z ich stodoły, ale nie z domu.

– Tam? – upewnił się Martin.

Skinęła głową.

– Tak, to następni sąsiedzi, więc należałoby. – Zorientowała się, że wbrew woli powiedziała to dość przemądrzałym tonem.

Martin chyba nie poczuł się urażony. Wjechał na szutrowy podjazd i zaparkował. Nie odnotowali żadnego ruchu.

Zapukali do drzwi, cisza. Paula zapukała mocniej. Zawołała, ale nikt się nie odezwał. Poszukała dzwonka, nie znalazła.

– Może nikogo nie ma?

– Sprawdźmy za domem. Jakbym słyszał jakąś muzykę – powiedział Martin.

Obeszli dom. Paula musiała podziwiać olśniewające kwiaty. Rosły bujnie w niedużym ogródku, który niepostrzeżenie przechodził w las. Teraz i ona usłyszała muzykę. Na tarasie za domem leżała kobieta, robiła do taktu brzuszki.

Na ich widok drgnęła.

– Przepraszam, wołaliśmy, ale… – zaczęła Paula, wskazując na drugi koniec domu.

Kobieta kiwnęła głową.

– W porządku, trochę się przestraszyłam, byłam zajęta…

Wyłączyła muzykę i wstała. Wytarła spocone dłonie ręcznikiem i przywitała się najpierw z Paulą, potem z Martinem.

– Helen Jensen.

Paula zmarszczyła czoło. Znajome nazwisko. A potem zaskoczyła. O kurde. To ta Helen. I mieszka tak blisko Bergów. Nie miała o tym pojęcia.

– W jakiej sprawie przyjeżdża do mnie policja? – spytała Helen.

Paula spojrzała na Martina. Sądząc po jego wyrazie twarzy, on również skojarzył.

– Nie słyszała pani? – zdziwiła się Paula.

Udaje? Naprawdę nie zauważyła wielkiej nocnej akcji w lesie? Przecież w miasteczku o niczym innym się nie mówi.

– O czym? – Helen patrzyła to na Martina, to na Paulę. Nagle zastygła. – Czy coś się stało Samowi?

– Nie, nie – odparła Paula, uspokajając ją gestem.

Sam to pewnie syn albo mąż.

– Chodzi o dziewczynkę z sąsiedniego gospodarstwa, Linneę Berg. Zaginęła wczoraj po południu, to znaczy dopiero po południu zorientowali się, że zaginęła. A dziś o świcie niestety znaleziono jej zwłoki.

Helen upuściła ręcznik.

– Nea? Nea nie żyje? Ale jak to? Co się stało?

Objęła się rękami za szyję. Widać było, jak jej pulsuje tętnica. Paula zaklęła w myślach. Mieli z nią rozmawiać, ale dopiero po tym, jak Erika zreferuje im w komisariacie sprawę Stelli. Trudno. Skoro już tu są, nie mogą po prostu wyjść, a potem wrócić.

Spojrzała na Martina, Martin kiwnął głową.

– Możemy usiąść? – spytał, wskazując na plastikowe meble ogrodowe stojące parę metrów dalej.

– Tak, przepraszam, oczywiście – powiedziała Helen.

Przez otwarte drzwi na taras weszła do pokoju.

– Tylko coś na siebie włożę – dodała, wskazując na swój sportowy biustonosz.

– Naturalnie – odparła Paula.

Siadając, wymienili spojrzenia. Widziała, że Martin też nie jest niezadowolony z rozwoju sytuacji.

– Fajnie byłoby mieć taki ogród – powiedział Martin, rozglądając się. – Róże, rododendrony i malwy. Dalej piwonie, też ładne.

Wskazał palcem w jeden z końców ogródka. Paula nie bardzo potrafiła rozpoznać kwiaty, o których mówił. Ogród to nie była jej domena. Uwielbiała swoje mieszkanie i nie marzyła o tym, żeby mieć dom albo kawałek trawnika.

– Tak, ładnie się przyjęły – powiedziała Helen. Właśnie wróciła, ubrana w cienki dres. – Przesadziłam je w zeszłym roku, przedtem rosły tam. – Wskazała na zacienioną część ogrodu. – Wydawało mi się, że będzie im lepiej tu, gdzie są teraz. I rzeczywiście.

– Sama pani urządzała ogród? – spytał Martin. – Bo wiem, że Sanna z gospodarstwa ogrodniczego jest bardzo dobra, ona...

Urwał gwałtownie, gdy tylko do niego dotarło, co łączy Sannę z Helen, ale Helen tylko wzruszyła ramionami.

– Nie, sama wszystko zrobiłam.

Usiadła naprzeciwko nich. Chyba zdążyła wziąć szybki prysznic, bo włosy miała wilgotne na karku.

– A więc co się stało Nei? – Głos lekko jej zadrżał.

Paula przyglądała jej się uważnie. Wyglądała na autentycznie zaskoczoną.

– Jej rodzice zgłosili wczoraj zaginięcie. Naprawdę państwo nie słyszeli? Ludzie chodzili po lesie i szukali przez całą noc. To była wielka akcja, w dodatku tuż obok.

Dziwne, nic nie słyszeli, chociaż ludzie biorący udział w poszukiwaniach chodzili po lesie zaledwie kilkaset metrów od ich domu.

Pokręciła głową.

– Nie, wcześnie poszliśmy spać. Wzięłam tabletkę nasenną i mogłabym przespać nawet wojnę światową. A mój mąż... spał w piwnicy. Mówi, że tam jest chłodniej, a poza tym kompletnie nic nie słychać.

– Wspomniała pani o Samie – wtrącił Martin.

Przytaknęła.

– Nasz syn. Ma piętnaście lat. Na pewno siedział do późna i słuchał głośnej muzyki przez słuchawki. A kiedy już zaśnie, nic nie jest w stanie go obudzić.

– Więc nikt z państwa nic nie słyszał?

Paula zdawała sobie sprawę, że zabrzmiało to, jakby ją podejrzewali, ale nie potrafiła ukryć zdumienia.

– Nie, w każdym razie nic mi o tym nie mówili.

– Okej – powiedziała Paula z ociąganiem. – Domyśla się pani, że będziemy chcieli porozmawiać również z pani mężem i synem.

– Oczywiście. W tym momencie ich nie ma, ale możecie wrócić albo zatelefonować.

Paula skinęła głową.

– Czy ktoś z państwa widział wczoraj Linneę? Może pani?

Helen namyślała się, patrząc na swoje palce. Miała niepola-
kierowane paznokcie, nawet nieopiłowane. Jej dłonie wyglądały
jak dłonie kogoś, kto grzebie w ziemi i pieli grządki.

– Nie przypominam sobie, żebym ją wczoraj widziała. Biegam co rano. Jeśli mała jest na dworze, zazwyczaj do mnie ma-
cha, jak wszystkim, którzy mijają ich gospodarstwo. Wczoraj jej
chyba nie widziałam. Ale nie jestem pewna. Biegnąc, bardzo się
koncentruję, i kiedy złapię właściwy rytm, jestem w zupełnie innym świecie.

– Biega pani tylko po to, żeby ćwiczyć, czy startuje pani
w zawodach? – spytał Martin.

– Biegam w maratonach.

To wyjaśniało, dlaczego ma taką szczupłą, wysportowaną
sylwetkę. Paula próbowała nie myśleć o swoich nadprogramo-
wych kilogramach. W każdy poniedziałek rano mówiła sobie,
że musi się za siebie wziąć, poćwiczyć i zmienić dietę, ale przy
dwojgu małych dzieci i pracy brakowało jej zarówno czasu, jak
i sił. W dodatku Johanna mówiła, że kocha ją z fałdkami, czyli taką, jaka jest.

– Wczoraj też przebiegała pani obok domu Bergów? – spytał
Martin.

Przytaknęła.

– Zawsze biegam tą samą trasą. Z wyjątkiem dwóch dni
w tygodniu, kiedy w ogóle nie biegam, czyli soboty i niedzieli.

– I wydaje się pani, że jej pani nie widziała? – powtórzyła
Paula.

– Tak. Chyba jej nie widziałam. – Zmarszczyła czoło. – Jak
to się stało?

Paula i Martin wymienili spojrzenia.

– Jeszcze nie wiadomo – odparł Martin.

Helen znów chwyciła się za szyję.

– Współczuję jej rodzicom. Nie znam ich zbyt dobrze, ale to
nasi najbliżsi sąsiedzi, więc zdarza nam się zamienić kilka słów.
To był wypadek?

– Nie – odparła Paula, wpatrując się w nią. – Została zamordowana.

Helen wbiła w nią spojrzenie.

– Zamordowana? – powtórzyła powoli. Pokręciła głową. – Dziewczynka, w tym samym wieku, z tego samego gospodarstwa. Teraz rozumiem, dlaczego przyszliście.

– To właściwie przypadek – powiedział szczerze Martin. – Mieliśmy porozmawiać z najbliższymi sąsiadami, dowiedzieć się, czy coś zauważyli. Nie wiedzieliśmy, że pani tu mieszka.

– Wydawało mi się, że pani rodzice sprzedali ten dom i się wyprowadzili – powiedziała Paula.

– Tak było – odparła Helen. – Zaraz po procesie sprzedali dom i wyprowadzili się do Marstrand. Kupił go przyjaciel mojego ojca. James. Potem tak się złożyło, że wyszłam za Jamesa, a on chciał, żebyśmy tutaj mieszkali.

– Gdzie jest w tej chwili pani mąż? – spytała Paula.

– Załatwia jakieś sprawy – powiedziała, wzruszając ramionami.

– A syn? – dodał Martin.

– Nie mam pojęcia. Ma wakacje. Kiedy wróciłam po treningu, nie było ani jego, ani roweru. Pewnie pojechał do Fjällbacki, do kolegów.

Na chwilę zapadła cisza. Helen spojrzała na nich, w jej oczach pojawiło się coś nowego.

– Znów pomyślą, że to my?

Przesunęła dłoń z szyi na głowę.

– Prasa? Ludzie… Pewnie znów się zacznie.

– Rozważamy wiele możliwości – powiedziała Paula ze współczuciem.

– Czy miała pani jakiś kontakt z Marie Wall od czasu jej powrotu? – spytał Martin.

Nie mógł się oprzeć, chociaż wiedział, że powinni poczekać z pytaniami, które nawiązują do starej sprawy.

– Nie, nie mamy sobie nic do powiedzenia – odparła Helen, kręcąc głową.

– Nie widziałyście się ani nie rozmawiałyście przez telefon? – spytała Paula.

– Nie – powtórzyła Helen. – Marie należy do innych czasów, innego życia.

– Cóż – powiedziała Paula. – Będziemy panią jeszcze przesłuchiwać, dziś to tylko rozmowa z sąsiadką. Czy w ciągu ostatniej doby zauważyła pani coś, co odbiegałoby od normy? Obcy samochód? Coś, co wydawałoby się nie na miejscu albo po prostu zwróciło pani uwagę?

Mówiła ogólnikami, bo nie wiedzieli, o co konkretnie pytać.

– Nie. Nic takiego nie zauważyłam.

– Jak już mówiliśmy, o to samo będziemy pytać pani męża i syna – zakończył Martin, wstając.

– A do pani wrócimy z innymi pytaniami – dodała Paula.

– Domyślam się – odparła Helen.

Została na swoim miejscu. Gdy wychodzili, ledwo na nich spojrzała. Za jej plecami pyszniły się róże i piwonie.

Kiedy Patrik wyszedł jej na spotkanie do recepcji, dała mu tylko szybkiego całusa. Annika rozpromieniła się na jej widok i wyszła zza lady, żeby ją uściskać.

– No hej! Jak chłopcy? I Maja?

Erika odwzajemniła uścisk i wypytała ją o rodzinę. Bardzo lubiła Annikę i szanowała ją za to, jak zarządzała komisariatem. Co pewien czas udawało im się zorganizować wspólną kolację, ale nie tak często, jak by chciały. Przy małych dzieciach całymi tygodniami i miesiącami nie ma czasu na spotkania towarzyskie.

– Spotkanie w salce konferencyjnej – powiedziała Annika.

Erika kiwnęła głową. Była w komisariacie wiele razy i wiedziała, o którą salę chodzi.

– Zaraz przyjdę! – zawołała za nimi Annika, kiedy ruszyli z Patrikiem korytarzem.

– Cześć, Ernst! – powiedziała Erika na widok psa. Merdając ogonem, szedł do niej z wywieszonym ozorem.

Pewnie jak zwykle spał pod biurkiem Mellberga. Wybiegł, kiedy ją usłyszał. Przywitał ją mokrymi liźnięciami i wilgotnym nosem. Erika podrapała go za uszami.

– Uwaga, cywile – stwierdził kwaśno dopiero co rozbudzony Mellberg, stając w drzwiach gabinetu.

A jednak widać było, że on również się cieszy na jej widok.

– Słyszałam, że świetnie wypadłeś na konferencji prasowej – powiedziała bez śladu ironii.

Patrik szturchnął ją w bok. Wiedział, że chce mu zrobić na złość, komplementując Mellberga. Mellberg oczywiście tego nie zauważył. Promieniał z zadowolenia.

– Cóż, jest się w końcu zawodowcem. W takiej dziurze jak ta ludzie są nieprzyzwyczajeni do konferencji prasowych na poziomie. Aż jedli mi z ręki. Media, kiedy się je traktuje w odpowiedni sposób, mogą się stać bardzo pożytecznym narzędziem.

Erika słuchała z poważną miną, a Patrik patrzył na nią ze złością.

Weszli do salki konferencyjnej. Teczka, którą Erika przyniosła ze sobą, wydała jej się nagle wyjątkowo ciężka. Położyła ją na stole i czekając, aż Patrik i Mellberg usiądą, podeszła do Gösty, Pauli i Martina.

– Patrik powiedział, że mnie wesprzesz – zwróciła się do Gösty.

– Zobaczymy, ile zapamiętałem – odparł Gösta, drapiąc się w kark. – W końcu minęło trzydzieści lat.

– Będę ci wdzięczna za każdą pomoc.

Annika wstawiła do salki białą tablicę i położyła przy niej pisaki. Erika wyjęła z teczki kilka kartek i srebrnymi magnesikami przyczepiła je do tablicy. Potem wzięła pisak i zaczęła się zastanawiać, od czego zacząć.

Chrząknęła.

– Stella Strand miała w chwili zaginięcia cztery lata. Przez kilka godzin była pod opieką dwóch trzynastolatek, Marie Wall i Helen Persson, obecnie Jensen. Jej matka i starsza siostra Sanna pojechały na zakupy do Uddevalli.

Wskazała na dwa zdjęcia przypięte do tablicy. Jedno przedstawiało poważną ciemnowłosą trzynastolatkę, drugie blondynkę o buntowniczym spojrzeniu – już wtedy tak piękną, że aż zapierało dech. Helen miała typowe, jeszcze niewyraźne rysy nastolatki, charakterystyczne dla fazy pośredniej między dzieciństwem a dorosłością, podczas gdy Marie miała spojrzenie dorosłej kobiety.

– Obie mieszkały w pobliżu gospodarstwa Strandów, więc znały Stellę i jej rodzinę i już wcześniej czasem z nią zostawały.

Słuchali w absolutnej ciszy. Wszyscy słyszeli coś o tej sprawie, ale po raz pierwszy zapoznawali się ze szczegółami.

– Feralnego dnia przyszły do Strandów około pierwszej. Nie udało się ustalić, o której dokładnie. Pani Strand pojechała ze starszą córką do Uddevalli. Dziewczynki najpierw bawiły się ze Stellą na podwórku. Potem ruszyły do Fjällbacki, Stellę wiozły w składanym wózku. Dostały pieniądze na lody, więc poszły do kiosku z lodami. Pokręciły się tam trochę, a potem postanowiły wrócić do Strandów.

– To dość daleko – zauważył Martin. – Ja bym nie chciał, żeby dwie dziewczynki szły tamtą drogą z moim czteroletnim dzieckiem.

– Czasy były inne – odparła Erika. – Inne było podejście do bezpieczeństwa. Kiedy nasz tata prowadził auto, ja i moja siostra stałyśmy między siedzeniami. Bez pasów. Dzisiaj to się w głowie nie mieści, ale wtedy nikogo nie dziwiło. A więc dziewczynki ze Stellą w wózku ruszyły z powrotem do gospodarstwa Strandów. Miały ją przekazać jej tacie o wpół do piątej, ale kiedy zobaczyły na podwórku jego samochód, pomyślały, że widocznie wrócił wcześniej, i po prostu zostawiły Stellę.

– Nie widziały Andersa Stranda? – upewniła się Paula.

Erika popatrzyła na Göstę.

– Powiedział, że był w domu – wyjaśnił Gösta.

Erika spojrzała na tablicę. Po chwili zaczęła mówić dalej:

– Szefem komisariatu był w osiemdziesiątym piątym roku Leif Hermansson. Dziś przed południem spotkałam się z jego córką. Chciałam się dowiedzieć, czy pamięta coś z tamtej sprawy. Okazało się, że nie. Po śmierci ojca razem z braćmi zrobili inwentaryzację domu, ale nie znaleźli żadnych materiałów z dochodzeń. Powiedziała za to, że jej ojciec pod koniec życia nabrał wątpliwości co do winy dziewczynek.

Patrik zmarszczył czoło.

– Powiedział jej dlaczego?

– Nie pamięta. Gösta, co ty na to?

Gösta podrapał się w szyję.

– Nie pamiętam, żeby Leif miał jakieś wątpliwości co do tej sprawy. Uważał, tak jak wszyscy, że to straszna tragedia, że zniszczyła życie wielu osobom, nie tylko rodzinie Stelli.

– No dobrze, ale czy podczas dochodzenia wyrażał jakieś wątpliwości? – spytał Martin. Pochylił się i splótł ręce na stole.

– O ile pamiętam, nie – odparł Gösta. – Dziewczynki się przyznały i wszystko wydawało się jasne. Potem się wycofały, kiedy do nich dotarło, że sytuacja zrobiła się poważna, ale według Leifa niczego to nie zmieniało.

Mówiąc to, patrzył w stół, jakby szukał w pamięci. Wątpliwości Leifa najwyraźniej były dla niego czymś nowym.

– I co dalej? – zniecierpliwił się Patrik. – Zostawiły Stellę na podwórku, bo myślały, że jej tata już wrócił.

– Podejrzewaliście go? – spytała Paula.

– Anders Strand był przesłuchiwany kilka razy – odparł Gösta. – Leif dokładnie sprawdził jego alibi, wypytywał również matkę i starszą siostrę Stelli, żeby...

Urwał, a Martin dokończył:

– Żeby sprawdzić, czy w rodzinie nie dochodziło do przemocy domowej.

– Właśnie. Zadawanie takich pytań nie należy do przyjemności – potwierdził Gösta.

– Człowiek robi, co musi – zauważył cicho Patrik.

– Policja nie znalazła nic z tych rzeczy – ciągnęła Erika. – Nic, co by wskazywało na to, żeby to nie była normalna, kochająca się rodzina. I wtedy przeszli do następnego etapu: szukania sprawcy z zewnątrz.

– Bez rezultatu – dodał Gösta. – W okolicy nie kręcił się nikt obcy, ani przed, ani w czasie kiedy doszło do zabójstwa. Nie znaleźliśmy żadnego pedofila, absolutnie nikogo.

– Jak zginęła Stella? – spytała Paula, w zamyśleniu drapiąc Ernsta za uchem.

– Od bardzo silnego uderzenia w głowę – odparła Erika i po chwili wahania przyczepiła do tablicy zdjęcia.

– O cholera – powiedziała Annika i zamrugała oczami.

Gösta odwrócił wzrok. Już widział te zdjęcia.

– Zadano jej kilka ciosów w tył głowy. W raporcie z obdukcji stwierdzono, że kilka już po śmierci.

– Z użyciem dwóch różnych narzędzi – dodał Patrik. – Zdążyłem przejrzeć raport, który dostałem od Pedersena, i od razu zwróciłem na to uwagę.

Erika przytaknęła.

– Właśnie. W ranach znaleziono drzazgi i kamienne odpryski. Przyjęto, że od gałęzi i kamienia.

– Wtedy Leif zaczął podejrzewać, że sprawców było dwóch – wyjaśnił Gösta.

– Kiedy się okazało, że dziewczynki nie przyprowadziły Stelli tak, jak było umówione, Anders Berg się zaniepokoił – ciągnęła Erika. – A o wpół do szóstej, kiedy jego żona wróciła ze starszą córką, był już bardzo zdenerwowany. Ojciec Helen, KG, powiedział mu, że dziewczyny przed godziną zostawiły Stellę na podwórku. Strandowie zaczęli szukać córki w lesie i przy drodze, ale jej nie znaleźli i kwadrans po szóstej zaalarmowali policję. Wkrótce potem wszczęto poszukiwania. I podobnie jak teraz zgłosiło się wielu ochotników spośród mieszkańców.

– Słyszałem, że człowiek, który znalazł Stellę Strand, znalazł również Neę Berg – wtrącił Martin. – Czy nie powinniśmy się temu przyjrzeć?

Patrik pokręcił głową.

– Moim zdaniem nie. Powiem raczej, że całe szczęście, że postanowił dokładnie przeszukać miejsce, gdzie kiedyś znalazł Stellę.

– Ale że psy jej nie znalazły... – zdziwiła się Paula.

– Przewodnicy z psami nie zdążyli jeszcze dotrzeć do tego sektora – odparł Patrik. – Powiedz coś więcej o dziewczynkach.

Erika domyślała się, o co mu chodzi. Zawsze wkładała dużo pracy w opisy postaci i uważała, że to jeden z głównych powodów tego, że jej książki cieszą się takim powodzeniem. Charakteryzując sprawców znanych zbrodni, których wcześniejsze opisy w mediach sprowadzały się do sensacyjnych tytułów i niezbyt czytelnych, ziarnistych zdjęć, zawsze starała się pokazać ich na szerszym tle.

– Nie zdążyłam jeszcze wypytać wielu osób, które znały Helen i Marie w tamtych czasach. Rozmawiałam tylko z kilkoma, ale stworzyłam sobie pewien obraz ich i ich rodzin. Obie rodziny były znane w Fjällbace, chociaż z bardzo różnych powodów. Rodzina Helen Persson, z pozoru idealna. Rodzice znani w kręgach biznesowych i towarzyskich, ojciec przewodniczący miejscowego klubu Rotary, matka działaczka w Stowarzyszeniu

Dom i Szkoła. Utrzymywali żywe kontakty towarzyskie i organizowali różnego rodzaju imprezy w miasteczku.

– Miała rodzeństwo? – spytała Paula.

– Nie, była jedynaczką. Porządna dziewczynka, dobra uczennica, spokojna, tak ją opisywali. Ładnie grała na pianinie. Ludzie mówili, że rodzice lubili się nią chwalić. Natomiast Marie urodziła się w rodzinie, z którą, jak się domyślam, policja musiała już wcześniej często mieć do czynienia.

Gösta przytaknął.

– Żebyś wiedziała.

– Bójki, wódka, włamania, sami rozumiecie… Dotyczy to nie tylko rodziców, również obu jej starszych braci. Ona jedna nie była przed sprawą Stelli notowana. Natomiast jej bracia trafili do rejestru młodocianych przestępców, zanim skończyli trzynaście lat.

– Cokolwiek się działo, czy chodziło o skradziony rower, czy włamanie do kiosku i tak dalej, w pierwszej kolejności jechaliśmy do Wallów – powiedział Gösta. – I w dziewięciu przypadkach na dziesięć znajdowaliśmy rower czy inną skradzioną rzecz. Bystrzy to oni nie byli.

– Ale Marie to nie dotyczyło? – wtrącił Patrik.

– Nie, było tylko zgłoszenie ze szkoły. Podejrzewali, że jest bita w domu. Zawsze zaprzeczała. Mówiła, że spadła z roweru albo że się przewróciła.

– Nie mogliście interweniować mimo to? – zdziwiła się Paula, marszcząc czoło.

– W tamtych czasach to tak nie działało – odpowiedział Gösta, wiercąc się z wyraźnym zakłopotaniem. Widział, że Erika to zauważyła. Wiedział, że Paula ma rację. – To były inne czasy. Do opieki społecznej zwracaliśmy się tylko w ostateczności. Leif rozwiązał problem w ten sposób, że odbył poważną rozmowę z jej ojcem i potem już szkoła nie składała doniesień. Nie wiedzieliśmy, rzecz jasna, czy dlatego, że przestał ją bić, czy bił tak, żeby nie zostawiać śladów.

Zasłonił usta pięścią, kaszlnął, a potem zamilkł.

– Dziewczynki pochodziły z zupełnie różnych środowisk – ciągnęła Erika. – Ale bardzo się zaprzyjaźniły i ciągle się ze sobą spotykały, mimo że rodzicom Helen wcale się to nie podobało.

Początkowo patrzyli na to przez palce, pewnie liczyli, że ich córce przejdzie. Z czasem tak ich to rozzłościło, że zabronili jej zadawać się z Marie. Ojciec Helen nie żyje. Nie zdążyłam jeszcze porozmawiać z jej matką, ale rozmawiałam z ludźmi, którzy ich wtedy znali. Mówili, że doszło wtedy do awantury nie z tej ziemi. Można sobie zresztą wyobrazić, jaki to musiał być dramat dla tych dziewczyn. W końcu się podporządkowały i spotykały się tylko w szkole, bo chodziły do jednej klasy.

– Czyli Perssonowie zrobili wyjątek, kiedy zgodzili się, żeby razem pilnowały Stelli – zauważył Patrik. – Ciekawe dlaczego, skoro tak bardzo się sprzeciwiali temu, żeby się spotykały.

– Anders Strand był szefem oddziału banku w Fjällbace, czyli miejscową szychą. A ponieważ oboje z żoną już poprosili dziewczynki, żeby razem popilnowały Stelli, ojciec Helen pewnie nie chciał z nim zadzierać. I stąd ten wyjątek.

– Oj ludzie, ludziska – mruknął Martin, kręcąc głową.

– Ile czasu minęło, zanim się przyznały? – spytała Paula.

– Tydzień – odparła Erika, patrząc na zdjęcia przypięte do tablicy.

Ciągle wracała do tego samego pytania: dlaczego przyznały się do popełnienia brutalnego morderstwa, jeśli tego nie zrobiły?

Sprawa Stelli

– To jest po prostu potworne. Chyba już dosyć przeszła!

Lenita wzburzyła dłonią swoją blond fryzurę. Marie siedziała spokojnie przy stole z rękami na kolanach. Długie włosy okalały jej śliczną buzię.

– Musimy jej zadać kilka pytań. Przykro mi, ale to konieczne.

Leif Hermansson nie odrywał wzroku od Marie. Rodzice mogą sobie mówić, co chcą, ale on jest przekonany, że dziewczynki nie powiedziały całej prawdy. Kilkakrotnie przesłuchali Andersa Stranda, zbadali drobiazgowo historię rodziny i nic nie znaleźli. Był pewien, że dziewczynki mogą mu podrzucić jakiś trop.

– W porządku – powiedziała Marie.

– Możesz jeszcze raz opowiedzieć, jak to było, kiedy weszłyście do lasu?

– Rozmawiał pan jeszcze raz z Helen? – spytała.

Znów pomyślał, że kiedy dorośnie, będzie z niej prawdziwa piękność.

A jak się w tym odnajdywała Helen? Dzięki własnej córce miał pewne pojęcie o dziewczyńskich relacjach, o tym, że niełatwo być tą niewidzialną obok tej ładnej. Na tle promiennej Marie Helen wypadała dość pospolicie. Był ciekaw, jak to wpłynęło na ich relacje. Wydawały się bardzo niedobraną parą, i to pod wieloma względami, więc zastanawiał się, co je do siebie przyciągnęło. Ciągle nie potrafił tego poskładać.

Odłożył długopis. Teraz albo nigdy. Spojrzał na rodziców Marie.

– Chciałbym porozmawiać z Marie w cztery oczy...

– W życiu! – zaprotestowała ostro Lenita.

– Czasem łatwiej coś sobie przypomnieć, jak się człowiek odpręży, a wydaje mi się, że Marie jest zestresowana – wyjaśnił spokojnie. – Jeśli będę mógł z nią porozmawiać o tym, jak szły przez las, może się dowiem czegoś ważnego, czegoś, co nam ułatwi dochodzenie, i będzie po wszystkim.

Larry wodził palcami po swojej ręce, po tatuażach. Potem spojrzał na żonę.

– Nikomu z naszej rodziny nie wyszło na zdrowie gadanie z policją w cztery oczy. Choćby Krille. Wrócił do domu z podbitym okiem po tym, jak go zgarnęliście. – Jej głos znów zabrzmiał ostro. – A przecież nic nie zrobił. Bawił się z kumplami, kiedy zupełnie bez powodu zgarnęliście go na komisariat, i wyszedł stamtąd z takim limem.

Leif westchnął. Wiedział dobrze, jak było. Krille rzeczywiście bawił się z kumplami. Pijany jak bela. Ubzdurał sobie, że jakiś facet podrywa jego dziewczynę, więc zaczął wymachiwać rozbitą butelką po piwie. Trzech ludzi musiało go wsadzić do radiowozu, a w drodze na dołek znów zaczął machać rękami. W końcu musieli go powalić, żeby się uspokoił, a przy okazji zarobił w oko. Leif wiedział jednak, że nie ma sensu wdawać się w dyskusję. Zwłaszcza jeśli chce, żeby rodzice Marie wyszli z pokoju przesłuchań.

– Bardzo mi przykro – powiedział. – Jeśli chcecie, przyjrzę się tej sprawie. Nie można wykluczyć, że są podstawy do jakiejś rekompensaty. Ale tym bardziej proszę o zaufanie, chciałbym porozmawiać z Marie sam na sam. Wasza córka będzie w dobrych rękach.

Uśmiechnął się szeroko. Lenita rozpromieniła się, kiedy usłyszała słowo rekompensata.

– Oczywiście, że policja powinna móc porozmawiać z Marie. W końcu dziewczyna jest świadkiem. Nie rozumiem, dlaczego się upierasz.

– Ale ja… – Larry pokręcił głową.

Lenita przerwała mu i wstała.

– Pozwólmy policji działać, a jak już skończycie, pogadamy o tej drugiej sprawie.

Wzięła męża pod ramię i wyciągnęła z pokoju. W drzwiach przystanęła.

– Tylko nie narób nam wstydu, Marie. Bierz raczej przykład z braci. – Spojrzała na Leifa. – Oni zostaną kimś. Bo z nią to od początku mam same kłopoty.

Drzwi się zamknęły, w pokoju zapadła cisza. Marie nadal siedziała z rękami na kolanach i ze spuszczoną głową. Powoli podniosła wzrok, jej oczy nieoczekiwanie pociemniały.

– To my to zrobiłyśmy – powiedziała lekko ochrypłym głosem. – Myśmy ją zabiły.

JAMES OTWORZYŁ LODÓWKĘ. Była pełna i panował w niej porządek, musiał to oddać żonie. Wyjął masło i położył na blacie. Stała na nim szklanka. To na pewno Sam nie odstawił jej na miejsce. James zacisnął pięść. Poczuł się zawiedziony. Chłopak wygląda jak małpa. Nie załatwił sobie pracy na lato. W ogóle nic mu się nie udaje.

Chociaż trzeba przyznać, że umie strzelać. Kiedy dobrze mu idzie, strzela nawet lepiej od niego. Ale nie powinien trwonić życia na granie na komputerze.

Postanowił, że w dniu, kiedy jego syn skończy osiemnaście lat, wyrzuci go z domu. Helen może mówić, co chce, nie będzie utrzymywał dorosłego lenia. Niech się chłopak przekona, jak się szuka pracy z taką wymalowaną gębą i w takich ciuchach.

Rozległo się pukanie. Drgnął. Kto to może być?

Otworzył, słońce zaświeciło mu w twarz. Musiał osłonić oczy dłonią.

– Tak? – spytał.

Stał przed nim mężczyzna w wieku około dwudziestu pięciu lat. Lekko chrząknął.

– Pan James Jensen?

James zmarszczył czoło. O co chodzi? Zrobił krok do przodu, tamten natychmiast się cofnął. Często działał na ludzi w ten sposób.

– Tak, to ja, o co chodzi?

– Jestem z „Expressen". Chciałbym spytać, jak pan skomentuje fakt, że nazwisko pańskiej żony znów jest wymieniane w kontekście morderstwa.

James patrzył na niego, jakby nic nie rozumiał.

– Jak to: znów? O co panu chodzi? Jeśli mówi pan o morderstwie, o które moja żona została niewinnie oskarżona, to wiadomo, że od dawna nie mamy na ten temat nic więcej do powiedzenia.

Czuł, że na skroni pulsuje mu żyłka. Dlaczego odgrzewają tę sprawę? Owszem, co pewien czas ktoś prosił o wywiad, chciał „spojrzeć na sprawę z perspektywy czasu" i „dać Helen szansę przedstawienia swojej wersji wydarzeń", ale od ostatniego razu minęło wiele lat. Co najmniej dziesięć.

– Chodzi o to, że dziś rano znaleziono zwłoki dziewczynki, która mieszkała w tym samym gospodarstwie co kiedyś Stella Strand. Podczas konferencji prasowej w komendzie policji dziś po południu padły nazwiska pana żony i Marie Wall.

Kurwa, o co mu chodzi?

– Chciałem spytać, co pan na to, że po trzydziestu latach nazwisko pańskiej żony znów jest wymieniane w tym kontekście. Wiem, zawsze twierdziła, że jest niewinna. Właśnie, a może ją zastałem? Chciałbym zamienić z nią kilka słów, to ważne, żeby mogła przedstawić swój punkt widzenia, zanim ludzie zaczną wyciągać pochopne wnioski...

Żyłka pulsowała coraz mocniej. Co za hieny.

Znów będą czatować pod domem, jak wtedy, kiedy mieszkali tutaj rodzice Helen? KG opowiadał mu, że wieczorami siedzieli w samochodach ze zgaszonymi światłami, pukali do drzwi, dzwonili na domowy telefon. To było istne oblężenie.

Patrzył na gadające usta reportera. Pewnie o coś pytał, namawiał, żeby z nim porozmawiali, ale on nie słyszał ani słowa. Miał w głowie straszny szum. Pomyślał, że jedyny sposób, żeby go wyłączyć, to sprawić, żeby te usta przestały się poruszać.

Mocniej zacisnął pięść. Zrobił krok do przodu.

Po porannym spotkaniu zostali jeszcze trochę, żeby się wykąpać. Pogadali o Billu i jego entuzjazmie, pośmiali się z szalonego projektu, w który się zaangażowali. Nie znali nikogo, kto by żeglował czy choćby postawił nogę na pokładzie żaglówki. A oni mają za kilka tygodni wziąć udział w regatach.

– To się nie może udać! – powiedział Khalil i zamknął oczy. Leżał w jacuzzi.

Uwielbiał ciepło. W Szwecji jakby tylko utrzymywało się na powierzchni, w każdej chwili mógł powiać chłodny powiew, aż skóra cierpła. Brakowało mu dusznego, suchego upału, który nigdy całkiem nie mijał, wieczorami tylko łagodniał. I miał zapach. W Szwecji upał nie pachniał. Był bez wyrazu, obojętny, zupełnie jak Szwedzi. Chociaż nie powiedziałby tego głośno. Karim zawsze go strofował, kiedy narzekał na Szwecję i Szwedów. Przekonywał, że powinni być wdzięczni nowej ojczyźnie, która dała im schronienie i w której mogą żyć w spokoju. Oczywiście miał rację, tylko że jemu trudno było polubić Szwedów. Biła od nich podejrzliwość, spoglądali na niego z góry, jak na kogoś gorszego. Nie tylko rasiści. Z nimi sprawa była prosta. Otwarcie głosili swoje poglądy, ale one po nim spływały. Trudniej było ze zwykłymi Szwedami, w gruncie rzeczy przyzwoitymi ludźmi, takimi, którzy uważali się za ludzi otwartych, o szerokich horyzontach. Śledzili wiadomości z wojny, mówili, że to straszne, wpłacali pieniądze na organizacje pomocowe i brali udział w zbiórkach odzieży. Ale do głowy by im nie przyszło zaprosić uchodźcę do domu. Nigdy ich nie pozna. Jak w takim razie ma poznać swoją nową ojczyznę? Nie mógł się przemóc, żeby jak Karim tak ją nazywać. To nie ojczyzna, tylko kraj zamieszkania.

– Spójrz tam – powiedział Adnan i Khalil podążył za jego wzrokiem.

W basenie pluskały się i głośno wykrzykiwały trzy dziewczyny w ich wieku, blondynka i dwie brunetki.

– Pogadamy z nimi? – zaproponował Adnan.

– Będą z tego same kłopoty – odparł Khalil.

Na lekcjach szwedzkiego uczyli się między innymi, jak się zachowywać w stosunku do dziewczyn. Nauczyciel, Sture, mówił, żeby właściwie nawet z nimi nie rozmawiać. Ale on nie mógł przestać myśleć o tym, że fajnie byłoby poznać Szwedkę. Szybciej nauczyłby się języka i poznał kraj.

– Chodź, pogadamy z nimi – powiedział Adnan, ciągnąc go za ramię. – Co w tym złego?

Khalil mu się wyrwał.

– Przypomnij sobie, co mówił Sture.

– E tam, stary dziad, co on tam wie?

Adnan wyszedł z jacuzzi, skoczył na główkę do basenu i kilkoma szybkimi ruchami podpłynął do dziewczyn. Khalil za nim, chociaż miał opory. Uważał, że to niedobry pomysł.

– *Hello!* – zawołał Adnan i Khalil uznał, że nie ma wyjścia: musi do niego dołączyć.

Dziewczyny najpierw spojrzały na nich podejrzliwie, ale potem się uśmiechnęły i odpowiedziały po angielsku. Khalil się rozluźnił. Może rzeczywiście rację ma Adnan, a Sture się myli. Dziewczyny nie miały nic przeciwko temu, żeby z nimi pogadać. Przedstawiły się, powiedziały, że mieszkają z rodzicami w ośrodku wczasowym, a poznały się już tu, na miejscu.

– Co wy sobie, kurwa, myślicie?

Khalil drgnął.

Podszedł do nich mężczyzna około pięćdziesiątki.

– *Sorry, no Swedish* – powiedział Khalil, rozkładając ręce. Ścisnęło go w brzuchu, chciał teraz tylko jednego: znaleźć się jak najdalej.

Blondynka spojrzała na mężczyznę ze złością i szybko powiedziała do niego coś po szwedzku. Sposób, w jaki ze sobą rozmawiali, wskazywał na to, że to jej ojciec.

– *Leave the girls alone and go back where you came from!**

Miał kąpielówki z Supermanem i machał rękami, jakby ich przepędzał. Byłoby to nawet komiczne, gdyby sytuacja nie była tak nieprzyjemna.

– *Sorry* – powiedział Khalil i się wycofał.

Nie odważył się spojrzeć na Adnana. Gorący temperament często przysparzał mu problemów. Teraz też złość aż w nim buzowała.

– *We don't need people like you here* – ciągnął mężczyzna. – *Only trouble***.

Khalil spojrzał na jego czerwoną ze wzburzenia twarz. Ciekaw był, co by powiedział, gdyby wiedział, że przez całą noc uczestniczyli w poszukiwaniach małej Nei. Ale pewnie nie miałoby to znaczenia. Niektórzy z góry wiedzą lepiej.

– Chodź – rzucił po arabsku i pociągnął za sobą Adnana.

Blondynka wzruszyła ramionami, jakby przepraszała.

Kiedy Erika skończyła referować sprawę Stelli, było już wpół do szóstej. Patrik widział, że wszyscy są wykończeni, nie zdążyli się

---

* *Leave the girls...* (ang.) – Zostawcie dziewczyny w spokoju i wracajcie, skąd przyszliście.
** *We don't need people...* (ang.) – Nie potrzeba nam tu takich jak wy. Same kłopoty.

przespać czy choćby odpocząć, więc kazał im wracać do domów. Lepiej, żeby jutro wrócili wyspani, niż żeby mieli popełniać błędy, które trudno będzie naprawić. Jego dotyczyło to w tym samym stopniu. Nie pamiętał, kiedy ostatnio tak bardzo marzył o tym, żeby przespać całą noc.

– Nie zapomnij o dzieciach – powiedziała Erika, kiedy wjechali do Fjällbacki.

Uśmiechnęła się do niego i oparła mu głowę na ramieniu.

– Kurde, a już liczyłem, że o nich zapomniałaś. Może udamy, że zapomnieliśmy, i zostawimy ich do jutra u Dana i Anny? Jestem wykończony, poza tym dawno nie było nocy, żeby któreś z nich nie przydreptało i nie położyło się między nami.

– To raczej niemożliwe – uśmiechnęła się i pogłaskała go po policzku. – Prześpij się dziś w gościnnym, musisz się wyspać, wezmę dzieciaki na siebie.

Patrik pokręcił głową. Nie cierpiał spać bez Eriki. Zresztą nawet miło było usłyszeć w nocy tupot małych nóżek, potem pakowało się między nich jedno dziecko, a czasem drugie i trzecie. W dodatku czuł, że teraz potrzebuje najbliższych bardziej niż kiedykolwiek, wolał nawet zrezygnować ze snu. Żart, że dzieci mogłyby zostać u Anny i Dana, nie był mądry. Chciał, żeby były w pobliżu. Do tego był tak zmęczony, że pewnie i tak nie byłyby w stanie go obudzić.

Anna i Dan zapraszali ich na kolację, ale Erika spojrzała na Patrika i podziękowała. Nie miał nawet siły jeść.

Dzieciaki miały brzuszki pękate od łakoci.

– Tato, tato, dostaliśmy lody – oznajmiła radośnie Maja. – I słodycze. I ciastka.

Sprawdziła, czy braciszkowie są dobrze przypięci. Rodziców uważała za miłych i kochanych, ale nie dość odpowiedzialnych, żeby mogli się opiekować jej braciszkami.

– Świetnie! Czyli całe zapotrzebowanie na węglowodany zostało zaspokojone! – powiedział Patrik, przewracając oczami.

– Spoko – zaśmiała się Erika. – Następnym razem, kiedy będziemy się opiekować ich dziećmi, odpłacimy im tym samym.

Kochał jej śmiech. Właściwie kochał w niej wszystko, wady też, bo bez nich nie byłaby Eriką. Był dumny, kiedy dokładnie i ze szczegółami przedstawiła swoje ustalenia. Zrobiła to błyskotliwie i kompetentnie, pierwszy raz był gotów przyznać, że z nich dwojga to ona jest inteligentniejsza. Zastanawiał się czasem, jak ułożyłoby mu się życie, gdyby jej nie poznał, ale zawsze odsuwał od siebie takie myśli. Ważne, że są razem i mają troje cudnych sraluszków, które teraz siedzą na tylnym siedzeniu. Wziął ją za rękę, odpowiedziała uśmiechem, od którego zawsze robiło mu się ciepło na sercu.

Po powrocie do domu dzieciaki niemal skakały po ścianach, więc żeby przed pójściem spać zeszły z obrotów, postanowili posadzić je na kanapie i puścić jakiś film. Patrik przygotował się na wojnę, ponieważ zwykle tak właśnie kończyły się targi trzech silnych osobowości. Najwyraźniej jednak podczas jazdy Maja przeprowadziła negocjacje na wysokim szczeblu, bo oznajmiła przemądrzałym tonem:

– Tatusiu, wiem, że *Kraina lodu* jest taka straszna, że o tej porze mogą ją oglądać tylko d u ż e dzieci... ale powiedziałam im, że dzisiaj moglibyście zrobić zajątek... – I puściła do niego oko.

Patrik ledwo powstrzymał się od śmiechu. Spryciula. Ma to po matce. I mówi zupełnie jak dorosła, chociaż przekręciła słowo wyjątek. Nie miał serca jej poprawiać i zmusił się do zachowania powagi. Bliźniacy wbili w niego pełne oczekiwania spojrzenia.

– No nie wiem... Co innego w dzień, ale, jak mówiłaś, przed snem ten film jest trochę zbyt straszny dla małych dzieci. Dobrze. Zrobimy zajątek. Ale tylko ten jeden raz!

Bliźniacy podskoczyli z radości, a Maja się uśmiechnęła. Była zadowolona. Boże, co z niej wyrośnie? Już ją widział w Harpsund i Sagerska huset*.

– Słyszałaś? – spytał ze śmiechem Erikę.

Uśmiechnęła się, stała w kuchni i kroiła warzywa na sałatkę.

– Oj tak, zastanawiam się, co z niej wyrośnie.

– Właśnie pomyślałem, że pewnie zostanie premierem. – Stanął za nią, objął i wtulił twarz w jej kark.

Uwielbiał jej zapach.

---

* Harpsund i Sagerska huset (Pałac Sagerów) – rezydencje szwedzkich premierów. Harpsund – na wsi, Sagerska huset – w Sztokholmie.

– Siadaj, zaraz dostaniesz kolację – powiedziała, dając mu całusa. – Nalałam ci kieliszek czerwonego wina i wstawiłam do piecyka lasagne od twojej mamy.

– Nie powinniśmy narzekać, kiedy tak się nad nami trzęsie – zauważył Patrik, siadając przy stole.

Kristina ciągle się zamartwiała, że dzieci – ale również on i Erika – umrą z niedożywienia wskutek częstego jedzenia pół-produktów i gotowych dań. Przynajmniej raz w tygodniu wpa-dała z jedzeniem, które dla nich ugotowała, żeby im napełnić zamrażalnik. I chociaż czasem mruczeli pod nosem, że czują się przez nią ubezwłasnowolnieni, to w takich sytuacjach jak ta przyznawali, że jest dobrze. W dodatku Kristina świetnie goto-wała, więc z piecyka wydobywał się cudowny zapach.

– Jak myślisz, przyda wam się to, co mówiłam? – Usiadła po drugiej stronie stołu i sobie również nalała wina. – Ustaliliście już coś?

– Na razie nic konkretnego – powiedział z ociąganiem, krę-cąc kieliszkiem, w którym odbijały się płomienie dwóch świe-czek. Po raz pierwszy od dwóch dni mógł rozluźnić mięśnie. Wiedział, że tak naprawdę odpręży się dopiero wtedy, kiedy ustalą przyczynę śmierci Nei.

– Miałaś jakieś wieści od Helen albo Marie? – spytał, patrząc na Erikę.

Pokręciła głową.

– Na razie nic. Ciekawa jestem, co doradziło Marie wydaw-nictwo, z którym negocjuje: zgodzi się na rozmowę ze mną czy nie. Osobiście sądzę, że moja książka pociągnęłaby sprzedaż jej książki, ale nigdy nie wiadomo, jak rozumują wydawnictwa.

– A Helen?

– Też mi nie odpowiedziała. Szanse, że się zgodzi na rozmo-wę, oceniam na pół na pół. Większość ludzi ma naturalną po-trzebę, żeby ulżyć swemu sercu, chociaż trzeba przyznać, że jej akurat udało się odbudować swoje życie w Fjällbace, nawet jeśli jest to życie w cieniu. Więc nie jestem pewna, czy zdecyduje się z niego wyjść. Z drugiej strony po tym, co się teraz stało, będzie musiała. Wszystkie oczy będą skierowane na nią i Marie.

– A ty co o tym myślisz? – Patrik wstał, żeby zajrzeć do pie-cyka.

Na powierzchni lasagne pojawiły się już pęcherzyki, ale potrzeba było jeszcze kilku minut, żeby ser się smacznie zarumienił. Znów usiadł i spojrzał na Erikę. Erika po namyśle powiedziała powoli:

– Szczerze mówiąc, nie wiem. Kiedy zaczynałam robić dokumentację do tej książki, uważałam, że są winne. Duże znaczenie ma to, że się przyznały, chociaż później się z tego wycofały i konsekwentnie twierdziły, że są niewinne. Zamierzałam wyjść od wyjaśnienia, dlaczego dwie nastolatki zabijają małe dziecko. A teraz sama nie wiem… Kiedy się dowiedziałam, że Leif Hermansson uwierzył w ich niewinność, spojrzałam na to z zupełnie innej perspektywy. W końcu on wiedział o tej sprawie najwięcej. Oskarżenie oparto na ich przyznaniu się do winy. Potem policja nie kontynuowała dochodzenia. I nikt nie był zainteresowany jego wznowieniem, kiedy wycofały zeznania. Nawet Hermansson. Wątpliwości nabrał dużo później.

– A co spowodowało, że uwierzył w ich niewinność?

– Nie mam pojęcia – odparła, kręcąc głową. Jasne loki spadły jej na twarz. – Ale się dowiem. Muszę porozmawiać z ludźmi, którzy je znali trzydzieści lat temu, ale ciągle czekam, aż one mi odpowiedzą. – Wstała, żeby wyjąć lasagne z piecyka. – Dzwoniłam już do matki Helen. Zgodziła się, żebym do niej przyjechała.

– A co na to Helen? Że matka będzie z tobą rozmawiać o niej?

Erika wzruszyła ramionami.

– Z tego, co o niej słyszałam, jest tak zajęta sobą, że chyba nie przyszło jej do głowy, że jej córce mogłoby się to nie podobać.

– A rodzina Marie? Rodzice wprawdzie nie żyją, ale miała dwóch braci.

– Tak, jeden mieszka w Sztokholmie i podobno jest ciężko uzależniony od narkotyków, a drugi siedzi w Kumla* za rozbój.

– Wolałbym, żebyś się trzymała od nich z daleka – powiedział Patrik, chociaż zdawał sobie sprawę, że i tak zrobi swoje.

– Mhm… – mruknęła Erika.

Jakby się umówili, zmienili temat i zabrali się do lasagne.

W dużym pokoju na cały regulator leciała piosenka *Mam tę moc*.

---

* Kumla – jeden z najcięższych zakładów karnych w Szwecji.

Sprawa Stelli

Leif Hermansson stał przed drzwiami do salki konferencyjnej i zbierał myśli. Miał wątpliwości, chociaż była w tym jakaś logika. Ostatecznie przekonał go spokój, z jakim Marie przyznała się do popełnienia zbrodni. Głos nawet jej nie zadrżał.

Marie była dzieckiem, nie potrafiłaby oszukać tak doświadczonego policjanta jak on. Zresztą jak dziecko mogłoby kłamać w takiej sprawie? Było to tak nieprawdopodobne, że jej uwierzył. Rzeczowo i spokojnie opowiedziała wszystko od początku do końca, podczas gdy jej matka płakała i krzyczała, a ojciec wrzeszczał, żeby się zamknęła i przestała gadać.

Ustalił, co się stało, krok po kroku. Z coraz większą przykrością słuchał jej dziewczęcego głosu, patrzył na splecione na kolanach ręce i słońce we włosach. W głowie mu się nie mieściło, że ktoś o tak anielskiej urodzie mógł zrobić coś tak złego, ale nie wątpił, że tak było. Potrzebował jeszcze kilku kawałków układanki. A właściwie tylko jednego.

– Przepraszam, że państwo czekali – powiedział, zamykając za sobą drzwi.

KG skinął głową i położył ciężką dłoń na ramieniu córki.

– Mamy już tego dość – stwierdziła Harriet, kręcąc głową.

Leif chrząknął.

– Właśnie przesłuchałem Marie – oznajmił.

Helen podniosła głowę. Spojrzała na niego lekko nieobecnym wzrokiem.

– Przyznała, że to zrobiłyście.

Ojciec Helen westchnął, matka położyła rękę na ustach. Przez moment Leifowi wydawało się, że dostrzegł w spojrzeniu

Helen zdziwienie. Szybko znikło, później nie był nawet pewien, czy dobrze widział.

Przez chwilę milczała, a potem skinęła głową.

– Tak, to my.

– Helen!

Harriet wyciągnęła rękę, ale KG siedział nieruchomo, ze stężałą twarzą.

– Czy powinniśmy ściągnąć adwokata? – spytał.

Leif się zawahał. Chciał im zadać jeszcze kilka pytań, ale nie mógł im odmówić czegoś, do czego mieli prawo.

– Macie do tego prawo – przyznał.

– Kiedy ja chcę odpowiedzieć na pytania – powiedziała do ojca Helen.

Przez chwilę zmagali się ze sobą w milczeniu, ku zdziwieniu Leifa zwycięsko wyszła z tego Helen. Patrząc na niego, spytała:

– Co chce pan wiedzieć?

Punkt po punkcie omawiał z nią to, co mu opowiedziała Marie. Czasem tylko kiwała głową, wtedy musiał jej przypominać, żeby mówiła głośno, żeby wszystko się nagrało. Była równie spokojna jak Marie, a on wciąż nie wiedział, co o tym sądzić. Przesłuchał w życiu wielu sprawców, od złodziei rowerów i damskich bokserów po kobietę, która utopiła w wannie noworodka. Okazywali bardzo różne emocje. Złość, żal, panikę, wściekłość i rezygnację. Nigdy jednak nie przesłuchiwał kogoś, kto byłby tak obojętny. A już na pewno nie dwóch takich osób. Zastanawiał się, czy to nie dlatego, że są za młode, żeby zrozumieć, co zrobiły. Ale ich emocjonalny chłód musiał wynikać z czegoś innego, to nie mogło być zwykłe zło.

– Więc potem poszłyście się kąpać? Marie powiedziała, że musiałyście zmyć krew.

Helen przytaknęła.

– Zgadza się. Pobrudziłyśmy się i musiałyśmy się wykąpać.

– A ubrania? Jak sobie poradziłyście?

Przygryzła wargę.

– Większość plam zeszła w wodzie, ubranie szybko wyschło na słońcu. Kiedy wróciłam do domu, rodzice nie zwrócili na to uwagi, więc przed kolacją się przebrałam, a ciuchy wrzuciłam do pralki.

Harriet płakała z twarzą ukrytą w dłoniach. Helen nawet na nią nie spojrzała. KG siedział skamieniały, jakby się postarzał o dwadzieścia lat.

Niesłychany spokój, z jakim mówiła, upodobnił ją do Marie. Już mu się nie wydawało, że do siebie nie pasują. Poruszały się podobnie, mówiły tak samo, nawet spojrzenie Helen przypominało spojrzenie Marie. Była w nim pustka.

Patrzył na siedzące przed nim dziecko i aż się wzdrygnął. To będzie się za nimi ciągnąć wiele lat, może nawet do końca ich życia. To, co powiedziały, rodziło inne, jeszcze ważniejsze pytania, ale wiedział, że nie usłyszy na nie prawdziwych odpowiedzi. Helen patrzyła na niego błyszczącymi oczami.

– Wyślą nas w to samo miejsce, prawda? Będziemy mogły być razem?

Nie odpowiedział. Wstał i wyszedł na korytarz. Nagle zrobiło mu się duszno.

SKAŁA, NA KTÓREJ siedział Karim, była płaska, a mimo to ciągle zmieniał pozycję. Słońce grzało zdumiewająco mocno, ale chwilami było mu zimno. Tyle było tych dziwnych słów do nauczenia, w dodatku naraz, aż mu się kręciło w głowie. Martwy kąt, rumpel, wiatr z rufy, żeglować na wiatr. Zamiast lewa i prawa – bakburta i sterburta.

– Jeśli się płynie na wiatr, znaczy to, że dziób, *the front of the boat is* dziób, jest skierowany pod wiatr. *The wind.*

Bill gestykulował jak szalony, mieszając szwedzki z angielskim, a Farid tłumaczył na arabski. Pozostali wydawali się tak samo skołowani jak Karim. Bill wskazywał na stojącą obok żaglówkę, ciągnął za żagle to w tę, to w tamtą stronę, a Karim myślał głównie o tym, że w porównaniu z ogromnym morzem łódka jest taka mała. Byle wiatr ją przewróci, a oni wpadną do wody.

Po co on się w to pakował? Przecież wiedział po co. Bo to szansa, żeby się wtopić w szwedzkie społeczeństwo, poznać Szwedów i nauczyć się, jak działają, i może w końcu przestać widzieć ich krzywe spojrzenia.

– Jak się płynie pod zbyt ostrym kątem na wiatr, to żagle tylko łopocą i nigdzie się nie dopłynie. – Bill ilustrował to, szarpiąc żagle. – Musi być co najmniej trzydzieści stopni, *thirty degrees*, żeby łódka nabrała prędkości. A prędkość jest dobra, bo będziemy się ścigać! – Wymachiwał rękami. – *We must find the fastest way for the boat. Use the wind.* Wykorzystać wiatr!

Karim kiwał głową, chociaż nie wiedział dlaczego. Nagle jakby zakłuło go w kark, odwrócił się. Ze skały znajdującej się nieopodal gapiło się na nich troje nastolatków. Dziewczyna i dwóch chłopaków. Coś w ich postawie zaniepokoiło Karima, ale skupił się z powrotem na Billu.

– Żagle ustawia się względem wiatru, wybierając albo luzując szoty. Wszystkie liny, którymi ustawia się żagle, to szoty.

Bill pociągnął za coś, co Karim do tej pory nazywał sznurkiem, i żagiel się wyprostował. Tyle do nauczenia. Nie dadzą rady w tak krótkim czasie. Jeśli w ogóle.

– Jeśli mamy płynąć pod wiatr, ale tak, żeby się nie znaleźć w martwym kącie, musimy halsować, to znaczy płynąć zakosami. Farid westchnął.

– *Like zigzag.* – Znów zamachał rękami, pokazując, co ma na myśli. – *You turn the boat and then turn it again, back and forth.* To właśnie jest halsowanie. – Znów wskazał na małą żaglówkę.

– Pomyślałem, że dziś zabiorę was po kolei na krótką przejażdżkę, żebyście się zorientowali, o co chodzi.

Nieopodal cumowały niewielkie żaglówki, które nazwał laserami. Wydawały się niezwykle małe. Uśmiechnął się do Karima.

– Zaczniemy od Karima, potem popłynie Ibrahim. Pozostali niech w tym czasie przejrzą wydruki z określeniami, które wam objaśniałem. W sieci znalazłem je po angielsku, więc od tego zacznijcie, a potem stopniowo nauczycie się po szwedzku. Okej?

Karim i Ibrahim spojrzeli po sobie z przerażeniem. Karim przypomniał sobie przeprawę ze Stambułu na Samos. Chorobę morską, fale, łódź przed nimi, która się przewróciła, krzyki topiących się ludzi.

– Proszę, to kamizelka ratunkowa – rzucił Bill wesoło, nieświadom, jaka burza emocji szaleje w głowie Karima.

Chłopak włożył kamizelkę, całkiem niepodobną do tej, którą za duże pieniądze kupił przed przeprawą przez morze.

Znów ukłucie w kark. Tamci wciąż ich obserwowali. Dziewczyna chichotała. Nie podobało mu się spojrzenie blondyna. Chciał coś powiedzieć do kolegów, ale się powstrzymał, i tak byli spięci.

– O, tak – powiedział Bill. – Upewnię się, że dobrze je włożyliście, i możemy płynąć.

Pociągnął za linki, spojrzał na coś za plecami Karima i się zaśmiał.

– No proszę, młodzież przyszła nas wesprzeć! – Pomachał do nastolatków. – Chodźcie tu!

Nastolatkowie zsunęli się ze skały i ruszyli w ich stronę. Im bliżej podchodzili, tym bardziej nieswojo robiło się Karimowi od spojrzenia blondasa.

– Mój syn, Nils – powiedział Bill, kładąc rękę na jego ramieniu. – A to jego przyjaciele: Vendela i Basse.

Vendela i Basse podali mu ręce, Nils tylko patrzył.

– No, przywitaj się. – Bill szturchnął syna.

Karim wyciągnął rękę. Po kilku sekundach Nils wyjął rękę z kieszeni i podał mu. Była lodowata. Ale jeszcze bardziej lodowate było jego spojrzenie. W porównaniu z nim morze wydało się Karimowi całkiem przyjemne i ciepłe.

Helen zagryzła policzek. Zawsze tak robiła, kiedy musiała się skupić. Stała na stołku, odwróciła się. Jeśli zrobi za duży krok, spadnie. Może by się nawet nie potłukła, ale przeszkadzałoby to Jamesowi, który czytał gazetę.

Odwracała słoiki i pudełka na najwyższej półce, żeby etykietki znajdowały się od frontu. Spojrzenie męża paliło ją w plecy. Wystarczyło, że westchnął, kiedy otworzył szafkę, i od razu ścisnęło ją w żołądku. Jeśli teraz wszystko poprawi, uniknie kary.

Nauczyła się żyć z tym, że James nieustannie wszystko kontrolował, że miał humory. Wiedziała, że nie ma innej możliwości. Przez pierwsze lata bardzo się go bała. Potem przyszedł na świat Sam i przestała się bać o siebie, bała się tylko o syna. Większość matek z lękiem myśli o chwili, kiedy ich dzieci odejdą z domu. Ona przeciwnie – liczyła dni dzielące jej syna od chwili, gdy będzie wolny. Bezpieczny.

– Teraz dobrze? – spytała, odwracając się.

Stół był dawno sprzątnięty po śniadaniu, zmywarka szumiała cicho, wszystkie blaty lśniły.

– Może być – odpowiedział, nie podnosząc głowy znad gazety.

Od niedawna nosił okulary do czytania. Nawet ją to zdziwiło. Okazało się, że James też może mieć jakiś defekt. Do tej pory musiał być bez skazy, uważał to za punkt honoru. Obejmowało to zarówno jego, jak i najbliższe otoczenie. Właśnie dlatego tak się martwiła o Sama. W jej oczach był doskonały. Natomiast dla Jamesa od początku był jednym wielkim rozczarowaniem. Był dzieckiem wrażliwym, ostrożnym i lękliwym. Lubił spokojne zabawy, nie wdrapywał się wysoko, nie biegał szybko, nie lubił siłować się z innymi chłopcami, całymi godzinami przesiadywał w swoim pokoju i konstruował z zabawek fantazyjne światy. Kiedy podrósł, uwielbiał rozbierać na kawałki różne rzeczy i składać je z powrotem. Stare radioodbiorniki, magnetofony, stary telewizor znaleziony w garażu, wszystko potrafił rozebrać i złożyć na nowo. James o dziwo mu na to pozwalał. Oddał mu kąt w garażu. Takie zainteresowania rozumiał.

– Co chcesz, żebym dzisiaj zrobiła? – spytała, schodząc ze stołka.

Odstawiła go na miejsce, przy kuchennej wyspie. W linii prostej, dziesięć centymetrów od drugiego stołka.

– W pralni leży bielizna do uprania. Źle uprasowałaś moje spodnie, popraw to.

– Okej – powiedziała, pochylając głowę.

Przy okazji poprawi wszystkie koszule.

– Wybieram się na zakupy – ciągnęła. – Potrzebujesz czegoś poza tym co zwykle?

Przewrócił stronę. Był jeszcze przy „Bohusläningen", a to oznaczało, że zostały mu jeszcze „DN"* i „Svenska Dagbladet". Zawsze czytał w tej kolejności. Najpierw „Bohusläningen", potem „DN", na końcu „Svenska Dagbladet".

– Nie, to co zwykle. – Podniósł wzrok. – Gdzie Sam?

– Pojechał rowerem do miasteczka. Miał się z kimś spotkać.

– Z kim? – Spojrzał znad okularów.

Zawahała się.

– Ma na imię Jessie.

– Dziewczyna? Kim są jej rodzice?

Opuścił gazetę, w jego oczach pojawił się znajomy błysk. Musiała zaczerpnąć tchu.

– Nie mówił, ale słyszałam, że widują go z córką Marie.

James odetchnął kilka razy.

– Uważasz, że to odpowiednia znajomość?

– Jeśli sobie życzysz, powiem mu, że ma się z nią nie spotykać. Chyba że sam mu to powiesz.

Patrzyła w ziemię. Znów skurcz żołądka. Wróciło wszystko, co powinno pozostać pogrzebane w przeszłości.

---

* „DN" – „Dagens Nyheter" – największa szwedzka gazeta poranna o zasięgu ogólnokrajowym.

James wziął gazetę.

– Nie. Zostawmy to. Przynajmniej na razie.

Serce zaczęło jej bić szybciej. Wcale nie była pewna, czy to właściwa decyzja. Ale nie do niej to należy. Od tamtego dnia trzydzieści lat temu nie należy do niej żadna decyzja.

– Czy coś wynika z tych zgłoszeń? Warto się zająć którymś z nich? – spytał Patrik.

Annika pokręciła głową.

– Nie. Jeśli pominąć faceta, który filmował dzieci na plaży, nie znalazłam ani jednego, które by dotyczyło zaczepiania albo molestowania dzieci. Ale jeszcze nie zdążyłam sprawdzić wszystkich.

– Jakiego okresu dotyczą?

Gösta sięgnął po kromkę chleba i zabrał się do smarowania. Annika przytomnie przygotowała śniadanie w komisariacie, domyślała się, że rano będzie im się śpieszyć i wyjdą z domów na głodniaka.

– Od maja, tak jak ustaliliśmy. Mam się cofnąć jeszcze dalej? – Spojrzała na Patrika.

– Nie. Ale jeśli nie znajdziesz żadnego doniesienia związanego z dziećmi, trzeba będzie rozszerzyć poszukiwania o te dotyczące molestowania i gwałtów.

– No dobrze, ale czy cokolwiek wskazuje na motyw seksualny? – spytała Paula, odgryzając kęs kanapki.

Ernst wpatrywał się w nią błagalnie, ale go ignorowała. Spasł się na słodyczach, które mu dawał Mellberg.

– Pedersen jeszcze nie skończył, więc nie wiemy. Ale dziewczynka była naga, kiedy ją znaleźli. W takich przypadkach w grę wchodzi albo motyw seksualny, albo... – Patrik urwał.

– Albo sprawcą jest ktoś z najbliższej rodziny – dopowiedział Gösta.

– Właśnie. A co ci podpowiada intuicja? – spytała Paula, odpychając pysk Ernsta.

– Już mówiłem, bardzo wątpię, żeby rodzice mieli coś wspólnego z jej śmiercią. Ale oczywiście nie dam głowy. Jak się jest policjantem od tak dawna jak ja, to się wie, że niczego nie można wykluczyć.

– Inaczej mówiąc, hipoteza nie wydaje się prawdopodobna, więc nie warto iść tym tropem – dodał Patrik.

– Uważam, że nie możemy pomijać ewentualnego związku ze sprawą Stelli – powiedział Martin. – Pytanie, co z tym robimy. Minęło wiele lat. – Wstał, wziął dzbanek z kawą i nalał wszystkim.

– Wczoraj rozmawialiście z Helen Jensen. Może dziś utniecie sobie pogawędkę z Marie Wall, a ja pojadę do Helen? Chciałbym się dowiedzieć, czy mają alibi.

– Na kiedy? – wtrąciła Paula. – Przecież nawet nie wiemy, czy Nea rzeczywiście zniknęła rano, jak uważają jej rodzice. Nie widzieli jej od chwili, kiedy poszła spać, ktoś mógł ją uprowadzić w nocy.

– Ale jak? – spytał Martin, siadając z powrotem przy stole. – Czy cokolwiek wskazuje na włamanie?

– Spytam Bergów, czy ktoś mógł niezauważenie wejść do nich w nocy – powiedział Gösta. – Jest tak gorąco, że na wsi ludzie śpią przy otwartych oknach.

– Okej, zrób to, Gösta. A ty, Paula, masz rację. Trzeba sprawdzić ich alibi, począwszy od niedzieli wieczorem – podsumował Patrik.

– Dobrze, w takim razie jedziemy do Marie Wall. Zobaczymy, co powie.

– Z jej córką też porozmawiaj – dodał. – To nastolatka, ma na imię Jessie. A ja spróbuję złapać Helen Jensen, jej syna Sama i męża, tego żołnierza ONZ, który wygląda, jakby na śniadanie jadł drut kolczasty.

Wstawił mleko do lodówki, żeby nie skwaśniało od upału. W kuchni nie było klimatyzacji, tylko stary wiatraczek, i mimo że okno było szeroko otwarte, zrobiło się potwornie gorąco.

– Ktoś z was widział Mellberga? – spytał.

– Drzwi do jego gabinetu są zamknięte, pukałam, ale nie odpowiedział, więc pewnie jest pogrążony w głębokim śnie – odparł Gösta z krzywym uśmiechem.

Nikt nie miał siły się złościć. Dopóki Mellberg śpi u siebie, dopóty nie przeszkadza im w pracy.

– Miałeś jakieś wieści od Torbjörna albo od Pedersena? – spytała Paula.

– Dzwoniłem do nich wczoraj. Torbjörn jak zwykle nie chciał nic powiedzieć, zanim nie dokończy raportu, ale przesłał mi stary raport techników ze sprawy Stelli. A Pedersen, jak go przycisnąłem, powiedział, że Nea miała ranę na potylicy. Nie wiem jeszcze od czego, ale zawsze to coś.

– Możliwe, żeby Helen i Marie były niewinne? – spytała Paula, patrząc na Göstę. – Czy któraś z nich znów zabiła?

– Nie wiem – odparł. – Wtedy byłem przekonany, że są winne. Ale kiedy słyszę, że Leif po latach nabrał wątpliwości, zaczynam się zastanawiać. Poza tym jaki mógłby mieć motyw, żeby trzydzieści lat później znów zabić małą dziewczynkę… Jakieś to wydumane.

– Może to naśladowca – podsunął Martin, szarpiąc się za koszulę, żeby się ochłodzić. Rude włosy lepiły mu się do głowy.

– Na tym etapie niczego się nie da wykluczyć – zauważył Gösta ze wzrokiem wbitym w stół.

– Jak ci idzie szukanie protokołów z tamtych przesłuchań? I pozostałych materiałów z dochodzenia? – zapytał Patrik, zwracając się do Anniki.

– Pracuję nad tym – odparła. – Sam wiesz, jak wygląda archiwum. Część papierów została przeniesiona, inne zginęły, jeszcze inne zostały zniszczone. Ale nie poddam się, więc jeśli po sprawie Stelli została choćby notatka, na pewno ją znajdę. – Uśmiechnęła się krzywo. – A żonę pytałeś? Zwykle jest lepsza od nas w wyszukiwaniu materiałów ze starych dochodzeń.

– Wiem – zaśmiał się. – Pozwoliła mi obejrzeć wszystko, co do tej pory zebrała, ale to głównie odbitki artykułów z gazet. Akt z dochodzenia też nie znalazła.

– Będę szukać dalej. Dam znać, jeśli coś znajdę.

– Bomba. No to mamy dziś co robić – stwierdził. Znów poczuł gulę w żołądku. Próbował się zdystansować, ale było to trudne.

Od drzwi zagrzmiał głos:

– Aha, siedzicie sobie i popijacie kawkę!

Mellberg patrzył na nich, mrużąc oczy. Właśnie się obudził.

– Dobrze, że chociaż jedna osoba pracuje. Chodź, Ernst! Pokażemy im, jak należy działać.

Ernst pognał za swoim panem. Mellberg pomaszerował korytarzem i po chwili trzasnęły drzwi do jego gabinetu. Pewnie postanowił spać dalej przy biurku. Nikt się nie odezwał. Mieli co robić.

Słuchając równego oddechu Sama, Jessie odczuwała wielki spokój. To było dla niej coś nowego. Spokój. Poczucie bezpieczeństwa. Bycie dostrzeganą.

Odwróciła się na bok, żeby mu nie przeszkadzać. Ale on objął ją jeszcze mocniej. Jakby w ogóle nie było możliwe, żeby mu przeszkadzała.

Delikatnie pogładziła go po brzuchu pod czarnym T-shirtem. Dziwne uczucie. Być tak blisko drugiego człowieka. Faceta. Dotykać go bez ryzyka, że się zostanie wyśmianą i odrzuconą.

Znów się odwróciła. Podniosła głowę, żeby na niego spojrzeć. Na jego kości policzkowe, zmysłowe wargi. Długie czarne rzęsy.

– Byłeś już z kimś? – spytała cicho.

Poruszył powiekami, ale nie otworzył oczu.

– Nie – odparł po chwili. – A ty?

Pokręciła głową, podbródkiem potarła jego klatkę piersiową.

Wolała nie myśleć o upokorzeniu, jakie ją spotkało w szkole z internatem w Londynie. Przez krótką cudowną chwilę wierzyła, że Pascalowi na niej zależy. Był synem francuskiego dyplomaty, tak pięknym, że aż zapierało dech. Zaczął jej przysyłać SMS-y, miłe, urocze i cudowne. Potem zaprosił ją na szkolną dyskotekę, aż nie mogła spać na myśl o tym, jak będą się gapić, kiedy tam z nim wkroczy. SMS-ów było coraz więcej, wabił ją tak niestrudzenie, że wyszła ze skorupy, flirtowali, żartowali, coraz bliżej granicy tego, co zakazane.

Pewnego wieczoru poprosił, żeby mu przysłała zdjęcie swoich piersi. Powiedział, że chciałby zasypiać, patrząc na nie, że na pewno ma najpiękniejsze piersi świata i że marzy o tym, żeby je pieścić. Więc zrobiła sobie zdjęcie bez stanika.

Następnego dnia zdjęcie krążyło po całej szkole. Wszyscy wiedzieli, co zaplanował Pascal z kolegami, z którymi pisał te SMS-y. Zwabili ją w pułapkę. Chciała umrzeć, zniknąć z powierzchni ziemi.

– Nie, nigdy nie miałam chłopaka.

– Oboje byliśmy na tyle mądrzy, żeby poczekać na właściwą osobę – powiedział miękko, odwracając się do niej.

Spojrzał na nią swymi niebieskimi oczami. Wiedziała, że może mu zaufać. Byli jak para pokrytych bliznami weteranów, którzy mają za sobą takie same wojenne doświadczenia i nie potrzebują słów, żeby wyrazić, przez co przeszli.

To, co zrobiły ich matki, odcisnęło się na nich obojgu.

– Ja właściwie nie wiem, co się wtedy stało. Te trzydzieści lat temu.

– Jak to? W ogóle nic nie wiesz?

– Tylko tyle, co dało się znaleźć w sieci. Ale tam nie ma tego, co wtedy pisali w gazetach, a pisali dużo. Nie pytałam mamy… z nią nie da się o tym rozmawiać.

Pogłaskał ją po głowie.

– Mógłbym ci pomóc. Chcesz?

Przytaknęła. Oparła głowę na jego piersi i poddała się wielkiemu spokojowi, od którego aż jej się zachciało spać.

– Za rok już nie będę musiał tego ciągnąć – powiedział.

Oczywiście chodziło mu o szkołę. Nie musiał tego mówić. Byli do siebie podobni.

– I co będziesz robił?

Wzruszył ramionami.

– Nie wiem. Nie chcę brać udziału w wyścigu szczurów. Zasuwać na okrągło bez żadnego pożytku.

– A ja chcę podróżować – rozmarzyła się Jessie, obejmując go mocno. – Spakować tylko tyle, ile wejdzie do plecaka, i jechać, gdzie mnie oczy poniosą.

– Nie możesz, dopóki nie skończysz osiemnastu lat. Sporo czasu ci zostało do osiemnastki. Nie wiem, czy wytrzymam tak długo.

– Co masz na myśli? – spytała.

Odwrócił głowę.

– Nic. Nic takiego.

Właściwie chciała powiedzieć coś jeszcze, ale zamiast tego zaczęła go głaskać po brzuchu, jakby w ten sposób mogła rozmasować gulę, którą w nim miał. Ona miała taką samą.

Wyczuła coś pod palcami i zadarła mu koszulkę.

– Co to jest? – spytała, głaszcząc okrągły ślad.

– Blizna po oparzeniu. Siódma klasa. Basse i kilku innych mnie trzymało, a Nils przytknął mi do skóry papierosa.

Zamknęła oczy. Chciałaby zabliźnić wszystkie jego rany.

– A to?

Jej dłoń powędrowała na jego plecy, nacisnęła lekko, żeby odsłonił i odwrócił się na bok. Miał tam długie szramy, układały się w nieregularny wzór.

– Też Nils?

– Nie. Ojciec. Pasem. Jak mnie o to spytał nauczyciel WF-u, to skłamałem, że upadłem na kolczasty krzak. Pewnie mi nie uwierzył, ale nikt tego nie drążył. Jamesowi nikt nie podskoczy. W każdym razie stary był potem na tyle sprytny, żeby nie zostawiać śladów. A trzy lata temu w ogóle skończył z biciem, nawet nie wiem dlaczego.

– Masz więcej blizn? – spytała, patrząc jak urzeczona na szramy na jego plecach.

Ona była poharatana w środku, ale bolało tak samo jak uderzenia pasem.

Usiadł na łóżku. Podwinął nogawki, odsłaniając kolana. Też były w bliznach. Pogłaskała je, pod palcami były jak bulwy.

– Od czego ci się zrobiły?

– Od klęczenia na cukrze. Mogłoby się wydawać, że to nic groźnego, ale uwierz mi, boli. I robią się od tego blizny.

Nachyliła się i pocałowała je.

– Masz jeszcze jakieś?

Odwrócił się i ściągnął majtki, odsłaniając kawałek pupy.

– Widzisz?

Zobaczyła okrągłą bliznę. Nie wyglądała jak po oparzeniu.

– Od ołówka. Taki stary numer. Podkładają ci ostro zatemperowany ołówek akurat w chwili, kiedy masz usiąść na krześle. Wbił się na kilka centymetrów i złamał. Cała klasa się śmiała, o mało się nie posikali.

– Ojej.

Już nie chciała patrzeć na jego blizny. Sama miała tyle takich, których nie było widać. Nachyliła się i pocałowała ślad na jego pośladku. Odwróciła go na wznak. Nie patrząc, zaczęła mu powoli ściągać spodnie. Zaczął oddychać ciężej. Z czułością całowała jego biodra, uda. Jego dłoń zaplątała się w jej włosy, głaskała ją po głowie. Zadrżała, kiedy przypomniała sobie tamte zdjęcia wrzucone do sieci i to, jak się z tym czuła. A potem odsunęła wspomnienia i rozchyliła wargi. Teraz była w zupełnie innej sytuacji. Była ze swoim duchowym bliźniakiem, z kimś, kto uleczy wszystkie jej rany.

– Ale upał. – Martin szedł do samochodu i sapał jak pies. – Nie pocisz się?

Paula się zaśmiała.

– Jestem Chilijką. Dla mnie to nic takiego.

– Przecież właściwie nie mieszkałaś w Chile – zaoponował, ścierając pot z czoła. – Jesteś taką samą Szwedką jak ja.

– To niemożliwe. Jesteś najbardziej szwedzkim Szwedem, jakiego znam.

– Powiedziałaś to tak, jakby to było coś złego. – Uśmiechnął się i otworzył samochód. Wyskoczył z niego jeszcze szybciej, niż wsiadł.

– Ale z nas głupki, przecież ona jest teraz na planie.

– Oczywiście. – Paula pokręciła głową. – Rzut kamieniem stąd.

– Fajnie byłoby popatrzeć – powiedział, ruszając w stronę dzielnicy przemysłowej, tam, gdzie kręcono zdjęcia do filmu o Ingrid Bergman.

– To chyba nie jest takie ciekawe, jak ci się wydaje.

Martin odwrócił się do niej. Nie mogła za nim nadążyć. Mrugnął okiem, trochę złośliwie.

– Zobaczymy. Tak czy inaczej ciekawi mnie Marie Wall, jak na swój wiek jest jeszcze całkiem ładna.

Paula westchnęła.

– A właśnie, jak ci idzie z tą laską?

Martin poczuł, że się rumieni.

– E tam, rozmawiałem z nią tylko kilka minut i nawet nie wiem, jak ma na imię.

– Ale mam wrażenie, jakbyś jednak zaskoczył.

Jęknął. Znał ją, wiedział, że nie odpuści. W dodatku im bardziej był zakłopotany, tym bardziej ją to bawiło.

– No więc… – Gorączkowo szukał w głowie jakiegoś sprytnego komentarza, ale nic nie znalazł. – Daj spokój – powiedział w końcu. – Mamy robotę.

– Okej. – Uśmiechnęła się.

Studio filmowe mieściło się w niepozornym budynku. Był ogrodzony, ale kiedy Martin pchnął furtkę, okazała się niezamknięta. Również drzwi stały otworem, zapewne z powodu upału. Weszli. Ogromne, wysokie pomieszczenie przypominało hangar. Zobaczyli kilka kanap i coś w rodzaju garderoby, którą tworzyły stelaże z ubraniami. Na lewo kilkoro drzwi, chyba do toalet i czegoś, co wyglądało na charakteryzatornię. Na prawo ścianki z oknami, tworzące iluzję prawdziwego pokoju. Wszędzie mnóstwo lamp.

Wyszła im naprzeciw jakaś blondynka. Włosy miała związane w luźny węzeł podtrzymywany pędzelkiem. Na biodrach szeroki pas monterski z mnóstwem preparatów do makijażu.

– Dzień dobry, państwo do kogo?

– Jesteśmy z policji, chcemy rozmawiać z panią Marie Wall – odparła Paula.

– Właśnie kręcą scenę. Powiem jej, jak tylko skończą. Chyba że to pilne?

– Nie, bez obaw, możemy zaczekać.

– To proszę sobie usiąść i poczęstować się kawą.

Usiedli, zaopatrzywszy się najpierw w kawę i ciastka ze stolika stojącego obok kanapy.

– Miałaś rację, nie wygląda to porywająco – zauważył Martin.

– Mówiłam ci. – Paula wpakowała sobie do ust garść orzechów.

Spojrzeli w stronę znajdujących się nieco dalej kulis. Dochodziły stamtąd głosy dwóch osób. Po dłuższej chwili męski zarządził głośno: przerwa, a kilka minut później zobaczyli charakteryzatorkę i gwiazdę, Marie Wall. Nagle całe pomieszczenie wydało im się dużo bardziej imponujące niż do tej pory. Marie Wall miała na sobie białą bluzkę koszulową i krótkie obcisłe szorty, włosy przewiązała białą wstążką. Martin nie mógł nie zwrócić uwagi na obłędnie jak na jej wiek zgrabne nogi, ale nakazał sobie skupienie. Zawsze łatwo się rozpraszał w obecności pięknych kobiet. Dopóki nie poznał Pii, przysparzało mu to wielu problemów. Nadal unikał pewnych miejsc w Tanumshede, żeby nie wpaść na którąś ze sprawczyń wspomnianych problemów. Niektórzy bywają bardzo pamiętliwi.

– Jak to miło zacząć dzień od spotkania z przystojnym mężczyzną w mundurze – powiedziała Marie lekko schrypniętym głosem.

Martin poczuł ciarki na plecach. Domyślił się, skąd się wzięła jej reputacja jednej z największych pożeraczek męskich serc w Hollywood. Nie miałby nic przeciwko temu, żeby go pożarła.

Paula spojrzała na niego z kwaśną miną. Zdał sobie sprawę, że z wrażenia aż otworzył usta. Chrząknął. Tymczasem Paula wstała, żeby się przywitać.

– Paula Morales i Martin Molin z komisariatu w Tanumshede. Prowadzimy dochodzenie w sprawie zabójstwa dziewczynki w Fjällbace i chcielibyśmy zadać pani kilka pytań.

– Bardzo proszę – odparła i usiadła na kanapie obok Martina. Chwyciła go za rękę i przytrzymała ją odrobinę za długo. Nie opierał się, ale kątem oka zauważył, że Paula obserwuje go z wyraźną dezaprobatą.

– Domyślam się, że chodzi o to, co się zdarzyło trzydzieści lat temu.

Martin przytaknął.

– Te sprawy są tak podobne, że musimy z panią porozmawiać. Z Helen Jensen również.

– Rozumiem – odparła spokojnie. – Ale wiecie również, że od trzydziestu lat powtarzamy, że byłyśmy niewinne. Mimo to od trzydziestu lat, czyli przez większą część życia, jesteśmy oskarżane o coś, czego nie zrobiłyśmy.

Odchyliła się do tyłu, zapaliła papierosa i założyła nogę na nogę. Martin patrzył na nią jak zahipnotyzowany.

– Nie trafiłyśmy do więzienia, ale w oczach tutejszych ludzi nic to nie zmieniło – ciągnęła. – Wszyscy uznali nas za morderczynie, gazety nas szarpały, zamieszczając nasze zdjęcia, mnie rozdzielili z rodziną, nasze życie już nigdy nie było takie jak przedtem.

Wydmuchnęła kółko z dymu i spojrzała Pauli prosto w oczy.

– Czy to nie jest równoznaczne z karą więzienia?

Paula nie odpowiedziała.

– Najpierw poprosimy, żeby pani powiedziała, co pani robiła od dwudziestej w niedzielę do poniedziałkowego popołudnia – powiedział Martin.

Marie najpierw zaciągnęła się dymem.

– W niedzielę cały wieczór spędziłam z ekipą na imprezie w Stora Hotellet, z okazji rozpoczęcia zdjęć.

– A o której pani wróciła? – spytał Martin, sięgając po notes i długopis.

– Cóż... tak się złożyło, że przenocowałam w hotelu.

– Ktoś może to potwierdzić? – spytała Paula.

– Jörgen, *darling*, pozwól, proszę... – zawołała do wysokiego ciemnowłosego mężczyzny, który stał obok kulis, głośno perorując i gestykulując. Natychmiast przerwał i podszedł do nich.

– Jörgen Holmlund, reżyser naszego filmu.

Holmlund skinął głową, przywitał się i spojrzał pytająco na Marie. Wyraźnie rozkoszowała się tym, co się działo.

– *Darling*, czy możesz państwu z policji powiedzieć, gdzie byłam w nocy z niedzieli na poniedziałek?

Holmlund zacisnął zęby. Marie znów się zaciągnęła i wypuściła kółeczko dymu.

– Nie martw się, *darling*, policji nie chodzi o to, żeby zaraz zawiadamiać twoją żonę.

Holmlund burknął coś, a potem powiedział:

– Mieliśmy imprezę w Stora Hotellet i tak się złożyło, że Marie przenocowała w moim pokoju.

– A o której wróciła pani do domu? – spytała Paula.

– Nie wróciłam do domu, pojechałam na plan, razem z Jörgenem. Zjawiliśmy się tam około wpół do dziewiątej, a o dziewiątej zasiadłam w charakteryzatorni.

– Macie do mnie coś jeszcze? – spytał Holmlund.

Odpowiedzieli, że nie mają, więc odwrócił się na pięcie.

Marie wydawała się rozbawiona tym, że znalazł się w tak niekomfortowej sytuacji.

– Biedak – powiedziała, wskazując go papierosem. – Traci dużo czasu na robienie wszystkiego, żeby jego żona nie dowiedziała się o jego eskapadach. Należy do mężczyzn, którzy mają wprawdzie sumienie, ale w połączeniu z nienasyconym libido.

Nachyliła się i zgasiła papierosa w puszce po coli.

– Coś jeszcze? Domyślam się, że moje alibi nie budzi wątpliwości.

– Chcielibyśmy jeszcze porozmawiać z pani córką. Zgadza się pani? Jest nieletnia, więc pani zgoda jest niezbędna.

Martin zakasłał od dymu z jej papierosa.

– Oczywiście – odpowiedziała i wzruszyła ramionami. – Zdaję sobie sprawę z powagi sytuacji, ale jeśli nie macie więcej pytań, wracam na plan. Jörgen dostanie wysypki, jeśli mu rozwalimy harmonogram.

Wstała i podała im rękę. Wzięła od Martina notes, napisała w nim coś, oddała mu i uśmiechnęła się blado. Potem raźnym krokiem wróciła na plan.

Paula przewróciła oczami.

– Niech zgadnę. Zapisała ci swój numer.

Martin spojrzał i kiwnął głową. Nie potrafił ukryć głupiego uśmiechu.

Prowincja Bohuslän 1671–1672

W ciągu kilku następnych dni nie mówiło się o niczym innym, jak tylko o panu Larsie Hierne i komisji do spraw czarownictwa. Podniecenie Britty kontrastowało z przygnębieniem Prebena, ale wkrótce znów nastał dzień jak co dzień i gadanie ustało. Trzeba było wziąć się do roboty i dotyczyło to zarówno służby, jak i Prebena, który miał do załatwienia różne sprawy w parafiach Tanum i Lur. Zimowe dni mijały jeden za drugim. Życie na plebanii toczyło się jednostajnie, chociaż i tak było bardziej urozmaicone niż gdzie indziej, tam, gdzie od wschodu aż do zachodu słońca robiło się codziennie to samo. Ludzie odwiedzali plebanię, Preben wracał z podróży, przywożąc rozmaite historie. Opowiadał o sporach, które musiał rozstrzygać, o tragediach, na które musiał coś zaradzić, o radosnym świętowaniu i o przeżywaniu żałoby. Udzielał ślubów, chrzcił dzieci, odprawiał pogrzeby i doradzał w sprawach dotyczących zarówno Boga, jak i rodziny. Elin czasem podsłuchiwała, jak rozmawia z parafianami, a jego rady zawsze wydawały jej się mądre i przemyślane, chociaż ostrożne. Nie był człowiekiem odważnym, jak jej zmarły mąż, nie miał też tego uporu co Per. Był miękki i miał łagodniejsze spojrzenie. Per miał w sobie mrok, czasem się zasępiał, podczas gdy Preben wydawał się nie wiedzieć, co to przygnębienie. Britta wzdychała czasem, że ma za męża dziecko, i sztorcowała go, że po pracy w polu albo w obejściu codziennie wraca w brudnym ubraniu. A on w ogóle się tym nie przejmował i z uśmiechem wzruszał ramionami.

Märta zaczęła chodzić z innymi dziećmi na nauki do kościelnego. Elin nie wiedziała, co myśleć, gdy z radością uczyła się znaczków, które dla niej były zupełnie niezrozumiałe. Owszem, pisanie to wielki dar, ale po co małej ta umiejętność? Ona jest biedną sługą, co znaczy, że będzie nią również Märta. Dla takich jak one nie ma innej drogi. Nie jest Brittą, tylko Elin, córką niekochaną przez ojca, wdową, której mąż zginął na morzu. Wiedziała, że takie są fakty i nie zmieni ich naleganie pastora, żeby Märta nauczyła się czytać. Większy pożytek będzie miała z umiejętności, które jej, Elin, przekazała babka. Nie zapewnią jej jedzenia na stole ani pieniędzy, ale dadzą szacunek, który też jest coś wart.

Często wzywano ją do położnic, do ludzi, których bolał ząb, albo takich, co wpadli w melancholię. Umiała koić wiele boleści za pomocą ziół i zaklęć. Wzywali ją nawet w przypadku nieszczęśliwej miłości albo niechcianych zalotów, jak również do zwierząt gospodarskich. Była poważana wszędzie tam, gdzie coś szwankowało. Taki los byłby dla Märty lepszy niż głowa pełna wiedzy, z której nigdy nie będzie miała pożytku albo która, co gorsza, natchnie ją groźnym przekonaniem, że jest lepsza od innych.

Zioła Elin jakoś nie działały na Brittę. Mijał miesiąc za miesiącem, a ona regularnie krwawiła. Była coraz bardziej rozgniewana, zarzucała Elin, że popełnia jakiś błąd i nie umie jej pomóc, choć zapewniała, że umie. Pewnego ranka, gdy Elin przyszła do niej z naparem, wyrwała jej dzbanek i cisnęła o ścianę. Zielony płyn spłynął w dół po ścianie i utworzył kałużę na podłodze, a Britta rzuciła się z płaczem na ziemię.

Elin nie była złym człowiekiem, ale rozpacz siostry trochę ją w głębi duszy radowała. Britta często była złośliwa nie tylko wobec służby, ale także wobec Märty. Czasem Elin myślała, że dzieciątko nie chce rosnąć w jej brzuchu ze względu na tę złość, która w niej mieszka. Ale już w następnej chwili ganiła samą siebie za te niedobre myśli. Nie chciała być niewdzięczna. Kto wie, co by się z nimi stało, gdyby Britta się nie ulitowała i nie wzięła ich pod swój dach. Kilka dni wcześniej dowiedziała się, że Ebba z Mörhult trafiła razem z dwojgiem najmłodszych dzieci do przytułku. Gdyby nie Britta, ją i Märtę spotkałoby to samo.

Nie było łatwo jednak o takie bogobojne podejście, kiedy się miało do czynienia z Brittą. Miała w sobie jakąś twardość i chłód, na które nie mógł nic poradzić nawet człowiek tak dobry jak Preben. Elin myślała czasem, że zasłużył na lepszą żonę, taką o dobrym sercu, pogodną. Nie tylko z piękną buzią i ciemnymi falującymi włosami. Ale to nie była jej sprawa. Coraz częściej przyłapywała Prebena na tym, że ukradkiem jej się przygląda. Próbowała go unikać, ale nie było to łatwe. Wśród służby zachowywał się naturalnie, jakby był jednym z nich, często widywano go w oborze albo na pastwisku, jak oporządza zwierzęta. Miał dobrą rękę do wszelkiego żyjącego stworzenia, a Märta chodziła za nim krok w krok jak szczeniątko. Elin wiele razy przepraszała za córkę, że taka namolna, ale on tylko się śmiał i mówił, że trudno byłoby znaleźć milsze towarzystwo. Gdziekolwiek był Preben, Märta była w pobliżu. Zawsze mieli sobie coś do powiedzenia. Elin ciągle widywała ich pogrążonych w rozmowie. Märtę z rękami założonymi na plecach, stawiającą wielkie kroki, równającą do Prebena. Pytała ją nawet, o czym tak rozmawiają, ale ona tylko wzruszała ramionami i odpowiadała, że o wszystkim. O zwierzętach, o Bogu i o tym, co wyczytała w książkach z biblioteki na plebanii, które jej podsuwał. Kończyła swoje zajęcia i jeśli akurat nie chodziła za Prebenem, zaraz zabierała się do czytania. Elin nie mogła się nadziwić, że te literki w książkach mogą ją do tego stopnia zainteresować, i choć niechętnie, ale pozwalała jej na czytanie, chociaż wszystko jej mówiło, że nie wyniknie z tego nic dobrego.

Do tego Britta. Widząc, jak Preben interesuje się Märtą, stawała się coraz bardziej posępna. Elin widziała wiele razy, jak z zazdrością obserwuje ich przez okno, podsłuchała też niejedną kłótnię o to. W tej sprawie Preben nie chciał ustąpić. Märta nadal mogła chodzić za nim wszędzie, dokąd szedł. A za nią Viola. Kociątko podrosło przez zimę i podążało za nią tak samo wiernie jak ona za Prebenem. Przechodząc przez podwórze, stanowili dość zabawne trio. Elin wiedziała również, że ludzie szepczą o życzliwości pastora dla dziewczynki. Tym się akurat nie przejmowała. Służba może sobie gadać, co chce. Jak przyjdzie co do czego – ból głowy albo zęba – wtedy do kogo przybiegną, jak nie do niej. I za każdym razem, gdy pytali, co chce za fatygę, starała się wyprosić coś dla córki. Dodatkową porcję jedzenia. Parę znoszonych butów. Spódnicę, którą mogła przerobić na sukienkę. Märta była całym jej światem: jeśli Märta była szczęśliwa, to ona też. Britta mogła sobie myśleć, co chce.

Zaciskała zęby, kiedy jej córka przychodziła z płaczem, bo pani ją uszczypnęła albo wytargała za włosy. Była to cena za to, że była względnie bezpieczna. Elin w dzieciństwie nie raz została poszczypana przez siostrę i jakoś dała radę. Preben ochroni jej dziecko. I ją. Uwierzyła w to, kiedy zobaczyła, jak życzliwie na nią patrzył, myśląc, że ona tego nie widzi. A czasem, gdy ich spojrzenia spotkały się na sekundę długą jak wieczność, miała wrażenie, że zakołysała się pod nią ziemia.

DOJEŻDŻAJĄC DO MARSTRAND, Erika odczuwała coraz większe podniecenie. Dużo czytała o rodzicach Helen i na podstawie wywiadów, których udzielili, stworzyła sobie ich obraz. Ojciec, KG, umarł dawno temu, miała się spotkać z matką. Przyznawała sama przed sobą, że jest uprzedzona do Harriet Persson, która wraz z mężem zwaliła wszystko na koleżankę córki, a Helen przedstawiła jako ofiarę. Najbardziej jednak rzucało się w oczy to, że oboje ciężko znosili wstyd.

Wcześniej należeli do miejscowej śmietanki towarzyskiej. KG był właścicielem sieci sklepów z materiałami biurowymi, a Harriet przed ślubem była fotomodelką. On był bogaty, ona piękna. Kombinacja znana od dawna.

Erika wjechała na parking na Koön*. Dzień był ciepły i słoneczny. Cieszyła się na tę wyprawę, bo dawno nie była w Marstrand. Tym bardziej uderzyło ją piękno morskiej osady.

Przeprawa promem na wyspę Marstrand sprawiła jej przyjemność, ale kiedy tylko wysiadła, zaczęła myśleć o czekającej ją rozmowie. Sapiąc, szła pod górę, do domu Harriet Persson. Powtarzała sobie pytania. Kiedy doszła na miejsce, przystanęła na chwilę, żeby popatrzeć z podziwem na dom. Był zachwycający. Biały, z pięknymi starymi detalami z drewna, stał wśród przepięknych róż i łubinów, duży balkon wychodził na morze. Gdyby właścicielka zdecydowała się go sprzedać, dostałaby cenę liczoną w milionach, i to dwucyfrową.

Erika weszła przez białą drewnianą furtkę i kamienną ścieżką podeszła do drzwi. Nie było dzwonka, tylko staroświecka kołatka z głową lwa. Drzwi prawie natychmiast otworzyła elegancka pani w wieku sześćdziesięciu kilku lat.

– Erika Falck! Jakże mi miło, że w końcu mogę panią poznać. Czytałam wszystkie pani książki i uważam, że ma pani niezwykły talent. – Nie czekając na odpowiedź, lekko popchnęła ją

---

* Koön – jedna z dwóch wysp, na których leży miasteczko Marstrand.

do środka. – Nakryłam stół do kawy. Człowiek nieczęsto ma takich wspaniałych gości – powiedziała, przechodząc przez duży salon z wyjściem na balkon.

Erika nie znała się specjalnie na architekturze wnętrz, ale rozpoznała meble sygnowane przez Josefa Franka, Bruno Mathssona i Carla Malmstena. Odniosła jednak wrażenie, że właścicielka niczego nie wybrała sama, a urządzenie domu jest dziełem architekta.

– Przede wszystkim dziękuję, że zgodziła się pani mnie przyjąć – powiedziała, siadając na krześle, które gospodyni wskazała jej dość stanowczo.

– Ależ to się rozumie samo przez się. Zawsze chcieliśmy, żeby prawda wreszcie dotarła do ludzi, oczywiście ze względu na naszą biedną Helen. Choćby dlatego, że jak słyszałam od przyjaciółek ze Sztokholmu, ta okropna osoba zamierza wydać książkę.

– Dlaczego miałoby to być takie złe? – spytała ostrożnie Erika i kiwnęła głową, kiedy Harriet Persson pytającym gestem podsunęła jej dzbanek z kawą. – Marie Wall, podobnie jak pani córka, przez te wszystkie lata zapewniała o swojej niewinności. Jej wersja mogłaby wręcz poświadczyć wersję pani córki.

Pani Persson ściągnęła usta, nalewała kawy o niepokojąco jasnej barwie.

– Nie wierzę w jej niewinność. Myślę, że to ona zabiła tę biedną małą, a później próbowała zwalić winę na naszą Helen.

– Chociaż jako pierwsza się przyznała?

Erika wypiła łyk kawy, jak się słusznie obawiała, stanowczo za słabej.

– Nie rozumie pani? To była część jej planu! – odparła ostro Harriet Persson. – Podpuściła moją córkę, żeby się przyznała. Helen zawsze dawała się łatwo oszukać, a ta Marie była przebiegłym bachorem z okropnej rodziny. Od początku baliśmy się o to, jaki wpływ będzie miała na Helen. Odkąd tylko nasza córka zaczęła się z nią zadawać, zachowywała się tak, jakby ją ktoś podmienił. Zbyt długo na to pozwalaliśmy, ale nie chcieliśmy, żeby nas wzięli za jakichś snobów. Zresztą dzieci powinny się spotykać z osobami z różnych środowisk. Ale ta rodzina... Trzeba było to przerwać na samym początku, mówiłam to nawet mężowi. Ale sama pani wie, jacy są mężczyźni, nie słuchają, kiedy im się coś ubzdura, więc najpierw nie chciał, żebyśmy się wtrącali. Potem, wiadomo. A potem często powtarzał: czemu ja cię wtedy nie posłuchałem.

Musiała przerwać, żeby złapać oddech i wypić łyk kawy.

– Nie wiem, czy pani słyszała – pośpiesznie wtrąciła Erika. – Z gospodarstwa, w którym mieszkała Stella, kilka dni temu zginęła dziewczynka. Jej ciało znaleziono w tym samym miejscu co kiedyś ciało Stelli.

– Tak, słyszałam, to straszne. – Harriet Persson wzdrygnęła się, jej biżuteria zabrzęczała. Na szyi miała gruby złoty łańcuch bismarck, takie same bransoletki, do bluzki przypiętą dyskretną broszkę Chanel. Widać było, że kiedyś była modelką, nosiła się prosto, z podniesioną głową, a włosy, umiejętnie ufarbowane na różne odcienie blondu, nie zdradzały, że siwieje. Wyglądała raczej na pięćdziesiąt kilka niż na sześćdziesiąt kilka lat. Erika podświadomie poprawiła się na krześle, wyprostowała plecy. Miała skłonność do garbienia się, co było skutkiem wielogodzinnego przesiadywania przed komputerem.

Jej gospodyni dolała kawy. Erika skrzywiła się w myślach.

– To dowodzi tylko, że mam rację. Helen była niewinna. To nie może być przypadek, że ta mała zginęła akurat wtedy, kiedy Marie wróciła po latach. To na pewno ona.

Wbiła wzrok w Erikę.

– Ale dlaczego Helen się przyznała, jak pani myśli? – spytała Erika. – Dlaczego trzynastoletnia dziewczynka miałaby się przyznać do zabójstwa, którego nie popełniła?

Harriet Persson długo milczała. Nerwowo majstrowała przy naszyjniku i patrzyła na twierdzę Marstrand. Kiedy w końcu spojrzała na Erikę, w oczach miała coś, czego Erika nie umiała zinterpretować.

– Helen była delikatną dziewczynką i pozostanie taka już do końca. Mój mąż ją rozpieszczał. Więcej dzieci nie mieliśmy, a ona była córeczką tatusia. Ciągle chciał ją chronić i dawać wszystko, czego chciała. Przyznaję, że czasem czułam się odrzucona, potrafili spędzać całe godziny we dwoje, jakby żyli w osobnym świecie. Ale ja również byłam kiedyś córeczką tatusia, więc rozumiałam to i nie przeszkadzałam im. Aż pojawiła się Marie. Jakby zstąpił żywioł, któremu Helen nie mogła się oprzeć. Była nią absolutnie zafascynowana. Dziewczyna już wtedy była piękna, miała pewne obycie i... jak by to określić, instynkt przetrwania. Wydaje mi się, że Helen, która wszystkiego się obawiała, przy niej czuła się bezpiecznie. Zmieniła się. Odsunęła się od nas. Mąż też to zauważył, starał się poświęcać jej jeszcze więcej uwagi. Ani jemu, ani mnie nie podobało się, że spędzają razem tyle czasu. Próbowaliśmy im przeszkodzić, ale Fjällbacka jest mała, trudno utrzymać dwie osoby z dala od siebie. Co mieliśmy robić, siedzieć z nią cały dzień w szkole? – Nie przestawała majstrować przy naszyjniku. Chrzęścił na jej opalonym dekolcie.

– Więc dlaczego się przyznała, jak pani myśli? Bała się Marie? – Erika wróciła do pytania, od którego oddaliła ją długa przemowa pani Persson.

– Wydaje mi się, że chciała się jej przypodobać. Policjanci powiedzieli jej, że Marie się przyznała, więc nie chciała być gorsza. Właśnie taka była Helen. Wciąż jest. Nie lubi płynąć pod prąd. A kiedy Marie wycofała swoje zeznanie, zrobiła to samo. Ale nieszczęście już się stało. – Głos jej zadrżał. Podsunęła Erice talerz z drożdżówkami. – Bardzo proszę, świeżutkie, rano kupiłam w piekarni.

Erika wzięła jedną.

– Helen mogła zostać z państwem. W odróżnieniu od Marie, która trafiła do rodziny zastępczej. – Było to stwierdzenie, ale wypowiedziała je pytającym tonem.

– Tak, na szczęście nie mogli ich skazać na więzienie. Włączyła się opieka społeczna, która oceniła, co będzie dla nich najlepsze. Zgodnie z oczekiwaniami uznano, że Wallowie nie nadają się do sprawowania opieki nad Marie. Natomiast Helen spędziła jakiś czas w ośrodku wychowawczym, a potem wróciła do nas. I słusznie. Cokolwiek się stało, nie była to nasza wina, nie popełniliśmy błędów w jej wychowaniu. Gdyby nie poznała tej okropnej dziewczyny, nigdy by do tego nie doszło. – Jej głos znów zabrzmiał ostro.

– Ale państwo od razu wyprowadzili się z Fjällbacki, prawda? – spytała Erika.

Harriet przytaknęła.

– Ze zrozumiałych względów nie mogliśmy tam zostać, zważywszy na ludzkie gadanie. Nagle zaczęli nas traktować jak wyrzutków, co naprawdę nie było przyjemne. Mężowi odebrali nawet funkcję przewodniczącego klubu Rotary. Jakby to była jego wina. – Musiała kilka razy odetchnąć. Najwyraźniej rany jeszcze się nie zagoiły.

Erika pomyślała, że to zdumiewające, że bardziej wydaje się wzburzona towarzyską degradacją niż traumą córki.

– A jednak Helen wróciła do Fjällbacki. Dlaczego?

– Nigdy nie potrafiłam tego zrozumieć. James kupił od nas ten dom i po ślubie nie chciał się stamtąd wyprowadzić. Mój mąż go w tym utwierdzał, to co ja mogłam?

– Z tego co wiem, James i pani mąż byli bliskimi przyjaciółmi. Helen była bardzo młoda, kiedy wychodziła za mężczyznę w wieku jej ojca. Jaki był państwa stosunek do tego małżeństwa?

Erika pochyliła się z zaciekawieniem. Od kilku miesięcy wiele razy się nad tym zastanawiała.

– Mój mąż był zachwycony. Przyjaźnił się z Jamesem od dzieciństwa i bardzo go podziwiał. Od początku sprzyjał temu związkowi, a ja nie widziałam w nim nic złego. Znam Jamesa, od kiedy wyszłam za KG, w pewnym sensie już wtedy stał się częścią naszej rodziny. Więc kiedy krótko przed ukończeniem przez Helen osiemnastu lat James podjął temat, oczywiście odpowiedzieliśmy, że to zależy od niej, ale nie mamy nic przeciwko temu.

Erika wpatrywała się w jej twarz i wydawało jej się, że dostrzega co innego niż to, co mówi. Czy na pewno podobało jej się to, że przyjaciel rodziny, mający tyle lat, że mógłby być ojcem jej córki, nagle zaczyna się do niej zalecać, a potem się z nią żeni? Nie kupowała tego. Coś się nie zgadzało, ale domyśliła się, że więcej z niej nie wyciśnie.

– Wielokrotnie dzwoniłam do pani córki, ale nigdy nie oddzwoniła. Widocznie nie chce ze mną rozmawiać. Ale gdybym mogła przedstawić w książce jej wersję, byłoby to bardzo cenne. Czy mogłaby ją pani przekonać?

Harriet kiwnęła głową.

– Oczywiście, powinna się z panią spotkać. Ona się boi, że teraz zostanie to rozgrzebane na nowo, mnie również przyszło do głowy, że znów się zacznie gadanie. Ale potem zdałam sobie sprawę, że to szansa, na którą czekaliśmy tyle lat, że możemy odzyskać reputację raz na zawsze. Nawet teraz, po tylu latach, ludzie patrzą na mnie krzywo i wykluczają mnie z imprez towarzyskich, tu, na wyspie. A tyle mogłabym z siebie dać! – Musiała przełknąć ślinę. – Porozmawiam z Helen, spotka się z panią.

– Dziękuję.

– Jeszcze dziś do niej zadzwonię – dodała Harriet. – Nie pozwolę jej zmarnować szansy na oczyszczenie naszego nazwiska.

Kiedy Erika wychodziła na drogę, Harriet stała na balkonie.

W środku dnia zawsze panował spokój. Ludzie byli na morzu albo jedli lunch w miasteczku. W takim upale nikomu nie chciało się chodzić po ścieżkach ogrodu, żeby wybrać kwiaty i krzewy. Sannie bardzo to odpowiadało. Zawsze najlepiej czuła się w szklarni, nie dokuczał jej skwar, kiedy słońce stało wysoko na niebie, chociaż jak zwykle przed południem bolała ją głowa. Miała okazję zająć się roślinami, które chłonęły wodę. Pilnowała, żeby żadnej nie pominąć.

Ustawiała doniczki, które przewrócili nieuważni klienci, rozmawiała z hortensjami i plotkowała z różami. Cornelia zajmowała się kasą. Pracownicy sezonowi zmieniali się co roku, ich poziom też, ale akurat Cornelia naprawdę się udała.

Gdyby ktoś ją spytał o jej najbliższych przyjaciół, odpowiedziałaby, że są nimi rośliny. Inna rzecz, że nie miała wielkiego wyboru. Zbliżenie się do kogoś zawsze było dla niej trudne. W liceum podejmowała nieśmiałe próby zaprzyjaźnienia się z kimś, robiąc to, co koleżanki: chodziła na kawę i ciastka, gadała o chłopakach i o ostatnich zakupach, a na poważnie o efekcie cieplarnianym. Starała się być normalna. Ale nie znała się na ludziach. To właściwie cud, że zeszła się z Niklasem. Co innego rośliny, rośliny rozumiała, a one rozumiały ją. W odróżnieniu od ludzi. Nie potrzebowała innego towarzystwa.

Ostrożnie wtuliła twarz w wielką hortensję i wciągnęła jej woń. To lepsze od wszystkich świec zapachowych świata. Napełniało ją spokojem i dawało chwilowe odprężenie. Odsuwało wszelkie wspomnienia i myśli, zostawał jedynie cichy szum.

Co innego kiedy była mała. Stella była tą, która kochała las i mogła się tam bawić całymi dniami, podczas gdy ona trzymała się podwórka, unikała lasu i jego zapachów.

A po tym, co się stało ze Stellą, po tym, co zrobiły Helen i Marie, miała jeszcze mniej powodów, żeby chodzić do lasu. Myśl o Marie zawsze coś w niej uruchamiała. Potrzebę, żeby coś zrobić. Cokolwiek. Po trzydziestu latach rozmyślania miała uczucie, jakby w jej piersi zalegał coraz cięższy kamień. Jego ucisk z każdym dniem stawał się silniejszy.

Musi coś z tym zrobić.

– Przepraszam, gdzie znajdę zioła?

Sanna drgnęła, z twarzą zanurzoną w kwiecie hortensji. Obejrzała się. Stała za nią kobieta trzymająca za rękę małe niecierpliwe dziecko.

– Zaraz pokażę – powiedziała Sanna, prowadząc ją do tej części ogrodu, którą przeznaczyła na przyprawy i zioła do kuchni.

Zgadła, że jej klientka to typ bazylii. Nigdy się nie myliła.

Przez wiele lat jej życie przypominało kolejkę górską. Teraz po raz pierwszy od dawna miała wrażenie, jakby wreszcie zyskała stabilny fundament. Napawało ją to niewypowiedzianym lękiem, bo wiedziała, jak szybko wszystko się potrafi zawalić. Lata małżeństwa z Lucasem całkowicie ją zmieniły. Kopniaki i ciosy stopniowo unicestwiły poczucie własnej wartości, ciągle zmagała się ze sobą, chciała znów być taka jak dawniej.

Przed ślubem z Lucasem miała wrażenie, że jest niepokonana. W dużej mierze zawdzięczała to Erice. Dopiero jako osoba dorosła zdała sobie sprawę, że siostra była wobec niej nadopiekuńcza, że ją rozpuściła. Prawdopodobnie chciała jej w ten sposób zrekompensować to, czego nie dali im rodzice.

Wybaczyła matce dawno temu. Prawda związana z jej tajemnicą okazała się bolesna, ale w sumie dobrze się stało, że Erika znalazła zakrwawione ubranko na strychu ich rodzinnego domu. Dzięki temu zyskały nowego członka rodziny. Obie z Eriką starały się jak najczęściej spotykać z przyrodnim bratem Göranem.

We wszystkim jest jakiś sens, pomyślała, wyprzedzając na drodze stary ciągnik. Słońce niemal ją oślepiło. Nie odrywając wzroku od drogi, sięgnęła po okulary przeciwsłoneczne. Nigdy nie szarżowała, a po wypadku stała się jeszcze ostrożniejsza. Zwłaszcza że z powodu brzucha ledwo sięgała do kierownicy.

Niedługo już nie będzie mogła prowadzić. Dan wprawdzie był gotów ją zawieźć, ale podziękowała mu. Tę sprawę chciała załatwić sama. Nie chciała, żeby ktokolwiek się wtrącał.

Pozwoliła sobie na tę krótką przejażdżkę, chwilę odprężenia, oderwania od codzienności. Letnie wakacje są pod wieloma względami wspaniałym wynalazkiem, ale dla dzieci, nie zawsze dla rodziców. W każdym razie nie dla niej w tym stanie. Ciągle była zmęczona i spocona. Uwielbiała swoje dzieci, ale wymyślanie im przez cały dzień zajęć było trudnym zadaniem, zwłaszcza ze względu na różnicę wieku między jej dziećmi a dziećmi Dana. Od popłakujących maluchów po awanturujące się nastolatki. W dodatku nie potrafiła odmówić, kiedy Erika i Patrik prosili ją o pomoc. Dan mówił, żeby myślała o sobie, ale ona po pierwsze bardzo lubiła swoich siostrzeńców, a po drugie chciała się jakoś odwdzięczyć Erice za wszystko, co dla niej zrobiła. Uważała, że opiekowanie się Mają i bliźniakami to drobiazg, a Dan może sobie mówić, co chce. Zawsze będzie gotowa pomóc starszej siostrze.

Włączyła radio Vinyl 107 i zaczęła głośno podśpiewywać. Odkąd urodziła dzieci, przestała być na bieżąco. Owszem, wiedziała, że popularny jest Justin Bieber, umiała też zanucić kilka piosenek Beyoncé, ale poza tym zupełnie się nie orientowała. Właśnie leciało *Broken Wings* zespołu Mr. Mister i mogła sobie pośpiewać na cały regulator.

Przerwała w połowie refrenu i zaklęła. Znała aż za dobrze samochód jadący z przeciwka. Erika. Wszędzie poznałaby jej stare volvo kombi. Przez chwilę miała ochotę schować się za kierownicą, ale uzmysłowiła sobie, że Erika prędzej pozna jej samochód niż ją. Liczyła jeszcze na to, że ponieważ Erika ledwo odróżnia toyotę od chryslera, nie zwróci uwagi na jadące z przeciwka czerwone renault.

Zabrzęczał przyczepiony do deski rozdzielczej telefon. Zerknęła na wyświetlacz. Kurde, kurde, kurde. Erika. Więc poznała ją. Westchnęła, ale nie miała zwyczaju rozmawiać przez telefon podczas jazdy. Została jej jeszcze chwila, żeby coś wymyślić. Nie lubiła okłamywać siostry, w poprzednich latach robiła to aż za często. Ale nie miała wyboru.

Huśtawka bujała się powoli tam i z powrotem, chociaż Gösta nie wyczuwał nawet najmniejszego podmuchu. Zastanawiał się, kiedy ostatnio Nea mogła się na niej huśtać. Żwir chrzęścił mu pod butami. Po grze w klasy prawie nie było śladu.

Zaćmiło go w żołądku, kiedy podchodził do drzwi. Otworzyły się, zanim zdążył zapukać.

– Proszę – powiedział Bengt Berg. Uśmiechnął się, ale pod tą uprzejmością Gösta wyczuł buzującą złość.

Uprzedził telefonicznie, że przyjdzie, więc wszyscy siedzieli przy stole, jakby na niego czekali. Domyślał się, że rodzice Petera zostaną jeszcze po pogrzebie. Chociaż nie było wiadomo, kiedy będzie mógł się odbyć. Dopóki nie zakończą sekcji, Nea nie zostanie złożona do ziemi. Chyba że rodzice zdecydują się na kremację. Odsunął od siebie te myśli. Usiadł obok Petera i położył mu rękę na ramieniu.

– Jak się trzymacie? – spytał i skinieniem głowy podziękował za filiżankę gorącej kawy, którą postawiła przed nim Eva.

– Z minuty na minutę – odparła Eva cicho. Usiadła naprzeciwko, obok teścia.

– Dostali od lekarza coś na sen, trochę pomaga – powiedziała matka Petera. – Z początku nie chcieli, ale ich przekonałam. Nic im nie pomoże, że nie będą spać.

– I bardzo dobrze. Korzystajcie z wszelkiej możliwej pomocy – powiedział Gösta.

– Wiecie już coś? Dlatego pan przyszedł? – spytał Peter. Miał zupełnie martwe spojrzenie.

– Niestety nie, ale pracujemy pełną parą. Przyjechałem dowiedzieć się, czy jest możliwe, że ktoś się dostał do domu, kiedy spaliście. Czy któreś okno było otwarte?

Eva podniosła wzrok.

– Było tak gorąco, że spaliśmy przy uchylonych oknach, zabezpieczonych od środka haczykiem, ale wszystko było jak zwykle.

– Kiedy byłem tu poprzednio, mówił pan, że drzwi wejściowe były zamknięte na klucz. Czy można wejść innymi? Na przykład przez piwnicę? Nie zapomnieliście jej zamknąć na klucz?

Peter złapał się za głowę.

– Ojej, zapomniałem wtedy powiedzieć. Mamy alarm. Włączamy go zawsze na noc. Mieliśmy kiedyś włamanie, to było jeszcze w Uddevalli, zanim urodziła się Nea. Ktoś wcisnął pojemnik z gazem łzawiącym przez szparę na listy, a potem się włamał. Nie ukradł nic cennego, bo nic takiego nie mieliśmy, ale czuliśmy się strasznie z tym, że ktoś bezczelnie wszedł do nas, kiedy spaliśmy. Od tamtej pory zawsze mamy alarm. Była to jedna z pierwszych rzeczy, które zainstalowaliśmy, jak tylko się wprowadziliśmy. Wydawało nam się to tym ważniejsze, że dom stoi na uboczu...

Ucichł. Gösta domyślił się dlaczego. Alarm dał im poczucie bezpieczeństwa, ale przed niczym nie uchronił.

– Więc rano, kiedy pan wstał, wyłączył pan alarm?

– Tak.

– I wychodząc, włączył pan z powrotem?

– Nie. Było już widno, więc... – Spojrzał na Göstę i w tym momencie zrozumiał. – ...więc Nea nie mogła wyjść przed wpół do siódmej.

– Właśnie, musiała wyjść później, inaczej uruchomiłaby alarm. Rozumiem, że nikt inny nie zna kodu?

Eva pokręciła głową.

– Nie, w dodatku dostajemy na komórkę SMS-a o wszystkim, co robią z instalacją alarmową.

Wstała i sięgnęła po iPhone'a, który ładował się na blacie. Wybrała kod, przesunęła palcem po aplikacjach i podsunęła telefon Göście.

– Proszę, to tamta noc. Włączyliśmy alarm, kiedy szliśmy spać, około dziesiątej wieczorem, został wyłączony o szóstej trzy, kiedy wstał Peter.

– Że też wcześniej nie pomyśleliśmy – powiedział cicho Peter.

– Ja powinienem był o tym pomyśleć – odparł Gösta. – Przecież widzę puszkę od alarmu. W takich sytuacjach... człowiek zapomina o logice. Przynajmniej wiadomo, że możemy wykluczyć, że ktoś się włamał w nocy.

– A sprawdziliście tych ludzi z Tanumshede? – spytał Bengt.

Żona pociągnęła go za ramię, nachyliła się i zaczęła coś szeptać. Ze złością wyszarpnął ramię.

– Właśnie że powiem, skoro nikt nie ma odwagi! Mówią, że w tym ośrodku w Tanumshede są jakieś elementy przestępcze. Kilku wzięło nawet udział w poszukiwaniach. Nie dociera do was, że mieli świetną okazję, żeby zatrzeć slady? Podobno jeden z nich nawet ją znalazł. Ciekawy zbieg okoliczności, co?

Gösta nie wiedział, co odpowiedzieć. Tego nie wziął pod uwagę, chociaż w ostatnich latach przekonywał się coraz częściej, że nienawiść do obcych niekoniecznie cechuje łysych mięśniaków w glanach, mogą ją również okazywać zupełnie zwyczajni emeryci. Zastanawiał się, czy Eva i Peter podzielają poglądy Bengta Berga.

– Niczego nie wykluczamy, ale nic nie wskazuje na to, że powinniśmy podejrzewać ludzi z ośrodka dla uchodźców.

– A są tam jacyś przestępcy? – spytał Peter. Gösta nie potrafił ocenić, czy to pytanie wynika z jego wewnętrznego przekonania, czy z desperacji.

– Policja chyba powinna sprawdzić tych ludzi, jak tylko przyjechali? Przecież mogą wśród nich być mordercy, złodzieje, gwałciciele i... tak! Pedofile! – dodał Bengt podniesionym głosem.

Żona pociągnęła go za ramię.

– Ćśś... Bengt, to nie jest odpowiedni moment...

Ale Bengt nie dał się powstrzymać:

– Nie rozumiem, co się dzieje w tym cholernym kraju. Właśnie dlatego stąd wyjechaliśmy. Szwedzi są tacy naiwni, tłumy ludzi wlewają się przez granicę, trzeba ich karmić, ubierać i dać dach nad głową, a oni jeszcze potrafią narzekać na złe warunki! Mówią, że uciekają przed wojną i torturami, a potem się skarżą, że nie ma Wi-Fi. Przecież to pokazuje, o co im chodzi!

– Proszę wybaczyć mojemu mężowi – powiedziała Ulla, ciągnąc męża za koszulkę. – Ale rzeczywiście nie wiadomo, co to za ludzie. Kiedy pojechaliśmy na zakupy, słyszeliśmy, co się mówi. Ludzie się boją, że ktoś uprowadzi kolejne dziecko.

– Mamy inne podejrzenia, uważamy je za bardziej uzasadnione – stwierdził Gösta.

Nie podobało mu się, że sprawy przybrały taki obrót.

– Ma pan na myśli to, co się stało trzydzieści lat temu? Z Helen i tą aktorką, która tu przyjechała? Naprawdę w to wierzycie? – zapytała Eva. Podniosła wzrok i spojrzała mu w oczy. – Znamy Helen, jest naszą sąsiadką, nigdy nie zrobiłaby Nei nic złego. A co do tej aktorki... dlaczego miałaby zrobić krzywdę naszej córeczce? Przecież były dziećmi, kiedy tamto się stało. Nie, nie wierzę. To już prędzej to... co mówi mój teść.

Gösta milczał. Co tu powiedzieć? Rodzice Nei są zdesperowani, to nie jest właściwa pora na dyskusję na tematy ideologiczne.

– Niczego nie wykluczamy, ale wyciąganie pochopnych wniosków może być niebezpieczne – powiedział. – Dochodzenie dopiero się zaczęło, czekamy na raport lekarzy sądowych i analizę techników kryminalistyki. Proszę mi wierzyć, nie zafiksowaliśmy się na żadnej teorii, ale rozpuszczanie bezpodstawnych plotek zaciemniających sytuację nie przyniesie nikomu pożytku. Więc proszę, żeby państwo nie utrudniali... i nie popychali ludzi w niewłaściwą stronę.

– Dobrze – przytaknął Peter, zaciskając pięści. – Ale proszę obiecać, że również policja niczego nie wykluczy tylko dlatego, że to niepoprawne politycznie. Jeśli tamci mają złą opinię i ludzie o tym mówią, to może jest jakiś powód. Nie ma dymu bez ognia.

– Obiecuję – odparł Gösta.

Miał nieprzyjemne wrażenie, że właśnie został zapoczątkowany jakiś proces, który trudno będzie powstrzymać. Wychodząc, widział mroczne spojrzenie Petera.

Bohuslän 1672

Resztki śniegu stopniały, strumyki zaszemrały, buchnęła zieleń. Na plebanii przez cały tydzień trwało wielkie sprzątanie: wszyscy chcieli przegnać zimę i powitać cieplejszą porę roku. Wszystkie pierzyny i materace zostały wyprane i wystawione do suszenia, szmaciane chodniki wytrzepane, a podłogi wyszorowane dziegciem. Okna pomyte, żeby słońce mogło przeniknąć do malutkich pokoi i przegnać cienie ze wszystkich kątów. W piersiach zagnieździło się ciepło, tajało wszystko, co zmarzło w długie zimowe noce, nóżki Märty wydawały się tańczyć, kiedy podskakiwała na podwórku, a za nią Viola. Szorując deski podłogi, Elin nuciła wesoło, nawet Britta wydawała się przyjemniejsza.

Wieści o paleniu czarownic w różnych miejscach wprawiły w podniecenie całą okolicę, przekazywano je z domu do domu i znów od nowa. Do opowieści o zlotach czarownic i igraszkach z diabłem za każdym razem ktoś coś dodawał. Służba prześcigała się w soczystych opisach kolacji podawanych w odwrotnej kolejności, o świecach odwróconych knotem do dołu, o latających krowach i kozach, o dzieciach wabionych przez czarownice diabłu na uciechę. Märta słuchała z szeroko otwartymi oczami, ale Elin podchodziła do tego z łagodną wyrozumiałością. Nie mogła zaprzeczyć, że to ciekawe historie, chociaż w cichości ducha zastanawiała się, ile w nich prawdy. Przypominały bajki o duchach i rusałkach, które w dzieciństwie opowiadała jej babka. Ale nie oponowała. Pomyślała, że ludzie potrzebują bajek, żeby radzić sobie z przeciwnościami, radowała się, patrząc na córkę, która słuchała tego z wielką ciekawością. Dlaczego miałaby jej to odbierać? Märta zdąży się jeszcze nauczyć, co jest baśnią, a co prawdą, im dłużej będzie mogła przebywać w świecie baśni, tym dla niej lepiej.

Britta była ostatnio wyjątkowo miła dla Märty. Gładziła ją po jasnej główce, częstowała słodyczami i pytała, czy może pogłaskać Violę. Obserwując to, Elin czuła się nieswojo, ale nie umiałaby powiedzieć, dlaczego. Znała swoją siostrę, wiedziała, że nic nie robi z dobroci serca. Ale Märta chłonęła jej życzliwość, podobnie jak łakocie, które od niej dostawała, i cała rozpromieniona pokazywała matce. Elin próbowała się nie martwić, zwłaszcza że miała mnóstwo dodatkowej pracy w związku z zapowiedzianą wizytą Ingeborg, ciotki Britty. Trzeba było przyspieszyć wiosenne porządki, żeby wszystko było gotowe na jej przyjazd. Nie widziała córki przez cały dzień, zajęta szorowaniem i sprzątaniem, dopiero po południu zaczęła się za nią niespokojnie rozglądać. Wołała ją, chodząc po podwórku, zajrzała do czworaków, do stodoły i innych budynków gospodarczych, ale nigdzie jej nie było. Coraz bardziej niespokojna rozpytywała i wołała coraz głośniej, ale nikt nie widział jej córki.

Drzwi plebanii otworzyły się.

– Co się dzieje, Elin? – spytał Preben. Wybiegł z domu z rozwianą czupryną, wsuwając białą koszulę w spodnie.

Podbiegła do niego. Cały czas rozglądała się za jasnym warkoczem córki.

– Nie mogę znaleźć Märty, wszędzie szukałam!

– Spokojnie, Elin.

Położył jej dłonie na ramionach. Poczuła ciepło jego rąk i przylgnęła do jego piersi, ale natychmiast się oderwała i wytarła łzy rękawem.

– Muszę ją znaleźć, jest jeszcze taka mała, moje kochanie najdroższe.

– Znajdziemy ją. – Preben ruszył do stajni.

– Już tam byłam – powiedziała z rozpaczą.

– Widziałem, że tam jest Mały Jan, on wie najlepiej, co się dzieje w gospodarstwie.

Otworzył drzwi i wszedł. Elin złapała za spódnice i pobiegła za nim. Usłyszała, że ktoś cicho rozmawia. I imię: Britta. Serce zabiło jej mocniej. Zmusiła się, żeby poczekać, aż skończą, ale kiedy zobaczyła twarz Prebena, wiedziała, że nie bez powodu poczuła lód w żołądku.

– Mały Jan widział jakiś czas temu, jak Britta idzie z Märtą do lasu.

– Do lasu? Po co? Britta nigdy nie chodzi do lasu. I po co zabrała Märtę?! – wykrzyknęła.

Preben zaczął ją uciszać.

– Nie pora na histerię. Trzeba znaleźć dziecko. Przed chwilą widziałem Brittę w bibliotece. Pójdę z nią porozmawiać.

Pobiegł do domu. Elin została na podwórzu. Była zupełnie bezradna. Przypomniało jej się dzieciństwo. Siostra zabrała jej wszystko, co było drogie jej sercu, i to za przyzwoleniem ojca. Lalkę, którą dostała od matki, znalazła potem w wychodku z obciętymi włosami i rzęsami. Szczeniak, którego dostała od parobka, gdzieś zginął, ale ona wiedziała, że musiała to być sprawka Britty. Jej siostra była po prostu podła, nie dopuszczała do siebie myśli, że ktoś inny może posiadać coś, czego ona nie ma. Zawsze tak było.

A teraz nie ma dziecka, podczas gdy ona, Elin, ma najbardziej uroczą córeczkę, jaką można sobie wyobrazić. A mąż Britty spogląda na nią z taką miłością, jakby była jego rodzonym dzieckiem. Przeczuwała, że to się źle skończy, ale co miała robić? Żyła na łasce siostry, bo nie miała gdzie się z córką podziać. Zwłaszcza po tym, co powiedziała, ściągnęła na siebie nienawiść i potępienie. Britta stała się ich jedynym ratunkiem. A teraz możliwe, że ona, Elin, straciła córkę.

Preben wrócił wyraźnie przygnębiony.

– Poszły nad leśne jeziorko – powiedział.

Nie ciekawiło jej, o czym rozmawiali. Myślała jedynie o tym, że jej córeczka jest nad wodą i że nie umie pływać.

Serce jej łomotało, kiedy biegła za nim do lasu. Modliła się do Boga, żeby im pozwolił odnaleźć Märtę żywą. W przeciwnym razie gotowa była umrzeć w czarnych wodach jeziorka razem z córką.

NILS WŁOŻYŁ papierosa do ust i się zaciągnął. Siedząca obok Vendela też zapaliła. Basse zaszeleścił torebką ze słodyczami, które kupił w kiosku Centrum.

Siedzieli na szczycie skały, w punkcie widokowym nad Wąwozem Królewskim. Poniżej grupa turystów robiła zdjęcia wejścia do portu w Fjällbace.

– Myślisz, że twojemu staremu się uda? – spytał Basse. – Nauczy tych Arabów żeglować? – Zamknął oczy i odwrócił do słońca piegowatą twarz. Jeśli dłużej posiedzi na tym słońcu, spiecze się na raka.

– W każdym razie nakręcił się na to – odparł Nils.

Z ojcem zawsze tak było. Jeśli bardzo czegoś chciał, gotów był z niewyczerpaną energią zabiegać o to dwadzieścia cztery godziny na dobę. W domu wisiały zdjęcia, na których nosił na barana jego starszych braci, uczył ich żeglować i czytał im.

Natomiast on miał się cieszyć, jeśli ojciec spyta, jak się czuje.

Vendela z roztargnieniem spojrzała na smartfona. Jeśli nie spała, większość czasu spędzała w ten sposób. Nils mówił, że niedługo telefon przyrośnie jej do ręki.

– Patrzcie, jaka była ładna – powiedziała.

Pokazała im fotkę. Zmrużyli oczy, żeby lepiej widzieć w tym słońcu.

– Superlaska – stwierdził Basse.

Zdjęcie z początku lat dziewięćdziesiątych, Marie Wall obok Bruce'a Willisa. Nils widział ten film wiele razy. Rzeczywiście była sexy.

– Jak ona może mieć taką brzydką córkę? – Pokręcił głową. – Ojciec Jessie musiał być strasznie paskudny.

– Za to cycki ma super – zauważył Basse. – Większe niż jej matka. Ciekawe, jaka jest w łóżku. Brzydkie dziewczyny wyrównują braki tym, że są cholernie dobre w łóżku. Mógłbyś ją wygooglować? Zobacz, co na nią znajdziesz.

Vendela kiwnęła głową i zaczęła przebierać palcami po klawiaturze. Nils położył się na ziemi.

– O rany! – krzyknęła, szarpiąc go za ramię. – Musicie to zobaczyć!

Pokazała im telefon.

– Żartujesz?! – Nilsa przeszył dreszcz. – To jest w sieci?

– No, od razu znalazłam!

– To. Po prostu. Zajebiście.

Basse aż podskoczył.

– Co robimy? Przerzucamy na Snapchata?

Vendela uśmiechnęła się do Nilsa. Milczał, zastanawiał się dłuższą chwilę, a potem uśmiechnął się szeroko.

– Nic nie robimy. Na razie.

Basse i Vendela wyglądali na zawiedzionych, ale gdy Nils przedstawił im swój plan, Basse zaśmiał się głośno. Genialny. Prosty, ale genialny.

Kiedy po powrocie usiadł przy kuchennym stole, dzieci zarzuciły go pytaniami. Ale nie miał siły odpowiadać. Mruknął coś tylko. Jego umysł musiał w krótkim czasie przyswoić dużo nowych rzeczy. Tak zmęczony nie czuł się od czasu studiów. Na pewno nie była to wiedza aż tak zaawansowana. W swoim czasie studiował trudniejsze rzeczy niż żeglowanie. Chodziło raczej o natłok informacji przekazywanych w języku, którego jeszcze dobrze nie znał, ale również o to, że woda jako żywioł była mu obca. I przerażająca.

Wspomnienia z przeprawy przez Morze Śródziemne wróciły z siłą, która go zaskoczyła. Dopiero teraz uświadomił sobie, jak bardzo się bał, bo wtedy nie było czasu ani miejsca na strach. Oboje z Aminą skupili się na dzieciach. Ale rano na żaglówce z Billem przypominał sobie o falach, krzykach, o tym, że ktoś wpadł do wody, krzyczał, potem przestawał i znikał pod powierzchnią, żeby więcej nie wypłynąć. Wszystko to zepchnął w niepamięć, wmawiał sobie, że teraz liczy się tylko to, że są bezpieczni. Że mają nową ojczyznę. Nowy dom.

– Chcesz o tym porozmawiać? – spytała Amina, gładząc go po głowie.

Nie. I nie dlatego, że nie mógłby się jej zwierzyć. Amina by go nie osądzała, bo nigdy w niego nie zwątpiła. Chodziło o to, że wcześniej to ona była silna. Zarówno w ostatnich miesiącach w Syrii, jak i później, podczas długiej podróży do Szwecji.

Teraz jego kolej, teraz on musi okazać siłę.

– Zmęczony jestem – powiedział, nakładając sobie jeszcze jedną łyżkę *baba ghanoush*.

Pasta była równie dobra jak u jego matki, chociaż matce nigdy by tego nie powiedział, bo temperamentem prawie dorównywała Aminie.

Amina położyła mu dłoń na ramieniu. Pogłaskała po bliznach. Odpowiedział zmęczonym uśmiechem.

Matka umarła, kiedy siedział w więzieniu, potem musieli w tajemnicy szybko wyjechać. Syria stała się państwem zbudowanym na donosicielstwie, nigdy nie było wiadomo, kto kogo wyda, żeby ratować własną skórę. Sąsiedzi, przyjaciele, krewni – nikomu nie można było ufać.

Wolał nie myśleć o tamtej podróży. Wielu Szwedów wierzyło, że opuścili swój kraj, bo liczyli na życie w luksusie. Zdumiewała go ta naiwność. Jak można myśleć, że człowiek zostawi wszystko, co zna, bo wierzy, że na Zachodzie będzie się tarzać w złocie? Oczywiście spotykał również takich, którzy gotowi byli iść po trupach kobiet i dzieci, żeby się ratować, którzy przed niczym się nie wzdragali, byle ocalić siebie. Chciałby jednak, żeby Szwedzi dostrzegali również innych. Tych, którzy byli zmuszeni porzucić swoje domy, by ratować życie i najbliższych. Gotowych oddać wszystkie siły i umiejętności krajowi, który ich przyjął.

Amina wciąż gładziła blizny na jego ramieniu. Podniósł wzrok i spojrzał na nią znad talerza. Zdał sobie sprawę, że nic nie zjadł, bo zagłębił się we wspomnieniach, które, jak sądził, zepchnął w niepamięć.

– Na pewno nie chcesz o tym porozmawiać?

Uśmiechała się.

– Ciężko było – odparł.

Samia kopnęła Hassana, Amina tylko spojrzała. Zazwyczaj to wystarczało.

– Dużo nowych rzeczy – ciągnął. – Tyle dziwnych słów. Nie jestem pewien, czy ten facet nie jest w gruncie rzeczy szalony…

– Bill?

– Tak, może jest szaleńcem, bo chce niemożliwego.

– Przecież wszystko jest możliwe, zawsze to powtarzasz dzieciom, prawda?

Usiadła mu na kolanach. Dzieci zrobiły wielkie oczy, nieczęsto okazywali sobie czułość w ich obecności. Chyba się domyśliła, że w tym momencie Karim bardzo jej potrzebuje.

– Używasz przeciw swemu mężowi jego własnych słów? – spytał, odgarniając jej gęste i długie, opadające na plecy włosy. Kochał je, jak wszystko w niej.

– Mój mąż mówi mądre rzeczy – odparła, całując go w policzek. – Czasami.

Zaśmiał się głośno, pierwszy raz od dawna, i poczuł, że się rozluźnia. Dzieci nie zrozumiały żartu, ale też się roześmiały, skoro tata się śmiał.

– Masz rację. Wszystko jest możliwe – powiedział i poklepał ją po pupie. – A teraz zejdź, żebym mógł dosięgnąć talerza. Jedzenie jest prawie tak dobre jak u mojej mamy.

W odpowiedzi trzepnęła go po ramieniu. Wyciągnął rękę, sięgając po gołąbka.

– Zadzwonisz do niej? – spytała Paula, uśmiechając się do Martina, który właśnie zredukował bieg przed zakrętem. – Czytałam co nieco o kuguarzycach*, a z tego, co słyszałam, nie byłby to twój pierwszy raz…

Nie było tajemnicą, że Martin kiedyś kosił miejscowe panie, oko miały na niego zwłaszcza te trochę starsze. Paula poznała go, kiedy już mieszkał ze swoją ukochaną Pią, była świadkiem ich miłości, a potem jego żałoby po jej śmierci. Dla niej wyczyny Martina należały do zamierzchłej przeszłości, ale uważała, że to nie powód, żeby się z niego nie pośmiać. Zwłaszcza że Marie szła na całość, kiedy z nim flirtowała.

– Daj spokój – odparł, czerwieniąc się.

– To tutaj – powiedziała, wskazując palcem na luksusowy dom nad samą wodą.

---

* Kuguarzyce – tak potocznie określa się kobiety w średnim wieku, które umawiają się z młodymi mężczyznami.

Martin odetchnął. Drażniła się z nim przez całe dwadzieścia kilometrów.

– Postawię samochód na Planarna*. – Nie musiał tego mówić, bo właśnie skręcił na betonowe nabrzeże i zaparkował.

Nad nimi królował klub Badis. Paula cieszyła się, że budynek w stylu funkcjonalistycznym został kilka lat temu odrestaurowany. Widziała zdjęcia z czasów jego upadku. Uważała, że byłby wstyd, gdyby tak miało zostać. Wiele słyszała o nocnych klubach, o odbywających się w nich kiedyś imprezach, i domyślała się, że całkiem sporo mieszkańców Fjällbacki opierało na nich swój byt.

– Nie wiadomo, czy będzie w domu – powiedział Martin, zamykając samochód. – Zapukamy i przekonamy się.

Podeszli do pięknego domu wynajmowanego przez Marie Wall.

– Popatrz, Jessie jest nastolatką i mieszka w takim domu – zauważyła Paula. – Ja bym pewnie w ogóle nie wychodziła.

Osłoniła ręką oczy przed oślepiającymi błyskami promieni odbijającymi się w wodzie.

Martin zapukał. Mogli wprawdzie wcześniej zatelefonować i upewnić się, czy zastaną Jessie, ale zawsze woleli przychodzić bez uprzedzenia, żeby ci, z którymi chcieli porozmawiać, nie mieli czasu się przygotować. Łatwiej wtedy o prawdę.

– Chyba nikogo nie ma – stwierdziła Paula, przestępując z nogi na nogę.

Cierpliwość nie należała do jej największych cnót. Za to Johanna była uosobieniem spokoju. Czasem doprowadzało to Paulę do pasji.

– Czekaj. – Zapukał jeszcze raz.

Po dłuższej chwili, która wydawała im się wiecznością, usłyszeli kroki na schodach. Ktoś podszedł do drzwi, w zamku zgrzytnął klucz.

– Dzień dobry – powiedziała pytającym tonem nastolatka w czarnym T-shircie i krótkich szortach. Miała potargane włosy i sprawiała wrażenie, jakby się ubierała w pośpiechu.

---

* Część Fjällbacki, w której kiedyś ładowano na statki kamień z okolicznych kamieniołomów.

– Jesteśmy z komisariatu w Tanumshede, chcielibyśmy ci zadać kilka pytań – powiedział Martin.

Dziewczyna tylko trochę uchyliła drzwi. Zawahała się.

– Moja mama…

– Właśnie od niej wracamy – przerwała jej Paula. – Wie, że tu przyjechaliśmy, żeby z tobą porozmawiać.

Dziewczyna nadal nie wyglądała na przekonaną, ale po chwili cofnęła się i otworzyła drzwi szerzej.

– Proszę – powiedziała i ruszyła w głąb domu.

Weszli do pokoju, z którego rozciągał się widok tak fantastyczny, że Pauli przyśpieszyło tętno. Wielkie przeszklone drzwi były otwarte na pomost, widać było całe wejście do portu. Boże, że też niektórzy mogą tak mieszkać.

– Czego sobie życzycie?

Jessie usiadła przy masywnym kuchennym stole, nawet się porządnie nie przywitała. Paula zastanawiała się, czy jej nieuprzejmość wynika z braku wychowania, czy z przekory charakterystycznej dla wieku. Po spotkaniu z matką stawiała na to pierwsze. Marie Wall nie zrobiła na niej wrażenia troskliwej matki.

– Prowadzimy dochodzenie w sprawie zabójstwa małej dziewczynki. I… rozmawialiśmy z twoją matką w związku z…

Martin się zaciął. Ani on, ani Paula nie mieli pojęcia, co Jessie wie o przeszłości swojej matki.

– Tak, słyszałam, znaleźli jej ciało w tym samym miejscu co zwłoki dziewczynki, o której zamordowanie oskarżyli moją mamę i Helen.

Mówiąc to, miała rozbiegane oczy. Paula uśmiechnęła się do niej.

– Chcemy się dowiedzieć, gdzie twoja mama była od niedzieli wieczorem do popołudnia w poniedziałek.

– A skąd ja mam wiedzieć? – Jessie wzruszyła ramionami. – W niedzielę wieczorem była na jakiejś imprezie z ekipą filmową, ale nie mam pojęcia, o której wróciła ani czy w ogóle wróciła. Nie mamy wspólnej sypialni.

Oparła stopy na krześle i naciągnęła T-shirt na kolana. Paula nie potrafiła dopatrzyć się większego podobieństwa do matki, zresztą może jest podobna do ojca, kimkolwiek był. Sprawdzała w internecie, żeby się dowiedzieć o Marie Wall jak najwięcej. W wielu miejscach wspominano, że nikt nie wie, kim jest ojciec Jessie. Ciekawe, czy Jessie wie. I czy wie sama Marie.

– Dom nie jest aż tak duży, więc powinnaś słyszeć, kiedy wróciła, nawet jeśli nie macie wspólnej sypialni – zauważył Martin.

Ma rację, pomyślała Paula. Szopa na łodzie została wprawdzie przebudowana na luksusowy dom, ale niezbyt duży.

– Zasypiam przy muzyce. W słuchawkach – powiedziała Jessie, jakby to było zupełnie oczywiste.

Paula, która musiała mieć w sypialni chłodno, ciemno i cicho, zastanawiała się, jak można spać z muzyką grającą prosto do ucha.

– I tak spałaś również w nocy z niedzieli na poniedziałek? – spytał Martin, nie dając za wygraną.

Ziewnęła.

– Zawsze tak śpię.

– Czyli nie wiesz ani o której, ani czy w ogóle twoja mama wróciła do domu? A była już, kiedy się obudziłaś?

– Nie, zazwyczaj wyjeżdża na plan wcześnie rano – odparła, jeszcze bardziej obciągając T-shirt.

Ta koszulka nigdy nie odzyska pierwotnego kształtu, pomyślała Paula. Usiłowała odczytać napis, ale litery miały kształt błyskawic, więc nie dała rady. Pewnie i tak nie znała tego zespołu. W młodości krótko była fanką The Scorpions, ale właściwie nie znała się na hard rocku.

– Chyba nie wierzycie na poważnie, że mama pojechała do tego gospodarstwa i zabiła jakieś dziecko. – Jessie skubała skórki na palcach lewej dłoni.

Paulę aż zabolało, kiedy zobaczyła jej obgryzione paznokcie. W niektórych miejscach tuż przy paznokciach utworzyły się ranki.

– Macie pojęcie, jak potem wyglądało życie ich rodzin? Albo nasze? Ile świństwa musieliśmy znieść, bo nasze mamy zostały oskarżone o coś, czego nie zrobiły? A teraz macie czelność pytać o jeszcze jedno morderstwo, z którym nasze mamy nie mają nic wspólnego!

Paula patrzyła na nią w milczeniu. Ugryzła się w język, żeby nie odpowiedzieć, że jej matka zbudowała karierę na opowiadaniu o traumie z dzieciństwa.

– Nasze? – spytał Martin. – Masz na myśli syna Helen Jensen? Znacie się?

– Tak, znamy się. – Odrzuciła włosy do tyłu. – To mój chłopak.

Drgnęli, kiedy usłyszeli jakiś odgłos na górze.

– On tu jest? – spytała Paula, patrząc na strome schody prowadzące na górę.

– Tak – odparła Jessie. Zaczerwieniła się po szyję.

– Możesz go poprosić, żeby do nas zszedł? – zapytał przyjaznym tonem Martin. – Nasz kolega ma porozmawiać z Helen Jensen i jej rodziną, ale skoro jej syn tu jest...

– Okej. Sam?! – zawołała. – Przyszła policja, chcą z tobą porozmawiać.

– Od jak dawna jesteście ze sobą? – spytała Paula. Domyślała się, że ta dziewczyna raczej nie miała wielu chłopców.

– Właściwie to całkiem od niedawna – powiedziała Jessie, kręcąc się na krześle, chociaż widać było, że mówi o tym bez oporów.

Paula przypomniała sobie, jaka była szczęśliwa, kiedy po raz pierwszy poczuła, że ma kogoś. Chociaż w jej przypadku nie był to żaden Sam, tylko pewna Josefin. I na pewno nie miały odwagi okazywać tego otwarcie. *Coming out* zrobiła, dopiero kiedy miała dwadzieścia pięć lat, a potem zastanawiała się, po co czekała tak długo. Niebo jakoś nie runęło, świat się nie zawalił, pioruny nie uderzyły w ziemię. Jej życie nie legło w gruzach. Nawet przeciwnie. Po raz pierwszy poczuła się wolna.

– *Hello!*

Po schodach zszedł wysoki chudy chłopak. W szortach, z nagim torsem.

– Ona ma moją koszulkę – rzucił, wskazując na Jessie.

Paula spojrzała na niego z ciekawością. Większość mieszkańców Fjällbacki znała jego ojca, w okolicy nie mieszkało zbyt wielu żołnierzy ONZ, ale nie tak wyobrażała sobie syna Jamesa Jensena. Miał kruczoczarne farbowane włosy, oczy podkreślone kajalem i buntownicze spojrzenie, za którym – czuła to – skrywało się coś zupełnie innego. Nieraz widziała to u młodych ludzi, z którymi stykała się na służbie. Za takim spojrzeniem najczęściej stały bardzo nieprzyjemne rzeczy i doświadczenia.

– Nie miałbyś nic przeciwko temu, żeby z nami porozmawiać? – spytała. – Może chciałbyś najpierw zadzwonić, poprosić rodziców o zgodę?

Spojrzała na Martina. Przesłuchiwanie osoby nieletniej pod nieobecność rodziców było absolutnie sprzeczne z przepisami. Postanowiła, że potraktują to jako zwykłą rozmowę. Kilka pytań, bo głupio byłoby nie skorzystać, skoro już się spotkali.

– Prowadzimy dochodzenie w sprawie zabójstwa Nei Strand, która mieszkała z tobą po sąsiedzku. Z powodów, których pewnie nie musimy wyjaśniać, chcemy wiedzieć, gdzie były wasze matki w czasie, kiedy zaginęła.

– Rozmawialiście z moją mamą? – spytał, siadając przy stole obok Jessie.

Jessie się uśmiechnęła i w tym momencie cała się zmieniła. Po prostu promieniała.

– Owszem, spotkaliśmy się z nią – odparł Martin, podchodząc do blatu. – Mogę sobie wziąć szklankę wody?

– Jasne – odparła Jessie, nie odrywając wzroku od Sama.

– I co powiedziała? – spytał Sam, dłubiąc w dziurze po sęku.

– Wolałabym usłyszeć, co ty powiesz – powiedziała Paula, uśmiechając się łagodnie.

Miał w sobie coś, co ją poruszyło. Ni to dziecko, ni to dorosły, niemal widziała, jak te dwie strony jego osobowości toczą ze sobą walkę. Zastanawiała się, czy on sam wie, po której stronie chce stanąć. Wyobraziła sobie, że nie może być łatwo dorastać z takim ojcem jak James. Nigdy nie przepadała za zabijakami w typie macho, może dlatego, że oni nie przepadali za takimi jak ona. Bycie synem ojca, który uosabiał męski ideał, nie mogło być łatwe.

– Co chcecie wiedzieć? – spytał, wzruszając ramionami, jakby to nie miało znaczenia.

– Wiesz, co robiła twoja mama od niedzieli wieczorem do poniedziałkowego popołudnia?

– A dokładniej nie można? Nie pilnuję zegarka, matki też nie – odparł, nie przestając dłubać w dziurze po sęku.

Martin wrócił na miejsce ze szklanką wody.

– Opowiedz, co pamiętasz – powiedział. – Począwszy od niedzieli wieczorem.

Wypił wodę jednym haustem.

Paula poczuła, że jej też chce się pić. W kuchni pracował wentylator, ale niewiele pomagał. Powietrze aż wibrowało od upału, mimo otwartych drzwi. Żadnego kojącego wiaterku. Woda w porcie była gładka jak lustro.

– Wcześnie zjedliśmy kolację – zaczął Sam, spoglądając w sufit, jakby na nim to widział. – Klopsiki i purée z ziemniaków. Matka sama zrobiła, bo ojciec nie uznaje purée z proszku. Potem ojciec wyjechał służbowo, a ja poszedłem na górę, do swojego pokoju. Nie mam pojęcia, co robiła mama. Wieczory zwykle staram się spędzać sam. A rano spałem do... sam nie wiem... do późna. Sądzę, że matka rano poszła biegać. Robi to co rano.

Paula wstała i też poszła nalać sobie wody. Język zaczął jej się przyklejać do podniebienia. Nalewając, odwróciła się.

– Ale nie widziałeś jej?

Pokręcił głową.

– Nie. Spałem.

– O której ją potem zobaczyłeś?

Martin wypił ostatni łyk i wytarł usta wierzchem dłoni.

– Nie pamiętam. Może podczas lunchu? Przecież są wakacje. Kto by się zastanawiał?

– Wypłynęliśmy twoją łódką. Chyba około drugiej. W poniedziałek – przypomniała mu Jessie, nie odrywając od niego wzroku.

– Rzeczywiście, zgadza się – przypomniał sobie. – Wypłynęliśmy moją motorówką. To znaczy... rodziców. Chociaż głównie ja z niej korzystam. Matka nie umie, a starego najczęściej nie ma.

– Od jak dawna jest w domu? – spytała Paula.

– Od kilku tygodni. Niedługo znów wyjeżdża. Jakoś tak po rozpoczęciu roku szkolnego.

– Dokąd? – spytał Martin.

– Nie wiem.

– Nie pamiętacie nic więcej z tamtego dnia?

Pokręcili głowami.

Paula spojrzała na Martina. Wstali.

– Dzięki za wodę. I za rozmowę. Możliwe, że będziemy jesz- cze mieli jakieś pytania.

– Jasne – odparł Sam. Znów wzruszył ramionami.

Nie odprowadzili ich do drzwi.

Prowincja Bohuslän 1672

Elin usłyszała krzyk Märty i pobiegła tak prędko jak jeszcze nigdy. Między drzewami migała biała koszula Prebena. Był szybszy od niej, odległość między nimi rosła. Serce waliło jej w piersi, ciągle zaczepiała spódnicą o gałęzie i rozdzierała ją. W oddali zamajaczyło jeziorko, przyśpieszyła, Märta krzyczała coraz głośniej.

– Märta, Märta! – zawołała. Dobiegła do brzegu i padła na kolana.

Preben brnął przez jeziorko, woda sięgnęła mu piersi, gdy nagle zaklął.

– Noga mi uwięzła, nie mogę jej wyrwać! Niech Elin podpłynie do Märty, bo długo już nie wytrzyma!

Miał dziki wzrok, miotał się, żeby wyrwać nogę.

Elin spojrzała z rozpaczą. Märta umilkła, za chwilę zapadnie się w czarną wodę.

– Nie umiem pływać! – krzyknęła. Rozpaczliwie szukała jakiegoś rozwiązania.

Wiedziała, że jeśli nierozważnie rzuci się do wody, żeby ratować córkę, z całą pewnością utopią się obie.

Pobiegła na drugą stronę jeziorka, małego, ale głębokiego. Teraz na jego gładkiej powierzchni widać było jedynie czubek głowy Märty. Nad wodą zwisał gruby konar. Położyła się na nim i wysunęła najdalej, jak tylko mogła. Od córki dzielił ją jeszcze ponad metr, krzyknęła, żeby się nie poddawała. Märta chyba ją usłyszała, bo znów zaczęła machać rękami. Elin pełzła coraz dalej, ręce ją bolały, ale jeszcze chwila i dosięgnie Märty.

– Złap mnie za rękę! – krzyknęła, wysuwając się jak najdalej, ale tak, żeby nie puścić konara.

Preben też zaczął krzyczeć.

– Märta! Chwyć matkę za rękę!

Dziewczynka walczyła rozpaczliwie, ale nie mogła dosięgnąć. W dodatku ciągle krztusiła się wodą.

– O Boże, Märta, złap mnie za rękę!

I stał się cud: Märta wreszcie złapała ją za rękę. Elin przytrzymała ją i zaczęła się cofać. Było ciężko, ale wytężyła wszystkie siły. Preben w końcu uwolnił nogę. Podpłynął, chwycił Märtę w ramiona, matka mogła już ją puścić. Ręce ją bolały, ale ulżyło jej tak bardzo, że się rozpłakała. Kiedy stanęła na brzegu, rzuciła się ściskać Märtę i Prebena, który przykucnął i trzymał dziewczynkę w objęciach.

Nie wiedziała, jak długo siedzieli tak objęci. Dopiero gdy Märta zaczęła się trząść z zimna, uświadomili sobie, że trzeba wracać i przebrać ją w suche ubranie.

Preben wziął Märtę na ręce i poniósł przez las. Lekko utykał. Elin zauważyła, że zgubił but, pewnie uwiązł na dnie jeziorka.

– Dziękuję – powiedziała głosem trzęsącym się od płaczu.

Preben się uśmiechnął.

– Ja nic nie zrobiłem. Elin sama sobie poradziła.

– Z Bożą pomocą – odparła z przekonaniem.

Była pewna, że to dzięki boskiej pomocy jej córce udało się złapać ją za rękę.

– W takim razie zaniosę dziś dodatkowe podziękowania dla Pana naszego – odparł Preben, przytulając Märtę.

Märta miała sine wargi, dzwoniła zębami.

– Po co wchodziłaś do jeziorka? Przecież wiesz, że nie umiesz pływać. – Elin mówiła bez gniewu, ale nie mogła tego zrozumieć. Przecież jej córka wiedziała, że nie wolno jej chodzić nad wodę.

– Bo powiedziała, że Viola wpadła do jeziorka i się topi – wymamrotała Märta.

– Kto tak powiedział? – spytała Elin. Chyba znała odpowiedź. Spojrzała na Prebena, on na nią.

– Czy to Britta tak powiedziała? – spytał.

Märta kiwnęła głową.

– Tak, poszła ze mną kawałek, żeby mi pokazać, w którą stronę iść do jeziorka. Potem powiedziała, że musi wracać, a ja muszę ratować Violę.

Elin popatrzyła gniewnie na Prebena. Spojrzenie miał mroczne jak wody jeziorka.

– Porozmawiam z moją małżonką – oznajmił głucho.

Zbliżali się do plebanii. Elin najchętniej nawrzeszczałaby na siostrę, podrapała ją i pobiła, ale wiedziała, że musi słuchać Prebena. Inaczej ściągnie nieszczęście na siebie i córkę. Kilka razy odetchnęła, uspokoiła się i pomodliła do opatrzności o siłę i spokój. Chociaż w środku aż się gotowała.

– Co się stało?

Podbiegł do nich Mały Jan, za nim kilkoro służby.

– Märta wpadła do jeziorka, ale Elin ją wyciągnęła – odparł Preben i raźnym krokiem wszedł do domu.

– Połóżcie ją u nas – powiedziała Elin. Nie chciała, żeby jej córka przebywała w pobliżu Britty.

– Nie, Märta musi wziąć gorącą kąpiel i dostać suche ubranie. Niech Stina przygotuje kąpiel – zwrócił się do najmłodszej dziewki.

Stina dygnęła i wbiegła do domu, żeby zagrzać wodę.

– Przyniosę jej suche ubranie – powiedziała Elin, odchodząc niechętnie. Pogładziła jeszcze córkę po główce i ucałowała w lodowate czoło. – Zaraz wrócę – zapewniła ją, kiedy Märta pisnęła.

– Co tu się dzieje! – krzyknęła opryskliwie Britta, stając w drzwiach. Musiała usłyszeć tumult na podwórku.

Kiedy zobaczyła Märtę w ramionach Prebena, jej twarz zrobiła się biała jak jego koszula.

– Co... co...

Oczy miała okrągłe ze zdziwienia. Elin modliła się, żeby wytrzymać i nie zabić jej na miejscu. Jej modlitwy zostały wysłuchane. Nic nie powiedziała, ale na wszelki wypadek odwróciła się na pięcie i poszła po suche ubranie. Nie słyszała, co Preben powiedział żonie, ale zdążyła jeszcze zobaczyć jego spojrzenie. Po raz pierwszy w życiu ujrzała na twarzy siostry strach. Ale oprócz strachu było na niej coś jeszcze, coś, co ją przeraziło. Nienawiść gorąca jak ogień piekielny.

DZIECI BAWIŁY SIĘ na parterze, Patrik poszedł do komisariatu. Erika chciała chwilę spokojnie popracować i poprosiła Kristinę, żeby została z dziećmi. Próbowała pracować, kiedy była z dziećmi sama, ale nie potrafiła się skupić, kiedy co pięć minut któreś z nich czegoś od niej chciało. Albo jeść, albo siusiu. Teściowa nie miała nic przeciwko temu, żeby zostać dłużej, za co była jej głęboko wdzięczna. Cokolwiek by o niej mówić, Kristina miała fantastyczne podejście do dzieci i nigdy nie odmawiała, kiedy ją prosili o pomoc. Erika zastanawiała się czasem, jakimi dziadkami byliby jej rodzice. Oboje odeszli, zanim założyła rodzinę, ale chciała wierzyć, że dzieci zmiękczyłyby jej matkę, że inaczej niż jej i Annie im udałoby się przebić przez twardą skorupę, którą się otoczyła.

Kiedy poznała jej historię, wybaczyła jej tę twardość, a nawet uwierzyła, że byłaby kochającą i pogodną babcią. Nie wątpiła za to w to, że jej ojciec byłby równie fantastycznym dziadkiem jak tatą. Czasem wyobrażała sobie, że siedzi na werandzie w ulubionym fotelu z Mają i bliźniakami po obu stronach i pykając fajkę, opowiada im straszne historie o duchach i zjawach zamieszkujących pobliskie wyspy. Dzieci pewnie słuchałyby z przerażeniem, tak jak kiedyś ona i Anna, i tak samo by to uwielbiały. I jeszcze zapach jego fajki i grube swetry, które zawsze nosił, bo żona oszczędzała na ogrzewaniu.

Poczuła szczypanie pod powiekami i odsunęła od siebie wspomnienia. Spojrzała na wielką tablicę wiszącą na ścianie. Przyczepiła do niej różne wycinki, odbitki, wypisy, zdjęcia i notatki. Tak zawsze wyglądał jeden z etapów pracy nad książką: najpierw zamęt, zbieranie materiałów jak leci i składanie na kupkę, a potem porządkowanie i tworzenie konstrukcji. Bardzo to lubiła. Wtedy najczęściej udawało jej się rozproszyć mgłę spowijającą historię, którą się zajmowała i która z początku wydawała się kompletnie zagmatwana. Kiedy zaczynała pisać, za każdym razem myślała, że jej się nie uda. I zawsze jakoś się udawało.

Tym razem chodziło nie tylko o książkę. To, co z początku miało być opowieścią o dawnej tragedii, nagle i nieoczekiwanie stało się czym innym. Stało się również opowieścią o kolejnym dochodzeniu, o jeszcze jednej zamordowanej dziewczynce i o rodzicach pogrążonych w żałobie po stracie dziecka.

Założyła ręce za głowę i zmrużyła oczy. Usiłowała znaleźć motyw przewodni. Musiała wysilić wzrok, żeby przeczytać z tej odległości, ale na razie nie przyjmowała do wiadomości, że potrzebuje okularów do czytania.

Spojrzała na zdjęcia Marie i Helen. Bardzo się różniły, i wyglądem, i aurą. Helen – ciemnowłosa, przeciętna, wyraźnie skrępowana. Marie – śliczna blondynka spokojnie patrząca w obiektyw. Denerwowało ją to, że nie udało się znaleźć protokołów z tamtych przesłuchań. Nikt nie wiedział, gdzie są, możliwe nawet, że zostały zniszczone. Wiedziała z doświadczenia, że kiedyś w komisariacie w Tanumshede nie bardzo dbano o porządek. Teraz Annika pilnowała go z iście pruskim zacięciem, co jednak niewiele pomagało, kiedy trzeba było wygrzebać akta z czasów, zanim została szefową administracji. Protokoły mogłyby jej pomóc zrozumieć, jakie relacje łączyły dziewczynki i co się właściwie stało tamtego dnia, i wreszcie jak doszło do tego, że przyznały się do zabójstwa. W wycinkach z gazet na ten temat nie znalazła zbyt wiele, w prasie nie było miejsca na j a k, były same n a p e w n o. Prowadzący wtedy dochodzenie Leif Hermansson też już nie żył. Miała nadzieję, że czegoś się dowie dzięki wizycie u jego córki, ale ona nie oddzwoniła. Zresztą już mówiła, że nie zostały po nim żadne papiery. Erika kierowała się raczej przezuciem, które oparła na tym, że nigdy do końca nie przestał się zajmować sprawą Stelli. Wysłuchał je, kiedy przyznały się do winy, a potem, po zamknięciu sprawy, udzielał wywiadów wszystkim mediom. Więc dlaczego potem zmienił zdanie? Właśnie do tego ciągle wracała. Dlaczego po latach przestał wierzyć, że były winne?

Znów zmrużyła oczy. Odgłosy z dołu wskazywały na to, że dzieci bawią się z babcią w chowanego. Niejakim utrudnieniem było twórcze podejście bliźniaków do odliczania: raz, dwa, dziesięć, SZUUKAM!

Nagle jej uwagę przykuł wycinek z „Bohuslänigen". Podeszła i zdjęła go z tablicy. Czytała to już wiele razy, ale teraz zakreśliła jeden wiersz. Artykuł ukazał się, kiedy dziewczyny wycofały zeznania. Reporterowi udało się zadać pytanie Marie – i dostał odpowiedź.

„Ktoś szedł za nami przez las" – tak brzmiał cytat.

Jej słowa zostały uznane za kłamstwo, próbę zrzucenia winy na kogoś innego. A jeśli naprawdę ktoś wtedy za nimi szedł? Jakie znaczenie miałoby to dla prowadzących dochodzenie w sprawie zabójstwa Nei? Sięgnęła po żółtą karteczkę i napisała na niej: Ktoś w lesie? Przykleiła do artykułu i stojąc przed tablicą, bezradnie opuściła ręce. Co dalej? Jak się dowiedzieć, czy rzeczywiście ktoś wtedy za nimi szedł? A jeśli tak, to kto?

Z komórki leżącej na biurku dobiegł sygnał. Dostała SMS-a. Odwróciła się, żeby spojrzeć na wyświetlacz. Nieznany numer, bez nazwiska. Ale treść pozwoliła jej się domyślić, kto jest nadawcą.

Wiem, że pani rozmawiała z moją mamą. Spotkamy się?

Uśmiechnęła się i odpowiedziała krótko. Może uda jej się uzyskać odpowiedzi na przynajmniej kilka pytań.

Patrik zakończył protokół z rozmowy z Helen i Jamesem Jensenami i nacisnął klawisz drukuj. Był u nich w domu, zastał oboje. Chętnie odpowiedzieli na wszystkie pytania. James potwierdził słowa żony: w nocy z poniedziałku na wtorek żadne z nich nie słyszało odgłosów poszukiwań, powiedział również, że w poniedziałek był w podróży służbowej. Do Göteborga przyjechał już w niedzielę wieczorem. Odbył kilka spotkań, trwały do poniedziałku, do czwartej po południu. Potem wsiadł do samochodu i pojechał do domu. Helen powiedziała, że w niedzielę poszła spać około dziesiątej wieczorem, wzięła tabletkę nasenną i spała aż do dziewiątej rano, a potem jak zwykle poszła biegać.

Zastanawiał się, czy ktoś mógłby potwierdzić jej słowa.

Z rozmyślań wyrwał go ostry dzwonek telefonu. Odbierając, był trochę rozkojarzony, bo jednocześnie łapał długopisy, które wypadły z przewróconego pojemnika. Kiedy dotarło do niego, kto dzwoni, usiadł, wziął długopis i sięgnął po notes.

– Jednak ci się udało załatwić to poza kolejką – stwierdził z ulgą.

Pedersen potwierdził mruknięciem.

– Łatwo nie było. *You owe me one**. Ale wiesz... Kiedy chodzi o dzieci... – westchnął. Patrik domyślił się, że jest poruszony śmiercią Nei tak samo głęboko jak on.

– Przejdę do rzeczy. Nie skończyłem raportu, ale mogliśmy stwierdzić, że śmierć była skutkiem silnego stłuczenia głowy.

– Aha. – Patrik zanotował.

Wiedział, że Pedersen przyśle mu raport, ale notowanie pomagało mu porządkować myśli.

– Wiadomo czym zostało spowodowane?

– Nie, mogę tylko dodać, że rana była zanieczyszczona. Bo poza tym dziewczynka była czysta.

– Zanieczyszczona? – zdziwił się Patrik.

– Tak, wysłałem próbkę do Narodowego Centrum Ekspertyz Sądowych. Jeśli nam się poszczęści, wynik będzie za kilka dni.

– A narzędzie? Powinno to być coś brudnego, tak?

– Taaak... – Pedersen przeciągał, a Patrik pamiętał, że robi tak zawsze, kiedy nie jest pewien i nie chce powiedzieć ani za dużo, ani za mało. Błędne dane mogą mieć fatalny wpływ na dochodzenie i Pedersen doskonale o tym wiedział. – Nie jestem pewien – znów zrobił pauzę. – Ale sądząc po urazie, było to coś bardzo ciężkiego albo...

– Albo co?

Patrik poczuł, że od tych pauz przyśpiesza mu tętno.

– Albo uraz na skutek upadku z wysokości.

– Z wysokości?

Patrikowi stanęła przed oczami polanka. Nie było skąd spaść, chyba że z drzewa. Ale kto w takim razie schował ciało pod pniem?

– Sądzę, że ciało zostało przeniesione – ciągnął Pedersen. – Są ślady wskazujące na to, że przez jakiś czas leżało na wznak, ale kiedy ją znaleźliście, leżało na brzuchu. Zostało przeniesione

---

* *You owe me one* (ang.) – jesteś mi winien.

i ułożone w tej pozycji, ale wcześniej kilka godzin leżało na wznak. Trudno mi określić, jak długo.

– Dostrzegłeś jakieś podobieństwa do sprawy Stelli? – spytał Patrik, trzymając długopis w gotowości.

– Sprawdziłem stary protokół z obdukcji, ale nie znalazłem innych podobieństw poza tym, że obie zginęły wskutek urazu głowy. Ale u Stelli w ranie znaleziono okruchy zarówno kamienia, jak i drewna. Ewidentnie zginęła na polanie, tuż nad jeziorkiem, w którym ją potem znaleziono. Czy w tym przypadku Torbjörn znalazł ślady tego rodzaju? Widzę wprawdzie, że ciało zostało przeniesione i złożone pod pniem, ale to nie znaczy, że z jakiegoś odległego miejsca. Mogła zginąć gdzieś w pobliżu.

– Pod warunkiem, że uraz powstał od uderzenia, a nie na skutek upadku z wysokości. Tam nie ma skąd spaść, grunt jest ledwo pofałdowany. Zaraz zadzwonię do Torbjörna i sprawdzę. Ale nie widzę nic, co by wskazywało na to, że została zabita właśnie tam.

Znów przypomniał sobie polankę. Nie dostrzegł tam żadnych plam krwi, technicy przeczesali teren, więc gdyby coś było, na pewno by znaleźli.

– Masz coś jeszcze? – spytał.

– Nie, nie znalazłem nic, co by cię mogło zainteresować. Zdrowa czterolatka, dobrze odżywiona, żadnych urazów poza tym jednym, śmiertelnym, w treści żołądka resztki czekolady i herbatników, a może czekolady z wafelkami.

– Okej, dzięki.

Patrik się rozłączył. Odłożył długopis i po minucie, może dwóch zadzwonił do Torbjörna Ruuda. Odczekał kilka sygnałów. Już miał odłożyć słuchawkę, kiedy usłyszał opryskliwy głos:

– Halo.

– Cześć, tu Patrik Hedström. Przed chwilą rozmawiałem z Pedersenem i chciałem spytać, co wam się udało ustalić.

– Jeszcze nie skończyliśmy – uciął Ruud.

Zawsze mówił takim tonem, jakby był zły, ale Patrik zdążył się już do tego przyzwyczaić. Torbjörn Ruud należał do najlepszych kryminalistyków w Szwecji. Miał propozycje pracy zarówno ze Sztokholmu, jak i Göteborga, ale był przywiązany do rodzinnej Uddevalli i nie widział powodu, żeby się przeprowadzać.

– Jak myślisz, kiedy skończycie? – spytał Patrik. Znów sięgnął po długopis.

– Nie potrafię powiedzieć – mruknął Torbjörn. – Nie chcielibyśmy niczego zaniedbać. Ale sam wiesz... ta mała nie zdążyła pożyć...

Chrząknął i przełknął ślinę. Patrik zrozumiał. Najważniejsze to zachować spokój i jak najszybciej znaleźć sprawcę.

– A mógłbyś już teraz coś powiedzieć? Pedersen przeprowadził obdukcję i stwierdził, że powodem śmierci było silne stłuczenie głowy. Znalazłeś na miejscu coś, co mogło być narzędziem zbrodni? Albo ślad, że zginęła w pobliżu miejsca znalezienia zwłok?

– Nie... – odparł Ruud niechętnie.

Patrik wiedział, że Ruud nie lubi dzielić się informacjami, dopóki nie skończy analizować wszystkich śladów, chociaż z drugiej strony musiał mieć świadomość, że Patrik potrzebuje czegoś, co by popchnęło dochodzenie do przodu.

– Nie znaleźliśmy niczego, co by świadczyło o tym, że została zamordowana na tej polance. Żadnych śladów krwi ani ewentualnych narzędzi zbrodni.

– Jakiej wielkości teren przeszukaliście?

– Przeczesaliśmy spory teren wokół polanki, w tej chwili nie powiem ci dokładnie. Znajdzie się to w końcowym raporcie. Ale naprawdę spory. I, jak powiedziałem, żadnych śladów krwi. Silne stłuczenie głowy musiałoby spowodować duży upływ krwi.

– Co niewątpliwie wskazuje na to, że nie stało się to na polance – zauważył Patrik i zanotował. – Tylko gdzie indziej.

– Może w domu tej małej? Może tam powinniśmy szukać śladów krwi?

Patrik chwilę milczał. A potem powiedział powoli:

– Gösta rozmawiał z jej rodziną i uważa, że nie ma podstaw do podejrzeń. Więc na razie nie poszliśmy tym tropem.

– No... nie wiem. Różnie to bywa w rodzinach. Czasem to wypadek. A czasem nie.

– Masz rację. – Patrik się skrzywił.

Nagle pomyślał, że może popełnili błąd. Naiwny, głupi błąd. Nie powinien pozwalać sobie na sentymentalizm ani na naiwność. W końcu niejedno widział i powinien wiedzieć, jak bywa.

– Patriku.

Usłyszał ciche pukanie. Kiedy pożegnał się z Ruudem, przez chwilę siedział i patrzył przed siebie. Zastanawiał się, co dalej.

– Słucham.

W drzwiach stała Annika. Wyglądała na zakłopotaną.

– Chyba powinieneś o czymś wiedzieć. Jest dużo telefonów. Mocno nieprzyjemnych...

– Co masz na myśli?

Weszła i z rękami skrzyżowanymi na piersi stanęła przed jego biurkiem.

– Ludzie są wzburzeni, mówią, że nie robimy, co do nas należy. Były nawet pogróżki.

– Ale dlaczego? Nie rozumiem.

Pokręcił głową.

– Dzwonią z pretensjami, że nie sprawdzamy ludzi z ośrodka dla uchodźców.

– Ale nie ma żadnych tropów prowadzących w tamtą stronę, po co mielibyśmy to sprawdzać? – Zmarszczył się. Nie rozumiał, o co chodzi. Dlaczego ludzie dzwonią i mówią o ośrodku dla uchodźców?

Annika wyjęła notes i zaczęła głośno czytać:

– Według mężczyzny, który woli pozostać anonimowy, to oczywiste, że zrobił to jakiś cholerny czarnuch z ośrodka dla uchodźców. Według pani, która również chciała zachować anonimowość, to skandal, że policja nie wzywa na przesłuchanie każdego z tych kryminalistów. Z wielkim przekonaniem powiedziała, że żaden z nich nie uciekł przed wojną, to tylko pretekst, żeby tu przyjechać i pasożytować na szwedzkim społeczeństwie. Odebrałam kilkanaście telefonów tego rodzaju. Wszyscy życzyli sobie pozostać anonimowi.

– O Boże – westchnął ciężko Patrik.

Jeszcze tego im brakowało.

– W każdym razie teraz już wiesz – powiedziała Annika, idąc do drzwi. – Co chcesz, żebym z tym robiła?

– To samo co do tej pory. Odpowiadaj uprzejmie i ogólnikowo.

– Okej.

Już wyszła, ale przywołał ją z powrotem.

– Słucham?

– Możesz poprosić do mnie Göstę? I zadzwoń do prokuratora, do Uddevalli. Potrzebuję zgody na przeszukanie domu.

– Już dzwonię.

Była przyzwyczajona, nie pytała, o co chodzi. Dowie się w swoim czasie.

Patrik odchylił się na fotelu. Gösta się nie ucieszy, ale to konieczne. Dawno trzeba było to zrobić.

Martin poczuł ciepło na sercu. We wstecznym lusterku widział Tuvę. Pojechał po nią do rodziców Pii. Miała u nich spędzić jeszcze jedną noc, żeby mógł popracować, ale tak się za nią stęsknił, że poprosił Patrika o godzinę wolnego. Musiał spędzić ją z Tuvą, żeby w ogóle dać radę. Zdawał sobie sprawę, że tęsknota za Tuvą po części wynika z tęsknoty za Pią. Z czasem będzie musiał się nauczyć, żeby jej tak nie niańczyć. Gotów był ją oddać pod opiekę tylko rodzicom Pii i Annice, i to jedynie wtedy, kiedy szedł do pracy. Jego rodziców niespecjalnie interesowały małe dzieci. Od czasu do czasu wpadali na kawę, żeby ich odwiedzić, ale nigdy nie spytali, czy mogliby się zająć Tuvą, a on nigdy nie poprosił.

– Tato, ja chcę na plac zabaw – powiedziała Tuva, kiedy ich spojrzenia spotkały się we wstecznym lusterku.

– Oczywiście, kochanie. – Posłał jej całusa.

Właściwie liczył na to. Nie przestawał myśleć o kobiecie z placu zabaw, chociaż zdawał sobie sprawę, że to mało prawdopodobne, aby ją tam znów spotkał. A nie bardzo wiedział, jak miałby jej szukać. Obiecał sobie, że jeśli się uda, dowie się, jak się nazywa.

Zaparkował przy placu zabaw i wyjął Tuvę z fotelika. Teraz umiałby ją przypiąć nawet z zamkniętymi oczami, ale pamiętał, jak walczył z tym na początku, kiedy była malutka. Stękał i klął, a Pia stała obok i pękała ze śmiechu. Wiele rzeczy, które wtedy były dla niego trudne, okazało się łatwe. I tyle łatwych wtedy dziś było okropnie trudnych. Wyjmując Tuvę z fotelika, skorzystał z okazji i uścisnął ją. Chwil, kiedy miała ochotę na pieszczoty, było coraz mniej. Tyle było do odkrycia i wciąż za mało czasu na zabawę. Teraz przychodziła się przytulić tylko wtedy, kiedy sobie coś zrobiła albo kiedy była zmęczona. Pogodził się z tym i nawet rozumiał, ale chwilami czuł, że chciałby zatrzymać czas.

– Tato, jest tutaj ten dzidziuś, którego kopnąłeś!

Martin poczuł, że się czerwieni aż po korzonki włosów.

– Dzięki, kochanie, ładnie to sformułowałaś – powiedział, gładząc ją po główce.

– Bardzo proszę, tatusiu – odpowiedziała grzecznie. Nie zrozumiała ironii. A potem podbiegła do chłopczyka, który właśnie pakował sobie do buzi garść piasku.

– Nie, nie, chłopczyku, nie jemy piasku – powiedziała. Delikatnie wzięła go za rączkę i strzepnęła piasek.

– Jaka fajna opiekunka do dziecka – usłyszał kobiecy głos. Mama chłopczyka uśmiechnęła się szeroko do Martina.

Na widok jej dołeczków aż się zarumienił.

– Obiecuję, że tym razem spróbuję nie kopnąć twojego synka.

– Doceniam to – odparła, obdarzając go uśmiechem, od którego poczerwieniały mu nawet uszy.

– Martin Molin – przedstawił się, podając jej rękę.

– Mette Lauritsen.

Miała ciepłą, suchą dłoń.

– Jesteś Norweżką? – spytał. Teraz już wiedział, skąd ten lekki akcent.

– Właściwie tak, chociaż mieszkam w Szwecji od piętnastu lat. Pochodzę z Halden, ale wyszłam za mąż za faceta z Tanumshede. No tak, słyszałeś, jak się z nim kłóciłam przez telefon. – Skrzywiła się przepraszająco.

– Ale już wszystko w porządku? – spytał.

Kątem oka zauważył, że Tuva nadal zajmuje się chłopczykiem.

– Tego bym nie powiedziała. Jest tak zajęty nową dziewczyną, że nie ma czasu dla malucha.

– Ma na imię maluch? – zażartował Martin.

– Nie, oczywiście, że nie! – Zaśmiała się, spoglądając na synka z miłością. – Na imię ma Jon, po moim ojcu, ale mówię na niego maluch. Mam nadzieję, że uda mi się odzwyczaić, zanim zostanie nastolatkiem.

– Tak by było najlepiej – zauważył Martin z udawaną powagą. Ucieszył się, kiedy zobaczył błysk w jej oczach.

– Czym się zajmujesz? – spytała.

Wydawało mu się, że powiedziała to zalotnym tonem, ale może po prostu liczył na to.

– Jestem policjantem – powiedział z dumą.

Rzeczywiście był dumny ze swego zawodu. Z tego, że zostawia ślad. Od małego zawsze chciał być policjantem. Po śmierci Pii praca okazała się dla niego ratunkiem, a koledzy stali się jego rodziną. Nawet Mellberg. W każdej rodzinie musi być ktoś z jakąś dysfunkcją. Można by powiedzieć, że Bertil Mellberg wypełniał to zadanie z naddatkiem.

– Policjantem. Super – zauważyła.

– A ty?

– Jestem księgową, pracuję w Grebbestad.

– Mieszkasz tutaj? – spytał Martin.

– Tak. Bo tutaj mieszka tata Jona. Ale jeśli naprawdę nie zamierza się angażować, to nie wiem...

Rzuciła okiem na synka. Tuva właśnie go uściskała i pocałowała.

– Jeszcze się nie nauczyła, że nie należy się narzucać. – Martin się zaśmiał.

– Niektórzy nigdy się tego nie uczą – odparła z szerokim uśmiechem. Zawahała się. – Więc... nie chciałabym się narzucać... może byśmy się kiedyś umówili na kolację? – Minę miała taką, jakby od razu tego pożałowała, ale Martin poczuł motylki w brzuchu.

– Bardzo chętnie! – odparł z przesadnym naciskiem. – Pod jednym warunkiem...

– Jakim? – spytała podejrzliwie.

– Że dasz się zaprosić.

Znów pokazała dołeczki, a Martin poczuł, że trochę odtajał.

– Gdzie Martin i Paula? Jeszcze nie wrócili? – spytał Gösta, siadając przed biurkiem Patrika.

Kiedy Annika poprosiła, żeby poszedł do Patrika, myślał, że przyjdą wszyscy.

– Dałem im chwilę wolnego. Martin pojechał do Tuvy. Paula też chciała się zobaczyć ze swoimi, ale wrócą.

Gösta kiwnął głową. Czekał, aż Patrik coś powie.

– Rozmawiałem znów z Pedersenem i Ruudem.

Gösta wyprostował się na krześle. Od chwili kiedy znaleźli zwłoki, miał wrażenie, że drepczą w miejscu. Wiedział, że każda, nawet najmniejsza wskazówka może się okazać bezcenna.

– I co ci powiedzieli?

– Zakończyli sekcję, otrzymałem wstępny raport. Torbjörn nie jest jeszcze gotowy, ale wydusiłem z niego wstępną ocenę.

– I co? – Gösta nie mógł się doczekać. Tak bardzo chciał przekazać rodzicom Nei coś, co byłoby swego rodzaju zamknięciem.

– Najprawdopodobniej nie została zamordowana na polance. Tam ją tylko przeniesiono. Musimy szukać miejsca zbrodni.

Gösta przełknął ślinę. Do tej pory był pewien, że Nea została zamordowana na polance. To wszystko zmieniało. Chociaż na razie nikt nie wiedział, w jaki sposób.

– Od czego zaczniemy? – spytał. – W tym samym momencie zdał sobie sprawę, że zna odpowiedź. – O cholera – powiedział cicho.

Patrik kiwnął głową.

– Tak, najlepiej będzie zacząć od tego.

Wiedział, jak bardzo Gösta współczuje Bergom. Nie znał ich wcześniej, ale od początku bardzo im współczuł.

– Nie protestuję, choć chciałbym. Trzeba to zrobić – przyznał Gösta. – Kiedy?

– Czekam na decyzję prokuratora z Uddevalli. Ale raczej nie będzie z tym problemu. Chciałbym zacząć jutro rano.

– Co jeszcze ci powiedzieli? – spytał Gösta.

– Zginęła na skutek urazu w potylicę. Od upadku z wysokości albo od uderzenia, ale nie wiadomo, od jakiego. W ranie nie ma śladów po ewentualnym narzędziu, jest tylko zanieczyszczona.

– Pewnie dałoby się zbadać to zanieczyszczenie bardziej szczegółowo – zauważył Gösta z zainteresowaniem.

Patrik przytaknął.

– Tak, ale na wyniki musimy poczekać.

Chwilę milczeli. Za oknem słońce chyliło się ku zachodowi, ostre żółte światło przeszło w łagodne odcienie czerwieni i oranżu. Temperatura w pokoju była prawie przyjemna.

– Mógłbym jeszcze dzisiaj coś zrobić? – spytał Gösta, skubiąc jakąś niewidoczną nitkę na koszuli munduru.

– Nie, jedź do domu, odpocznij, zawiadomię cię, co będziemy robić jutro. Martin i Paula przyjdą jeszcze spisać protokół z dzisiejszych rozmów. Annika mówiła, że ty już napisałeś z przesłuchania Bergów.

– Zgadza się. Pomagam Annice przeglądać doniesienia o molestowaniu seksualnym i tak dalej. Mógłbym zabrać część papierów do domu, jeśli się zgodzisz.

Wstał i dosunął krzesło do biurka.

– Zgoda. – Patrik skinął głową, a potem jakby się zawahał.

– Słyszałeś o telefonach? I że ludzie dzwonią w sprawie ośrodka dla uchodźców?

– Tak. – Przypomniał sobie o uwagach rodziców Petera Berga, ale nie wspomniał o nich Patrikowi. – To ze strachu – powiedział. – Ludzie boją się nieznanego i zawsze zwalają na obcych. Tak jest łatwiej. Łatwiej, niż pogodzić się z myślą, że zrobił to ktoś, kogo znają.

– Myślisz, że mogą z tego być problemy? – Patrik nachylił się nad biurkiem i splótł palce.

Gösta zaczął się zastanawiać. Rozmyślał o tłustych tytułach w tabloidach, o tym, że mimo wielu skandali Przyjaciele Szwecji od kilku lat zyskują nowych wyborców. Chciałby powiedzieć, że nie, ale odruchowo potwierdził. Patrik i tak już to wiedział.

– Tak, mogą być problemy.

Patrik tylko kiwnął głową.

Gösta poszedł do swojego pokoju po papiery. Chciał je zabrać do domu. Jeszcze na chwilę usiadł przy biurku. Spojrzał przez okno na niebo. Wyglądało, jakby płonęło.

Vendela ostrożnie otworzyła okno i zaczęła nasłuchiwać odgłosów z telewizora z parteru. Jej pokój znajdował się wprawdzie na piętrze, ale od dawna korzystała ze sprawdzonej drogi. Najpierw zeskakiwała na znajdujący się pod oknem daszek werandy, a potem po wielkim drzewie rosnącym tuż przy domu schodziła na ziemię. Na wszelki wypadek zamknęła od środka drzwi i nastawiła na cały regulator muzykę. Jeśli mama zapuka, pomyśli, że nie słyszy.

Schodząc po drzewie, zerknęła przez okno do salonu. Mama siedziała na kanapie, tyłem do niej, jak zwykle z kieliszkiem wina w ręce, i oglądała jakiś kiepski serial kryminalny. Na dworze było na tyle jasno, że zobaczyłaby ją, gdyby odwróciła głowę, ale ona szybko zeskoczyła. Zresztą mama i tak nic nie widziała, kiedy piła. Wcześniej zdarzało się to może raz w tygodniu, zawsze wtedy miała przed sobą zdjęcie Stelli. Następnego dnia skarżyła się na ból głowy, jakby nie wiedziała, skąd się wziął. A od czasu, kiedy do Fjällbacki wróciła Marie Wall, piła już co wieczór.

Marie i Helen. Kobiety, które zabiły jej ciotkę, a z matki zrobiły alkoholiczkę.

Zaraz za granicą posesji czekali na nią Nils i Basse. Przyjechali na rowerach. Odsunęła od siebie myśli o Marie i Helen i o ich dzieciach, Samie i Jessie.

Nils przycisnął ją do siebie.

Usiadła na bagażniku Nilsa i szybko ruszyli do Fjällbacki. Minęli zakład Tetra Pak i wielki parking przed strażą pożarną. Dalej pizzerię Bååthaket i rynek z małym trawniczkiem. Na szczycie Galärbacken przystanęli. Vendela mocniej objęła Nilsa w pasie, poczuła pod dłońmi jego płaski, twardy brzuch.

Górka była stroma, a Nils nie hamował. Pęd był wręcz ogłuszający, wiatr rozwiewał jej włosy. W kilku miejscach asfaltowa nawierzchnia była nierówna. Poczuła ssanie w żołądku i kilka razy przełknęła ślinę, żeby pokonać lęk.

Przejechali przez plac Ingrid Bergman. Tam było już płasko i mogła odetchnąć. Na placu był spory tłum. Kilkoro wystrojonych młodych ludzi musiało zejść im z drogi, odskakując w bok. Obejrzała się za siebie i zobaczyła, jak wygrażają pięściami. Zaśmiała się.

Cholerni letnicy, przyjeżdżają raz do roku na kilka tygodni i myślą, że są panami Fjällbacki. Do głowy by im nie przyszło przyjechać w listopadzie. Co to, to nie. Przypływają jachtami ze swoimi wspaniałymi rodzinami ze wspaniałych domów i szkół, przepychają się w kolejkach i głośno rozprawiają o tutejszych wieśniakach.

– Zabrałaś kostium kąpielowy? – spytał Nils, odwracając głowę.

Jechali powoli po pirsie prowadzącym na Badholmen, więc w końcu go słyszała.

– Kurde, zapomniałam. Ale i tak mogę się wykąpać.

Zaśmiał się, bo pogładziła go po udzie. Szybko się nauczyła, co mu się podoba. Im śmielej, tym lepiej.

– Jest kilka osób – powiedział Basse, wskazując na starą wieżę do skoków.

– E… kilku smarkaczy z młodszej klasy. Zaraz sobie pójdą, zobaczysz.

Uśmiechnął się. Raczej się tego domyśliła, niż zobaczyła w półmroku. Zawsze wtedy łaskotało ją w żołądku. Położyli rowery na ziemi, obok starego domu kąpielowego, i podeszli do wieży. Pluskało się tam, pokrzykując, trzech chłopaków. Na ich widok umilkli.

– Zjeżdżajcie stąd, chcemy się wykąpać – powiedział spokojnie Nils.

Tamci bez słowa podpłynęli do drabinki, szybko wspięli się na górę i pobiegli po skałach do przebieralni. Kiedyś było tam uzdrowisko. Ludzie przebierali się w kabinach pod gołym niebem, ale Nils, Vendela i Basse nie zawracali sobie tym głowy. Po prostu zrzucili ubrania.

Chłopcy wspięli się na wieżę, Vendela rozbierała się wolniej. Uznała, że wieża jest nie dla niej. Dla Bassego chyba również nie, ale on zawsze naśladował Nilsa.

Podeszła do drabinki, zeszła kilka stopni i rzuciła się w tył. Woda wzięła ją w objęcia. Pod powierzchnią nic nie było słychać, dzięki temu przez kilka wspaniałych sekund z łatwością odcięła się od wszystkiego. Od mamy z kieliszkiem wina w jednej ręce i zdjęciem Stelli w drugiej. Ale w końcu musiała wypłynąć. Odwróciła się na plecy i spojrzała na wieżę.

Basse oczywiście się wahał, a Nils stał obok i się śmiał. Wieża nie była bardzo wysoka, ale wystarczająco, żeby stojąc na szczycie, można było poczuć ssanie w żołądku. Basse podszedł do krawędzi, ale nadal się wahał. I wtedy Nils go popchnął.

Basse z krzykiem poleciał w dół.

Nils skoczył za nim, zwinięty w kłębek. Wypłynął i odwracając twarz do góry, aż zawył.

– Kurde, jak fajnie!

Złapał Bassego za głowę i wcisnął pod wodę, ale po chwili puścił. Potem kilkoma mocnymi ruchami podpłynął do Vendeli. Przyciągnął ją do siebie i przycisnął się do niej podbrzuszem. Jego ręka powędrowała do jej majtek. Po chwili wepchnął w nią palec. Zamknęła oczy. Pomyślała o Jessie, która pewnie właśnie robiła to samo z Samem, i pocałowała Nilsa.

Nils nagle się od niej oderwał.

– O kurwa! – zaklął. – Meduzy!

Szybko dopłynął do drabinki i wdrapał się na pomost. Prawe udo miał czerwone od poparzenia.

Vendela wyszła z wody i uświadomiła sobie, że zapomniała o ręczniku. Powietrze, jeszcze przed chwilą ciepłe, nagle zrobiło się lodowato zimne.

– Masz – powiedział Basse cicho. Podał jej swój T-shirt, żeby mogła się wytrzeć.

Twarz miał tak bladą, że prawie świeciła.

– Dziękuję. – Starła z siebie słoną morską wodę.

Nils już się ubrał. Co pewien czas chwytał się za udo, ale ból wydawał się go tylko pobudzać. Kiedy się do nich odwrócił, zobaczyła w jego oczach błysk, ten błysk, który pojawiał się zawsze wtedy, kiedy za chwilę miał zniszczyć komuś życie.

– I co wy na to? Działamy?

Spojrzała na Bassego. Wiedziała, że nie odważy się sprzeciwić. Zadrżała w środku.

– Na co czekacie? – powiedziała i ruszyła w stronę rowerów.

Bohuslän 1672

Przez cały następny tydzień na plebanii panował szczególny nastrój. Elin gotowała się z nienawiści i złości, ale zwyciężył rozum. Jeśli oskarży Brittę jedynie na podstawie słów dziecka, zostaną wypędzone z plebanii. I gdzie się wtedy podzieją?

Nocami nie spała, trzymała w objęciach córkę, która miała koszmarne sny. Rzucała się po posłaniu, mamrocząc o tym, co ją dręczy. Kotka zniknęła bez śladu, a wraz z nią radość dziewczynki. Już nie podskakiwała po podwórku, nie protestowała po dziecinnemu przeciwko obowiązkom. Elin serce się krajało na widok jej spojrzenia, mrocznego jak wody leśnego jeziorka, ale nie potrafiła nic na to poradzić. Żaden ze sposobów, których ją nauczyła babka, nie pomagał na serdeczny smutek i lęk, nawet matczyna miłość była bezradna.

Ciekawiło ją, co Preben powiedział wtedy Britcie. Od tamtego dnia, gdy wniósł Märtę do domu i na dwie doby oddał jej swoje łóżko, a sam spał w pokoju gościnnym, Britta nie zdobyła się na to, żeby spojrzeć Elin w oczy. Zachowywały ten sam porządek dnia, wykonywały te same czynności i uzgadniały, co trzeba zrobić na plebanii. Tak samo jak każdego dnia, odkąd Elin i Märta przybyły. Ale Britta starannie unikała wzroku siostry. Elin złapała jej spojrzenie jeden jedyny raz, kiedy się odwróciła, trzepiąc pierzynę. Nienawiść bijąca z oczu Britty omal jej nie przewróciła. Elin uzmysłowiła sobie, że młodsza siostra jest jeszcze większym jej wrogiem niż dotąd. Cóż, lepiej, żeby Britta skupiła się na niej niż na Märcie. W tej sprawie wierzyła w Prebena. Wiedziała, że cokolwiek wtedy powiedział żonie, nie odważy się znów zaatakować Märty. Nie potrafił jednak naprawić tego, co Britta zepsuła, a odebrała dziewczynce ufność, jeden z najkruchszych darów od Boga.

– Elin!

Właśnie czyściła jakieś naczynie. Omal go nie upuściła, kiedy usłyszała głos Prebena. Stanął w drzwiach kuchni.

– Słucham? – odwróciła się i wytarła ręce w fartuch.

Od tygodnia ze sobą nie rozmawiali. Przypomniało jej się, jak pędził przez las. Jego biała koszula między drzewami, zrozpaczone spojrzenie, kiedy twarzyczka Märty znikała pod wodą. Czułość, z jaką patrzył na nią, biegnąc z nią przez wertepy. Nagle zabrakło jej tchu. Ręce jej się trzęsły, musiała je schować pod fartuchem.

– Mogłaby Elin przyjść? Czy Märta jest w czworakach?

Elin zmarszczyła czoło, czego on chce? Jasny kosmyk opadł mu na czoło. Zacisnęła pięści, żeby nie podejść i go nie odsunąć.

Przytaknęła.

– Jest. W każdym razie była. Rzadko teraz wychodzi.

Zrobiło jej się nieprzyjemnie, że tak mu przypomniała, co się stało. Czarne wody jeziorka, niecny uczynek Britty. Jego żony.

– No chodźcież, na co Elin czeka?

Niechętnie poszła za nim.

– Mały Janie! – zawołał, kiedy wyszedł na podwórko. Rozpromienił się, kiedy parobek podszedł do niego, trzymając coś w rękach.

– Co też wymyślił? – zapytała Elin.

Rozejrzała się niespokojnie. Nie chciała, żeby Britta zobaczyła, jak stoi na środku podwórza, rozmawiając z jej mężem. Preben, wyraźnie rozradowany, wziął zawiniątko z rąk Małego Jana.

– Widzę, że Märcie bardzo brakuje Violi. Pärla oszczeniła się w nocy, pomyślałem, że Märta mogłaby dostać jedno ze szczeniąt.

– To naprawdę przesada – odparła Elin surowo, ale odwróciła się, żeby ukryć łzy.

– Skądże. – Podsunął jej białego szczeniaczka w brązowe łaty.

Był tak śliczny, że nie mogła się oprzeć i podrapała go za długimi uszkami.

– Chciałbym z tego małego szelmy zrobić dzielnego psa pasterskiego i pomyślałem, że Märta mogłaby mi w tym pomóc. Pärla już długo nie podoła, będziemy potrzebować psa na jej miejsce. Wydaje mi się, że z tego maleństwa może wyrosnąć dzielny pies, jak Elin uważa?

Już wiedziała, że została pokonana. Brązowe oczka patrzyły na nią ufnie, szczeniak wyciągnął do niej łapkę.

– Jeśli Preben zadba, żeby ją nauczyć układać psa, to niech będzie – odrzekła surowym tonem, chociaż serce jej topniało.

– W takim razie pokornie dziękuję matce Märty za pozwolenie – powiedział Preben z filuternym uśmiechem i ruszył do chaty.

Odwrócił się.

– No chodźcie, nie chcecie zobaczyć, jak mała dostanie pieska?

Poszedł, Elin pośpieszyła za nim. Rzeczywiście, nie chciałaby tego przeoczyć.

Zastali ją na posłaniu. Leżała, wpatrując się w sufit. Odwróciła głowę dopiero, gdy Preben ukląkł przy jej łóżku.

– Czy mogę prosić Märtę o wielką przysługę? – spytał miękko.

Dziewczynka z powagą skinęła głową.

Jej uwielbienie nie zmalało, odkąd przyniósł ją na własnych rękach z jeziorka.

– Potrzebna mi pomoc Märty w opiece nad tym maleństwem. Sunia jest słabsza od pozostałych szczeniąt i matka nie bardzo się nią zajmuje. Więc jeśli nie znajdzie się dla niej inna matka, na pewno umrze. Pomyślałem, że Märta byłaby najodpowiedniejsza. Oczywiście jeśli da radę i ma chęć. Nie skłamię, jeśli powiem, że będzie to wymagało wiele pracy. Trzeba ją karmić kilka razy na dobę i opiekować się nią na różne sposoby. I nazwać, bo nawet imienia nie ma, biedactwo.

– Dam radę – zapewniła Märta i szybko usiadła na łóżku. Nie odrywała wzroku od szczeniaczka próbującego się wyplątać ze szmatki, którą był owinięty.

Preben delikatnie puścił psinę na łóżko, a Märta wtuliła twarz w miękką sierść. Szczenię natychmiast zamerdało ogonkiem i zaczęło ją lizać po twarzy.

Elin zdała sobie sprawę, że dawno się tak szczerze nie uśmiechała. A kiedy poczuła rękę Prebena na swojej dłoni, nie odsunęła się.

PODUSZKA ZBIŁA SIĘ w twardy kłąb, ale Eva Berg nie miała siły zmienić pozycji. Tej nocy też nie spała. Już nie pamiętała, kiedy udało jej się przespać całą noc. Tkwiła w gęstej mgle. Wszystko było bez sensu. Po co wstawać z łóżka? Mówić coś? Oddychać? Peter nie potrafił jej odpowiedzieć. Jego spojrzenie było tak samo puste. Dotyk tak samo zimny. Na początku szukali pocieszenia u siebie nawzajem, teraz Peter wydawał jej się zupełnie obcym człowiekiem. Chodzili po domu, nie dotykając się, każde pogrążone we własnej żałobie.

Rodzice robili, co mogli. Pilnowali, żeby jedli, kiedy trzeba, i kładli się spać, kiedy trzeba. Eva spojrzała kilka razy w okno i nie mogła się nadziwić, że kwiaty mogą się jeszcze tak pysznić. Że słońce świeci jak dawniej, marchewki rosną bujnie, a pomidory się czerwienią.

Tuż obok westchnął Peter. W nocy słyszała jego cichy szloch i nie potrafiła wyciągnąć do niego ręki.

Na schodach rozległy się ciężkie kroki Bengta.

– Ktoś idzie! – zawołał.

Eva kiwnęła głową i z wysiłkiem spuściła nogi z łóżka.

– Okej – odpowiedział cicho Peter.

Łóżko zaskrzypiało, kiedy on też usiadł. Przez chwilę siedzieli w milczeniu, odwróceni do siebie plecami, oddzieleni światem w ruinie.

Powoli zeszła na dół. Spała w ubraniu, tym samym, które miała na sobie w dniu, kiedy zginęła Nea. Teściowa kilka razy próbowała ją namówić, żeby się przebrała, ale ona nie chciała. Tak była ubrana, kiedy wszystko było jeszcze jak zwykle, mogła tulić córeczkę, robić jej obiad.

Bengt stał przy kuchennym oknie.

– Dwa radiowozy – oznajmił, wyciągając szyję. – Może już coś wiedzą.

Eva pokiwała głową. Przysunęła sobie krzesło i usiadła. Nawet jeśli się dowiedzą, nie zwróci im to Nei.

Bengt poszedł otworzyć drzwi. Chwilę rozmawiał z policjantami w przedpokoju, usłyszała, że jest wśród nich Gösta Flygare. Dzięki choć za to.

Gösta wszedł pierwszy. W jego spojrzeniu dostrzegła zakłopotanie, którego przedtem nie widziała.

Bengt stanął przy kuchence. Ulla stała za nimi, z rękami na ramionach syna.

– Dowiedzieliście się czegoś? – spytał Bengt.

Gösta pokręcił głową, wciąż z tym samym zakłopotaniem.

– Niestety nie mamy wam do przekazania nic nowego. Ale musimy przeszukać dom.

Bengt nadął się i zrobił kilka kroków w jego stronę.

– To chyba żarty? Nie wystarczy, że zrujnowano im życie?

Ulla podeszła do niego, położyła mu rękę na ramieniu. Pokręcił głową i już nic nie dodał.

– Dajcie im to zrobić – powiedziała Eva.

Wstała i weszła po schodach na piętro.

Z kuchni dobiegały wzburzone głosy, ale ona już się tym nie przejmowała.

– Ile razy jeszcze policja będzie nas nachodzić?

Jörgen oparł się o blat w charakteryzatorni. Marie spojrzała w lustro, na jego zmarszczone brwi. Miała już makijaż i fryzurę, ostatnie poprawki robiła sama.

– A skąd ja mam wiedzieć? – odpowiedziała, usuwając grudkę eyelinera z kącika prawego oka.

Prychnął i odwrócił się od niej.

– Nie powinienem się z tobą zadawać.

– O co chodzi? Zdenerwowałeś się, że policja zapytała cię o moje alibi? A może nagle przypomniałeś sobie o żonie i dzieciach?

Twarz mu pociemniała.

– Moja rodzina nie ma tu nic do rzeczy.

– Fakt, nie ma.

Uśmiechnęła się do niego w lustrze.

Spojrzał na nią w milczeniu i wybiegł, zostawiając ją w charakteryzatorni.

Boże, jacy ci mężczyźni nierozgarnięci. Chcą z nią spać, ale nie są gotowi ponosić konsekwencji. Widziała, jak ojciec traktował matkę. Ile miała siniaków, kiedy nie było tak, jak on chciał. W rodzinie zastępczej, do której trafiła najpierw, pan domu zademonstrował jej dobitnie, do czego według niego się nadaje. Helen mogła wrócić do rodziców, bo sąd uznał, że to porządna rodzina. W odróżnieniu od jej rodziny. Ale ona wiedziała, jak często Helen jest zmuszana do różnych rzeczy. Ludzie nie mieli o tym pojęcia.

Zdawała sobie sprawę, że ludzie postrzegali je jako dziwnie niedobrane. Prawda była jednak taka, że pasowały do siebie jak dwa kawałki układanki. Znajdowały u siebie nawzajem to, czego im brakowało. Wspierały się, łatwiej było radzić sobie ze zmartwieniami.

Nie przeszkodziło im nawet to, że zabronili im się spotykać. Zrobiły sobie zabawę z tego, że spotykały się ukradkiem. One dwie przeciwko reszcie świata. Nic nie mogło ich rozdzielić. Ależ były naiwne. Nie zdawały sobie sprawy z powagi sytuacji. Nawet tamtego dnia w pokoju przesłuchań. Opancerzyła się i myślała, że dzięki temu nic im się nie może stać.

A potem wszystko runęło. Trafiała do kolejnych rodzin zastępczych.

Kilka miesięcy po skończeniu osiemnastu lat spakowała walizkę i poszła w świat, nie oglądając się za siebie. Była wolna. Od rodziców. Braci. I od długiego szeregu rodzin zastępczych.

Bracia próbowali się z nią kontaktować, i to kilkakrotnie. Było to już po śmierci rodziców, kiedy zagrała pierwszą rolę w hollywoodzkim filmie. Właściwie rólkę, ale szwedzkim tabloidom to wystarczyło, dały to na pierwsze strony. Wtedy nagle okazało się, że są rodziną, a ona nie jest już umorusaną smarkulą. Odpowiedziała im przez adwokata, że nie mają na co liczyć. Że dla niej umarli.

Słyszała, jak Jörgen klnie gdzieś w głębi hali. A niech się złości. Dzięki niej i artykułom w gazetach inwestorzy już nie mieli wątpliwości i finansowanie ich filmu wydawało się niezagrożone. Nie musiała się przejmować jego obawami. Zresztą wiedziała, że kiedy był na planie, zawsze zdradzał żonę. Więc to nie jej wina, tylko jego, że nie potrafi powstrzymać się przed rozpięciem rozporka.

Przed oczami stanęła jej twarz Helen.

Poprzedniego dnia po południu, po zdjęciach, widziała ją w domu towarowym Hedemyrs. Wyszła zza jakiegoś regału i zobaczyła, jak Helen stoi nad listą zakupów. Szybko się cofnęła, Helen chyba jej nie widziała.

Jej uśmiech na krwiście czerwonych wargach powoli zgasł. Helen wyglądała staro i chyba z tym najtrudniej było jej się pogodzić. Wolała nie myśleć o tym, ile wydała na zabiegi kosmetyczne i chirurgiczne i na operacje plastyczne. Natomiast Helen poddała się czasowi.

Spojrzała w lustro i po raz pierwszy od dawna zobaczyła się naprawdę. Kiedy zabrakło poczucia bezpieczeństwa wynikającego z egoizmu, nie miała odwagi spojrzeć sobie w oczy. Odwróciła się powoli. Już sama nie wiedziała, kim jest ta kobieta w lustrze.

– Czy to aby dobry pomysł? – spytała Anna, trzymając się za brzuch. – A jeśli suknia okaże się okropna, uda nam się robić dobrą minę do złej gry?

– Ja już się nastawiłam na coś w kolorze łososiowym – powiedziała Erika, skręcając do Grebbestad.

– Dla nas też? Naprawdę? – Anna była wyraźnie przerażona.

– Spoko, nie dla ciebie. Znajdą ci ośmioosobowy namiot i przerobią na sukienkę. Tylko musisz się liczyć z tym, że gdzieś na sukni będzie logo Fjällräven.

– Ha, ha, ale dowcipna, myślałby kto, moja siostra jest komiczką...

– No, ty to masz szczęście! – Erika uśmiechnęła się, wysiadła i zatrzasnęła drzwi. – A właśnie, byłabym zapomniała. Chyba cię widziałam wczoraj, kiedy wracałam z Marstrand.

– Co? Nie.

Anna jęknęła w duchu. Idiotka! Przecież wymyśliła sobie wyjaśnienie, a jednak odruchowo zaprzeczyła.

– Ale ja jestem pewna, że to był wasz samochód. Zdążyłam nawet zauważyć, że za kierownicą siedzi kobieta. Pożyczyliście komuś samochód?

Anna czuła na sobie jej badawcze spojrzenie. Skręciły w największą ulicę handlową. Sklep z sukniami ślubnymi znajdował się kilkaset metrów dalej, umówiły się tam z Kristiną.

– Ojej, przepraszam cię, zgłupiałam od tej ciąży, upału i tak dalej... – Uśmiechnęła się. – Rzeczywiście, jechałam do nowego klienta, już nie mogłam usiedzieć w domu...

Lepszego wytłumaczenia nie umiała wymyślić. Ale Erika wciąż nie wyglądała na przekonaną.

– Nowego klienta? Teraz? Kiedy dziecko prawie już z ciebie wychodzi? Jak sobie z tym poradzisz?

– To niewielkie zlecenie, chciałam mieć jakieś zajęcie na czas oczekiwania.

Erika patrzyła na nią podejrzliwie, ale chyba postanowiła nie drążyć. Mogła odetchnąć.

– To tu – powiedziała Erika, stając przed wystawą salonu ślubnego.

Zobaczyły, że Kristina już jest w środku i żywo dyskutuje z ekspedientką.

Wchodząc, usłyszały, jak peroruje ostrym tonem:

– Naprawdę dekolt ma być taki? Nie pamiętam, żeby taki był, kiedy ją widziałam poprzednim razem. Przecież ja się nie mogę w tym pokazać! Wyglądałabym jak jakaś bajzelmama! Musieliście coś zrobić z tym dekoltem!

– Naprawdę niczego nie zmieniliśmy – odparła ekspedientka.

Lekko się spociła. Anna spojrzała na nią ze współczuciem. Lubiła teściową siostry, Kristina nie była zła, ale chwilami bywała... przytłaczająca. Zwłaszcza dla kogoś nieprzyzwyczajonego.

– Może powinnaś przymierzyć jeszcze raz – zasugerowała Erika. – Czasem ciuch wygląda zupełnie inaczej na człowieku niż na wieszaku.

– Niby dlaczego? – powiedziała Kristina ze wzburzeniem, witając się najpierw z Eriką, potem z Anną. – O Boże, jakaś ty gruba!

Anna zastanawiała się przez chwilę, co odpowiedzieć. W końcu postanowiła nic nie mówić. Wiedziała, że z Kristiną nie warto się kłócić o takie rzeczy.

– Naprawdę nie rozumiem, dlaczego suknia miałaby wyglądać na mnie inaczej niż na wieszaku – ciągnęła. – Ale ostatecznie mogę przymierzyć, żeby wam pokazać, że mam rację. Coś zrobiliście z tym dekoltem.

Odwróciła się na pięcie i poszła do przymierzalni.

– Chyba pani tu nie zostanie – powiedziała surowo do ekspedientki, która weszła z nią, żeby powiesić suknię. – Dobra obsługa też ma swoje granice, a w bieliźnie pokazuję się tylko mężowi. Dziękuję pani.

Wypchnęła ekspedientkę z przymierzalni i z wyniosłą miną zaciągnęła kotarę.

Anna z trudem powstrzymała się od śmiechu. Zerknęła na Erikę: wyglądało na to, że ona też.

– Przepraszam – szepnęła Erika do sprzedawczyni.

Sprzedawczyni wzruszyła ramionami.

– Pracuję w salonie ślubnym i proszę mi wierzyć, bywało gorzej.

– I jak pani sobie wyobraża, że ja mam się zapiąć? – syknęła Kristina, wychodząc zza kotary.

Włożyła suknię i przytrzymywała ją na piersi. Sprzedawczyni z anielską cierpliwością pomogła jej zapiąć zamek. Potem cofnęła się kilka kroków, żeby przyszła panna młoda mogła się przejrzeć w lustrze.

Kristina przez chwilę milczała, a potem powiedziała ze zdumieniem:

– Ta suknia jest… wspaniała.

Erika i Anna stanęły obok.

Anna się uśmiechnęła.

– Jest prześliczna. Wyglądasz fantastycznie.

Erika przytaknęła. Anna zauważyła, że oczy jej się zaszkliły. Teraz mogły dokładnie obejrzeć suknię. Kristina wybrała wąską srebrnoszarą kreację. Dekolt w kształcie serca nie był za głęboki, tylko w sam raz. Z przodu suknia była nieco krótsza niż z tyłu i znakomicie podkreślała wciąż zgrabną figurę Kristiny.

– Wyglądasz zabójczo – stwierdziła Erika i dyskretnie wytarła łzę.

Kristina nachyliła się i spontanicznie ją uściskała. Jak na nią było to niezwykłe, bo przeważnie nie paliła się do uścisków. Wyjątek robiła tylko dla dzieci, które zasypywała całusami. Przez chwilę było miło, ale wkrótce zaczęły się schody.

– Dobrze, zobaczmy, co znajdziemy dla was. Anno, ty jesteś prawdziwym wyzwaniem. Boże, jesteś pewna, że to nie bliźnięta?

Anna z desperacją rzuciła okiem na Erikę.

Erika tylko się uśmiechnęła i – trochę głośno – wyszeptała:

– Fjällräven.

James stał i patrzył na drzewa. Było bezwietrznie, słychać było tylko krakanie wron i czasem jakiś szelest w krzakach. W sezonie byłby bardziej czujny, teraz siedział tam głównie po to, żeby uciec od rzeczywistości. Sezon polowań na sarny zaczynał się dopiero za kilka tygodni, ale zawsze mógł sobie znaleźć jakiś cel, żeby poćwiczyć strzelanie. Lisa albo gołębia. Kiedyś ze swojej ambony na drzewie trafił nawet żmiję.

Uwielbiał las. Na ludziach – jeśli miałby być szczery – się nie znał. Pewnie dlatego tak dobrze czuł się w wojsku. Tam chodziło nie tyle o ludzi, ile o strategię, logikę, o niepoddawanie się emocjom. Zagrożenie przychodziło z zewnątrz, odpowiedzią nie była rozmowa, tylko działanie. On i jego żołnierze byli wzywani dopiero wtedy, kiedy inne możliwości zostały wyczerpane.

Jedynym bliskim mu człowiekiem był KG. On jeden go rozumiał, z wzajemnością, od jego śmierci już nie doświadczył niczego podobnego.

Kiedy Sam był mały, zabrał go raz na polowanie. Skończyło się fatalnie, jak zwykle z Samem. Miał trzy lata, ale nie potrafił usiedzieć spokojnie ani milczeć dłużej niż minutę. W końcu miał dość. Złapał go za kurtkę i zrzucił z ambony. A nieszczęsny dzieciak oczywiście złamał prawą rękę. Nie powinno mu się nic stać, wiadomo, dzieci są elastyczne, ale Sam musiał to skomplikować i spadł na kamień. Lekarzowi i żonie powiedział, że spadł z konia sąsiadów. Sam wiedział, że lepiej się nie skarżyć. Kiwnął głową i powiedział: głupi koń.

Ale najlepiej czuł się na ambonie sam. Gdyby miał wybierać, byłby stale na misji. Im był starszy, tym bardziej nie chciało mu się wracać do domu. Jego domem było wojsko. Oczywiście nie żołnierze: prychał pogardliwie, jeśli ktoś mówił, że w wojsku ludzie są dla siebie jak bracia. Błąd – i to duży. Żołnierze byli dla niego pionkami, środkiem do celu. Właśnie do tego tęsknił. Logika. Proste wytyczne. Proste odpowiedzi. W podejmowaniu trudnych decyzji nigdy nie uczestniczył. To polityka. Władza. Pieniądze. Nigdy nie chodzi o humanizm, pomoc czy nawet pokój. Chodzi wyłącznie o to, kto ma nad kim władzę i do kogo na mocy decyzji politycznej popłyną pieniądze. O nic innego. Ludzie są naiwni i chcieliby przypisywać swoim przywódcom szlachetne motywacje.

Poprawił plecak i ruszył w głąb lasu. W tym przypadku ludzka naiwność była im bardzo na rękę, nikt się nie domyślił, jaka jest prawda o Helen, do czego w rzeczywistości jest zdolna.

Torbjörn Ruud odwrócił się tyłem do wielkiej stodoły Bergów.

– Co mamy przeszukać? – spytał.

– Wszystkie budynki na posesji, łącznie ze stodołą i szopą w ogrodzie – powiedział Patrik.

Torbjörn kiwnął głową i wydał kilka krótkich poleceń ekipie, która tego dnia składała się z dwóch kobiet i mężczyzny. Mężczyzna badał polankę, na której znaleźli Neę. Patrik za nic nie mógł sobie przypomnieć jego nazwiska, do twarzy miał lepszą pamięć. Wszyscy, zarówno ludzie z ekipy, jak i funkcjonariusze, nałożyli na buty foliowe ochraniacze. Patrik i jego zespół mieli głównie nadzorować przeszukanie, mieli nie przeszkadzać. Wiedzieli, że im mniej ludzi kręci się po terenie, tym lepiej. Dziękował niebiosom, że Mellberg tym razem postanowił zostać w komisariacie. Zwykle nie przepuszczał okazji, żeby się znaleźć w centrum wydarzeń, ale dla kogoś o jego gabarytach upał był szczególnie dokuczliwy. Wolał posiedzieć w chłodzie gabinetu przy trzech szumiących wiatraczkach.

Stali przed domem. Patrik poprosił Göstę na bok. Wcześniej wysłał go, żeby przygotował Bergów. Sam został na zewnątrz i słyszał ich wzburzone głosy.

– Jak tam Bergowie? Uspokoili się?

Gösta przytaknął.

– Wyjaśniłem im, że to standardowa procedura w takich przypadkach. Że robimy to jedynie po to, żeby móc wykluczyć pewne możliwości.

– Przyjęli to?

– Nie mają wyboru. Ale nie jest im łatwo. – Skrzywił się.

– Wiem. Postaramy się przeprowadzić to jak najszybciej, potem będą mieli spokój.

Gösta patrzył, jak Torbjörn i jego ekipa wnoszą do domu sprzęt.

– Znalazłem wczoraj coś ciekawego – powiedział. – Kiedy przeglądałem doniesienia o molestowaniu seksualnym.

Patrik uniósł brwi.

– Tore Carlson, mieszkaniec Uddevalli, odwiedził Tanumshede na początku maja – ciągnął Gösta. – Ten, kto złożył doniesienie, twierdzi, że zaczepiał pięcioletnią dziewczynkę w centrum handlowym. Koło toalet.

Patrik się wzdrygnął.

– Gdzie jest teraz?

– Dzwoniłem już do Uddevalli, mają go sprawdzić.

Patrik spojrzał na dom.

Technicy postanowili się nie rozdzielać, mieli pracować razem w kolejnych pomieszczeniach. Patrik nie bardzo wiedział, co ze sobą począć. Usłyszał, jak Torbjörn prosi uprzejmie wszystkich członków rodziny, żeby wyszli z domu. Pierwszy wyszedł Peter, za nim jego rodzice, na końcu Eva. Zmrużyła oczy od słońca. Patrik domyślał się, że od chwili kiedy znaleźli ciało Nei, w ogóle nie wychodziła na dwór.

Patrik stał w cieniu jabłonki. Peter podszedł do niego.

– Czy to się nigdy nie skończy? – spytał cicho i usiadł na trawie.

Patrik usiadł obok. Zobaczył, że rodzice Petera ze wzburzeniem rozprawiają o czymś z Göstą. Eva usiadła w ogrodowym fotelu i ze splecionymi palcami wpatrywała się w stół.

– Skończymy za parę godzin – odparł Patrik, chociaż wiedział, że nie o to mu chodziło.

Peter miał na myśli żałobę. Patrik nie potrafił mu pomóc. Nie umiał pocieszać. Otarli się z Eriką o dramat, kiedy doszło do wypadku. Ale nie dało się tego porównać z przepastnym bólem, którego doświadczali rodzice Nei. To było wręcz nie do wyobrażenia.

– Kto mógł zrobić coś takiego? – zapytał Peter, wyrywając z od kilku dni niepodlewanego trawnika uschnięte źdźbła. W niektórych miejscach trawa pożółkła od słońca.

– Tego nie wiemy, ale robimy wszystko, żeby to ustalić – odparł Patrik, zdając sobie sprawę, że wygłasza banały.

Nigdy nie wiedział, co mówić w takich sytuacjach. Gösta lepiej sobie radził z rozmowami z bliskimi ofiar. On czuł się niezręcznie i ograniczał się do kilku komunałów.

– Nie staraliśmy się o więcej dzieci – wyznał Peter. – Uważaliśmy, że wystarczy nam Nea. Pewnie powinniśmy mieć więcej. Byłaby jakaś rezerwa. – Zaśmiał się sucho.

Patrik milczał. Czuł się jak intruz. Było tak pięknie, tak spokojnie, a oni wdarli się jak szarańcza i zniszczyli resztki tego spokoju. Niestety musiał ryć pod powierzchnią, bo bardzo rzadko jest tak, jak się wydaje na pierwszy rzut oka, a żałoba nie zawsze oznacza, że człowiek jest niewinny. W pierwszych latach służby wierzył w to i czasem nawet brakowało mu naiwnej wiary, że człowiek jest dobry. W późniejszych latach miał aż nadto dowodów na to, że w każdym człowieku znajdzie się coś mrocznego i nigdy nie wiadomo, co weźmie górę. Jego też to dotyczyło. Był zdania, że każdy człowiek jest zdolny zabić, pytanie tylko, co może go przed tym powstrzymać. Pod dość cienką warstwą politury w relacjach międzyludzkich buzują pradawne instynkty, które w każdej chwili mogą buchnąć, jeśli zajdą odpowiednie okoliczności. A raczej nieodpowiednie.

– Stale mam ją przed oczami – powiedział Peter, kładąc się na trawie, jakby się poddawał. Patrzył w niebo bez mrugnięcia, chociaż powinny go oślepić promienie słońca przedzierające się przez liście. – Cały czas ją widzę i słyszę. Zapominam, że już nie wróci. A kiedy sobie uzmysłowię, gdzie jest, martwię się, że jej zimno. Że jest sama, tęskni za nami, zastanawia się, gdzie jesteśmy, dlaczego po nią nie przychodzimy.

Jego głos brzmiał niewyraźnie, marzycielsko. Patrik poczuł pieczenie pod powiekami. Czuł się przygnieciony jego rozpaczą. W tym momencie nie był już policjantem rozmawiającym z ojcem, który stracił dziecko. Obaj byli ojcami i w tym sensie byli równi. Patrik zastanawiał się, czy człowiek, który straci jedyne dziecko, może przestać czuć się rodzicem. Czy po latach można zapomnieć.

Położył się na trawie obok Petera i cicho powiedział:

– Myślę, że ona nie jest sama, że nadal jest z wami.

Wierzył w to. Zamknął oczy i wydało mu się, że słyszy jasny dziecięcy głosik i śmiech pod niebo. A potem już tylko szum liści i głośny krzyk ptaka. Oddech Petera stawał się coraz cięższy. Po chwili zasnął, chyba pierwszy raz od zaginięcia Nei.

Bohuslän 1672

Przyszła wiosna i było to prawdziwe błogosławieństwo, ale wraz z nią przybyło obowiązków i pracy od świtu do nocy. Trzeba było zadbać o bydło i pozostały inwentarz. Przygotować pola. Zatroszczyć się o budynki. Rodzina każdego pastora obawiała się wilgoci powodującej gnicie drewna i powstawanie dziur w dachu. Kiedy pastor umierał, na plebanii przeprowadzano kontrolę. Sprawdzano, czy dobrze zarządzał gospodarstwem, a jeśli szkody były zbyt duże, wdowa musiała zapłacić karę. Ale jeśli gospodarstwo okazało się zarządzane wzorowo, wdowa mogła liczyć na nagrodę. Dlatego dbano nie tylko o dom, ale także o budynki gospodarcze i pomieszczenia dla służby. Koszty ponosili wspólnie proboszcz i parafia. A Preben bardzo dbał o gospodarstwo, stuk młotków w obejściu był tego niezbitym dowodem.

Nikt nie nawiązywał do tego, co się stało przy leśnym jeziorku. Märta wracała do siebie, a suczka, którą nazwała Sigrid, nie odstępowała jej na krok, jak przedtem Viola.

Prebena często nie było. Wyjeżdżał bladym świtem i wracał o zmroku, czasem nie było go przez kilka dni. Parafianie potrzebowali rady albo słowa Bożego, żeby życie było znośniejsze, a Preben podchodził do swoich obowiązków duszpasterskich bardzo poważnie. Nie podobało się to Britcie. Czasem przed jego wyjazdem padały ostre słowa. Ale nawet ona stała się pogodniejsza, gdy wiosenne słońce zaczęło wabić ludzi na łono przyrody.

Nadal krwawiła z regularnością pełni księżyca. Przestała pić napary przygotowywane przez Elin, a ona o nic nie pytała.

Zresztą na samą myśl o tym, że w brzuchu Britty miałoby dojrzewać jego dziecko, robiło jej się niedobrze. Udało jej się wprawdzie zmusić do tego, żeby zachowywać się wobec siostry tak samo jak dawniej, ale nienawiść płonęła w niej coraz żywszym płomieniem. Nie miała pojęcia, co zaszło między Brittą a Prebenem, gdy Märta omal się nie utopiła. Nie pytała, a Preben milczał. Ale od tamtej pory Britta była dla Märty miła, dbała o to, żeby dostawała z kuchni dodatkową porcję jedzenia, przywoziła jej nawet słodycze z Uddevalli. Raz w miesiącu jechała tam na kilka dni do ciotki. Wszyscy na plebanii oddychali wtedy z ulgą. Służba się prostowała i chodziła lżejszym krokiem. Preben podśpiewywał i często spędzał czas z Märtą. Elin podglądała ich, kiedy z głową przy głowie przesiadywali w bibliotece, rozmawiając o jakiejś książce. Robiło jej się wtedy szczególnie ciepło na sercu. Nie przypuszczała, że po tym, jak Per zginął w głębinie, zabierając ze sobą jej okrutne słowa, może jeszcze czuć coś takiego.

– BOŻE, BIEGŁA PANI całą drogę?

Erika z przerażeniem spojrzała na Helen Jensen. Dostawała zadyszki, kiedy musiała gonić dzieci po domu, i pociła się na samą myśl o tym, że można biec całą drogę od domu Helen.

– To nic takiego – powiedziała Helen z bladym uśmiechem.

– Mała rozgrzewka.

Włożyła cienką bluzę z kapturem. Kiedy biegła, miała ją zawiązaną w pasie. Usiadła przy stole w kuchni i z wdzięcznością przyjęła od Eriki szklankę wody.

– Napije się pani kawy?

– Z przyjemnością. Poproszę.

– Nie dostaje pani kolki od picia? – spytała Erika, nalewając jej kawy.

Kiedy była z Anną w Grebbestad, dzieci bawiły się u sąsiadów, a kiedy dostała SMS-a od Helen, po prostu zostawiła je u nich na trochę dłużej. Odbierając je, wręczy sąsiadce butelkę wina albo inny załącznik.

– Nie, mój organizm jest przyzwyczajony. Nic mi nie będzie.

– Ja jestem z tych, którzy uważają, że człowiek powinien mieć koła zamiast nóg. Do tej pory udawało mi się unikać wszelkiego sportu.

– Bieganie za kilkorgiem dzieci wcale nie jest takie proste – powiedziała Helen, popijając kawę. – Pamiętam, jak Sam był mały. Ciągle musiałam za nim biegać. Dziś wydaje mi się, że to było dawno, jakby w innej epoce.

– Mają państwo tylko jednego syna, prawda? – spytała Erika. Udawała, że nie wie.

– Tak wyszło – odparła Helen i twarz jej stężała.

Erika nie drążyła. Cieszyła się, że Helen zgodziła się na rozmowę, ale czuła, że powinna zachować ostrożność, że przy pierwszym źle zadanym pytaniu Helen może uciec. Nie byłoby to dla niej nic nowego. Przygotowując dokumentację do kolejnych książek, często miała do czynienia z ludźmi, którzy balansowali między chęcią mówienia a milczeniem. Należało wtedy posuwać się do przodu ostrożnie i zachęcać, żeby otwierali się krok po kroku, aż w końcu powiedzą więcej, niż zamierzali. Helen wprawdzie sama do niej przyszła, ale mową ciała dawała do zrozumienia, że zrobiła to wbrew własnemu przekonaniu.

– Dlaczego zgodziła się pani w końcu ze mną porozmawiać? – spytała Erika z nadzieją, że to pytanie nie skłoni Helen do ucieczki. – Pisałam do pani wiele razy, ale nie była pani zainteresowana.

Helen wypiła kilka łyków kawy. Erika położyła na stole telefon i pokazała jej, że nagrywa. Helen wzruszyła ramionami.

– Uważałam, nadal uważam, że przeszłość… powinna pozostać przeszłością. Ale nie jestem naiwna. Wiem, że nie powstrzymam pani przed napisaniem tej książki, zresztą nigdy nie miałam takiego zamiaru. Poza tym wiem, że Marie rozważa napisanie własnej książki. Nie można zresztą powiedzieć, żeby wcześniej nic o tym nie mówiła. Wie pani równie dobrze jak ja, że zbudowała karierę na naszej… tragedii.

– Właśnie, dla was też to była tragedia, prawda? – Erika podjęła wątek. – To, co się stało, zniszczyło życie nie tylko rodzinie Stelli, ale również wam i waszym rodzinom.

– Większość ludzi chyba nie postrzega tego w ten sposób – odparła Helen i w jej szaroniebieskich oczach pojawiła się jakaś twardość. – Wolą wierzyć w pierwszą wersję. Po tym, jak się przyznałyśmy. To, co się stało później, już się dla nich nie liczy.

– Jak pani myśli, dlaczego?

Erika z zaciekawienia pochyliła się w jej stronę, a jednocześnie kątem oka upewniła się, że telefon nagrywa.

– Pewnie dlatego, że nie ma innej odpowiedzi. Ani nikogo innego, kogo można by obarczyć winą. Ludzie lubią najprostsze wyjaśnienia. Kiedy odwołałyśmy przyznanie się do winy, pozbawiłyśmy ich złudzenia, że żyją w bezpiecznym świecie, w którym nikt nie zrobi krzywdy ani im, ani ich dzieciom. Trwając w przekonaniu, że jesteśmy winne, mogli zachować wiarę, że wszystko jest w najlepszym porządku.

– A teraz? Dziewczynka z tego samego domu zostaje znaleziona w tym samym miejscu. Sądzi pani, że to jakiś naśladowca? Że coś się znów odezwało?

– Nie wiem. Naprawdę nie mam pojęcia.

– Przeczytałam w jakimś artykule, że tamtego dnia Marie widziała kogoś w lesie. A pani? Widziała pani kogoś?

– Nie – odpowiedziała Helen szybko i odwróciła wzrok. – Nikogo nie widziałam.

– Sądzi pani, że naprawdę widziała czy to zmyśliła? Żeby skierować podejrzenia na kogoś innego? Mieć coś na poparcie swojej wersji po odwołaniu poprzednich zeznań?

– O to proszę pytać Marie – powiedziała Helen, skubiąc nitkę na obcisłych legginsach.

– Ale co pani o tym sądzi? – nalegała Erika. Wstała, żeby dolać kawy.

– Ja nikogo nie widziałam. Ani nie słyszałam. Chociaż powinnam, bo cały czas byłyśmy razem.

Nie przestawała skubać. Była bardzo spięta, więc Erika zmieniła temat. Wolała nie prowokować jej do ucieczki, zanim nie zada wszystkich pytań.

– Mogłaby pani opisać, jak wyglądały pani relacje z Marie?

Po raz pierwszy twarz Helen się rozpromieniła. Jakby ktoś jej odjął dziesięć lat, pomyślała Erika.

– Bardzo się od siebie różniłyśmy, ale od razu między nami zaskoczyło. Byłyśmy z różnych środowisk, ona śmiała w kontaktach z ludźmi, ja nieśmiała. Można by sądzić, że nie powinnyśmy mieć ze sobą nic wspólnego. Do dziś nie rozumiem, co sprawiło, że przylgnęła akurat do mnie. Wszystkie dzieci chciały się z nią bawić. Drażniły się z nią wprawdzie z powodu jej rodziny, musiała znosić docinki i złośliwe uwagi, ale to były jednak żarty. Wszyscy chcieli być blisko niej. Była taka śliczna, odważna i... dzika.

– Dzika? Nie słyszałam, żeby ktoś ją tak określił. Co pani ma na myśli?

– Jak by to powiedzieć? Była niesłychanie żywiołowa. Już wtedy mówiła, że będzie aktorką i zostanie gwiazdą Hollywood. Chodzi mi o to, że w dzieciństwie mówi się różne rzeczy, ale ilu osobom się udaje? Wyobraża pani sobie, jaką trzeba mieć wewnętrzną siłę, żeby to osiągnąć?

– Tak, to rzeczywiście nadzwyczajne – przyznała Erika, chociaż zastanawiała się nad ceną, jaką trzeba za to zapłacić.

We wszystkich artykułach Marie Wall była przedstawiana jako postać raczej tragiczna i samotna. Czy w dzieciństwie przypuszczała, że to będzie cena, jaką przyjdzie jej zapłacić za osiągnięcie wymarzonego celu?

– Uwielbiałam z nią być, była wszystkim, czym ja nie umiałam być. Dawała mi poczucie bezpieczeństwa, potrafiła mnie natchnąć odwagą. Przy niej ośmielałam się być kimś, kim normalnie nigdy bym nie była. Wydobywała ze mnie najlepsze cechy. – Jej twarz płonęła. W pewnym momencie próbowała opanować emocje.

– Co zrobiłyście, kiedy zabronili wam się spotykać? – spytała Erika, przyglądając się jej uważnie. Przez głowę przemknęła jej jakaś myśl, na tyle niejasna, że nie potrafiła jej uchwycić.

– Byłyśmy zrozpaczone. To oczywiste – odparła Helen. – Zwłaszcza ja, bo Marie od razu zaczęła się zastanawiać, jak obejść ten zakaz.

– Więc spotykałyście się nadal?

– Oczywiście, w szkole, ale kiedy się tylko dało, również poza szkołą. Czułyśmy się jak bohaterki historii o Romeo i Julii, okrutnie potraktowane przez najbliższych. Nic nas nie mogło powstrzymać, byłyśmy dla siebie całym światem.

– Gdzie się spotykałyście?

– Najczęściej w stodole Strandów. Była pusta, zakradałyśmy się na stryszek. Leżałyśmy tam i popalałyśmy papierosy, które Marie podkradała braciom.

– Jak długo ukrywałyście się z tą przyjaźnią? To znaczy jak długo, zanim to się stało.

– Chyba pół roku, nie pamiętam dokładnie. Minęło tyle czasu, starałam się o tym nie myśleć.

– Więc co pomyślałyście, kiedy Strandowie poprosili, żebyście razem popilnowały Stelli?

– Anders Strand spytał mojego ojca i chyba go tym zaskoczył, bo ojciec zgodził się bez większego namysłu. Nie chciał wyjść na człowieka, który zabrania córce bawić się z inną dziewczynką, bo nie podoba mu się jej rodzina. Źle by to wyglądało. – Skrzywiła się. – Ale oczywiście bardzo się ucieszyłyśmy, chociaż wiedziałyśmy, że to nic nie zmieni. Miałyśmy po trzynaście lat. Żyłyśmy z dnia na dzień. I miałyśmy nadzieję, że pewnego dnia będziemy mogły być razem. Że nie będziemy musiały chować się w stodole.

– Więc cieszyłyście się, że zostaniecie ze Stellą?

– Bardzo. Lubiłyśmy ją. A ona nas. – Umilkła, obok jej ust pojawił się surowy rys. – Muszę zaraz wracać – powiedziała, dopijając kawę.

Erika poczuła, że zaraz wpadnie w panikę. Miała jeszcze tyle pytań, ważnych i nieważnych, o szczegóły, wydarzenia i emocje. Aby tchnąć życie w bohaterki swojej książki, musiała porozmawiać z Helen znacznie dłużej. Wiedziała jednak również, że jeśli będzie naciskać, skutek może być odwrotny do zamierzonego. Jeśli natomiast zadowoli się tym, co teraz usłyszała, ma szansę, że Helen zgodzi się na następne spotkanie. Zmusiła się do uśmiechu.

– Rozumiem – powiedziała. – Bardzo się cieszę, że poświęciła mi pani chwilę. Czy mogę spytać o jeszcze jedną rzecz? – Znów zerknęła na telefon, żeby się upewnić, że nadal nagrywa.

– Okej – odparła Helen niechętnie.

Erika widziała, że myślami stoi już w drzwiach. Pytanie, które chciała jej zadać na koniec, było chyba najważniejsze.

– Dlaczego się przyznałyście?

Zapadło długie, męczące milczenie. Helen nawet nie drgnęła, ale widać było, że intensywnie myśli. W końcu zrobiła długi wydech, jakby puściło trzydziestoletnie napięcie.

Spojrzała Erice w oczy i powoli powiedziała:

– Żebyśmy mogły być razem. I jeszcze żeby powiedzieć rodzicom, żeby poszli w cholerę.

– Wybieramy szoty, ile się da! – oznajmił Bill, przekrzykując wiatr.

Karim starał się zrozumieć. Bill często zaczynał mówić po angielsku, ale już po chwili odruchowo przechodził na szwedzki. Ale pewne zwroty zaczęły mu już zapadać w pamięć. Wiedział, że wybieramy szoty znaczy tyle, że ma pociągnąć za linkę żagla.

Ciągnął więc, aż Bill kiwnął głową, że jest dobrze.

Adnan krzyknął głośno, kiedy łódź się przechyliła, i kurczowo złapał się relingu. Wcześniej każdy z nich spróbował pływać z Billem mniejszą żaglówką, ale tego dnia wsiedli wszyscy razem na dużą białą łódź, którą Bill nazywał „Samba". Z początku patrzyli na nią podejrzliwie, bo miała otwartą rufę, ale Bill zapewnił ich, że nie będzie nabierała wody. Podobno była przystosowana dla niepełnosprawnych, chodziło o to, żeby było im łatwiej dostać się z wody na pokład. Ale to wyjaśnienie zaniepokoiło Karima. Jeśli jest taka bezpieczna, to po co dostawać się do niej z wody?

– Wszystko w porządku! *No worry!* – zawołał Bill, uśmiechając się szeroko i kiwając do Adnana głową.

Adnan spojrzał z niedowierzaniem i chwycił za reling jeszcze mocniej.

– *It should lean, then it goes better in the water* – tłumaczył Bill. – Tak ma być, łódź płynie lepiej, kiedy jest w przechyle.

Wiatr zagłuszył część słów, ale i tak zrozumieli, o co chodzi. Dziwne.

– A gdyby rozumować tak samo, kiedy się prowadzi samochód? – mruknął Karim. Wciąż nie był przekonany do tego przedsięwzięcia, ale entuzjazm Billa był tak zaraźliwy, że wszyscy, on też, byli gotowi dać mu szansę. Poza tym stanowiło to jakiś przerywnik w nudzie panującej w ośrodku dla uchodźców. Gdyby jeszcze mniej się bali.

Karim zmusił się do spokojnego oddychania i jeszcze raz – piąty – sprawdził, czy wszystkie paski kamizelki ratunkowej są zapięte jak należy.

– Zwrot! – krzyknął Bill.

Nie zrozumieli, o co chodzi.

– *Turn! Turn!* – krzyknął, wymachując rękami.

Ibrahim, który stał przy sterze, skręcił mocno w prawo. Wszystkich rzuciło w bok. Bom przeleciał tak szybko, że ledwo zdążyli zrobić unik, a Bill o mało nie wpadł do wody. W ostatniej chwili złapał się relingu.

– Kurwa, cholera, jasny szlag! – wrzasnął i były to słowa, które wszyscy zrozumieli.

Przekleństwa były pierwszymi szwedzkimi słowami, których się nauczyli. Cholerny czarnuch – usłyszeli to już na dworcu, jak tylko przyjechali.

– *Sorry, sorry!* – krzyknął Ibrahim, puszczając ster, jakby to był jadowity wąż.

Bill, nie przestając kląć, rzucił się i przejął ster. Kiedy łódź znów popłynęła stabilnie, odetchnął głęboko. A potem odpalił ten swój uśmiech.

– Spoko, chłopaki! *No worries! It's nothing compared to the storm when I crossed the Biscaya**.

Pogwizdywał wesoło. Tymczasem Karim na wszelki wypadek jeszcze raz sprawdził kamizelkę.

Annika zajrzała przez otwarte drzwi.

– Bertilu, ktoś dzwoni i upiera się, że chce rozmawiać tylko z tobą. Numer się nie wyświetlił, głos brzmi bardzo dziwnie. Co ty na to? Przełączyć do ciebie?

– No to przełącz. – Mellberg westchnął. – Pewnie jakiś telemarketer myśli, że wciśnie mi coś absolutnie niezbędnego do życia, ale nie ze mną te numery... – Podrapał za uchem Ernsta, a gdy na telefonie zapaliła się czerwona lampka, odebrał i władczym tonem powiedział: – Tak, słucham! – Już on sobie poradzi z tym telemarketerem.

Ale ten, kto dzwonił, wcale nie chciał mu niczego sprzedawać. Z początku podejrzliwie słuchał celowo zniekształconego głosu, ale to, co ten ktoś mówił, okazało się na tyle sensacyjne, że wyprostował się na fotelu i zaczął słuchać w skupieniu. Ernst zauważył tę zmianę, podniósł łeb i zastrzygł uszami.

Zanim Mellberg zdążył wtrącić jakieś pytanie, usłyszał trzask. Ten, kto dzwonił, rozłączył się.

Mellberg podrapał się po głowie. To, czego właśnie się dowiedział, nada sprawie zupełnie inny bieg. Już wyciągał rękę, żeby zadzwonić do Patrika, ale szybko ją cofnął. Cała załoga była zajęta przeszukiwaniem gospodarstwa Bergów. To, czego się dowiedział, było tak ważne, że powinien się tym zająć ktoś ze szczebla kierowniczego. Najlepiej i najpewniej on sam. Jeśli potem cała społeczność zasypie go wyrazami wdzięczności za to, że wyjaśnił sprawę – to cóż, od tego jest szefem i właśnie dlatego interesują się nim media. I bardzo słusznie, że oddaje się sprawiedliwość tym, którym się ona należy, przecież to on, Mellberg, jest sercem i mózgiem tego komisariatu, i to on wyjaśni tę sprawę.

---

* *It's nothing...* (ang.) – To nic w porównaniu ze sztormem, który się rozszalał, kiedy płynąłem przez Zatokę Biskajską.

Wstał. Ernst z nadzieją podniósł łeb.

– Przykro mi, stary, ale dzisiaj musisz zostać. Mam coś ważnego do załatwienia.

Zignorował pełne żalu mruknięcie psa i pośpiesznie wyszedł z gabinetu.

– Wychodzę na trochę – oznajmił, mijając siedzącą w recepcji Annikę.

– O co chodziło z tym telefonem? – spytała.

Stęknął. Skaranie boskie z tymi pracownikami. Ciągle by tylko wściubiali nos. Żadnego szacunku dla zwierzchników!

– Tak jak myślałem, jakiś durny telemarketer.

Spojrzała na niego podejrzliwie, ale nie miał zamiaru nic jej mówić. Zadzwoniłaby do Hedströma, a on natychmiast by się pod niego podpiął. Dobrze wiedział, że władza uderza ludziom do głowy. Ciągle musiał powstrzymywać młodszych kolegów przed przepychaniem się do przodu, gdy zbliżał się przełom w sprawie i rosło zainteresowanie mediów. Coś okropnego.

Wyszedł na dwór i aż się wzdrygnął. Że też człowiek musi pracować w takim upale. Jak w tropikach. To pewnie przez ten cały efekt cieplarniany. Jeszcze trochę i równie dobrze będzie można się przenieść do Hiszpanii. Nie przepadał za zimą. Wolał wiosnę i jesień. Chociaż… jak się lepiej zastanowić, deszczowa szwedzka jesień to też nic przyjemnego. Ale wiosna bywa przyjemna. Pod warunkiem, że jest słoneczna. Nie taka zimna i wietrzna jak kilka ostatnich.

Wsiadł do radiowozu i od gorąca aż go zatkało. Już on sobie porozmawia z idiotą, który postawił auto na słońcu. Istna sauna. Natychmiast włączył klimatyzację. Temperatura opadła dopiero, kiedy skręcił do ośrodka dla uchodźców. Miał zupełnie mokrą koszulę. Nikogo nie uprzedził, że przyjedzie. Kierownika nie znał i nie miał pewności, czy nie uprzedziłby mieszkańców o wizycie policji. Takie rzeczy najlepiej robić bez uprzedzenia. Właśnie dlatego w dawnych czasach robiło się takie akcje bladym świtem. Żeby wykorzystać element zaskoczenia.

Podszedł do recepcji i otworzył drzwi. Panował tam wręcz błogosławiony chłód. Wyciągnął rękę, którą przedtem wytarł o nogawkę.

– Bertil Mellberg, komisariat w Tanumshede.

– Cześć, jestem Rolf, kierownik ośrodka. Czemu zawdzięczamy tę wizytę? – spytał, spoglądając na Mellberga z niepokojem.

A niech się trochę spoci, pomyślał Mellberg, chociaż nie miał powodu. Mógł i tyle.

– Muszę uzyskać dostęp do jednego z waszych domków – powiedział.

– Aha... – Rolf zesztywniał. – Którego? I z jakiego powodu?

– Kto zajmuje ostatni domek? Ten nad samym morzem?

– Karim z rodziną.

– Karim? Co pan o nim wie? – Mellberg skrzyżował ręce na piersi.

– Jest z Syrii, przyjechał kilka miesięcy temu z żoną i dwojgiem małych dzieci. Był dziennikarzem, to spokojny człowiek, cichy. Bo co?

– Brał udział w poszukiwaniu dziewczynki w poniedziałek?

– Tak, chyba tak. – Rolf zmarszczył czoło. – Tak, na pewno. O co chodzi?

– Muszę obejrzeć jego mieszkanie – odparł Mellberg.

– Nie wiem, czy mogę na to pozwolić – powiedział Rolf z pewnym wahaniem.

Mellberg zaryzykował. Zdawał sobie sprawę, że większość ludzi nie orientuje się w swoich prawach.

– Ośrodek jest państwowy, więc mamy prawo dostępu do niego – powiedział.

– Cóż, jeśli tak... to chodźmy.

– To sprawa policji, wolę pójść sam. – Po co mu spięty kierownik zaglądający przez ramię. – Proszę mi tylko pokazać, który to dom.

– Okej. – Rolf wyszedł z nim przed budynek. – Tędy. Na samym końcu.

Znów ten piekielny upał. Uchodźcom się pewnie podoba. Powinni się czuć jak u siebie.

Biały domek z zewnątrz wyglądał na zadbany. Przed wejściem leżało kilka porządnie ułożonych zabawek, przy schodkach równo ustawione buty. Drzwi były otwarte, ze środka dobiegały śmiechy dzieci.

– Halo! – zawołał. Wyszła do niego ładna kobieta z długimi czarnymi włosami, w rękach trzymała rondel i kuchenną ścierkę.

Na jego widok zesztywniała i przestała wycierać rondel.

– *What do you want?* – spytała z silnym akcentem. Jej głos brzmiał zimno i wrogo.

Nie pomyślał o tym wcześniej. Angielski, musiał to przyznać, nie był jego mocną stroną. Zresztą możliwe, że ona nawet nie rozumiała po angielsku. Powiedziała coś w języku, którego z kolei on nie rozumiał. Boże, nie mogła się nauczyć języka kraju, do którego przyjechała? – pomyślał.

– *I have to... see in your house...* – Język mu kołowaciał, kiedy próbował wymawiać angielskie słowa.

Spojrzała na niego, nie rozumiejąc, i rozłożyła ręce.

– *I have some... information...* że wy... *that your man is hiding something in the house* – powiedział i spróbował przepchnąć się obok niej do środka.

Kobieta stanęła w drzwiach i skrzyżowała ręce na piersi. Jej oczy rzucały błyskawice, zaczęła perorować z wściekłością.

Mellberg się zawahał. Po chwili uznał, że skoro u siebie w domu ma tyle wściekłych bab, nie da się zastraszyć tej drobnej osóbce. Należało przyprowadzić ze sobą tłumacza, ale doszedł do wniosku, że nie ma na to czasu. Powinien być chytry jak lis. Wiedział, że w innych krajach policja, żeby przeszukać dom, musi machnąć jakimś papierem, i nagle przyszedł mu do głowy genialny pomysł. Z kieszonki na piersi wyjął kartkę. Rozłożył ją.

– *I have a permission to look in your house* – powiedział i z władczą miną podsunął jej kartkę. – *You do know this? A permission?*

Marszcząc czoło, machnął kartką. Kobieta spojrzała i straciła pewność siebie.

Odsunęła się i kiwnęła głową. Mellberg, zadowolony, schował zaświadczenie od weterynarza do kieszonki. W tak ważnej sprawie dozwolone są wszelkie środki.

Bohuslän 1672

Elin nauczyła się od babki, że należy podążać za porami roku. Późną wiosną zbiera się zioła i kwiaty, które będą potrzebne przez pozostałą część roku, więc kiedy tylko miała chwilę czasu, wyruszała na pola i łąki. Zebrane rośliny suszyła starannie w swojej izbie w czworakach. Dużo tego było. Wczesna wiosna była deszczowa, ale później przyszło słońce i nastąpiła istna eksplozja zieleni. A ziemie należące do plebanii były wspaniałe. Były to łąki, tereny stepowe i podmokłe, pastwiska i lasy. Aż miło było patrzeć. Nuciła sobie, gdy z koszykiem na ręku wybierała najlepsze okazy roślin potrzebnych do leczenia, łagodzenia dolegliwości i uzdrawiania chorych. To był najlepszy czas w roku. Po raz pierwszy od dawna poczuła coś podobnego do szczęścia.

Zatrzymała się koło dawnego domku pasterzy i usiadła, żeby trochę odpocząć. Teren był trudny. Zasapała się, choć była silna i zdrowa. Miała dwie godziny dla siebie, bo przekupiła najmłodszą służkę Stinę, żeby wykonała jej robotę w zamian za obietnicę, że nauczy ją zaklęć, które zwabią zalotników. Zdawała sobie sprawę, że powinna wykorzystać ten czas, ale wokół pachniało tak pięknie, słońce grzało tak rozkosznie, a niebo było takie błękitne. Co szkodzi, że się chwilę nacieszę, powiedziała sobie i położyła się na trawie. Rozłożyła ręce i wpatrzyła się w niebo. Wiedziała, że Bóg jest wszędzie, ale w tym momencie chyba musiał być szczególnie blisko, malować dzień wszystkimi barwami ziemi.

Jej ciało się rozluźniło. Zapach traw i kwiatów, chmury przesuwające się powoli po niebie, miękka ziemia jakby ją przytulała, wszystko kołysało ją do snu. Jej powieki stawały się coraz cięższe, w końcu nie mogła się oprzeć i pozwoliła im opaść.

Obudziło ją łaskotanie w nos. Zmarszczyła się, a kiedy nie pomogło, potarła nos ręką – i wtedy usłyszała stłumiony śmiech. Usiadła. Obok siedział Preben, w ręku trzymał trawkę.

– Co też wyprawia! – Chciała, żeby to zabrzmiało gniewnie, ale w jej głosie słychać było radość.

Uśmiechnął się szeroko, niebieskie oczy przyciągały ją do siebie.

– Elin wyglądała tak spokojnie podczas snu – powiedział i żartobliwie przesunął trawką po jej twarzy.

Chciała wstać, otrzepać spódnicę, zabrać kosz i ruszyć do domu. Tak należało zrobić i tak zrobić powinna. Ale kiedy tak siedzieli na trawie obok opuszczonej chaty, już nie byli panem i służącą. Nawet nie szwagrem i szwagierką. Byli Prebenem i Elin, a nad nimi Bóg namalował błękitem, a pod nimi Bóg namalował zielenią. Elin chciała jednego, a potem czegoś zupełnie innego. Wiedziała, co powinna zrobić, i wiedziała, czego zrobić nie potrafi. Nie potrafiła wstać i odejść. Preben patrzył na nią tak jak nikt od czasów Pera. Przypomniała sobie, jak się odnosił do Märty, jak trzymał w ramionach szczeniaczka, kosmyk włosów opadający na oczy, dłoń na pysku cierpiącej Stjärny. Nie wiedziała, co ją naszło, nachyliła się i zaczęła go całować. W pierwszej chwili zdrętwiał. Jego wargi stwardniały, odsunął się. Po chwili zmiękł i opadł na nią. I chociaż robili źle, było tak, jakby Bóg się przyglądał i uśmiechał w swojej wszechmocy.

– SKOŃCZYLIŚMY PRZECZESYWAĆ dom.

Torbjörn Ruud podszedł do Gösty i wskazał palcem stodołę.

– Teraz przejdziemy tam.

– Okej. – Gösta skinął głową.

Nadal czuł się zniesmaczony i nie miał ochoty dołączyć do Patrika i Petera, którzy leżeli na trawie kawałek dalej. Próbował porozmawiać z Evą siedzącą na ogrodowej kanapie przed domem, ale ona patrzyła przed siebie nieobecnym wzrokiem i nic do niej nie docierało. Rodzice Petera byli zdenerwowani, niepodatni na żadne argumenty, więc zostawił ich samym sobie.

Technicy pracowali pełną parą. Gösta poczuł się jednocześnie niepotrzebny i rozdarty. Wolałby robić coś konkretnego, zamiast stać i pilnować. Zamieniłby się z Paulą i Martinem, których Patrik oddelegował, żeby zbadali przeszłość Bergów. Zdawał sobie jednak sprawę, że jest potrzebny na miejscu, ponieważ dotychczas to on kontaktował się najczęściej z Bergami.

Patrzył na techników idących ze sprzętem do stodoły. Otworzyli wielkie wrota i ze stodoły wybiegł szary kot.

Osa zabrzęczała mu koło prawego ucha. Stał spokojnie, zmusił się do tego. Zawsze bał się os i choćby tysiące razy słyszał, że nie wolno histerycznie wymachiwać rękami, zwykle nie mógł się powstrzymać. Pierwotny instynkt powodował przypływ adrenaliny, a umysł wysyłał komendę: uciekaj, jak tylko w pobliżu znalazła się osa. Tym razem miał szczęście – odleciała. Znalazła słodszy i ciekawszy obiekt. Dzięki temu nie ryzykował, że się skompromituje w oczach osób przebywających na podwórku.

– Chodź, usiądź z nami! – Patrik kiwnął do niego ręką.

Gösta usiadł na trawie obok Petera. Głupio mu było, że właśnie przewracają mu dom do góry nogami, ale Peter wydawał się pogodzony z sytuacją, spokojny i opanowany.

– Czego oni szukają? – spytał.

Gösta nie raz widział taką reakcję i domyślał się, że Peter radzi sobie z sytuacją, dystansując się od niej, udając, że w ogóle go nie dotyczy.

– Nie możemy mówić o tym, co robimy i czego szukamy.

Peter pokiwał głową.

– Bo jesteśmy potencjalnymi podejrzanymi.

Powiedział to z rezygnacją. Gösta uznał, że najlepiej będzie odpowiedzieć szczerze.

– Tak. Rozumiem, że to paskudne uczucie, ale zakładam, że chcecie, żebyśmy zrobili wszystko, żeby wyjaśnić, co się stało. Niestety obejmuje to również najbardziej nieprawdopodobne hipotezy.

– Rozumiem. W porządku – odparł Peter.

– Czy pana rodzice też to zrozumieją? – Gösta spojrzał na Bengta i Ullę. Stali nieopodal i mówili coś ze wzburzeniem.

Ojciec Petera gestykulował energicznie, mimo opalenizny aż poczerwieniał.

– Po prostu się denerwują i martwią – powiedział Peter, wyrywając garściami trawę. – Ojciec zawsze taki był. Reaguje złością, kiedy go coś zaniepokoi. Ale to nie jest takie groźne, jak się wydaje.

Ze stodoły wyszedł Torbjörn.

– Patriku! – zawołał. – Możesz przyjść?

– Już idę – odparł Patrik, wstając z pewnym trudem.

Chrupnęło mu w kolanach, kiedy się wyprostował. Gösta pomyślał, że z nim za chwilę będzie jeszcze gorzej. Obserwował ich. Torbjörn trzymał w ręce telefon komórkowy i żywo mówił coś do Patrika. Patrik się zasępił.

– Pójdę się dowiedzieć, o co chodzi – powiedział Gösta. Wstał i poruszył prawą nogą. Zdrętwiała mu.

Podszedł do nich, lekko kulejąc.

– Co się dzieje? Znaleźliście coś?

– Nie, jeszcze nie zaczęliśmy działać w stodole – odparł Torbjörn. – Ale właśnie zadzwonił Mellberg. Każe nam rzucić wszystko i przyjeżdżać do ośrodka dla uchodźców. Twierdzi, że coś znalazł.

– Jak to znalazł? – zdziwił się Gösta. – Gdzie? Jak? Przecież kiedy wyjeżdżaliśmy z komisariatu, spał w swoim gabinecie.

– Założę się, że znów wykręcił jakiś numer – mruknął Patrik. – Wolałbym dokończyć to, co zaczęliśmy, ale Mellberg jest szefem, więc nie mogę zlekceważyć jego rozkazu. Trzeba będzie odgrodzić wszystko taśmą i jechać do ośrodka. Później tu wrócimy.

– To nie jest najlepsze rozwiązanie – zauważył Torbjörn.

Gösta też tak uważał, ale zgadzał się z Patrikiem. Formalnie Mellberg był ich szefem i to on odpowiadał za komisariat, chociaż wszyscy wiedzieli, że raczej w teorii niż w praktyce. Mimo wszystko musieli wykonać jego polecenie.

– Jedziemy z wami – powiedział.

Patrik kiwnął głową. Usiłował dodzwonić się do Mellberga.

Gösta podszedł do Bergów i poinformował ich, że jeszcze wrócą, ale nie odpowiedział na pytanie o powód tego zamieszania. Coraz bardziej się niepokoił. Samodzielna wyprawa Mellberga mogła oznaczać tylko problemy. Co on mógł znaleźć w ośrodku dla uchodźców? U Gösty pojawiło się przeczucie katastrofy.

Dzieci wcale nie miały ochoty wracać do domu, ale Erika wiedziała, że gdyby w przyszłości chciała je jeszcze podrzucić sąsiadom, powinna je jednak zabrać. Bliźniaków trzymała za ręce, Maja szła przed nimi, wesoło podskakując. Ta mała to prawdziwe szczęście. Zawsze wesoła, troskliwa i zadowolona. Erika powiedziała sobie, że musi jej poświęcać więcej czasu. Bliźniacy byli tak żywi, że skupiali na sobie aż za dużo uwagi.

Noel i Anton opowiadali wesoło, co robili w ciągu dnia, ale Erika nie przestawała rozmyślać o Helen. Wiele pytań pozostało bez odpowiedzi. Była jednak przekonana, że dobrze zrobiła, słuchając instynktu. Gdyby naciskała, Helen na pewno by się przed nią nie otworzyła, a ona do napisania książki potrzebowała znacznie więcej danych. Termin oddania tekstu do wydawnictwa upływał pierwszego grudnia, a ona nie napisała jeszcze ani jednej literki. Zresztą zgodnie z planem, bo zawsze najwięcej czasu poświęcała na zbieranie dokumentacji. Tekst powstawał zwykle w trzy miesiące. Oznaczało to, że powinna zacząć pisać najpóźniej na początku września. A teraz okazało się, że harmonogram się zawalił. Nie miała pojęcia, jaki wpływ na jej książkę będzie miała śmierć małej Nei. Niezależnie od tego, czy Helen albo Marie miały z nią jakiś związek, będzie musiała ją uwzględnić i opisać podobieństwa między sprawami. Tylko jak, skoro sprawa Nei wciąż nie została wyjaśniona? Takie rozważania, gdy chodziło o czyjeś nieszczęście i rozpacz, mogły się wydawać bezduszne, ale kiedy napisała o śmierci Alex, swojej przyjaciółki z dzieciństwa, postanowiła zawsze oddzielać emocje od pracy. Zresztą jej książki pomogły wielu bliskim ofiar ostatecznie uporać się z ich śmiercią. W niektórych przypadkach przyczyniły się nawet do wyjaśnienia sprawy. Tym razem też zamierzała zrobić wszystko, żeby pomóc policji.

Musi przestać rozmyślać o książce i skoro jest z dziećmi, skupić się na nich, tak jak sobie obiecała w Nowy Rok. Nie myśleć bez przerwy o pracy, nie wisieć na telefonie albo w internecie, tylko poświęcić im całą uwagę. Dzieciństwo jest takie krótkie.

Chociaż nie przepadała za okresem niemowlęctwa, całym sercem cieszyła się na mające się wkrótce urodzić dziecko Anny. Wziąć na chwilę na ręce takie maleństwo, nacieszyć się nim, popieścić i oddać rodzicom, kiedy zacznie krzyczeć albo brzydko pachnieć – to jak wybieranie rodzynków z ciasta. Ciekawa była, co się urodzi. Ani Dan, ani Anna nie chcieli wiedzieć, mówili, że to nie ma znaczenia. Ale ona przeczuwała, że będzie dziewczynka. Może tak byłoby najlepiej, bo nienarodzone dziecko, które stracili w wypadku samochodowym, było chłopcem. Anna nadal miała blizny w różnych miejscach, również na twarzy. Omal sama nie zginęła, ale w końcu chyba się pogodziła z tym, że tak wygląda. W każdym razie od dawna o tym nie mówiła.

Zatrzymała się. Kiedy pomyślała o Annie, przypomniała sobie o wieczorze panieńskim. Zupełnie zapomniała, że mają go zorganizować. Teściowa wprawdzie często działała jej na nerwy, ale zawsze była gotowa pomóc przy dzieciach. Mogła przynajmniej zorganizować dla niej przyjemną imprezę. Coś naprawdę fajnego. Żadnych głupot w rodzaju sprzedawania całusów – w jej wieku byłoby to nawet niestosowne. Po prostu coś radosnego i wspaniałego, a w centrum wydarzeń Kristina. Co tu wymyślić? I kiedy? Może w najbliższy weekend? Jeśli tak, to sprawa jest naprawdę pilna.

Na tablicy ogłoszeniowej przed kempingiem zobaczyła kartkę i znieruchomiała. To jest myśl. Niezły pomysł, wręcz znakomity. Wyjęła telefon, zrobiła zdjęcie i zadzwoniła do Anny.

– Słuchaj, rozmawiałyśmy o zorganizowaniu Kristinie wieczoru panieńskiego. Może w najbliższą sobotę, co ty na to? Wszystko załatwię, tylko zarezerwuj sobie ten dzień. Czy Dan mógłby zaopiekować się dziećmi?

Anna odpowiadała monosylabami i bez entuzjazmu, jakiego oczekiwała po niej Erika. Może była zmęczona. Sama mówiła dalej:

– Nie jestem jeszcze do końca zdecydowana, co to ma być, ale na tablicy ogłoszeń przy kempingu zobaczyłam kartkę i przyszedł mi do głowy pomysł... – Wciąż żadnego odzewu. Dziwne. – Anno, wszystko w porządku? Mówisz jakoś... dziwnie.

– Nie, to nic takiego, jestem tylko zmęczona.

– Okej, już ci nie zawracam głowy. Odpoczywaj, odezwę się, jak będę wiedziała coś więcej.

Rozłączyły się, Erika w zamyśleniu schowała telefon do kieszeni szortów. Coś było nie tak. Dobrze znała siostrę i czuła coraz wyraźniej, że coś ukrywa. Zaniepokoiła się, bo Anna miała niezwykły talent do ściągania na siebie nieszczęść. Już jej się wydawało, że w końcu stanęła na nogi i zaczęła podejmować sensowne decyzje, ale może się myli. Pytanie, co takiego przed nią ukrywa. I dlaczego. Przeszył ją dreszcz. Czy nigdy nie przestanie się o nią martwić?

W drodze do Tanumshede Patrik milczał zawzięcie. Nigdy nie jeździło się z nim przyjemnie, a kiedy był wzburzony, było jeszcze gorzej. Zdawał sobie sprawę, że Gösta przez całą drogę trzyma się kurczowo uchwytu nad drzwiami.

– Wciąż nie odbiera? – spytał.

Gösta wolną ręką trzymał przy uchu telefon.

– Nie, nie odbiera.

– Nawet na minutę nie można go zostawić samego. Jest gorszy niż dziecko.

Patrik wcisnął mocniej pedał gazu.

Właśnie jechali prostym odcinkiem przy stajni, za chwilę mieli ujrzeć Tanumshede. Zjeżdżając z górki, Patrik poczuł lekkie ssanie w żołądku. Zerknął na Göstę i stwierdził, że jego kolega pozieleniał na twarzy.

– Nie podoba mi się, że nie skończyliśmy przeszukania u Bergów. Ktoś może zechcieć je sabotować, mimo że odgrodziliśmy teren taśmą – mruknął Patrik. – Czy Paula i Martin też jadą?

– Tak, rozmawiałem z Martinem. Spotkamy się w ośrodku. Chyba już tam są.

Patrik sam był zaskoczony, że jest taki wściekły. Mellberg miał nieprawdopodobny talent do popełniania gaf, zwłaszcza kiedy liczył na osobisty sukces. Patrik nie chciał mu na to pozwolić. Nie teraz, kiedy prowadzą dochodzenie w sprawie zabójstwa dziecka.

Skręcili do ośrodka, na parkingu czekali już Paula i Martin. Zaparkował obok nich, wysiadł i trochę za mocno trzasnął drzwiami.

– Widzieliście go?

– Nie, chcieliśmy poczekać na was. Ale rozmawialiśmy z kierownikiem ośrodka. Mellberg poszedł do ostatniego domku, tam, w głębi.

Paula wskazała palcem na szereg domków.

– No to chodźmy, zobaczymy, co tym razem zmalował – powiedział Patrik. Usłyszał samochody wjeżdżające na parking i odwrócił się. Przyjechał Torbjörn z ekipą.

– Po co ich wezwał? – spytał Martin. – Nie wiecie? Czy ktoś z nim rozmawiał?

Patrik prychnął.

– Nie odbiera. Wiemy tylko, że kazał Torbjörnowi natychmiast przyjeżdżać, bo znalazł coś i wyjaśnił sprawę, co było równie łatwe jak otwarcie puszki sardynek.

– Pewnie wolelibyśmy nie wiedzieć – stwierdziła ponuro Paula. – Chodźmy, miejmy to już za sobą.

– Zabieramy sprzęt? – upewnił się Torbjörn.

Patrik się zawahał.

– A co tam, weźcie, przecież twierdzi, że coś znalazł.

Kiwnął na Göstę, Paulę i Martina i poszli. Torbjörn i jego ekipa mieli dołączyć, jak tylko wypakują sprzęt.

Cały czas obserwowali ich mieszkańcy ośrodka. Jedni wyglądali przez okna, inni wychodzili przed domy. Nikt o nic nie pytał, wszyscy tylko patrzyli niespokojnie.

Patrik usłyszał krzyk kobiety i przyśpieszył.

– Co się dzieje? – spytał, kiedy doszedł na miejsce.

Mellberg mówił władczym tonem do jakiejś kobiety, podpierał się szerokimi gestami. Łamaną angielszczyzną powtarzał:

– *No no, cannot go in house. Stay outside.* – Odwrócił się do Patrika. – Dobrze, że już jesteście! – powiedział radośnie.

– Co tu się dzieje? – powtórzył Patrik. – Dzwoniliśmy, ale nie odbierasz.

– Miałem ręce pełne roboty, kobieta histeryzuje, dzieciaki wrzeszczą, musiałem ich wypchnąć z domu, żeby nie zniszczyli dowodów.

– Dowodów? Jakich dowodów? – Głos Patrika przeszedł w falset.

Niechęć rosła w nim z każdą chwilą, miał ochotę chwycić Mellberga i potrząsać nim tak długo, aż z niego wytrzęsie to samozadowolenie.

– Dostałem cynk – powiedział Mellberg wyniośle i dla lepszego efektu zrobił pauzę.

– Jaką informację? Od kogo? – spytała Paula, robiąc krok do przodu. Spojrzała z troską na płaczące dzieci.

Patrik domyślił się, że ona też woli zorientować się w sytuacji, zanim coś zrobi.

– Od... anonimowego informatora – odparł Mellberg. – Że znajdziemy tu dowód, który nas doprowadzi do zabójcy dziewczynki.

– Tutaj? W tym domu? Czy u kogoś, kto tu mieszka? Co ci powiedział ten informator?

Mellberg westchnął. Zaczął mówić powoli i wyraźnie, jak do dziecka:

– Podał mi dokładne namiary na dom, ale nie wymienił żadnego nazwiska.

– I przyjechałeś tutaj, nie powiadamiając nas? – Patrik był coraz bardziej zdenerwowany.

Mellberg prychnął i spojrzał na niego gniewnie.

– Byliście zajęci czym innym, czułem, że trzeba zareagować natychmiast, żeby nikt nie zdążył ukryć ani zniszczyć dowodów. Przemyślałem to.

– I uznałeś, że z przeszukaniem domu nie musisz czekać na decyzję prokuratora? – Patrik walczył ze sobą, żeby zachować spokój.

– Cóż… – zaczął Mellberg z lekko niewyraźną miną. – Jako kierujący dochodzeniem mogłem sam podjąć decyzję. Chodzi o zabezpieczenie dowodów w związku z dochodzeniem w sprawie morderstwa. Wiesz równie dobrze jak ja, że w takich przypadkach nie trzeba czekać na formalne decyzje.

– A więc uwierzyłeś anonimowemu informatorowi i nie konsultując się z nikim, wdarłeś się tutaj, czy tak? I ta kobieta cię wpuściła? Nie miała zastrzeżeń? –Spojrzał na kobietę, która stała w pewnej odległości.

– No, wiedziałem, że w wielu krajach trzeba pokazać jakiś papier, więc pomyślałem, że będzie łatwiej, jeśli ja też tak zrobię…

– Papier? – zapytał Patrik, chociaż nie był pewien, czy chce wiedzieć.

– Ona nie zna szwedzkiego, angielskiego chyba też nie. Miałem w kieszeni zaświadczenie od weterynarza. Kilka dni temu byłem u niego z Ernstem, bo dostał bólów brzucha, wiesz, i…

Patrik mu przerwał:

– Dobrze zrozumiałem? Nie czekając na tłumacza ani na nas, wdarłeś się do domu uchodźców, ludzi po ciężkich przejściach, i pokazałeś im zaświadczenie od weterynarza, które miało udawać prokuratorski nakaz przeszukania.

– Kurwa, nie słyszysz, co do ciebie mówię?! – Mellberg zrobił się cały czerwony. – Znalazłem majteczki dziewczynki, te z obrazkiem z filmu, o którym mówiła jej matka. Były schowane za sedesem. Jest na nich krew!

Zapadło milczenie, słychać było jedynie płacz dzieci. W oddali zobaczyli biegnącego mężczyznę. Przyśpieszył, kiedy znalazł się bliżej.

– *What is happening? Why are you talking to my family?** – krzyknął.

---

* *What is happening…* (ang.) – *Co tu się dzieje? Dlaczego rozmawiacie z moją rodziną?*

Mellberg podszedł, złapał go za ramię i wykręcił mu rękę na plecy.

– *You are under arrest.*

Kątem oka Patrik zobaczył, że kobieta tylko patrzy. Dzieci wciąż krzyczały. Mężczyzna się nie opierał.

A więc zrobiła to. Właśnie stanęła przed domem Marie Wall. Wciąż nie do końca pewna, czy dobrze robi, ale ucisk w piersi stawał się coraz bardziej nieznośny.

Odetchnęła głęboko i zapukała do drzwi. W jej uszach zabrzmiało to jak strzały z pistoletu. Zdała sobie sprawę, jaka jest spięta.

Rozluźnij się.

Drzwi się otworzyły i stanęła w nich Marie Wall. Niedostępna Marie. Spojrzała pytająco na nią, zmrużyła piękne oczy.

– Słucham?

Sannie zaschło w ustach. Chrząknęła.

– Jestem siostrą Stelli.

W pierwszej chwili Marie tylko stała z uniesioną brwią. Po chwili odsunęła się od drzwi.

– Proszę, wejdź – powiedziała.

Weszły do dużego pokoju. Piękne drzwi na taras były szeroko otwarte na pomost z widokiem na wejście do portu. Promienie zachodzącego słońca odbijały się w wodzie.

– Napijesz się czegoś? Kawy? Wody? Może alkoholu?

Marie wzięła kieliszek szampana, który stał na blacie, i wypiła łyk.

– Dziękuję. – Nic innego nie przychodziło jej do głowy. Od kilku dni zbierała się na odwagę i myślała o tym, co powinna powiedzieć. A teraz wszystko się ulotniło.

– Usiądź. – Marie wskazała jej miejsce przy dużym stole.

Z góry dochodziła wesoła popowa muzyka. Marie spojrzała na sufit.

– Nastolatka.

– Ja też mam nastolatkę – odpowiedziała Sanna, siadając naprzeciwko.

– Dziwne stworzenia. Ani tobie, ani mnie właściwie nie było dane być nastolatkami, prawda?

Sanna się zdziwiła. Czyżby Marie porównywała ich doświadczenia? Jej, tej, której te lata skradziono, i własne, tej, która je jej ukradła? Sobie zresztą też. Dziwne, ale się nie rozzłościła, a może powinna. Siedząca naprzeciw niej kobieta była dla niej jak wydmuszka: gładka, idealna powierzchnia, a w środku pustka.

– Słyszałam o twoich rodzicach – powiedziała Marie i wypiła kolejny łyk szampana. – Wyrazy współczucia.

Powiedziała to obojętnym tonem, Sanna tylko kiwnęła głową. Tyle czasu minęło od tamtej pory, że po rodzicach pozostało jej tylko słabe wspomnienie.

Marie odstawiła kieliszek.

– Po co przyszłaś? – spytała.

Sanna poczuła, że kurczy się pod jej spojrzeniem. Cała jej nienawiść, gniew i wściekłość uleciały. Ta kobieta już nie była potworem, który ją prześladował w snach.

– Zrobiłyście to? – wydusiła w końcu. – Zamordowałyście Stellę?

Marie patrzyła na swoje ręce. Sanna już zaczęła się zastanawiać, czy usłyszała pytanie. I wtedy Marie podniosła wzrok.

– Nie. Nie zrobiłyśmy tego.

– To dlaczego powiedziałyście, że zrobiłyście?

Muzyka na piętrze ucichła. Sanna odniosła wrażenie, że ktoś stamtąd nasłuchuje.

– Tyle czasu minęło. Jakie to ma znaczenie?

Po raz pierwszy w oczach Marie dostrzegła coś w rodzaju emocji. Zmęczenie. Była równie zmęczona jak ona.

– Właśnie że ma – odparła Sanna, nachylając się. – Bo ten, kto to zrobił, wszystko nam odebrał. Straciliśmy nie tylko Stellę, ale także rodzinę, gospodarstwo… zostałam sama.

Poprawiła się na krześle.

Słychać było jedynie plusk wody przy pomoście.

– Tamtego dnia widziałam kogoś w lesie – powiedziała w końcu Marie. – Ktoś tam był.

– Kto?

Sanna nie wiedziała, co o tym sądzić. Dlaczego Marie miałaby się przyznać, jeśli rzeczywiście zabiła razem z Helen? Nie była na tyle naiwna, żeby uwierzyć, że nagle odpowie szczerze, skoro od trzydziestu lat twierdzi, że była niewinna. Ale wydawało jej się, że kiedy staną twarzą w twarz, z jej reakcji wyczyta prawdę. Ale twarz Marie była jak maska. Nie było w niej nic prawdziwego.

– Gdybym wiedziała, nie musiałabym przez trzydzieści lat powtarzać, że jestem niewinna – odparła Marie. Wstała, żeby dolać sobie szampana. Wyjęła z lodówki do połowy opróżnioną butelkę i podniosła do góry.

– Nie zmieniłaś zdania?

– Nie, dziękuję.

Sanna poczuła, że z głębi jej podświadomości wyłoniło się wspomnienie. Ktoś w lesie. Ktoś, kogo zwykle się bała. Jakiś cień. Nie myślała o tym prawie trzydzieści lat, a teraz przywołały je słowa Marie.

Marie usiadła.

– To dlaczego się przyznałyście? Jeśli jej nie zabiłyście?

– Nie zrozumiesz tego.

Marie się odwróciła, ale w tym momencie Sanna zobaczyła coś na jej twarzy. Na mgnienie Marie stała się prawdziwym człowiekiem, nie piękną lalką. Kiedy po chwili znów na nią spojrzała, ból zniknął z jej twarzy.

– Byłyśmy dziećmi, nie zdawałyśmy sobie sprawy z powagi sytuacji. A kiedy do nas dotarła, było za późno. Wszyscy wiedzieli swoje i nie chcieli słuchać.

Sanna nie wiedziała, co powiedzieć. Tyle lat wyobrażała sobie tę chwilę, obracała w myślach słowa, których użyje, pytania, które zada. Nagle okazało się, że zabrakło jej słów i jedyne, co zaprząta jej myśli, to odległe wspomnienie czegoś w lesie. A raczej kogoś.

Kiedy otworzyła drzwi, żeby wyjść, Marie stała przy blacie i dolewała sobie szampana. Z góry znów zabrzmiała muzyka. Wyszła przed dom i spojrzała w okno na piętrze, zobaczyła w nim dziewczynę. Pomachała do niej, ale dziewczyna tylko patrzyła. A potem odwróciła się i znikła.

– Bill, obudź się!

Głos Gun dochodził jakby z oddali. Otrząsnął się. Że też zapomniał nastawić budzik, zanim się położył na popołudniową drzemkę.

– Co się stało? – wykrztusił.

Gun nigdy go nie budziła.

– Przyszli Adnan i Khalil.

– Adnan i Khalil?

Przetarł oczy, żeby przegnać resztki snu.

– Czekają na ciebie na dole. Coś się stało...

Zaniepokoił się, bo unikała jego wzroku. Zwykle nie traciła zimnej krwi.

Zszedł na parter i zobaczył Adnana i Khalila. Nerwowo chodzili po salonie.

– Cześć, chłopcy! *Hello boys! What has happened?*

Nic nie zrozumiał, bo zaczęli mówić jeden przez drugiego.

– *What?* Co? Karim? Chłopcy, wolniej. *Slowly!*

Adnan kiwnął głową do Khalila, a Khalil wyjaśnił, co się stało. Bill obudził się do reszty. Spojrzał na Gun. Była tak samo wzburzona jak on.

– To nie do pojęcia! Policja go zatrzymała? Tak nie wolno!

Adnan i Khalil znów zaczęli mówić jednocześnie. Bill podniósł rękę.

– Spokojnie, chłopcy. *Easy, boys.* Zajmę się tym. Tu jest Szwecja. Policja nie może zamknąć człowieka ot tak sobie, to nie jest jakaś republika bananowa.

Gun przytaknęła i od razu poczuł się lepiej.

Zatrzeszczało na schodach.

– Przecież mówiłem.

Na dół zszedł Nils. Miał w oczach błysk, którego Bill nie znał, a może nie chciał znać.

– A nie mówiłem? Że to któryś z tych czarnuchów? Wszyscy mówią, że widocznie ktoś z ośrodka przeczytał o starej sprawie i postanowił skorzystać z okazji. Wiadomo, co to za typy. Ludzie są tacy naiwni! Ci, którzy tutaj przyjeżdżają, wcale nie potrzebują pomocy, to luksusowi imigranci i kryminaliści!

Był rozczochrany i tak podniecony, że aż się zacinał. Na Adnana i Khalila patrzył wzrokiem, od którego Billowi zrobiło się duszno.

– Jesteście naiwni, myślicie, że udzielacie pomocy humanitarnej, a tymczasem wpuszczacie do kraju gwałcicieli i złodziei. Daliście się podejść jak idioci, mam nadzieję, że teraz już rozumiecie i że ten obrzydliwiec, który zamordował dziecko, zgnije w więzieniu...

Gun wymierzyła mu siarczysty policzek. Odbił się w pokoju głośnym echem. Nilsa zamurowało, spojrzał zszokowany na matkę. Nagle znów stał się dzieckiem.

– Niech was szlag trafi! – krzyknął i wbiegł na górę, trzymając się za policzek.

Bill spojrzał na Gun, patrzyła na swoją rękę. Objął ją, a potem zwrócił się do Adnana i Khalila. Nie wiedzieli, jak się zachować.

– *Sorry about my son. Don't worry. I will fix this.*

Poczuł się zniechęcony. Znał swoich ziomków. Nigdy nie przyjmowali z otwartymi ramionami obcych czy choćby innych pod jakimś względem. Jeśli jeden z mieszkańców ośrodka dla uchodźców jest podejrzany o zabójstwo małej szwedzkiej dziewczynki, wkrótce rozpęta się piekło.

– Pędzę na komisariat – powiedział, wsuwając buty. – I przekaż Nilsowi, że czeka go poważna rozmowa ze mną.

– Najpierw ze mną – odparła Gun.

Odjeżdżając, we wstecznym lusterku zobaczył, jak Gun stoi w drzwiach z surową miną. Na chwilę prawie zrobiło mu się żal Nilsa. Potem zobaczył strach w oczach Adnana i Khalila i współczucie dla syna znikło jeszcze szybciej, niż się pojawiło.

James wbiegł po schodkach. Krążąca po miasteczku pogłoska dała mu prawdziwego kopa.

Szarpnięciem otworzył drzwi.

– Wiedziałem! – krzyknął, patrząc na Helen stojącą przy kuchennym blacie. Aż podskoczyła.

– Co się stało?

Zbladła. Jak zwykle uderzyło go, że jest taka słaba. Bez niego by zginęła. Wszystkiego musiał ją nauczyć, przed wszystkim chronić.

Usiadł przy stole.

– Najpierw kawa – powiedział. – Potem ci opowiem.

Widocznie dopiero co nastawiła, bo kawa już ściekała przez filtr. Wzięła jego kubek, nalała z dzbanka i podała mu z odrobiną mleka. Nie za dużo, nie za mało.

– Zatrzymali kogoś za zabójstwo tej dziewczynki – powiedział, gdy Helen zdjęła dzbanek z płytki, żeby ją wytrzeć.

Dzbanek spadł na podłogę. Huk był taki, że James drgnął i kawa chlapnęła mu na koszulę.

– Co ty wyprawiasz?! – krzyknął, zrywając się z krzesła.

– Przepraszam, przepraszam! – Pobiegła po szczotkę i szufelkę.

Zabrała się do sprzątania. James sięgnął po papierowy ręcznik i zaczął wycierać koszulę.

– I teraz trzeba kupić nowy dzbanek – powiedział, siadając. – Zdajesz sobie sprawę, że nie leżymy na pieniądzach?

Helen sprzątała w milczeniu. Przez wszystkie te lata nauczyła się, że lepiej milczeć.

– Byłem na rynku, kiedy się dowiedziałem – kontynuował. – To ktoś z ośrodka dla uchodźców. Nikt się nie zdziwił.

Helen na chwilę przestała zamiatać, ale potem wróciła do zbierania odłamków szkła.

– Są pewni? – spytała, wrzucając szkło do pustego kartonu po mleku. Potem ostrożnie włożyła go do kosza na śmieci.

– Nie znam szczegółów – odparł. – Słyszałem tylko, że zatrzymali faceta. Szwedzka policja nie jest może zbyt skuteczna, ale nie zatrzymuje nikogo bez powodu.

– No i dobrze – powiedziała Helen, wycierając blat ściereczką. Potem starannie ją wyżęła i powiesiła na kranie.

– A więc już po wszystkim.

– Tak. Od dawna jest po wszystkim. Zaopiekuję się tobą. Jak zawsze.

– Wiem – odparła, spuszczając wzrok. – Dziękuję, James.

Obudził ich odgłos wyważania drzwi. W następnej chwili byli już w sypialni. Złapali go za ręce i wyciągnęli. W pierwszym odruchu chciał się opierać, ale kiedy usłyszał krzyk dzieci, poddał się, nie chciał, żeby widziały, jak go biją. Jak wielu innych. Wiedział, że opór nie ma sensu.

Potem przez wiele dni leżał na zimnej, wilgotnej podłodze w pokoju bez okien, bez świadomości, czy jest dzień, czy noc. W uszach wciąż miał krzyk dzieci.

Ciosy spadały na niego w rytm ciągle tych samych pytań. Wiedzieli, że ma listę osób działających przeciwko reżimowi, i domagali się, żeby im ją dał. Na początku odmawiał, mówił, że dziennikarzowi nie wolno ujawnić źródeł. Wtedy wzięli go na tortury i w końcu dał im, czego żądali. Nazwiska, adresy. Kiedy potem na krótko zapadał w sen, śnili mu się ludzie, których wydał. Miał przed oczami kolejne sceny: jak wywlekają ich z domu, dzieci krzyczą, a żony płaczą.

Jeśli nie spał, wbijał sobie paznokcie w ramiona, żeby nie myśleć o tym, ilu ludziom zmarnował życie. Rozdrapywał ciało do krwi, w rany wdawało się zakażenie.

Trzy tygodnie później go wypuścili. Po dwóch, może trzech dniach spakowali z Aminą swój niewielki dobytek. Amina delikatnie dotknęła ran na jego rękach, ale nie powiedział jej, co zrobił. To była jego tajemnica, jego hańba, którą nigdy nie będzie się mógł z nią podzielić.

Oparł głowę o ścianę. Pomieszczenie, w którym się znajdował, było wprawdzie puste, ale czyste, przez nieduże okno wpadało słońce. Miał jednak takie samo poczucie bezsilności jak tam, w Damaszku. Zakładał, że w Szwecji policja nie bije więźniów, ale pewności nie miał. Jest obcy, w obcym kraju, i nie zna obowiązujących zasad.

Sądził, że przyjeżdżając tutaj, zostawił tamto za sobą, a tymczasem znów miał w uszach krzyk dzieci. Wbił paznokcie w blizny na ramionach i zaczął walić głową o ścianę niewielkiej celi. Przez zakratowane okno dochodziły odgłosy z ulicy.

Może już taki jego los, może to kara za to, co zrobił ludziom ścigającym go w snach. Myślał, że przed nimi ucieknie, ale nikt nie może uciec przed wszechwidzącym okiem opatrzności.

Sprawa Stelli

– Co będzie z dziewczynkami?

Kate zagniatała ciasto silnymi, giętkimi dłońmi. Od czterdziestu lat uwielbiał patrzeć, jak stoi w kuchni przy blacie z twarzą pobrudzoną mąką i papierosem w kąciku ust. Zawsze z czającym się uśmiechem. Viola odziedziczyła po niej uśmiech i pogodny humor. I kreatywność. Chłopcy byli podobni raczej do niego. Podchodzili do życia aż za poważnie. Roger, starszy, został biegłym rewidentem, młodszy, Christer, urzędnikiem w pośredniaku. Żaden właściwie nie lubił swojej pracy.

– Są nieletnie i nie mogą pójść do więzienia, więc sprawa trafiła do opieki społecznej.

– Sprawa. Fuj, ależ to zabrzmiało! Przecież chodzi o dzieci.

Wzbiła tuman mąki. Słońce wpadało do kuchni przez okno, które miała za plecami, i rozświetliło meszek na jej głowie. W tym świetle jej głowa wyglądała niemal na przezroczystą i bardzo kruchą, żyły biegły pod samą skórą. Leif powstrzymał impuls, żeby podejść i ją objąć. Nie cierpiała być traktowana, jakby była słaba.

Nigdy nie była słaba. Mijał rok, od kiedy rozpoczęła chemioterapię, a wciąż była najsilniejszą osobą, jaką znał.

– Powinnaś rzucić palenie – powiedział łagodnie, a ona tym samym co zawsze gestem strząsnęła popiół. Jeszcze chwila, a spadłby na chleb.

– Nie, to ty powinieneś rzucić palenie – odparła.

Zaśmiał się, kręcąc głową.

Ona jest niemożliwa. Tyle razy prowadzili tę wymianę zdań. Zawsze martwiła się bardziej o niego niż o siebie. Teraz też.

Absurd tej sytuacji sprawiał, że kochał ją jeszcze mocniej niż przedtem, chociaż nie uwierzyłby, że to możliwe.

– Więc co z nimi będzie? – nalegała.

– Opieka społeczna oceni, co dla nich najlepsze, ale nie mam pojęcia, co zalecą.

– A gdybyś miał zgadywać?

– Powiedziałbym, że Helen zostanie z rodzicami, a Marie umieszczą w rodzinie zastępczej.

– Twoim zdaniem tak byłoby dobrze? – spytała i zaciągnęła się. Po tylu latach palenia bez problemu potrafiła rozmawiać z papierosem w ustach.

Leif chwilę się zastanawiał. Chciał powiedzieć, że tak, ale coś mu się w tym nie podobało, chociaż nie umiał powiedzieć co.

– Tak, chyba tak – odpowiedział z ociąganiem.

Kate przestała zagniatać ciasto.

– Mówisz, jakbyś nie był pewien. Masz wątpliwości, czy to one to zrobiły?

Pokręcił głową.

– Nie widzę powodu, żeby dwie trzynastolatki przyznały się do morderstwa, jeśli go nie popełniły. To będzie właściwa decyzja. Helen pochodzi z normalnej rodziny, natomiast środowisko Marie… z całą pewnością musiało wpłynąć na jej zachowanie i sprawić, że została inicjatorką zabójstwa.

– Inicjatorką – powtórzyła Kate i oczy zaszły jej łzami. – Przecież to dziecko. Jak można powiedzieć, że dziecko było inicjatorem czegoś?

Jak miał jej to wytłumaczyć? Powiedzieć jej, z jakim spokojem Marie przyznała się do morderstwa, a potem krok po kroku opowiedziała, jak to się stało? Kate u wszystkich dopatrywała się dobra.

– Myślę, że tak będzie najlepiej. Dla nich obu.

Kate skinęła głową.

– Pewnie masz rację. Zawsze znałeś się na ludziach. Dzięki temu jesteś dobrym policjantem.

– Tobie zawdzięczam to, że jestem dobrym policjantem, to ty zrobiłaś ze mnie dobrego człowieka – odparł.

Kate nagle znieruchomiała. Jej silne ręce zadrżały. Dłonią ubrudzoną mąką przesunęła po meszku na głowie, a potem się rozpłakała.

Objął ją. Była chudziutka i drobniutka jak ptaszek. Przytulił jej głowę do piersi. Tak niewiele czasu im zostało. Może rok. Nic innego się dla niego nie liczyło. Nawet te dwie dziewczynki, którymi teraz zajmie się system. On zrobił swoje, teraz musi się skupić na tym, co najważniejsze.

– ZWOŁAŁEM ZEBRANIE, bo trzeba szczegółowo wyjaśnić, co się stało.

Patrik rozejrzał się po obecnych, a Mellberg poklepał się po brzuchu.

– Domyślam się, że lekko was zatkało i że za mną nie nadążacie. Ale tak już jest z robotą w policji. Jeśli się dobrze wykona pracę u podstaw, prędzej czy później przychodzi decydująca chwila, kiedy wystarczy się znaleźć we właściwym miejscu. Można powiedzieć, że mówiący te słowa ma do tego pewien talent... – Umilkł i rozejrzał się po pokoju. Nikt się nie odezwał. Na jego czole pokazała się zmarszczka. – Myślę, że nie zaszkodziłoby, gdybyście choć słowem wyrazili uznanie. Nie żebym oczekiwał owacji na stojąco, ale taka zawiść naprawdę nie przystoi.

Patrik aż się gotował. Nie wiedział, od czego zacząć. Był przyzwyczajony do jego piramidalnej głupoty, ale tym razem pobił wszelkie rekordy.

– Bertilu. Pozwól sobie powiedzieć: po pierwsze popełniłeś rażący błąd, nie informując nas o anonimowym telefonie. Mogłeś w każdej chwili zadzwonić i zawiadomić kogoś z nas. Po drugie nie rozumiem, jak mogłeś pojechać do ośrodka bez wsparcia i co gorsza bez tłumacza. Gdybym nie był taki wściekły, chybaby mnie zamurowało ze zdumienia. Po trzecie wymachiwanie świstkiem od weterynarza i wdzieranie się do mieszkania kobiety, która nie rozumie, co się do niej mówi, to... to...

Zaciął się. Zacisnął pięści i musiał odetchnąć. Rozejrzał się po pokoju.

Zapanowała cisza. Wszyscy wpatrywali się w stół, nikt nie miał odwagi spojrzeć ani na niego, ani na Mellberga.

– Co za świństwo! – krzyknął Mellberg. Był blady z wściekłości. – Człowiek podaje im mordercę na srebrnym półmisku, a oni wbijają mu nóż w plecy! Myślicie, że nie wiem, że przemawia przez was zazdrość? Bo to mnie zostanie przypisana zasługa, wszyscy się dowiedzą, że to ja wyjaśniłem tę sprawę. I powiem wam, że bardzo słusznie, bo poszliście niedorzecznym tropem, szukaliście w rodzinie tego dzieciaka, chociaż wszyscy wiedzą, że tuż za rogiem mamy ośrodek pełen kryminalistów. Dzięki Bogu instynkt zaprowadził mnie prosto do sprawcy, ale właśnie tego nie możecie ścierpieć. Że zrobiłem to, czego wy nie potrafiliście zrobić. Domyślam się, że musicie być cholernie poprawni politycznie, ale czasem trzeba łopatę nazwać łopatą! Niech was wszystkich szlag trafi!

Zerwał się od stołu, pożyczka zjechała mu na lewe ucho. Trzasnął drzwiami tak, że zabrzęczały szyby.

Przez dłuższą chwilę nikt nic nie mówił.

– No nieźle – powiedział Patrik. – Co robimy? Mamy spory galimatias i musimy to jakoś wyjaśnić.

Martin podniósł rękę.

– Czy są podstawy, żeby przetrzymywać Karima?

– Owszem, w jego mieszkaniu znaleźliśmy dziecięce majteczki. Jest wprawdzie na nich obrazek z filmu *Kraina lodu*, ale na razie nie ma dowodu, że rzeczywiście należały do Nej ani że to on je tam schował. Musimy być ostrożni. I on, i jego żona zareagowali na zatrzymanie niezwykle mocno. Kto wie, co przeszli w swoim kraju.

– A jeśli to naprawdę on? – spytała Paula.

Patrik chwilę się zastanawiał.

– To mało prawdopodobne, zważywszy na ten dziwny anonimowy telefon. Równie dobrze mógł je podrzucić morderca, żeby zwalić winę na kogoś innego. Trzeba podejść do tego na zimno i solidnie nad tym popracować.

– Zanim się rozejdziemy, chciałbym was poinformować, że rozmawiałem z kolegami z Uddevalli na temat Torego Carlsona – wtrącił Gösta. – Według jego sąsiadów od kilku tygodni nie ma go w domu i nikt nie wie, gdzie jest.

Spojrzeli po sobie.

– Żebyśmy się tylko za bardzo nie rozpędzili – powiedział Patrik. – To może być zbieg okoliczności. Koledzy z Uddevalli niech go szukają, a my popracujmy nad tym, co mamy. – Spojrzał na Annikę. – Sprawdź, proszę, ten anonimowy telefon. Przecież nagrywamy wszystkie rozmowy. Trzeba to jeszcze raz przesłuchać, może się czegoś dowiemy. Gösta, weź zdjęcie majteczek z mieszkania Karima i pokaż je Bergom. Niech sprawdzą, czy należały do Nei. Martin i Paula niech sprawdzą przeszłość Karima: czy ma na sumieniu jakieś kryminalne sprawy, co mówią o nim inni mieszkańcy ośrodka i tak dalej.

Próbował się rozluźnić. Z wściekłości napiął się jak struna, waliło mu serce. Stres mógł mieć dla niego fatalne konsekwencje, a pobyt w szpitalu to ostatnia rzecz, jakiej by sobie życzył.

Poczuł, że jego serce wraca do normalnego rytmu, i odetchnął z ulgą.

– Porozmawiam z Karimem. Jest w szoku, ale on też chce, żeby ta sprawa się wyjaśniła. – Spojrzał na osowiałe twarze kolegów i zakończył krótko: – Zróbcie wszystko, co w waszej mocy, żeby dochodzenie wróciło na właściwe tory. Mellberg już nieraz namącił i jeszcze namąci, nic na to nie poradzimy.

Nie czekając na odpowiedź, wziął notes i ruszył do izby zatrzymań. Mijał recepcję, kiedy zabrzęczał dzwonek. Poszedł otworzyć. Za drzwiami stał zdenerwowany Bill Andersson. Patrik westchnął w duchu. Rozpęta się piekło. Tak jak przypuszczał.

Erika położyła dzieci wcześnie i zwinęła się w kłębek na kanapie. Obok postawiła kieliszek czerwonego wina i miseczkę orzechów. Była głodna. Powinna zrobić sobie coś do jedzenia, ale nie chciało jej się gotować tylko dla siebie, a Patrik przysłał SMS-a, że prawdopodobnie wróci do domu, kiedy już będzie spała.

Przyniosła z góry kilka skoroszytów, żeby je jeszcze raz przejrzeć. Potrzebowała czasu, żeby wszystko przyswoić. Ciągle wracała do wycinków i streszczeń, także do zdjęć.

Po chwili zastanowienia sięgnęła do skoroszytu, który zatytułowała „Leif". Wiedziała, że niewątpliwie Leif Hermansson będzie jednym z głównych bohaterów jej książki, choć nadal nie znała odpowiedzi na wiele pytań. Dlaczego zmienił zdanie? Dlaczego nabrał wątpliwości, skoro przedtem był przekonany o winie Helen i Marie? I dlaczego odebrał sobie życie? Czy tylko z powodu depresji po śmierci żony, czy chodziło o coś jeszcze?

Wyjęła kopie protokołu z obdukcji i dokumentację fotograficzną. Siedział pochylony nad biurkiem, obok stała szklaneczka whisky, w prawej dłoni trzymał pistolet. Twarz zwrócona w stronę pistoletu, wielka kałuża zastygłej krwi pod głową. Na skroni rana, oczy szeroko otwarte, szkliste. Z protokołu z obdukcji wynikało, że musiał tak siedzieć mniej więcej dobę, zanim znalazł go syn.

Pistolet należał do niego, tak zeznały jego dzieci i tak wynikało z rejestrów. Wystąpił o pozwolenie na broń, bo na stare lata zajął się strzelectwem.

Zaczęła szukać w papierach raportu balistycznego, ale nie mogła go znaleźć. Zmarszczyła brwi. Dziwne, powiedzieli jej, że dostała wszystkie materiały dotyczące sprawy. Albo nie badali pocisku i pistoletu, albo raport zaginął. Sięgnęła po notes i zapisała: raport balistyczny – ze znakiem zapytania. Nie miała powodu zakładać, że dochodzenie po samobójstwie Hermanssona zostało przeprowadzone niewłaściwie, ale nie lubiła, kiedy nagle okazywało się, że brakuje kawałka układanki. Pomyślała, że warto to sprawdzić. Od śmierci Leifa Hermanssona minęło wprawdzie piętnaście lat, więc będzie miała szczęście, jeśli jeszcze trafi na kogoś, kto wtedy zabezpieczał ślady i przeprowadzał obdukcję.

Tak czy inaczej musi z tym poczekać do jutra. Teraz jest już za późno. Usiadła wygodnie i oparła nogi na stole. Wino smakowało cudownie. Czuła się winna. Pomyślała, że na miesiąc powinna je odstawić całkowicie. Zdawała sobie sprawę, że nie ona jedna wynajduje usprawiedliwienia, żeby latem prawie codziennie sięgać po kieliszek, ale co z tego. Trudno. Czeka ją miesiąc trzeźwości. We wrześniu. Zadowolona, że podjęła tak mądrą decyzję, wypiła jeszcze łyk i poczuła, jak ciepło rozchodzi się po jej ciele. Zastanawiała się, dlaczego Patrik siedzi w komisariacie tak długo, ale wiedziała, że nie ma co o to pytać, dopóki nie wróci do domu.

Znów nachyliła się nad zdjęciami Leifa. Plama krwi otaczała jego głowę jak aureola. Nie mogła się nadziwić, że popełnił samobójstwo. Owszem, po śmierci ukochanej osoby można stracić chęć do życia, ale przecież miał dzieci. Zresztą od śmierci jego żony upłynęło sporo lat. I wreszcie: po co angażować się we wznawianie starego dochodzenia, jeśli nie zamierza się żyć?

Bill uderzył dłonią w kierownicę. Odjeżdżali spod komisariatu. Siedzący obok Karim milczał i patrzył przez okno. Zapadał zmierzch, niebo mieniło się fioletem i czerwienią, ale Karim widział jedynie mrok, który sam na siebie ściągnął, bo to, co się stało, uświadomiło mu, że nie uda mu się uciec od tego, że jest winny, że Bóg widział, co zrobił, i ukarał go za to.

Nie wiedział, ile ma na sumieniu ludzkich istnień. Ci, których wydał, zniknęli bez śladu, nikt nie wiedział, co się z nimi stało. Może żyją. A może nie. Pewne było tylko to, że ich żony i dzieci cierpią.

Ocalił własną skórę kosztem innych. Jak mógł sobie wyobrażać, że będzie umiał z tym żyć? Zatracił się w ucieczce, w wysiłkach, które podejmował, żeby zacząć nowe życie, gdzieś daleko. Ale dawne życie, stary kraj i dawne grzechy ciągle w nim tkwiły.

– *It's a scandal, but don't you worry, I will sort this out for you, okay?**

Bill trajkotał, buzowały w nim emocje. Karim był mu wdzięczny, że mu wierzy i że staje po jego stronie, ale uważał, że na to nie zasłużył, i nie potrafił wziąć jego słów do serca. Słyszał arabskie słowa, powtarzane wciąż od nowa: powiedz nam prawdę.

Na podłodze roiło się od karaluchów. Przemykały po plamach krwi, które zostały po ludziach, którzy siedzieli w celi przed nim. Dał oprawcom wszystko, co chcieli. Poświęcił odważnych ludzi, żeby ocalić siebie.

Kiedy szwedzki policjant oznajmił mu, że zabiera go na komisariat, nie przyszło mu do głowy zaprotestować. Przecież jest winny. Winny przed Bogiem. Ma krew na rękach. Nie jest godzien zamieszkać w nowym kraju. Nie jest godzien Aminy, Hassana ani Samii. Nic tego nie zmieni. Nie rozumiał, jak mógł się tak oszukiwać i wierzyć, że jest inaczej.

Bill wysadził go przed domem, Amina czekała na niego. W czarnych oczach miała ten sam strach co wtedy w Damaszku, kiedy policja wciągnęła go do samochodu. Nie potrafił na nią spojrzeć, minął ją i poszedł do łóżka. Położył się tyłem do niej. Leżał i wpatrywał się w ścianę. Godzinę później usłyszał, jak Amina wchodzi. Rozebrała się i położyła obok niego. Delikatnie położyła mu rękę na plecach. Nie strącił jej, ale udawał, że śpi.

---

* *It's a scandal...* (ang.) – To skandal, ale nie martw się, już ja to wyjaśnię, okej?

Wiedział, że jej nie oszukał. Poczuł, że jej ciało trzęsie się od płaczu, potem usłyszał, jak mamrocze modlitwę.

Kiedy Mellberg z trzaskiem zamknął drzwi wejściowe, Rita wyszła do przedpokoju.

– Ćśś… Leo zasnął na kanapie, a Johanna usypia Lisę! Co się stało?

Mellberg poczuł dobiegający z kuchni zapach chili. Na moment żołądek zwyciężył nad złością, ale po chwili przypomniał sobie, jak bardzo został upokorzony.

– Moi cholerni koledzy wbili mi dzisiaj nóż w plecy – poskarżył się, zrzucając buty na środku przedpokoju.

Jedno spojrzenie Rity sprawiło, że się schylił i postawił je na półce na lewo od drzwi.

– Chodź, opowiesz mi, co się stało – powiedziała Rita, idąc do kuchni. – Muszę pilnować garnka, żeby jedzenie się nie przypaliło.

Mrucząc pod nosem, poszedł za nią i usiadł na krześle. Pachniało rzeczywiście upojnie.

– Opowiadaj. Tylko cicho, żeby nie obudzić Leo. – Pogroziła mu drewnianą łyżką, którą mieszała w garnku.

– Najpierw muszę coś zjeść, bo jestem okropnie zdenerwowany. Przez wszystkie te lata nigdy nie zostałem potraktowany w ten sposób. No, chyba że w tysiąc dziewięćset osiemdziesiątym szóstym w Göteborgu, kiedy mój ówczesny przełożo…

Rita powstrzymała go uniesioną dłonią.

– Chili będzie gotowe za dziesięć minut. Idź, pocałuj Leo, taki jest śliczny, kiedy śpi na kanapie. Opowiesz mi wszystko przy jedzeniu.

Mellberg poszedł do salonu. Nie trzeba go było prosić dwa razy. Był dla tego chłopaczka jak dziadek. Był przy jego narodzinach i od tamtej pory łączyła ich serdeczna więź. Na widok śpiącego chłopca poczuł, że się uspokaja. Ten mały to było najlepsze, co mogło mu się przydarzyć. On i Rita. Z drugiej strony Rita też miała szczęście. Nie każda kobieta ma obok siebie człowieka tak zasłużonego, chociaż czasem odnosił wrażenie, że Rita nie do końca to docenia. Cóż, z biegiem czasu to pewnie przyjdzie. Uważał się za ciacho, które należy smakować po kawałeczku.

Leo poruszył się przez sen. Mellberg odsunął go lekko, żeby zrobić sobie miejsce. Po wakacjach mały był opalony, pojaśniały mu i włosy. Delikatnie odsunął mu z twarzy kosmyk. Naprawdę śliczne dziecko. Aż trudno uwierzyć, że nie są biologiczną rodziną. Ale pewnie coś w tym jest, że kto z kim przestaje, takim się staje.

Rita zawołała cicho, że obiad na stole. Wstał ostrożnie. Leo drgnął, ale się nie obudził. Mellberg cichutko wyszedł do kuchni i usiadł przy stole. Rita jeszcze raz spróbowała chili i wyjęła z szafki dwa głębokie talerze.

– Johanna przyjdzie coś zjeść, jak tylko Lisa zaśnie. Możemy zaczynać. A gdzie Paula?

– Paula? – prychnął. – No to zaraz usłyszysz.

Opowiedział jej o anonimowym telefonie, o tym, jak podjął uzasadnioną decyzję, żeby osobiście zająć się sprawą, jak przyszedł mu do głowy pomysł, żeby wykorzystać zaświadczenie od weterynarza, żeby się dostać do domu, jak znalazł dziecięce majteczki za sedesem, a potem spodziewał się owacji na stojąco za tę znakomicie przeprowadzoną operację. I wreszcie jak haniebnie potraktowali go koledzy i podwładni. Przerwał, żeby zaczerpnąć powietrza, i spojrzał na Ritę. Oczekiwał współczucia i talerza chili, które mu właśnie nakładała.

Ale Rita milczała. Jakoś mu się nie spodobało jej spojrzenie. A potem odwróciła talerz do góry dnem i wlała chili z powrotem do garnka.

Pięć minut później stał przed domem, na ulicy. Z balkonu na drugim piętrze coś spadło i stuknęło o chodnik. Torba. Sądząc po odgłosie, zawierała tylko szczoteczkę do zębów i gatki na zmianę. Z balkonu dobiegła go jeszcze głośna tyrada złożona z hiszpańskich przekleństw. Widocznie już nie trzeba było zachowywać się cicho, żeby nie obudzić Lea.

Z ciężkim westchnieniem chwycił torbę i ruszył przed siebie. Najwyraźniej cały świat sprzysiągł się przeciwko niemu.

Kiedy późnym wieczorem wrócił do domu, był śmiertelnie zmęczony. Już w przedpokoju miał jednak wrażenie, że znalazł się w wielkich i ciepłych objęciach. Z werandy z widokiem na morze widać było płonące czerwienią wieczorne niebo. W salonie

w kominku płonął ogień. Ktoś inny uznałby ich za lekko stuk-
niętych – po co palić w kominku nawet w ciepłe letnie wieczory?
Ale oboje z Eriką uważali, że nastrój jest ważniejszy i że jeśli zrobi się za gorąco, należy po prostu otworzyć kilka okien.

Zobaczył poświatę bijącą od telewizora i poszedł prosto do
salonu. W takie wieczory jak ten najbardziej potrzebował żony.

Rozpromieniła się na jego widok. Rzucił się na kanapę obok
niej.

– Paskudny wieczór? – spytała.

Tylko kiwnął głową.

Telefon w komisariacie dzwonił bez przerwy. Annika odbierała telefony od mediów, od zatroskanych obywateli i różnej
maści pomyleńców. Wszyscy pytali o to samo: czy to prawda,
że w związku z zabójstwem dziewczynki zatrzymali człowieka
z ośrodka dla uchodźców. Szczególnie nachalne były tabloidy.
Dlatego na ósmą rano zwołał konferencję prasową. Wiedział, że
raczej nie zażyje wielu godzin snu, musiał się przygotować. Teoretycznie mogliby złożyć Mellberga w ofierze, ale woleli być so-
lidarni. Na dobre i na złe.

– Opowiadaj – powiedziała Erika, kładąc mu głowę na ramieniu.

Podniosła do góry kieliszek i spojrzała na niego pytającym
wzrokiem. Odmówił. Rano musi mieć jasny umysł.

Opowiedział jej wszystko, bez owijania w bawełnę.

– To jakieś żarty! I co z tym zrobicie?

– W życiu tak się nie wstydziłem jak w chwili, kiedy wszedłem do izby zatrzymań. Karim rozorał sobie paznokciami ręce.
Był kompletnie zdołowany.

– Nie ma powodu, żebyś się wstydził. – Pogłaskała go po policzku. – Poczta pantoflowa już działa?

– Niestety. Ludzie pokazują się od najgorszej strony. Nagle
wszyscy mówią, że od początku wiedzieli, że to jeden z tych cudzoziemców.

Potarł brwi.

Wszystko tak się zagmatwało. Był głęboko przywiązany do
miejsca, w którym mieszkał, i do ludzi, wśród których żył, ale
zdawał sobie sprawę, jak łatwo zapuszcza korzenie strach. Cała
prowincja była znana z głębokiego przywiązania do tradycji,

a jednocześnie ludzie mieli skłonność do podejrzliwości i szybkiego osądzania innych. Jak niewiele się zmieniło od czasów Schartaua*, pomyślał. Ale tacy jak Bill byli dowodem na to, że są też inni.

– Co mówi rodzina dziewczynki? – spytała Erika. Wyłączyła telewizor. Teraz pokój rozświetlały jedynie świeczki i ogień w kominku.

– Jeszcze nic nie wiedzą, w każdym razie od nas. Mogli już coś usłyszeć od innych. Gösta ma pojechać do nich jutro rano. Pokaże im zdjęcie majteczek, może je rozpoznają.

– A jak poszło przeszukiwanie gospodarstwa?

– Zdążyliśmy tylko przeszukać dom. Potem Mellberg wezwał nas i Torbjörna do ośrodka. Technicy właśnie mieli zacząć zabezpieczać ślady w stodole, ale musieli przerwać. Może nie będzie to już potrzebne.

– Co masz na myśli? Przypuszczasz, że Karim jednak mógł to zrobić?

– Nie wiem – odparł. – Wydaje mi się, że to zostało spreparowane. Kto dzwonił? Skąd wiedział, że majtki są w domu Karima? Przesłuchaliśmy nagranie. Ten, kto dzwonił, użył aplikacji zmieniającej głos, ale słychać wyraźnie, że mówi bez obcego akcentu. Co od razu budzi podejrzenia co do motywu. Ale może jestem cyniczny.

– Nie, myślę tak samo jak ty – powiedziała Erika.

– Czy Karim był wśród tych, którzy brali udział w poszukiwaniach?

– Tak, był w trzyosobowej grupie, która znalazła ciało. Swoją drogą byłaby to dla niego znakomita okazja do zatarcia śladów. Bo nawet jeśli znajdziemy tam jego ślady, włókna z jego ubrania i tak dalej, będzie mógł powiedzieć, że zostawił je tam wtedy, kiedy szukał ciała.

– Taka premedytacja... nie mógłby to być jego pierwszy raz – zauważyła.

---

* Henric Schartau – ortodoksyjny pastor luterański działający na przełomie XVIII i XIX wieku, inicjator ruchu odnowy religijnej, która objęła zwłaszcza południe i południowy zachód Szwecji.

– Zgadza się. Problem w tym, że nic nie wiemy o jego przeszłości, bo przybył jako uchodźca. Wiemy jedynie to, co sam powiedział, plus to, co jest w naszych papierach, począwszy od jego przyjazdu do Szwecji. Czyli nic. Nic na niego nie mamy. Zresztą na mnie zrobił dobre wrażenie. Kiedy już zrozumiał, o co chodzi, powiedział, że żona może mu zapewnić alibi i że nie ma pojęcia, w jaki sposób majteczki znalazły się w jego domu. Jego żona i dzieci były tak roztrzęsione, że go wypuściłem. Obiecał, że jutro przyjdzie na przesłuchanie.

Erika wypiła jeszcze łyk wina. W zamyśleniu obracała kieliszek w dłoniach.

– Co to jest? – spytał, sięgając po kolorową ulotkę leżącą na stole między papierami a skoroszytami.

Był tak zmęczony, że już nie chciał rozmawiać o dochodzeniu. Wolał pomyśleć o czymś innym, zanim będzie musiał się przygotować do kolejnego dnia.

– Ulotka o jutrzejszym wernisażu. Viola, córka Leifa Hermanssona, wystawia swoje obrazy w restauracji Slajdarns. Zadzwoniła, powiedziała, że ma coś dla mnie, i poprosiła, żebym się tam z nią spotkała.

– Ciekawe – stwierdził, odkładając ulotkę.

Fajne obrazy, ale malarstwo go nie kręciło. Co innego fotografia, zwłaszcza czarno-biała. Choćby jego ulubiony plakat z czarno-białym zdjęciem formacji The Boss i akcji na stadionie Wembley podczas tury koncertowej *Born in the USA*. Było na czym zawiesić oko. To dopiero sztuka.

Erika położyła mu dłoń na kolanie i wstała.

– Idę spać. Ty też idziesz czy zostajesz?

Zebrała ze stołu papiery i wsunęła je sobie pod rękę.

– Połóż się, kochanie. Ja muszę jeszcze popracować. Zwołałem konferencję prasową na ósmą rano.

– Hura! – rzuciła sucho i posłała mu całusa.

Kątem oka zauważył, że rozświetlił się ekran jego telefonu. Odebrał, kiedy zobaczył nazwisko: Gösta Flygare.

Gösta mówił coś szybko, był wzburzony. Słuchał go z coraz większym przerażeniem.

– Już jadę – powiedział i się rozłączył.

Po chwili siedział w samochodzie. Ruszając z piskiem opon do Tanumshede, w tylnym lusterku zobaczył światła domu. I Erikę: stała w drzwiach i patrzyła za nim.

Tuż przed nim wyskoczył zza rogu mężczyzna. Strzelił mu prosto w serce.

Zamrugał oczami. Były przesuszone, podrażnione. Nie tylko od grania na komputerze. Zaszkodził mu również wiatr, kiedy pływali żaglówką. Nadal się bał, ale już zaczął wyczekiwać ćwiczeń na morzu. To było coś tak innego od wszystkiego, co dotychczas robił.

– Widziałem, jak Karim wraca do domu – powiedział Adnan i strzelił w głowę żołnierza wrogiej armii. – Bill go przywiózł.

Zgasili wszystkie lampy, pokój rozświetlał jedynie blask ekranu.

– Nie wiesz, dlaczego policja go zabrała? – spytał Adnan.

Khalilowi przypomniał się płacz dzieci i dumne spojrzenie Aminy, zanim zamknęła drzwi.

– Nie mam pojęcia. Jutro spytamy Rolfa.

Kolejny żołnierz wroga poległ w bitwie i Adnan wykonał gest zwycięstwa. Da mu to sporo punktów.

– Tutejsza policja nie jest taka jak nasza – powiedział Khalil niepewnie.

Co oni mogli wiedzieć o szwedzkiej policji? A może stosuje tak samo bezprawne metody jak w Syrii?

– Ale co oni mogą mieć na Karima? Nie sądzę…

Khalil mu przerwał:

– Ćśś… posłuchaj!

Wyłączył dźwięk, słuchali w napięciu. Na dworze rozległy się krzyki.

– Co się dzieje?

Khalil odłożył konsolę. Znów krzyki. Spojrzał na Adnana i razem wybiegli z pokoju. Ktoś krzyczał coraz głośniej.

– Pali się! – krzyknął ktoś.

Kilkadziesiąt metrów dalej zobaczyli wzbijający się ku niebu ogień. Z domku Karima.

Płomienie rozlewały się coraz szerzej.

Farid przybiegł z gaśnicą, ale po chwili rzucił ją na ziemię.

– Nie działa!

Khalil złapał Adnana za ramię.

– Trzeba przynieść wody!

Zawrócili i do wszystkich, których spotkali, krzyczeli, żeby przynosili wodę. Pamiętali, gdzie jest wąż, którego Rolf używał do podlewania trawnika koło recepcji. Pobiegli tam, ale nie znaleźli żadnego wiadra.

– Bierzcie garnki, bańki, dzbanki, cokolwiek! – zawołał Khalil. Wpadł do pokoju i złapał dwa rondle.

– Trzeba zadzwonić po straż pożarną! – krzyknął Adnan do Khalila, który odkręcił kran.

W tym momencie usłyszeli syreny straży.

Khalil odwrócił się i opuścił rondel, wylała się z niego woda. Pożar drewnianych budynków rozprzestrzeniał się z prędkością wiatru, teraz palił się już cały rząd. Jakieś dziecko krzyczało przeraźliwie.

Nagle usłyszał wycie Karima: wybiegł z płonącego domu, ciągnąc za sobą czyjeś ciało. Aminy.

Kobiety płakały, wznosząc ręce ku skrzącemu się od płonących szczap niebu.

Kiedy przyjechała straż, Khalil padł na ziemię i schował twarz w dłoniach. Karim krzyczał, trzymając w ramionach Aminę.

Znów wszystko przepadło.

Bohuslän 1672

Unikali się przez cały tydzień. To, co przeżyli, było dla obojga tak niezwykłe i dojmujące, że kiedy było po wszystkim, ubrali się i pośpieszyli każde w swoją stronę. Nie odważyli się spojrzeć na siebie ze strachu, że cudowna zieleń i niebo odbiją się w ich oczach.

Elin miała uczucie, jakby stała nad przyciągającą ją z nieodpartą siłą przepaścią. Patrząc w otchłań, dostawała zawrotu głowy, ale na sam widok Prebena w białej koszuli krzątającego się po obejściu była gotowa w nią skoczyć.

Pewnego dnia Britta wyjechała do Uddevalli. Miało jej nie być trzy dni. Zaraz po jej wyjeździe Preben wszedł do kuchni i przesunął ręką po dłoni Elin. Spojrzał jej w oczy, powoli kiwnęła głową. Wiedziała, czego od niej chce, jej dusza i ciało chciały tego samego.

Wyszedł z kuchni i ruszył przez podwórko w stronę łąki. Odczekała jakiś czas, żeby nikt nie zauważył, i poszła w tę samą stronę. A potem szybko przekradła się do starej chaty, w której spotkali się poprzednim razem. Dzień był tak samo piękny i słoneczny jak tydzień wcześniej. Czuła, że strużka potu ścieka jej na piersi, z gorąca i z wysiłku, bo przecież biegła po trawie w ciężkich spódnicach, ale też na samą myśl o tym, co ją czeka.

Wyglądał jej, leżąc w trawie, a z jego oczu biła taka miłość, że prawie się wzdrygnęła. Bała się, a przecież wiedziała, że tak ma być. Miała go we krwi, w członkach i w sercu, a przy tym towarzyszyło jej głębokie przekonanie, że jest w tym wszystkim boski zamiar. Przecież Bóg nie mógłby ich obdarzyć tą miłością, gdyby nie mieli jej przyjąć. Jej Bóg nie mógłby być tak okrutny.

A Preben, człowiek Kościoła, wszak wiedział, jaka jest wola boska, i powstrzymałby to, gdyby wiedział, że to nią nie jest.

Niezdarnie zdjęła spódnicę. Preben patrzył na nią, oparłszy głowę na ręce. W końcu stanęła przed nim naga i drżąca. Nie wstydziła się i nie pragnęła się zasłonić.

– Elin jest taka piękna – powiedział bez tchu.

Wyciągnął do niej rękę.

– Pomóż mi zrzucić ubranie – poprosił.

Padła na ziemię obok niego i zaczęła mu rozpinać koszulę. Ściągnął spodnie.

Oboje byli nadzy. Przesunął palcem wskazującym po jej krągłościach i zatrzymał się przy znamieniu, które miała pod prawą piersią.

– Wygląda jak Dania – zaśmiał się.

– Szwecja może mi je zabrać – odparła z uśmiechem.

Pogłaskał ją po twarzy.

– I co my zrobimy?

Pokręciła głową.

– Nie myślmy teraz o tym. Widać jest w tym jakiś zamysł. Jestem o tym przekonana.

– Naprawdę Elin w to wierzy? – spytał, patrząc na nią ze smutkiem.

Nachyliła się i zaczęła go całować i pieścić. Jęknął i rozchylił wargi, poczuła, że odpowiada na jej dotyk.

– Ja to wiem – wymamrotała, a potem powoli opuściła się na niego i przyjęła go w siebie.

Patrząc jej w oczy, chwycił ją w pasie i przycisnął do siebie. Padli razem, niebo i słońce nad nimi eksplodowały światłem i gorącem. To musi być znak, pomyślała, a potem odpłynęła w drzemkę z policzkiem na jego piersi.

– CO Z AMINĄ? – spytał Martin, kiedy wszedł z Paulą do poczekalni.

Patrik poprawił się na niewygodnym krześle.

– Jej stan jest krytyczny – powiedział, wstając, żeby przynieść sobie filiżankę kawy.

Dziesiątą, odkąd przyjechał. Całą noc pił tę szpitalną lurę, żeby nie zasnąć.

– A Karim? – spytała Paula, kiedy wrócił.

– Zatruł się lekko dymem i poparzył ręce, kiedy wyciągał z domu dzieci i Aminę. Dzieci na szczęście są całe i zdrowe. Nawdychały się dymu, więc podali im tlen i przez dobę będą je trzymać na obserwacji.

Paula westchnęła.

– Kto się nimi teraz zajmie, kiedy rodzice są w szpitalu?

– Czekam na kogoś z opieki społecznej, zobaczymy, co zaproponują. Najgorsze, że jak słyszę, nie mają tutaj żadnych krewnych.

– Mogłybyśmy je wziąć – powiedziała Paula. – Mama ma urlop na całe lato, żeby nam pomóc przy małej, ale na pewno powiedziałaby to samo, gdyby tu była.

– No tak, ale Mellberg... – zaoponował Patrik.

Twarz Pauli pociemniała.

– Kiedy opowiedział mamie, co zrobił, najpierw z dumą, a potem robiąc z siebie ofiarę, wyrzuciła go.

– Co zrobiła? – zdumiał się Martin.

Patrik zapatrzył się na Paulę.

– Rita wyrzuciła Bertila? To gdzie on teraz mieszka?

– Nie mam pojęcia – odparła. – Ale, jak już powiedziałam, dzieci mogą pobyć u nas. Jeśli opieka społeczna się zgodzi.

– Nie sądzę, żeby mieli coś przeciwko temu – stwierdził Patrik.

Wstał, zbliżał się lekarz. Ten sam, który go informował przez całą noc.

– Cześć – powiedział, witając się z nimi. – Anton Larsson, jestem lekarzem prowadzącym.

– Macie coś nowego? – spytał Patrik. Z obrzydzeniem dopił kawę.

– Nie. Stan Aminy nadal jest krytyczny, ratuje ją cały zespół lekarzy. Zatruła się dymem i ma oparzenia trzeciego stopnia na dużej powierzchni. Leży pod respiratorem i dostaje kroplówkę. Uzupełniamy płyny, które utraciła na skutek oparzeń. Całą noc nad tym pracowaliśmy.

– A Karim? – spytał Martin.

– Jak już poinformowałem waszego kolegę, ma oparzenia powierzchniowe na dłoniach i lekko zatruł się dymem, ale poza tym oceniam jego stan jako względnie dobry.

– Dlaczego ona jest w znacznie gorszym stanie? – spytała Paula.

Jeszcze nie wiedzieli, co się właściwie stało. Eksperci wciąż pracowali na miejscu, ale przyjęli hipotezę, że do pożaru doszło w wyniku podpalenia.

– O to niech państwo pytają Karima. Nie śpi. Mogę go spytać, czy znajdzie siły, żeby z wami porozmawiać.

– Będziemy wdzięczni – powiedział Patrik.

Czekali w milczeniu. Po zaledwie kilku minutach lekarz kiwnął na nich ręką.

– Myślałem, że się nie zgodzi – mruknął Martin.

– Ja też. Na jego miejscu już nigdy bym się nie zgodziła rozmawiać z policją – oznajmiła Paula.

Weszli do sali, doktor Larsson już tam był. Karim leżał na łóżku pod oknem, zwrócony do nich zmarszczoną ze zmęczenia i strachu twarzą. Jego zabandażowane ręce spoczywały na kocu.

Obok łóżka szumiała butla pompująca tlen.

– Dziękuję, że zgodził się pan z nami porozmawiać – powiedział cicho Patrik, przysuwając sobie krzesło.

– Chciałbym wiedzieć, kto to zrobił mojej rodzinie – odparł Karim. Mówił po angielsku znacznie lepiej niż Patrik.

Zakaszlał, oczy zaszły mu łzami, ale cały czas wpatrywał się w Patrika.

Martin i Paula stali z tyłu, jakby się umówili, że nie będą Patrikowi przeszkadzać.

– Powiedzieli mi, że nie wiadomo, czy Amina przeżyje – powiedział Karim i znów dostał ataku kaszlu. Łzy płynęły mu po policzkach. Dotknął palcami rurki, która dostarczała mu tlen do nosa.

– Rzeczywiście, jeszcze tego nie wiedzą – przyznał Patrik.

Ściskało go w gardle, ciągle musiał przełykać ślinę. Wiedział bardzo dobrze, jak Karim musi się czuć. Pamiętał, co się działo po wypadku, w którym Erika o mało nie straciła życia. Nigdy nie zapomni, co wtedy czuł i jak bardzo się bał.

– Co ja zrobię bez niej? Co będzie z dziećmi? – spytał Karim.

Umilkł. Patrik nie wiedział, co odpowiedzieć.

– Mógłby nam pan opowiedzieć, co pan pamięta z wczorajszego wieczora?

– Wszystko poszło tak szybko... – Karim pokręcił głową. – Śniło mi się... Myślałem, że znów jestem w Damaszku. Że wybuchła bomba. Dopiero po kilku sekundach uzmysłowiłem sobie, gdzie jestem... Pobiegłem do dzieci, myślałem, że Amina biegnie za mną, bo kiedy się obudziłem, słyszałem, jak krzyczy. Ale kiedy wyniosłem dzieci, zorientowałem się, że jej nie ma. Okryłem się jakimś ręcznikiem i wbiegłem do domu...

Głos uwiązł mu w gardle, rozkaszlał się. Patrik podał mu szklankę wody ze słomką, żeby mógł się napić.

– Dziękuję – powiedział, kładąc się z powrotem. – Wbiegłem do sypialni, a ona... – Zaszlochał. – Paliła się. Jej włosy, jej koszula nocna. Wziąłem ją na ręce i wybiegłem z domu, potoczyłem ją po ziemi. Słyszałem... jak dzieci krzyczały. – Płakał. – Mówią, że dzieciom nic nie jest. To prawda? Nie okłamują mnie?

– Prawda. Wyszły z tego cało. Zatrzymali je na... – Patrik gorączkowo szukał angielskiego słowa, a potem zdał sobie sprawę, że to przecież brzmi tak samo. – *For observation.*

Karim odetchnął z ulgą, ale po chwili znów się zmartwił.

– Gdzie one się podzieją? Mówią, że muszę tu zostać kilka dni, a Amina...

Paula zrobiła krok do przodu.

Przysunęła sobie krzesło i powiedziała ostrożnie:

– Nie wiem, co pan na to, ale zaproponowałam, żeby dzieci zamieszkały u mnie, dopóki pana nie wypiszą. Ja... moja mama jest uchodźcą, tak jak pan. Z Chile. Przyjechała do Szwecji w tysiąc dziewięćset siedemdziesiątym trzecim roku. Ona rozumie. Ja też. Mieszkam z mamą, dwojgiem dzieci i... – zawahała się – z żoną. Chętnie się zajmiemy pańskimi dziećmi. Jeśli pan się zgodzi.

Karim przyglądał jej się dłuższą chwilę. Nie przeszkadzało jej to. Po chwili kiwnął głową.

– Zgoda. Nie mam wielkiego wyboru.

– Dziękuję – powiedziała Paula cicho.

– Czy wczoraj wieczorem widział pan kogoś? – spytał Patrik.

– Może coś słyszeliście przed pożarem?

– Nie. Byliśmy zmęczeni. Po tym... wszystkim. Więc poszliśmy spać, ja od razu zasnąłem. Nic nie widziałem ani nie słyszałem. Wiadomo, kto to zrobił? I dlaczego? Czy to ma coś wspólnego z tym, o co zostałem oskarżony?

Patrik nie patrzył mu w oczy, nie był w stanie.

– Nie wiemy – odparł. – Ale dowiemy się.

Sam wyciągnął rękę po telefon. Leżał na nocnym stoliku. Nie obudziła go matka, którą zwykle zmuszał do tego James, tylko koszmar. Dawniej bywało tak raz, może dwa razy w miesiącu, teraz co noc budził się zlany potem.

Nie pamiętał, żeby się kiedyś nie bał, żeby go nie ścigał lęk. Pomyślał, że to pewnie dlatego matka ciągle biega, aż poczuje się kompletnie wyczerpana, aż braknie jej sił na myślenie. On też by tak chciał.

Twarze ze snu dręczyły go. Spojrzał na wyświetlacz telefonu. SMS od Jessie. Na samą myśl o niej zrobiło mu się ciepło w pachwinie. Po raz pierwszy w życiu czuł, że ktoś widzi go takim, jakim jest, i nie odwraca się na widok mroku, który w nim tkwi.

Z każdym dniem było go coraz więcej. To przez nich. Wyczuł palcami notes pod materacem. Wiedział, że tam nie znajdą go ani matka, ani James. Nie był przeznaczony dla cudzych oczu. Sam się dziwił, że zaczął się zastanawiać, czy nie pokazać go Jessie. W środku była tak samo poharatana jak on, więc powinna zrozumieć.

Nigdy jej nie powie, dlaczego w poniedziałek zabrał ją na tę wycieczkę motorówką. Postanowił nigdy więcej o tym nie myśleć. Ale wszystko wracało w snach i łączyło się z innymi demonami. Ale to nie ma już znaczenia. Przyszłość została już nakreślona w notesie. Droga wiodąca do niej była szeroka i prosta jak Highway 66.

Postanowił, że już nigdy nie będzie się bać tego, co za rogiem. Wiedział, że może jej pokazać notes. Jessie zrozumie.

Dziś zaniesie jej wszystko, co zebrał przez lata. Koło drzwi czekała torba z teczkami i skoroszytami.

Wysłał SMS-a. Napisał, że będzie u niej za pół godziny. Odpowiedziała: okej. Szybko się ubrał, zarzucił na ramię plecak. Zanim podszedł do drzwi, jeszcze raz rzucił okiem na łóżko, pod którym ukrył notes.

Przełknął ślinę, podszedł do niego i podniósł materac.

Jessie otworzyła drzwi. Powitał ją uśmiechem, który zachowywał tylko dla niej.

– Cześć – powiedziała.

– Cześć.

Wziął plecak, w ręce niósł jeszcze torbę.

– Nie było ci ciężko jechać rowerem z tym wszystkim?

Wzruszył ramionami.

– Jestem silniejszy, niż się wydaje.

Odstawił plecak i torbę i objął ją. Wciągnął w nozdrza zapach świeżo umytych włosów. Przyjemnie jej było, że mu się podoba jej zapach.

– Przyniosłem trochę różnych rzeczy – powiedział, podchodząc do wielkiego stołu. Zaczął je wykładać z plecaka i torby. – Obiecałem, że ci pokażę. To o naszych matkach i o tej sprawie.

Spojrzała na teczki i skoroszyty z napisami: matma, szwedzki i tak dalej.

– Żeby James i mama myśleli, że to dotyczy szkoły – wyjaśnił Sam, siadając. – Nie zauważyli, że to zbierałem.

Usiadła obok i razem otworzyli skoroszyt z napisem matma.

– Gdzie ci się udało to wszystko znaleźć? – spytała. – Oczywiście poza tym, co było w sieci.

– Głównie w dziale czasopism w bibliotece.

Jessie spojrzała na szkolne zdjęcia Marie i Helen.

– Popatrz, były młodsze niż my teraz – zauważyła.

Sam przesunął palcem wskazującym po artykule pod zdjęciami.

– Musiały mieć w sobie straszny mrok – powiedział. – Tak samo jak my.

Przeszył ją dreszcz. Przewróciła kilka kartek i jej wzrok padł na zdjęcie uśmiechniętej Stelli.

– Ale dlaczego to zrobiły? Jak można się tak wściec... na dziecko?

Sam wstał. Na twarzy miał czerwone plamy.

– To przez ten mrok w duszy. Jessie, nie rozumiesz? Jak możesz nie r o z u m i e ć?

Wzdrygnęła się. Wpatrywała się w niego i nie pojmowała, skąd ta nagła wściekłość. Rozpłakała się.

Cała jego złość znikła. Padł przed nią na podłogę.

– Przepraszam, przepraszam, przepraszam – powtarzał, wtulając głowę w jej kolana. – Nie chciałem się wściekać, ale jestem cholernie sfrustrowany. Tak się we mnie gotuje, że mógłbym wysadzić w powietrze cały świat.

Rozumiała go. Ze wszystkich ludzi na całym świecie zależało jej tylko na jednym – i był nim Sam. Od innych doświadczyła samych upokorzeń.

– Przepraszam – powtórzył i wytarł jej łzy. – Nie mógłbym cię zranić. Jesteś jedyną osobą, której nie chciałbym zrobić nic złego.

Drewniany pomost był rozgrzany, prawie gorący, a lody topiły się tak szybo, że Vendela nie nadążała jeść. Basse miał jeszcze większy kłopot: oblizywał rękę zalaną roztopionymi lodami czekoladowymi. Zachowywał się jak dziecko.

Zaśmiała się. Przytuliła się do Nilsa, a on ją objął. Od razu zrobiło jej się lepiej i zapomniała o zdjęciach, które rano widziała w sieci. Zdjęciach płonących budynków. Że też to zaszło tak daleko. Chyba nie ma to nic wspólnego z nimi? A jeśli?

Basse w końcu miał dość i wrzucił resztę lodów do wody. Natychmiast porwała je mewa.

– Starzy nie wracają w ten weekend – powiedział. – Dopiero na następny.

– No to jest impreza. – Nils uśmiechnął się do niego. W jego spojrzeniu pojawiła się niepewność. Niedobrze.

Vendela westchnęła, a Nils wyszczerzył zęby.

– Ojejej, weź się w garść. Potraktuj to jak wstęp do szkolnej imprezy w wiejskim domu kultury w przyszły weekend! Zaprosimy fajnych ludzi, skombinujemy bimber i zrobimy kruszon.

– No nie wiem...

Nils już go pokonał. Wiedziała.

Znów przypomniała sobie zdjęcie pogorzeliska. Chciała uciec od tego obrazu. Od tytułu krzyczącego wielkimi literami: Kobieta ciężko poparzona. I w tym momencie wiedziała, co chce zrobić. Nils chciał się wstrzymać z publikowaniem zdjęć gołej Jessie do początku roku szkolnego, żeby jak najwięcej osób zwróciło na nie uwagę. A gdyby zrobić to wcześniej?

– Mam pomysł – powiedziała.

Kiedy wjechał radiowozem na podwórko, od razu wyszedł mu na spotkanie Bengt Berg. Gösta odetchnął głębiej. Już wiedział, jak będzie przebiegała ta rozmowa.

– To prawda, że zatrzymaliście jakiegoś uchodźcę? – spytał, chodząc nerwowo tam i z powrotem. – Słyszałem, że brał nawet udział w poszukiwaniach! To są typy bez sumienia. Od początku powinniście byli mnie słuchać!

– Na razie nic nie zostało potwierdzone – odparł Gösta, idąc w stronę domu.

Jak zwykle zrobiło mu się przykro, kiedy spojrzał na ubranka Nei. Wciąż wisiały na suszarce przed domem. Bengt mówił to wszystko z wyraźną satysfakcją, co w taki dzień, dzień po pożarze, robiło jeszcze bardziej nieprzyjemne wrażenie. Gösta szczerze mu współczuł w związku z żałobą. Wiedział też, że ludzie chcą prostych rozwiązań i odpowiedzi. Problem w tym, że proste odpowiedzi rzadko są prawdziwe, bo rzeczywistość jest zwykle bardziej złożona, niżbyśmy chcieli.

– Można? – spytał. Bengt właśnie otworzył mu drzwi.

– Zawołaj Petera i Evę – poprosił Bengt żonę.

Peter zszedł pierwszy, zaraz za nim Eva. Wyglądali, jakby zostali wyrwani ze snu.

Peter usiadł i gestem zaprosił Göstę, żeby zrobił to samo.

Kolejny raz przy tym samym stole. Gösta chciałby móc im przekazać coś konkretnego, ale wiedział, że i tym razem sprawi im zawód. W dodatku wczorajsze przeszukanie naruszyło zaufanie, jakie do niego mieli, i już nie wiedział, jak z nimi rozmawiać. Pożar w ośrodku wstrząsnął nim. Tak samo jak Patrik był oburzony tym, w jaki sposób Mellberg potraktował Karima i jego rodzinę. Z drugiej strony nie mógł wykluczyć, że to, co znaleźli u Karima, dowodzi, że rzeczywiście jest sprawcą. Strasznie to było zagmatwane.

– Czy to prawda? – spytał Peter. – O tym człowieku z ośrodka dla uchodźców?

– Nie wiadomo na pewno – odpowiedział Gösta ostrożnie i kątem oka zauważył, że Bengt znów poczerwieniał. Zaczął mówić dalej: – Coś znaleźliśmy, ale z przyczyn... nazwijmy to technicznych, nie jesteśmy pewni, co to oznacza.

– Słyszałem, że znaleźliście u niego jakieś ubranie Nei, zgadza się? – spytał Peter.

– Ludzie ciągle dzwonią – wpadł mu w słowo Bengt. – Dowiadujemy się od nich różnych rzeczy, ale od was nie. Uważam, że to...

Znów podniósł głos. Peter powstrzymał go uniesioną dłonią i spokojnie powiedział:

– Czy to prawda, że u któregoś z uchodźców znaleźliście ubranie Nei?

– Znaleźliśmy część garderoby – odparł Gösta i wyjął z teczki plastikowy skoroszyt ze zdjęciami. – Chciałbym, żebyście to zidentyfikowali.

Eva jęknęła cicho. Teściowa pogłaskała ją po ręce. Eva chyba tego nie zauważyła, patrzyła na skoroszyt.

– Poznajecie je? – spytał, kładąc na stole kilka zdjęć.

Eva zaczerpnęła tchu.

– To Nei. To są jej majteczki z obrazkiem z *Krainy lodu*.

Gösta spojrzał na błękitne majteczki z jasnowłosą księżniczką i spytał:

– Jest pani pewna? To majteczki Linnei?

– Tak! – potwierdziła.

– A wyście go puścili! – krzyknął Bengt.

– Jest z tym pewien problem. Chodzi o to, w jaki sposób zostały znalezione.

Bengt prychnął.

– Pewien problem! Macie cudzoziemca, który przyjechał, uprowadził i zabił małą dziewczynkę, a pan mi mówi o jakimś problemie!

– Rozumiem pana wzburzenie, ale musimy...

– Nic nie musimy! Od początku mówiłem, że to na pewno jeden z tamtych, ale nie słuchaliście, tylko traciliście czas, a teraz jeszcze go wypuściliście! Nie mówiąc już o tym, że wywróciliście do góry nogami cały dom, potraktowaliście mojego syna i synową jak podejrzanych, wstydu nie macie!

– Tato, uspokój się – powiedział Peter.

– Jak miałby nie być on? Skoro znaleźliście u niego te majtki? Słyszeliśmy o jakimś pożarze. Próbował się pozbyć dowodów? Skoro go puściliście, to jasne, że postarał się zatrzeć ślady. I z tych samych powodów przyłączył się wtedy do poszukiwań...

– Jeszcze nie wiemy, jak doszło do pożaru...

Gösta zastanawiał się, czy powiedzieć im, że Karim jest poparzony, a jego żona leży na oddziale intensywnej terapii i nie wiadomo, czy w ogóle przeżyje. Ale nic nie powiedział. Podejrzewał, że w tym momencie nie obchodzi ich cudzy ból, zresztą pocztą pantoflową szybko się dowiedzą, co się stało.

– Jest pani pewna, że Nea miała na sobie te majteczki w dniu zaginięcia? – spytał.

Eva się zawahała, a potem kiwnęła głową.

– Miała pięć par, każde w innym kolorze. Pozostałe są w domu.

– Okej.

Włożył zdjęcia do skoroszytu i wstał.

Bengt zacisnął pięści.

– Niech pan dopilnuje, żebyście zgarnęli tego cholernego czarnucha. Inaczej ja się tym zajmę.

– Bardzo państwu współczuję – powiedział Gösta, patrząc na niego. – Ale nikomu, powtarzam, n i k o m u, nie wolno robić nic, co mogłoby jeszcze pogorszyć sytuację.

Bengt tylko prychnął, Peter skinął głową.

– Pies, co dużo szczeka, mało gryzie – powiedział.

– Mam taką nadzieję, ze względu na niego – odparł Gösta.

Kiedy odjeżdżał, widział, że Peter stoi w otwartych drzwiach i patrzy za nim. Poczuł, że coś go uwiera, jakby coś mu umknęło, ale im bardziej starał się to rozgryźć, tym dalej uciekało. Znów zerknął we wsteczne lusterko. Peter wciąż stał i patrzył.

– Halo, jest tu kto?

Obudził go czyjś głos, ale nie był to głos Rity. Otworzył oczy. Nie wiedział, gdzie jest. A potem zobaczył w drzwiach Annikę.

– To ja – powiedział, wstając.

Przetarł oczy.

– Co ty tutaj robisz? O mało nie padłam ze strachu, kiedy usłyszałam odgłosy. Co ty tu robisz tak wcześnie?

Skrzyżowała ręce na obfitym biuście.

– Albo tak późno... – bąknął Mellberg, zmuszając się do uśmiechu.

Wolałby jej nie mówić, co się stało, ale pomyślał, że wieści pewnie i tak się rozejdą, więc uznał, że lepiej wziąć byka za rogi.

– Rita mnie wyrzuciła – powiedział, wskazując na leżącą obok łóżka torbę.

Nie spakowała mu ulubionej flanelowej piżamy, więc musiał spać w ubraniu. Zresztą pokoik, w którym spędził noc, służył do chwilowego wypoczynku, a nie do noclegów. Było w nim duszno i gorąco jak w łaźni.

Mellberg spojrzał na swoje przepocone i wygniecione ubrania.

– Cóż, ja pewnie zrobiłabym to samo! – rzuciła Annika. Odwróciła się na pięcie i poszła do kuchni. Po drodze obejrzała się i krzyknęła: – Pewnie słodko spałeś i nie słyszałeś, co się stało?

– No nie wiem, czy tak słodko – odparł Mellberg, kuśtykając za nią i trzymając się za plecy. – To łóżko polowe jest okropnie niewygodne, w dodatku nie ma tam klimatyzacji. Mam wrażliwą skórę i dostaję wysypki bez porządnej pościeli, a ta jest jak z tektury... – Urwał i przekrzywił głowę. – Mogłabyś zrobić filiżankę również dla mnie, skoro i tak parzysz, kochana?

Ledwo powiedział k o c h a n a, zdał sobie sprawę, że popełnił błąd, i zaczął się przygotowywać na to, co musiało nastąpić. Ale Annika się nie odezwała. Usiadła na krześle przy stole.

– W nocy ktoś podpalił ośrodek dla uchodźców – powiedziała cicho. – Karim, jego żona i dzieci trafili do szpitala.

Mellberg chwycił się za serce. Wolał na nią nie patrzeć. Usiadł ciężko naprzeciwko niej.

– Czy to… czy to ma coś wspólnego z tym, co zrobiłem?

Miał wrażenie, że język mu skołowaciał.

– Nie wiadomo, ale całkiem możliwe. Ludzie dzwonią bez przerwy, na noc przełączyłam telefon do siebie do domu i oka nie zmrużyłam. Patrik, Martin i Paula są w szpitalu. Żona Karima jest w śpiączce farmakologicznej. Jej stan jest tak ciężki, że nie wiadomo, czy przeżyje, a Karim poparzył sobie ręce, kiedy wyciągał ją z domu.

– Co z dziećmi? – spytał niepewnym głosem, coraz bardziej zgnębiony.

– Są w szpitalu, na obserwacji. Zostaną tam do jutra, ale wygląda na to, że wyszły z tego cało. Poza tym nikomu nic się nie stało. Pogorzelcy, których mieszkania się spaliły, zostali przeniesieni do wiejskiego domu kultury.

– Boże kochany – westchnął Mellberg cicho, niemal szeptem. – Wiadomo, kto to zrobił?

– Jeszcze nie, nie ma żadnych tropów, ale trzeba sprawdzić telefony, bo było ich sporo. Część od przygłupów, którzy uważają, że uchodźcy sami podpalili ośrodek, żeby wzbudzić współczucie, inne od takich, co twierdzą, że podpalenia dokonali Przyjaciele Szwecji. Wydaje się, że pożar podzielił okolicę na dwa obozy. Jest sporo takich, którzy twierdzą, że uchodźcy dostali za swoje, a z drugiej strony jest na przykład Bill, któremu udało się zmobilizować ludzi do pomocy i zorganizować zbiórkę niezbędnych rzeczy. Ludzie przynoszą artykuły pierwszej potrzeby. Można spokojnie powiedzieć, że w tej sytuacji widzimy ich od zarówno najgorszej, jak i najlepszej strony.

– Ja… – Mellberg potrząsał głową. Ledwo mówił. – Ja nie chciałem… nie myślałem…

– No właśnie – stwierdziła Annika z westchnieniem. – Ty nie myślisz, Bertilu.

Wstała i zabrała się do parzenia kawy.

– Mówiłeś, że też chciałbyś filiżankę, tak?

– Tak, poproszę. Jak duże są szanse?

– Na co? – spytała i znów usiadła. Maszynka do kawy zaczęła szumieć.

– Że jego żona z tego wyjdzie.

– Z tego, co wiem, niezbyt duże – odpowiedziała cicho.

Mellberg milczał. Pierwszy raz dotarło do niego, że popełnił wielki błąd. Oby dało się go naprawić.

Bohuslän 1672

Gdy lato zbliżało się ku końcowi, Elin zaczął ogarniać niepokój. Początkowo myślała, że zjadła coś nieświeżego i dlatego ciągle biega wymiotować za stodołę. Ale w gruncie rzeczy wiedziała, o co chodzi. Tak samo było, kiedy spodziewała się Märty. Co noc modliła się, pytając Boga, jaki jest Jego zamiar w związku z tym. Na jaką próbę ją wystawia? Czy powinna powiedzieć Prebenowi, czy nie? Co on na to? Wiedziała, że ją kocha, ale gdzieś w głębi duszy miała obawy co do jego charakteru. Był dobrym człowiekiem, ale jednocześnie był próżny i chciał się podobać. Tyle zauważyła. Wszelkie pytania o to, co dalej, uciszał pocałunkami i pieszczotami, ale zawsze zdążyła dostrzec w jego oczach cień zafrasowania.

Tymczasem Britta stała się jeszcze bardziej ponura i podejrzliwa. Preben i Elin starali się ukrywać swoje uczucia, ale Elin miała świadomość, że nie zawsze im się udaje, kiedy w jej obecności patrzą na siebie. Zbyt dobrze znała siostrę i wiedziała, do czego jest zdolna. Nie było to wprawdzie coś, o czym by z kimkolwiek rozmawiała, ale nie zapomniała, jak mało brakowało, żeby Märta utopiła się w jeziorku. I kto się o to postarał.

Dni stawały się coraz krótsze, wszyscy w gospodarstwie śpieszyli się, żeby zdążyć przed zimą, tymczasem Britta coraz bardziej zamykała się w sobie. Rano dłużej leżała w łóżku, nie chciała wstawać, jakby opadła z sił.

Preben kazał kucharce szykować jej ulubione dania, ale ona nie chciała jeść. Elin co wieczór zabierała z jej nocnego stolika nietknięty talerz. Nocami gładziła się po brzuchu, zastanawiając się, jak zareagowałby Preben, gdyby mu powiedziała, że oczekuje jego dziecka. Nie dopuszczała do siebie innej możliwości:

na pewno by się ucieszył. Z Brittą chyba dzieci mieć nie będą. Zresztą nie kocha żony tak jak ją. A gdyby na Brittę spadła śmiertelna choroba, ona i Preben mogliby żyć jak normalna rodzina. Ile razy przyszła jej do głowy ta myśl, tyle razy zaczynała się modlić szczególnie żarliwie.

Britta słabła z dnia na dzień. W końcu Preben sprowadził lekarza z Uddevalli. Elin była bardzo spięta. Wmawiała sobie, że to z niepokoju o siostrę, ale w głowie miała tylko jedną myśl: jeśli z Brittą jest tak źle, to może ona ma jakąś przyszłość. Bo nawet gdyby po ich ewentualnym ślubie po śmierci Britty rozeszły się plotki, to przecież z czasem by ucichły. Była o tym przekonana.

Bryczka przywiozła lekarza. Elin odeszła na bok, żeby się pomodlić. Żarliwiej niż kiedykolwiek przedtem. Miała nadzieję, że Bóg jej nie ukarze. Głęboko wierzyła, że chce, żeby ona i Preben byli razem. Ich miłość jest zbyt wielka, żeby mogła być przypadkowa, więc choroba Britty musi być częścią boskiego planu. Im dłużej się modliła, tym bardziej była o tym przekonana. Britta nie pożyje długo. Jej nienarodzone dziecko będzie miało ojca. Zrządzeniem boskim zostaną rodziną.

Wróciła do domu z bijącym sercem. Nikt ze służby nic nie mówił, widocznie jeszcze nic nie wiedzieli. Zwykle wieści rozchodziły się szybko, zdawała sobie sprawę, że o niej i Prebenie też szepczą. W tak niewielkim gospodarstwie nic nie mogło ujść niczyjej uwagi. O lekarzu z Uddevalli, który ma przyjechać zbadać pastorową, gadało się już od kilku dni.

– Czy Elsa coś słyszała? – spytała kucharkę szykującą wieczerzę.

– Nic a nic – odparła Elsa, mieszając w wielkim garnku.

– Pójdę się wywiedzieć – powiedziała Elin, nie patrząc jej w oczy. – Przecież to moja siostra.

Bała się, że będzie po niej widać, o co się modliła. Ale kucharka tylko kiwnęła głową.

– Jak pani nie chce jeść nawet moich racuchów, to znaczy, że coś jest nie w porządku. Ale, da Bóg, nic poważnego.

– Da Bóg – powtórzyła Elin i poszła do izby, w której leżała Britta.

Długo stała pod drzwiami, zastanawiając się, czy zapukać. W pewnej chwili drzwi się otworzyły i z izby wyszedł z lekarską torbą w ręku przysadzisty mężczyzna z bujnym wąsem.

Preben ściskał go za rękę.

– Nie zdołam się doktorowi odwdzięczyć – powiedział.

Elin ze zdumieniem zauważyła, że Preben się uśmiecha. Cóż takiego stwierdził lekarz, że się uśmiecha, aż mu oczy błyszczą? Niepokoiła się coraz bardziej.

– To Elin, siostra mojej małżonki – powiedział Preben, przedstawiając ją doktorowi.

Ostrożnie podała mu rękę. Nadal nie wiedziała, jak rozumieć wyraz ich twarzy. Za nimi widziała Brittę z rozpuszczonymi ciemnymi włosami. Siedziała oparta o poduchy.

Wyglądała jak kot, który właśnie połknął ptaka. Elin poczuła się jeszcze bardziej zdezorientowana.

Doktor Brorsson powiedział z filuterną miną:

– Można gratulować. Wprawdzie to dopiero kilka tygodni, ale nie ma wątpliwości, że pani siostra jest brzemienna. Ten stan jest dla niej bardzo wyczerpujący, więc niech Elin zadba, żeby porządnie piła i jadła tyle, ile zdoła. Zaleciłem, żeby dostawała bulion, dopóki mdłości nie ustąpią i nie wróci jej apetyt.

– Elin w tym dopomoże – odparł Preben, promieniejąc radością.

Dlaczego on jest taki szczęśliwy? Przecież sam mówił, że nie chce być z Brittą, tylko z nią. Że wybrał nie tę siostrę. To z woli Boga jego nasienie nie chciało wzrastać w brzuchu Britty.

A teraz uśmiecha się szeroko i zachwala ją przed doktorem, opowiada, jaka z niej troskliwa opiekunka. Britta spoglądała na nią ze złośliwą satysfakcją. Złapała się za głowę i jęknęła:

– Preben, znów mi niedobrze…

Wyciągnęła rękę. Preben na oczach Elin rzucił się do niej.

– Co mogę dla ciebie zrobić? Słyszałaś, co powiedział doktor. Odpoczynek i bulion. Czy mam poprosić Elsę, żeby ci ugotowała bulionu?

Britta kiwnęła głową.

– Nie żebym miała apetyt, ale dla dobra naszego dziecka spróbuję. Ale nie chcę, żebyś mnie zostawiał. Niech Elin pójdzie do Elsy. Na pewno chętnie to zrobi, bo przecież chce, żeby jej siostrzeniec albo siostrzenica przyszli na świat w najlepszym zdrowiu.

– Z pewnością – odparł Preben. – Muszę tylko odprowadzić doktora Brorssona. Potem usiądę przy tobie.

– Nie trzeba – zaśmiał się doktor, kierując się do wyjścia. – Proszę zadbać o mateczkę. Cieszę się, że zrobiłem, co do mnie należało.

– Niech tak będzie – powiedział Preben i kiwnął głową. Cały czas trzymał w dłoniach rękę Britty.

Spojrzał na Elin. Nadal stała w drzwiach, jak wrośnięta.

– Proszę, żeby Elin szybko poszła do Elsy. Britta musi przestrzegać zaleceń doktora.

Elin spuściła wzrok.

Wpatrywała się w swoje buty i powstrzymywała od płaczu. Chybaby się rozsypała, gdyby musiała patrzeć na rozradowaną twarz Prebena i triumfującą minę Britty. Odwróciła się na pięcie i szybko poszła do kuchni.

Pani jest brzemienna i trzeba jej ugotować bulionu. A Bóg Wszechmogący śmieje się z biednej głupiej Elin.

ERIKA NIE BYŁA PEWNA, jak należy się ubrać na wernisaż, więc po prostu włożyła proste białe szorty i białą bluzkę. Dzieci zawiozła do Kristiny. Przy nich nie odważyłaby się nosić nic białego, bo biel działa na brudne rączki jak magnes. Jako matka trojga dzieci zdążyła się tego nauczyć.

Jeszcze raz spojrzenia na zaproszenie, żeby sprawdzić godzinę. Właściwie niepotrzebnie, bo do małej galerii naprzeciw Stora Hotellet płynął strumień ludzi. Weszła i się rozejrzała. Sala była jasna i przestronna, obrazy zostały pięknie rozwieszone, w rogu na stoliku stały kieliszki z szampanem i wazony z kwiatami, które przynieśli przyjaciele i znajomi. Zrobiło jej się głupio. Może ona również powinna była coś przynieść?

– O, Erika, jak miło, że pani przyszła! – powitała ją z uśmiechem Viola.

Wyglądała niezwykle elegancko: siwe włosy miała upięte w kok, włożyła piękny ciemnoniebieski kaftan. Erika zawsze podziwiała osoby, które potrafią nosić kaftan i nie wyglądać przy tym jak przebrane. Raz czy dwa spróbowała, ale czuła się, jakby brała udział w balu przebierańców.

– Zapraszam na szampana. Mam nadzieję, że już dzisiaj nie będzie pani prowadzić – powiedziała Viola.

Erika wzięła od niej kieliszek. Po namyśle stwierdziła, że rzeczywiście nie będzie.

– Niech się pani rozejrzy – zachęciła ją Viola. – Gdyby panią zainteresował jakiś obraz, proszę powiedzieć tamtej miłej dziewczynie, oznaczy go czerwoną kropką. Nawiasem mówiąc, to moja wnuczka.

Viola wskazała na nastolatkę stojącą przy wejściu z rolką naklejek w kształcie kropek. Widać było, że swoje zadanie traktuje bardzo poważnie.

Erika spokojnie obejrzała wszystkie obrazy. Tu i ówdzie zauważyła już czerwone kropki. Ucieszyło ją to, bo podobała jej się zarówno Viola, jak i jej obrazy. Nie znała się na sztuce, a już sztuka abstrakcyjna zupełnie do niej nie przemawiała. Co innego te śliczne akwarele z rozpoznawalnymi tematami. Zatrzymała się przed obrazem przedstawiającym jasnowłosą kobietę z twarzą pobrudzoną mąką i papierosem w kąciku ust. Wyrabiała ciasto na chleb.

– Moja mama. Wszystkie wystawione obrazy przedstawiają osoby, które dużo dla mnie znaczyły. Pokazałam je w codziennych sytuacjach. To nie są pozowane portrety. Po prostu tak ich zapamiętałam. Mama ciągle coś piekła. Uwielbiała piec, zwłaszcza chleb. Codziennie mieliśmy świeży, chociaż dziś zastanawiam się, ile przy okazji ja i moi bracia nałykaliśmy się nikotyny, bo wyrabiała ciasto, paląc jak smok. Ale w tamtych czasach nie zwracało się na to uwagi.

– Była bardzo piękna – powiedziała Erika. Naprawdę tak uważała.

Kobieta z obrazu miała dokładnie taki sam błysk w oku co jej córka. Erika domyślała się, że musiały być bardzo do siebie podobne.

– Tak, mama była najpiękniejszą kobietą, jaką znałam. I najfajniejszą. Cieszyłabym się, gdybym choć w połowie była tak dobrą matką dla swoich dzieci jak ona dla mnie.

– Na pewno tak jest. – Erice trudno było wyobrazić sobie, żeby mogło być inaczej.

Ktoś puknął Violę w ramię. Przeprosiła, że musi odejść.

Erika długo stała przed portretem jej matki. Było to przyjemne i jednocześnie przykre. Przyjemne, bo każdemu życzyłaby matki, od której biłoby takie ciepło. Przykre, bo było to tak dalekie od tego, co ona i Anna przeżywały w dzieciństwie. One nie miały mamy, która robiłaby wypieki, przytulała swoje dzieci i mówiła im, że je kocha.

Nagle zrobiło jej się głupio. Kiedyś obiecała sobie, że będzie przeciwieństwem własnej matki. Że zawsze będzie obecna, ciepła, fajna i czuła. Tymczasem znów jest w pracy i po raz enty jej dziećmi opiekuje się ktoś inny. Z drugiej strony dawała im mnóstwo miłości, zresztą uwielbiały zostawać z babcią albo z ciocią Anną. Nie działa im się krzywda. A ona nie byłaby sobą, gdyby nie mogła pracować. Kochała zarówno swoje dzieci, jak i pracę.

Popijając szampana, przechodziła powoli przed rzędami obrazów. W sali panował przyjemny chłód i nie było tłoku, choć przyszło sporo ludzi. Od czasu do czasu słyszała, jak ktoś szeptem wymienia jej nazwisko. Kilka pań szturchało znacząco swoich partnerów. Ciągle nie mogła się przyzwyczaić do tego, że jest znana i że ludzie traktują ją jak celebrytkę. Do tej pory udawało jej się unikać największych pułapek: nie bywała na premierach, nie walczyła z wężami i szczurami w żadnym reality show ani nie wystąpiła w żadnym talk-show.

– A to tata – powiedział ktoś obok niej.

Drgnęła. Viola stanęła po jej lewej stronie. Wskazywała na duży obraz wiszący na środku długiej ściany. On też był piękny, ale jego nastrój był zupełnie inny. Erika usiłowała znaleźć jakieś określenie i zdecydowała się na słowo melancholijny.

– Tata przy biurku. Tak go zapamiętałam, bo ciągle pracował. W dzieciństwie tego nie rozumiałam, zrozumiałam i doceniłam, dopiero kiedy byłam dorosła. Praca była jego pasją, co jest błogosławieństwem i jednocześnie przekleństwem. Po latach go zniszczyła… A właśnie, przecież poprosiłam panią o przyjście z konkretnego powodu. Otóż znalazłam jego kalendarzyk. Nie wiem, czy się pani na coś przyda, bo notował samymi skrótami, ale może jednak. Mam go tutaj, jeśli pani chce.

– Bardzo chcę – odparła Erika.

Nurtowało ją pytanie, dlaczego Leif Hermansson zmienił zdanie w sprawie winy Helen i Marie. Może ten kalendarzyk pozwoli jej złapać jakiś trop.

– Proszę. – Viola przyniosła jej wymięty i wytarty kalendarzyk w czarnej okładce. – Może go pani zatrzymać. Ja mam ojca tu – powiedziała, kładąc rękę na sercu. – W każdej chwili mogę odtworzyć jego obraz, zobaczyć go siedzącego przy biurku.

Położyła jej dłoń na ramieniu, a potem zostawiła ją przed obrazem samą. Erika postała jeszcze, a potem podeszła do dziewczyny, która rozdawała czerwone kropki.

Khalil siedział w kącie i przyglądał się, jak przygarbiona starsza pani podaje Adnanowi koce. Ciągle miał przed oczami Karima wyciągającego z pożaru Aminę i jego dymiące ręce. Krzyczał, ale najstraszniejsze było to, że Amina nie wydała żadnego dźwięku.

Rano przyszedł Bill, nauczyciel szwedzkiego Sture i kilka osób, których nie znał. Chyba ściągnęli je Rolf i Bill. Bill wymachiwał rękami i mówił szybko, jak zwykle mieszając słowa szwedzkie i angielskie, i wskazywał na samochody. Odważyli się do nich wsiąść, dopiero kiedy wsiedli Khalil, Adnan i pozostali z załogi żaglówki – każdy do innego auta.

Dojechali do czerwonego domu na drugim końcu Tanumshede. Spojrzeli na siebie pytająco. Jak im tu będzie? A w ciągu ostatniej półgodziny pojawiło się mnóstwo ludzi. Zaniemówili z wrażenia, gdy na asfaltowy podjazd przed wiejskim domem kultury zaczęły wjeżdżać samochody wyładowane kocami, termosami z kawą, ubraniami dla dzieci i zabawkami. Jedni tylko wypakowywali to, co przywieźli, i odjeżdżali, inni zostawali i rozmawiali z nimi, tak jak umieli.

Gdzie ci Szwedzi byli do tej pory? Uśmiechali się, pytali o imiona dzieci, przynosili jedzenie i ubrania. Khalil nic nie rozumiał.

Podszedł do niego Adnan, uniósł pytająco brwi. Khalil wzruszył ramionami.

– Chłopaki! – zawołał stojący w głębi Bill. – Rozmawiałem z ludźmi z Hedermyrs. Chcą oddać za darmo jedzenie. Moglibyście pojechać, żeby je przywieźć? To moje kluczyki.

Rzucił kluczyki, Adnan złapał je w powietrzu.

Khalil kiwnął głową.

– Przywieziemy – odpowiedział.

Wychodząc na parking, wyciągnął rękę.

– Dawaj te kluczyki.

– Chcę poprowadzić – odparł Adnan, zaciskając na kluczykach palce.

– Zapomnij, ja poprowadzę.

Adnan niechętnie zajął miejsce pasażera. Khalil usiadł za kierownicą i zadumał się: patrzył to na kluczyk, to na deskę rozdzielczą.

– Nie ma gdzie włożyć kluczyka.

– Naciska się guzik start – westchnął Adnan.

Samochody były jego największą pasją, zaraz po grach komputerowych, ale wiedzę o nich czerpał głównie z filmów z YouTube'a.

Khalil z podejrzliwą miną nacisnął guzik z napisem stop/ start i silnik zaszumiał.

Adnan wyszczerzył zęby w uśmiechu.

– Myślisz, że Bill wie, że nie mamy prawa jazdy?

Khalil złapał się na tym, że też się uśmiecha.

– A myślisz, że dałby nam wtedy kluczyki?

– Mówimy o Billu. Pewnie, że by dał – powiedział Adnan. – Na pewno umiesz prowadzić? Inaczej wysiadam.

Khalil wrzucił wsteczny.

– Spoko, ojciec mnie nauczył.

Wycofał z parkingu i wyjechał na drogę. Do Hedermyrs mieli tylko kilkaset metrów.

– Dziwni ci Szwedzi. – Adnan pokręcił głową.

– Co masz na myśli? – Khalil zatrzymał się na tyłach sklepu.

– Traktują nas jak zadżumionych, gadają na nas, Karima wsadzają do więzienia i próbują nas spalić. A potem chcą nam pomagać. Nie rozumiem…

Khalil wzruszył ramionami.

– Pewnie nie wszyscy chcą od razu przynosić nam koce – powiedział, naciskając guzik stop. – Przypuszczam, że jest całkiem sporo takich, którzy woleliby, żebyśmy się wszyscy spalili.

– Myślisz, że wrócą? Spróbują jeszcze raz?

Khalil zamknął drzwi. Pokręcił głową.

– Ci, którzy zakradają się w ciemnościach i podpalają, to tchórze. A teraz zbyt wielu ludzi patrzy.

– Sądzisz, że doszłoby do tego, gdyby policja nie zgarnęła Karima? – Adnan przytrzymał drzwi do sklepu.

– Kto wie, to się chyba tliło od pewnego czasu. Możliwe, że po prostu przeszli od słów do czynów.

Khalil rozejrzał się. Bill nie powiedział, do kogo mają się zwrócić. W końcu podszedł do mężczyzny, który wypakowywał konserwy w jednej z alejek.

– Idźcie do szefa, siedzi w swoim biurze – powiedział, wskazując w głąb sklepu.

Khalil się zawahał. A jeśli facet powie, że nic nie wie o tym, że miał im przekazać jedzenie? Może Bill nie rozmawiał z kierownikiem? A jeśli pomyślą, że przyszli żebrać?

Adnan chwycił go za ramię.

– No chodź, skoro już tu jesteśmy.

Dziesięć minut później bagażnik miali załadowany kanapkami, napojami, owocami, a nawet słodyczami dla dzieci. Khalil znów pokręcił głową. Naprawdę dziwni ludzie z tych Szwedów.

Jej stopy frunęły nad ziemią. Przez te wszystkie lata bieganie trzymało ją przy życiu. Rano pobudka, ubrać się, zawiązać buty i wybiec z domu.

Stale poprawiała swój czas. W maratonie wiek o dziwo nie działa na niczyją niekorzyść. Młodzi mają wprawdzie przewagę, jeśli chodzi o energię i wytrzymałość, ale starsi rekompensują to sobie doświadczeniem. Zawsze ją bawiło, gdy widziała, jak młodych, pewnych siebie zawodników podczas pierwszego maratonu wyprzedza kobieta, która mogłaby być ich matką.

Poczuła zapowiedź kolki w boku, musiała zacząć oddychać spokojniej. Nie zamierzała się poddać.

Człowiek z ośrodka dla uchodźców został wypuszczony, a potem ktoś podpalił cały ośrodek. Była przerażona, kiedy oglądała zdjęcia z pożaru, ale prawie od razu pomyślała, że teraz znów skupią się na niej i na Marie. Znów będą podejrzewać jedną z nich. Albo obie.

Kiedyś miały tyle marzeń, tyle planów. Postanowiły, że kiedy skończą osiemnaście lat, zostawią wszystko, kupią bilety w jedną stronę, do Ameryki, a tam będą na nie czekać same wspaniałe rzeczy. I Marie rzeczywiście wyjechała. Zrealizowała swoje marzenia. A ona została. Zawsze była obowiązkowa. Posłuszna. Dlatego została ofiarą. Marie nigdy by się nie zgodziła na taki los. Walczyłaby.

A Helen przez całe życie robiła to, co jej kazali inni.

Śledziła karierę Marie, czytała o jej życiu, o tym, że ma opinię osoby problemowej, zimnej, nawet złośliwej. Że jest złą matką, która wysyła córkę do szkół z internatem w różnych zakątkach świata. Która ciągle jest widywana z nowymi mężczyznami, imprezuje i wszczyna awantury. Ale ona widziała coś innego. Widziała dziewczynę, która nigdy niczego się nie bała, zawsze chciała ją chronić i która podarowałaby jej słońce i księżyc.

Właśnie dlatego nie mogła jej nic powiedzieć. Bo jak? Przecież Marie była wtedy dzieckiem, była bezradna. Co mogłaby zrobić?

Poprzedniego dnia podczas zakupów wydawało jej się, że widziała Marie. Kątem oka, ale wyczuła jej obecność. Kiedy podniosła wzrok, zobaczyła starszego pana z laską, ale mogłaby przysiąc, że wcześniej stała tam Marie i przyglądała się jej. Żwirowa ścieżka uciekała jej spod nóg, buty uderzały rytmicznie o ziemię. Najpierw palce, potem cała stopa, do pięty. Prawa noga w przód, prawa ręka w tył. Zerknęła na pulsometr. Czas miała lepszy niż kiedykolwiek, może dlatego, że rytmiczne dudnienie wypierało wszystko inne.

Tyle wspomnień, do których nie chciała wracać. I Sam. Jej słodki, cudowny syn. Który od początku nie miał szans. Z góry był skazany, skażony przez jej grzechy. Jak mogła myśleć, że wraz z upływem lat wszystko odejdzie w niepamięć? Nic nie znika. Nigdy. Już ona powinna o tym wiedzieć najlepiej.

Wbiła wzrok w horyzont. Miała trzynaście lat, kiedy postanowiła zacząć biegać. A teraz już nie miała odwagi zwolnić.

Jessie odłożyła ostatni skoroszyt z wycinkami o Helen, Marie i Stelli. Popatrzyła na Sama, jego spojrzenie było jasne, a w następnej chwili wydawał się zupełnie niedostępny. Na ostatniej kartce w skoroszycie zapisał własne przemyślenia na temat morderstwa. Jakby czytała własne myśli zapisane w druku. Chociaż nie, on jednak poszedł o krok dalej.

Co mogła mu teraz powiedzieć? Co chciał od niej usłyszeć?

Sam sięgnął po plecak.

– Chciałbym ci pokazać jeszcze jedną rzecz – powiedział.

Wyjął wymięty notes i zaczął wodzić po nim palcem. Nagle wydał jej się taki delikatny.

– Ja… – zaczęła.

Przerwało jej głośne pukanie. Oboje drgnęli.

Jessie otworzyła i z zaskoczenia aż się cofnęła. Na progu stała Vendela. Ze spuszczoną głową, przestępując z nogi na nogę.

– Cześć – powiedziała cicho, prawie nieśmiało.

– Cześć – wydusiła Jessie.

– Ja… nie wiem, co ci Sam o nas naopowiadał, ale pomyślałam, że… może…

Jessie się odwróciła, bo Sam prychnął. Stał oparty o ścianę w przedpokoju. Jego spojrzenia można się było przestraszyć.

– O, cześć, Sam – powiedziała Vendela.

Nie odpowiedział. Vendela zwróciła się do Jessie:

– Może miałabyś ochotę pojechać ze mną do mnie do domu? To tylko dziesięć minut rowerem stąd. Masz rower?

– Tak, mam rower.

Jessie aż się zarumieniła. Vendela była jedną z najbardziej popularnych dziewczyn w Fjällbace. Wiedziała o tym, chociaż nawet nie zaczęła chodzić do szkoły. Wystarczyło spojrzeć. Taka dziewczyna jeszcze nigdy jej do siebie nie zaprosiła.

– No nie mów, że się na to nabierzesz – prychnął Sam.

Patrzył na nią ze złością. Prawie się na niego pogniewała. Przecież to wielka rzecz, że Vendela przyszła, szansa zarówno dla niej, jak i dla Sama, żeby mogli wytrzymać w szkole. Co według niego miałaby zrobić? Zatrzasnąć jej drzwi przed nosem?

Vendela uniosła do góry obie ręce.

– Słowo daję, wstyd mi z powodu tego, co zrobiliśmy Samowi. Nie tylko mnie, Nilsowi i Bassemu też, chociaż nie mają odwagi przyjść i tego powiedzieć. Sama wiesz, jacy są faceci…

Jessie kiwnęła głową.

– Możemy się spotkać później? – spytała cicho Sama.

Nie mógłby schować dumy do kieszeni i powiedzieć, że w porządku, niech sobie idzie z Vendelą? Ale on tylko zmrużył oczy, pozbierał ze stołu i spakował skoroszyty. Wydawało jej się, że kiedy wrzucał do plecaka notes, starł łzę z policzka.

Minął ją bez słowa, ale zatrzymał się w drzwiach, tuż przy Vendeli.

– Jeśli się dowiem, że byliście dla niej wredni… – Umilkł, wpatrywał się w nią przez chwilę, potem wsiadł na rower i już go nie było.

– Wybacz mu… on…

Jessie szukała właściwego słowa, ale Vendela potrząsnęła głową.

– Rozumiem. Od zawsze byliśmy dla niego paskudni, nie dziwię się, że jest obrażony. Na jego miejscu też bym była. Ale wiesz, jesteśmy starsi i rozumiemy coraz więcej.

Jessie kiwnęła głową.

– Właśnie.

Na pewno? Vendela klasnęła w ręce.

– No to już! Wskakuj na rower, jedziemy!

Jessie podeszła do swojego roweru, wynajętego razem z domem. Był lśniący i wyglądał na drogi. Ucieszyła się, kiedy zobaczyła podziw w oczach Vendeli.

– Ale fajnie mieszkacie! – powiedziała Vendela, kiedy jechały w stronę Hamngatan.

– Dzięki! – Jessie poczuła, że ze szczęścia ma motylki w brzuchu.

Vendela wyglądała… idealnie. Jessie pomyślała, że zrobiłaby wszystko, żeby móc nosić takie króciutkie dżinsowe szorty.

Minęły rynek, gdzie właśnie kręcono zdjęcia. Jessie zobaczyła matkę: stała za kamerami i rozmawiała z reżyserem. To ten Jörgen. Czasem o nim opowiadała.

Nagle coś jej przyszło do głowy.

– Moja mama tam jest! – krzyknęła. – Chcesz się z nią przywitać?

Vendela nawet nie spojrzała.

– Jeśli nie masz nic przeciwko temu, wolałabym, żebyśmy pojechały do mnie. Nie chcę być niemiła, ale…

Jessie poczuła, że serce zaczyna jej bić szybciej. Po raz pierwszy zdarzyło jej się, że ktoś, oczywiście oprócz Sama, nie przejmował się tym, kim jest jej mama. Gdyby Sam był teraz z nimi, przekonałby się, że Vendela jest prostolinijna i szczera.

Z całej siły naciskała pedały na długim stromym podjeździe na Galärbacken i nagle poczuła coś, czego nie potrafiła określić. A potem do niej dotarło, że to chyba szczęście.

Otwierając drzwi, Sanna poczuła, że głowa boli ją jeszcze bardziej niż zwykle. Podeszła do kuchennego blatu i nalała sobie wody do dużej szklanki. Bardzo lubiła jadać lunch w swoim ogrodzie wśród kwiatów, ale tym razem nic sobie nie przyniosła. Musiała wrócić do domu. Cornelia może przez godzinę popilnować interesu.

Otworzyła lodówkę i prawie zebrało jej się na płacz. Oprócz tubki przecieru pomidorowego i słoika musztardy były w niej tylko zwiędłe warzywa, których data przydatności do spożycia dawno minęła.

Zdawała sobie sprawę, że to wszystko dlatego, że nieustannie myśli o Marie i Helen. O Stelli i małej Nei. O cieniu w lesie, którego tak się bała. Wczoraj wróciło wspomnienie człowieka, który wypytywał ją o ten cień, o to, z kim Stella się bawiła. Czy go okłamała? Nie pamiętała. Nie chciała pamiętać. Zniknął, w snach zamiast niego widziała dziewczynkę o zielonych oczach.

W każdym razie nie wrócił i nie wypytywał.

Drgnęła, gdy usłyszała zbliżające się jasne dziewczęce głosy. Vendela rzadko bywała w domu. Przeważnie szwendała się gdzieś z dwoma chłopakami z klasy, a już na pewno nie miała żadnych koleżanek. A jednak zjawiła się, jak zwykle skróciła sobie drogę, przeszła przez trawnik w towarzystwie tęgawej blondynki.

Sanna zmarszczyła czoło. Kogoś jej przypominała ta dziewczyna, ale nie wiedziała kogo. To pewnie jedna z koleżanek, które przychodziły, kiedy Vendela była mała. Sanna nigdy nie potrafiła, a może nie miała siły ich zapamiętać.

– Cześć. Jesteś w domu?

– Nie, nie ma mnie, jestem w ogrodzie. – Natychmiast zrobiło jej się głupio, że tak odpowiedziała. Z nich dwóch to ona powinna być tą mądrzejszą.

Vendela na widok matki zrobiła wyraźnie zawiedzioną minę.

– Dzień dobry – powiedziała blondynka, podchodząc do niej z wyciągniętą ręką. – Mam na imię Jessie.

– A ja jestem mamą Vendeli – odpowiedziała, przyglądając się jej.

Tak, zna ją. Może to córka nauczycielki ze szkoły albo ta, która mieszka trochę dalej, tam, na zakręcie? Z którą Vendela bawiła się, kiedy były małe?

– Którą z koleżanek Vendeli jesteś? – spytała w końcu wprost. – Bo urosłyście tak, że już was nie poznaję.

– Ojej, mamo…

– Dopiero się wprowadziłam – odparła Jessie. – Moja mama tu pracuje, więc będziemy tu mieszkać przez jakiś czas.

– A, jak miło.

Sanna mogłaby przysiąc, że skądś ją zna.

– Idziemy do mojego pokoju – zarządziła Vendela, stając na schodach.

– Miło było panią poznać – powiedziała Jessie i poszła za nią.

Sanna usłyszała, jak drzwi się zamykają. Po chwili zadudniła muzyka. Westchnęła. Oto jej spokojna przerwa na lunch.

Zajrzała do zamrażarki. Było trochę lepiej niż w lodówce: w głębi szuflady znalazła pół torebki siekanej wołowiny. Wyjęła patelnię, wrzuciła na nią spory kawałek masła, na to wołowinę.

Zaraz sobie usiądzie przy stole i napije się kawy. W zamyśleniu spojrzała na sufit, z góry dochodziła taneczna muzyka. Gdzie ona widziała tę dziewczynę?

Sięgnęła po plotkarskie pisemko leżące na stole i zaczęła przewracać strony. „Veckans nu". Piśmidło, które Vendela uparcie przynosiła do domu. Bzdury o durnych celebrytach. Przewróciła kolejną stronę i oto miała przed sobą Marie. Nagle zrozumiała, kim jest ta dziewczyna.

Przed oczami zaczęły jej latać czarne mroczki. No jasne, Jessie, córka Marie. Dziewczyna, która wtedy stała w oknie na piętrze. Ma oczy Marie. Zielone, te same, które widziała w snach.

Z góry dochodził wesoły śmiech, przebijał się przez muzykę. Sannie aż zaschło w ustach. Córka Marie w jej domu. Czy powinna coś zrobić? Powiedzieć? Ta dziewczyna nie jest winna tego, co zrobiła jej matka. A jednak… Miała wrażenie, że ściany zaczęły się kurczyć, krtań jej się zacisnęła.

Chwyciła kluczyki od samochodu i wybiegła.

– A więc… mamy kilka spraw do wyjaśnienia – zaczął Patrik. Splótł palce na brzuchu i zapatrzył się na swoje buty.

Nikt się nie odezwał.

– Czy waszym zdaniem powinniśmy poprosić Mellberga?

– On już wie, że narozrabiał – powiedziała cicho Annika. – Zazwyczaj go nie bronię, ale wydaje mi się, że naprawdę zrozumiał swój błąd i bardzo chce się zrehabilitować.

– Tak, ale chcieć pomóc a umieć to zrobić to dwie różne rzeczy – sucho zauważyła Paula.

– Jest szefem komisariatu – rzekł Patrik i wstał. – Bez względu na to, co o tym sądzimy.

Nie było go kilka minut. Wrócił z wyraźnie zgaszonym Mellbergiem. Za nim dreptał Ernst ze zwieszonym łbem, jakby on również czuł, że popadł w niełaskę.

– No to jesteśmy w komplecie – powiedział Patrik.

Mellberg zajął miejsce u szczytu stołu. Ernst położył się na jego nogach.

– Chciałbym, żebyśmy od tej pory działali wspólnie, a do zadań podchodzili rzeczowo, bez emocji – powiedział Patrik. – Powinniśmy się skupić na dwóch rzeczach: na dochodzeniu w sprawie zabójstwa Linnei Berg i na ustaleniu, kto podpalił ośrodek dla cudzoziemców.

– Co chcesz zrobić? – spytał Martin.

– Jak chcesz, żebyśmy się podzielili robotą? – dodał Gösta.

– Jest parę rzeczy do załatwienia. Anniko, zanotujesz?

Annika podniosła długopis na znak, że jest gotowa.

– Po pierwsze trzeba przesłuchać wszystkich mieszkańców ośrodka. Musimy zacząć od tych, którzy mieszkali najbliżej Karima. Z tego, co wiem, zostali ulokowani w wiejskim domu kultury, dopóki nie znajdzie się jakieś rozwiązanie na stałe. Paula i Martin, weźmiecie to na siebie?

Przytaknęli. Patrik zwrócił się do Gösty.

– Co ci powiedzieli Bergowie o tych majteczkach? Zidentyfikowali je?

– Tak. Powiedzieli, że miała takie i mogła je na sobie mieć w dniu zaginięcia. Ale…

– Ale co? – Patrik nadstawił uszu.

Gösta miał największe doświadczenie z nich wszystkich, zazwyczaj warto było go słuchać.

– Sam nie wiem… coś mnie w tej sprawie uwiera, tylko nie wiem co…

– No to się zastanów, może coś wymyślisz – powiedział Patrik. Zawahał się. – Na pierwszym miejscu mojej listy jest kolejny telefon do Torbjörna. Gryzie mnie to, że nie dokończyliśmy przeszukania u Bergów. Rano rozmawiałem o tym z panią prokurator i ona się ze mną zgadza. Uważa, że powinniśmy je dokończyć mimo tego, co znaleźliśmy u Karima.

– Też tak uważam – odezwał się Gösta.

Patrik spojrzał na niego ze zdziwieniem. Najwyraźniej miał jakieś wątpliwości. O co mogło mu chodzić?

– Dobrze. Zaraz zadzwonię do Torbjörna. Pojedziemy, jak tylko będzie to możliwe. Jeśli dobrze pójdzie, to jeszcze dziś albo jutro, zależy, ile mają pracy.

– Pracują na pogorzelisku? – spytała Paula.

Patrik pokręcił głową.

– Nie, to zadanie dla rzeczoznawców od pożarów. Na podstawie wstępnych danych przyjęliśmy, że ktoś wrzucił przez okno coś w rodzaju koktajlu Mołotowa.

– A co z nagraniem rozmowy z informatorem? – spytała Paula.

– Jest u Anniki – powiedział Patrik. – Przesłuchajcie, może coś zauważycie. Prześlę je do badania. Głos został celowo zniekształcony. Oby umieli sobie z tym poradzić albo przynajmniej wyizolować odgłosy z tła, żeby zidentyfikować tego człowieka.

– A Helen i Marie? – odezwał się Martin. – Wciąż nie wiemy, czy coś te dwie sprawy łączy.

– Rzeczywiście, ale już z nimi rozmawialiśmy. W tej chwili nie ma powodu, żeby je przesłuchiwać. Trzeba poczekać, aż dowiemy się czegoś więcej. Nadal wierzę, że coś te sprawy łączy.

– Mimo tego, co znaleźliśmy u Karima? – spytała Paula.

– Tak – odparł Patrik, rzucając okiem na Mellberga.

Mellberg wpatrywał się w stół, nie odezwał się ani razu.

– Wydaje mi się, że to fałszywy trop – ciągnął Patrik. – Ale w tej chwili nie możemy niczego wykluczyć. Zastanawia mnie jednak ten anonimowy telefon, a później te majteczki. Kto mógł wiedzieć, że tam są? I jeszcze miał powód, żeby zadzwonić na policję? Nie, nie wierzę w to.

Gösta od pewnego czasu siedział pogrążony w myślach i kręcił młynka palcami. Patrik już miał zakończyć zebranie, gdy nagle podniósł wzrok.

– Chyba wiem, co się nie zgadza. I jak to udowodnić.

Bohuslän 1672

Elin coraz bardziej pogrążała się w rozpaczy. Preben poświęcał każdą wolną chwilę żonie, ją traktował jak powietrze. Jakby nic między nimi nie zaszło. Nie był wobec niej niemiły, ale zachowywał się tak, jakby o wszystkim zapomniał. Skupił się na Britcie i mającym się urodzić dziecku, nawet Märta już go nie interesowała. Krążyła po obejściu zupełnie zdezorientowana, a za nią suczka. Elin cierpiała, widząc jej rozpacz, i nie wiedziała, jak jej wytłumaczyć szaleństwo dorosłych.

Tym bardziej że sama go nie rozumiała.

Jedno stało się dla niej jasne: nie mogła powiedzieć Prebenowi o dziecku. A tym bardziej urodzić. Musiała się go pozbyć, za wszelką cenę. Jeśli tego nie zrobi, ona i Märta stracą dach nad głową, zostaną skazane na głód i poniewierkę, i wszystkie inne straszne rzeczy czekające kobiety, które nie mają się gdzie podziać. Nie wolno jej do tego dopuścić. Nie wiedziała, jak spędzić płód. Ale wiedziała, kto wie i do kogo może się zwrócić nieszczęsna kobieta bez męża, który by się zaopiekował nią i dzieckiem. Helga Klippare.

Tydzień później nadarzyła się sposobność. Britta poprosiła ją o zrobienie kilku sprawunków w Fjällbace. W drodze robiło jej się coraz ciężej na sercu. Wmawiała sobie, że czuje ruchy dziecka, chociaż wiedziała, że jest zdecydowanie za wcześnie. Mały Jan, który powoził, szybko zrezygnował z prób nawiązania rozmowy. Elin cały czas milczała, wsłuchiwała się w rytmiczny stukot kół. Kiedy dojechali do Fjällbacki, zeszła z wozu i bez słowa ruszyła przed siebie. Mały Jan miał do załatwienia sprawy, które zlecił mu pastor. Wracać mieli dopiero wieczorem. Miała tyle czasu, ile potrzebowała.

Dostała samogonu, żeby nie czuć bólu, chociaż właściwie nie miała nic przeciwko fizycznemu cierpieniu. Im bardziej bolało, tym bardziej tłumiło cierpienie serca. Czuła skurcze. Rytmiczne, skuteczne. Jak wtedy, kiedy wydawała na świat Märtę, ale bez tamtej radości. Wtedy wiedziała, co będzie owocem jej ciężkiej pracy. Tym razem były tylko żal, ćmiący ból i krew.

Helga jej nie współczuła, ale też nie potępiała. Spokojnie i wytrwale robiła, co trzeba, troskę okazując jedynie w ten sposób, że co pewien czas ocierała jej pot z czoła.

– Zaraz będzie koniec – powiedziała, zajrzawszy jej między nogi.

Elin leżała na podłodze na brudnym szmacianym chodniku. Spojrzała w stronę małego okienka tuż obok drzwi. Zrobiło się już późne popołudnie. Za parę godzin trzeba będzie wsiąść na wóz Małego Jana i wrócić na plebanię. Droga była nierówna, wiedziała, że każdy wybój będzie oznaczał ból, ale będzie musiała robić dobrą minę. Nikt nie może się dowiedzieć, co się stało.

– Teraz trzeba przeć – poleciła jej Helga. – Jak przyjdzie następny skurcz, Elin musi przeć, żeby wyszło.

Elin zacisnęła powieki i chwyciła brzegi chodniczka. Poczekała, aż skurcz się nasili, i kiedy ból osiągnął szczyt, zaczęła przeć z całej siły.

Coś z niej wypłynęło. Mała bryłka. Nie było co czekać na krzyk, znak życia.

Helga uwijała się, jak mogła. Elin usłyszała, jak coś wpada do wiadra.

– No i dobrze się stało – powiedziała sucho Helga, wstając z trudem i wycierając zakrwawione ręce ręcznikiem. – Nic by z niego nie było. Niewydarzone.

Wzięła wiadro i postawiła przy drzwiach.

Elin zdusiła wzbierający jej w piersi szloch. Pozostał w okolicy serca jak cierń. Nie było jej dane nawet tyle, żeby mogła zachować w pamięci obraz maleństwa z błękitnymi oczami Prebena. Dziecko okazało się nie takie jak trzeba. Nigdy nie znalazłoby rodziny – poza tą z jej marzeń.

Ktoś szarpnięciem otworzył drzwi i do domu weszła siostra Helgi – Ebba z Mörhult. Stanęła jak wryta i z otwartymi ustami patrzyła na zakrwawioną Elin z rozłożonymi nogami, na kubeł przy drzwiach i wycierającą krew z rąk Helgę.

– Więc to tak! – krzyknęła Ebba. Jej oczy rzucały błyskawice.

– Elin miała sprawę do Helgi. Nic mi nie wiadomo, żeby znów wyszła za mąż. Czy to dzieło jakiegoś parobka, z którym Elin spółkowała? A może zaczęła się kurwić w zajeździe?

– Milcz – powiedziała szorstko Helga.

Ebba ściągnęła usta.

Elin nie chciało się odpowiadać. Nie miała siły, zresztą nie zamierzała się przejmować Ebbą. Zaraz wsiądzie na wóz z Małym Janem, wróci na plebanię i zapomni o wszystkim.

– To ten dzieciak? – spytała Ebba, trącając nogą kubeł. Zajrzała i zmarszczyła nos. – Wygląda jak wybryk natury.

– Cicho, bo ci przyłożę! – huknęła Helga i wypchnęła ją za drzwi. – Niech się Elin nie przejmuje Ebbą. Zawsze było z niej złe nasienie, od małego taka jest. Niech Elin usiądzie, będzie mogła się umyć.

Elin usiadła, musiała się oprzeć na rękach. Bolało ją w podbrzuszu, na podłodze między nogami zobaczyła krwawą breję.

– Elin miała szczęście, nie trzeba szyć. I nie straciła dużo krwi, ale przez kilka dni musi na siebie uważać.

– Będzie, co ma być – odparła Elin, biorąc od niej mokrą ścierkę.

Zaszczypało, kiedy się podmyła. Helga podstawiła jej miskę z wodą, żeby mogła wypłukać ścierkę.

– Słyszałam, że siostra Elin jest przy nadziei.

Elin milczała chwilę, a potem kiwnęła głową.

– Zgadza się. Zimą usłyszymy na plebanii płacz dziecka.

– Pewnie zajmie się nią jakiś uczony lekarz z Uddevalli, ale jeślibym się mogła przydać, to niech przyślą po mnie.

– Przekażę – odparła Elin z wysiłkiem.

Nie miała siły myśleć o dziecku Britty. O swoim, tym leżącym w kuble, też nie.

Z trudem wstała i obciągnęła spódnicę. Pora wracać.

– NIE TRZASKAJ DRZWIAMI!

James spojrzał na stojącego w przedpokoju Sama.

– Wcale tak mocno nie trzasnąłem – odszczeknął się Sam, ściągając buty.

James poczuł, jak wzbiera w nim złość. I – jak zwykle w takich chwilach – rozczarowanie synem. Jego pomalowane na czarno paznokcie i czarna szminka wokół oczu były dla niego jak plunięcie w twarz. Zacisnął pięść i uderzył w ścianę. Ulżyło mu. Sam drgnął.

Kiedy Sam był młodszy, czasami rozładowywał złość na nim, kiedy byli w lesie.

Albo podczas rzadkich wyjazdów Helen. Dziwnie często dochodziło wtedy do różnych wypadków. Aż któregoś razu Helen go przyłapała. Sam siedział w kucki na podłodze, a on stał nad nim z podniesioną pięścią. Samowi leciała krew z rozbitej wargi. James domyślał się, jak to musiało wyglądać. Ale Helen przesadziła. Trzęsącym się głosem powiedziała mu, co zrobi, jeśli jeszcze raz dotknie Sama.

Wtedy dał mu spokój. Było to trzy lata temu.

Sam wbiegł z hałasem po schodach. James nawet się zastanawiał, co go tak rozgniewało, ale tylko wzruszył ramionami. Nastolatek.

Marzył już o wyjeździe. Jeszcze dwa tygodnie. Liczył dni. Nie rozumiał kolegów, którzy tęsknili za domem, za rodzinną nudą, ale armia uparła się, żeby co pewien czas brali wolne. Takie psychologiczne głupoty, nie wierzył w nie.

Wszedł do gabinetu i podszedł do szafy na broń. Wybrał cyfry i usłyszał kliknięcie, zamek się otworzył. Trzymał w niej broń, na którą miał licencję, natomiast w schowku na piętrze przechowywał tę, którą zbierał od trzydziestu lat – od pistoletów zwykłych po automatyczne. Nie było trudno je zdobyć, jeśli się wiedziało, kogo pytać.

W szafie przechowywał colta M1911. To prawdziwa broń, żaden tam lekki czy elegancki pistolecik. Kaliber czterdzieści pięć.

Odłożył go. Może po południu zabierze Sama na ćwiczenia. Co za ironia losu: jedyna rzecz, w której Sam był dobry – poza komputerami – nigdy nie miała mu się na nic przydać. Snajperskie umiejętności nie przysporzą punktów korporacyjnemu szczurowi. Bo tak widział przyszłość syna. Za biurkiem w sektorze IT. Nudno i bezsensownie.

Starannie zamknął szafę. Zamek kliknął i zamknął się automatycznie. Zerknął na sufit. Pokój Sama znajdował się dokładnie nad nim. Panowała w nim cisza. Sam zapewne siedział przy komputerze w słuchawkach i odpalał tę koszmarną muzykę prosto do uszu. James westchnął. Im wcześniej wyjedzie na misję, tym lepiej. Długo tego nie wytrzyma.

Erika poprosiła, żeby po wernisażu przysłano jej obraz do domu, i pożegnała się z Violą. Gdy tylko wyszła z galerii, usłyszała, że dostała SMS-a. Szybko go przeczytała. Doskonale. Jutrzejsza akcja potwierdzona, trzeba tylko wymyślić, jak uprowadzić Kristinę. Wybrała numer Anny. Może ona będzie miała jakiś pomysł, bo jej przychodziły do głowy same lekko sadystyczne koncepcje, które jej teściowej raczej by się nie spodobały.

Stała ze słuchawką przy uchu i patrzyła na rynek, na którym trwały zdjęcia do filmu. Wyciągnęła szyję. Wydawało jej się, że między kamerami mignęła jej Marie Wall, chociaż nie widziała wyraźnie, bo dookoła stał spory tłumek ciekawskich.

– Halo! – odezwała się Anna.

Erika drgnęła.

– Cześć, to ja. Wszystko gotowe na jutro, mamy być w hotelu o dwunastej. Zastanawiam się, jak ściągnąć Kristinę, nie budząc podejrzeń. Może masz jakiś pomysł? Bo pewnie odrzucisz mój plan, żeby zatrudnić paru facetów przebranych za terrorystów, żeby ją po prostu porwali...

Anna się zaśmiała. W tle rozległy się syreny.

– A co to, policja? – spytała Erika.

Milczenie.

– Halo, zniknęłaś mi.

Spojrzała na wyświetlacz. Nic nie wskazywało na to, żeby rozmowa została przerwana.

– Jestem... nie, to karetka.

– Karetka? Mam nadzieję, że żadnemu z twoich sąsiadów nic się nie stało.

– Nie, to znaczy nie jestem w domu.

– A gdzie?

– W Uddevalli.

– Co tam robisz?

Dlaczego nie wspomniała o tym, kiedy były z Kristiną przymierzyć suknię?

– Byłam na badaniach.

– Dlaczego? Przecież nie leczysz się w tamtejszej przychodni.

– To badanie specjalistyczne, mogli je zrobić tylko w tutejszym szpitalu.

– Anno, słyszę w twoim głosie, że czegoś mi nie mówisz. Coś się dzieje z dzieckiem? Albo z tobą? Jesteś chora? – Poczuła, że szarpie nią niepokój. Od wypadku już niczego nie uważała za dane raz na zawsze.

– Nie, słowo daję, wszystko w porządku. To pewnie nadmiar ostrożności z uwagi na... – Nie dokończyła.

– Okej. Daj słowo, że powiesz, gdyby coś się działo.

– Słowo – przyrzekła Anna i szybko zmieniła temat. – Do jutra coś wymyślę. Dwunasta, Stora Hotellet, tak?

– Tak, zarezerwuj sobie resztę dnia i wieczór. Posiedzisz z nami tyle, ile będziesz mogła. Całuję.

Erika się zamyśliła. Mogłaby przysiąc, że Anna czegoś jej nie mówi.

Przeszła przez rynek w stronę planu filmowego. Rzeczywiście była tam Marie Wall. Właśnie kończyli jakąś scenę. Erika była pod wrażeniem jej niezwykłej charyzmy. Nie trzeba było patrzeć w oko kamery, żeby ją zauważyć. Marie Wall należała do ludzi, którzy wydają się przez cały czas stać w świetle własnego reflektora.

Skończyli. Erika się odwróciła, chciała już wracać do domu. Nagle ktoś zawołał ją po nazwisku. Obejrzała się. Nieopodal stała Marie. Machała do niej ręką, skinieniem głowy wskazała na Café Bryggan. Erika ruszyła w jej stronę.

– Pani Erika Falck, prawda? – zapytała Marie lekko przytłumionym, przepalonym głosem, zupełnie jak w filmach.

– Zgadza się – odparła Erika z niezwykłą dla niej nieśmiałością. Nie poznała jeszcze żadnej gwiazdy filmowej, a na dodatek uzmysłowiła sobie, że ma przed sobą kobietę, która romansowała z George'em Clooneyem.

– No tak, pani wie, kim jestem. – Marie zaśmiała się niedbale i wyjęła z torebki pudełko papierosów. – Zapali pani?

– Dziękuję, nie palę.

Marie zapaliła.

– Chciała pani ze mną porozmawiać. Widziałam pani listy... Mam przerwę, teraz robią tak zwane wrzutki... więc gdyby pani chciała, mogłybyśmy porozmawiać tutaj, przy kieliszku szampana.

Wskazała papierosem na Café Bryggan.

– Oczywiście – odparła Erika aż nadto skwapliwie. Zastanawiała się, co to znaczy, że robią wrzutki, ale nie odważyła się spytać.

Usiadły przy stoliku na samym skraju pomostu. Od razu podbiegła do nich kelnerka, bardzo podniecona tym, że obsługuje gwiazdę filmową. Wyglądała, jakby zaraz miała dostać zawału.

– Dwa kieliszki szampana – rzuciła Marie, odprawiając ją. Dziewczyna z szerokim uśmiechem pomknęła do restauracji. – Nie spytałam, czy się pani napije, ale tylko nudziarze nie piją szampana, a pani nie sprawia wrażenia nudziary. – Wypuszczając dym w stronę Eriki, lustrowała ją od stóp do głów.

– E... – Erice nie przyszło do głowy nic mądrego. Boże, zachowuje się jak nastolatka. Aktorzy z Hollywood są takimi samymi ludźmi jak wszyscy. Próbowała skorzystać z rady, którą dał jej tata, kiedy miała tremę przed wygłaszaniem referatu w szkole: wyobraziła sobie Marie w toalecie, ze spuszczonymi majtkami. Niestety nie podziałało, nawet w takiej sytuacji wydała jej się elegancka.

Kelnerka postawiła przed nimi dwa kieliszki z bąbelkami.

– Od razu zamawiam następne dwa, bo te zaraz opróżnimy, kochana – oznajmiła Marie i znów ją odprawiła.

Prawą ręką chwyciła i podniosła kieliszek.

– Skål – powiedziała, opróżniając go do połowy.

– Skål. – Erika wypiła tylko łyk.

Upije się, jeśli będzie piła te bąbelki w środku dnia.

– Co pani chce wiedzieć? – spytała Marie i wypiła resztę.

Rozejrzała się. Kelnerka natychmiast podbiegła z następnymi dwoma kieliszkami.

Erika sączyła powoli pierwszy i zastanawiała się, od czego zacząć.

– Po pierwsze ciekawa jestem, dlaczego pani zmieniła zdanie i zgodziła się ze mną porozmawiać. Dość długo musiałam o to zabiegać.

– Rozumiem, że się pani dziwi, przecież zawsze mówiłam otwarcie o swojej przeszłości. Może pani słyszała, że sama rozważam napisanie książki.

– Tak, doszły mnie słuchy.

Wysączyła resztę z pierwszego kieliszka i sięgnęła po drugi. Siedzenie na pomoście i popijanie szampana w towarzystwie gwiazdy światowego kina było zbyt przyjemne, żeby miała słuchać głosu rozsądku.

– Jeszcze nie postanowiłam, co zrobię. Ale pomyślałam, że skoro Helen już z panią rozmawiała… – Marie wzruszyła ramionami.

– Tak, przyszła do mnie wczoraj, a właściwie przybiegła – powiedziała Erika.

– Właśnie, podobno ma lekką obsesję na punkcie biegania. Nie rozmawiałyśmy ze sobą, ale widziałam ją w miasteczku. Biegała. Ledwo ją poznałam. Chuda jak chart. Nie rozumiem, co miałoby być dobrego w tym bieganiu i zażywaniu ruchu. Wystarczy unikać węglowodanów jak zarazy i człowiek zachowuje figurę.

Założyła jedną długą, kształtną nogę na drugą. Erika z zazdrością spojrzała na jej szczupłe ciało, ale myśl o tym, że miałaby się obchodzić bez węglowodanów, wydała jej się przerażająca.

– Utrzymywałyście kontakt? – spytała.

– Nie – odpowiedziała krótko Marie. Potem jej rysy zmiękły. – Już po wszystkim podjęłyśmy taką próbę, choć bez większego przekonania. Rodzice Helen uniemożliwiali nam to na wszelkie sposoby. Więc dałyśmy sobie spokój. Zresztą prościej było zapomnieć i zostawić to wszystko za sobą.

– Jak odbierałyście to, co się wtedy działo? Przesłuchania na policji? Reakcje prasy? Ludzi? Byłyście dziećmi. To musiało być dla was paraliżujące, prawda?

– Nie zdawałyśmy sobie sprawy z powagi sytuacji. Myślałyśmy, że to minie, a potem wszystko się ułoży i będzie jak zwykle.

– Jak mogłyście tak myśleć? Przecież zginęło dziecko.

Marie w pierwszej chwili nie odpowiedziała. Popijała szampana.

– Proszę pamiętać, że my też byłyśmy dziećmi – odparła w końcu. – Wydawało nam się, że jesteśmy we dwie przeciwko światu, że tkwimy w bańce, do której nikt inny nie ma dostępu. Jak pani postrzegała świat w wieku trzynastu lat? Jako czarno-biały? Czy dostrzegała pani jakieś odcienie?

Erika pokręciła głową.

– Ma pani rację. – Przypomniała sobie, jaka wtedy była. Naiwna, niedoświadczona. Wygłaszała komunały. Dopiero z czasem człowiek zaczyna rozumieć, jak skomplikowany jest świat.

– Spytałam ją, dlaczego się przyznałyście i dlaczego później zmieniłyście zeznania, ale chyba nie dostałam prawdziwej odpowiedzi.

– Ode mnie też pewnie pani nie dostanie – powiedziała Marie. – Są sprawy, o których nie chcemy i nie będziemy mówić.

– Dlaczego?

– Bo powinny zostać w przeszłości.

Zgasiła papierosa i zapaliła następnego.

– Ale do tej pory mówiła pani o różnych okolicznościach sprawy bardzo otwarcie. O swojej rodzinie i rodzinach zastępczych. Nie miałam poczucia, że coś pani ukrywa.

– Nie o wszystkim trzeba mówić – zauważyła Marie. – Może opowiem o tym w swojej książce, a może nie. Prawdopodobnie nie.

– Przynajmniej pani przyznaje, że nie mówi wszystkiego. Helen tego nie zrobiła.

– Jesteśmy bardzo różne. Zawsze tak było. Ona ma swoje koszmary, ja mam swoje.

– Utrzymuje pani kontakty z rodziną? Wiem, że pani rodzice nie żyją, chodzi mi o braci.

– O braci? – prychnęła, strząsając popiół z papierosa wprost na pomost. – Chcieli odnowić stosunki, kiedy moja kariera nabrała rozpędu i zaczęły o mnie pisać gazety. Ale szybko się z nimi rozprawiłam. Obaj zmarnowali sobie życie, każdy na swój sposób, więc nie czułam potrzeby, żeby się z nimi kontaktować. Już w dzieciństwie miałam z nimi krzyż pański i nie wydaje mi się, żeby potem stali się przyjemniejsi.

– Ale ma pani córkę.

Przytaknęła.

– Tak, Jessie ma piętnaście lat. Nastolatka w każdym calu. Niestety podobna raczej do ojca niż do mnie.

– Z tego, co czytałam w kolorowej prasie, nie jest obecny w pani życiu.

– Oj nie, to był tylko szybki numerek na jego biurku. Chciałam dostać rolę w filmie. – Marie zaśmiała się ochryple. Spojrzała na Erikę i mrugnęła okiem. – Owszem, dostałam tę rolę.

– Jessie zna pani przeszłość?

– Oczywiście, dzisiejsze dzieciaki mają dostęp do internetu, na pewno wygooglowała sobie wszystko, co o mnie napisali. W szkole koledzy chyba jej dokuczali z tego powodu.

– I jak to znosiła?

Marie wzruszyła ramionami.

– Nie mam pojęcia. W dzisiejszych czasach dzieciaki pewnie muszą sobie radzić z takimi rzeczami. Do pewnego stopnia sama jest sobie winna. Gdyby zadbała trochę o wygląd, na pewno byłoby jej łatwiej w szkole.

Erika zastanawiała się, czy rzeczywiście jest taka nieczuła. Ona walczyłaby jak lwica, gdyby ktoś był niedobry dla jej dzieci.

– A co pani sądzi o tym, co się ostatnio stało? O zabójstwie Linnei Berg? Wygląda to na zbyt dziwny zbieg okoliczności: wraca pani do Fjällbacki i wtedy ginie mała dziewczynka, a jej zwłoki zostają odnalezione w tym samym miejscu co zwłoki dziewczynki, o której śmierć wy zostałyście oskarżone.

– Nie jestem głupia, oczywiście zdaję sobie sprawę, że nie wygląda to dobrze. – Odwróciła się i skinieniem przywołała kelnerkę. Jej kieliszek był pusty. Spojrzała pytająco na Erikę, ale Erika pokręciła głową. W jej kieliszku był jeszcze szampan. – Mogę jedynie powtórzyć, że byłyśmy niewinne – dodała, patrząc na morze.

– Znalazłam ostatnio stary artykuł, w którym napisano, że tamtego dnia widziała pani kogoś w lesie – powiedziała Erika, pochylając się nad stolikiem.

Marie się uśmiechnęła.

– Tak, mówiłam to również policji.

– Ale nie od początku. Powiedziała pani to dopiero po tym, jak wycofałyście zeznania, prawda? – Erika czekała, aż Marie coś powie.

– *Touché* – odparła. – Przygotowała się pani.

– Wie pani, kto to mógł być?

– Nie. Gdybym wiedziała, powiedziałabym policji.

– A co policja mówi teraz? Jak pani myśli, czy podejrzewają, że jesteście zamieszane w zabójstwo Linnei Berg?

– Nie wiem, co myślą o Helen, ale mnie nie mogą podejrzewać, bo wiedzą, że mam alibi. A Helen na pewno nie jest w to zamieszana. Wtedy nie była, podobnie jak ja, teraz też nie jest. Gorzka prawda jest taka, że policja zlekceważyła trop, nie zajęła się człowiekiem, którego widziałam w lesie, a teraz pewnie ten sam człowiek znów zaatakował.

Erice przypomniał się wernisaż.

– Czy policjant, który trzydzieści lat temu prowadził dochodzenie, odzywał się później do pani? Leif Hermansson?

– Taaak... – Na czole Marie pojawiła się jedna jedyna zmarszczka. Czyżby botoks? – Teraz mi się przypomniało. Ale to było wiele lat temu. Pisał kilka razy do mojego agenta, prosił o kontakt. W końcu zdecydowałam się odpowiedzieć, ale kiedy zadzwoniłam, dowiedziałam się, że popełnił samobójstwo.

– Aha...

Jeśli Marie mówi prawdę, myślała Erika gorączkowo, Hermansson musiał się dowiedzieć czegoś, co rzuciło nowe światło na dawno zamknięte dochodzenie. Ale co to mogło być?

– Marie?! – zawołał wysoki mężczyzna, zapewne reżyser, i przywołał ją gestem.

– Pora wracać do pracy, przepraszam. – Marie wstała, dopiła szampana i uśmiechnęła się do Eriki.

– Porozmawiamy przy innej okazji. Będzie pani tak miła, żeby zapłacić rachunek?

Ruszyła w stronę ekipy. Wszyscy na nią patrzyli. Erika skinęła na kelnerkę i zapłaciła. Okazało się, że nie był to bynajmniej tani szampan, więc opróżniła kieliszek. Za drogie te bąbelki, żeby je marnować.

Rozmowa z Marie okazała się ważna. W nadchodzącym tygodniu chciała z nią przeprowadzić jeszcze jeden długi wywiad.

Postanowiła również jeszcze raz porozmawiać z Helen. Obie miały klucz do sprawy Stelli i bez nich nie mogła liczyć na to, że jej książka okaże się sukcesem.

Ale ta opowieść miała jeszcze jedną ważną bohaterkę: Sannę Lundgren. Przez całe życie cierpiała z powodu dramatu, który zniszczył jej rodzinę. Książki Eriki opowiadały nie tylko o morderstwach, ofiarach i sprawcach. Równie ważne były dla niej losy ich najbliższych, którzy często już nigdy nie potrafili się podnieść. Sanna mogłaby jej sporo opowiedzieć o Stelli, nawet jeśli jej wspomnienia się trochę zatarły, bo kiedy jej siostrzyczka została zamordowana, sama była dzieckiem. Erice zależało na tym, żeby najważniejsza postać – ofiara – mogła ożyć na kartach jej opowieści, żeby czytelnik mógł sobie uzmysłowić, że była człowiekiem z krwi i kości.

Musi jak najszybciej skontaktować się z Sanną.

Przeciskając się przez tłum gapiów, poczuła na ramieniu czyjąś dłoń. Kobieta przewiązana szerokim pasem z przegródkami na kosmetyki nachyliła się do niej. Jednocześnie czujnie zerkała na Marie.

– Słyszałam, jak Marie mówiła, że ma alibi na czas, kiedy zniknęła ta dziewczynka – szepnęła. – Że spędziła noc w hotelu, w pokoju Jörgena...

– Tak? – Erika czekała na ciąg dalszy.

– To nieprawda – wyszeptała kobieta, zapewne charakteryzatorka.

– Skąd pani wie? – szepnęła Erika.

– Bo to ja byłam wtedy u Jörgena.

Erika spojrzała na nią, a potem w zamyśleniu na kręcącą kolejną scenę Marie. Naprawdę świetna z niej aktorka.

Karim był oszołomiony lekami, którymi go faszerowali. Przeciwbólowymi. Uspokajającymi. Szum butli z tlenem działał usypiająco. Oczy same mu się zamykały. W chwilach przytomności z oczu zaczynały mu płynąć łzy. Wypytywał pielęgniarki o Aminę, prosił, żeby mu pozwolili ją zobaczyć, ale mówili, że musi zostać tam, gdzie jest. Odwiedziły go dzieci. Pamiętał ciepły dotyk ich policzków. Płakały, tuląc się do jego poduszki. Jutro zostaną wypisane, tak powiedział lekarz. Ale czy mógł komuś zaufać?

Policji? Innym mieszkańcom ośrodka dla uchodźców? Już nie wiedział, kto przyjaciel, a kto wróg.

Przyjechał do Szwecji z wielkimi nadziejami. Chciał pracować, dopilnować, żeby dzieci wyrosły na dobrych i dzielnych Szwedów. Takich, którzy działają na rzecz innych.

Wszystko przepadło. Amina leży w szpitalu w obcym kraju, otoczona obcymi ludźmi, którzy walczą o to, żeby ją uratować. Może umrze tysiące kilometrów od domu. W kraju, do którego ją przywiózł.

Podczas podróży była bardzo silna. Prowadziła jego i dzieci przez morza i lądy, przez cła i granice, jechali pociągiem dudniącym po torach i autobusami szumiącymi nocą na asfalcie. Kiedy dzieci nie mogły zasnąć, szeptali im razem do ucha, zapewniali, że będzie dobrze. Zawiódł dzieci. Zawiódł Aminę.

Dręczyły go niespokojne sny. Te o ludziach, których wydał, mieszały się z tymi, w których Aminie paliły się włosy. Pytała, dlaczego ściągnął na nich to nieszczęście, po co zaciągnął ją i dzieci do tego zapomnianego przez Boga kraju, w którym nikt nie chce patrzeć im w oczy, powitać ich i podać im ręki, za to ktoś chciał ich spalić.

Poddał się działaniu leków i znów zapadł w sen. Dotarł do kresu drogi.

– To tutaj – powiedział Gösta, wskazując zjazd.

Byli w połowie drogi do Hamburgsund. Kiedy zjechali z asfaltu, droga zrobiła się wąska i kręta.

– Mieszka w środku lasu? W tym wieku? – zdziwił się Patrik, omijając kota, który przebiegł im przez drogę.

– Kiedy do niego zadzwoniłem, powiedział, że chwilowo mieszka u dziadka. Ale ja znam Sixtena. Ostatnio zniedołężniał i słyszałem we wsi, że wnuk się do niego wprowadził, żeby się nim zaopiekować. Nie wiedziałem, że ten wnuk to Johannes Klingsby.

– Nieczęsto się zdarza, żeby wnuk opiekował się dziadkiem – zauważył Patrik, przyśpieszając.

– Jesteśmy na miejscu – powiedział Gösta, trzymając się kurczowo uchwytu. – Boże, te wyprawy z tobą za kierownicą skróciły mi życie o ładnych kilka lat.

Patrik uśmiechał się, wjeżdżając do niedużego zadbanego gospodarstwa. Przed domem stało kilka różnych pojazdów.

– Ktoś tu lubi wszelkie zabawki mające silnik – powiedział, przyglądając się uważnie łodzi, samochodowi, skuterowi wodnemu i koparce.

– Przestań się tak zachwycać, wchodzimy – odparł Gösta i trzepnął go w ramię.

Patrik oderwał wzrok od maszyn, wszedł na schodki i zapukał. Otworzył Johannes.

– Proszę bardzo, już nastawiłem kawę – powitał ich, wpuszczając do środka.

Patrik pamiętał go z poprzedniego spotkania. Tym razem okoliczności były trochę przyjemniejsze, chociaż sprawa pozostała poważna.

– Dziadku, już są! – zawołał Johannes. Usłyszeli dobiegające z góry mamrotanie. – Zaczekaj, pomogę ci zejść, nie powinieneś schodzić sam.

– Zawracanie głowy – odezwał się głos z góry, ale Johannes już wbiegł po schodach.

Po chwili wrócił. Mocno podtrzymywał pochylonego starca w wytartym swetrze.

– Starość to paskudna rzecz – powiedział, podając im rękę na powitanie. – A ciebie to ja znam – zwrócił się do Gösty, mrużąc oczy.

– Tak jest, znamy się – odparł Gösta z uśmiechem. – Widzę, że masz dobrego pomocnika.

– Nie wiem, co bym bez niego zrobił. Początkowo nie chciałem. Przecież taki młody człowiek nie powinien siedzieć ze starym dziadem, ale on się nie poddał. Dobry chłopak z mojego Johannesa, chociaż sam nie doświadczył w życiu zbyt wiele dobroci.

Poklepał wnuka po policzku. Johannes z zażenowaniem wzruszył ramionami.

– Daj spokój, przecież to zupełnie zrozumiałe – powiedział, prowadząc ich do kuchni.

Usiedli w niedużej przyjemnej wiejskiej kuchni, podobnej do wielu innych, w których Patrik bywał. Zadbanej i wysprzątanej, chociaż mocno przedwczorajszej. Na podłodze linoleum, szafki z lat pięćdziesiątych i kafelki w kolorze ostrej żółci. Na ścianie tykał przyjemnie duży zegar ze złotym ornamentem, a na stole leżała czysta cerata w maliny.

– Nie bójcie się, nie podam wam gotowanej kawy* – powiedział z uśmiechem Johannes. – Imbryk do kawy wyrzuciłem zaraz po przyjeździe. Teraz mamy prawdziwą maszynkę do parzenia kawy. Dziadku, chyba przyznasz, że kawa jest teraz smaczniejsza?

Sixten coś mruknął, ale potem przytaknął.

– Czasem trzeba się poddać nowoczesności.

– Proszę, może kawałek ciasta, częstujcie się – zachęcił Johannes, nalewając kawy.

Potem usiadł i spojrzał na nich z powagą.

– Interesuje was film, który nakręciłem? – spytał.

– Tak. Podobno filmował pan tuż przed wyjściem do lasu. I bardzo nas to ciekawi – odparł Patrik.

– Nie wiedziałem, że nie wolno. Po prostu podobało mi się, że przyszło tylu chętnych do pomocy. Chciałem pokazać, że ludzie naprawdę potrafią być dobrzy – stwierdził Johannes. – Przestałem filmować, kiedy Gösta powiedział, że nie wolno, i nie wrzuciłem tego ani na Facebooka, ani na nic takiego, słowo.

– Nie ma sprawy – uspokoił go Gösta. – Twój film może nam nawet pomóc w dochodzeniu. Chcielibyśmy go zobaczyć. Masz go w telefonie?

– Tak, ale przegrałem też na pendrive'a. Jeśli musicie zabrać telefon, to wam oczywiście dam, chociaż wolałbym nie. Jest mi potrzebny w pracy i... – zaczerwienił się – żeby moja narzeczona mogła się do mnie dodzwonić.

– Poznał bardzo miłą dziewczynę – wtrącił Sixten, mrugając porozumiewawczo. – W Tajlandii. Jest przepiękna, ma czarne włosy i czarne oczy. Mówiłem ci przecież, że prędzej czy później kogoś poznasz, prawda?

– Tak jest, mówiłeś – przyznał coraz bardziej zawstydzony Johannes. – Cały film jest na pendrivie, więc może to wystarczy?

– Wystarczy – uspokoił go Patrik.

---

* Od początku XIX wieku na szwedzkiej wsi piło się gotowaną kawę. Ten zwyczaj utrzymywał się bardzo długo, a od kilku lat powraca.

– A możemy obejrzeć od razu? – spytał Gösta, wskazując na leżący na stole telefon.

Johannes kiwnął głową, wziął komórkę i zaczął przeglądać nagrania.

– Jest, proszę bardzo.

Położył telefon między Göstą a Patrikiem. Oglądali w wielkim skupieniu. Wrażenie było niesamowite, bo teraz znali zakończenie. Kiedy Johannes kręcił ten film, była jeszcze nadzieja. Widać ją było na twarzach ludzi, w ich gestach, kiedy tworzyli grupy i ruszali do lasu. Patrik zobaczył samego siebie: szedł z zaciętą miną. I Göstę rozmawiającego z Evą Berg. Obejmował ją ramieniem.

– Dobra kamerka – zauważył Patrik.

Johannes przytaknął.

– Tak, najnowszy model Samsunga. Funkcja wideo jest naprawdę dobrej jakości.

– Hmm…

Gösta mrużył oczy i wpatrywał się w wyświetlacz. Kamera płynnie zatoczyła koło po podwórku, pokazała stodołę, znów podwórko i dom Bergów.

– O, tam! – powiedział Gösta, pokazując coś palcem.

Patrik wcisnął stop. Musiał kawałek cofnąć, bo minęli sekwencję, na którą zwrócił uwagę Gösta. W końcu mu się udało i obaj pochylili się nad wyświetlaczem.

– O – powtórzył Gösta i wskazał palcem.

Teraz Patrik również to zobaczył. Rzuciło to na sprawę zupełnie nowe światło.

Sprawa Stelli

Życie bez Kate wydawało się Leifowi strasznie puste. Chodził w kółko po domu i nie wiedział, co ze sobą zrobić. Przez długie lata był w ciężkiej żałobie, bo czas nie złagodził jego tęsknoty. Przeciwnie, samotność jeszcze ją pogłębiła. Dzieci oczywiście przychodziły, wychowali je na dobrych ludzi. Viola była u niego niemal codziennie. Miały jednak własne rodziny, pracę i swoje życie, w którym nie powinno być miejsca dla starego człowieka w żałobie. Więc udawał przed nimi. Mówił, że wszystko jest w porządku, że chodzi na spacery, słucha radia i rozwiązuje krzyżówki. Owszem, robił to, ale skręcało go z tęsknoty za żoną.

Brakowało mu pracy. Można by pomyśleć, że nigdy nie pracował, nie sprawował żadnej funkcji.

Miał za to czas na rozmyślania. O sprawach wielkich i małych. O ludziach i zbrodniach, o tym, co zostało powiedziane. I o tym, co nie zostało.

Przede wszystkim jednak myślał o sprawie Stelli. Dziwne, bo przedtem był taki pewny swego. Ale Kate zasiała w nim wątpliwości. Ją ta sprawa zawsze zastanawiała, a pod koniec życia wręcz gryzła. Jak jego teraz.

Nocą, kiedy sen nie przychodził, rozmyślał nad każdym słowem, które wtedy padło. Nad każdym zeznaniem. Każdym szczegółem. I im dłużej myślał, tym wyraźniej coś mu przeszkadzało. Coś przeoczył, ale dla dobra rodziny Stelli chciał tę sprawę doprowadzić do końca, więc dał sobie z tym spokój.

Nie potrafił jednak zamknąć oczu na swój błąd, chociaż jeszcze nie wiedział, gdzie i kiedy go popełnił. Niemniej wiedział, że był to straszny błąd, bo morderca Stelli pozostał na wolności.

– RITO, KOCHANIE?

Mellberg zapukał jeszcze raz, piąty z rzędu. W odpowiedzi usłyszał jedynie długie wiązanki hiszpańskich przekleństw. A przynajmniej tak mu się wydawało, bo nie znał hiszpańskiego zbyt dobrze. Sądząc po jej tonie, na pewno nie były to miłosne wyznania.

– Serce moje? Kochanie? Moja cudowna Rito? – starał się, żeby jego głos brzmiał jak najłagodniej. Znów zapukał. Westchnął. Że też przepraszanie musi być takie trudne. – Kochanie, mógłbym wejść? Przecież prędzej czy później będziemy musieli porozmawiać. Pomyśl o Leo, będzie tęsknił za swoim dziadzią.

Ze środka doszły jakieś pomruki, ale już bez wiązanek. Więc jednak wybrał właściwą strategię.

– Nie moglibyśmy porozmawiać? Tęsknię za tobą. Za wami.

Wstrzymał oddech. Cisza. A potem usłyszał zgrzyt zamka. Z ulgą podniósł torbę i ostrożnie wszedł, przygotowany na to, że może dostać czymś ciężkim. Rita miała taki temperament, że czasem latały w powietrzu różne przedmioty. Tym razem tylko skrzyżowała ręce i patrzyła na niego ze złością.

– Przepraszam, postąpiłem pochopnie i głupio – powiedział i nie bez satysfakcji stwierdził, że Rita z wrażenia aż otworzyła usta.

Chyba po raz pierwszy usłyszała od niego przeprosiny.

– Wiem, co się stało – odparła Rita, nadal twardym tonem. – A czy ty wiesz, że mogłeś się przyczynić do tego pożaru?

– No tak, wiem, strasznie mi przykro.

– A wyciągnąłeś z tego jakieś wnioski? – spytała, wpatrując się w niego.

Kiwnął głową.

– Całe mnóstwo. Jestem gotów zrobić wszystko, żeby to naprawić.

– Dobrze! To zacznij od spakowania rzeczy, które wyciągnęłam z szaf w sypialni.

– Spakowania? Myślałem, że...

Przeraził się. Pewnie było to po nim widać, bo szybko dodała:

– Zrobiłam selekcję twoich ubrań. Swoich też. Niepotrzebne oddamy uchodźcom zakwaterowanym w wiejskim domu kultury. Możesz spakować to, co leży na łóżku, a potem razem im to zawieziemy. Słyszałam, że Bill zorganizował fantastyczną akcję pomocy dla pogorzelców.

– Co wybrałaś? – zaniepokoił się, ale natychmiast umilkł.

Nawet on potrafi się domyślić, że w tej sytuacji nie ma miejsca na sprzeciw. A jeśli się okaże, że wybrała któryś z jego ulubionych ciuchów, zawsze może go dyskretnie włożyć z powrotem do szafy.

Rita jakby słyszała jego myśli.

– A jeśli włożysz z powrotem chociaż jedną rzecz, którą wyjęłam, to możesz szukać innego noclegu! Na dzisiejszą noc i wszystkie następne...

Cholera. Zawsze wyprzedza go o krok. Poszedł do sypialni. Sterta jego ciuchów była niepokojąco duża. A na samym wierzchu leżał jego ulubiony sweter. Owszem, gotów był przyznać, że czasy jego świetności minęły, ale nosiło mu się go tak dobrze... jedna dziurka tu czy tam... od tego jeszcze nikt nie umarł. Wziął go do ręki i obejrzał się ostrożnie. Może Rita nie zauważy...

– Tutaj!

Stała za nim z workiem na śmieci w ręku. Z westchnieniem włożył sweter, a potem resztę, do worka. Jej ubrań było o połowę mniej, ale wiedział, że teraz lepiej nie poruszać tego tematu. Napełnili dwa worki. Zawiązał je i wystawił do przedpokoju.

– Jedziemy – powiedziała Rita, wychodząc z kuchni z dwiema torbami wyładowanymi jedzeniem.

Wyszła pierwsza, a kiedy zamykał drzwi kluczem, oznajmiła krótko:

– A od jutra będziemy mieli gości.

– Gości? – zdziwił się. Kto by to mógł być?

Gościnność Rity czasem przekraczała wszelkie granice.

– Dzieci Karima będą u nas mieszkać, dopóki nie wypiszą go ze szpitala. Przynajmniej tyle możemy zrobić, zważywszy na to, jak narozrabiałeś.

Mellberg już otworzył usta, żeby coś powiedzieć, ale w końcu je zamknął i wziął worki. Lepiej nie otwierać zbyt wielu frontów.

– Cześć, Bill, jaki ruch, jakie tłumy! – powiedziała Paula, rozglądając się po domu kultury.

Z każdą godziną przybywało ludzi. Szwedzi i uchodźcy stali i rozmawiali ze sobą, rozlegały się wesołe śmiechy.

– No, widziałaś coś podobnego! – odparł Bill. – Co za hojność! Jakie zaangażowanie! Kto by przypuszczał!

– Wygląda na to, że z tego może jeszcze wyniknąć coś dobrego – zauważyła Paula.

– Masz rację. – Bill kiwnął głową. – Cały czas myślimy o tych, którzy są w szpitalu.

Przygryzł wargę. Podeszła do niego żona, Gun. Wzięła go pod rękę.

– Macie coś nowego? – spytała.

Paula pokręciła głową.

– Ostatnio mówili, że dzieci zostaną do jutra na obserwacji. Karim musi być w szpitalu jeszcze kilka dni, oparzenia rąk są poważne. A co do Aminy… nie wiadomo, jak to się skończy.

Gun mocniej ścisnęła męża za ramię.

– Gdybyśmy mogli coś zrobić…

– Boże, robicie więcej, niżby się można spodziewać – zauważył Martin, rozglądając się po sali.

– Powiedziałam Karimowi, że dzieci mogą zamieszkać u mnie – powiedziała Paula.

– To ładnie z waszej strony, ale w razie czego my też możemy je wziąć.

– Nie trzeba. Leo się ucieszy, że będzie miał się z kim bawić, a moja mama pomoże nam zaopiekować się nimi, kiedy będę w pracy.

Martin chrząknął.

– Musimy popytać sąsiadów Karima i Aminy. Może coś słyszeli albo zauważyli. Nie wiesz, którzy… – Rozejrzał się.

– Jasne – powiedział Bill. – Ja już zacząłem się orientować, kto jest kim. Ta para, którą tam widzisz, mieszkała najbliżej Karima i Aminy. Zacznij od nich. Powiedzą ci, z kim jeszcze warto porozmawiać.

– Dziękuję – odparła Paula.

Przepchnęli się z Martinem przez tłum do pary, którą wskazał im Bill. Niestety podobnie jak inni sąsiedzi Karima nic nie słyszeli. Spali. Obudziły ich krzyki i dym, a kiedy wybiegli, panował już kompletny chaos.

Paula była zawiedziona. Przysiadła na chwilę w kącie. Czy kiedykolwiek im się uda ująć podpalaczy? Martin usiadł obok i zaczął coś mówić, gdy nagle urwał w pół słowa. Paula powędrowała za jego spojrzeniem i uśmiechnęła się.

– Czy to jest… – spytała, trącając go lekko.

Martin kiwnął głową. Nie musiał nic mówić. Rumieniec na policzkach mówił wszystko za niego. Paula uśmiechnęła się jeszcze szerzej.

– No ładna!

– Przestań – powiedział, czerwieniąc się coraz bardziej.

– Kiedy idziecie na tę kolację?

– W sobotę – odparł, nie odrywając wzroku od kobiety z dzieckiem.

– Jak ma na imię? – spytała Paula, przyglądając się jej.

Sprawiała sympatyczne wrażenie. Miała miłe spojrzenie, chociaż była wyraźnie zestresowana, jak to mama małego dziecka. Paula pomyślała, że widzi takie samo, kiedy patrzy w lustro.

– Mette – odpowiedział Martin. Zaczerwienił się tak bardzo, że kolor jego twarzy nie różnił się od koloru włosów.

– Martin i Mette. Fajnie brzmi – zauważyła Paula.

– Daj spokój – poprosił i wstał. Mette spojrzała w ich stronę.

– Kiwnij na nią, niech podejdzie.

– Nie, nie – odparł nerwowo, ale Mette już szła do nich z synkiem na rękach.

– Hej! – zawołała wesoło.

– Cześć! – odpowiedziała Paula, podając jej rękę na powitanie.

– Straszna historia – powiedziała Mette. – Ten, kto zrobił coś takiego innym ludziom, musi być strasznie złym człowiekiem. W dodatku były tam dzieci.

– Ja też nie mogę się nadziwić, że ludzie są zdolni do takich rzeczy – odparła Paula.

– Wiadomo, kto to zrobił? – Mette spojrzała na Martina, a on od razu się zaczerwienił.

– Jeszcze nie. Pytaliśmy ludzi, ale niestety nikt nic nie widział.

– Czyli przybędzie kolejna pozycja na liście podpalonych ośrodków dla uchodźców – podsumowała Mette.

Nie odpowiedzieli. Obawiali się, że ma rację. W tym momencie nie mieli żadnego punktu zaczepienia. Ośrodki dla uchodźców płonęły w całej Szwecji, sprawcy najczęściej pozostawali nieznani. Istniało ryzyko, że tym razem też tak będzie.

– Chcieliśmy oddać część zabawek Jona – powiedziała Mette, całując synka w policzek. – Musimy już iść, ale widzimy się jutro, prawda?

– Oczywiście – odparł Martin. Rumieniec spłynął mu aż na szyję.

Pomachał Mette i Jonowi. Przepychali się przez tłum do drzwi. Paula też im pomachała.

– Zaakceptowana! – oznajmiła z szerokim uśmiechem, a Martin westchnął.

Po chwili to on miał okazję się pośmiać.

– Zobacz! Bertil chyba dostał rozgrzeszenie…

Paula spojrzała na drzwi i aż przewróciła oczami: zobaczyła swoją matkę i Mellberga. Nieśli dwie torby i dwa worki.

– Myślałam, że przynajmniej przez tydzień będzie musiał chodzić ze spuszczoną głową – westchnęła. – Mama jest za dobra… Ale cóż… on właściwie nie chciał zrobić nic złego.

Martin się zaśmiał.

– Zastanawiam się, kto tu jest za dobry.

Nie odpowiedziała.

Sam zignorował pięć SMS-ów od Jessie, ale potem już nie mógł tego robić. Nawet się na nią nie gniewał. Rozumiał ją. Gdyby nie znał tak dobrze Vendeli i tamtych, pewnie zrobiłby to samo. Martwił się tylko, że coś knują i że ją skrzywdzą.

Przez kilka minut trzymał komórkę w ręku. W końcu odpisał: Spotkajmy się w lesie za moim domem. Przy wielkim dębie. Na pewno trafisz.

Wysłał SMS-a i zszedł na dół. James siedział przy biurku i wpatrywał się w ekran komputera. Podniósł wzrok i spojrzał na niego. Między jego brwiami pokazała się zmarszczka, jak zawsze, gdy patrzył na syna.

– Czego chcesz? – spytał.

Sam wzruszył ramionami.

– Poćwiczyć strzelanie. Mogę pożyczyć colta?

– Jasne – odparł James i podszedł do szafy na broń. – Myślałem, że po południu razem poćwiczymy.

– Spotykam się z Jessie.

– Będziesz strzelał ze swoją dziewczyną?

James stał, zasłaniając szafę. Sam słyszał tylko, jak wybiera cyfry. Potem rozległo się piśnięcie i zamek puścił.

– Ona jest inna – odparł Sam.

– Okej. – James się odwrócił i podał mu pistolet. – Znasz zasady. Oddajesz w takim samym stanie, w jakim dostałeś.

Sam skinął głową.

Wsunął pistolet za pas i wyszedł. Spojrzenie Jamesa paliło go w kark.

Przeszedł obok kuchni. Mama jak zwykle coś robiła, stojąc przy blacie.

– Dokąd idziesz? – spytała drżącym falsetem.

– Poćwiczyć strzelanie – odparł, nie patrząc na nią.

Mijali się tylko, bali się ze sobą rozmawiać, żeby nie powiedzieć o słowo za dużo. Mama wspomniała, że Erika Falck chciałaby się z nim spotkać, ale on jeszcze nie zdecydował, co zrobi. Co zechce powiedzieć. Co będzie mógł powiedzieć.

Za domem pachniało świeżo skoszoną trawą. Poprzedniego dnia skosił trawnik. James kazał mu kosić trzy razy w tygodniu.

Spojrzał w prawo, w stronę stodoły Bergów. Nie przepadał za małymi dziećmi. Większość była niesforna i zasmarkana, ale Nea była inna, była jak promyk słońca. Zrobiło mu się przykro, odwrócił wzrok. Nie chciał o tym myśleć.

Wszedł do lasu i natychmiast się odprężył. Wreszcie spokój. Nikt nie zwraca uwagi na to, jak wygląda, jak mówi. W lesie po prostu może być sobą.

Zamknął oczy, zadarł głowę i odetchnął. Wciągnął w nozdrza zapach liści i igliwia, słuchał śpiewu ptaków i szmerów drobnych zwierzątek. Czasem wydawało mu się, że słyszy nawet uderzenia skrzydeł motyla i żuka wspinającego się po drzewie. Zamknął oczy i zaczął się powoli kręcić.

– Co ty robisz?

Drgnął, o mało nie stracił równowagi.

– Nic – odparł.

Jessie się uśmiechnęła. Poczuł, jak ciepło rozchodzi mu się w piersi.

– Wyglądało to rozkosznie – powiedziała, zamykając oczy.

Odchyliła głowę do tyłu i też zaczęła się powoli kręcić. Zachichotała, potknęła się, ale podbiegł i ją złapał.

Wtulił twarz w jej włosy, objął ją i poczuł jej miękkie ciało. Pragnął, żeby widziała siebie taką, jaką on ją widział. Niczego by w niej nie zmienił, nawet gdyby mógł. W środku była tak samo poszarpana jak on. Żadne słowa tego nie naprawią.

Spojrzała na niego swoimi poważnymi, pięknymi oczami.

– Gniewasz się? – spytała.

Odgarnął kosmyk włosów, który opadł jej na twarz.

– Nie – odparł szczerze. – Tylko nie chciałbym, żebyś się rozczarowała. Albo żeby cię zranili.

– Wiem – przyznała, przytulając się do niego. – Wiem, że znasz Vendelę z całkiem innej strony niż ja, ale naprawdę była dla mnie bardzo miła, kiedy u niej byłyśmy. Nie potrafiłaby aż tak udawać.

Mruknął coś w odpowiedzi i zorientował się, że zaciska pięści. Doskonale wiedział, jaka jest Vendela. I Nils, i Basse. Widział, z jaką przyjemnością go dręczyli.

– Jestem zaproszona jutro na imprezę do Bassego – powiedziała Jessie. – Ty też.

Oczy jej błyszczały. Miał ochotę krzyknąć, żeby nie szła, ale nic nie powiedział. Za często decydowali za nią inni.

– Tylko bądź ostrożna – powiedział, głaszcząc ją po policzku.

– Nie ma obaw, ale jeśli się o mnie martwisz, to może jednak pójdziesz?

Pokręcił głową. W życiu nie postawi nogi w domu Bassego.

– Nie chcę ich widzieć, ale ty idź, jak chcesz. Nigdy bym ci niczego nie zabronił, wiesz przecież, prawda?

Chwycił jej twarz w dłonie i delikatnie pocałował w usta.

Jak zwykle aż mu zaparło dech.

– Chodź! – Chwycił ją za rękę i pociągnął za sobą.

– Dokąd?

– Nauczę cię czegoś.

Zatrzymał się i pokazał jej tarczę przytwierdzoną do rosnącego kawałek dalej drzewa.

– Będziesz strzelał? – spytała z błyskiem w oku. Jeszcze jej takiej nie widział.

– Ty też będziesz – odparł.

Kiedy wyjmował pistolet zza pasa, Jessie nie odrywała od niego wzroku.

– I rodzice ci na to pozwalają?

Sam prychnął.

– Ojciec mnie nawet zachęca. Tylko to mu się we mnie podoba.

– A dobrze strzelasz?

– Bardzo dobrze.

Mówił prawdę. Jakby jego ciało samo wiedziało, co zrobić, żeby pocisk trafił dokładnie tam, gdzie trzeba.

– Najpierw ci pokażę, a potem pomogę, okej?

Kiwnęła głową i się uśmiechnęła.

Uwielbiał się przeglądać w jej oczach. Stawał się wtedy lepszym człowiekiem. Kimś, kogo ojciec w ogóle w nim nie widział.

– Stajesz w ten sposób. Mocno. Jesteś praworęczna?

Przytaknęła.

– To tak jak ja. Chwyć pistolet prawą ręką, tak. Potem odciągnij. Już, pocisk jest na swoim miejscu.

Kiwnęła głową. Miała błysk w oczach.

– Jest gotowy do strzału. Trzymaj rękę równo. Cel powinno być widać w celowniku. Jeśli ręka ci nie zadrży, trafisz.

Przyjął pozycję, na chwilę zamknął oczy, a potem wycelował i nacisnął spust. Jessie podskoczyła i krzyknęła. Zaśmiał się.

– Przestraszyłaś się?

Kiwnęła głową, ale uśmiechała się szeroko. Kiwnął, żeby podeszła i stanęła obok niego.

– Teraz twoja kolej.

Podał jej pistolet, stanął za nią i objął ją.

– Trzymaj w ten sposób.

Ułożył jej palce na kolbie i przesunął nogi, żeby stanęła we właściwej pozycji.

– Teraz stoisz i trzymasz tak, jak trzeba. Widzisz cel? Wycelowałaś w środek tarczy?

– Tak jest.

– Dobrze. Ja się cofam, a ty ostrożnie naciskasz spust. Nie naciskaj mocno ani gwałtownie, tylko miękko, jakbyś go pieściła.

Jessie oddychała równo, spokojnie.

Sam spiął się, czekał na strzał.

Trafiła w tarczę i z radości zaczęła podskakiwać.

– Uważaj, nie wolno skakać z naładowaną bronią! – krzyknął, ale widząc, jak się cieszy, też poczuł się lekki.

Odłożyła pistolet i się uśmiechnęła. Nigdy nie była tak ładna jak w tamtej chwili.

– Dobra byłaś – pochwalił ją.

Objął ją i przytulił mocno, jakby tylko ona trzymała go przy życiu. I chyba tak było.

– Kocham cię – wysapał.

Jessie milczała. Spojrzała na niego niepewnie, jakby nie wierzyła, że to do niej. A potem uśmiechnęła się tym swoim cudownym, ślicznym uśmiechem.

– Ja ciebie też, Sam.

– Cześć, Kristina – powiedziała Erika, chyba zbyt radośnie. To przez tych kilka kieliszków szampana. Musi się wziąć w garść. Wracając do domu, żuła gumę miętową. Chuchnęła sobie na dłoń i wydawało jej się, że w ogóle nie czuć od niej alkoholu.

– O, wypiło się parę kieliszków, co? – odparła Kristina, wychodząc do przedpokoju.

Erika westchnęła w duchu. Jej teściowa miała węch jak pies myśliwski. Powinni ją zatrudnić w policji.

– Ojej, wszystkich na wernisażu częstowali kieliszkiem szampana – powiedziała.

– Kieliszkiem... – prychnęła Kristina i wróciła do kuchni. Dochodził z niej wspaniały zapach. – Jak zwykle mieliście w domu tylko to okropne jedzenie z chemicznymi dodatkami i jeden Bóg wie jakimi truciznami. Dzieciom niedługo ogony wyrosną, jak będą na takiej diecie. Naprawdę nie zaszkodziłoby, gdyby od czasu do czasu zjadły coś domowego...

Erika przestała słuchać. Podeszła do piecyka. Lasagne. Cztery foremki. Będzie zapas w zamrażarce.

– Dziękuję – powiedziała i bez zastanowienia uściskała teściową.

Kristina spojrzała na nią ze zdumieniem.

– Na pewno nie jeden kieliszek… – Ściągnęła fartuch, odwiesiła na miejsce i poszła do przedpokoju, cały czas mówiąc: – Daj dzieciom, jak już się upiecze. Grzecznie się bawiły, jeśli nie liczyć drobnego incydentu z ciężarówką, ale wspólnie z Mają udało nam się zażegnać kryzys. Ona jest taka grzeczna i kochana, zupełnie jak Patrik w tym wieku. Nigdy nie było z nim żadnych kłopotów. Potrafił godzinami bawić się sam na podłodze… Muszę się śpieszyć. Tyle jest do załatwienia przed ślubem. Na Gunnara nie ma co liczyć, to znaczy on nawet chce, ale mu nie wychodzi, więc wolę sama. A przed chwilą dzwonili ze Stora Hotellet. Uparli się, żebym jutro przyszła wybrać porcelanę na stół. A ja, naiwna, myślałam, że mają tylko jeden serwis, ale najwyraźniej nie ma lekko i wszystko trzeba robić samemu. Mam tam być o dwunastej. Oby szybko poszło. Prosiłam, żeby mi przesłali na telefon zdjęcia swoich serwisów, ale okazuje się, że koniecznie muszę je zobaczyć na własne oczy. Zawału dostanę, zanim dojdzie do tego ślubu…

Westchnęła. Wkładała buty i stała tyłem do Eriki, więc nie widziała szerokiego uśmiechu na jej twarzy. Anna załatwiła wszystko jak trzeba.

Erika pożegnała teściową i poszła do dzieci, do salonu. Wyjątkowo wręcz schludnego i uporządkowanego. Poczuła się jednocześnie wdzięczna i zażenowana tym, że jej teściowa czuje się zmuszona u nich sprzątać. Z drugiej strony uważała, że są rzeczy ważniejsze od idealnego porządku. Owszem, miło jest mieszkać w wysprzątanym domu, ale stawiała to dopiero na trzecim miejscu – po pracy i byciu mamą. A oprócz tego chciała jeszcze mieć czas, żeby być żoną i po prostu Eriką. Właśnie dlatego, zamiast sprzątać, pozwalała sobie czasem obejrzeć odcinek *Dr Phila**. Dzięki temu, że godziła się na bałagan, nie groziło jej, że zderzy się ze ścianą.

---

* *Dr Phil* – talk-show prowadzony przez amerykańskiego psychologa Philipa Calvina McGrawa.

Zadzwonił minutnik. Poszła do kuchni, żeby wyjąć z piecyka lasagne. Zaburczało jej w brzuchu. Zawołała dzieci, nałożyła im i sobie po dużej cudownie pachnącej porcji. Bardzo przyjemnie gawędziło jej się z dziećmi. Miały mnóstwo przemyśleń i tysiące pytań. Dawno się nauczyła, że stwierdzenie b o   t a k   nie wystarczy za odpowiedź.

Po kolacji dzieci pobiegły się bawić, a ona posprzątała w kuchni i nastawiła kawę. Pięć minut później mogła wreszcie usiąść nad kalendarzykiem, który dostała od Violi. Zaczęła przewracać kartki. Tak jak mówiła Viola, zapełniało je mnóstwo notatek z zakrętasami i skrótami. Trudne do odczytania staroświeckie kaligraficzne pismo. Dość szybko zorientowała się, że Leif Hermansson notował prawie wszystko, co się wydarzyło danego dnia: opisywał, z kim się spotkał i jaka była pogoda. Miała dziwne wrażenie, że ma przed sobą życie obcego człowieka. Dni powszednie i święta, dzień za dniem, rzeczy ważne i drobne, wszystko zapisane niebieskim atramentem. Aż do ostatniej notatki. Sprawdziła datę. Dzień jego śmierci.

W zamyśleniu przesunęła dłonią po kartce. Ciekawe, co go skłoniło do tego, żeby właśnie tego dnia odebrać sobie życie. W kalendarzyku nie znalazła żadnej wskazówki. Zwykłe codzienne zapiski. Słońce, lekka bryza, spacer do Sälvik, zakupy. Uwagę zwracała tylko liczba jedenaście. O co mogło chodzić?

Zmarszczyła czoło. Cofnęła się o kilka kartek. Może znajdzie te same cyfry. Nie znalazła. Zwróciła uwagę również na inną notatkę, zrobioną tydzień wcześniej. Pięćdziesiąt pięć, a potem: godzina druga. Czyżby pięćdziesiąt pięć oznaczało kogoś, z kim miał się spotkać o drugiej? A jeśli tak, to kogo? Spotkali się wtedy?

Odłożyła kalendarzyk i spojrzała w okno. Słońce nabrało pomarańczowej barwy i zaczynało się zniżać nad horyzontem. Zaraz zapadnie wieczór, a kto wie, kiedy wróci Patrik. Wydawało jej się, że miała mu coś powiedzieć, ale zapomniała co. Wzruszyła ramionami. Widocznie nic ważnego.

Patrik stanął przed tablicą z długopisem w ręku i rozejrzał się po salce.

– Mamy za sobą kilka długich, pracowitych dni – powiedział. – Ale zważywszy na to, co się dzieje, chciałbym, żebyśmy wspólnie dokonali bilansu i rozdzielili zadania na jutro.

Paula podniosła rękę.

– Może mogliby przyjść nam z odsieczą koledzy z Uddevalli? Albo z Göteborga?

Patrik pokręcił głową.

– Już próbowałem. Braki kadrowe. Niestety musimy sobie radzić sami.

– Okej – odparła Paula z rezygnacją.

Rozumiał ją. Miała jeszcze młodsze dzieci niż on, a czasu dla rodziny coraz mniej.

– Udało wam się czegoś dowiedzieć w wiejskim domu kultury? – spytał. Nie rozumiał, dlaczego Paula uśmiechnęła się szeroko do Martina.

– Nie – odparł Martin, nie patrząc na nią. – Nikt nic nie widział. Wszyscy spali, obudziły ich krzyki.

– Okej, dzięki. Gösta, opowiesz, co dziś ustaliłeś?

– Jasne – odparł Gösta nie bez dumy.

Miał powód. Patrik potrafił docenić solidną robotę.

– Nie podobał mi się ten anonimowy donos o majteczkach, które później zostały znalezione u Karima.

Mówiąc to, nie patrzył na Mellberga. Mellberg wpatrywał się w sęk w blacie stołu.

– Wiedziałem, że widziałem coś ważnego... ale nie ma się już dwudziestu lat... – Uśmiechnął się krzywo.

Patrik zauważył, że wszyscy słuchają go w napięciu. Na pewno się domyślali, że coś się dzieje, kiedy wrócili z Göstą do komisariatu, ale woleli zaczekać, żeby opowiedzieć wszystkim naraz.

– Chodzi o to, że według Evy Berg Nea prawdopodobnie miała na sobie majteczki z obrazkiem z filmu Disneya *Kraina lodu*. W paczce było pięć sztuk, każda w innym kolorze. Majteczki znalezione u Karima były niebieskie, i właśnie to mnie zastanawiało. W końcu przyszedł mi do głowy pewien pomysł, chociaż nie wiedziałem, jak to udowodnić...

– Boże, przejdź w końcu do rzeczy – mruknął Mellberg.

Spojrzeli na niego gniewnie.

– Pamiętałem, że facet z grupy, która znalazła ciało Nei, przed wyjściem do lasu filmował telefonem. Pojechaliśmy do niego z Patrikiem i dał nam kopię nagrania. Patriku, pokażesz?

Patrik włączył odtwarzanie w ustawionym na stole komputerze.

– Czego mamy wypatrywać? – spytał Martin.

– Najpierw obejrzyjcie całość, a jeśli nic nie zobaczycie, puszczę jeszcze raz.

Wpatrywali się uważnie w ekran. Kamera zatoczyła koło po obejściu, pokazując dom, wysypane żwirem podwórko, stodołę, ludzi.

– Pranie na suszarce. Widzicie?

Nachylili się jeszcze niżej.

– Niebieskie majteczki! – wykrzyknęła Paula. – Przecież wiszą na suszarce!

– Właśnie! – odparł Gösta, splatając palce na karku. – Nea nie mogła ich mieć na sobie w chwili zaginięcia, bo kiedy jej szukaliśmy, wisiały jeszcze na suszarce.

– Innymi słowy ktoś je stamtąd ukradł i podrzucił do domu Karima. A potem zadzwonił do Mellberga.

– Tak. Ktoś próbował zwalić winę na Karima, ale obstawiałbym – powiedział Patrik – że celem nie był akurat Karim, tylko w ogóle ktoś z mieszkańców ośrodka dla uchodźców.

Paula westchnęła.

– Ludzie ciągle mówili, że to na pewno ktoś stamtąd.

– I ktoś postanowił wziąć sprawy w swoje ręce – dodał Patrik. – Należy zatem przyjąć, że mamy do czynienia z motywem rasistowskim. A jeśli tak, to musimy sobie zadać pytanie, czy ten sam człowiek podpalił ośrodek.

– W całym kraju dochodzi do pożarów w ośrodkach dla uchodźców – przypomniał Gösta. – Sprawcy uważają, że stoją ponad prawem.

– Nie dziwi mnie to, zważywszy na to, ilu ludzi głosowało w ostatnich wyborach na Przyjaciół Szwecji – powiedział Patrik, kręcąc głową.

W Szwecji, a właściwie w całej Europie, zapanował ciężki klimat. Nawet dla imigrantów w drugim pokoleniu, takich jak Paula. Ale dotychczas Patrik nie sądził, że nienawiść dotrze aż do nich.

– Proponuję rozdzielić te sprawy. Nie wierzę, że podpalenie ośrodka miało cokolwiek wspólnego z zabójstwem Nei. Zresztą i tak straciliśmy sporo czasu.

– To wcale nie było takie oczywiste – mruknął Mellberg, ale znów umilkł. Zdał sobie sprawę, że jeszcze nie powinien się wychylać.

– Paulo, chciałbym, żebyś pociągnęła dochodzenie w sprawie pożaru. Martin ci pomoże. Chodzi nie tylko o okoliczności, ale również o to, kiedy majteczki mogły zostać podrzucone do domu Karima. Czy ktoś widział w ośrodku obcych i tak dalej.

– Trudno będzie określić, kiedy mogło stać się to, o co mam pytać – powiedziała Paula.

Patrik chwilę się zastanawiał.

– Niedługo przed anonimowym telefonem, czyli przed porą lunchu w czwartek – uściślił. – To tylko przypuszczenie, ale zacznij od tego i cofaj się w czasie. Gösta już rozmawiał z Bergami. Nie mają pojęcia, kiedy majteczki mogły zniknąć z suszarki, więc wiadomo tylko, że były tam, kiedy ruszały poszukiwania. A potem można je było w każdym momencie ściągnąć.

– Pytałeś Bergów, czy widzieli w obejściu kogoś obcego? – zwróciła się Paula do Gösty.

– Nie widzieli. Łatwo się tam zakraść od strony lasu i buchnąć coś z suszarki, bo stoi lekko na skos od domu. W dodatku po tej stronie nie ma okien.

– Okej. – Paula notowała. – Trzeba też zasięgnąć języka u naszych informatorów wśród prawicowych ekstremistów. Ale zważywszy na moje pochodzenie, chyba nie ja powinnam to zrobić. Martinie, możesz to wziąć na siebie?

– Oczywiście – odparł.

Patrik miał nadzieję, że Martin nie ma do niego żalu, że odpowiedzialność za tę sprawę powierzył Pauli, a nie jemu. Miał nadzieję, że jest mądry i wie, że jego czas jeszcze nadejdzie.

– Okej. Wy pilnujecie sprawy podpalenia i podrzucenia majteczek. Kontaktujcie się ze szpitalem i informujcie mnie na bieżąco. Paulo, co z dziećmi? Jest zgoda, żebyś je wzięła do siebie?

– Tak, w domu też dostałam zielone światło.

Mellberg się rozpromienił.

– Leo już się cieszy, że będzie miał się z kim bawić.

– To dobrze – powiedział Patrik. Nie chciał myśleć za wiele o rodzinie Karima, bo w tej chwili i tak nie mógł zrobić dla nich nic poza schwytaniem sprawcy ich nieszczęścia.

– Teraz sprawa zabójstwa Nei. To niedobrze, że nie mogliśmy do końca przeszukać gospodarstwa Bergów. Rozmawiałem z Torbjörnem. Jutro po południu mógłby zebrać ekipę i dokończyć. Teren został odgrodzony taśmą. Miejmy nadzieję, że nikt tam nie buszował.

– Cóż, nie ma rady... – powiedział Gösta.

Patrik miał świadomość, jakie to dla niego przykre, że znów muszą dokonać inwazji na posesję Bergów.

– A co z porównaniem do sprawy Stelli? – spytał.

Annika podniosła wzrok znad notatek.

– Jeszcze mi się nie udało odnaleźć w archiwum protokołów z przesłuchań, ale przejrzałam jeszcze raz raporty medyków sądowych i techników kryminalistyki. I to, co dostaliśmy od Eriki. Nie ma w nich nic, co by łączyło tę sprawę z tamtą. Wszyscy czytaliście protokół z sekcji, oglądaliście materiały z miejsca zdarzenia i wysłuchaliście Eriki, tego, co nam powiedziała o Marie i o Helen.

– Tak, a rozmowy z Helen Jensen i Marie Wall nic nie dały. Utrzymują, że nie zabiły Stelli. Innymi słowy zabójcą musiał być ktoś inny, teoretycznie morderca małej Nei. Marie ma alibi, Helen niby nie ma, ale nic na nią nie wskazuje.

Martin sięgnął po czekoladowe ciasteczko. Polewa rozpuściła się na słońcu, musiał oblizać palce.

– Jutro przeszukanie, zobaczymy, co dalej – podsumował Patrik.

– A co z czekoladą w jej żołądku? Nie można tego jakoś pociągnąć? – spytała Paula.

– Prawdopodobnie był to zwykły wafelek czekoladowy, do kupienia w każdym sklepie. Nie uda się ustalić, w którym kupiono akurat ten. Ale Bergowie nie mieli w domu czekolady, więc musiała ją od kogoś dostać.

– A co myślisz o tym, że Leif Hermansson pod koniec życia nabrał wątpliwości? – spytał Gösta.

– Wiem, że Erika pracuje nad tym wątkiem. Miejmy nadzieję, że coś znajdzie.

– Cywile wykonują robotę policji – mruknął Mellberg, drapiąc za uchem Ernsta.

– I wychodzi im to lepiej niż niektórym policjantom – zauważył Martin.

Patrik chrząknął.

– Powinniśmy teraz ciągnąć równo – powiedział. – To dotyczy wszystkich.

Martin się zmieszał.

– A co z analizą tej rozmowy telefonicznej? Długo to potrwa? I czego właściwie możemy się spodziewać?

– Nie wiem, co jest możliwe w tym przypadku – odparł Patrik. – Ale liczę na to, że uda się wyczyścić nagranie z modulatora, żebyśmy mogli usłyszeć niezniekształcony głos. Poza tym może w tle będzie słychać coś, co pozwoli go zidentyfikować.

– Jak w filmie. Zawsze słychać albo gwizd lokomotywy, albo kościelny dzwon – zażartował Martin.

– Przy odrobinie szczęścia może się uda coś z tego nagrania wydobyć – powiedział Patrik.

Zauważył, że Gösta robi wszystko, żeby nie ziewnąć.

– A teraz fajrant. Bez odpoczynku nic nie zdziałamy. Idźcie do domu, nacieszcie się rodzinami, zjedzcie coś, prześpijcie się, a jutro do roboty.

Wstawali z ulgą. Widział na ich twarzach ślady wielkiego napięcia. Po chwili wahania odwrócił się do Gösty, ale Martin go uprzedził.

– Nie przyszedłbyś do nas na kolację? Tuva się za tobą stęskniła.

– Jasne. – Gösta kiwnął głową i wzruszył ramionami. Nie potrafił ukryć, że bardzo się ucieszył.

Patrik stał jeszcze chwilę i patrzył, jak wszyscy po kolei wychodzą. Byli dla siebie jak rodzina. Chwilami dysfunkcyjna, z problemami, ale solidarna i troskliwa.

Bohuslän 1672

Elin doszła do siebie szybciej, niż się spodziewała. Przez kilka dni bolało, trochę piekło, ale potem było tak, jakby nic się nie stało. Poza poczuciem pustki. Wykonywała wszystkie obowiązki, ale nic jej nie cieszyło.

Märta była wyraźnie niespokojna. Nocą tuliła się do niej, jakby chciała ją ogrzać własnym ciałem. Przynosiła jej drobne podarki, żeby wreszcie się uśmiechnęła. Bukiecik kwiatów zebranych na łące, biały kamyk, który znalazła na ścieżce żwirowej, albo kawałek świecącego pirytu. A ona się starała. Uśmiechała się do niej, tuliła ją i głaskała po policzku, ale czuła, że w jej oczach nie ma uśmiechu, że ramiona ma sztywne i niezgrabne.

Preben nie rozmawiał ani z nią, ani z Märtą. Märta w końcu się z tym pogodziła i już nie zabiegała o jego uwagę. Nadal chodziła do kościelnego na lekcje czytania, ale czasy, kiedy razem z Prebenem przesiadywała w bibliotece, można by uznać za minione. Wiadomość, że Britta spodziewa się dziecka, wszystko zmieniła. Preben obchodził się z nią tak, jakby była kruchą figurką z porcelany.

Britta mogła wreszcie skupić na sobie całą uwagę męża i umacniała swoją władzę.

A jednocześnie była coraz bardziej zła na Elin. Elin stale czuła na sobie jej wzrok, chociaż już nie było czego pilnować. Robiła, co do niej należało, pomagała Britcie, a potem, na tyle, na ile było to możliwe, unikała jej. Cierpiała, patrząc na jej rosnący pod spódnicą brzuch. Jej własny był płaski i pusty.

Pewnego ranka Britta wybrała się w jakiejś sprawie do Fjällbacki. Zapewne raczej dlatego, że miała dość leżenia w łóżku.

Skoro lekarz już pozwolił jej wstawać, zapragnęła zmienić otoczenie.

Elin długo za nią patrzyła. Britta całą godzinę starannie się ubierała i przygotowywała do wyjazdu. Jak na tak krótką wyprawę była to strata czasu. Ale do Uddevalli byłoby w jej stanie za daleko, więc wolała to niż nic. Cieszyła się, że wreszcie zrzuci nocną koszulę i pokaże się ludziom.

Dzień płynął szybko. Był to dzień prania: wszystko miało być wyprane, umyte lub wyszorowane i wyniesione przed dom, żeby mogło wyschnąć na słońcu, a potem wniesione z powrotem. Elin uważała, że dobrze jest mieć ręce pełne roboty. Nie miała czasu myśleć. Cieszyła się, że Britty i Prebena nie ma. Preben wyjechał w jakiejś służbowej sprawie do Lur i miał wrócić za dwa dni, a Britty spodziewali się wieczorem.

Po raz pierwszy, od kiedy pozbyła się ciąży, złapała się na tym, że nuci.

Märta spojrzała na nią zaskoczona. Twarzyczka zajaśniała jej taką radością, że Elin zrobiło się przykro. Zawstydziła się, że jej dziecko cierpiało za jej grzechy. Mocno ją przytuliła, całowała w jasną główkę. Wszystko się ułoży. Przecież mają siebie.

Tamto było marzeniem, dziecinnym i nie do spełnienia. Wmówiła sobie, że Bóg stoi po ich stronie, jej i Prebena, ale to była pycha, za którą została ukarana, i to z nawiązką, w sposób, który Bóg uznał za właściwy. Kimże ona jest, żeby kwestionować Jego wolę? Powinna być wdzięczna za to, co ma. Za Märtę. Za strawę na stole i dach nad głową. Wielu nie ma nawet ułamka tego co ona, pragnienie czegoś więcej byłoby zuchwalstwem.

– Wybierzemy się wieczorem na spacer? Tylko we dwie? – spytała, kucając przed córką i trzymając ją za ręce.

Märta skwapliwie przytaknęła. Sigrid biegała wokół niej, podskakując, jakby czuła, że jej pani znów jest wesoła.

– Weźmiemy koszyk i zacznę Märtę uczyć, tak jak mnie uczyła moja babka. A ją jej matka. Takich rzeczy, które Märta będzie mogła wykorzystać, żeby pomóc innym, tak jak ja czasem robię.

– Ojej, matko! – Märta rzuciła jej się na szyję. – Czy to znaczy, że jestem już dużą dziewczynką?

Elin się zaśmiała.

– Tak, to znaczy, że Märta jest już dużą dziewczynką.

Märta pobiegła w podskokach, a psina za nią. Elin spojrzała za nimi z uśmiechem. Właściwie zamierzała zacząć uczyć córkę dopiero za kilka lat, ale uznała, że tak będzie lepiej, bo musi szybko dorosnąć.

Pochyliła się i wróciła do szorowania chodnika. Ręce bolały ją od ciężkiej pracy, ale dawno nie było jej tak lekko na sercu. Wierzchem dłoni starła z czoła pot. Usłyszała turkot kół i podniosła wzrok. Zobaczyła wóz wjeżdżający na podwórko.

Zmrużyła oczy. Britta wysiadała z wozu z gniewnym spojrzeniem. Spódnica kręciła jej się koło nóg. Szybko ruszyła do Elin. Stanęła przed nią. Wszyscy na podwórku przestali pracować. Elin spojrzała jej w twarz i wzdrygnęła się. Zanim się spostrzegła, Britta wymierzyła jej policzek. A potem odwróciła się na pięcie i wpadła do domu.

Elin pochyliła głowę. Nie musiała się rozglądać. Czuła, że wszyscy na nią patrzą. Domyśliła się wszystkiego. Britta dowiedziała się, po co pojechała do Fjällbacki. I nie trzeba było wiele rozumu, żeby dodać dwa do dwóch.

Policzki płonęły jej ze wstydu i od uderzenia. Kucnęła, żeby dokończyć szorowanie. Nie wiedziała, co będzie dalej, ale znała swoją siostrę. Na pewno coś złego.

– JAK MYŚLISZ, DLACZEGO twoja mama zgodziła się, żebym z tobą porozmawiała? – spytała Erika, przyglądając się nastolatkowi, który siedział naprzeciwko niej.

Zdziwiła się, kiedy zadzwonił do jej drzwi, a jednocześnie bardzo się ucieszyła. Może dowie się czegoś nowego o Helen, a także o jej synu, o tym, jak wyglądało jego dorastanie w cieniu zbrodni.

Wzruszył ramionami.

– Nie wiem. Przecież sama z panią rozmawiała.

– Owszem, ale odniosłam wrażenie, że chciałaby trzymać cię z dala od tamtej historii.

Podsunęła mu talerz z drożdżówkami. Wziął jedną. Zwróciła uwagę na jego paznokcie z czarnym łuszczącym się lakierem. Wzruszały ją jego starania, żeby ukryć tkwiące w nim dziecko, jego pryszczata, tłusta skóra na czole, nosie i podbródku, długie i chude ciało, którego ruchów nie kontrolował. Był jeszcze dzieckiem, chociaż strasznie pragnął być dorosły, chciał się wyróżniać, a jednocześnie gdzieś przynależeć. Ten chłopak budził w niej wielką czułość, bo dostrzegała, jaki jest samotny i niepewny siebie. Domyślała się, jaka frustracja tli się pod wyzywającym spojrzeniem. Na pewno nie było mu łatwo wśród szeptów i pogłosek, które z czasem wprawdzie przycichły, ale nigdy do końca.

– Nie udało jej się – odparł ponuro, jakby potwierdzając jej przypuszczenie.

Jak to nastolatek, unikał patrzenia w oczy, ale widać było, że słucha jej w skupieniu.

– W jakim sensie? – spytała.

Nagrywarka w telefonie rejestrowała każde słowo i ton, jakim zostało wypowiedziane.

– Słyszałem o tym od małego. Pamiętam, jak ludzie pytali mnie o różne rzeczy. Ich dzieci się ze mną drażniły. Nie pamiętam, ile miałem lat, kiedy zacząłem się dowiadywać więcej. Może dziewięć? Szukałem w sieci artykułów o sprawie. Nietrudno je było znaleźć. A potem zacząłem zbierać wycinki. Mam pełne teczki.

– Mama wie o tym?

Wzruszył ramionami.

– Nie wydaje mi się.

– Rozmawiała z tobą o tym, co się stało?

– Nie, nigdy o tym w domu nie rozmawialiśmy.

– A chciałbyś? – spytała miękko i wstała, żeby dolać sobie kawy.

Sam poprosił o kawę, ale nawet jej nie ruszył. Podejrzewała, że wolałby napój gazowany, ale nie chciał jej się wydać dziecinny.

Znów wzruszył ramionami. Spojrzał łakomie na talerz z drożdżówkami.

– Proszę bardzo – powiedziała. – Bierz, ile chcesz. Staramy się nie jeść za dużo słodkiego, więc jeśli zjesz, nie będą mnie kusiły.

– Ojej, fajnie pani wygląda, nie musi się pani obawiać – odparł wspaniałomyślnie. Zabrzmiała w tym dziecinna niewinność.

Uśmiechnęła się. Podobał jej się, życzyła mu, żeby się pozbył tego garbu, który dźwigał przez całe życie. Nie zrobił nic złego. Nie wybrał sobie miejsca urodzenia ani rodziny, a już na pewno nie tej gmatwaniny cudzej winy, oskarżeń i żałoby. Nie powinien być obarczany grzechami rodziców. A widać było, że bardzo mu ciążą.

– Byłoby ci łatwiej, gdybyście rozmawiali o tym otwarcie? – powtórzyła.

– My nigdy nie rozmawiamy. O niczym. My... nie jesteśmy taką rodziną.

– Ale chciałbyś? – nalegała.

Podniósł wzrok i popatrzył na nią. Czarna szminka wokół oczu sprawiała, że trudno było się skupić na jego spojrzeniu, ale dostrzegła w nim światełko domagające się tlenu.

– Tak – przyznał w końcu. – Chciałbym.

A potem znów wzruszył ramionami. Ten odruch był jego zbroją. Obojętność służyła mu za płaszcz, pod którym mógł się schować i stać się niewidzialny.

– Znałeś Linneę? – spytała, zmieniając temat.

Drgnął. Ugryzł duży kęs drożdżówki i żuł, patrząc na swoje kolana.

– Dlaczego pani pyta? Co to ma wspólnego ze Stellą?

– Po prostu jestem ciekawa. Moja książka będzie dotyczyła obu spraw, a ponieważ mieszkasz po sąsiedzku z Bergami, pomyślałam, że może mógłbyś mi o niej trochę opowiedzieć. Jaka była według ciebie?

– Często ją widywałem. – Oczy zaszły mu łzami. – Nic dziwnego, skoro mieszkaliśmy tak blisko. Ale była małym dzieckiem, więc nie mogę powiedzieć, żebym ją znał, chociaż ją lubiłem i wydaje mi się, że ona mnie też. Zawsze mi machała, kiedy przejeżdżałem koło ich gospodarstwa.

– Powiesz coś jeszcze?

– Nie, co miałbym powiedzieć?

Wzruszyła ramionami. A potem postanowiła zadać pytanie, na które odpowiedź tak bardzo chciała znać.

– Jak myślisz, kto zabił Stellę? – Aż wstrzymała oddech.

Czy on uważa, że jego matka to zrobiła? Erika zupełnie nie wiedziała, co o tym sądzić. Im więcej czytała na ten temat, im więcej rozmów prowadziła z ludźmi, tym bardziej była zagubiona. Nie wiedziała, jak było. Dlatego opinia Sama mogła być ważna.

Długo milczał, bębnił czarnymi palcami po blacie. A potem podniósł wzrok i światełko w jego źrenicach stało się wyraźniejsze.

– Nie mam pojęcia – odrzekł cichym, ledwo słyszalnym głosem. – Ale moja mama nikogo nie zamordowała.

Kiedy po jakimś czasie odjeżdżał na rowerze, Erika długo stała i patrzyła za nim. Miał w sobie coś, co ją głęboko poruszyło. Współczuła temu chłopcu w czarnych ciuchach, który nie zasłużył na to, żeby dorastać w takich okolicznościach. Zastanawiała się, jaki to będzie miało wpływ na jego przyszłość. Jakim będzie mężczyzną. Miała nadzieję, że ból nie sprowadzi go na manowce. Może ktoś go w porę zatrzyma i zalepi dziury z przeszłości.

Może ktoś go pokocha.

– Jak myślisz, jak się zachowa? – spytała Anna. – A jeśli będzie zła?

Czekały na Kristinę w jadalni Stora Hotellet.

Erika ją uciszyła.

– Zaraz tu będzie.

– Ona chyba nie przepada za niespodziankami. A jeśli się rozzłości?

– Trochę późno wyskakujesz z tymi wątpliwościami – syknęła Erika. – I przestań mnie trącać.

– Przepraszam, nie wciągnę brzucha – odburknęła w odpowiedzi Anna.

– Cicho, dziewczyny, bo nas usłyszy.

Barbro, najbliższa przyjaciółka Kristiny, spojrzała na nie surowo. Umilkły. Uczestniczkami wieczoru panieńskiego oprócz Eriki i Anny były cztery najbliższe koleżanki Kristiny. Erika znała je tylko z widzenia, więc w najgorszym razie czekało ją bardzo nudne popołudnie i wieczór.

– Idzie! – Anna w podnieceniu machnęła ręką i wszystkie ucichły.

Usłyszały głos Kristiny. Recepcjoniście przykazały, żeby ją poprosił do jadalni.

– *Surprise!* – krzyknęły, kiedy weszła.

Kristina aż podskoczyła i złapała się za serce.

– Boże, co to ma być?

– To twój wieczór panieński! – oznajmiła Erika, uśmiechając się szeroko, chociaż w środku drżała ze strachu.

A jeśli Anna ma rację?

Kristina milczała chwilę, a potem parsknęła śmiechem.

– Wieczór panieński! Dla starej baby! Chyba oszalałyście. Ale niech będzie! Od czego mam zacząć? Od sprzedawania całusów na mieście?

Puściła do Eriki oko, a Erika poczuła ulgę. Może nie skończy się katastrofą.

– Nie, całusów nie musisz sprzedawać. – Uściskała teściową.
– Wymyśliłyśmy co innego. Najpierw musisz się przebrać w to, co jest w tej torbie.

Kristina spojrzała na torbę. Wyglądała na przerażoną.

– Nie musisz w tym wychodzić na ulicę. To tylko dla naszych oczu.

– Okej… – Kristina z pewną rezerwą wzięła torbę. – W takim razie idę do łazienki się przebrać.

Pod jej nieobecność recepcjonista przyniósł sześć kieliszków i butelkę szampana w wiaderku z lodem. Anna spojrzała tęsknie na butelkę i krzywiąc się, wzięła do ręki szklankę soku.

– No to chlup – powiedziała i wypiła kilka łyków.

Erika ją objęła.

– Już niedługo.

Nalała szampana pozostałym paniom i sobie. Teraz czekały już tylko na Kristinę. Jej pojawieniu się towarzyszył cichy szmer.

– Co wyście wymyśliły?

Kristina rozłożyła ręce, a Erika zdusiła chichot, choć musiała przyznać, że jej teściowa w krótkiej czerwonej sukience z frędzlami i cekinami wygląda wręcz rewelacyjnie. A jakie nogi! – pomyślała z zazdrością. Cieszyłaby się, gdyby miała w połowie tak zgrabne.

– I co ja mam według was robić w tym stroju? – spytała.

Erika podała jej szampana. Ze zdenerwowania od razu opróżniła pół kieliszka.

– Zaraz się przekonasz. – Erika wyjęła telefon i wysłała SMS-a. *Przychodź.*

Zaczęła nasłuchiwać. Aż przestępowała z nogi na nogę. Albo będzie sukces, albo klapa.

Z góry dobiegły dźwięki muzyki, gorące latynoamerykańskie rytmy. Były coraz bliżej. Kristina wypiła resztę szampana, Erika natychmiast jej dolała.

Nagle wszedł zażywny mężczyzna w czarnym garniturze, z różą w zębach, i rozłożył ręce w dramatycznym geście. Anna zachichotała. Erika szturchnęła ją łokciem.

– Ależ Gunnar... – powiedziała zdumiona Kristina, a potem ona też zaczęła chichotać.

– Moja piękna – odezwał się Gunnar, kiedy wyjął z ust różę. – Czy mogę prosić?

Zamaszystym gestem podał jej różę. Kristina roześmiała się głośno.

. – Naprawdę nie wiem, co wyście wymyśliły! – krzyknęła, biorąc od niego różę.

– Będziecie się uczyć tańczyć cza-czę – odparła Erika z uśmiechem.

Wskazała palcem na drzwi.

– Wezwałyśmy na pomoc eksperta.

– Co? Kogo? – Kristina była wyraźnie zdenerwowana.

Za to Gunnar promieniał. Ledwo mógł ustać spokojnie.

– To ktoś, kogo zwykle podziwiasz w piątkowym *Let's Dance*...

– Ale nie Tony Irving*? – upewniła się Kristina z przerażeniem. – Ja się go strasznie boję.

– Nie, nie, ktoś inny. Ale też bardzo wymagający.

Na jej czole pojawiły się głębokie zmarszczki. Poruszyła się, zabrzęczały cekiny. Erika przypomniała sobie, że ma robić zdjęcia. Mnóstwo zdjęć. Będą mieć pierwszorzędny materiał do żartów na wiele lat.

W tym momencie drzwi się otworzyły i Kristina krzyknęła głośno:

– Cissi!

Erika uśmiechnęła się z ulgą. Zachwyt na twarzy Kristiny świadczył o tym, że było to genialne posunięcie. Wszyscy jej znajomi wiedzieli, że jest wielką fanką *Tańca z gwiazdami*, więc gdy Erika zobaczyła ulotkę z ogłoszeniem, że kurs tańca w TanumStrand poprowadzi Cecilia Cissi Ehrling Danermark**, natychmiast rzuciła się do telefonu.

– Okej, zaczynamy! – oznajmiła Cissi, kiedy już przywitała się ze wszystkimi.

– Ja mam tańczyć przed wami wszystkimi? Przecież ja się ośmieszę! – zaprotestowała zdenerwowana Kristina.

– Nie, nie, wszyscy będą tańczyć – powiedziała Cissi.

Erika i Anna spojrzały po sobie z przerażeniem. Nie tak miało być. Erika wyobrażała sobie, że Kristina i Gunnar będą się uczyć tańczyć, a goście przyglądać im się z rozbawieniem i popijać bąbelki. A teraz zorientowała się, że to nie czas na protesty. Podeszła do Cissi, stanęła przed nią i spojrzała znacząco na Annę. Tylko niech nie robi uników, nie próbuje tłumaczyć się ciążą.

Dwie godziny później była spocona, zmęczona i przeszczęśliwa. Cissi przećwiczyła z nimi podstawowe kroki. Jej energia nie tylko się im udzieliła, ale też wszystkich kompletnie wykończyła. Erika wyobrażała sobie, jak rano będą ją bolały wszystkie mięśnie. Ale co tam, skoro Kristina była naprawdę szczęśliwa, kiedy udało jej się tak zakręcić stopami i biodrami, żeby frędzle

---

* Tony Spencer Irving – szwedzko-brytyjski tancerz i choreograf, sędzia w różnych telewizyjnych konkursach tanecznych.
** Cissi Ehrling Danermark – szwedzka tancerka, kilkakrotna zwyciężczyni w różnych telewizyjnych konkursach tanecznych.

sukienki zaszeleściły. Gunnar też świetnie się bawił, choć pot lał się z niego strumieniami.

– Dziękuję! – Erika spontanicznie uściskała Cissi.

Dawno się tak dobrze nie bawiła. Teraz należało przejść do następnego punktu programu. Zaplanowała wszystko bardzo dokładnie. Zresztą z jadalni w Stora Hotellet mogli korzystać nie dłużej niż dwie godziny.

Napełniła wszystkim kieliszki.

– A teraz pora, żeby pan młody się oddalił – powiedziała. – Panowie nie mają tu wstępu przez resztę popołudnia i wieczoru. A panie mogą skorzystać z apartamentu na piętrze i tam się przygotować. Mamy na to godzinę, bo potem zajmiemy się gotowaniem…

Kristina dała Gunnarowi całusa. Lekcja tańca wyraźnie zrobiła na nim wrażenie, bo ku zachwytowi wszystkich wygiął ją elegancko do tyłu. Byli w doskonałych nastrojach.

– Dobra robota – szepnęła Anna i poklepała siostrę po ramieniu. – Ale jesteś strasznie sztywna, nawet koleżanki Kristiny ruszały biodrami lepiej od ciebie…

– Cicho bądź – odparła Erika i trzepnęła ją.

Anna wyszczerzyła do niej zęby.

Wchodząc po schodach do apartamentu Marco Polo, uzmysłowiła sobie, że od chwili, kiedy przyszła do hotelu, ani przez sekundę nie pomyślała o pracy. Cudownie. Potrzebowała tego. Tylko bardzo bolały ją stopy.

– Trzymacie pozycje?

Spojrzeli na niego zdezorientowani. Bill po raz tysięczny musiał sobie przypomnieć, że ma mówić albo bardzo prosto po szwedzku, albo po angielsku.

– *Are you okay?*

Przytaknęli, ale widać było, że są spięci. Rozumiał to. Pewnie mieli wrażenie, że to się nigdy nie skończy. Większość z tych, z którymi rozmawiał w domu kultury, mówiła to samo: myśleliśmy, że jak już przyjedziemy do Szwecji, to wszystko będzie dobrze. A jednak zderzyli się z podejrzliwością i biurokracją, nie mówiąc już o ludziach – niestety wielu – którzy okazywali nienawiść im i temu, co sobą reprezentują.

– Adnan, przejmiesz? – spytał, wskazując na ster.

Adnan zajął miejsce przy sterze, w jego oczach błysnęła duma. Bill miał nadzieję, że potrafi im przekazać inny obraz swojej ukochanej Szwecji. Szwedzi nie są źli, po prostu się boją. I strach sprawia, że stają się nieczuli. Ze strachu, nie dlatego, że są źli.

– Khalil, wybieraj, dobrze?

Pokazał mu, jak ma ciągnąć.

Khalil kiwnął głową i wybrał dokładnie tyle szota, ile trzeba, żeby żagiel się napiął i przestał łopotać.

Żaglówka nabrała szybkości i przechyliła się lekko, ale załoga już nie reagowała panicznym strachem. Bill chciałby być równie spokojny. Wkrótce regaty, a jeszcze tyle musieli się nauczyć. Ale cieszył się, że chciało im się to ciągnąć. Zrozumiałby, gdyby rzucili ręcznik i zrezygnowali, tymczasem oni powiedzieli, że chcą trenować dalej ze względu na Karima. Rano przyszli do klubu z zupełnie nową determinacją. Podeszli do sprawy bardzo poważnie. Było to widać choćby w tym, jak łódka sunęła po wodzie.

Ludzie uprawiający jeździectwo często opowiadają o porozumieniu z koniem. Według Billa tak samo było w żeglarstwie: żaglówka absolutnie nie jest martwym, bezdusznym przedmiotem. Twierdził nawet, że na żaglówkach zna się lepiej niż na ludziach.

– Zaraz robimy zwrot – powiedział, a oni zrozumieli.

Po raz pierwszy poczuli się drużyną. Nie ma tego złego, co by na dobre nie wyszło, mawiał jego ojciec. Do pewnego stopnia dało się to odnieść również do tej sytuacji. Cena była jednak bardzo wysoka. Rano zadzwonił do szpitala. Chciał się dowiedzieć, co z Aminą, ale nie chcieli nic powiedzieć nikomu spoza najbliższej rodziny. Pomyślał, że należy mieć nadzieję, że brak wiadomości to dobre wiadomości.

– Okej, zwrot.

Kiedy wiatr wydął żagiel, musiał się powstrzymać, żeby nie krzyknąć z radości. Jak do tej pory był to ich najładniejszy zwrot. Działali jak dobrze wyregulowana maszyna.

– Dobrze, chłopaki – powiedział z naciskiem i uniósł do góry kciuk.

Khalil się rozpromienił, pozostali wyprostowali się z dumą.

Billowi przypomniało się, jak zabierał na jacht starszych synów. A Nils? Wypływał z nim kiedykolwiek? Nie mógł sobie przypomnieć. Nie poświęcił mu tyle uwagi co Alexandrowi i Philipowi. Teraz za to płaci.

Nils był dla niego jak obcy. Nie potrafił zrozumieć, jak jego syn mógł nabrać takich przekonań w rodzinie, w której szanuje się swobodę wypowiedzi, a hasłem przewodnim jest tolerancja. Skąd on wziął takie poglądy?

Poprzedniego dnia wieczorem był zdeterminowany, żeby z nim porozmawiać. Tak na poważnie. Rozdrapać rany, przeciąć nabrzmiałe wrzody, położyć się przed nim plackiem, przeprosić, pozwolić mu wyładować rozczarowanie i złość. Ale drzwi do jego pokoju były zamknięte na klucz. Nie chciał otworzyć, tylko pogłośnił muzykę, aż dudniła w całym domu. W końcu Gun poprosiła, żeby nie nalegał, żeby poczekał, dał Nilsowi czas. Na pewno miała rację. Wszystko się wyjaśni. Nils jest jeszcze młody i da się uformować.

– Steruj do domu – powiedział, pokazując palcem na Fjällbackę.

Sam siedział nad talerzem jogurtu, ale bez reszty skupił się na komórce. Serce jej się ściskało, kiedy na niego patrzyła. Ciekawe, gdzie był przed południem.

– Spędzasz teraz dużo czasu z Jessie – zauważyła.

– Tak. No i co z tego?

Odsunął krzesło i podszedł do lodówki. Nalał sobie do szklanki mleka i wypił. Nagle wydał jej się taki malutki. Miała wrażenie, jakby zaledwie kilka tygodni wcześniej biegał w krótkich spodenkach z ukochanym misiem pod pachą. Gdzie się podział ten miś? Pewnie James go wyrzucił. Nie lubił, kiedy w domu były jakieś nieużywane rzeczy. W jego świecie nie przewidziano miejsca na pamiątki ważne ze względów emocjonalnych.

– Mam na myśli to, że może nie jest to najmądrzejsze – powiedziała.

Sam pokręcił głową.

– Mieliśmy o tym nie rozmawiać.

Świat jej zawirował, jak zawsze, kiedy o tym myślała. Zamknęła oczy i udało jej się zatrzymać wirowanie. Ćwiczyła to wiele lat. Od trzydziestu lat żyła w oku cyklonu. W końcu można się nauczyć.

– Po prostu nie wiem, czy mi się podoba, że tyle ze sobą przebywacie – powiedziała. Zdawała sobie sprawę, że mówi błagalnym tonem. – Tacie chyba też nie.

Dawniej taki argument wystarczał.

– James – prychnął Sam. – Chyba niedługo wyjeżdża?

– Tak, za tydzień, dwa. – Nie umiała ukryć ulgi.

Kilka miesięcy wolności. Moratorium. Absurdalna sytuacja, bo miała świadomość, że James czuje to samo. Byli więźniami w więzieniu, które sami sobie zbudowali. A syn stał się ich wspólnym zakładnikiem.

Sam odstawił szklankę.

– Jessie to jedyna osoba, która mnie kiedykolwiek rozumiała. Nigdy tego nie ogarniesz, ale tak jest.

Wstawił karton z mlekiem do lodówki, na półkę przeznaczoną na masło i ser.

Chciała mu powiedzieć, że rozumie bardzo dobrze. Ale mur, który rósł między nimi, w miarę jak przybywało tajemnic, stawał się coraz wyższy. Tajemnice ich dusiły, chociaż nie wiedziała, dlaczego. Powinna go puścić wolno, ale bała się. A teraz było już za późno. Scheda po niej uwięziła go w klatce, z której nie mógł się wydostać, tak samo jak ona ze swojej. Ich losy splotły się ze sobą i nie dało się ich rozdzielić, choćby nawet chciała.

To milczenie było nie do zniesienia. Skorupa, którą się otoczył, była twarda, nieprzenikniona. Za to w środku kłębiło się pewnie tyle emocji, że lada moment mogły wybuchnąć.

Zdecydowała się.

– Zastanawiasz się czasem nad…

Przerwał jej. Spojrzenie miał zimne, całkiem jak James.

– Powiedziałem. Nie rozmawiamy o tym.

Umilkła.

Otworzyły się drzwi i usłyszeli mocne kroki Jamesa. Nim zdążyła mrugnąć, Sam pomknął do swojego pokoju. Dosunęła krzesło, wstawiła talerz i szklankę do zmywarki i podeszła do lodówki, żeby przestawić karton z mlekiem.

– No i znowu tu jesteśmy – stwierdził sucho Torbjörn.

W związku z tym przeszukaniem powstał taki zamęt, że Patrik nie miał pewności, jak się to odbije na ich pracy. Pozostało tylko zakasać rękawy i wziąć się do roboty.

– W domu nie znaleźliśmy nic interesującego, więc bierzemy się do przeszukiwania stodoły – powiedział Torbjörn. – A potem szopa i reszta posesji, dobrze cię zrozumiałem?

Patrik przytaknął.

Torbjörn spojrzał na niego znad okularów. Nosił je od kilku lat. Przypominały im, że obaj się starzeją.

– Słyszałem, że Mellberg namącił.

– A któż by inny? – westchnął Patrik. – Musimy teraz zrobić, co się da w tej sytuacji. W każdym razie dobrze, że nie ma Bergów.

Patrik rozejrzał się po gospodarstwie i z wdzięcznością pomyślał o Göście, który podczas długiej rozmowy telefonicznej wyjaśnił Peterowi Bergowi, że muszą doprowadzić przeszukanie do końca. Zaproponował też, żeby oboje z żoną zaczęli wychodzić z domu. Najwidoczniej ich przekonał, bo nie było ich, kiedy się zjawił z Göstą i ekipą techników.

– Mogę wam towarzyszyć? – spytał Torbjörna.

Tam, gdzie zabezpiecza się ślady, powinno się kręcić jak najmniej osób, ale Patrik nie wiedział, co innego miałby robić. Gösta zniknął w lesie, choć nie wiadomo, po co tam poszedł.

– Okej – zgodził się Torbjörn i zaraz dodał, wygrażając mu palcem wskazującym: – Ale masz nam schodzić z drogi i przebrać się w kombinezon, w porządku?

– Oczywiście – powiedział Patrik, chociaż słabo mu się zrobiło na myśl o tym, jak mu będzie gorąco.

Lato było rekordowo upalne. W zwykłym ubraniu też się pocił.

W kombinezonie rzeczywiście poczuł się jak w łaźni. W stodole było jednak chłodniej niż na zewnątrz. Zawsze lubił stodoły i szczególny nastrój, który stwarzało światło przesączające się między deskami. Trochę jak w kościele. W dodatku było cicho i spokojnie. Ich wejście, któremu towarzyszył szelest plastikowych kombinezonów, stuk narzędzi i ciche rozmowy, było pewnym zgrzytem.

Patrik stanął w rogu i się rozejrzał. Stodoła była duża, przyzwoicie utrzymana, nie wyglądała, jakby miała się wkrótce zawalić, jak wiele innych w okolicy. I nie została przerobiona na magazyn. Nie było w niej starych samochodów, ciągników i różnych gratów, była pusta i schludna. W jednym końcu stała drabina, prowadziła na stryszek. Patrika kusiło, żeby tam wejść. Drgnął. Coś otarło mu się o nogi. Szary kot. Miauczał i próbował się z nim przekomarzać. Schylił się, żeby go podrapać pod pyszczkiem. Kot zaczął mruczeć, z rozkoszy kręcił łebkiem.

– Jak się wabisz, ślicznoto? – zapytał, głaszcząc go po grzbiecie. – Aleś ty fajny.

Kot nie posiadał się ze szczęścia. Położył się na wznak i wystawił brzuch.

– Patriku!

– Słucham?

Podniósł się. Kot w pierwszej chwili jakby się obraził, potem wstał i sobie poszedł.

– Możesz tu przyjść?

Torbjörn skinął na niego ze stryszku.

– Całkiem pusto – powiedział, kiedy Patrik był już na górze. – Z wyjątkiem tego.

Podsunął mu papierek po czekoladowym wafelku.

– Pedersen powiedział, że w treści żołądka Nei znajdował się prawdopodobnie czekoladowy wafelek – przypomniał mu Patrik. Tętno mu przyśpieszyło.

Oczywiście mógł to być zbieg okoliczności, chociaż raczej w to nie wierzył.

– Sprawdzę odciski palców – powiedział Torbjörn. – Gołym okiem widzę, że jest kilka pierwszorzędnych. Papierek uwiązł między dwiema obluzowanymi deskami. Całe szczęście, że go znalazłem. Bo poza tym jest tu czysto. Aż za bardzo. – Zatoczył ręką koło.

– Możecie zejść? – zawołał jeden z techników pracujących na dole. – Musimy zaciemnić stodołę.

Torbjörn włożył papierek po wafelku do foliowej torebki i zszedł, Patrik za nim.

– Następne badanie musimy przeprowadzić w całkowitej ciemności – powiedział Torbjörn – więc wszystkie ściany zostaną zasłonięte czarnymi zasłonami. To potrwa, równie dobrze możesz zaczekać na zewnątrz.

Patrik usiadł na ogrodowym krześle i zaczął się przyglądać wchodzącym i wychodzącym technikom. Potem wrota się zamknęły i zapadła cisza.

Po dłuższej chwili Torbjörn go zawołał. Wszedł do stodoły i znalazł się w całkowitej ciemności. Po chwili, kiedy jego wzrok się przyzwyczaił, zobaczył w głębi kilka cieni.

– Podejdź tutaj! – zawołał Torbjörn.

Patrik ruszył. Podszedł bliżej i zobaczył, na co Torbjörn i pozostali technicy patrzą z takim zainteresowaniem: na świecącą niebieską plamę. Wiedział, co to znaczy. Spryskali to miejsce luminolem, pozwalającym zobaczyć ślady krwi niewidoczne gołym okiem. Plama była duża.

– Chyba znaleźliśmy miejsce zbrodni – powiedział.

– Żebyś się tylko nie śpieszył z wnioskami – odparł Torbjörn. – Nie zapominaj, że to stara stodoła, mogli tu trzymać zwierzęta, plama też może być stara.

– Albo nie. Plama i papierek... myślę, że znaleźliśmy miejsce, gdzie zginęła Nea.

– Pewnie masz rację, ale już mi się zdarzało mylić. Lepiej się za bardzo nie przywiązywać do jakiejś tezy, dopóki nie da się jej udowodnić.

– Możemy pobrać próbkę i porównać z krwią Nei?

Torbjörn przytaknął.

– Widzisz te szpary w podłodze? Domyślam się, że krew tam ściekła, więc nawet jeśli ktoś próbował wyczyścić deski, to znajdziemy ją pod spodem.

– No to zrywamy – zdecydował Patrik.

Torbjörn powstrzymał go gestem.

– Najpierw trzeba to dokładnie udokumentować. Daj nam chwilę, zawołam cię, jak będziemy zrywać podłogę.

– Okej. – Patrik wycofał się do kąta.

Wrócił szary kot, ocierał mu się o nogi. Przykucnął, żeby go pogłaskać.

Czas mu się dłużył, chociaż minął najwyżej kwadrans, kiedy Torbjörn powiedział, że można już zrywać deski. Podniósł się tak szybko, że kot się przestraszył i uciekł. Technicy zebrali już próbki i włożyli do torebek. Pozostało tylko sprawdzić, co jest pod spodem.

Drzwi się otworzyły i wszedł Gösta z komórką w ręku.

– Właśnie rozmawiałem z kolegami z Uddevalli.

– Tymi, którzy mieli sprawdzić Torego Carlsona?

Gösta pokręcił głową.

– Nie. Kiedy dzwoniłem do nich pierwszy raz, wypytywałem ich o Bergów, no i dziś powiedzieli mi to i owo.

Patrik uniósł brwi.

– Co takiego?

– Okazuje się, że Peter Berg uchodził za faceta, który po wypiciu ma skłonność do przemocy.

– Do jakiego stopnia?

– Wdawał się w bójki w knajpie.

– Ale bez przemocy domowej?

Gösta pokręcił głową.

– Nic z tych rzeczy. I żadnego doniesienia o pobiciu. Dlatego nic na niego nie znaleźliśmy.

– Okej, dobrze wiedzieć. Dziękuję. Trzeba z nim porozmawiać.

Gösta spojrzał na techników.

– A co się tutaj dzieje? Znaleźliście coś?

– Na stryszku papierek po wafelku czekoladowym, a przede wszystkim ślady krwi na dole. Została zmyta, ale wyszły, kiedy użyli luminolu. Teraz będziemy zrywać podłogę, bo Torbjörn uważa, że mogła tam spłynąć.

– Coś takiego. – Gösta wpatrywał się w podłogę. – Więc sądzisz, że...

– Tak – potwierdził Patrik. – Sądzę, że Nea zginęła właśnie tutaj.

Milczeli chwilę. A potem technicy zerwali pierwszą deskę.

Bohuslän 1672

Jakiś harmider za drzwiami obudził Elin. Po raz pierwszy od dłuższego czasu spała naprawdę dobrze. Długi spacer z Märtą – słońce zachodziło nad łąkami – dobrze jej zrobił. Prawie przestała się martwić o to, co zrobi Britta. Britta dbała o pozory, wiedziała, że będzie chciała uniknąć wstydu, że nie zechce, żeby ludzie się dowiedzieli, co zaszło między jej mężem a siostrą. Tuż przed zaśnięciem zdążyła samą siebie o tym przekonać. Wszystko minie, Britta będzie zajęta dzieckiem, a czas ma to do siebie, że wraz z jego upływem nawet największe problemy maleją, aż w końcu znikają.

Śniła słodko o córce, gdy wyrwała ją ze snu jakaś wrzawa. Obudziła się jako pierwsza w czworakach, usiadła na posłaniu i przetarła oczy. Spuściła nogi z łóżka, które dzieliła z Märtą.

– Już idę – powiedziała, śpiesząc do drzwi. – Co to za okropne hałasy tak z samego rana?

Otworzyła ciężkie drewniane drzwi. W progu stał landwójt Jakobsson. Spojrzał na nią surowo.

– My do Elin Jonsdotter.

– To ja.

Zdawała sobie sprawę, że reszta służby się obudziła i na pewno chciwie nadstawia uszu.

– Zabieram Elin do aresztu. Jest oskarżona o czarownictwo – powiedział landwójt.

Zaniemówiła. Co on mówi? Czarownictwo? Oszalał?

– To jakieś nieporozumienie – odparła.

Märta podeszła cicho i złapała ją za spódnice. Elin odepchnęła ją lekko, przesunęła za siebie.

– Żadne nieporozumienie. Mamy zamknąć Elin w areszcie, a potem stanie przed sądem.

– To nieprawda. Nie jestem żadną czarownicą. Proszę pomówić z moją siostrą, żoną pastora, ona może zaświadczyć...

– To Britta Willumsen oskarżyła Elin o czarownictwo – przerwał landwójt i chwycił ją mocno pod ramię.

Opierała się, gdy ciągnął ją na dwór. Märta krzyczała, trzymała się kurczowo jej spódnicy. Elin aż się zatchnęła, kiedy mała się przewróciła. Widziała, jak ktoś do niej podbiega. Tymczasem landwójt chwycił ją jeszcze mocniej. Świat zawirował. Britta na nią doniosła.

JESSIE STAŁA PRZED lustrem w pokoju Vendeli. Ręka jej drżała lekko. Żeby tylko tusz nie zbił się w grudki.

Vendela mierzyła już czwartą sukienkę, ale i tę ściągnęła ze złością.

– Nie mam co na siebie włożyć! Okropnie utyłam! – powiedziała, szczypiąc się w niewidoczny tłuszczyk w pasie.

Jessie odwróciła się do niej.

– Jak możesz tak mówić? Super wyglądasz, nawet nie marzę o takiej figurze.

Raczej to stwierdziła, niż wyraziła żal. Już nie czuła takiego obrzydzenia do swoich nadmiarowych kilogramów, skoro Sam ją kochał.

Zaburczało jej w brzuchu. Przez cały dzień nie mogła jeść. Odkąd przyjechała do Fjällbacki, wszystko jakby się zmieniło. Bała się, że będzie jeszcze gorzej niż dotąd, a jednak poznała Sama i jeszcze zaprzyjaźniła się z Vendelą, która była... po prostu doskonała i *cool*, i taka obyta. Vendela miała klucz do świata, do którego ona chciała wejść. Marzyła o tym, żeby się stać jego częścią. Nagle znikły wszystkie złe słowa, uszczypliwości, szydercze komentarze, brzydkie kawały i upokorzenia. Przekreśli to, co było, zapomni, kim była. Od teraz będzie nową Jessie.

Vendela wreszcie zdecydowała się na sukienkę: obcisłą, z czerwonego trykotu, ledwo zakrywającą pupę.

– I jak? – spytała, kręcąc przed Jessie pirueta.

– Świetnie wyglądasz – odpowiedziała Jessie szczerze.

Vendela wyglądała jak lalka. Jessie spojrzała na własne odbicie i jej nowa wiara w siebie ulotniła się jak kamfora. Bluzka wisiała na niej jak worek, włosy miała w tłustych strąkach. A przecież umyła je rano.

Vendela zauważyła, że jest zrezygnowana. Położyła jej dłonie na ramionach i posadziła na krześle przed lustrem.

– Chyba wiem, jak cię ładnie uczesać. Mogę?

Jessie kiwnęła głową. Vendela wyjęła jakieś buteleczki, słoiki, trzy różne lokówki i prostownicę. Dwadzieścia minut później Jessie miała zupełnie nową fryzurę. Patrzyła w lustro i ledwo poznawała samą siebie.

Jest nową Jessie i idzie na imprezę. Życie nie mogłoby być fajniejsze.

Martin wszedł do kuchni i usiadł obok Pauli.

– Kiedy będzie odpowiedź w sprawie nagrania? – spytał.

– Nagrania? – zdziwiła się Paula. Dopiero po chwili zaskoczyła.

O Boże, pomyślała, główka nie pracuje w tym upale. W nocy prawie nie zmrużyła oka. Lisa była wyjątkowo marudna i budziła się tak często, że między jednym przebudzeniem a następnym nawet nie warto było próbować zasnąć. W końcu wstała i usiadła za biurkiem. Za to teraz oczy same jej się zamykały.

– Mieli odpowiedzieć w ciągu tygodnia – odparła. – Chyba nie powinniśmy liczyć na zbyt wiele.

– Dzieci już się do was wprowadziły? – spytał Martin, nalewając jej kawy do dużej filiżanki.

Ósma kawa tego dnia, jeśli dobrze policzyła.

– Tak, dziś rano. Patrik odebrał je ze szpitala i przywiózł do nas.

– Dowiedział się czegoś nowego o Aminie? I Karimie?

– Stan Aminy się nie zmienił – odparła. – Za to Karima wkrótce wypiszą.

– I on też zamieszka u was? Co z nim będzie?

– Nie, nie mamy tyle miejsca. Gmina ma zorganizować jakieś tymczasowe lokum dla pogorzelców. Powiedzieli, że powinni mieć coś dla Karima, kiedy go wypiszą. Część pogorzelców już się wyprowadziła z domu kultury. Jestem mile zaskoczona. Ludzie zabierają ich do siebie, udostępniają im swoje pokoje gościnne i letnie domki. Pewna para wyprowadziła się nawet do ciotki, żeby im użyczyć swojego mieszkania.

Martin pokręcił głową.

– Ludzie są dziwni. Jedni chcą niszczyć, inni pomagają zupełnie obcym ludziom. Spójrz na Billa i Gun. Od rana do wieczora są w domu kultury.

– Tak, jest jednak nadzieja.

Paula przyniosła sobie mleka z lodówki. Już nie była w stanie pić czarnej kawy.

– Jadę do domu – powiedział Mellberg. Właśnie zajrzał do kuchni. – Tyle dzieci to dla Rity trochę za dużo. Zajrzę jeszcze do piekarni po drożdżówki. – Nagle się speszył. – A oni jedzą drożdżówki?

Paula przewróciła oczami i spojrzała na Martina.

– Tak, Bertilu, jedzą drożdżówki. Oni są z Syrii, nie z kosmosu.

– Nie musisz zaraz być taka nieprzyjemna, ja tylko pytam – odparł urażony Mellberg.

Ernst szarpnął smyczą. Chciał już wyjść.

Paula uśmiechnęła się do Mellberga.

– Sądzę, że drożdżówki będą miały powodzenie – powiedziała. – Tylko nie zapomnij o francuskim ciastku dla Leo.

Mellberg prychnął.

– Ja miałbym zapomnieć, że mój wnusio woli francuskie ciastko? – Odwrócił się i pociągnął za sobą Ernsta.

– Ten facet to kara za moje grzechy – zauważyła Paula, patrząc za nim.

Martin pokręcił głową.

– Nie potrafię go rozgryźć.

Paula spoważniała.

– Sprawdziłeś naszych informatorów w rasistowskich falangach?

– Obdzwoniłem kilku, ale mówią, że nic nie wiedzą o pożarze.

– Nic dziwnego. Nie powinniśmy liczyć na to, że ktoś podniesie rękę i powie: to my.

– Owszem, ale oni nie są specjalnie inteligentni, więc prędzej czy później któryś coś chlapnie albo będzie miał powód, żeby puścić farbę… Spróbuję jeszcze potrząsnąć jabłonką, zobaczymy, co z niej spadnie.

Paula wypiła łyk kawy. Miała wrażenie, że ze zmęczenia ciało jej nie słucha.

– Myślisz, że przeszukanie u Bergów coś przyniesie?

Martin się zawahał.

– Nie wiem. W domu nic nie znaleźliśmy, zresztą nie wydaje mi się, żeby rodzice mieli coś wspólnego ze śmiercią tej małej. Więc pewnie nie przyniesie.

– Zaczynają nam się kończyć tropy – zauważyła. – Nie mamy świadków, żadnych śladów materialnych i żadnego związku ze śmiercią Stelli, mimo podobieństw między sprawami. Podejrzewam, że takiego związku jednak nie ma. Sprawa jest znana w okolicy, wszyscy znają szczegóły, wiedzą, gdzie zostało znalezione ciało Stelli, to żadna tajemnica. Każdy mógłby zainscenizować morderstwo tak, żeby przypominało śmierć Stelli. Pytanie tylko po co.

– A Leif Hermansson? Dlaczego nabrał wątpliwości? A potem popełnił samobójstwo?

– Naprawdę nie wiem. – Paula potarła powieki. – Mam wrażenie, że drepczemy w miejscu. I na to wszystko nałożyło się jeszcze podpalenie ośrodka. Zastanawiam się, czy sami damy radę wyjaśnić obie sprawy.

– Jasne, że tak – powiedział Martin i wstał. – Damy radę.

Chciała w to wierzyć, ale ze zmęczenia zaczynała tracić nadzieję. Była ciekawa, czy jej koledzy też tak mają.

– Słuchaj, muszę już iść, muszę przygotować… – Stał i bujał się na piętach.

Paula w pierwszej chwili się nie zorientowała, a potem się uśmiechnęła.

– Ano właśnie, przecież to dziś. Kolacja z dziewczyną…

Martin się zmieszał. Nie wiedział, co ze sobą zrobić.

– E, to tylko kolacja. Zobaczymy, co z tego będzie.

– Mhm… – mruknęła znacząco, a Martin pokazał jej środkowy palec.

Tylko się roześmiała i zawołała za nim, kiedy ruszył do drzwi:

– Powodzenia! To jak jazda na rowerze, tego się nie zapomina!

Drzwi trzasnęły. Spojrzała na zegarek. Postanowiła, że popracuje jeszcze godzinę, a potem na dziś będzie dość.

Basse mieszkał w starej willi o nieregularnej bryle, z wykuszami i zakamarkami. Jessie miała ochotę nacieszyć się tym, że jest w domu tak różnym od wszystkiego, co do tej pory widziała. Ale kiedy otworzył jej drzwi ktoś, kogo kompletnie nie znała, i zobaczyła kłębiący się tłum, nagle się przestraszyła.

Prawie wszyscy byli pijani i wyglądali, jakby byli na swoim miejscu. Jej to nigdy dotąd nie dotyczyło. Nie była zapraszana na takie imprezy. Miała ochotę zawrócić i uciec, ale Vendela wzięła ją za rękę i zaciągnęła do stołu w głębi salonu. Stała tam cała bateria butelek z piwem, wódką i winem.

– Z barku rodziców Bassego? – spytała.

– Nie, nie dałoby się – odparła Vendela, odrzucając długie blond włosy. – Na imprezy robimy składkę i każdy przynosi, ile może.

– Mogłam przynieść trochę bąbelków... – mruknęła Jessie. Zrobiło jej się głupio.

Vendela się zaśmiała.

– No nie, przecież jesteś nowa, jesteś kimś w rodzaju gościa honorowego. Co byś chciała?

Jessie przesunęła dłonią po butelkach.

– Do tej pory piłam tylko szampana.

– No to pora, żebyś spróbowała prawdziwego drinka. Zrobię ci.

Sięgnęła po duży plastikowy kubek. Nalała po trochu z różnych butelek i dopełniła spriteem.

– Proszę! – Wręczyła jej kubek. – To jest pyszne.

Potem wzięła drugi kubek i nalała do pełna białego wina z kartonu.

– Skål! – powiedziała, stukając kubkiem w kubek Jessie.

Jessie wypiła łyk, musiała się powstrzymać, żeby się nie skrzywić. Mocne. Nigdy nie próbowała niczego takiego. Pewnie musiało mieć taki smak. Vendela wyglądała na kogoś, kto wie, co robi.

– Tam są Nils i Basse. – Vendela skinieniem głowy wskazała na przeciwny kąt salonu.

Jessie wypiła spory łyk. Tym razem smakowało trochę lepiej. Ile ludzi! I nikt nie patrzył na nią z pogardą. Raczej z ciekawością. Przyjaźnie. Przynajmniej tak to odebrała.

Vendela złapała ją za rękę i pociągnęła przez rozbawiony, roztańczony tłum.

Chłopcy siedzieli na dużej kanapie, każdy z piwem w ręku. Kiwnęli głowami na powitanie. Vendela usiadła Nilsowi na kolanach.

– Kurde, ale późno. Pewnie się długo malowałyście i tak dalej – powiedział Nils, przytulając ją. Odsunął jej włosy i pocałował w kark. Zachichotała.

Jessie usiadła w dużym białym fotelu obok kanapy i starała się na nich nie gapić, nie patrzeć, jak się całują.

– Gdzie twoi starzy? – Nachyliła się do Bassego.

W tle na całego dudniła muzyka.

– Wypłynęli w rejs – powiedział, wzruszając ramionami. – Jak zawsze latem, ale ja od dwóch lat już nie muszę.

Vendela i Nils przestali się całować. Vendela uśmiechnęła się do Jessie.

– Myślą, że Basse latem pracuje.

– Coś ty! – wykrzyknęła Jessie. Jej mama pewnie by nie zauważyła, gdyby jej nie było nawet trzy tygodnie, ale to co innego: Basse nie bał się okłamać swoich rodziców.

– Jeśli mam zostać w domu, każą mi iść do pracy – powiedział Basse i wypił łyk piwa. Trochę rozlał na koszulkę, ale chyba tego nie zauważył. – Mówię im, że złapałem robotę w Tanum-Strand. Nikogo tam nie znają, więc nie mogą sprawdzić.

– A nie pytają, co z pieniędzmi?

– Mają wypasioną piwniczkę z drogimi winami, sami nie wiedzą, ile i czego tam jest, więc kiedy ich nie ma, sprzedaję kilka butelek.

Jessie spojrzała na niego ze zdziwieniem. Nie przypuszczała, że może być tak sprytny.

– Nils mi pomaga – dodał Basse.

To wyjaśniało sprawę. Jessie wypiła kolejny łyk. Zapiekło ją w gardle, ale nie uspokoiło żołądka. Aż się burzył ze szczęścia. A więc tak to jest, kiedy pozwalają człowiekowi dołączyć do grupy?

– Szkoda, że Sam nie przyszedł – powiedział Nils.

Jessie poczuła lekkie ukłucie. Szkoda, że tak się uparł. Przecież widać, że zrozumieli swój błąd.

– Nie mógł. Ale w przyszłą sobotę oboje przyjdziemy do domu kultury.

– A, fajnie! – Nils podniósł butelkę jak do toastu.

Jessie wyjęła komórkę i wysłała Samowi szybkiego SMS-a. *Wszystko w porzo, wszyscy mili i świetnie się bawię.* Odpowiedział emotikonem: uniesionym kciukiem i buźką. Uśmiechnęła się i wsunęła komórkę do torebki. W głowie jej się nie mieściło, że może być tak fajnie. Pierwszy raz w życiu czuła się... normalna.

– Smakuje ci? – spytał Nils, wskazując butelką jej kubek.

– Tak... pycha! – powiedziała, wypijając kilka dużych łyków.

Nils zepchnął Vendelę z kolan i klepnął ją po pupie.

– Zrób jej jeszcze jednego, bo już kończy.

– Pewnie. – Vendela obciągnęła krótką sukienkę. – Mnie się kończy wino, sobie też doleję.

– A mnie przynieś piwo. – Basse odstawił opróżnioną butelkę na stół.

– Postaram się.

Vendela przepchnęła się do stołu na drugim końcu pokoju. Jessie nie wiedziała, co powiedzieć. Pot spływał jej po plecach, na pewno miała plamy pod pachami. Wpatrywała się w dywan i myślała o tym, że najchętniej by uciekła.

– Jak to jest mieć matkę, która jest gwiazdą filmową? – spytał Basse.

Jessie skrzywiła się w duchu, ale ucieszyła się, że ktoś się do niej odezwał. Chociaż temat nie należał do jej ulubionych.

– Mama to mama. Nie myślę o niej w ten sposób...

– Ale musiałaś poznać mnóstwo czadowych ludzi!

– Jasne, ale dla mamy to tacy sami koledzy jak inni.

Miałaby powiedzieć, jak jest naprawdę? Że prawie nie uczestniczy w życiu matki? Że kiedy była mała, zajmowały się nią kolejne nianie, a mama była albo na planie, albo na jakiejś imprezie? A kiedy podrosła, wysyłała ją do kolejnych szkół z internatem, w różnych częściach świata, tam, gdzie akurat kręciła film? Kiedy chodziła do szkoły w Anglii, mama przez pół roku była na planie w Afryce Południowej.

– Proszę bardzo, dolewka – powiedziała Vendela, stawiając na stole kubki i butelkę. – Spojrzała na Jessie. – Spróbuj, czy ci będzie smakowało. Zrobiłam ci innego drinka.

Jessie wypiła łyk. Od tego też paliło ją w gardle, ale smakował fantą i był lepszy. Uniosła do góry kciuk.

– Prawie nie ma w nim wódki, więc nie bój się, że się upijesz – dodała Vendela.

Jessie uśmiechnęła się do niej. Zastanawiała się, jak smakowałby drink z dużą porcją wódki, skoro ten tak pali w gardle. Ale uznała, że to miło ze strony Vendeli. Rozpierało ją szczęście. Czy oni mogą zostać jej przyjaciółmi? To byłoby wspaniałe. I jeszcze Sam. Cudowny, dobry i miły Sam.

Podniosła szklankę, jakby wznosiła toast, uśmiechnęła się do wszystkich trojga i wypiła. W piersi paliło ją rozkosznie.

Marie pieczołowicie zmywała makijaż. Grube warstwy, niezbędne przy kręceniu filmu, były zabójcze dla cery. Do głowy by jej nie przyszło położyć się spać, zanim je starannie usunie. Skóra musiała oddychać. Nachyliła się i przyjrzała swojej twarzy w lustrze. Drobniuteńkie zmarszczki mimiczne w kącikach oczu i kilka cienkich wokół ust. Czasem czuła się jak pasażerka pociągu pędzącego w przepaść. Kariera była wszystkim, co miała.

Wyglądało na to, że dokończą ten film, a jeśli okaże się sukcesem, będzie miała przed sobą jeszcze kilka lat. W każdym razie w Szwecji. Bo w Hollywood jej kariera miała się już ku końcowi. Dostawała coraz słabsze i coraz mniejsze role. Zawsze grała czyjąś matkę, a nie gorącą kobietę przyciągającą publiczność. Ścigały ją młode gwiazdki o głodnych spojrzeniach i chętnych ciałach.

Chwyciła słoiczek drogiego kremu do twarzy. Potem krem pod oczy. Potem szyja. Wiele osób dba jedynie o twarz, podczas gdy to na szyi tworzą się zmarszczki zdradzające wiek.

Spojrzała na zegarek. Za pięć dwunasta. Poczekać na Jessie? Pewnie niedługo wróci, chyba że u kogoś nocuje. A ona powinna się wyspać, żeby dobrze wyglądać, bo znów czeka ją długi dzień na planie.

Spojrzała w oczy swojemu odbiciu. Bez makijażu. Już w dzieciństwie zrobiła sobie zbroję ze swojej powierzchowności. Od czasów Helen nikt jej nie widział tak naprawdę. Przeważnie udawało jej się o tym nie myśleć. Nie oglądać się za siebie. Nie zerkała nawet przez ramię. Po co? Rozdzielili je. A potem… potem Helen już nie chciała jej widzieć.

Czekała na dzień, kiedy obie będą miały osiemnaście lat. Ona miała urodziny cztery miesiące wcześniej. Dopiero w październiku miały ze sobą porozmawiać. Przygotować nowy plan na przyszłość. Żeby już dłużej nie tęsknić za sobą.

Zadzwoniła do niej rano. Przygotowała się, wiedziała co powie, jeśli telefon odbiorą jej rodzice. Niepotrzebnie. Głos Helen napełnił ją szczęściem. Chciała wykreślić z pamięci minione lata, wytrzeć je gumką i zacząć wszystko od nowa. Razem z Helen.

Ale Helen rozmawiała z nią jak obca. Była chłodna. Sztywna. Powiedziała, że nie życzy sobie kontaktów z nią, że wkrótce wychodzi za mąż za Jamesa, że ona, Marie, należy do przeszłości, do której nie chce wracać. Marie słuchała oniemiała. Zawód mieszał się z tęsknotą. O nic nie pytała. Niczego nie zakwestionowała. Odłożyła słuchawkę i obiecała sobie, że już nigdy nie pozwoli nikomu zbliżyć się do siebie. Dotrzymała słowa. Skupiła się tylko na sobie. I dostała wszystko, czego chciała.

A teraz, w domu nad morzem, spojrzała sobie w oczy i zaczęła się zastanawiać, czy było warto. Czuła się pusta w środku. Że wszystko, co ma, to tombak.

Jedynym naprawdę ważnym punktem w jej życiu była Helen.

Po raz pierwszy od lat zaczęła się zastanawiać, jak mogłoby być. Ze zdziwieniem stwierdziła, że kobieta w lustrze płacze. Trzydziestoletnimi łzami.

Sprawa Stelli

Ta rozmowa skierowała jego myśli w zupełnie inną stronę. Przeczucie mówiło mu, że jest na właściwym tropie. Oznaczało to jednak, że będzie musiał się przyznać do błędu. Błędu, który zniszczył życie wielu ludziom. Nie wystarczy powiedzieć, że sam w to wierzył. Bo tę samą odpowiedź mógł uzyskać już wtedy, ale dał się złapać na to, co wydawało się proste i oczywiste. Życie dopiero później miało go nauczyć, że sprawy nie mają się tak prosto, jak się zdaje. Że życie może się zmienić w sekundę. Śmierć Kate nauczyła go pokory, której mu zabrakło, kiedy była naprawdę potrzebna.

Ciężko mu było patrzeć jej w oczy, bo widział w nich ból i samotność. Obawiał się, że grzebiąc w przeszłości, wyświadcza jej niedźwiedzią przysługę. Jednocześnie miał obowiązek – na ile to było możliwe – naprawić swój błąd. Tyle rzeczy było nie do naprawienia.

Zajechał przed dom, ale jeszcze przez chwilę siedział w samochodzie. Dom był pusty, wypełniały go tylko wspomnienia. Zdawał sobie sprawę, że powinien go sprzedać i postarać się o jakieś mieszkanie. Nie miał siły. Brakowało mu Kate, życie bez niej było udręką. Zwłaszcza odkąd już nie miał pracy, do której mógłby chodzić. Próbował przekonywać samego siebie, że przecież ma dzieci i wnuki. Wielu ludziom to wystarczało. Ale z Kate był złączony każdą najmniejszą komórką, dla niej chciał oddychać. Bez niej życie nie było życiem.

Niechętnie wysiadł z samochodu. W domu panowała cisza, słychać było jedynie tykanie kuchennego zegara z rodzinnego domu Kate. Kolejna pamiątka po niej.

Poszedł do swojego gabinetu. Teraz tylko tam czuł jako taki spokój. Odkąd przeszedł na emeryturę, co wieczór robił sobie posłanie na kanapie.

Na biurku jak zwykle panował idealny porządek. Był to dla niego punkt honoru. Dawniej, kiedy jeszcze pracował, jego biurko w komisariacie wyglądało równie schludnie. Pomagało mu to porządkować myśli, nadawać strukturę i kolejność faktom pozornie wyrwanym z kontekstu.

Sięgnął po teczkę z aktami sprawy. Nie potrafiłby powiedzieć, ile razy je przeglądał. Tym razem patrzył na nie z innej perspektywy. I rzeczywiście. Wiele rzeczy się zgadzało. Zbyt wiele. Odłożył papier, który trzymał w ręku. Pomylił się, popełnił błąd. Straszny błąd.

VENDELA STANĘŁA W DRZWIACH sypialni rodziców Bassego i zachwiała się na wysokich obcasach. Wino rozkosznie szumiało jej w głowie, w ogóle wszystko było przyjemne i jakby trochę odległe.

– Jak ją tu zaciągnęliście? – spytała, wskazując na leżącą na łóżku Jessie.

Nils wyszczerzył zęby.

– Musieliśmy się z Bassem mocno sprężyć.

– Panienka źle znosi alkohol – zauważył Basse, skinieniem głowy wskazując na Jessie. – Bełkotał, ale i tak wypił jeszcze łyk piwa z butelki.

Vendela spojrzała na Jessie. Całkiem odpłynęła, spała jak zabita. Patrząc na nią, Vendela jak zawsze poczuła gniew. Bo jej matce, chociaż zamordowała człowieka, nic złego się nie stało. Została nawet gwiazdą Hollywood, podczas gdy jej matka co wieczór topi swój ból w alkoholu. Ona gnije w Fjällbace, a Jessie jeździ po świecie.

Ktoś zapukał, otworzyła. Na parterze dudniło *My House* Flo Ridy, słychać było przebijające się przez muzykę krzyki gości.

– Co robicie?

W drzwiach stali trzej dziewiątoklasiści ze Strömstad. Mieli mętne spojrzenia.

– Urządzamy sobie zabawę w podgrupie – powiedział Nils, zataczając ręką łuk. – Wchodźcie.

– Kto to jest? – spytał najwyższy.

Chyba ma na imię Mathias, pomyślała Vendela.

– Taka jedna paskuda. Chciała poderwać mnie i Bassego. – Nils pokręcił głową. – Cały wieczór szukała chętnego chuja. W końcu ją tu przytaszczyliśmy.

– Co za kurwa – wybełkotał Mathias, patrząc na Jessie.

– Zobacz, jakie obrazki wrzuca do sieci – powiedział Nils, sięgając po telefon. Podsunął mu zdjęcie, na którym Jessie pokazywała piersi.

– Ale balony – zaśmiał się jeden z chłopaków.

– Prawie ze wszystkimi spała. – Nils dopił piwo z butelki i machnął nią. – Kto chce jeszcze? Bez picia nie ma imprezy.

Mruknęli coś. Nils spojrzał na Vendelę.

– Przyniesiesz nam?

Kiwnęła głową i zataczając się lekko, wyszła z pokoju.

Jakoś trafiła do kuchni, gdzie Basse schował alkohol. Na dużym blacie stało kilka butelek. Do jednej ręki wzięła karton białego wina, do drugiej dużą butelkę wódki. Do tego kilka papierowych kubków. Niosła je w zębach.

Idąc po schodach, kilka razy o mało się nie przewróciła. Zapukała łokciem, otworzył jej Basse.

Potem padł obok Nilsa, tuż obok nieprzytomnej Jessie. Mathias i tamci siedzieli na podłodze. Vendela rozdała kubki. Nalała do nich po trochu wódki i białego wina. Nikt i tak już nie czuł żadnego smaku.

– Trzeba jej dać nauczkę – stwierdził Mathias między jednym łykiem a drugim. Siedział na podłodze i kiwał się lekko.

Spojrzenia Vendeli i Nilsa spotkały się nad jego głową. Doprowadzić tę sprawę do końca? Przyszła jej na myśl mama, marzenia, których nigdy nie zrealizowała. Jej życie, które legło w gruzach tamtego dnia trzydzieści lat temu.

Kiwnęli głowami.

– Trzeba ją naznaczyć – powiedział Nils.

– Mam pisak. – Vendela sięgnęła do torebki. – Niezmywalny.

Chłopcy ze Strömstad zachichotali, a najniższy z entuzjazmem pokiwał głową.

– Super. Naznaczyć kurwę.

Vendela podeszła bliżej.

– Ale najpierw trzeba ją rozebrać.

Zaczęła rozpinać Jessie bluzkę, ale nie radziła sobie z guziczkami. W końcu chwyciła mocniej i szarpnęła.

Nils się zaśmiał.

– *That's my girl!*

– Ściągnij jej spódnicę – powiedziała do Mathiasa.

Podszedł do Jessie, chichocząc, i zaczął ją rozbierać.

Jessie miała na sobie brzydkie bawełniane majtki. Vendela skrzywiła się, ale nie była zdziwiona.

– Pomóżcie mi ją przewrócić na bok, żebym mogła jej rozpiąć stanik.

Zgłosiło się mnóstwo chętnych.

– *Wow!*

Basse gapił się na piersi Jessie. Poruszyła się lekko, kiedy znów odwrócili ją na wznak. Wymamrotała coś niezrozumiałego.

– Proszę, dolewka!

Nils podał Mathiasowi butelkę wódki, Mathias przekazał ją dalej. Vendela usiadła obok Jessie.

– Dajcie butelkę.

Nils wyciągnął do niej rękę. Uniosła Jessie głowę, a drugą ręką wlała jej wódkę prosto w otwarte usta.

– Ona też powinna się bawić na naszej imprezie – powiedziała.

Jessie zakaszlała i otrząsnęła się, ale się nie obudziła.

– Czekajcie, muszę mieć jej zdjęcie! Zapozujcie przy niej – zarządził Nils.

Wziął telefon i zaczął pstrykać. Vendela nachyliła się nad Jessie. Wreszcie górą jest jej rodzina. Wszyscy pozostali też wyjęli komórki i zaczęli pstrykać.

– Co piszemy? – spytał Basse. Nie przestawał się gapić na piersi Jessie.

– Wszyscy po kolei – odparła Vendela, zdejmując skuwkę. – Ja zacznę.

W poprzek brzucha Jessie napisała: dziwka. Chłopcy wydali radosny okrzyk. Jessie się poruszyła, ale nie zrobiła nic więcej. Vendela podała pisak Nilsowi. Pomyślał chwilę, ściągnął Jessie majtki, narysował strzałkę w dół, do włosów łonowych, i napisał: Glory Hole. Mathias ryknął śmiechem. Nils wykonał zwycięski gest i podał pisak dalej. Basse wyglądał, jakby nie wiedział, co robić. Wypił jeszcze jeden duży łyk wódki, podszedł do wezgłowia łóżka i przytrzymując głowę Jessie, napisał jej na czole: kurwa.

Wkrótce całe ciało miała pokryte napisami. Wszyscy gorączkowo robili zdjęcia. Basse nie mógł oderwać od niej wzroku.

– Słuchajcie, coś mi się wydaje, że Basse chciałby zostać z nią sam na sam – powiedział Nils, szczerząc się.

Wypchnął wszystkich z pokoju i pokazał Bassemu podniesiony kciuk. Tuż zanim drzwi się zamknęły, Vendela zobaczyła, jak Basse rozpina spodnie.

Patrik spojrzał na zegarek. Zdziwił się, że Eriki jeszcze nie ma, ale to musiało znaczyć, że dobrze się bawi. Znał ją i wiedział, że w przeciwnym razie wymyśliłaby powód, żeby wrócić do domu wcześniej.

Poszedł do kuchni, żeby posprzątać po kolacji. Dzieci były zmęczone po całym dniu zabawy i zasnęły wyjątkowo wcześnie. W domu panowała cisza. Nawet nie włączył telewizora. Miał dużo spraw do przemyślenia, wszystko kotłowało mu się w głowie, bez ładu i składu. Wreszcie ustalili coś ważnego. To był przełom. Gorzej, że nie wiedział, co to mogło znaczyć. Skoro Nea zginęła w gospodarstwie rodziców, powinni poważnie rozważyć możliwość, że zbrodnię popełnił ktoś z rodziny. W takim razie muszą powiedzieć Bergom, że na razie nie mogą wrócić do domu, że muszą przeczesać całą posesję, łącznie z szopą.

Włączył zmywarkę i poszedł do spiżarni po butelkę czerwonego wina. Nalał sobie kieliszek i wyszedł na werandę. Usiadł w wiklinowym fotelu i spojrzał na morze. Mimo że była dwunasta w nocy, nie było całkiem ciemno. Niebo było fioletowe, z odcieniami różu, słychać było, jak fale uderzają o brzeg. Weranda była ich ulubionym miejscem, chociaż właśnie uzmysłowił sobie, że ostatnio bardzo rzadko tam siadali. Zanim urodziły się dzieci, często spędzali tam całe wieczory, rozmawiając, śmiejąc się, dzieląc się marzeniami i nadziejami, robiąc plany i wytyczając szlaki, którymi chcieli pójść razem w przyszłość. Dawne dzieje. Teraz, kiedy już położyli dzieci spać, byli zbyt zmęczeni, żeby planować, a nawet marzyć. Z reguły lądowali przed telewizorem i oglądali jakiś bezsensowny program. Nierzadko kończyło się tym, że Erika szturchała go, kiedy zaczynał chrapać, i przekonywała, że lepiej się wyśpi w łóżku. Nie zamieniłby życia z dziećmi na inne, ale wolałby mieć więcej czasu na... miłość. Niby była obecna na co dzień, ale najczęściej ograniczała się do czułego spojrzenia podczas sznurowania bliźniakom bucików, szybkiego całusa przy blacie, kiedy Erika szykowała kanapki dla Mai, a on podgrzewał kaszkę dla chłopców. Funkcjonowali jak dobrze naoliwiona maszyna, jak pociąg sunący pewnie po szlakach wytyczonych w tamte wieczory na werandzie. Wolałby, żeby czasem dało się zatrzymać ten pociąg i nacieszyć się widokami.

Powinien już pójść spać, ale nie lubił zasypiać bez Eriki. Kładzenie się spać, kiedy jej połowa łóżka była pusta, wydawało mu się okropnie smutne. Zresztą od lat mieli zwyczaj – z wyjątkiem specjalnych wieczorów we dwoje – dawać sobie całusa na dobranoc, a potem, dopóki nie zasnęli, trzymać się za ręce. Dlatego wolał poczekać, chociaż wiedział, że rano musi wcześnie wstać. Gdyby się położył, i tak tylko by się przewracał na łóżku.

Dochodziła pierwsza, kiedy ktoś szarpnął za klamkę. Usłyszał, jak ktoś przeklina i niezdarnie próbuje włożyć klucz do zamka. Zastrzygł uszami. Czyżby jego ukochana żona wróciła do domu pod wpływem? Nie widział jej nietrzeźwej od czasu nocy poślubnej, ale kłopoty z zamkiem mogły oznaczać, że chyba znów jej się to zdarzyło. Odstawił kieliszek i poszedł do przedpokoju. Po drodze o mało nie potknął się o obraz, który przysłali z galerii. Erice wciąż nie udawało się otworzyć drzwi. Przekleństwa, które zza nich dochodziły, były godne marynarza. Otworzył i nacisnął klamkę. Erika trzymała w ręce klucz i patrzyła ze zdziwieniem to na niego, to na otwarte drzwi. A potem się rozpromieniła.

– Czeeeść! Kochanie!

Rzuciła mu się na szyję. Musiał się zaprzeć, żeby się nie przewrócić. Uciszał ją ze śmiechem.

– Nie tak głośno, dzieci śpią.

Kiwnęła głową i starając się utrzymać równowagę, położyła palec na ustach.

– Będę ciiiicho… Dzieci śśśpią…

– Właśnie, kochanie. – Podparł ją, zaprowadził do kuchni i posadził na krześle. Potem nalał do karafki wody i postawił ją przed nią, następnie poszedł po szklankę i dwie tabletki ibuprofenu.

– Wypij całą wodę. I połknij obie tabletki, bo jutro będziesz nieżywa…

– Jesteś dla mnie taki dobry. – Starała się skupić na nim wzrok.

Najwyraźniej podczas wieczoru panieńskiego musiały bardzo popłynąć. Patrik nie był pewien, czy chce wiedzieć, w jakim stanie jest jego matka.

– No więc... Kristina.... – Erika wypiła pierwszą szklankę wody.

Patrik nalał jej następną.

– No więc Kristina... no, twoja mama...

– Tak, wiem, kim jest Kristina.

To było całkiem zabawne. Nagrałby ją, gdyby się nie bał. Wiedział, że by go za to zabiła.

– Ona jest taaaka fajna, twoja mama – ciągnęła.

Wypiła następną szklankę i czknęła. Znów nalał do szklanki wody z karafki.

– Suuuperświetne nogi.

– Kto ma takie świetne nogi? – spytał, starając się rozsupłać mętlik w jej głowie.

– Twoja mama... Kristina. Moja teściowa.

– Aha, moja mama ma świetne nogi. Okej. *Good to know.*

Zmusił ją, żeby wypiła następną szklankę. Jutrzejszy dzień miał być dla niej dużym wyzwaniem. On musi iść do pracy, a opiekunka do dzieci, jego matka, Kristina, raczej nie będzie w formie, żeby się nimi opiekować...

– Ona cholernie dobrze tańczy. Powinni ją zaprosić do *Let's Dance*. Nie mnie. Bo ja nie umiem tańczyć. – Pokręciła głową i ostatnią szklanką popiła tabletki, które jej podetknął. – Ale fajnie było, tańczyliśmy cza-czę. Kapujesz? Cza-czę! – Czknęła, wstała z krzesła i objęła go. – Kooocham cię. Chcę zatańczyć z tobą cza-czę...

– Serce moje, chyba nie jesteś w formie, żeby teraz tańczyć cza-czę.

– Ale ja chcę! Chodź... Nie pójdę spać, dopóki nie zatańczymy...

Musiał się zastanowić. Nie wniesie jej na górę. Najlepiej będzie, jeśli zrobi tak, jak ona chce, a potem ją przekona, żeby poszła z nim do sypialni.

– Okej, kochanie, zatańczymy cza-czę. Ale chodźmy do salonu, bo boję się, że tu zwalimy wszystko na podłogę.

Popchnął ją przed sobą do salonu. Stanęła przed nim, jedną dłoń położyła mu na ramieniu, złapała go za lewą rękę. Zatoczyła się parę razy, ale w końcu udało jej się stanąć prosto. Rzuciła okiem na portret Leifa Hermanssona oparty o ścianę tuż obok.

– Popatrz sobie, Leif. Będziesz naszą cza-czaową publicznością...

Zaśmiała się z własnego żartu. Patrik lekko nią potrząsnął.

– Skup się. Teraz cza-cza. Potem idziemy spać. Okej? Obiecałaś.

– Tak, pójdziemy spać... I może nie tylko spać...

Spojrzała mu głęboko w oczy. Patrik poczuł, że od jej przesyconego alkoholem oddechu łzawią mu oczy. Musiał się powstrzymać, żeby nie kaszlnąć. Po raz pierwszy, odkąd się poznali, nie pociągała go jej propozycja.

– Cza-cza – zakomenderował.

– Tak jest. – Wyprostowała się. – Musisz robić nogami tak: raz, dwa, cza-cza-cza... Rozumiesz?

Śledził ruchy jej stóp, ale stawiała je dość bezładnie. W dodatku kilka razy się potknęła.

– No więc prawa... a potem lewa...

Z rozbawieniem starał się naśladować jej kroki, ale tak naprawdę myślał raczej o tym, jak później będzie się z nią droczył, kiedy będą to wspominać.

– Raz, dwa, cza-cza-cza, potem prawa, a potem lewa... – Potknęła się, ale ją złapał. Wpatrzyła się w portret Hermanssona. Zachwiała się i zmarszczyła brwi. – Prawa... i lewa... – mruknęła. – Zamglonym wzrokiem spojrzała na Patrika. – Już wiem, co się nie zgadza...

Położyła mu głowę na ramieniu.

– Co? Co się nie zgadza?

Potrząsnął nią, ale nie odpowiedziała. A potem usłyszał chrapnięcie. O Boże. Jak on ją zaprowadzi do sypialni? I co miała na myśli? Do tej pory nawet nie wiedział, że coś się nie zgadza.

Bohuslän 1672

Areszt znajdował się na pagórku, tuż obok gospody. Do tej pory nie zwracała na niego uwagi. Pewnie zastanawiała się, jak wygląda w środku, ale takiej ciemnicy i wilgoci sobie nie wyobrażała. Ani pełzających i biegających stworzeń, które muskały jej ręce i nogi.

Było to niewielkie pomieszczenie przeznaczone głównie dla osobników, którzy za dużo wypili w gospodzie albo w domu bili żony i dzieci.

Była tam sama.

Dygotała od wilgotnego zimna. Objęła się rękami. Wciąż miała w uszach krzyk Märty, czuła rączki czepiające się jej spódnicy.

Zabrali z czworaków jej rzeczy. Zioła i wywary, książkę po babce z obrazkami dla niepiśmiennych, które wyjaśniały, co z czym i jak mieszać. Nie wiedziała, co z tym zrobili.

Wiedziała natomiast, że znalazła się w poważnych tarapatach.

Za dwa dni wróci Preben i zakończy to szaleństwo. Wróci z Lur i wszystko wyprostuje. Zna landwójta, na pewno z nim porozmawia. I przemówi do rozsądku Britcie. Chciała jej tylko dać nauczkę i nastraszyć. Przecież nie chciała jej śmierci.

A potem przypomniała sobie leśne jeziorko. Przerażone spojrzenie Märty, kiedy się topiła. Kotkę, która przepadła i nie wróciła. Owszem, możliwe, że Britta chce jej śmierci, ale Preben przecież na to nie pozwoli. Będzie na nią zły, kiedy do niego dotrze, co zrobiła. Pomyślała, że musi wytrzymać te dwie doby, a potem wróci do domu. Do Märty. Nie wiedziała, gdzie się potem podzieją, bo pod dachem Britty nie będą mogły zostać.

Szczęknął zamek i w drzwiach stanął landwójt. Podniosła się z podłogi i otrzepała spódnice.

– Naprawdę musicie mnie tu trzymać jak jakiego zbrodniarza? Mam córkę, nie mogłabym czekać w domu, aż się wyjaśni ta sprawa? Przyrzekam, że odpowiem na wszystkie wasze pytania, i wiem, że wielu poświadczy, że nie jestem czarownicą.

– Nigdzie nie pójdzie – syknął landwójt, prostując się wyniośle. – Już ja wiem, do czego jest zdolna i do jakich sztuczek uciekają się takie oblubienice szatana. Zapewniam, że jestem człowiekiem bogobojnym i nie działają na mnie ani zaklęcia, ani diabelskie ślubowania.

– Nie wiem, o czym mówicie – odparła Elin z rozpaczą.

Jak to się mogło stać? Co takiego zrobiła, że landwójt patrzy na nią z taką odrazą? To prawda, że zgrzeszyła, zarówno jej ciało, jak i dusza uległy słabości, ale zapłaciła za to. Nie mogła zrozumieć, dlaczego Bóg domaga się od niej jeszcze większego zadośćuczynienia za grzechy. Uklękła na brudnej ziemi, splotła dłonie i zaczęła się żarliwie modlić.

Landwójt spojrzał na nią z obrzydzeniem.

– Nie dam się nabrać na takie wybiegi. Już ja wiem, kim jest Elin, a niedługo dowie się cała okolica.

Drzwi trzasnęły i w celi znów zapadła ciemność. Elin modliła się, aż zdrętwiały jej nogi i straciła czucie w rękach. Nikt jej nie słuchał.

ERIKA OTWORZYŁA OCZY. Mrużyła je od światła. Obok stała Maja.

– Mamo, dlaczego śpisz na kanapie?

Erika się rozejrzała. Właśnie, dlaczego śpi na kanapie? Musiała się oprzeć, żeby usiąść, głowa jej pękała. A Maja stała obok i czekała na odpowiedź.

– Mam chyba grypę żołądkową, więc wolałam spać tu, żeby nie zarazić taty – wyjaśniła.

– Biedna mama – powiedziała Maja.

– Oj tak, biedna mama – powtórzyła Erika, krzywiąc się.

Boże, takiego kaca nie miała od wesela i już nie pamiętała, że człowiek czuje się wtedy tak, jakby za chwilę miał umrzeć.

– O, trup się obudził – zauważył zbyt radośnie Patrik. Wszedł do pokoju z bliźniakami na rękach.

– Zastrzel mnie – jęknęła Erika, podnosząc się. Od razu zakręciło jej się w głowie. W ustach miała papier.

– To musiał być udany wieczór panieński – stwierdził Patrik ze śmiechem.

Raczej nie miała wątpliwości, że z niej drwi.

– Rzeczywiście, świetnie się bawiłyśmy – przyznała. – Tylko trochę za dużo było tych drinków. Twoja mama chyba też czuje się tak, jak na to zasługuje...

– Cieszę się, że nie byłem świadkiem jej upadku. Wystarczy, że ciebie widziałem, kiedy wróciłaś do domu.

Posadził dzieci przed telewizorem i włączył ich ulubiony kanał.

– Mama jest chora. Musimy być dla niej bardzo mili – powiedziała Maja i usiadła obok Noela i Antona.

Bliźniacy kiwnęli głowami i oglądali dalej.

– O której wróciłam? – spytała, gorączkowo usiłując wypełnić luki w pamięci.

– Około pierwszej. Koniecznie chciałaś tańczyć. Uparłaś się, że mnie nauczysz cza-czy.

– Ojej. – Złapała się za głowę. Wiedziała, że będzie ją to słono kosztowało.

Patrik spoważniał. Usiadł obok niej na kanapie.

– Zanim zasnęłaś, powiedziałaś coś dziwnego. Patrzyłaś na portret Hermanssona i powtarzałaś coś... że prawy i lewy, że już rozumiesz, co się nie zgadza. Przypominasz sobie?

Starała się, ale nic jej nie przychodziło do głowy. Ostatnim, co zapamiętała, to był drink, który przed nią postawili. Long Island Ice Tea. Powinna wiedzieć, że nie należy pić takich rzeczy, ale taka mądrość po szkodzie nie na wiele mogła się zdać. Nie umiała sobie przypomnieć nawet tego, jak wróciła do domu. Spojrzała na swoje czarne od spodu stopy i domyśliła się, że przyszła boso.

– Nie, nie pamiętam – powiedziała, krzywiąc się. – Niestety.

– Spróbuj sobie przypomnieć. Prawy. Lewy. Powiedziałaś to chwilę przed tym, jak zasnęłaś. Jakby te słowa coś ci uprzytomniły...

W głowie miała taki łomot, że nie była w stanie myśleć.

– Niestety. Ale może mi się przypomni. – Drgnęła i znów się skrzywiła. – Ale przypomniała mi się inna rzecz z przedwczoraj. Zapomniałam ci powiedzieć, tyle było załatwiania przed tym wieczorem panieńskim.

– Co takiego?

– Przepraszam, powinnam była ci powiedzieć od razu, ale wróciłeś późno, a ja byłam pochłonięta organizowaniem imprezy. W piątek przypadkiem spotkałam Marie Wall. Przechodziłam koło portu. Kręcili zdjęcia i akurat mieli przerwę. Zawołała mnie, bo dowiedziała się, że chciałabym z nią porozmawiać. Usiadłyśmy w Café Bryggan i rozmawiałyśmy o sprawie Stelli. Ale nie to jest najważniejsze. Już wychodziłam, kiedy podeszła do mnie charakteryzatorka. Powiedziała, że Marie wcale nie ma alibi, bo to ona spała wtedy z reżyserem, nie ona.

– O kurde – wyrwało mu się.

Widziała, że w jego głowie trwa gonitwa myśli.

Pomasowała sobie skronie.

– I jeszcze jedno... Marie mówi, że tuż przed zniknięciem Stelli ktoś mignął jej w lesie. Policja jej nie uwierzyła, ale powiedziała im o tym, dopiero kiedy wycofały zeznania. Tak czy inaczej podejrzewa, że to ten ktoś znów zaatakował.

Patrik pokręcił głową. Wydało mu się to naciągane.

– Wiem, ale wolałam ci powtórzyć. A w ogóle to jak wam idzie? – ciągnęła, chociaż język przyklejał jej się do podniebienia. – Wczoraj przeszukaliście gospodarstwo?

– Dobrze poszło.

Opowiedział jej, co znaleźli w stodole. Zrobiła wielkie oczy. Trudno orzec, co to może znaczyć, ale ustalenie, gdzie zginęła Nea, niewątpliwie było przełomem.

– Kiedy dostaniecie wyniki badania śladów?

– W połowie tygodnia – westchnął Patrik. – Wolałbym mieć je na wczoraj. To bardzo denerwujące, kiedy się nie wie, jaki ma być następny krok. Dziś przesłuchamy rodziców. Zobaczymy, co to da.

– Wierzysz, że to któreś z nich? – spytała, chociaż nie była pewna, czy chce znać odpowiedź.

Zabójstwa dzieci popełniane przez rodziców są najgorsze. Miała świadomość, że to się zdarza, chociaż nie potrafiła tego pojąć. Patrząc na swoje dzieci siedzące na podłodze przed telewizorem, czuła całą sobą, że byłaby gotowa zrobić wszystko, żeby je chronić.

– Nie wiem – odparł. – Nasz problem polega na tym, że jest wiele możliwości, ale nie ma wyraźnych tropów. Do tego wszystkiego mówisz mi, że Marie Wall nie ma alibi. Co otwiera jeszcze więcej możliwości.

– Zobaczysz, wszystko się wyjaśni – powiedziała, głaszcząc go po ramieniu. – Może już za kilka dni będziesz wiedział więcej.

– To prawda.

Kiwnął głową w stronę dzieci.

– Dasz sobie z nimi radę w tym stanie?

Najchętniej odpowiedziałaby, że nie, ale sama sobie zafundowała kaca i musiała ponieść konsekwencje. Wiedziała, że czeka ją długi dzień, że będzie musiała przekupywać dzieci telewizją i innymi rzeczami.

Patrik dał jej całusa na pożegnanie i pojechał do pracy. Wpatrzyła się w portret stojący pod ścianą. W głowie miała łomot. O co jej mogło chodzić? Za nic nie mogła sobie przypomnieć. W głowie wciąż miała gęstą mgłę.

Patrik wcisnął nagrywanie i odczytał formułkę: data, godzina, obecni w pokoju przesłuchań. Potem w milczeniu spojrzał na siedzącego naprzeciwko Petera Berga. Wyglądał, jakby w ciągu tygodnia postarzał się o dziesięć lat. Patrik mu współczuł, ale nie miało to nic do rzeczy. Ulegając emocjom, łatwo można się pomylić co do drugiego człowieka. Już mu się to zdarzało i nauczył się, że nic nie jest oczywiste.

– Jak często korzystacie ze stodoły? – spytał.

Peter zmrużył oczy.

– Co? Stodoła? Właściwie wcale nie korzystamy. Poza kotem nie mamy żadnych zwierząt, nie służy nam nawet jako magazyn, bo staramy się nie gromadzić zbyt wielu rzeczy. – Mówiąc to, uważnie patrzył na Patrika.

– A kiedy ostatnio tam wchodziliście?

Peter podrapał się w głowę.

– Chyba wtedy, kiedy szukaliśmy Nei – powiedział.

– A przedtem?

– Nie wiem. Może tydzień wcześniej, wtedy też jej szukałem. Właściwie tylko ona tam chodziła, mówiła, że tam jest fajnie. Bawiła się z kotem, którego z jakiegoś powodu nazywała czarnym kotem. – Zaśmiał się i śmiech natychmiast uwiązł mu w gardle. – Dlaczego pyta pan o stodołę?

Nie dostał odpowiedzi.

– Jest pan pewien, że było to na tydzień przed jej zniknięciem? Potrafi pan określić dokładniej?

Peter pokręcił głową.

– Naprawdę nie mam pojęcia. Zgaduję, że tydzień.

– A żona? Nie wie pan, kiedy mogła tam być ostatnio?

– Nie wiem. Ją spytajcie. Ale ona też nie miała powodu tam chodzić. Już mówiłem, nie korzystaliśmy ze stodoły.

– Czy zauważył pan, żeby ktoś tam wchodził albo kręcił się w pobliżu?

– Nie. Chociaż tak, raz wydawało mi się, że widziałem tam jakiś ruch. Wszedłem i rozejrzałem się, ale wyszedł do mnie kot, więc to pewnie on. – Spojrzał uważnie na Patrika. – Uważacie, że ktoś tam był? Nie rozumiem, do czego pan zmierza.

– Jak często córka wchodziła do stodoły? Wie pan, co tam robiła?

– Nie, poza tym, że bardzo lubiła się tam bawić. Świetnie umiała się bawić sama. – Głos mu się załamał i zakaszlał. – Często mówiła: idę do stodoły bawić się z czarnym kotem. Kot jest wielkim pieszczochem.

– Zauważyłem. – Patrik się uśmiechnął. – A tamtego ranka, kiedy zniknęła... czy zwrócił pan uwagę na coś w stodole albo wokół niej? Ważny może być każdy szczegół.

Peter pokręcił głową.

– Nie, wszystko było jak zwykle. Cisza, spokój.

– Wchodzicie czasem na stryszek w stodole?

– Nie, chyba żadne z nas tam nie było, odkąd tu zamieszkaliśmy. I zabroniliśmy Nei wchodzić na górę. Tam nie ma poręczy ani siana, które by złagodziło upadek, gdyby spadła. Wiedziała, że jej nie wolno.

– I była posłuszna?

– Tak, ona jest... była posłusznym dzieckiem. Skoro jej powiedzieliśmy, że nie wolno wchodzić na stryszek, to na pewno nie wchodziła.

– A jak się zachowywała wobec obcych? Zaufałaby komuś nieznajomemu?

– Niestety chyba nie nauczyliśmy jej, że są też niedobrzy ludzie. Lgnęła do wszystkich i wierzyła, że wszyscy są dobrzy. Każdego traktowała jak najlepszego kolegę do zabawy. Mówiła, że jej najlepszym przyjacielem jest czarny kot, więc należałoby dodać, że za przyjaciół uważała zarówno ludzi, jak i zwierzęta. – Głos znów mu się załamał. Musiał wziąć się w garść.

Patrik zacisnął pięści. Nie wiedział, jak przejść do następnej kwestii.

– Słyszeliśmy to i owo od policji z Uddevalli.

Peter drgnął.

– Co takiego?

– O pana wybuchach agresji po alkoholu.

– To było wiele lat temu. Miałem wtedy problemy w pracy – powiedział, kręcąc głową. Spojrzał na Patrika. – Wy myślicie, że... Nigdy nie zrobiłbym krzywdy dziecku. Ani żonie. Przecież to moja rodzina, nie rozumie pan? – Ukrył twarz w dłoniach. Jego ramionami wstrząsał szloch. – O co chodzi? Dlaczego wyciągacie moje stare grzechy? Dlaczego wypytujecie o stodołę? Co tam znaleźliście?

– Nie mogę teraz powiedzieć nic więcej – odparł Patrik.

– Możliwe, że będziemy musieli zadać wam jeszcze jakieś pytania. Jak pan wie, Gösta Flygare przesłuchuje w tej chwili pańską żonę. Pyta mniej więcej o to samo. Doceniamy waszą wolę współpracy. Proszę nam zaufać, robimy wszystko, co się da.

– Czy to pewne... że to nie ten Syryjczyk? – Peter wytarł łzy.

– Wiem, że mój ojciec ma bardzo zdecydowane poglądy, pociągnął nas za sobą... Zresztą wszyscy mówili o ludziach z ośrodka dla uchodźców. Człowiek w końcu ulega...

– Mamy pewność, że ten człowiek nie jest tym, którego szukamy. Ktoś chciał go wrobić, więc ukradł majteczki z suszarki już po zniknięciu Nei.

– Jak oni się czują? – spytał Peter, nie patrząc mu w oczy.

– Szczerze mówiąc, niedobrze. Nie wiadomo, czy jego żona w ogóle z tego wyjdzie, a Karim, bo tak ma na imię, ma ciężko poparzone ręce.

– A co z dziećmi? – Peter podniósł wzrok.

– Całe i zdrowe – uspokoił go Patrik. – Chwilowo mieszkają u mojej koleżanki z pracy, dopóki ich ojca nie wypiszą ze szpitala.

– Przykro mi, że my... – nie dokończył.

Patrik kiwnął głową.

– Okej. Każdy wierzy w to, w co chce, a uchodźcy to niestety wygodni chłopcy do bicia. Za różne rzeczy.

– Nie powinienem był...

– Trudno, stało się. Staramy się ustalić, kto podpalił ośrodek i kto zamordował wasze dziecko.

– Musimy się dowiedzieć – powiedział Peter z desperacją. – Inaczej tego nie przeżyjemy. Moja żona tego nie przeżyje. Zabije nas niepewność.

– Robimy, co w naszej mocy – odparł Patrik.

Świadomie nie użył żadnego słowa, które byłoby obietnicą. W tym momencie nie był pewien, czy im się uda. Wygłosił komunikat o zakończeniu przesłuchania i wyłączył magnetofon.

Najpierw zdała sobie sprawę, że zbiera jej się na wymioty, a potem, że leży na czymś nierównym, skotłowanym. Miała sklejone powieki, musiała się mocno postarać, żeby otworzyć oczy. Nie poznała sufitu, który nad nią wirował. Zemdliło ją jeszcze bardziej. Na ścianach były tapety w biało-niebieskie paski. Nie przypominała sobie, żeby je kiedyś widziała. Wstrząsnęło jej ciałem. W panice odwróciła głowę i wymiociny wylądowały na podłodze. Miały intensywny, ohydny smak i śmierdziały wódką.

Jęknęła. Przekręciła się i poczuła, że się lepi. Przesunęła palcami po piersiach i zdała sobie sprawę, że to też wymiociny.

Przeraziła się. Gdzie ona jest? Co się stało?

Usiadła powoli. Przeszył ją dreszcz. Znów ją zemdliło, ale udało jej się nie zwymiotować. Pochyliła głowę i w pierwszej chwili nie potrafiła zrozumieć tego, co widzi. Była naga, jej ciało pokrywały czarne kreski. Dopiero po chwili dotarło do niej, że to słowa wypisane na jej ciele. Jakby ktoś je wbijał jej do mózgu.

Kurwa. Dziwka. Tłuścioch. Maszkara.

Ścisnęło ją w gardle.

Gdzie ona jest? Kto jej to zrobił?

Nagle przypomniało jej się, jak siedziała na fotelu. Jak częstowali ją drinkami z wódką.

Impreza u Bassego.

Okryła się kołdrą i rozejrzała. To chyba sypialnia rodziców. Na szafce nocnej stały zdjęcia uśmiechniętej rodziny. Tak, na zdjęciu był Basse. Roześmiany, na żaglówce między mężczyzną a kobietą z szerokimi rzędami białych zębów.

Wróciły mdłości. W tym momencie uświadomiła sobie, że od początku taki był plan. Cały czas udawali. Vendela, która nagle zapragnęła się z nią zaprzyjaźnić. Tamci udawali, że też są jej kumplami. Wszystko było nieprawdą.

Zupełnie tak samo jak w Anglii.

Podkuliła kolana. Już nie czuła smrodu, tylko dojmujący ucisk w piersi.

Zabolało ją między nogami. Dotknęła się tam. Lepiła się i chociaż nie miała doświadczenia, wiedziała, co to jest. Bydlaki.

Z wysiłkiem spuściła nogi z łóżka. Wstała, zachwiała się i już nie mogła powstrzymać odruchu wymiotnego.

Wytarła usta wierzchem dłoni i przeszła nad kałużą do łazienki.

Na widok swojego odbicia w lustrze gwałtownie zamrugała oczami, żeby się pozbyć łez. Tusz jej się rozmazał. Na szyi i na piersiach miała resztki wymiocin. A na czole napis kurwa. Całe policzki zapisane brzydkimi słowami.

Rozpłakała się i kilka minut stała pochylona nad umywalką. W końcu weszła pod prysznic i stanęła pod parującym strumieniem. Skórę miała czerwoną od gorąca. Zmyła wymiociny, ale czarne słowa stały się jeszcze wyraźniejsze.

Jakby krzyczały do niej. A w podbrzuszu pulsował ból.

Wzięła z półki butelkę żelu i wylała go na siebie. Umyła się między nogami, usuwając resztki lepkiego paskudztwa. Nigdy więcej nie pozwoli się tam nikomu dotknąć. To miejsce zostało skalane, zepsute.

Tarła i tarła, ale słowa wciąż nie chciały zniknąć. Została naznaczona. Zapragnęła zrobić im to samo.

Stojąc pod strumieniem gorącej wody, podjęła decyzję: zapłacą za to. Wszyscy, co do jednego.

Opiekowanie się dziećmi, kiedy człowiek ma kaca, powinno być karą za ciężkie przestępstwa. Erika nie miała pojęcia, jak przeżyć ten dzień. Dzieci swoim szczególnym węchem wyczuły, że nie jest w najlepszej formie, i korzystały z okazji. Maja jak zwykle była spokojna i grzeczna, ale bliźniacy zachowywali się jak dzikusy. Darli się, bili, chodzili po meblach, a każde zwrócenie uwagi skutkowało długim i głośnym płaczem, od którego pękała jej głowa.

Kiedy zadzwonił telefon, w pierwszej chwili zamierzała nie odbierać. Poziom hałasu nie pozwalał na normalną rozmowę. A potem zobaczyła, że to Anna.

– No cześć, jak się dzisiaj czujesz?

Jej głos brzmiał nieprzyzwoicie rześko. Pożałowała, że odebrała. Kontrast był zbyt duży. Spróbowała się pocieszyć, że gdyby nie ciąża, Anna zapewne byłaby w jeszcze gorszym stanie.

– Udało ci się wczoraj wrócić do domu? Jak wychodziłam, jeszcze tam byłaś, i martwiłam się, że nie trafisz...

Zaśmiała się. Erika westchnęła. Następna bliska osoba, która do śmierci będzie jej z tego powodu dokuczać.

– Wrócić wróciłam, chociaż nie mogę powiedzieć, żebym coś pamiętała. Sądząc po stopach, przyszłam boso.

– Co za wieczór! Kto by przypuszczał, że panie umieją się tak bawić! A jakie historie opowiadały! Myślałam, że mi uszy odpadną.

– Mogę ci tylko powiedzieć, że już nigdy nie spojrzę na Kristinę tymi samymi oczami.

– Tańce też były fajne.

– O tak. Podobno po powrocie do domu uparłam się, że nauczę Patrika tańczyć cza-czę.

– Naprawdę? Wiele bym dała, żeby to zobaczyć.

– A kiedy tańczyliśmy, zasnęłam z głową na jego ramieniu, więc musiał mnie położyć na kanapie. Teraz czuję się tak, jak na to zasługuję. Chłopaki, rzecz jasna, wyniuchali, że mama dziś słabuje, i atakują stadnie.

– Biedactwo – powiedziała Anna. – Jeśli chcesz odpocząć, mogę ich wziąć na trochę. I tak siedzę w domu.

– Nie, nie, jest okej.

Propozycja była nęcąca, ale sumienie mówiło jej, że sama jest sobie winna.

Rozmawiając, chodziła po pokoju. Właśnie zatrzymała się przed portretem Leifa Hermanssona. Widziała go na zdjęciach i pomyślała, że został uchwycony bardzo trafnie. Portret przekazywał więcej niż zdjęcia, widać było jego osobowość. Miała wrażenie, jakby na nią patrzył. Wyprostowany i dumny siedział za biurkiem, na którym panował wzorowy porządek. Przed nim plik papierów, w ręku pióro, obok szklaneczka whisky. Wpatrywała się w portret i nagle mgła się rozeszła. Przypomniała sobie, na co wpadła, zanim zasnęła z głową na ramieniu Patrika.

– Anno, mogę zmienić zdanie? Mogłabyś do nas na trochę przyjechać? Muszę jechać do Tanumshede.

Karim odwrócił głowę w stronę okna. Czuł się dojmująco samotny, chociaż odwiedzali go różni ludzie. Ale kiedy wpadli Bill, Khalil i Adnan, nie umiał z nimi rozmawiać. Nawet w ich obecności czuł się samotny i opuszczony. Co innego z Aminą u boku. Wtedy wszędzie czuł się jak w domu. Ona była całym jego światem.

Z początku nie był pewien, czy powinien się zgodzić, żeby dzieci zamieszkały u policjantki. Przecież to wszystko przez policję. Ale miała takie dobre oczy. Zresztą ona też była obca.

Rano mógł porozmawiać z dziećmi przez telefon. Dowiedział się, że jest im dobrze. Najpierw niespokojnie wypytywały o mamę i o to, jak długo on zostanie w szpitalu, a potem opowiadały o nowym koledze, który ma na imię Leo, o jego zabawkach, o tym, że jest też fajna dzidzia, a Rita pysznie gotuje, chociaż zupełnie inaczej niż mama.

Cieszył się, słuchając ich wesołych głosików, ale męczył go wielki niepokój o żonę. Za każdym razem, kiedy pytał o Aminę, lekarze robili coraz bardziej zmartwione miny. Raz pozwolili mu ją odwiedzić. W pokoju było bardzo gorąco, trzydzieści dwa stopnie. Pielęgniarka wyjaśniła mu, że poparzeni pacjenci wskutek utraty płynów mają obniżoną temperaturę. Dlatego w sali musi być cieplej.

Do tego jeszcze odór, od którego aż oczy łzawiły. Przypominał smród pieczonej wieprzowiny. Tak cuchnęła jego ukochana Amina. Leżała bez ruchu. Chciał ją dotknąć, ale się nie odważył. Zgolili jej włosy. Kiedy zobaczył jej spaloną skórę, nie mógł się powstrzymać od szlochu. Jej twarz błyszczała od wazeliny, duża część ciała była w bandażach.

Utrzymywali ją w śpiączce farmakologicznej. Była podłączona do respiratora, który pomagał jej oddychać. Przez cały czas kręcili się przy niej różni ludzie. Prawie nikt na niego nie patrzył. Był im wdzięczny, że robią, co mogą, żeby jej pomóc.

Mógł tylko czekać. I się modlić. Pomyślał, że Szwedzi chyba nie wierzą w skuteczność modlitwy. On modlił się dniami i nocami, żeby została z nim i z dziećmi, żeby Bóg im ją wypożyczył jeszcze na trochę.

Za oknem świeciło słońce, ale nie było to jego słońce. Ani jego kraj. I nagle uderzyła go pewna myśl. Czy to znaczy, że uciekając, zostawił za sobą również swojego Boga?

Kiedy lekarz wszedł do jego pokoju wolnym krokiem, wiedział, że tak jest. Wystarczyło jedno spojrzenie, żeby zrozumiał, że został sam.

– Jest trochę nowych faktów, do których trzeba się ustosunkować – powiedział Patrik. Stał, żeby skupiać na sobie uwagę.

Annika przygotowała przedpołudniową przegryzkę. Na stole były chleb, masło, ser, plasterki pomidorów, sok i kawa.

Właśnie tego było Pauli trzeba. Przed wyjściem z domu zjadła tylko jeden kawałek chrupkiego chlebka, i to tylko dlatego, że Johanna nalegała. Smarując sobie kanapkę, spojrzała na

Martina. Wyglądał, jakby w nocy prawie nie spał, ale nie tak, jakby mówił: przez całą noc oka nie zmrużyłem, tylko raczej: całą noc baraszkowałem. Uśmiechnęła się znacząco. Martin się zaczerwienił. Cieszyła się razem z nim, a jednocześnie miała nadzieję, że ta nowa miłość nie skończy się płaczem i zgrzytaniem zębów. Tego miał aż nadto.

Skupiła się na tym, co mówił Patrik.

– Jak wiecie, podczas wczorajszego przeszukania w gospodarstwie Bergów dokonaliśmy kilku ważnych odkryć. Ekipa kryminalistyczna znalazła w stodole papierek po czekoladowym wafelku. Tkwił w szparze między deskami. Nie wiemy ani jak, ani kiedy się tam znalazł, ale Nea miała w żołądku resztki wafelka i czekolady, więc zapewne jest jakiś związek. Zwłaszcza jeśli weźmiemy pod uwagę to, co znaleźli później.

Umilkł. Nikt się nie odezwał. Wiadomość o odkryciu podziałała poprzedniego dnia jak bomba. Tchnęła nowe życie w ich dochodzenie. A już zaczynali wątpić, czy uda się wyjaśnić tę sprawę.

– Kiedy się dowiemy, czy to krew Nei? – spytał Martin.

– Według Torbjörna prawdopodobnie w połowie tygodnia. – Patrik wypił łyk soku i ciągnął: – Mamy jeszcze jedno odkrycie. Torbjörn dzwonił przed chwilą i powiedział, że znaleźli jeszcze coś. Wczoraj wyjechałem stamtąd, kiedy skończyli badać stodołę. Potem mieli przeczesać teren wokół budynków. Według Torbjörna miało im to zająć resztę popołudnia i wieczór. Ani on, ani ja nie sądziliśmy, że znajdą coś jeszcze, ale myliliśmy się. – Zrobił przerwę, żeby wrażenie było większe. – W wysokiej trawie przed stodołą technik znalazł zegarek. Dziecięcy zegarek z obrazkiem z *Krainy lodu*… Rano, kiedy przesłuchiwałem Petera, jeszcze tego nie wiedziałem, ale oczywiście zadzwoniłem do nich i Eva Berg potwierdziła, że Nea miała taki zegarek i że nosiła go prawie codziennie. Jeszcze go nie zidentyfikowali, ale chyba możemy przyjąć, że to jej zegarek.

Paula głośno odetchnęła. Wiedziała, co to znaczy.

– Sprzączka była uszkodzona, szkiełko rozbite, zegarek zatrzymał się na godzinie ósmej. Oczywiście musimy się wystrzegać wyciągania pochopnych wniosków, ale prawdopodobnie udało nam się ustalić nie tylko miejsce, ale również przybliżony czas jej śmierci.

– Czyli umarła około ósmej rano. A później została przeniesiona tam, gdzie ją znaleźliśmy – powiedział Mellberg, drapiąc się w głowę.

– Owszem, to najbardziej prawdopodobny scenariusz – potwierdził Patrik.

Martin podniósł rękę.

– Czy to coś zmienia, jeśli chodzi o alibi Marie Wall i Helene Jensen?

– Właściwie nie – odparł Patrik. – Helen nie przedstawiła przekonującego alibi ani na noc, ani na ranek, kiedy zaginęła Nea. Mówi, że zażyła tabletkę nasenną i twardo spała do dziewiątej, a potem poszła biegać. Tylko że nikt tego nie może potwierdzić, bo jej mąż wyjechał, a syn nie widział jej aż do wczesnego popołudnia. Marie twierdziła, że ma alibi na noc i na rano, ale Erika powiedziała mi potem coś dziwnego. W piątek spotkała ją przypadkiem. Poszły porozmawiać do Café Bryggan. Kiedy Marie musiała wrócić na plan, do Eriki podeszła charakteryzatorka z ekipy i powiedziała, że Marie wcale nie ma alibi, bo to ona spędziła noc i poranek z reżyserem.

– O kurde – odezwał się Martin.

– Na pewno powiedziała prawdę? Może to jakaś konfabulacja? Może powiedziała to z zazdrości? – zasugerowała Paula.

– Trzeba spytać Marie. Reżysera też, no i tę charakteryzatorkę. Jeśli jest tak, jak mówi, to Marie bez wątpienia będzie musiała się wytłumaczyć. I wyjaśnić, dlaczego kłamała w sprawie alibi.

– Ale ten cały Jörgen też przyznał, że spędził z nią noc – przypomniał Martin. – Po co miałby tak mówić, jeśli to nie była ona?

Paula spojrzała na niego i westchnęła. Dobry policjant, ale bardzo naiwny.

– Marie jest gwiazdą filmu o wielomilionowym budżecie. Inwestorzy liczą na to, że film będzie kasowym sukcesem. Przypuszczam, że reżyser byłby gotów powiedzieć wszystko, byle nie narazić na szwank takiego przedsięwzięcia.

– O kurde, nie przyszło mi to do głowy – odparł Martin.

– Bo jesteś za dobry – stwierdziła Paula.

Przyjął to z obrażoną miną. Ale nie zaprotestował, więc pewnie zdawał sobie sprawę, że Paula ma rację.

– Najpierw sprawdźmy, co ona powie – powiedział Patrik. – Pomyślałem, że zaraz po zebraniu pojedziemy do niej z Göstą. Jeśli jednak przyjmiemy, że w charakteryzatorni w Tanumshede była już o dziewiątej, to nie wiem, jak mogłaby o ósmej zamordować Neę.

– Okej. Wróćmy do papierka po wafelku, dobrze? – zaproponowała Paula. – Kiedy będą wyniki badań? Mogły na nim być odciski palców i ślady śliny.

Patrik przytaknął.

– Na to liczymy, ale będziemy wiedzieli dopiero, kiedy dostaniemy wyniki do ręki. Sprawa jest priorytetowa, ale wszystko się może zdarzyć.

– Więc w połowie tygodnia? – zapytał Martin.

– Tak mi powiedział Torbjörn.

– Znaleźliście jeszcze coś? Ślady butów? Odciski palców?

Paula zjadła do końca kanapkę i zaczęła szykować sobie następną. Ona też niewiele spała, a brak snu sprawił, że zgłodniała.

– Nie. Ktoś starannie wysprzątał stodołę. Papierek znalazł się dzięki temu, że wpadł w szparę. Dlatego ten, kto tam posprzątał, go przeoczył.

Martin znów podniósł rękę. Jego przekrwione oczy pasowały do włosów.

– Kiedy Pedersen dokończy raport?

– Ciągle odpowiada, że za kilka dni – odparł Patrik. – Są po uszy zawaleni robotą. On się naprawdę stara, ale to cholernie denerwujące.

– A co z jej rodzicami? Pamiętaj, co zawsze mówię: że szukać sprawcy zawsze należy najpierw wśród najbliższej rodziny – powiedział Mellberg, szykując sobie piętrową kanapkę z sześciu kromek chleba.

Paula uśmiechnęła się w duchu. Wiedziała, że wieczorem jak zwykle będzie wmawiał jej matce, że jest strasznie głodny, bo przez cały dzień prawie nic nie jadł. I jeszcze doda, że nie rozumie, dlaczego tyje, przecież je jak ptaszek.

– Domyślają się, że coś znaleźliśmy, ale nie wiedzą co – powiedział Gösta. – Oboje zeznali, że nie korzystali ze stodoły. Chodziła tam jedynie Nea. Ani w dniu jej zaginięcia, ani wcześniej nie widzieli, żeby się tam kręcił ktoś obcy. W pobliżu też nie.

Spojrzał pytająco na Patrika, który dodał:

– Kiedyś Peterowi wydawało się, że dostrzegł jakiś ruch w stodole, ale kiedy tam poszedł, zobaczył tylko kota. Mówię o tym na wszelki wypadek.

– Czyli co o tym myślimy? – spytała Paula. – Ktoś mógł się schować w stodole i zaatakować Neę? Czy cokolwiek świadczy o tym, że sprawa ma tło seksualne? Jakieś ślady spermy?

Wspomniała o tym z największą niechęcią, bo gwałty na dzieciach jawiły jej się jako koszmar, ale nie mogła zamknąć oczu na taką możliwość.

– Jeśli tak, to będzie coś o tym w raporcie z sekcji zwłok – powiedział Patrik. – Owszem, ktoś mógł na nią czekać w stodole. Przekupił ją czekoladą, a potem… jeden Bóg wie, co było potem.

– Poszedłem do lasu, za dom, żeby się rozejrzeć – relacjonował Gösta. – Chciałem sprawdzić, czy można było wyjść z lasu i niezauważenie ściągnąć majteczki z suszarki na bieliznę. Bo sądzę, że sprawca tak zrobił. Przez podwórko nie mógłby przejść niezauważony. Stwierdziłem, że przez krzaki można się zakraść aż pod boczną ścianę domu, tam, gdzie stoi suszarka. Jest też sporo miejsc, z których można obserwować całe obejście. Może ktoś ją śledził i zwrócił uwagę, że często bawi się w stodole. Mógł również zauważyć, że ojciec gdzieś pojechał i została sama z matką. Jeśli sprawca jest mężczyzną, to zapewne kobietę uważał za znacznie mniejsze zagrożenie.

– Zdarza się, że przestępcy seksualni, zanim zaatakują, przez pewien czas śledzą ofiarę – przypomniała Paula. Odłożyła kanapkę. Odechciało jej się jeść.

– Las za domem został wczoraj dokładnie przeszukany – powiedział Patrik. – Nic nie znaleźliśmy, poza jakimiś śmieciami. – Spojrzał na Paulę. – A co z pożarem? I z próbą wrobienia Karima? Udało wam się coś ustalić?

Chciałaby mieć coś do powiedzenia, ale ona i Martin ciągle trafiali w ślepy zaułek. Nikt nic nie wiedział. Nikt się nie przyznawał. Czasem ktoś mruknął, że dostali za swoje, tylko tyle.

– Na razie nic – odparła. – Ale się nie poddajemy. Wcześniej czy później ktoś się wygada.

– Uważacie, że to zostało zorganizowane? – spytał Mellberg. – Czy to raczej wybryk nastolatków?

Był wyjątkowo milczący, może nawet miał na tyle rozumu, żeby się wstydzić roli, jaką w tym wszystkim odegrał.

Paula chwilę się zastanawiała.

– Trudno powiedzieć – zawahała się. – Wiem tylko, że stała za tym nienawiść. Nie umiem powiedzieć, czy sprawca zdecydował się pod wpływem chwili, czy wszystko zaplanował.

Mellberg kiwnął głową. Pogłaskał Ernsta i nie zadawał więcej pytań. Pauli ulżyło. Wydawało jej się nawet, że wie, dlaczego Mellberg podchodzi do tego tak poważnie. Przez cały ranek bawił się z wnukiem Leo, Samią i Hassanem. Gonił ich po mieszkaniu, udawał potwora, łaskotał i rozśmieszał. Chyba dawno się tak nie śmiały. I właśnie dlatego w głębi duszy była bardzo przywiązana do tego człowieka, którego jej matka wybrała na towarzysza życia. Stał się zastępczym dziadkiem jej dzieci i pokazał się od takiej strony, że wybaczyła mu nadętą głupotę. Zdawała sobie sprawę, że będzie ją denerwował do końca swoich dni, ale wiedziała, że za jej dzieci dałby się pokroić.

Ktoś szarpnął klamkę. Annika poszła otworzyć. Wróciła ze zdyszaną Eriką.

Kiedy weszły, Erika przywitała się z nimi skinieniem głowy i zwróciła się do Patrika:

– Już wiem, na co wpadłam wczoraj wieczorem. Leif Hermansson nie popełnił samobójstwa. Został zamordowany.

W pokoju zapadła absolutna cisza.

Bohuslän 1672

Dwa dni minęły. Za każdym razem, gdy ktoś podchodził do drzwi, Elin spinała się w środku. Odkąd się tam znalazła, nie dostała nic do jedzenia, tylko trochę wody do picia. Nocnik nie został opróżniony ani razu, więc wystarczyło się poruszyć i natychmiast atakował smród. Wytrzymywała to tylko dlatego, że z każdą godziną zbliżała się chwila, gdy Preben miał wrócić do domu i dowiedzieć się, co się stało.

W końcu usłyszała zgrzyt zamka i drzwi się otworzyły. Stanął w nich Preben. Chciała mu się rzucić na szyję, ale było jej wstyd, że jest taka brudna.

Widziała, że aż go zemdliło od smrodu.

– Preben! – wychrypiała skrzeczącym głosem. Od dwóch dni nie wypowiedziała ani słowa. Była strasznie głodna, ale już wiedziała, że zaraz wyjdzie. Tęskniła za miękkimi objęciami Märty, za jej tulącym się do niej drobnym ciałkiem. Gotowa była iść na żebry, byle z córką. Z nią mogła nawet głodować i marznąć. – Preben – powtórzyła, już mocniejszym głosem.

Preben wbił wzrok w podłogę i obracał w rękach kapelusz. Zaniepokoiła się. Dlaczego nic nie mówi? Dlaczego nie zwymyśla landwójta, dlaczego jej stamtąd nie zabiera? Do domu, do Märty?

– Czy Preben przyszedł mnie zabrać? – spytała. – Britta jest na mnie o to zła, co zrobiliśmy. Dowiedziała się, kiedy była we wsi. Z zemsty powiedziała, że jestem czarownicą. Ale może już jej trochę przeszło, zresztą już poniosłam karę. Strasznie było tutaj siedzieć. Dniami i nocami modliłam się, żeby Bóg nam przebaczył nasze grzechy. Brittę też mogę poprosić o przebaczenie. Jeśli zechce, będę ją błagać i całować jej stopy, a potem razem z Märtą na zawsze zejdę jej z oczu. Proszę, niech Preben pomówi z landwójtem, żebym mogła wrócić do domu.

Preben nadal milczał i obracał w dłoniach kapelusz. Zza jego pleców wychynęli kościelny i landwójt. Domyśliła się, że cały czas tam stali i wszystko słyszeli.

– Nie wiem, o czym Elin mówi – powiedział Preben sztywno. – Ja i moja małżonka otworzyliśmy drzwi swojego domu dla Elin i jej córki, okazaliśmy wam dobroć, jako naszym krewnym, i oto Elin odpłaca nam się w ten sposób. Przeraziłem się, kiedy po powrocie do domu dowiedziałem się, że Britta odkryła, że jej siostra jest czarownicą i zapewne sprawiła, że tak ciężko było jej począć dzieciątko… To haniebne, co nam Elin zrobiła. A kłamstwa o mężu własnej siostry dowodzą tylko, jaka Elin jest zła i zepsuta. Zaiste jest w szponach diabła.

Elin zaniemówiła. Padła na kolana i schowała twarz w dłoniach. Ta zdrada była tak straszna i druzgocąca, że nawet nie czuła gniewu. Cóż mogła na to odpowiedzieć? Preben był człowiekiem Kościoła, jego pozycja i słowo znaczyły wiele. Jeśli on przyłącza się do tych, którzy świadczą, że Elin jest czarownicą, to nigdy stąd nie wyjdzie, a już na pewno nie żywa.

Preben odwrócił się na pięcie i poszedł. Za nim kościelny. Landwójt wszedł do celi i spojrzał na nią z pogardą. Widział, że jest w rozpaczy.

– Jutro dostanie swoją szansę. Jutro zostanie poddana próbie wody. Ale na miejscu Elin nie robiłbym sobie zbyt wielkich nadziei. Na pewno wypłynie.

Zamknął drzwi i w celi znów zapadła ciemność.

SAM SZEDŁ POWOLI ścieżką przez las. Przeczuwał klęskę. Serce mu pękało, od kiedy rano, gdy się obudził, przeczytał SMS-a od Jessie. Nie chciała przyjść do niego do domu. Umówili się na polance w lesie za domem. W torbie niósł rzeczy, które mogły się przydać. Aceton, którego mama używała jako zmywacza, papierowe chusteczki i ręczniki. I jeszcze paracetamol, dużą butelkę wody, kanapki i czyste ciuchy, które zabrał z szafy matki.

W plecaku wciąż miał notes. Jeszcze nie zdążył go jej pokazać.

Jessie już czekała na polance. Zawahał się, kiedy ją zobaczył. Nie spojrzała w jego stronę, jakby w ogóle nic nie widziała. Miała na sobie za długie spodnie do biegania i bluzę z kapturem, który naciągnęła na głowę.

– Jessie – powiedział miękko i podszedł do niej.

Nie poruszyła się, nie podniosła głowy. Chwycił ją za podbródek i spojrzał w oczy. Zobaczył w nich taki wstyd, że poczuł się tak, jakby ktoś go uderzył w brzuch.

Objął ją i mocno przytulił. Nie odwzajemniła uścisku, nie zaszlochała, nie poruszyła się.

– To są męty – syknął.

Chciał ją pocałować w policzek, ale odwróciła się. Nienawidził ich za to, co w niej zniszczyli.

Sięgnął po butelkę z acetonem i papierowe serwetki.

– Chciałabyś najpierw coś zjeść?

– Nie, usuń mi to. Muszę się tego wszystkiego pozbyć.

Delikatnie zdjął jej kaptur i odgarnął włosy. Założył kosmyki za uszy i pogłaskał ją po głowie.

– Stój spokojnie, żeby aceton nie nalał ci się do oczu.

Zaczął ostrożnie ścierać napisy. Ze względu na nią starał się być spokojny, ale w środku wszystko się w nim burzyło. Do tej pory nienawidził ich za to, co przez całe lata robili jemu. Ale to było nic w porównaniu z tym, jak ich nienawidził za to, co zrobili jej. Cudownej, delikatnej Jessie.

Tusz schodził, ale skóra stawała się sucha i spierzchnięta. Usunął wszystko z jej twarzy i zajął się szyją.

Jessie przytrzymała bluzę, żeby mu było łatwiej.

– Mogłabyś ją zdjąć? Oczywiście nie musisz.

Nie był pewien, jak ma się zachować.

Ściągnęła bluzę i T-shirt. Nie miała pod spodem biustonosza. Zobaczył napisy na piersiach, na brzuchu i plecach. Na całym ciele.

Spojrzał jej w oczy. Płonęły.

Czarne słowa powoli znikały. Jessie stała spokojnie, czasem się chwiała, kiedy tarł za mocno. Usunął wszystkie napisy do pasa i spojrzał na nią pytająco. Bez słowa zdjęła spodnie. Nie miała pod nimi majtek. Stała przed nim zupełnie naga. Ukląkł. Nie był w stanie znieść jej spojrzenia, jednocześnie otępiałego i pełnego nienawiści. Ścierał, a słowa tańczyły mu przed oczami. Pięć różnych charakterów pisma. Miał wiele pytań, ale nie odważył się ich zadać. Zresztą nie był pewien, czy Jessie jest w stanie odpowiedzieć.

– Zrobili mi jeszcze inne rzeczy – powiedziała cicho. – Nie pamiętam tego, ale czuję.

Przestał trzeć. Chciał się przytulić do jej nóg i płakać, ale pomyślał, że musi być silny za nich oboje.

– Kiedy wychodziłam, spali jak zabici. Jak można zasnąć, kiedy się zrobi komuś coś takiego?

– Jessie, oni są inni od nas. Zawsze to wiedziałem. My jesteśmy lepsi od nich.

Już wiedział, jak mają postąpić z tymi, którzy to zrobili, i z tymi, którzy dali na to przyzwolenie.

– Chyba nie przyjechałaś autem! – Patrik spojrzał surowo na Erikę.

– Aż tak nie zgłupiałam. – Przewróciła oczami. – Autobusem.

– Dlaczego miała nie prowadzić samochodu? – zdziwił się Martin.

– Bo moja ukochana żona wróciła wczoraj… delikatnie mówiąc… pod gazem.

– Pod gazem – prychnęła. – Słownictwo z lat pięćdziesiątych. – Zwróciła się do Martina. – Wczoraj był wieczór panieński jego mamy i... chyba było tego trochę za dużo.

Mellberg zarechotał, ale się nie odezwał. Widział, że spojrzała na niego ostrzegawczo mocno przekrwionymi oczami.

– Skoro już mamy ten fascynujący temat za sobą, może skupimy się na czymś ważniejszym? – zaproponowała.

Patrik przytaknął. Erika rzadko bujała w obłokach i kiedy na coś wpadła, zwykle było to coś ważnego.

– Więc mówisz, że Leif Hermansson został zamordowany. Na jakiej podstawie tak sądzisz? – Wskazał jej wolne krzesło. – Usiądź, bo zemdlejesz. I może zjedz kanapkę i napij się kawy.

Z ulgą opadła na krzesło pod oknem. Paula podsunęła jej kanapkę z serem, Annika nalała do filiżanki kawy.

– Córka Hermanssona, Viola, jest malarką – zaczęła Erika. – Jak wiecie, spotkałam się z nią, żeby się dowiedzieć, czy ma jakieś materiały ojca dotyczące sprawy Stelli. Notatki i tym podobne. Wydawało jej się, że nie, ale potem znalazła jego notes. Właściwie kalendarzyk. Nie zdążyłam jeszcze przeczytać całego, ale zapisywał w nim, jaka jest pogoda i różne drobne wydarzenia. Tak czy inaczej dała mi ten kalendarzyk w piątek podczas wernisażu. Jednym obrazem zachwyciłam się tak, że go kupiłam. To portret jej ojca. – Zrobiła przerwę na łyk kawy i kęs kanapki. Przełknęła z pewnym trudem i ciągnęła dalej: – Coś na tym obrazie nie dawało mi spokoju. Przeczytałam wszystkie materiały na temat tej sprawy, przestudiowałam też akta i zdjęcia dotyczące jego samobójstwa. I ciągle miałam niejasne poczucie, że coś się nie zgadza.

Wypiła łyk kawy. Była blada jak ściana, na skroniach miała kropelki potu.

Patrik współczuł jej i jednocześnie podziwiał za to, że przyjechała. Jazda autobusem w takim stanie nie mogła być przyjemna.

– No i wczoraj uprzytomniłam sobie co.

– Chociaż rano niestety nie pamiętała – nie wytrzymał Patrik.

– Bardzo ci dziękuję – powiedziała sucho. – W końcu na to wpadłam. Prawa i lewa.

– Prawa i lewa? O co chodzi? – zdziwiła się Paula.

– Spójrzcie.

Erika wyjęła z torebki zdjęcia martwego Leifa Hermanssona. Pokazała palcem skroń.

– Tu jest wlot kuli. W prawej skroni. Pistolet też trzyma w prawej ręce.

– No i? – Patrik również pochylił się nad zdjęciami.

Mimo że miał wiele lat doświadczenia, widok nieboszczyka wciąż robił na nim wrażenie.

– Teraz spójrzcie tu. – Sięgnęła po smartfona i zaczęła przerzucać albumy ze zdjęciami. – Sfotografowałam portret, bo jest za duży, żeby go przytaszczyć. Widzicie?

Nachylili się nad wyświetlaczem. Paula zorientowała się pierwsza.

– Trzyma pióro w lewej ręce! Był leworęczny.

– Właśnie! – powiedziała Erika tak głośno, że Ernst, lekko przestraszony, podniósł łeb. Upewniwszy się, że wszystko w porządku, znów ułożył się Mellbergowi na nogach.

– Nie rozumiem, jak policja i jego rodzina mogli to przeoczyć, ale na wszelki wypadek zadzwoniłam do jego córki. Potwierdziła, że był leworęczny. Nigdy nie pisałby ani nie strzelałby prawą ręką.

Spojrzała z triumfem na Patrika. Najpierw przeszył go dreszcz podniecenia, ale chwilę później pomyślał o tym, co będzie dalej, i westchnął.

– Oj nie, nie mów, że...

– Właśnie że tak! Powinieneś wystąpić o zgodę na ekshumację Leifa Hermanssona...

Bill i Gun jedli późne śniadanie. Niewiele mówili. Bill raz po raz wyjmował telefon i czytał SMS-a, który przyszedł w środku nocy. *Nocuję u Bassego.*

Usłyszał, że drzwi się otwierają. Wyszedł do przedpokoju i spojrzał na syna, który właśnie zdejmował buty. Zmarszczył nos.

– Cuchniesz gorzelnią – powiedział, chociaż obiecał sobie, że zachowa spokój. – I jeszcze ten SMS w środku nocy. Wiesz, że powinieneś nas uprzedzić wcześniej.

Nils wzruszył ramionami. Bill odwrócił się do Gun. Stała oparta o framugę.

– Tyle razy tam nocowałem – odparł Nils. – Owszem, wypiliśmy kilka piw, ale mam piętnaście lat i już nie jestem dzieckiem!

Bill szukał słów. W końcu tylko spojrzał na żonę. Gun wskazała na schody na piętro.

– Idź na górę i weź prysznic. I zastanów się nad swoim zachowaniem, może coś wymyślisz. A potem zejdź, porozmawiamy.

Nils otworzył usta, ale matka w milczeniu wskazała palcem na piętro. Pokręcił głową i wszedł na górę. Po chwili usłyszeli, że odkręcił wodę.

Bill długo patrzył za nim. Wszedł do salonu i stanął przed oknem z widokiem na morze, które tak go zawsze nęciło.

– Co z nim zrobimy? – spytał. – Alexander i Philip tak się nie zachowywali.

– No wiesz, oni też przechodzili trudne okresy – odparła. – Tylko że ty zawsze wtedy miałeś coś pilnego do załatwienia przy żaglówce. – Pokręciła znacząco głową. – Ale masz rację, aż tak się nie zachowywali. Cóż poradzić, za starzy byliśmy, kiedy się urodził.

Powiedziała to z takim wyrazem twarzy, że zrobiło mu się głupio. Wiedział, że robiła, co mogła. Jego wina, że się nie udało. Wszystko dlatego, że tak często go nie było, że nie zajmował się synem. Nic dziwnego, że Nils go nienawidzi.

Opadł na wielką kwiecistą kanapę.

– I co my z nim zrobimy? – spytał.

Znów spojrzał w okno. Zapowiadał się doskonały dzień do żeglowania, ale jakoś stracił na to ochotę. Zresztą Khalil i Adnan nie mieli czasu, musieli szukać nowego mieszkania.

– Ma w sobie tyle gniewu – ciągnął Bill, patrząc na morze. – Nie rozumiem, skąd to się bierze.

Gun usiadła obok niego i ścisnęła go za rękę.

Nie mógł się opędzić przed myślą, która przyszła do niego w nocy. Wolałby nie wypowiadać jej głośno, ale od czterdziestu lat dzielił się z żoną wszystkim.

– Sądzisz, że mógł być zamieszany w to podpalenie? – wyszeptał.

Jej milczenie powiedziało mu, że nie tylko on miał tej nocy mroczne myśli.

Sanna nerwowymi ruchami sięgała po kolejne doniczki. Próbowała oddychać miarowo, żeby się uspokoić. Róże to delikatne kwiaty, choć mają kolce i twarde gałązki. Z tej złości z łatwością mogła je uszkodzić. Aż nie wiedziała, co ma ze sobą zrobić. Jak mogła uwierzyć Vendeli, kiedy powiedziała, że po imprezie zanocuje u ojca? Niklas i jego rodzina mieszkali znacznie bliżej Bassego, więc byłoby jej wygodniej tam przenocować. Wydało jej się to tak oczywiste, że nawet tego nie sprawdziła.

Rano, kiedy Vendela nie odebrała telefonu, zadzwoniła do byłego męża i dowiedziała się, że nie spała u niego. Według niego nawet nie wspomniała, że chce do nich przyjść na noc. Czy powinienem się martwić? – spytał. Nie, powinieneś się wściec, odparła i odłożyła słuchawkę.

Nagrała ponad dziesięć wiadomości. Pomyślała, że jeśli Vendela wkrótce nie wróci, zaraz nagra kolejnych dziesięć.

Sadziła krzak róży i rozsypała ziemię. Kolec zahaczył o rękawiczkę i zadrapał jej dłoń.

Zaklęła. Kilku klientów aż się obejrzało. Uśmiechnęła się do nich, starała się uspokoić oddech. Była zupełnie wytrącona z równowagi. Ostatnio za dużo się działo. Śmierć małej Nei. Powrót Marie. Wizyta Jessie u nich w domu. Oczywiście zdawała sobie sprawę, że dziewczyna nie ponosi winy za to, co się stało trzydzieści lat wcześniej. Ale patrzyła na nią ze świadomością, kim jest jej matka, i wrażenie było niesamowite.

Sen nie chciał przyjść przez całą noc. Leżała, patrząc w sufit. Prześladowały ją obrazy, których nie widziała od wielu lat. Stella opowiadająca o Zielonym Panu, jej koledze z lasu. Powiedziała o tym rodzicom, wspomniała nawet któremuś z policjantów, ale nikt jej nie słuchał. Zdawała sobie sprawę, że uznali to za zmyśloną historyjkę. Pewnie Stella rzeczywiście to sobie wymyśliła. Zresztą po co do tego wracać? Przecież znali odpowiedź, wszyscy wiedzieli, kto zabił jej siostrzyczkę. Z grzebania się w przeszłości nie wyniknie nic dobrego.

– Po co mi kazałaś tu przyjść? Nie mogłyśmy się zobaczyć w domu?

Sanna aż podskoczyła. Vendela stała obok z założonymi rękami. Oczy schowała za dużymi okularami przeciwsłonecznymi.

Na sukience miała plamę. Widać było, że wyszła spod prysznica, ale Sanna poczuła odór.

– Tylko nie mów, że masz kaca.

– Co? Ja nic nie piłam. Siedzieliśmy do późna i po prostu jestem zmęczona.

Nie patrzyła na nią. Sanna zacisnęła pięści. Córka kłamie jej prosto w oczy.

– Kłamiesz, tak samo jak skłamałaś, że będziesz spała u taty.

– Wcale nie!

Sanna czuła, że klienci patrzą, a siedząca przy kasie Cornelia kręci się niepewnie. Trudno.

– Powiedziałaś, że będziesz nocować u taty, tylko że on o tym nic nie wiedział.

– Mam własny klucz, to po co miałam mu mówić? Zrobiło się późno, a tamci się o mnie martwili i nie chcieli, żebym chodziła po nocy. No to przespałam się na kanapie. – Głos jej zadrżał. – Robię wszystko, jak chcecie, i ciągle jest źle. Jesteście cholernie niesprawiedliwi!

Odwróciła się i wybiegła z ogrodu. Sanna słyszała szepty klientów. Westchnęła i wróciła do róż. Wiedziała, że została pokonana.

– I co ci powiedział? – spytał Gösta, usiłując nadążyć za Patrikiem. Szli do studia filmowego.

– Widocznie dałem mu się we znaki poprzednimi wnioskami o ekshumację – odparł Patrik z krzywym uśmiechem. – Wzdychał ciężko, ale przedstawiłem mu wszystkie argumenty i w końcu się zgodził. Przyznał, że należałoby to sprawdzić.

– Więc kiedy robimy tę ekshumację?

– Zgoda już jest. Możemy otworzyć grób, jak tylko zorganizujemy ekipę. Wydaje mi się, że może to nastąpić już we wtorek.

– Ojej. – Gösta był pod wrażeniem.

Zazwyczaj takie rzeczy działy się znacznie wolniej, ale Patrik był tak zdeterminowany, że nikt nie mógł go zatrzymać. Dlatego Gösta się nie zdziwił, że udało mu się pośpieszyć biurokratyczną machinę.

– A co z Marie? Jak do niej podejdziemy? Uprzejme pytania czy atak?

– Sam nie wiem – odparł Patrik. – Odniosłem wrażenie, że niełatwo ją zbić z pantałyku. Spróbujemy ją wyczuć.

Gösta nacisnął dzwonek przy furtce. Wyjaśnił, że są z policji, i wpuszczono ich na teren studia. Według Gösty wnętrze przypominało hangar, tyle że pełen ludzi, reflektorów i dekoracji. Jakaś kobieta z notesem w ręku kazała im być cicho. Weszli akurat w chwili, kiedy na planie trwała akcja. Z zaciekawieniem spojrzał w tamtą stronę, ale scenę kręcono z drugiej strony dekoracji, więc nic nie widział. Słyszał jedynie pojedyncze słowa.

Ostrożnie podeszli bliżej. Teraz słyszeli już lepiej, ale nadal nic nie było widać. Podniesione, pełne emocji głosy świadczyły o tym, że kłóciły się dwie kobiety. W końcu męski głos krzyknął: przerwa! Ostrożnie wyszli zza rogu. Gösta był zdumiony. Za ścianą z grubej dykty znajdował się pokój typowy dla lat siedemdziesiątych. Każdy szczegół wywoływał wspomnienia z przeszłości.

Dwie kobiety stały i rozmawiały z reżyserem. W starszej Gösta rozpoznał Marie Wall. Była ucharakteryzowana i wyglądała na wyniszczoną chorobą. Widocznie scena rozgrywała się pod koniec życia Ingrid Bergman, kiedy rak zaatakował z całą siłą. Zastanawiał się, jaką rolę grała druga, młodsza, i domyślał się, że zapewne jednej z jej córek.

Marie na ich widok przerwała w środku zdania. Patrik skinął na nią. Powiedziała jeszcze kilka słów i szybko podeszła.

– Przepraszam za mój wygląd – powiedziała, ściągając z głowy szal. Na twarzy miała szarawy podkład, zmarszczki i bruzdy. Wyglądała jeszcze piękniej niż zwykle. – Czym mogę dziś służyć? – spytała obojętnie i wskazała na stojącą nieopodal kanapę.

– Dotarły do nas nowe informacje o pani alibi – zaczął Patrik, kiedy już usiedli.

– O moim alibi?

Jej jedyną reakcją, jak zauważył Gösta, było nieznaczne zmrużenie oczu.

– Tak, dowiedzieliśmy się, że jest nieprawdziwe – powiedział Patrik. – Interesuje nas, gdzie pani była w poniedziałek około ósmej rano.

– Aha... – Zapaliła papierosa. Zaciągnęła się kilka razy. – A kto mówi, że jest nieprawdziwe?

– Nie mamy obowiązku pani o tym informować. Powtarzam pytanie. Czy nadal pani twierdzi, że noc z niedzieli na poniedziałek spędziła pani u Jörgena Holmlunda i że razem opuściliście hotel około ósmej rano?

Milczała. Zaciągnęła się jeszcze kilka razy, a potem westchnęła.

– Nie, przyznaję. – Podniosła ręce do góry i się zaśmiała. – Poderwałam na imprezie fajne ciacho i... pomyślałam, że może was to zakłuje w oczy, więc zaserwowałam wam niewinne kłamstewko.

– Niewinne kłamstewko? Czy zdaje sobie pani sprawę, że prowadzimy dochodzenie w sprawie morderstwa? – spytał Gösta.

– Oczywiście, ale ja nie mam z tym nic wspólnego, a mój reżyser oszalałby, gdybym została wciągnięta w coś, co by naraziło na szwank nasz film. I dlatego kiedy usłyszałam o zabójstwie tej małej, poprosiłam go, żeby mi zapewnił alibi. Domyślałam się, że przyjdziecie, żeby węszyć w moim prywatnym życiu.

Uśmiechnęła się.

Gösta czuł, jak narasta w nim złość. Jej nonszalancja świadczyła nie tylko o arogancji, ale także o braku wrażliwości. Zachowywała się wręcz nieludzko. Znów będą tracić cenny czas na sprawdzanie jej alibi. Czas, który mogliby poświęcić na coś innego.

– A ten młody człowiek, z którym pani spędziła noc, ma jakieś imię i nazwisko? – spytał Patrik.

Pokręciła głową.

– Trochę to żenujące i zarazem kłopotliwe. Nie mam pojęcia, jak się nazywa. Mówiłam do niego kochany, i to mi wystarczyło. Jeśli mam być szczera, od imienia bardziej interesowało mnie ciało.

Strząsnęła popiół do stojącej na stole pełnej popielniczki.

– Okej – odparł Patrik, siląc się na spokój. – Nie wie pani, jak się nazywa. Proszę przynajmniej powiedzieć, jak wyglądał. A może wie pani coś jeszcze, co by nam pomogło go zidentyfikować. Może usłyszała pani, jak się nazywa ktoś z jego znajomych?

– Niestety nic więcej nie wiem. Był w hotelu z kilkoma kolegami, ale tylko on był przystojny. Rozmowa z nimi mnie nie interesowała. Z nim też, prawdę mówiąc. Zaproponowałam, żeby poszedł ze mną do domu, zrobił to z chęcią i już. Następnego dnia musiałam jechać na plan, wyprosiłam go i tyle.

– Poda nam pani rysopis? – nalegał Patrik.

– Boże, wyglądał jak większość dwudziestolatków, którzy się tu pętają latem. Blondyn, niebieskie oczy, włosy zaczesane do tyłu, drogie markowe ciuchy, lekko zblazowany. Z pewnością synek bogatego tatusia. – Machnęła ręką z papierosem.

– Czyli według pani nie był to chłopak stąd? – spytał Gösta i zakaszlał. Zakrztusił się dymem.

– Nie, mówił z lekkim akcentem göteborskim. Więc pewnie przypłynął jachtem. Ale to tylko domysły… – Zaciągnęła się i zgasiła papierosa.

Gösta się zamyślił. Dwudziestolatek bez imienia i nazwiska, pewnie przypłynął na żaglówce z Göteborga. Nie można powiedzieć, żeby to zawęziło wybór. Opis pasował do wielu tysięcy młodych ludzi, którzy latem zawadzali o Fjällbackę.

– Czy pani córka go widziała? – spytał.

– Nie, spała. Wie pan, jak to nastolatka. Potrafi przespać pół dnia.

Patrik uniósł brwi.

– Żona powiedziała mi, że rozmawiałyście o człowieku, którego podobno pani słyszała w lesie tuż przed zaginięciem Stelli.

Marie się uśmiechnęła.

– Pańska żona jest bardzo inteligentną kobietą. Powiem wam to samo, co powiedziałam jej: wtedy policja zlekceważyła ten trop i właśnie to zaniedbanie sprawiło, że morderca znów zaatakował.

Patrik wstał.

– Proszę do nas zadzwonić, jeśli sobie pani przypomni coś, co mogłoby nam pomóc znaleźć świadka. W przeciwnym razie to, co pani powiedziała, że spędziła pani z tym młodym człowiekiem noc z niedzieli na poniedziałek, nie wystarczy za alibi.

Gösta też wstał. Ze zdziwieniem patrzył na Marie. Uśmiechała się, jakby zupełnie się nie przejmowała, że znalazła się w bardzo złej sytuacji.

– Oczywiście – odparła z sarkazmem. – Wszystko, byle pomóc policji.

Zawołali ją zza kulis, więc ona również wstała.

– Pora na następne ujęcie. Skończyliśmy?

– Na razie – odparł Patrik.

Wyszli i znaleźli się na rozgrzanej upałem ulicy. Na chwilę przystanęli przed furtką.

– Wierzysz jej? – spytał Gösta.

Patrik musiał się zastanowić.

– Sam nie wiem. Spontanicznie powiedziałbym, że nie. Z drugiej strony potrafię sobie wyobrazić, że mogłaby zabrać do domu młodego faceta, nie wiedząc nawet, jak się nazywa. Jednak nie bardzo wierzę, że skłamała tylko po to, żeby chronić swoją prywatność.

– Tak, ja też mam co do tego wątpliwości. Pytanie, co w takim razie ukrywa. I dlaczego.

Sprawa Stelli

Marie zniknęła. Myślały, że będą miały wpływ na rozwój wydarzeń, że będą nawet decydować o tym, co się będzie działo. Przekonały się jednak, że na nic nie mają wpływu. A potem Marie zniknęła z Fjällbacki.

Helen czasem jej zazdrościła. Wyobrażała sobie, że jest jej teraz lepiej, że trafiła do fajnej rodziny zastępczej, która ją polubiła. W każdym razie taką miała nadzieję.

Bo ona trafiła do więzienia gorszego od tego z kratami w oknach. Jej życie już nie należało do niej. Za dnia rodzice śledzili każdy jej krok. Nocami trzymały ją w mocnym uścisku ciągle powtarzające się sny. Ani przez sekundę nie była wolna.

Miała trzynaście lat, a jej życie skończyło się, zanim się zaczęło. Wszystko było jednym wielkim kłamstwem. Tęskniła za prawdą, chociaż wiedziała, że jej nigdy nie powie. Prawda była zbyt straszna, przytłaczająca. Wszystko by zniszczyła.

Brakowało jej Marie w każdej minucie, w każdej sekundzie. Jakby jej brakowało nogi albo ręki. Części własnego ciała. Kiedyś stały we dwie przeciwko całemu światu. Teraz została zupełnie sama.

BARDZO JEJ ULŻYŁO, kiedy wreszcie zrozumiała, co ją tak uwierało w portrecie Leifa Hermanssona. Teraz niech się tym zajmą Patrik i jego koledzy. Wiedziała, że ponowna sekcja szczątków jest konieczna, miała jednak wątpliwości, czy może to coś dać po tylu latach. Ludzkie ciało szybko ulega rozkładowi. Viola była w szoku, kiedy zadzwoniła, żeby jej o tym opowiedzieć. Poprosiła o trochę czasu, żeby mogła porozmawiać z braćmi. Po dziesięciu minutach oddzwoniła i powiedziała, że wszyscy troje popierają stanowisko policji w sprawie ekshumacji, że oni również chcą wyjaśnienia tej sprawy.

– Marnie wyglądasz – powiedziała Paula, dolewając jej kawy.

Siedziały nad kalendarzykiem Leifa i próbowały odcyfrować jego zapiski. Najbardziej ciekawiła je zagadkowa notatka „11" z dnia, kiedy umarł. Miał typowy dla starszego pokolenia ozdobny charakter pisma, z mnóstwem zakrętasów, a do tego skłonność do dziwnych skrótów, więc jego notatki przypominały szyfr.

– Myślisz, że to może być temperatura? – spytała Paula, mrużąc oczy, jakby to miało pomóc jej rozczytać zapiski.

– Tydzień wcześniej zapisał „55", więc raczej nie chodzi o pogodę – jęknęła Erika. – Matma i cyfry to zawsze była moja pięta achillesowa. Poza tym mam dziś zdecydowanie zły dzień. Zapomniałam, że można się tak źle czuć.

– Mam nadzieję, że chociaż dobrze się bawiłyście.

– Wręcz nadspodziewanie! Próbowałam się dodzwonić do Kristiny, ale pewnie nadal leży z kompresem na głowie...

– Ty też powinnaś.

– Pewnie tak – mruknęła Erika, wpatrując się w tajemnicze zapiski.

Do kuchni wszedł Gösta.

– Cześć, dziewczyny, jeszcze tu siedzicie? Eriko, nie powinnaś czasem pojechać do domu, żeby się położyć? Kiepsko wyglądasz.

– Czułabym się lepiej, gdybyście mi wciąż tego nie mówili.

– Jak wam poszło? Co powiedziała Marie Wall? – spytała Paula.

– Twierdzi, że zabrała na noc do domu młodego faceta, którego nazwiska nie zna, a historię z reżyserem wymyśliła, żeby szybko zmajstrować sobie alibi.

– Uwierzyliście jej?

– Mamy wątpliwości – odparł, nalewając sobie kawy.

Stanął za plecami Eriki i wpatrzył się w otwarty kalendarzyk.

– Doszłyście do czegoś? – spytał.

– Nie, wygląda to jak szyfr. Domyślasz się, co może znaczyć to „55",? I „11"?

– Jakie pięćdziesiąt pięć i jedenaście? Przecież to SS i JJ.

Paula i Erika spojrzały na niego zdumione. Roześmiał się, kiedy zobaczył ich miny.

– No tak, rozumiem, że dla was to trudne, ale moja mama miała podobne pismo. To są litery, nie cyfry. Domyślam się, że inicjały.

– Masz rację. To litery! – powiedziała Erika.

– SS i JJ… – powoli powtórzyła Paula.

– Może James Jensen? – spytał Gösta.

– Możliwe – odparła Paula. – Niezbyt częste inicjały. Tylko dlaczego Hermansson zanotował w kalendarzyku inicjały męża Helen? Mieli się spotkać? Czy się spotkali?

– Chyba powinniście zapytać Jamesa – powiedziała Erika. – A SS? Kto to może być? Oczywiście może to być ktoś ze znajomych Hermanssona, ale Viola powiedziała, że pod koniec życia zajmowała go wyłącznie sprawa Stelli. Dlatego sądzę, że te inicjały też mają z nią związek.

– Wydaje się to prawdopodobne – przyznał Gösta.

– Zadzwonię do Violi i spytam. Może dla niej te inicjały są zupełnie oczywiste, może nosimy drwa do lasu.

– No i miejmy nadzieję, że badanie szczątków coś przyniesie – dodał Gösta.

– Sprawy z przeszłości zawsze są trudne – zauważyła Paula. – Ludzie niewiele pamiętają, dowody są zniszczone, ekshumacja to właściwie strzał na oślep. Nie wiadomo, czy uda nam się znaleźć dowód, że Leif Hermansson został zamordowany.

– Kiedy postanowił wrócić do sprawy Stelli, miał te same problemy wynikające z upływu czasu – powiedziała Erika. – I ciągle nie wiemy, czy natknął się na coś nowego, czy odkrył coś w starych aktach. Żałuję, że nie dotarłam do protokołów z przesłuchań Marie i Helen.

– Jeśli JJ to rzeczywiście James Jensen, to może facet nam powie, czy mieli się spotkać w dniu śmierci Leifa – podsunął Gösta. – Albo czy się spotkali... – Spojrzał na Paulę. – Co ty na to? Przejedziemy się do Fjällbacki, żeby pogadać z Jensenem? Przy okazji możemy cię podrzucić, Eriko. Chyba że wolisz wracać autobusem...

– Tylko nie to – odparła. Na samą myśl zrobiło jej się niedobrze.

– Zadzwońmy i sprawdźmy, czy jest w domu, ale nie mówmy mu, o co chodzi. A potem pojedziemy, okej?

Obie przytaknęły.

Paula nachyliła się do Eriki.

– W razie czego na tylnym siedzeniu są papierowe torebki.

– Przymknij się – odpowiedziała Erika.

Paula zaśmiała się i poszła zadzwonić.

Basse obudził się, kiedy słońce zaświeciło mu w oczy. Ostrożnie otworzył jedno i od razu poczuł, że głowa zaraz mu eksploduje. W ustach miał lepką suchość. Udało mu się otworzyć drugie oko, a potem usiadł na kanapie. Musiał spać w dziwnej pozycji, bo bolał go kark.

Potarł go i się rozejrzał. Słońce stało wysoko na niebie. Spojrzał na zegarek. Wpół do pierwszej. Właściwie to do której się wczoraj bawili?

Wstał, ale natychmiast musiał znów usiąść. Wszędzie spali ludzie. Na porysowanym parkiecie leżały dwie rozbite lampy. Na kanapie było pełno resztek jedzenia i na wpół opróżnionych butelek piwa. Obicie było zniszczone. Biały fotel zachlapany czerwonym winem. Na regale ziało puste miejsce po kolekcji whisky ojca.

Boże. Rodzice wracają za tydzień, nie uda mu się doprowadzić domu do porządku. Zabiją go. Wcale nie miał zamiaru zapraszać tylu ludzi. Połowy ze śpiących w salonie w ogóle nie znał. Cud, że nie przyjechała policja.

To wszystko wina Vendeli i Nilsa, bo to był ich pomysł. Nie pamiętał już czyj. Musi ich znaleźć, niech mu pomogą.

Zmoczył skarpetki, kiedy szedł po dywanie. Był mokry i lepki i śmierdział piwem. Zemdliło go, ale udało mu się powstrzymać odruch wymiotny. Wśród śpiących na dole nie było ani Vendeli, ani Nilsa. Jakiś chłopak spał z rozpiętym rozporkiem. Basse zastanawiał się, czy go czymś nie przykryć, ale miał większe problemy niż to, że jakiś gościu śpi z wywalonym fiutem.

Powlókł się na piętro i nawet ten niewielki wysiłek sprawił, że cały się spocił. Wolał nie patrzeć za siebie i nie oglądać zniszczeń na dole.

W jego pokoju spały trzy osoby. Vendeli ani Nilsa również tam nie było. W pokoju śmierdziało. Ktoś się wyrzygał na klawiaturę komputera, zawartość szafki leżała rozrzucona na podłodze.

W sypialni rodziców zniszczenia były mniejsze, ale i tam śmierdziało wymiocinami. Na podłodze za totalnie zaświnionym łóżkiem była wielka kałuża. Nie tylko rzygowin. Prześcieradła i kołdra były całe w czarnych plamach.

Stanął jak wryty. Przed oczami pojawiły się obrazy, jak niedokończone zdjęcia z polaroida. Byli tutaj, prawda? Przypomniało mu się, jak Nils szczerzył zęby do Vendeli, a ona trzymała pełny kubek. Odezwały się głosy. Ilu ich tutaj było? Im bardziej starał się sobie przypomnieć, tym dalej obrazy odpływały.

Nadepnął na coś twardego i zaklął. Na podłodze leżał flamaster bez skuwki. Zostały po nim plamy na białej bejcowanej podłodze, z której mama była taka dumna. Flamaster. Jessie. Plan Vendeli. Co zamierzali zrobić? Co zrobili? Przypomniał sobie piersi. Białe, duże, pełne. Miał je tuż przed oczami, kiedy na kimś leżał. Dotykał ich. Potrząsnął głową, żeby mu się przejaśniło w głowie. Poczuł, że zaraz mu pęknie.

W prawej kieszeni spodni zawibrowała komórka. Wyjął ją niezdarnie. SMS od Nilsa. I mnóstwo zdjęć. Z każdym wracała mu pamięć. Zasłonił ręką usta i wpadł do łazienki rodziców.

Patrik siedział w swoim pokoju w komisariacie. Pisał raport z dziwnej rozmowy z Marie Wall, ale myślami cały czas wracał do notatek z kalendarzyka Hermanssona. Gösta opowiedział mu pokrótce o teorii, którą wysnuł razem z Eriką. Teraz również ona zastanawiał się nad zagadkowymi inicjałami. Natychmiast dał Goście i Pauli zielone światło: mogli pojechać do Jamesa Jensena. Strzał w ciemno, ale czasem właśnie takie strzały popychają dochodzenie do przodu.

Z rozmyślań wyrwał go dzwonek telefonu.

– Pedersen – odezwał się energiczny głos. – Jesteś zajęty?

– Nie, nie robię nic takiego, co by nie mogło poczekać. A ty co, pracujesz w niedzielę?

– Tego lata nie mamy zbyt wielu wolnych dni. W lipcu pobiliśmy rekord, jeśli chodzi o liczbę przebadanych zwłok. Sierpień raczej nie będzie gorszy. Poprzedni rekord miał trzydzieści lat.

– O cholera.

Patrik pomyślał, że to ciekawe. Pedersen, jeśli już dzwonił, zwykle miał do powiedzenia coś istotnego. A dowodów rzeczowych brakowało im najbardziej. Mieli głównie poszlaki i teorie, plotki i domniemania.

– Słyszałem, że szykujesz dla nas jeszcze jedno zadanie. Jakieś stare samobójstwo, tak?

– Tak, Leif Hermansson. Prowadził dochodzenie w sprawie Stelli. Pojutrze otwieramy grób. Zobaczymy, co tam znajdziecie.

– Trochę to potrwa – powiedział Pedersen. – A co do Linnei Berg, raport końcowy z sekcji zwłok przekażę ci prawdopodobnie w środę. Taką przynajmniej mam nadzieję. Ale teraz dzwonię do ciebie z pewną sprawą, która może cię zainteresować.

– Tak?

– Na zwłokach znalazłem dwa odciski palców. Na powiekach. Ciało zostało umyte, więc nic na nim nie było, ale ten, kto je mył, zapomniał o powiekach. Domyślam się, że odciski znalazły się tam, kiedy sprawca zamknął jej oczy.

– Taaak… – Patrik musiał się namyślić. – Przesłałbyś mi te odciski? Na razie nie mamy materiału porównawczego, ale na miejscu zdarzenia też znaleźliśmy odciski palców. Chciałbym, żeby Torbjörn je porównał.

– Już ci wysyłam – odparł Pedersen.

– Dzięki, że zadzwoniłeś, chociaż jesteś zawalony robotą. Mam nadzieję, że będzie jej coraz mniej.

– Ja też – westchnął Pedersen. – Padamy na twarze.

Patrik wpatrzył się w ekran.

Ciekawe, że im bardziej się na coś czeka, tym bardziej czas się dłuży. W końcu odezwał się dzwonek bezpiecznej poczty: dostał wiadomość od Pedersena.

Otworzył załączniki. Dwa wyraźne odciski palców.

Sięgnął po telefon i zadzwonił do Torbjörna.

– Mówi Hedström. Słuchaj, padam przed tobą na kolana, potrzebuję twojej pomocy. Rzecz jest superważna. Pedersen właśnie przesłał mi dwa odciski palców, które znalazł na zwłokach Linnei Berg. Chciałbym, żebyś je porównał z tymi, które znalazłeś na papierku po wafelku.

Ruud stęknął.

– Czy to nie może poczekać, aż skończymy? Wolałbym najpierw przeanalizować do końca materiały. Wrzucimy te odciski do cyfrowej bazy danych. To ci nie wystarczy?

– Rozumiem, ale przeczucie mówi mi, że to będą te same odciski – powiedział Patrik proszącym tonem i umilkł, dając Torbjörnowi czas na zastanowienie.

Po chwili Torbjörn odpowiedział niechętnie:

– Okej. Prześlij je. Postaram się je porównać jak najprędzej. Okej?

– Dzięki! Jesteś fantastyczny.

Torbjörn tylko coś mruknął. Patrik odetchnął. Może wreszcie będą mieli jakiś konkret.

– Halo! – zawołała Erika, zaglądając do domu.

Anna stała w kuchni i rozmawiała przez telefon. Na jej widok szybko się rozłączyła.

– Cześć!

Erika spojrzała na nią podejrzliwie.

– Z kim rozmawiałaś?

– Z nikim. To znaczy… z Danem – odparła, czerwieniąc się.

Erice zrobiło się przykro. Wiedziała, że nie rozmawiała z Danem, bo sama właśnie skończyła z nim rozmawiać. Oczywiście mogłaby spytać wprost, co ukrywa, ale wolała okazać zaufanie. Gdyby zaczęła ją wypytywać albo zarzuciła jej, że kłamie, zepsułoby to ich relacje. Anna długo była bardzo krucha, ale udało jej się odbudować, więc musiałoby się stać coś naprawdę poważnego, żeby Erika zdecydowała się naruszyć jej równowagę. Odetchnęła i dała spokój. Na razie.

– Jak się czujesz, biedaczko? – spytała Anna.

Erika padła na krzesło jak nieżywa.

– Mam to, na co zasłużyłam. W dodatku wszyscy mi mówią, że okropnie wyglądam.

– Bez wątpienia bywało lepiej – zauważyła Anna z uśmiechem. Usiadła naprzeciwko i podsunęła jej talerz z drożdżówkami.

Erika stoczyła wewnętrzną walkę, a potem doszła do wniosku, że jeśli kiedykolwiek zasłużyła na taką ilość węglowodanów, to właśnie w tej chwili. W dodatku wszystko w niej domagało się pizzy. Wieczorem będą musieli się wybrać do Bååthaket. Dzieciaki będą zachwycone. Patrik uda, że jest przeciw, a w duchu fiknie koziołka z radości.

Wzięła drożdżówkę i od razu odgryzła połowę.

– I co powiedzieli na twoją teorię, że to nie było samobójstwo?

Anna również sięgnęła po drożdżówkę. Erika zauważyła, że jej wielki brzuch działa jak śmietniczka na okruszki.

– Przyznali mi rację. Patrik już dostał zgodę na ekshumację. Prawdopodobnie już pojutrze otworzą grób.

Anna zakaszlała.

– Pojutrze? Tak szybko? Myślałam, że biurokratyczne młyny mielą powoli…

– Udało mu się przekonać prokuratora, żeby wystąpił do sądu o pilną decyzję. Jeśli im się uda, otworzą grób we wtorek.

Patrik już zaczął przygotowania. Miała nadzieję, że dostaną zgodę. Niby nie ma ostatecznej decyzji, ale prokurator nie przypuszcza, żeby był z tym jakiś problem.

– Pewnie już się przyzwyczaili, że Patrik co jakiś czas chce odkopywać jakiegoś nieboszczyka.

Erika się zaśmiała.

– Tak czy inaczej ciekawe, co wyniknie z ponownego badania szczątków. Całe szczęście, że rodzina się zgadza.

– Oni pewnie też chcą wiedzieć, co się tak naprawdę stało.

Anna sięgnęła po jeszcze jedną drożdżówkę. Okruchy pierwszej zostały na jej brzuchu.

Erika się rozejrzała. Dopiero teraz zdała sobie sprawę, jak jest cicho.

– A gdzie dzieciaki? Uśpiłaś je czy co?

– Nie, bawią się u sąsiadów – odparła Anna. – Dan zabrał nasze nad morze, więc mogę jeszcze popilnować interesu. Idź się położyć. Jak już ci powiedziano, wyglądasz okropnie.

– Dzięki. – Erika pokazała jej język.

Ale z wdzięcznością przyjęła jej propozycję. Ciało przypominało jej, że nie ma już dwudziestu lat. Mimo to sen przyszedł dopiero po dłuższej chwili. Ciągle się zastanawiała, z kim Anna rozmawiała przez telefon. I dlaczego tak szybko się rozłączyła, kiedy ją zobaczyła.

Bohuslän 1672

Poranek był chłodny i mglisty. Pozwolili jej się obmyć szmatą zmoczoną w wodzie. Wstawili jej do celi wiadro i dali białą koszulę. Słyszała różne opowieści o próbie wody, ale nie wiedziała, jak to się odbywa. Wrzucą ją z nabrzeża i niech walczy, jak umie? Czy chcą, żeby od razu się utopiła? Czy jej ciało wypłynie na wiosnę?

Strażnicy, popychając ją szorstko, poprowadzili ją na krawędź kei. Zebrał się spory tłum. Zastanawiała się, czy wybrali Fjällbackę po to, żeby ją upokorzyć jak najdotkliwiej.

Rozejrzała się i zobaczyła wiele znajomych twarzy. Wszyscy byli rozbawieni. Kilka metrów od niej stała Ebba z Mörhult. Oczy rozbłysły jej oczekiwaniem.

Odwróciła twarz, żeby Ebba nie widziała, jak bardzo się boi. Spojrzała na wodę. Ciemna. Głęboka. Utopi się, jeśli ją wrzucą, była tego pewna. Zginie tu. Przy nabrzeżu, w Fjällbacke. Na oczach dawnych przyjaciół, sąsiadów i wrogów.

– Związać ją – rozkazał strażnikom landwójt.

Spojrzała na niego z przerażeniem.

Jeśli ją zwiążą, będzie bez szans. Opadnie na dno i umrze wśród krabów i wodorostów. Zaczęła krzyczeć i się wyrywać, ale byli od niej silniejsi i powalili ją na ziemię. Związali jej nogi grubą liną, a potem ręce na plecach.

Nieopodal mignęła znajoma spódnica. Podniosła głowę. W tłumie stała Britta. I Preben. Nerwowo miętosił w rękach kapelusz, jak wtedy, kiedy ją odwiedził w areszcie. Natomiast Britta patrzyła na nią z uśmiechem. Preben się odwrócił.

– Zaraz się przekonamy, czy popłynie! – powiedział land-wójt, zwracając się do zebranych.

Był wyraźnie zadowolony, że jest w centrum uwagi, i starał się wykorzystać nastrój podniecenia.

– Jeśli wypłynie, bez wątpienia jest czarownicą. Jeśli będzie tonąć, nie jest nią, i trzeba będzie ją szybko wyciągnąć.

Zarechotał, a publiczność odpowiedziała śmiechem. Elin leżała na ziemi, skrępowana sznurem, który wrzynał jej się w ciało. Zaczęła się modlić. Tylko tak mogła zapanować nad paniką. Oddychała płytko i szybko, jakby była zdyszana po biegu. W uszach jej szumiało.

Podnieśli ją. Sznury wżarły się głębiej i krzyknęła z bólu. Wpadła do morza. Słona woda wlała jej się do ust. Z zimna doznała wstrząsu. Była pewna, że zaraz pójdzie na dno, ale tak się nie stało. Leżała twarzą w dół, ale mogła unieść głowę i nabrać powietrza.

Unosiła się na wodzie. Ludzie stojący na brzegu nie mogli się nadziwić, a potem zaczęli na wyścigi krzyczeć:

– Czarownica! – zawołał ktoś, a za nim reszta: – Czarownica!

Wyciągnęli ją z wody tak samo brutalnie, jak wrzucili. Ale ona nie krzyczała. Ból był już poza nią.

– Sami widzieliście! – krzyknął landwójt. – Unosiła się na wodzie niczym łabędź, czarownica!

Ludzie wrzasnęli. Elin z trudem podniosła głowę. Zanim zemdlała, zdążyła jeszcze zobaczyć plecy Prebena i Britty. Odwrócili się i poszli. Już traciła przytomność, gdy splunęła na nią Ebba z Mörhult.

JAMES NIE ODEBRAŁ, kiedy do niego zadzwonili, ale Gösta i Paula postanowili, że i tak do niego pojadą.

– Ojej, nasza urocza staruszka jednak sprzedaje dom? – powiedziała Paula, kiedy mijali czerwony domek przy żwirowej drodze.

– Co za urocza staruszka? – zdziwił się Gösta, zerkając na tablicę z napisem NA SPRZEDAŻ.

– Byłam u niej z Martinem, kiedy wypytywaliśmy sąsiadów Bergów. Pani po dziewięćdziesiątce. Zastaliśmy ją przy oglądaniu MMA.

Gösta się zaśmiał.

– Dlaczego nie? Na stare lata może i ja zostanę fanem MMA.

– No tak, kiedy się mieszka na uboczu, jak tu, i już nie jest się w stanie wybrać gdzieś dalej, ma się problem, co zrobić z czasem. Powiedziała, że głównie siedzi przy oknie w kuchni i obserwuje, co się dzieje na drodze.

– Mój ojciec też tak robił – powiedział Gösta. – Zastanawiałem się, dlaczego. Może chodzi o to, żeby spróbować zapanować nad swoim życiem, kiedy się coraz bardziej wymyka.

– Może. Ale mnie się wydaje, że to jednak szwedzki fenomen. Tylko wy skazujecie swoich staruszków na samotność. W Chile to niemożliwe. Tam ludzie opiekują się swoimi starymi krewniakami aż do śmierci.

– Więc jeśli dobrze rozumiem, ty i Johanna będziecie do końca życia mieszkać z twoją mamą i Mellbergiem – zarechotał Gösta.

Paula spojrzała na niego ze zgrozą.

– Wiesz co… w tym momencie szwedzki model wydaje mi się bardzo pociągający.

– Tak też myślałem.

Dojechali do domu Jensenów. Paula zaparkowała obok ich samochodu. Zapukali, otworzyła Helen. Wyraz jej twarzy nie zdradzał, co myśli o ich wizycie.

– Dzień dobry – zaczął Gösta. – Chcielibyśmy rozmawiać z pani mężem. Zastaliśmy go?

Miał wrażenie, że lekko drgnęła, ale tak szybko, że mogło mu się przywidzieć.

– Ćwiczy strzelanie w lesie za domem.

– Możemy tam iść bez narażania życia? – spytała Paula.

– Tak, ale krzyknijcie, że idziecie, to nic wam nie będzie.

Rzeczywiście słychać było pojedyncze strzały. Gösta i Paula ruszyli w ich stronę.

– Czy mam wyliczyć, ile przepisów facet łamie, strzelając w ten sposób? – zapytała Paula.

Gösta pokręcił głową.

– Nie, teraz lepiej się tym nie zajmujmy. Będzie inna okazja.

Strzały stawały się coraz głośniejsze.

Gösta krzyknął głośno:

– Proszę nie strzelać! Tu Gösta Flygare i Paula Morales z komisariatu w Tanumshede!

Strzały ucichły. Gösta na wszelki wypadek zawołał jeszcze raz:

– Panie Jensen! Proszę potwierdzić, że pan słyszał, że do pana idziemy!

– Słyszę was! – odpowiedział James.

Przyśpieszyli. Zobaczyli go kawałek dalej. Czekał na nich. Ręce miał złożone na piersi, broń odłożył na pniak. Nie mogli nie zauważyć, że mają przed sobą mężczyznę budzącego respekt i jednocześnie lęk. Wrażenie było tym silniejsze, że najwyraźniej lubił ubierać się tak, jakby grał w amerykańskim filmie wojennym.

– Wiem, wiem, tu nie wolno strzelać – przyznał, podnosząc ręce, jakby się poddawał.

– Do tego jeszcze wrócimy – odparł Gösta. – Dziś chcemy porozmawiać o czymś innym.

– Pozwólcie tylko, że schowam pistolet – powiedział James, biorąc broń z pniaka.

– To colt? – spytała Paula.

James przytaknął z dumą.

– Tak, colt M1911. Standardowa broń boczna amerykańskich sił zbrojnych w latach 1911–1985. Używana podczas obu wojen światowych, również podczas wojen w Korei i Wietnamie.

To moja pierwsza broń. Dostałem ją od ojca, kiedy miałem siedem lat, i to z niej uczyłem się strzelać.

Zdecydowanie nieodpowiedni prezent dla siedmiolatka, pomyślał Gösta, ale nie powiedział tego głośno. Nie sądził, żeby spotkało się to ze zrozumieniem.

– Pan również nauczył syna strzelać? – spytał.

James delikatnie, niemal z czułością, włożył pistolet do torby.

– Tak. Jest bardzo dobrym strzelcem – odparł James. – Poza tym do niczego się nie nadaje, ale strzelać to on umie. Dziś trenował cały dzień, dopiero co go zmieniłem. Mógłby być w armii dobrym snajperem, ale nigdy nie sprosta wymaganiom fizycznym.

Parsknął.

Gösta zerknął na Paulę. Jej spojrzenie mówiło wyraźnie, co sądzi o tym, jak Jensen wyraża się o własnym synu.

– Więc o co chodzi? – spytał Jensen, odstawiając torbę z pistoletem.

– O Leifa Hermanssona.

– Policjanta, który wrobił moją żonę w morderstwo? – Jensen zmarszczył czoło. – Dlaczego chcecie o nim rozmawiać?

– Co pan ma na myśli? Co to znaczy: wrobił? – spytała Paula.

Jensen wyprostował się i znów założył ręce na piersi. Jego bicepsy wydawały się wręcz gigantyczne.

– Nie twierdzę, że postępował niezgodnie z prawem, ale bardzo się starał udowodnić, że moja żona jest winna morderstwa, którego nie popełniła. I nie wydaje mi się, żeby w ogóle rozpatrywał inną możliwość.

– Podobno pod koniec życia nabrał wątpliwości – powiedziała Paula. – Mamy podstawy, żeby przypuszczać, że w dniu śmierci kontaktował się z panem. Przypomina pan to sobie?

Jensen ze zdumieniem potrząsnął głową.

– To było tak dawno temu... Nie przypominam sobie, żebyśmy się wtedy kontaktowali. W ogóle rzadko miewaliśmy ze sobą do czynienia. Niby w jakiej sprawie?

– Może chciał przez pana dotrzeć do pańskiej żony? Pewnie nie była do niego nastawiona zbyt życzliwie – zauważył Gösta.

– To prawda. Zapewne byłoby mu łatwiej skontaktować się z nią przeze mnie. Ale nie próbował. Zresztą nie wiem, jak bym się zachował. Minęło tyle lat, staraliśmy się zamknąć za sobą przeszłość.

– Teraz musi wam być ciężko – powiedziała Paula, przyglądając mu się uważnie.

Spojrzał na nią spokojnie.

– Tak, to tragedia. Ale dla rodziców tej dziewczynki to na pewno dużo gorsze niż dla nas. W porównaniu z nimi nie mamy prawa narzekać, chociaż zainteresowanie tabloidów jest bardzo męczące. Reporterzy przyszli nawet do naszego domu, ale więcej raczej nie spróbują… – Uśmiechnął się krzywo.

Gösta wolał nie pytać dlaczego. Zresztą uważał, że reporterzy sami są sobie winni. Z każdym rokiem stawali się coraz bardziej natrętni, często przekraczali granice przyzwoitości.

– Okej, na razie nie mamy więcej pytań – stwierdził, patrząc pytająco na Paulę.

Paula kiwnęła głową.

– Gdyby mi się coś przypomniało, zadzwonię do was – powiedział Jensen usłużnie. Wskazał na dom majaczący między drzewami. – Pójdę z wami.

Poszedł przodem. Gösta i Paula wymienili spojrzenia. Widać było, że ona też mu nie uwierzyła.

Kiedy przechodzili obok domu, spojrzał w okno na piętrze. Stał tam i patrzył na nich obojętnie nastoletni chłopak. Miał ufarbowane na czarno włosy i czarną szminkę wokół oczu – wyglądał jak duch. Gösta się wzdrygnął. Chłopak zniknął.

Marie wróciła do domu i zastała Jessie na pomoście. Twarz i ciało miała posmarowane kremem, który znalazła w łazience. Na pewno drogim. Nie pomógł na zaczerwienienia, ale swędziało mniej. Przydałby się jej również krem dla duszy, czy jak inaczej nazwać to, co w niej pękło.

Znów się podmyła, kolejny raz. Mimo to wciąż czuła się brudna. Wstrętna. Ubrania mamy Bassego wyrzuciła. Siedziała w starym T-shircie i miękkich dresowych spodniach i patrzyła na wieczorne słońce. Marie stanęła obok.

– Co ci się stało w twarz?

– Spaliłam sobie – odparła krótko.

Marie skinęła głową.

– Trochę słońca może ci pomóc na pryszcze.

A potem weszła do domu. Ani słowa o tym, że nie wróciła na noc. Nie zauważyła? Pewnie nie.

Sam był cudowny. Zaproponował, że przyjdzie i zostanie z nią, ale ona chciała być sama. Poczuć, jak narasta w niej nienawiść. Podsycała ją. To, że sobie na to pozwoliła, było w pewnym sensie wyzwalające. Tyle lat się przed tym wzbraniała, nie chciała myśleć o innych źle. Ależ była naiwna.

Przez cały dzień dostawała SMS-y. Nawet nie wiedziała, skąd mieli jej numer. Pewnie podawali dalej wraz ze zdjęciami. Otworzyła kilka pierwszych, następne od razu kasowała. Wszystkie takie same. Kurwa. Dziwka. Zdzira. Tłuścioch. Maszkara.

Sam również dostał mnóstwo SMS-ów i zdjęć. Zaczęły przychodzić akurat, kiedy usunął ostatnie napisy. Odłożył telefon, wziął jej twarz w dłonie i pocałował. W pierwszej chwili się odsunęła. Czuła się wstrętna i brudna, wiedziała, że na pewno cuchnie wymiotami, chociaż umyła zęby w łazience rodziców Bassego. Wcale się tym nie przejmował. Długo ją całował. Oboje nienawidzili tych, którzy jej to zrobili.

Pozostawało pytanie, co z tym zrobią.

Kiedy słońce nabrało barwy czerwieni, odwróciła do niego twarz. Usłyszała, jak mama otwiera w kuchni butelkę szampana. Wszystko było jak dawniej. A jednak wszystko się zmieniło.

Patrik pił już trzecią filiżankę kawy od chwili, kiedy pożegnał się z Torbjörnem. Wciąż nie oddzwaniał.

Wyjrzał na korytarz. Martin szedł powoli z filiżanką kawy w ręce.

– Marnie wyglądasz – powiedział Patrik, zatrzymując go.

Zauważył to podczas porannego zebrania, ale nie chciał go wypytywać przy wszystkich. Wiedział, że od śmierci Pii ma problemy ze snem.

– Nie, spoko – odparł Martin, wchodząc do jego pokoju.

Patrik zorientował się, że Martin się czerwieni.

– Czegoś mi nie mówisz? – spytał, odchylając się na krześle.

– To… to tylko… – jąkał się Martin, wpatrując się w swoje buty. Jakby nie mógł się zdecydować, na której nodze się oprzeć.

Patrik obserwował go z rozbawieniem.

– Siadaj i wykrztuś to z siebie. Jak ma na imię?

Martin usiadł i uśmiechnął się z zażenowaniem.

– Mette.

– I co?

– Jest w separacji z mężem. Ma rocznego synka. Pochodzi z Norwegii, jest księgową w jakimś biurze w Grebbestad. Wczoraj mieliśmy dopiero pierwszą randkę, więc jeszcze nie wiem, co z tego będzie…

– Sądząc po tym, jak wyglądasz, randka się udała. – Patrik wyszczerzył zęby.

– No tak…

– Gdzie się poznaliście?

– Na placu zabaw – odparł Martin, wijąc się pod jego spojrzeniem.

Patrik postanowił dać mu spokój.

– Fajnie, że znów chodzisz na randki – powiedział. – Że jesteś otwarty na możliwość, że kogoś poznasz. Będzie, co ma być. I bardzo dobrze. Pii nikt nie zastąpi. Po prostu będzie ktoś inny.

– Wiem. – Martin znów patrzył na swoje buty. – Chyba już do tego dojrzałem.

– Fajnie.

Zadzwonił telefon. Patrik podniósł palec, dając Martinowi znak, żeby został.

– Miałeś rację, Hedström – burknął Torbjörn.

– Co ty powiesz? Odciski pochodzą od tej samej osoby?

– Bez wątpienia. Sprawdziłem też bazę komputerową i niestety nie znalazłem żadnej zgodności. Porównałem je nawet z odciskami rodziców i też nie ma zgodności.

Patrik westchnął. Nie ma lekko, ale przynajmniej będą mogli skreślić Bergów.

– Zawsze to coś, nad czym można dalej pracować. Dzięki.

Rozłączył się i spojrzał na Martina.

– Odciski palców na ciele Linnei Berg są zgodne z tymi z papierka po waflu.

Martin uniósł brwi.

– Trzeba sprawdzić w bazie.

Patrik pokręcił głową.

– Torbjörn już sprawdzał, nic nie ma.

Ani przez moment nie wierzył, że morderca wybrał przypadkową ofiarę. To morderstwo wydawało się przemyślane, to było coś osobistego. Podobieństwo do sprawy Stelli też nie mogło być przypadkowe. Nie, nie zdziwił się, że tych odcisków nie było w ich rejestrach.

– Należałoby je porównać z odciskami co najmniej kilku osób. – Martin się zawahał. – Niechętnie to mówię, ale choćby jej rodziców. I...

– Helen Jensen i Marie Wall – uzupełnił Patrik. – Mnie też to przyszło do głowy. Torbjörn już porównał odciski Petera i Evy Bergów. Nie ma zgodności.

– W rejestrach nie ma odcisków palców Helen i Marie? – spytał Martin. – Powinny być, z poprzedniego dochodzenia.

Patrik pokręcił głową.

– Nie. Były wtedy nieletnie. Nie orzeczono kary i ich odcisków już nie ma w rejestrach. Ale chętnie bym je porównał. Zwłaszcza że alibi Marie rozwiało się jak dym. Zastanawia mnie, dlaczego nas okłamała.

– Zgadzam się, coś tu nie gra. Gösta i Paula się odzywali?

– Tak, Paula dzwoniła. Jensen stanowczo twierdzi, że Leif Hermansson się z nim nie kontaktował, ale i Paula, i Gösta mają wątpliwości.

– Nie możemy go przycisnąć, bo nie mamy konkretów, tylko same domniemania.

– Właśnie.

– Miejmy nadzieję, że Hermansson zdradzi nam jakąś tajemnicę. Kiedy będziesz wiedział, czy jest zgoda na ekshumację?

– Jutro przed południem – odparł Patrik. – Ale prokurator nie przypuszcza, żeby był z tym jakiś problem. Szykujemy się na wtorek. – Wstał. – Nie wydaje mi się, żebyśmy dziś zwojowali coś więcej. Lepiej się z tym prześpijmy. A jak ruszymy mózgownicami, to może wymyślimy coś mądrego. – Zebrał wydruki do plastikowego skoroszytu i schował do teczki. – Kiedy znów się spotykacie?

– Dziś wieczorem. Jej synek będzie przez dwie doby u ojca. Powinniśmy skorzystać z okazji...

– Zdecydowanie, ale prześpij się trochę – powiedział Patrik, obejmując go. Ruszyli do wyjścia.

Martin mruknął coś niewyraźnie.

Już prawie wyszli, kiedy zawołała ich Annika. Odwrócili się i zobaczyli, że trzyma w ręku telefon.

– Dzwonią ze szpitala okręgowego. Telefonowali wcześniej, ale nie odebrałeś.

Patrik zerknął na swoją komórkę. Rzeczywiście, trzy nieodebrane połączenia z tego samego numeru.

– O co chodzi? – spytał, ale Annika tylko przywołała go gestem.

Podszedł do recepcji i wziął do ręki telefon. Chwilę słuchał, coś szybko odpowiedział i rozłączył się. Odwrócił się do Anniki i Martina.

– Amina umarła kilka godzin temu – powiedział, starając się panować nad głosem. – To znaczy, że mamy do czynienia nie tylko z podpaleniem, ale również z morderstwem.

Odwrócił się i poszedł do gabinetu Mellberga. Trzeba porozumieć się z Karimem, ustalić, co dalej z dziećmi. Ich mama nie żyje i ktoś musi im o tym powiedzieć.

Z góry dochodziły stłumione odgłosy grającego telewizora. Khalil spojrzał na Adnana, który wycierał łzy. Poprosili, żeby mogli zamieszkać razem. Nie było z tym problemu. Gmina też chciała zakwaterować jak najwięcej osób w jednym mieszkaniu, żeby wystarczyło dla wszystkich.

Dostali niewielki pokoik w ciemnej suterenie willi z lat pięćdziesiątych. Duszny, przesycony zapachem wilgoci i pleśni. Ale właścicielka była dla nich dobra. Poczęstowała ich obiadem i było miło, chociaż nie mieli wspólnego języka, a jedzenie, które nazwała dillkött*, miało dziwny smak.

Po kolacji rozdzwonił się telefon. Potem oni dzwonili do innych. Wszyscy szukali pocieszenia u innych . Piękna, wesoła i obdarzona ognistym temperamentem Amina nie żyła.

Adnan wytarł łzy.

– Odwiedzimy Karima? Może Bill nas podrzuci?

---

* Dillkött – potrawka z cielęciny z koperkiem.

Khalil, podobnie jak on, wpatrywał się w poplamioną wykładzinę. Palcem u nogi dotykał plam. Wyglądały na stare i zaschnięte. Chyba od dawna nikt nie korzystał z tego pokoju.

– Za późno na odwiedziny – odparł. – Może jutro.

Adnan splótł palce i westchnął.

– W takim razie jutro.

– Myślisz, że już powiedzieli dzieciom?

Głos Khalila odbijał się od nagich ścian.

– Chyba zostawią to Karimowi.

– Jeśli da radę.

Adnan potarł twarz ręką.

– Jak to się mogło stać?

Khalil nie wiedział, komu Adnan zadał to pytanie: jemu, Bogu czy Szwecji. Bogatemu, wolnemu krajowi.

– Są tu też dobrzy ludzie – powiedział. – Jak Bill. Bill i Gun. Rolf. Sture. Nie powinniśmy o tym zapominać.

Mówiąc to, nie patrzył na Adnana. Mocniej potarł plamy palcem u nogi.

– Strasznie nas nienawidzą – odparł Adnan. – Zupełnie tego nie rozumiem. Przychodzą w nocy i podpalają nas, chociaż nic im nie zrobiliśmy. Wiem, zawsze mówisz, że oni się boją. Ale jeśli ktoś wrzuca pochodnię do domu i chce, żeby mieszkańcy się spalili, bo są z innego kraju, nie wynika to ze strachu. To coś innego…

– Żałujesz? – spytał Khalil.

Adnan długo milczał. Khalil domyślał się, że wspomina kuzyna zastrzelonego na jego oczach i stryja, któremu wybuch urwał nogę. Nocami wołał ich przez sen.

Odpowiedź powinna być prosta, ale po śmierci Aminy już nie była.

Adnan przełknął ślinę.

– Nie, nie żałuję. Nie było wyboru. Ale jedno zrozumiałem.

– Co takiego? – spytał w ciemności Khalil.

– Że już nigdy nie będę miał domu.

Wesoła muzyka z telewizora na piętrze rozbrzmiała trochę głośniej.

Bohuslän 1672

Kiedy ją wprowadzali do sali sądowej, szła jak we śnie. Wciąż nie mogła zrozumieć, jak to się stało, że podczas próby wody nie poszła na dno. Ławki były pełne, domyśliła się, że dla niektórych chętnych zabrakło miejsc.

Landwójt mówił jej, że stanie przed sądem, ale co to znaczy? Czy cokolwiek mogło ją uratować? Albo ktokolwiek?

Posadzili ją z przodu. Zaczęła się wiercić pod ludzkimi spojrzeniami. Jedne wyrażały ciekawość, inne strach, jeszcze inne nienawiść. Nie odważyła się patrzeć tam, gdzie siedziała Britta.

Sędzia uderzył młotkiem i gwar ucichł. Spojrzała nerwowo na siedzących naprzeciwko niej poważnych mężów. Rozpoznała jedynie Larsa Hiernego. Pozostałych nie znała. Tym większą budzili w niej grozę.

– Jesteśmy tu, żeby ustalić, czy Elin Jonsdotter jest czarownicą. Przekonaliśmy się naocznie, że unosiła się na wodzie, mamy również zeznania świadków, ale Elin Jonsdotter ma prawo przedstawić własnych. Czy ma takich świadków?

Elin rozejrzała się po ławkach. Dostrzegła służące i parobków z plebanii, sąsiadów z Fjällbacki, Brittę i Prebena, kobiety i mężczyzn, którym pomagała, kiedy bolały ich zęby i głowy, kiedy cierpieli z miłości i na heksenszus. Patrzyła na nich błagalnie, ale wszyscy odwracali głowy. Nikt nie wstał. Nikt się nie odezwał.

Nikt nie stanie w jej obronie.

W końcu spojrzała na Brittę. Siedziała uśmiechnięta, z dłońmi na jeszcze niezbyt dużym brzuchu. Obok niej Preben. Patrzył w dół, jasna grzywka opadła mu na oczy. Jakże kiedyś lubiła tę grzywkę. Głaskała ją, kiedy się miłowali. Teraz nie wiedziała, co do niego czuje. Jakaś część niej pamiętała, jak bardzo go kochała. Inna go znienawidziła. Brzydziła się jego słabością. Był jak chorągiewka na dachu i uginał się pod najmniejszym naporem. Powinna była to dostrzec, ale zaślepiło ją to, że był dla niej miły i troszczył się o jej córkę. Pozwoliła sobie marzyć, nie chciała widzieć pustki. A teraz miała za to zapłacić.

– Skoro nikt nie chce świadczyć na rzecz Elin Jonsdotter, wzywamy tych, którzy mogą świadczyć o jej uczynkach. Jako pierwszą wzywamy Ebbę z Mörhult.

Elin prychnęła. Nie była zaskoczona. Wiedziała, że Ebba tylko czeka, żeby się zemścić. Jak tłusty pająk czekający na muchę. Nie zaszczyciła jej spojrzeniem, gdy zajmowała miejsce dla świadków.

Ebba złożyła przysięgę i zaczęły padać pytania. Odpowiadała, kryguąc się i gestykulując.

– Pierwsze, cośmy zauważyli, to że potrafiła robić takie rzeczy, których człowiek nie powinien umieć. Baby ze wsi przybiegały do niej ze wszystkim. A to bolące stopy i brzuchy, a to dziewki chciały, żeby im pomogła zdobyć męża. Ale ja od razu wiedziałam, że to nie leży w ludzkiej naturze, żeby wpływać na takie rzeczy, i domyśliłam się, że to dzieło szatana. Ale kto by chciał słuchać Ebby z Mörhult? Ciągle tylko latały do niej, żeby im pomogła na różne niedomagania. I dawała im smarowidła, i napitki, i zaklęcia, rzeczy, którymi nie powinna się zajmować bogobojna kobieta.

Rozejrzała się. Wielu jej przytakiwało. Również ci, którzy kiedyś tak chętnie korzystali z pomocy Elin.

– A jak to było ze śledziem? – spytał Hierne, wychylając się z ławki w jej stronę.

– Jak śledź przestał przypływać, od razu wiedziałam, że to jej sprawka.

– Jej sprawka? Niby jak?

– Jednego razu widziałam, jak wieczorem wstawiła coś do wody przy brzegu. A każdy wie, że jak się do wody wstawi miedziane konie*, to śledź nie przypłynie – odparła Ebba.

---

* O wstawienie do wody miedzianych koni w celu odstraszenia ławic śledzi oskarżono w 1672 roku niejaką Malin Ruths. Została uznana za czarownicę i skazana na śmierć.

– Po co miałaby to robić? Przecież ona i jej mąż żyli wtedy z łowienia śledzi.

– To jedynie dowodzi, jaka jest zła. Gotowa była narazić na głód własną rodzinę, byle zaszkodzić innym. Poprzedniego dnia pokłóciła się z żonami kilku rybaków z załogi Pera. I już było po śledziach.

– A jak było z konnym celnikiem? Co się stało, kiedy zapowiedział, że kuter Pera zostanie mu zabrany za to, że łamiąc prawo, przeszmuglował z Norwegii beczkę soli?

– Sama słyszałam, jak go sklęła, kiedy odjeżdżał. Miotała bluźnierstwa, które tylko sam diabeł mógł włożyć jej w usta. Żaden człowiek o bożym sumieniu nie mógłby wypowiedzieć słów, którymi go wtedy obrzuciła. A potem, w drodze do domu... – Przerwała, a publiczność wstrzymała oddech.

– Celnik sam nam opowie, co go spotkało – wtrącił Hierne.

– Ale pozwolimy Ebbie, żeby opowiedziała pierwsza.

– W drodze podmuch wiatru zepchnął go wraz z koniem do rowu. Od razu wiedziałam, że to sprawka Elin.

– Dziękujemy, Ebbo. Za chwilę wysłuchamy celnika Henrika Meyera. – Hierne chrząknął. – Dochodzimy do najpoważniejszego oskarżenia przeciw Elin Jonsdotter, o to, że czarami sprawiła, że zatonął kuter jej męża.

Elin wpatrzyła się w Ebbę z Mörhult. Wiedziała, że ma się nie odzywać niepytana, ale nie mogła się powstrzymać.

– Czy Ebba zupełnie oszalała? Ja miałabym sprawić, że kuter Pera zatonął? Z załogą i ładunkiem? Przecież to szaleństwo!

– Elin Jonsdotter ma milczeć! – krzyknął Hierne.

Ebba z Mörhult chwyciła się za serce i zaczęła się wachlować chusteczką.

Elin prychnęła.

– Nie zważajcie na oskarżoną – powiedział Hierne, dotykając uspokajająco ramienia Ebby. – Proszę mówić dalej.

– Była zła na męża, na Pera. Gniewała się na niego za tę beczkę soli i za to, że chciał wtedy wypłynąć w morze. Słyszałam, jak mu powiedziała, że jeśli wypłynie, to niech scześnie.

– Opowiedzcie, co było dalej – polecił Hierne.

Wszyscy aż wyciągali szyje. Coś takiego nieprędko znów się zdarzy.

– Wypłynęli w czasie sztormu i widziałam, jak leciał za nimi gołąb. Dziwne, ale poznałam, że to Elin, chociaż nie była w ludzkim ciele. Kiedy pofrunęła za kutrem, wiedziałam, że więcej nie zobaczę męża. I tak się stało. – Załkała głośno i wytarła nos w chusteczkę. – Był dobrym mężem, wspaniałym ojcem piątki naszych dzieci, a teraz leży w głębinie, gdzie karmią się nim ryby, i wszystko dlatego, że ta… ta czarownica była zła na swego męża!

Wskazała palcem na Elin. Elin tylko pokręciła głową. Wydawało się jej to nierzeczywiste, jak zły sen, z którego zaraz się obudzi. I wtedy przypadkiem znów spojrzała na uśmiechniętą Brittę i siedzącego ze spuszczoną głową Prebena.

Już wiedziała, że to nie sen, tylko okrutna prawda.

– Opowiedzcie o wyskrobku – polecił Hierne.

Elin poczuła mdłości. Nic nie zostanie jej oszczędzone?

– Musiała począć od spółkowania z diabłem – stwierdziła Ebba z Mörhult i przez salę przeszedł szmer. – Potem przyszła do mojej siostry, żeby spędzić płód. Sama go widziałam. Kiedy weszłam do chaty, leżał w wiadrze u drzwi. Zupełnie nie przypominał dziecka. Wykapany obraz diabła, wykręcony i tak obrzydliwy, że zrobiło mi się niedobrze.

Kilka kobiet aż krzyknęło. Spółkowanie z diabłem i rodzenie jego potomstwa – to było coś nadzwyczajnego.

– Siostra Ebby, która przyjęła na świat tego wyskrobka, również będzie zeznawać – powiedział Hierne, kiwając głową.

Całą postawą starał się wyrazić, że mają do czynienia z poważną sprawą.

Elin pod ciężarem oskarżeń spuściła głowę. A przecież nie wiedziała, co jeszcze ją czeka.

MINĘŁY DWA DNI denerwującego oczekiwania. Dochodzenie wprawdzie utknęło w miejscu, ale Gösta wcale nie miał mniej pracy. Wciąż zgłaszali się z czymś kolejni ludzie, bo wielkie tytuły w gazetach i postery tabloidów podgrzewały atmosferę. Rozgorzała zajadła debata o polityce wobec uchodźców. Obie strony usiłowały wykorzystać podpalenie ośrodka i śmierć Aminy. Jedni twierdzili, że podpalenie było skutkiem mowy nienawiści ze strony Przyjaciół Szwecji. Drudzy, że było wyrazem niezadowolenia szwedzkiego społeczeństwa z polityki rządu w sprawie przyjmowania uchodźców. Niektórzy posuwali się nawet do stwierdzenia, że uchodźcy sami podpalili ośrodek.

Göstę mierziły te wypowiedzi. Uważał, że polityka zarówno wobec uchodźców, jak i imigrantów powinna być tematem krytycznej debaty, bo na pewno dałoby się wiele poprawić. Nie można otworzyć granic i wszystkich przyjąć. Najpierw trzeba mieć odpowiednią infrastrukturę, żeby imigranci mogli znaleźć miejsce w szwedzkim społeczeństwie. Ale zdecydowanie sprzeciwiał się retoryce Przyjaciół Szwecji i ich wyborców, według których wszystkiemu winni byli imigranci. Zrobili z nich łobuzów. Bo śmieli przyjechać.

Jako policjant oczywiście nie mógł zamknąć oczu na to, że wśród przybyszów znaleźli się również chuligani. Ale większość z nich przyjechała, uciekając przed wojną, żeby w nowym kraju mieć szansę na lepsze życie. Przecież tylko człowiek zdesperowany porzuca ojczyznę i rodzinny dom, ryzykując, że już nigdy nie wróci. Ciekawe, jak zachowaliby się ci, którzy teraz tak biją na alarm, twierdzą, że uchodźcy wystawiają na szwank szwedzki dobrobyt, gdyby w Szwecji szalała wojna i gdyby ich dzieci żyły w stanie zagrożenia. Czy nie zrobiliby wszystkiego, co byłoby możliwe, żeby je ratować?

Odłożył gazetę. Annika zawsze wykładała w kuchni wszystkie dzienniki, ale najczęściej starczało mu sił tylko na pobieżne przejrzenie tego paskudztwa. Powinni oczywiście wiedzieć, co się pisze o ich sprawie, bo nieuprawnione domysły i twierdzenia zniweczyły niejedno dochodzenie.

Do kuchni weszła Paula, jeszcze bardziej zmęczona niż zwykle. Spojrzał na nią ze współczuciem.

– Ciężko jest z dziećmi Karima, co?

Kiwnęła głową, nalała sobie kawy i usiadła naprzeciwko niego.

– Tak, ciągle płaczą. Budzą się w nocy, bo śnią im się koszmary. Dowiedziały się o śmierci mamy od Karima. Moja mama była z nimi w szpitalu. Podziwiam ją. Jest dla nich fantastyczna. Staramy się załatwić im wszystkim mieszkanie w naszym domu. Obok nas jest puste. Wydaje mi się, że to by było dobre rozwiązanie. Problem w tym, że dla gminy czynsz jest za wysoki, więc jeszcze zobaczymy, co z tego wyjdzie. Słyszałam, że wczoraj dobrze poszło. Mam na myśli ekshumację.

– Tak, wszystko odbyło się godnie. Czekamy na wyniki. Nadal jednak nie udało się znaleźć pocisku, który wydobyto podczas pierwszej sekcji. Nie został nawet zarejestrowany. Przeszukali wszystko, co zostało po sekcji. Nawiasem mówiąc, niewiele tego było, ale pocisku nie ma. Materiał dowodowy powinno się przechowywać siedemdziesiąt lat. Szkoda, że go nie zachowali.

– Przecież nie wiemy, dlaczego nie mogą go znaleźć – zauważyła dyplomatycznie Paula. – Wtedy nikt nie podejrzewał, że to zabójstwo, sprawa wydawała się jasna jak słońce.

– Nieważne. Dowody nie mogą ginąć – stwierdził Gösta kwaśno.

Wiedział, że jest niesprawiedliwy. W Narodowym Centrum Ekspertyz Sądowych wykonywali wspaniałą robotę. Mimo skromnego budżetu i zawalenia obowiązkami. Ale brak pocisku był kolejną przeszkodą w dochodzeniu. Utknęli w ślepej uliczce. Był przekonany, że domniemane zabójstwo Leifa Hermanssona ma związek ze sprawą Stelli, ale chciał mieć na to twarde dowody.

– Domyślam się, że rzekomego ogiera Marie Wall również nie znaleźliście.

Gösta sięgnął po markizę i starannie oddzielił herbatniki, żeby zlizać czekoladę.

– Rozmawialiśmy z kilkoma osobami, które były wtedy w Stora Hotellet, ale nikt nic nie zauważył. Reżyser potwierdził, że spędził noc z charakteryzatorką, a nie z Marie Wall. Twierdzi, że Marie poprosiła go, żeby skłamał, bo wiedziała, że bez alibi zostanie uznana za podejrzaną. Jemu również opowiedziała o tajemniczym ogierze, ale podczas imprezy nie widział ich razem. Zresztą nie wierzę w istnienie tego faceta – podsumował Gösta.

– Przyjmijmy, że kłamie. Ale dlaczego? A gdyby miała coś wspólnego z zabójstwem, to znów: dlaczego? Jaki miałaby motyw?

Zadzwoniła komórka Pauli.

– Ależ dzień dobry, pani Dagmar – powiedziała i uniosła rękę w pytającym geście.

Słuchała w skupieniu, a potem twarz jej się rozjaśniła.

– Ojej, nie szkodzi, że pani zapomniała. Najważniejsze, że sobie pani przypomniała. Zaraz do pani przyjedziemy.

Rozłączyła się.

– Już wiem, jak sprawdzić, co przejeżdżało koło gospodarstwa Bergów, kiedy zginęła Nea. Chodź. – Nagle się zatrzymała i uśmiechnęła. – Jednak pojadę z Martinem. Potem ci powiem dlaczego…

Patrik siedział za biurkiem i układał plan pracy na cały dzień. Wszystkie nadzieje wiązał z ekshumacją. Pedersen obiecał, że odezwie się rano, i rzeczywiście, telefon zadzwonił punktualnie o ósmej.

– Halo, halo! Co za tempo! – powiedział, odbierając.

– Tak jest, mam dla ciebie dwie wiadomości – odparł Pedersen.

Patrik aż się wyprostował na krześle. Zabrzmiało to obiecująco.

– Po pierwsze raport z sekcji Linnei Berg jest gotowy. Będziesz go miał za godzinę. Ale nie ma tam nic więcej niż we wcześniejszych, niezgodnych z regulaminem raportach wstępnych. Które powinny pozostać między nami, *by the way*…

– Jak zawsze. Wiesz o tym – zapewnił go Patrik.

Pedersen chrząknął.

– Co do szczątków Leifa Hermanssona, które nam wczoraj przysłaliście, jest jedna rzecz.

– Tak? – zdziwił się Patrik. – Domyślam się, że dopiero co się do niego zabraliście, więc o co chodzi?

Pedersen westchnął.

– Wiesz, ten zaginiony pocisk... Którego nigdzie nie zarejestrowano, a miał się ulotnić jak kamfora.

– Co z nim? – Patrik czuł, że eksploduje, jeśli Pedersen zaraz nie wywali kawy na ławę.

– Znaleźliśmy go.

– Super! – Wreszcie jakiś sukces, pomyślał Patrik. – Gdzie? Na samym dnie w magazynie dowodów?

– Nie... w trumnie.

Patrik aż otworzył usta. Nie przesłyszał się? Usiłował dopatrzyć się w tym jakiejś logiki, ale nic mu z tego nie wyszło.

– Jakim sposobem pocisk mógł się znaleźć w trumnie?

Zaśmiał się, ale Pedersenowi nie było do śmiechu.

– Rozumiem, że to wygląda na żart – odparł znużonym głosem – ale jak zwykle zawiódł czynnik ludzki. Lekarz sądowy miał wtedy trudny okres, rozwód i spór o opiekę nad dziećmi, i za bardzo popijał. Potem wszystko mu się ułożyło, ale okazuje się, że w jego pracy były pewne... braki.

– Więc mówisz, że...

– Mówię, że robiąc sekcję, facet nie wyjął pocisku. Został w czaszce i wypadł, kiedy z biegiem czasu rozpadły się tkanki miękkie.

– Żartujesz.

– Uwierz mi, chciałbym – westchnął Pedersen. – Niestety nawet nie mogę go opieprzyć, bo w zeszłym roku umarł na zawał. W związku z trzecim rozwodem.

– I macie ten pocisk?

– Nie, natychmiast przekazałem go przez posłańca do Uddevalli, do Torbjörna Ruuda. Domyśliłem się, że będziesz jak najszybciej potrzebował wyników badań. Zadzwoń do niego, może już po południu dostaniesz wstępny raport. A ja bardzo przepraszam w imieniu mojego świętej pamięci poprzednika. To niedopuszczalne.

– Najważniejsze, że pocisk się znalazł – podsumował Patrik. – Można go porównać z pistoletem denata i stwierdzić, czy to było samobójstwo, czy nie.

Basse opadł na kanapę. Wciąż mu się nie udało jej doczyścić. Od dwóch dni sprzątał, ale dom nadal wyglądał okropnie. Ze zdenerwowania stale miał ściśnięte gardło. Kiedy rodzice zadzwonili, zapewnił ich, że wszystko jest w porządku, ale odkładając słuchawkę, czuł, jak mu się trzęsą kolana. Dostanie szlaban na rok. Co najmniej. Jeśli w ogóle pozwolą mu jeszcze wyjść z domu.

Wszystko przez Nilsa i Vendelę. Nie powinien ich słuchać, ale od podstawówki zawsze robił, co kazali. Dzięki temu mógł z nimi być. W przeciwnym razie mogliby dręczyć jego zamiast Sama.

Nie pomogli mu sprzątać. Nils tylko się zaśmiał, kiedy go poprosił, a Vendela nawet nie odpowiedziała. Nie chodziło tylko o zniszczenia. Zniknęła kasetka z biżuterią mamy. I pudełko cygar taty. Ktoś ukradł nawet kamiennego aniołka, którego mama postawiła w ogrodzie jako poidełko dla ptaków.

Skulił się. Brzuch bolał go coraz bardziej, a rodzice mieli wrócić lada dzień. Rozważał nawet, czy nie uciec z domu. Ale dokąd? Nie poradzi sobie sam.

Przed oczami stanęło mu ciało Jessie. Aż jęknął. W nocy budziły go złe sny. Przypominało mu się coraz więcej szczegółów. Czarny tusz na skórze, on leży na niej. Jakby słyszał swoje sapanie, kiedy się w nią wciskał raz za razem, i swój wrzask podczas szczytowania.

Czuł wtedy rozkosz, był zachwycony tym, że robi coś zakazanego, że Jessie jest zupełnie bezwolna i może z nią zrobić, co chce. Nawet teraz targały nim tak sprzeczne uczucia, że robiło mu się niedobrze.

Wiedział, że zdjęcia zostały rozesłane. Dostał tyle SMS-ów, że aż się pogubił. Nils i Vendela na pewno byli zadowoleni, że udało im się pognębić Jessie.

Od tamtej pory chyba nikt jej nie widział i nikt nie wiedział, co się z nią dzieje. Ani z nią, ani z Samem. Nikogo poza nim to nie dziwiło. Siedział sam w zdewastowanym domu, w coraz gorszym nastroju. Czuł, że na tym się nie skończy. Że jest zbyt spokojnie. Że to jak cisza przed burzą.

Erika wyjechała tyłem z parkingu. Ostatnio miała sporo szczęścia. Korzystając z chwil, kiedy dzieci się bawiły, udało jej się solidnie popracować nad książką. Miała wrażenie, jakby z kawałków układanki zaczęła się wyłaniać całość.

Nie miała wielkiej nadziei, że Sanna zgodzi się z nią porozmawiać, ale na wszelki wypadek zadzwoniła do niej. Kristina akurat zabrała dzieci do Strömstad, do parku rozrywki. Po chwili wahania Sanna się zgodziła. Zaprosiła ją do swojego gospodarstwa.

Erika przeczuwała, że wkrótce się dowie, kto w kalendarzyku Leifa Hermanssona kryje się pod inicjałami SS.

Zaparkowała na dużym placu wysypanym żwirem i ruszyła w stronę różanej pergoli, czegoś w rodzaju bramy do ogrodu. Gospodarstwo ogrodnicze Sanny znajdowało się zaledwie dziesięć minut drogi od Fjällbacki, ale ona nigdy nie miała powodu tam jeździć. Nie interesowała się ogrodnictwem. Podjęła wprawdzie kilka prób ocalenia orchidei, którą dostała od Kristiny, ale w końcu dała sobie spokój. Nie miała ręki do kwiatów. Teren wokół jej domu był raczej placem zabaw niż ogrodem. Nie wierzyła zresztą, żeby jakiekolwiek rośliny mogły przetrwać harce bliźniaków.

Zobaczyła, że Sanna idzie w jej stronę. Po drodze ściągała powalane ziemią ogrodowe rękawice. Oczywiście co jakiś czas wpadały na siebie w miasteczku i witały się, jak to w małych miejscowościach, gdzie wszyscy się znają z widzenia, ale po raz pierwszy spotkały się sam na sam.

– Dzień dobry. – Sanna wyciągnęła do niej rękę. – Usiądźmy w altanie, Cornelia przypilnuje interesu.

Ruszyła w stronę ozdobnej białej ławki stojącej nieopodal, wśród krzewów i róż. Na ławce leżała karteczka z ceną. Erikę lekko zatkało. Cena dla wczasowiczów.

– Już chyba najwyższa pora, żebyśmy się spotkały – powiedziała Sanna i spojrzała na nią, jakby próbowała ją rozszyfrować.

Erika poczuła się niezręcznie, chociaż była przyzwyczajona do tego, że krewni ofiar, bohaterów jej książek, z reguły na początku odnoszą się do niej nieufnie. Najczęściej dlatego, że uważali, że na ich tragedii chcą żerować ludzie żądni sensacji. Sanna miała wszelkie powody podejrzewać, że ona również do nich należy.

– Wie pani, że piszę książkę o sprawie Stelli – zaczęła.

Sanna przytaknęła.

Erika od razu zapałała do niej sympatią. Ta kobieta miała w sobie jakąś rzetelność i autentyczność. Jasne włosy związane w kucyk i zero makijażu. Erika podejrzewała, że nawet przy uroczystych okazjach prawie nie używa szminki. Ubrana jak do pracy, wysokie buty, dżinsy i luźna dżinsowa koszula. Zero kokieterii, zero mizdrzenia się.

– I co pani na to? – spytała, chwytając byka za rogi.

Zazwyczaj było to kluczowe pytanie: co krewni ofiary na to, że pisze o nich książkę.

– Nie mam nic przeciwko temu – odparła Sanna. – I nie pragnę tego. Jest mi to... obojętne. To nie ma znaczenia. Stella nie jest książką. A z tym, co się wtedy stało, żyję już tak długo, że pani książka nic nie zmieni.

– Zależy mi na tym, żeby dobrze opisać Stellę – powiedziała Erika. – Dlatego byłabym wdzięczna za pomoc. Chciałabym, żeby dla czytelnika stała się żywym człowiekiem, a pani najlepiej potrafi ją opisać.

Wyjęła z torby telefon i pokazała jej.

– Mogę nagrywać?

– Bardzo proszę – zgodziła się Sanna. Zmarszczyła czoło. – Co chce pani wiedzieć?

– Niech mi pani opowie o Stelli, o waszej rodzinie. I jeśli da pani radę, proszę mi powiedzieć, jak pani zniosła to, co się stało.

– Minęło trzydzieści lat – zauważyła Sanna cierpko. – Życie potoczyło się dalej. Starałam się nie myśleć o tym zbyt często, żeby przeszłość nie przeważyła nad teraźniejszością. Ale spróbuję.

Mówiła dwie godziny. Stella stawała się nie tylko ofiarą zbrodni z akt i artykułów prasowych, lecz również żywą czterolatką, która uwielbiała oglądać *Fem myror är fler än fyra elefanter**, rano lubiła pospać, a wieczorem nie chciała iść do łóżka. Lubiła ryż na mleku z cukrem, cynamonem i masłem w dziur-

---

* *Fem myror är fler än fyra elefanter* (szw.) – Pięć mrówek to więcej niż cztery słonie, popularny program dla dzieci nadawany przez szwedzką telewizję w pierwszej połowie lat siedemdziesiątych.

ce, włosy lubiła mieć związane w dwa kucyki, nie jeden, w nocy uwielbiała przychodzić do łóżka starszej siostry i nadała imiona swoim piegom. Ulubieńcem był Hubert – na środku nosa.

– Potrafiła być nieznośna, ale jednocześnie była najzabawniejszą osobą, jaką można sobie wyobrazić. Często się na nią złościłam, bo była okropną skarżypytą. Uwielbiała podsłuchiwać, a potem rozpowiadała wszystkim, co usłyszała. Chwilami miałam ochotę ją udusić. – Umilkła. Chyba zawstydziła się tego, co powiedziała. Odetchnęła głębiej. – Ciągle musiałam jej szukać w lesie – ciągnęła. – Bałam się zapuszczać głębiej, a Stella się nigdy nie bała. Kochała las. Biegła tam, jak tylko spuściliśmy ją z oczu. Pewnie dlatego nie mogliśmy uwierzyć, że stało jej się coś złego. Tyle razy przepadała w lesie i zawsze wracała. Nie była to moja zasługa, bo nigdy tak naprawdę jej nie szukałam. Wchodziłam tylko w las na tyle głęboko, żeby rodzice myśleli, że szukam. W rzeczywistości szłam pod wielki dąb za domem, około pięćdziesięciu metrów w głąb lasu, i tam siadałam, a ona prędzej czy później przychodziła. Zawsze trafiała do domu. Z wyjątkiem tego ostatniego razu. – Nagle się zaśmiała. – Nie miała zbyt wielu koleżanek, miała za to niewidzialnego kolegę. Ciekawa rzecz, że ostatnio ciągle mi się to śni. Nazywała go Zielony Pan, więc domyślałam się, że to jakieś omszałe drzewo albo może krzew, który w jej wyobraźni ożył. Miała niesamowitą wyobraźnię. Wymyślała sobie równoległe światy. Czasem się zastanawiam, czy nie zaludniało ich tyle samo osób, co ten prawdziwy...

– Moja córka jest taka sama – wtrąciła Erika z uśmiechem. – Najczęściej przychodzi do niej niewidzialna Molly i domaga się ciasteczek i słodyczy. Wtedy, kiedy ona je dostaje.

– Sprytny sposób na to, żeby dostać podwójny przydział. – Sanna się uśmiechnęła, jej rysy zmiękły. – Ja mam w domu okropną nastolatkę i zastanawiam się, czy będą z niej jeszcze ludzie.

– Ile pani ma dzieci? – spytała Erika.

– Jedną córkę – odparła Sanna z westchnieniem. – Czasem mam wrażenie, jakbym miała dwadzieścioro...

– Ja też się boję, co to będzie. Dziś trudno to sobie wyobrazić, ale może kiedyś będą mnie nazywać cholerną babą. Pożyjemy, zobaczymy, nie ma co się martwić na zapas.

– Proszę mi wierzyć, ja słyszę od swojej dużo gorsze rzeczy. – Sanna znów się zaśmiała. – Zwłaszcza że podobno marnuję jej życie, kiedy ją zmuszam do pracy w ogrodzie. W ostatni weekend miałyśmy tu scysję. Powinna ponieść jakieś konsekwencje, ale okazuje się, że zmuszanie dziecka do uczciwej pracy jest równoznaczne z jego katowaniem.

– W takim razie bardzo mi ulżyło, że moim największym problemem jest łakomstwo niewidzialnej koleżanki mojej córeczki.

– Mhm… – Sanna nagle spoważniała. – Jak pani sądzi? Czy to przypadek? Chodzi mi o tę małą, która mieszkała w naszym dawnym gospodarstwie.

Erika nie bardzo wiedziała, co odpowiedzieć. Rozum mówił jej jedno. Przeczucie – co innego. Wiedziała, że to, czy dowie się, czy słusznie podejrzewała, kim jest SS, może zależeć od tego, co odpowie.

– Wydaje mi się, że te sprawy się łączą – powiedziała w końcu. – Chociaż nie wiem jak. Nie sądzę, żeby można było po prostu obwinić Helen i Marie. Nie chciałabym rozdrapywać starych ran. Wiem, że kiedy sąd orzekł, że są winne, wasza rodzina odebrała to jako swego rodzaju zamknięcie sprawy. Pozostało jednak sporo znaków zapytania. A Leif Hermansson, policjant, który wtedy kierował dochodzeniem, powiedział swojej córce krótko przed śmiercią, że nabrał wątpliwości. Chociaż nie wiemy, dlaczego.

Sanna patrzyła w ziemię. Chyba nad czymś się zastanawiała. Po chwili podniosła wzrok i spojrzała na Erikę.

– Wie pani co, bardzo dawno o tym nie myślałam, ale coś mi się przypomniało. Leif Hermansson skontaktował się ze mną. Spotkaliśmy się na kawie. To było niedługo przed jego śmiercią.

Erika skinęła głową. Kolejny kawałek układanki trafił na swoje miejsce. W komisariacie Sanna była Sanną Lundgren. Ale dla Hermanssona była Sanną Strand.

– O czym chciał z panią rozmawiać? – spytała.

– Właśnie to było takie dziwne. Wypytywał o Zielonego Pana. Po śmierci Stelli opowiedziałam policji o jej wyimaginowanym koledze z lasu. I oto po latach policjant niespodziewanie chce ze mną o tym rozmawiać.

Erika spojrzała na nią ze zdumieniem. Dlaczego Leif Hermansson wypytywał ją o Zielonego Pana, kolegę Stelli z lasu?

– Halo, dzień dobry! – zawołała Paula, ostrożnie otwierając drzwi.

Pukali kilka razy, ale chyba nikt nie słyszał. Zauważyła, jak Martin spojrzał na tablicę z napisem NA SPRZEDAŻ, kiedy podjechali pod dom.

– Tak, tak, proszę wejść – odezwał się z głębi domu skrzeczący głos.

Starannie wytarli buty i weszli.

Dagmar jak zwykle siedziała przy oknie w kuchni. Mrużąc oczy, spojrzała na nich znad krzyżówki.

– Co za goście! Jakże się cieszę!

– A więc sprzedaje pani dom? – spytała Paula. – Widziałam tablicę.

– Tak, to chyba dobrze. Czasem taka uparta baba jak ja potrzebuje czasu, żeby do niej dotarło. Moja córka ma rację. Dom stoi na uboczu, a ja nie mam już dwudziestu lat. Na szczęście mam córkę, która chce, żebym z nią zamieszkała. Większość ludzi nie może się doczekać, żeby się pozbyć starych rodziców, posyłają ich do domu opieki.

– Dopiero co powiedziałam to samo mojemu koledze. Że Szwedzi nie bardzo chcą się zajmować swoimi starymi rodzicami. I co, zgłosili się jacyś chętni?

– Na razie nie – odparła starsza pani, zapraszając ich, żeby usiedli. – Ludzie już nie chcą tak mieszkać. Na wsi. W starym domu. Mieszkanie ma być w centrum, nowe, żadnych nierównych kątów czy podłóg. Ale szkoda mi tego domu, jego ściany są przesiąknięte miłością.

– Według mnie jest zachwycający – powiedział Martin.

Paula ugryzła się w język. Na niektóre sprawy potrzeba czasu.

– Dość tego głupiego filozofowania starej baby. Domyślam się, że nie przyjechaliście po to, żeby rozmawiać o domu, tylko o moim notesie. Nie wiem, dlaczego o nim zapomniałam, kiedy byliście tu poprzednio.

– Nic dziwnego – powiedział Martin. – Na pewno była pani wstrząśnięta śmiercią tej małej. Trudno w takiej sytuacji pozbierać myśli.

– Najważniejsze, że pani sobie przypomniała i zadzwoniła do nas. Proszę powiedzieć, o co chodzi z tym notesem – poprosiła Paula.

– Pytaliście, czy tamtego ranka, kiedy zginęła Nea, zauważyłam coś dziwnego. Nadal nic mi się nie przypomina, ale dziś rano zdałam sobie sprawę, że wam pewnie łatwiej będzie dostrzec jakiś schemat w tym, co się działo tamtego ranka. I pomyślałam sobie, że może chcielibyście zerknąć na te notatki. Potrzebuję czegoś, żeby rozproszyć myśli. Pomaga mi to skupić się na krzyżówce. Strasznie mi się trudno skoncentrować, jeśli robię tylko jedną rzecz. Muszę mieć coś, co mnie rozproszy. Dlatego notuję tutaj wszystko, co się dzieje za oknem.

Podała Pauli notes. Paula szybko przerzuciła kartki, aż do dnia, kiedy zginęła Nea. Niewiele notatek. Na żadną nie zwróciła uwagi. Przed domem przejechały trzy samochody i dwóch rowerzystów. Rowerzystów starsza pani opisała jako „dwóch grubych niemieckich turystów na wycieczce". Ich Paula skreśliła. Pozostały samochody. Starsza pani zanotowała jedynie kolor i markę. Lepsze to niż nic.

– Mogę go zabrać? – spytała.

– Proszę go wziąć i korzystać na zdrowie.

– Proszę pani, z którego roku jest ten dom? – spytał Martin.

– Z tysiąc dziewięćset drugiego. Zbudował go mój ojciec. Urodziłam się na kanapie pod tamtą ścianą w kuchni. – Wskazała palcem.

– Sprawdzał go rzeczoznawca? – dopytywał dalej Martin.

Starsza pani przyjrzała mu się, znów zmrużyła oczy.

– Proszę, jaki ciekawy.

– Tak tylko pytam – powiedział, starając się nie patrzeć na Paulę.

– Tak, był rzeczoznawca, dach wymaga pilnego remontu. W piwnicy jest wilgoć, ale powiedział, że to może poczekać. Cała dokumentacja jest u agenta nieruchomości. A gdyby ktoś był zainteresowany kupnem, zawsze może przyjść i się rozejrzeć.

– Mhm... – Martin spojrzał w dół.

Starsza pani obserwowała go uważnie. Słońce oświetliło jej twarz, ujawniając wszystkie zmarszczki. Położyła mu dłoń na przedramieniu i zaczekała, aż spojrzy jej w oczy.

– To dobre miejsce, żeby zacząć jeszcze raz, od nowa – powiedziała. – Trzeba mu dać nowe życie. I miłość.

Martin szybko się odwrócił, ale Paula zdążyła zobaczyć łzy w jego oczach.

– Dzwonią w sprawie anonimowego telefonu, który odebrałeś. Chodzi o zniekształcony głos. Przełączyć do Pauli? Dochodzenie w tej sprawie prowadzą ona i Martin. – Annika zajrzała do gabinetu Mellberga i obudziła go z głębokiej drzemki.

– Co? Aha, telefonu. – Wyprostował się na krześle. – Nie, przełącz do mnie.

Oprzytomniał w ułamku sekundy. O niczym tak nie marzył jak o tym, żeby dostać w swoje ręce bydlaka, od którego to wszystko się zaczęło. Był pewien, że gdyby facetowi nie przyszło do głowy wrabiać Karima, nie doszłoby do pożaru.

– Mellberg, słucham – powiedział władczym tonem.

Ku swemu zdziwieniu usłyszał kobiecy głos. Zakładał, że skoro chodzi o sprawy techniczne, będzie to mężczyzna.

– Cześć, dzwonię w związku z plikiem dźwiękowym, który nam przesłaliście.

Miała jasny, dziewczęcy głos. Wątpił, żeby przekroczyła dwudziestkę.

– Pewnie nie dało się z tym nic zrobić?

Westchnął. Muszą mieć kłopoty kadrowe, jeśli tak skomplikowane i ważne zadania zlecają młodym dziewczynom. Chyba powinien zadzwonić do jej szefa i poprosić, żeby je powierzyli komuś bardziej kompetentnemu. Najlepiej mężczyźnie.

– Owszem, udało mi się. Trochę się namęczyłam, żeby podkręcić... ale nie będę pana zanudzać szczegółami technicznymi. Zresztą wydaje mi się, że jeśli wziąć pod uwagę nasze skromne środki, głos jest maksymalnie bliski oryginału.

– Aha... Coś takiego...

Nie wiedział, co powiedzieć. Już planował, co powie jej przełożonemu.

– No to posłuchajmy – odezwał się w końcu. – Ciekawe, kto to się ukrył pod zasłoną anonimowości.

– Jeśli pan chce, mogę puścić rozmowę przez telefon, a potem przesłać plik mailem.

– Tak, bardzo dobrze.

– Okej, włączam odtwarzanie.

W słuchawce rozległ się głos wypowiadający te same słowa, które słyszał wtedy. Ale nie był to już głos niski i niewyraźny, wręcz przeciwnie. Mellberg zmarszczył czoło, usiłował wyłapać coś charakterystycznego. Nie mógłby powiedzieć, że rozpoznaje ten głos, to byłoby już za dużo szczęścia.

– Proszę mi to przesłać mailem – powiedział, kiedy odsłuchał nagranie.

Podał dziewczynie adres i już po kilku minutach rozległ się sygnał: plik dotarł. Odsłuchał go jeszcze kilka razy. W jego głowie zrodził się pewien pomysł. Przez moment zastanawiał się, czy nie skonsultować się z Patrikiem, ale nie chciał mu przeszkadzać. Wiedział, że poszedł z Göstą kupić coś na lunch. A pomysł był genialny. Dlaczego Patrik miałby mieć coś przeciwko temu? Zresztą o drugiej będzie narada, wtedy go poinformuje. Już się cieszył, że będą go podziwiać za tę inicjatywę. Właśnie takie rzeczy różnią dobrego policjanta od błyskotliwego. Rozumuje nieschematycznie. Wpada na nowe rozwiązania, sprawdza nowe ścieżki i korzysta z osiągnięć techniki. Uśmiechnął się z zadowoleniem i zadzwonił pod numer, który miał zapisany w komórce. Teraz sprawa ruszy z kopyta.

– Naprawdę idzie ci coraz lepiej – pochwalił ją Sam, lekko korygując jej postawę. – Ale nadal naciskasz trochę za mocno i za szybko. Masz głaskać spust.

Jessie kiwnęła głową. Skupiła się na tarczy przytwierdzonej do drzewa. Tym razem rzeczywiście pogłaskała spust i trafiła niemal w sam środek.

– Jesteś świetna.

Mówił szczerze. Miała naturalną umiejętność namierzania celu. Ale tarcza to za mało.

– Musisz poćwiczyć strzelanie do ruchomego celu – powiedział.

– Rozumiem. To co robimy? Co ty robiłeś?

– Strzelałem do zwierząt – odparł, wzruszając ramionami. – Ojciec kazał mi strzelać do wiewiórek, do myszy, do ptaków. Co się trafiło.

– Dobrze. Tak zróbmy.

Miał ochotę ją objąć i przytulić za to stalowe spojrzenie. Znikła cała jej miękkość. Wiedział, że od kilku dni prawie nie je. Jej twarz już nie była tak okrągła, rysy się wyostrzyły. Nie przeszkadzało mu to. Przedtem kochał ją za naiwność, ale jej obecny stosunek do świata lepiej przystawał do jego przekonań.

Stwierdził, że mają w sobie tę samą determinację. To będzie ich siłą. On już przekroczył granicę. Odciął sobie odwrót i nigdy nie będzie mógł wrócić. Zawsze jest jakiś punkt zwrotny. On już swój przekroczył, a Jessie poszła za nim i jest tam gdzie on.

Czuł ulgę, że nie jest sam.

Wiedział, że teraz musi jej wszystko powiedzieć. Złożyć u jej stóp swoje najmroczniejsze tajemnice. To była jedyna rzecz, której się jeszcze obawiał. Nie przypuszczał, żeby chciała go osądzać, ale nie miał pewności. Chciał zapomnieć, a jednocześnie wiedział, że powinien pamiętać, że to mu pomoże obrać kierunek na przyszłość. Nie można stać w miejscu. Nie można się zatrzymać. I nadal być ofiarą.

Zdjął plecak i wyjął notes. Pora jej zdradzić najskrytsze tajemnice. Jest już gotowa.

– Chcę ci coś pokazać – powiedział. – Muszę zrobić jedną rzecz.

Bohuslän 1672

Zeznawali kolejni świadkowie. Celnik opowiedział sądowi, jak Elin go przeklęła i wiatr zepchnął go razem z koniem do rowu. Sąsiedzi z Fjällbacki ujawnili, że uzdrawiała i leczyła za pomocą diabelskiej magii. Potem przyszła kolej na Brittę. Piękna i blada sunęła do miejsca dla świadków, naprzeciw ławy sędziowskiej. Zrobiła smutną minę, ale Elin wiedziała, że jej siostra rozkoszuje się swoim dziełem. Po latach w końcu dopięła swego.

Spuściła wzrok. Ciemne rzęsy odcinały się od jej policzków jak wachlarze. Widać było lekką krągłość brzucha pod spódnicą, ale na jej twarzy nie było śladów ciąży. Wciąż wyglądała jak z obrazka.

– Czy Britta mogłaby nam o sobie opowiedzieć? – zapytał z uśmiechem Hierne.

Elin widziała, że nadal jest pod urokiem jej siostry, jak w tamten wieczór na plebanii.

Zdawała sobie sprawę, że nic jej nie pomoże, że nie ma dla niej ratunku. To, co miała do powiedzenia Britta, było bez znaczenia. Ale wiedziała również, że Britta nigdy by sobie nie odmówiła występu w sądzie.

– Jestem siostrą Elin. Przyrodnią – dodała. – Miałyśmy tego samego ojca, ale różne matki.

– Czy Elin zamieszkała u Britty po śmierci męża? Czy to znaczy, że Britta i jej mąż, proboszcz Preben Willumsen, udzielili gościny Elin i jej córce Märcie?

Britta uśmiechnęła się nieśmiało.

– Tak, uznaliśmy zgodnie, że musimy pomóc Elin i kochanej Märcie, gdy Per utonął. Tak było trzeba, przecież jesteśmy rodziną.

Hiernemu aż błyszczały oczy, kiedy na nią patrzył.

– Po prawdzie to bardzo wielkoduszne i dowodzi wielkiego serca. Ale nie wiedzieliście…

– Nie, nie wiedzieliśmy… – Britta załkała.

Hierne wyjął z kieszeni kamizelki chustkę i podał jej.

– A kiedy Britta się zorientowała? – spytał.

– Dopiero po pewnym czasie. Przecież to moja siostra i człowiek nie chce wierzyć… – Znów załkała. A potem wyprostowała się i podniosła głowę. – Zaczęła co rano podawać mi napary. Żebym mogła się stać brzemienna. Byłam jej wdzięczna. Zresztą wiedziałam, że pomogła innym kobietom z okolicy. Co rano piłam te paskudztwa, nad którymi ona wymawiała jakieś zaklęcia. Ale mijały miesiące i nic się nie działo. Pytałam ją wiele razy, czy to naprawdę pomaga. Upierała się, że tak, że wszystko będzie dobrze, że muszę tylko nadal pić jej napar.

– Ale w końcu Britta zaczęła przeczuwać coś złego, tak?

Hierne pochylił się w jej stronę.

– Tak, domyśliłam się, że jej poczynaniami nie kieruje Bóg, tylko siły piekielne. Z gospodarstwa zniknęło pewne zwierzę. Kotka. Viola. Znalazłam ją powieszoną za ogon pod oknem swojej sypialni. Wtedy zrozumiałam. Ukradkiem zaczęłam wylewać napar, żeby Elin nie widziała. I jak tylko przestałam go pić, okazało się, że jestem w odmiennym stanie. – Przesunęła dłonią po brzuchu. – Zrozumiałam, że Elin wcale nie chciała mi pomóc. Wręcz przeciwnie. Nie chciała, żebym urodziła dzieciątko.

– Dlaczego? Jak Britta sądzi?

– Zawsze mi zazdrościła. W dzieciństwie straciła matkę. Moja matka była ukochaną żoną naszego ojca. A ja jego oczkiem w głowie. Elin mściła się na mnie za to. Zawsze chciała tego co ja. Potem zrobiło się jeszcze gorzej, kiedy wyszłam za proboszcza, a ona musiała się zadowolić biednym rybakiem. Dlatego przypuszczam, że nie życzyła mi dziecka. Myślę też, że chciała mi odebrać męża. – Rozejrzała się po sali. – Wyobraźcie sobie, jak triumfowałby szatan, gdyby jego narzeczonej udało się zaciągnąć do łożnicy człowieka Kościoła. Na szczęście Preben jest człowiekiem silnego charakteru i nie uległ jej podstępom i uwodzicielskim sztuczkom.

Spojrzała na Prebena z uśmiechem. Ich spojrzenia spotkały się na chwilę. Potem Preben spuścił wzrok. Elin go obserwowała. Jak on może tak obojętnie wysłuchiwać tych kłamstw? Domyślała się, że nie zostanie wezwany na świadka. Proboszczowi oszczędzą takiego przeżycia. I całe szczęście, bo chyba by nie wytrzymała, gdyby sam kłamał, zamiast zasłaniać się Brittą.

– Niech Britta opowie o czarcim znamieniu – poprosił Hierne.

Publiczność słuchała z zapartym tchem. Słyszeli o czymś takim. Że diabeł znaczy ciała swoich kobiet. Znamieniem. Czy Elin Jonsdotter ma takie znamię? Jeśli tak, to gdzie? W napięciu czekali na odpowiedź.

– Tak, ma, pod piersią. Ogniste znamię w kształcie Danii.

Elin aż wstrzymała oddech. Kiedy były małe, znamię było prawie niewidoczne. Britta nie mogła wiedzieć, że jest w kształcie Danii. Tylko jeden człowiek mógł użyć takiego porównania. Preben.

To on dostarczył żonie tego dowodu przeciwko niej. Próbowała go zmusić, żeby na nią spojrzał, ale on cały czas patrzył w ziemię. Tchórz. Chciała wstać i powiedzieć, jak było, ale wiedziała, że to bezcelowe. Nikt jej nie uwierzy, w oczach wszystkich jest czarownicą.

Jedyne, co mogła zrobić, to spróbować nie zaszkodzić jeszcze bardziej Märcie. Nie miała nikogo poza Brittą i Prebenem. Żadnych innych krewnych. Elin liczyła na to, że pozwolą jej zostać u nich, więc zmilczała.

Britta perorowała o znamieniu i opowiadała kolejne kłamstwa, które pieczętowały los jej siostry. Elin marzyła tylko o tym, żeby proces się skończył. Już wiedziała, że czeka ją śmierć. Miała jednak nadzieję, że jej córkę czeka dobre życie. Märta była dla niej wszystkim. Nic innego się nie liczyło.

– RUSZYŁO SIĘ – powiedział Patrik, czując znajome łaskotanie w żołądku. Pojawiało się zawsze, kiedy udało mu się rozwikłać kolejny problem.

Na tym polegały uroki jego pracy. Beznadziejny zastój, a chwilę później istna erupcja: na miejsce trafiały kolejne kawałki układanki.

– Dzwonił Pedersen. Nie dacie wiary, ale zaginiony pocisk odnalazł się w trumnie. Skutek niedopatrzenia podczas pierwszej sekcji.

– To dlatego nie można go było znaleźć? – zapytał Gösta.

– Nie ma co płakać nad rozlanym mlekiem – odparł Patrik.

– Pocisk jest i już mam wstępne dane od Torbjörna. Całopłaszczowy pocisk kalibru czterdzieści pięć. Mógłbym się nad tym rozwodzić dłużej, ale pewnie znacie się lepiej ode mnie. Najważniejsze, że takie pociski stosuje się w colcie.

– Czy to potwierdza, że rzekome samobójstwo Hermanssona w rzeczywistości było zabójstwem? – spytał Martin.

Patrik chwilę się zastanawiał. Prowadząc dochodzenie, nie powinno się wyciągać pochopnych wniosków, choćby wydawały się oczywiste.

– Hermansson był leworęczny, ale ranę wlotową miał w prawej skroni, a broń trzymał w prawej ręce, nie w lewej – powiedział w końcu. – Miał pistolet, Walther PPK kaliber trzydzieści dwa, więc pocisk kalibru czterdzieści pięć, który znalazł się w trumnie, nie mógł zostać wystrzelony z jego pistoletu. Na tej podstawie mogę z całą pewnością stwierdzić, że było to zabójstwo, nie samobójstwo. Mamy również podejrzanego. W kalendarzyku pod datą swojej śmierci Hermansson zapisał: JJ, a znany nam James Jensen jest właścicielem colta M1911, do którego pasuje pocisk kalibru czterdzieści pięć, znaleziony w szczątkach denata.

– Kiedy u niego byliśmy, z dumą pokazywał nam swoją ulubioną broń – przypomniała Paula.

– Ale jak mu udowodnić, że wystrzelił ten pocisk i zabił Leifa? – spytał Gösta. – To tylko domniemania. W Szwecji są tysiące ludzi mających colty, legalnie i nielegalnie. Co do skrótu JJ, tylko się domyślamy, że chodziło mu o Jamesa Jensena. Nie mamy dowodu.

– Musimy udowodnić, że pocisk pochodził z jego broni – powiedział z ociąganiem Patrik. – Wątpię, żebyśmy uzyskali od prokuratora nakaz przeszukania, opierając się jedynie na tym, co mamy do tej pory. Więc podstawowe pytanie brzmi: jak to udowodnić?

– Jensen trenuje strzelanie na terenie powszechnie dostępnym – przypomniała Paula. – Kiedy razem z Göstą spotkaliśmy go w lesie, właśnie strzelał z colta. Musi tam być całe mnóstwo pocisków z tej broni. Można je zebrać bez żadnego nakazu czy pozwolenia.

– Super! Tak robimy. Zbierzcie z Göstą pociski. Każemy zbadać ślady po lufie.

Patrik spojrzał na swój telefon. Dziesięć nieodebranych połączeń. O co im chodzi? Kilka numerów rozpoznał. Usiłował uprzytomnić sobie, co mogło spowodować taki szturm tabloidów. W końcu poprosił o minutę przerwy i odsłuchał wiadomości. Potem spojrzał podejrzliwie na Mellberga.

– Okazuje się, że zwróciliśmy się do ludzi z prośbą o pomoc w zidentyfikowaniu głosu. Plik dźwiękowy można odsłuchać na portalu „Expressen". Ktoś wie coś na ten temat?

Mellberg wyprostował się na krześle.

– Przysłali mi ten plik, kiedy was nie było. Wyobraźcie sobie, że problem techniczny rozwiązała kobieta.

Rozejrzał się po pokoju, ale nie spotkał się z podziwem, jakiego oczekiwał.

– Osobiście nie rozpoznałem tego głosu – ciągnął – więc uznałem, że potrzebujemy pomocy ludzi. Zadzwoniłem do znajomego z redakcji „Expressen". Bardzo chętnie zgodzili się nam pomóc. Teraz trzeba tylko czekać na cynk. – Z zadowoleniem rozparł się w fotelu.

Patrik w myślach policzył do dziesięciu.

– Bertilu... – Nagle nie wiedział, co powiedzieć.

Miałby wiele do powiedzenia, ale uznał, że to nie ma sensu.

Zaczął jeszcze raz:

– Bertilu, w takim razie ty będziesz odbierał zgłoszenia od obywateli.

Mellberg kiwnął głową i uniósł do góry kciuk.

– Dam znać, jak będę go miał na celowniku – oznajmił radośnie.

Patrik zmusił się do uśmiechu. Potem spojrzał na niego pytająco. Mellberg odpowiedział takim samym spojrzeniem.

– Co?

– Nie uważasz, że my też powinniśmy to odsłuchać?

– A tak, kurde. – Mellberg sięgnął po swój telefon. – Przesłałem ten plik na swoją komórkę. Mówiłem, że nagranie oczyściła baba?

– Tak, wspomniałeś – odparł Patrik. – Możemy posłuchać?

– Tak, już, strasznie się zrobiliście niecierpliwi – powiedział Mellberg, naciskając różne przyciski. Podrapał się w głowę. – Jak to się robi, jak się szuka pliku? Te cholerne nowoczesne smartfony...

– Powiedz, gdybyś potrzebował pomocy jakiejś baby – powiedziała słodko Paula.

Mellberg udał, że nie słyszy. Nadal manipulował przy telefonie.

– Jest! – oznajmił z triumfem.

Odsłuchali w napięciu.

– I co? – spytał Mellberg. – Ktoś rozpoznaje ten głos? Albo zwrócił uwagę na coś ciekawego?

– Nie... – zaczął Martin. – Zdecydowanie młody facet, sądząc po dialekcie, jest tutejszy.

– Widzicie! Wy też nie macie pojęcia. Całe szczęście, że już podałem to dalej! – stwierdził Mellberg i odsunął telefon.

Patrik puścił tę uwagę mimo uszu.

– Okej, jedziemy dalej. Dzwoniła Erika, udało jej się ustalić, kogo Hermansson oznaczył w kalendarzyku inicjałami SS. W związku ze swoją książką spotkała się rano z Sanną Lundgren. Dawniej Sanną Strand... Najprawdopodobniej o nią chodziło, bo powiedziała, że spotkała się z Hermanssonem jakiś tydzień przed jego śmiercią.

– I czego od niej chciał? – spytał Gösta.

– Taa...

Patrik się ociągał. To, co mu powiedziała Erika, wydawało się tak odległe od rzeczywistości, że nie wiedział, jak to przedstawić kolegom.

– Wypytywał ją o wyimaginowanego kolegę małej Stelli...

Martin zakaszlał i lekko zakrztusił się kawą. Spojrzał na Patrika z niedowierzaniem.

– Wyimaginowanego kolegę? Dlaczego?

– Kto to wie? – odparł Patrik, rozkładając ręce. – Chciał się dowiedzieć jak najwięcej o kimś, kogo Stella nazywała Zielonym Panem.

– Żartujesz! – Mellberg zaczął się śmiać. – Zielony Pan? Wyimaginowany kolega? To jakiś odjazd!

Patrik znów go zignorował.

– Według Sanny Stella często bawiła się w lesie i mówiła, że jest tam Zielony Pan. Sanna powiedziała o tym policji wkrótce po odnalezieniu ciała Stelli, ale nikt nie potraktował tego poważnie. Po latach Hermansson zadzwonił do niej i zaczął o to wypytywać. Sanna nie pamięta dokładnie, kiedy się z nim spotkała. Wydaje się jej, że to było wtedy, kiedy zanotował w kalendarzyku to SS. Tydzień później dowiedziała się, że odebrał sobie życie. Potem już do tego nie wracała, przypomniało jej się, kiedy Erika zaczęła wypytywać o Stellę.

– I co, będziemy się zajmować jakimiś bajkami? – prychnął Mellberg.

Nikt nawet się nie uśmiechnął. Patrik zerknął na wyświetlacz. Kolejnych dwanaście nieodebranych połączeń. Jakby mieli mało problemów.

– Myślę, że Hermansson odkrył coś ważnego. Coś w tym jest – powiedział Patrik. – Ale zostawmy to na razie.

– A co robimy z Jensenem? – spytał Gösta, przypominając, że jeszcze z tym nie skończyli.

– Na razie nic – odparł Patrik spokojnie. – Najpierw zbierzcie z Paulą pociski w lesie.

Rozumiał ich niecierpliwość. Sam chciałby już zatrzymać Jamesa, ale wiedział, że bez dowodów nie uda się go zmiękczyć.

– Mamy do omówienia jeszcze jedną rzecz – powiedziała Paula. – Zadzwoniła do mnie starsza pani, sąsiadka Bergów.

Kiedy u niej byliśmy pierwszy raz, nie przypominała sobie, żeby tamtego ranka, kiedy Nea zaginęła, działo się coś szczególnego. Potem uprzytomniła sobie, że mógłby nam się przydać jej notes, w którym zapisuje wszystko, co widać z jej okna w kuchni. Byliśmy dziś u niej z Martinem. Przejrzałam notes i na pierwszy rzut oka nie ma w nim nic szczególnego. – Zawahała się. – A jednak coś mi się nie zgadza, chociaż sama nie wiem co.

– Pracuj nad tym – powiedział Patrik. – Prędzej czy później na to wpadniesz.

– Mam nadzieję – odparła niepewnie.

– A co z motywem? – spytał ostrożnie Martin.

Spojrzeli na niego.

– Jeśli przyjmiemy, że to James Jensen zastrzelił Leifa Hermanssona, to dlaczego to zrobił?

Na dłuższą chwilę zapadła cisza. Patrik już się nad tym zastanawiał, ale do niczego nie doszedł.

– Najpierw udowodnijmy, że to on strzelał – powiedział w końcu. – A potem zobaczymy.

– Możemy jechać od razu – zadeklarował Gösta i spojrzał na Paulę.

Ziewnęła, ale przytaknęła.

– Tylko zbierajcie zgodnie z zasadami – przypomniał Patrik. – Papierowe torebki, staranne oznaczenia. Dokumentujcie wszystko, żeby podczas rozprawy nie dało się niczego podważyć.

– Tak będzie – obiecał Gösta.

– Mógłbym z nimi pojechać – powiedział Martin. – Jeśli chodzi o skrajną prawicę, wywiad środowiskowy nic nie dał. Nikt nic nie wie o pożarze. W każdym razie tak mówią.

– To jedź – zdecydował Patrik. – W tej chwili to nasz najlepszy trop. Oprócz tego sądzę, że coś musi być na rzeczy z tym wyimaginowanym przyjacielem Stelli. Gösta, z czym ci się to kojarzy?

Gösta się zamyślił. Już chciał zaprzeczyć i nagle jego oczy pojaśniały.

– Marie Wall. Powiedziała, że ktoś szedł za nimi przez las tamtego dnia, kiedy Stella zginęła. Wiem, że to daleko idący wniosek, ale może to się jednak łączy? Może ten kolega na niby był jednak prawdziwy?

– Może to był James Jensen? – podsunęła Paula.

Spojrzeli na nią. Wzruszyła ramionami.

– Posłuchajcie. Jest żołnierzem. Sanna mówiła o Zielonym Panu. Od razu przychodzi mi na myśl zielone ubranie. Wojskowe. Może Stella natykała się w lesie na Jamesa? I może to jego Marie, jak mówi, słyszała w lesie?

– To tylko domniemania – powiedział powoli Patrik. Trochę to odjechane. Ale nie wykluczone. Spojrzał na komórkę. Znów dwadzieścia nieodebranych połączeń.

– Oni pójdą zbierać materiał dowodowy, a my, Bertilu, tymczasem porozmawiamy – powiedział z westchnieniem.

Anna denerwowała się coraz bardziej. Zbyt wiele mogło się nie udać. Zauważyła, że Erika nabrała podejrzeń. Widziała, jak na nią patrzy, chociaż jak dotąd nic nie powiedziała.

Dan pogwizdywał i szykował w kuchni spóźniony lunch. Od kiedy była w ciąży, brał na siebie coraz więcej domowych obowiązków, i robił to z radością. Niewiele brakowało, żeby wszystko stracili, a jednak udało im się odzyskać wspólne życie, rodzinę i siebie nawzajem. Blizny w sercu pozostały, ale nauczyli się z tym żyć. A z bliznami na ciele Anna się pogodziła. Włosy odrosły, szramy na twarzy bladły. Zostaną na zawsze, ale gdyby chciała, mogłaby je zamalować. Nie zawsze chciała, stały się częścią niej.

Dan spytał ją kiedyś, jak jej się udało nie zgorzknieć. Losy jej i Eriki ułożyły się tak różnie. Czasem mogło się wydawać, że Anna wręcz przyciąga wszelkie nieszczęścia, podczas gdy Erice życie układa się tak harmonijnie. Ale Anna zdawała sobie sprawę, że gdyby zaczęła się nad sobą użalać i zazdrościć siostrze, wpadłaby w pułapkę. Oznaczałoby to, że nie bierze odpowiedzialności za to, jak się potoczyło jej życie. Przecież sama wybrała Lucasa, ojca swoich dzieci. Nie słuchała, kiedy Erika ją ostrzegała. Obie miały wypadek. Niestety ona straciła wtedy dziecko. A to, co omal nie zniszczyło jej związku z Danem, było wyłącznie jej winą. Musiała to potem długo przepracowywać. Nie, nigdy nie popadła w zgorzknienie ani nie zazdrościła siostrze. Erika opiekowała się nią od zawsze, często musiało to być dla niej spore wyzwanie. Dzięki niej miała dobre dzieciństwo i była jej za to dozgonnie wdzięczna.

A jednak znów złamała obietnicę. Miała już nie mieć przed nią tajemnic. Z kuchni dochodził brzęk naczyń. Dan nakrywał do stołu, podśpiewując piosenkę, która leciała w radiu. Zazdrościła mu tej pogody ducha. Bo ona bez przerwy się niepokoiła. I martwiła się, że może nie podjęła właściwej decyzji. Bała się, że sprawi komuś przykrość, a tymczasem jej samej było przykro, że musi kłamać. Trudno. Z wysiłkiem wstała z kanapy. Kiedy weszła do kuchni i zobaczyła uśmiech Dana, zrobiło jej się ciepło na sercu i na chwilę zapomniała o niepokoju. Mimo wszystkich przejść uważała się za kogoś, komu się w życiu poszczęściło. A kiedy dzieci zbiegły z góry i przyszły z dworu, poczuła się jak milionerka.

– Myślisz, że to James zamordował Stellę? – spytała Paula, patrząc z boku na Göstę. – A potem zabił Hermanssona, bo zamierzał to ujawnić?

Tym razem to on prowadził. Paula zgodziła się na to niechętnie, bo oznaczało to, że przez całą drogę do Fjällbacki będą się wlec w ślimaczym tempie.

– Nie wiem, co o tym myśleć – odparł. – Podczas pierwszego dochodzenia w ogóle nie był brany pod uwagę. Oczywiście możliwe, by było tak dlatego, że Hermansson skupił się na dziewczynach, które szybko przyznały się do zabójstwa. Nie było powodu, żeby rozważać inną wersję. A to, co powiedziała Marie, że widziała kogoś w lesie... powiedziała o tym, dopiero kiedy odwołała zeznanie, dlatego wszyscy myśleliśmy, że jak to dziecko próbuje nam podrzucić fałszywy trop.

– Już wtedy wiedziałeś, kim jest James? – spytała Paula. Zorientowała się, że prawą stopą wciska wyimaginowany pedał gazu.

Boże, jak on się wlecze. Już wolała jeżdżącego jak wariat Patrika.

– Oczywiście, w Fjällbacke wszyscy się znają. A James zawsze był szczególną postacią. Zawsze chciał być żołnierzem. Jeśli dobrze pamiętam, odbywał służbę wojskową w specjalnych formacjach, w jakichś oddziałach desantowych czy u nurków minerów, a potem kontynuował karierę w wojsku.

– Mnie strasznie dziwi, że ożenił się z córką najbliższego kumpla – odezwał się z tylnego siedzenia Martin. – Przy takiej różnicy wieku.

– Fakt, wszyscy się dziwili – przyznał Gösta.

Zwolnił, włączył migacz i skręcił w lewo, na szutrową drogę.

– Wcześniej nie był widywany z żadną dziewczyną, więc zaskoczenie było niemałe. A Helen miała zaledwie osiemnaście lat. Ale wiesz, jak jest, ludzie najpierw się gorszą, potem znajdują sobie inny temat, a w końcu nawet najdziwniejszą rzecz przyjmują jako coś normalnego. Kiedy urodził się Sam, plotki umilkły. Od tylu lat są małżeństwem, widocznie im się układa.

Zatrzymał samochód.

Postanowili nie uprzedzać Jamesa, że przyjadą. Gösta zaparkował w sporej odległości od domu. Mogli stamtąd niezauważenie przejść przez las tam, gdzie ćwiczył strzelanie.

– Co zrobimy, jeśli tam będzie? – spytał Martin.

– Powiemy mu, po co przyszliśmy. Miejmy nadzieję, że obejdzie się bez perturbacji. Mamy pełne prawo zabrać stamtąd, co nam się podoba.

– Nie chciałbym stanąć oko w oko z zabijaką i domniemanym mordercą podczas szukania dowodów przeciwko niemu – mruknął Martin.

– E, daj spokój, mogłeś zostać w komisariacie – odparła Paula i weszła do lasu.

Kiedy byli już niedaleko polany, przystanęli. Jamesa na szczęście nie było. Paula dopiero wtedy uzmysłowiła sobie, jak trudne zadanie mają przed sobą. Przez lata na ziemi zebrało się mnóstwo pocisków i łusek. Leżały ich tam wszelkie możliwe rodzaje. Nie była ekspertem w dziedzinie broni palnej, ale domyślała się, że w robocie był tam całkiem pokaźny arsenał.

Gösta się rozejrzał.

– Czy to nam przypadkiem nie daje podstaw do podejrzeń o nielegalne posiadanie broni? – zapytał. – Można udowodnić, że tu strzelał. A patrząc na te pociski i łuski, myślę sobie, że może również mieć broń, która nie została zarejestrowana.

– Ma pozwolenie na colta, na smith&wesson i na strzelbę myśliwską – powiedział Martin. – Sprawdziłem.

– Zadzwonię do Patrika. Może to wystarczy, żeby uzyskać nakaz przeszukania domu. Zróbcie zdjęcia, zanim cokolwiek ruszymy, dobrze?

– Oczywiście. – Paula wzięła jeden aparat fotograficzny, drugi dała Martinowi.

Nie były najnowocześniejsze, ale musiały wystarczyć.

Gösta odszedł na bok, żeby zadzwonić. Po chwili wrócił.

– Powiedział, że spyta prokuratora. Ale przypuszcza, że to, co tu jest, plus pocisk z trumny, powinno wystarczyć, żebyśmy mogli się rozejrzeć w domu Jensenów.

– Jak myślicie, co znajdziemy? Pistolety maszynowe? Broń automatyczną? – spytał Martin.

Przykucnął i zaczął się przyglądać leżącym na ziemi łuskom.

– Całkiem uprawnione domniemanie – zauważyła Paula, robiąc zdjęcia.

– Na myśl o Jamesie, który staje przede mną z pistoletem maszynowym w ręku, robi mi się nieswojo – przyznał Gösta.

– Gdyby użył peemki, trudno byłoby upozorować samobójstwo. Chociaż zapewne i to się zdarzało – powiedziała Paula.

– Kurt Cobain zabił się ze śrutówki Remingtona – powiedział Martin.

Paula spojrzała na niego ze zdumieniem. Nie miała pojęcia, że wie takie rzeczy.

Zadzwonił telefon Gösty.

– Cześć, Patrik.

Podniósł dłoń, dając Pauli i Martinowi do zrozumienia, żeby przestali zbierać pociski i łuski.

– Prokurator chce, żebyśmy sprowadzili ekipę kryminalistyczną – wyjaśnił im, kiedy się rozłączył. – Mamy nie odstawiać żadnej samowolki.

– Okej. – Paula była trochę zawiedziona. – Czy to znaczy, że wyda nakaz przeszukania?

– Tak. Już tu jedzie. Chce przy tym być.

– A Mellberg? – zaniepokoiła się.

Gösta pokręcił głową.

– Nie, po tym, jak przekazał plik dźwiękowy „Expressen", zrobiło się niezłe zamieszanie. Jest zajęty udzielaniem wywiadów.

Annika bez przerwy dostaje telefony od ludzi, którym się wydaje, że poznają ten głos. Lista nazwisk cały czas rośnie.

– Nie zdziwiłabym się, gdyby dziadyga choć raz zrobił coś dobrego – mruknęła. – Może rzeczywiście coś to da. Sami nie mielibyśmy szans zidentyfikować tego głosu.

– A co Patrik powiedział o Jamesie? – spytał Martin, gdy wracali do samochodu.

– Zatrzymamy go potem i zabierzemy na przesłuchanie. Ale podczas przeszukania ktoś z nas musi razem z nim czekać na zewnątrz.

– Ja mogę – zadeklarował Martin. – Ciekawi mnie ten facet.

Nils złapał ją zębami za ucho. Zwykle przeszywał ją wtedy rozkoszny dreszcz, ale tym razem było tylko nieprzyjemnie. Nie chciała go tu, w swoim łóżku.

– No więc kiedy Jessie… – zaczął.

– Jak myślisz, co rodzice Bassego powiedzą po powrocie? – spytała, odsuwając się trochę.

Nie chciała rozmawiać o Jessie. Wprawdzie ona to wszystko wymyśliła i zrealizowała zgodnie z planem, ale teraz dziwnie się czuła. Chciała ukarać Marie i jej córkę. Dlaczego się nie cieszy?

– Pewnie obetną mu kieszonkowe – odparł z uśmiechem.

Gdy pogładził ją po brzuchu, zrobiło jej się niedobrze.

– Myślisz, że zwali wszystko na nas? – spytała.

– W życiu! Po tym, co tam się stało, będzie wolał się nie wychylać.

Zamknęli wtedy drzwi sypialni, zostawili Bassego z nieprzytomną Jessie. Vendela była pijana i wtedy wydawało jej się to w porządku, ale teraz… teraz miała przeczucie zbliżającej się katastrofy.

– Uważasz, że ona coś powie? Na przykład swojej mamie?

Przecież tego chciała. Ukarać je obie.

– Myślisz, że chciałaby, żeby to się rozeszło jeszcze bardziej? – odparł. – Zwariowałaś?

– W sobotę ona i Sam raczej nie przyjdą.

Przynajmniej to jej się udało. Jessie już nigdy nie zechce się pokazać ludziom na oczy.

Nils znów chwycił ją zębami za ucho i złapał za pierś, ale odsunęła go. Nie chciała z nim być tego wieczoru.

– Na pewno powiedziała Samowi. Nie dziwi cię, że nie dostał białej gorączki?

Nils westchnął i zaczął ściągać szorty.

– Olej to straszydło. I tę parszywą laskę. Przestań gadać i obciągnij mi...

Stęknął i popchnął jej głowę.

Helen usłyszała podjeżdżające pod dom radiowozy i podniosła głowę. Policja. Czego oni mogą chcieć? Poszła do drzwi i otworzyła, zanim zdążyli zapukać.

Patrik Hedström wraz z Paulą Morales, Martinem Melinem i starszym funkcjonariuszem, którego nie znała.

– Dzień dobry – powiedział Patrik. – Mamy nakaz przeszukania. Czy mąż jest w domu? I syn?

Kolana się pod nią ugięły, musiała się oprzeć o ścianę. Kiwnęła głową. W tym samym momencie wróciły wspomnienia sprzed trzydziestu lat. Głos policjanta, ten sam ton, co u Patrika. Powaga. Przeszywające spojrzenie, jakby zmuszające do powiedzenia prawdy. Powietrze w pokoju przesłuchań, duszne, nie było czym oddychać. Ciężka dłoń ojca na jej ramieniu. Stella. Malutka Stella. Fruwające rudoblond włosy, kiedy szła, podskakując, cała szczęśliwa, że idzie z dwiema dużymi dziewczynami. Wszystkiego ciekawa. Zawsze tuż obok.

Uprzytomniła sobie, że Patrik coś mówi. Opanowała się.

– Mąż jest w gabinecie, a Sam u siebie.

Jej głos brzmiał zadziwiająco normalnie, chociaż serce waliło jej jak młotem.

Policjanci zaczęli rozmawiać z Jamesem w jego gabinecie. Helen zawołała Sama.

– Sam, zejdź, dobrze?

W odpowiedzi usłyszała opryskliwe b) burknięcie, ale po minucie Sam zszedł na dół.

– Przyjechała policja – powiedziała. Ich spojrzenia się spotkały.

Niebieskie oczy Sama w czarnych smolistych obwódkach nie wyrażały żadnych emocji. Błyszczały. Przeszył ją dreszcz.

Chciała wyciągnąć rękę, pogłaskać go po policzku i powiedzieć, że wszystko będzie dobrze, że jest przy nim, jak zawsze. Ale nie ruszyła się, stała z opuszczonymi rękami.

– Poprosimy, żeby państwo wyszli – powiedziała Paula, otwierając drzwi. – Wrócicie, gdy skończymy.

– Ale... o co chodzi? – spytała Helen.

– W tej chwili nie mogę powiedzieć.

Helen poczuła, że jej serce się uspokaja.

– Sami państwo zdecydują, czy chcą w tym czasie gdzieś pojechać. Mogą państwo długo czekać.

– Ja poczekam tutaj – oznajmił James.

Nie odważyła się na niego spojrzeć. Lekko popchnęła stojącego na środku przedpokoju Sama.

– Chodź, wyjdźmy stąd.

Kiedy otworzyła drzwi, poczuła ulgę. Mimo upału. Chwyciła Sama za ramię, ale się wyrwał.

Stanęli na słońcu i po raz pierwszy od dawna spojrzała na niego uważnie. Jego twarz wydawała się bardzo biała w zderzeniu z czarnymi włosami i czarnym makijażem wokół oczu. Jak szybko mija czas. Gdzie się podział pękający ze śmiechu pulchny blondasek? Przecież wiedziała. Pozwoliła Jamesowi, żeby zniszczył każdy najmniejszy ślad po tamtym chłopcu, a nawet po mężczyźnie, którym ten chłopiec mógłby się stać. Wpoił mu przekonanie, że do niczego się nie nadaje. Stoją tu teraz oboje, bo nie mają gdzie się podziać. Nie mają przyjaciół. Rodziny. Poza mamą, a ona nie lubi kłopotów.

Helen i Sam. Każde w osobnej bańce.

Z domu dobiegł wzburzony głos Jamesa. Wiedziała, że ma o co się niepokoić, bo wkrótce zostanie ujawniona jedna z wielu tajemnic będących treścią ich życia. Chciała pogłaskać syna po policzku. Odwrócił się, opuściła rękę. Na moment stanęła jej przed oczami Stella: zobaczyła, jak odwraca się do niej w lesie. Rudoblond włosy odcinające się płomiennie od jasnej skóry. A potem zniknęła.

Sięgnęła po telefon. Mogła pojechać tylko w jedno miejsce.

– Jessie, jadę na plan!

Zatrzymała się przy schodach, ale nie dostała odpowiedzi. Jessie rzadko teraz bywała w domu, a jeśli już, to siedziała w swoim pokoju. Gdy ona się budziła, Jessie przeważnie już nie było. Nie wiedziała, dokąd chodzi, ale wreszcie trochę schudła. Najwyraźniej dobrze jej robi ten chłopak, Sam.

Zdjęcia szły coraz lepiej. Prawie zapomniała, jak to jest, kiedy bierze się udział w tworzeniu czegoś wartościowego, czegoś, co jest czymś więcej niż kanapką, którą się zjada przed telewizorem i zapomina już przy końcowych napisach.

Zdawała sobie sprawę, że jej rola jest dobra, nawet znakomita. Po każdym ujęciu czytała to w spojrzeniach ekipy. Wynikało to zapewne z tego, że odczuwała duchowe pokrewieństwo z kreowaną postacią. Ingrid Bergman była osobą silną i życzliwą, ale nieugiętą w dążeniu do celu. To były cechy, z którymi ona się utożsamiała. Różniło je to, że Ingrid przeżyła miłość. Kochała. I była kochana. Kiedy umarła, żałobę po niej przeżywali nie tylko kinomani, także jej najbliżsi okazali, jak wiele dla nich znaczyła.

Ona nie miała nikogo bliskiego. Jedynie – dawno temu – Helen. Może wszystko potoczyłoby się inaczej, gdyby tamtego dnia Helen się nie rozłączyła. Może i po niej ktoś zapłacze, jak po Ingrid.

Trudno, niektórych rzeczy nie da się zmienić. Zamknęła drzwi i pojechała na kolejne zdjęcia. Jessie da sobie radę. Tak jak ona, kiedy była w jej wieku.

Sprawa Stelli

Helen stała na wietrze na schodach ratusza i drżała lekko. Bała się, nie mogłaby temu zaprzeczyć. Bała się jak człowiek, który wie, że robi błąd. Metka prostej sukienki z H&M uwierała ją na karku, ale dzięki temu mogła rozproszyć myśli.

Nie umiałaby powiedzieć, kiedy zapadła decyzja. Ani kiedy się zgodziła. Nagle stało się to faktem. Wieczorami słyszała, jak rodzice się kłócą. Właściwie nie słyszała słów, tylko wzburzone głosy, ale wiedziała, o co chodzi. O to, że ma wyjść za Jamesa.

Ojciec zapewniał ją, że to dla jej dobra. Przecież zawsze wiedział, co jest dla niej najlepsze. Ona tylko kiwała głową. Tak było. Dbali o nią. Chronili ją. Chociaż na to nie zasłużyła. Wiedziała, że ma szczęście i że powinna być im wdzięczna, bo nie zasługuje na ich troskę.

Może świat się trochę otworzy, jeśli zrobi, co jej każą. Lata, które upłynęły od tamtych strasznych chwil, przeżyła jak w klatce. Tego również nie kwestionowała. Ze szkoły wracała prosto do domu, który był całym jej światem, a w nim czekali na nią jedynie tata, mama – i James.

James często wyjeżdżał za granicę. Wojować w innych krajach. Albo, jak mówił tata, strzelać do Murzynów.

Kiedy był w Szwecji, przesiadywał u nich niemal tak samo często jak we własnym domu. Jego odwiedzinom towarzyszył dziwny nastrój. On i tata mieli swój osobny świat, do którego nikt inny nie miał wstępu. Jesteśmy jak bracia, mawiał ojciec, zanim jeszcze to wszystko się stało. Zanim musieli się przeprowadzić.

Tydzień wcześniej zadzwoniła Marie. Od razu ją poznała, mimo że głos jej się zmienił. Poczuła się tak, jakby znów była trzynastolatką, której życie kręci się wokół Marie.

Co miała jej powiedzieć? Nic nie mogła na to poradzić. Wiedziała, że po tym, co się stało i co James dla niej zrobił, nie ma innej możliwości. Że musi za niego wyjść.

James był wprawdzie rówieśnikiem taty, ale kiedy stał obok niej, pięknie wyglądał w mundurze, a mama cieszyła się, że choć raz może się ubrać elegancko, chociaż jeszcze poprzedniego wieczoru słyszała, jak kłóciła się z tatą.

Jak zwykle tata postawił na swoim.

Postanowili, że nie będzie ślubu kościelnego, jedynie szybki ślub cywilny, a po nim skromne przyjęcie w gospodzie. Po ślubie mieli spędzić noc u jej rodziców, a rano pojechać do jego domu, teraz już ich domu w Fjällbace. Tego samego, z którego jej rodzina kiedyś uciekła. Nikt jej nie pytał, co o tym myśli, ale czy mogłaby się sprzeciwić? Pętla na szyi przypominała jej o tysiącu powodów, żeby zamknąć oczy i się podporządkować. Mimo to tęskniła za wolnością.

Podchodząc do urzędnika, który miał im udzielić ślubu, zerknęła na Jamesa. Może on da jej wolność? Przynajmniej odrobinę? Miała osiemnaście lat, już nie była dzieckiem, stała się dorosła.

Poszukała jego ręki. Czy nie tak się robi? Trzyma za ręce podczas ślubu? Ale on udał, że nie zauważył, i trzymał ręce mocno splecione. Słuchała urzędnika i myślała o tym, że uwiera ją metka. Zadawał pytania, na które jeszcze nie wiedziała, jak odpowiadać. Ale i tak odpowiedziała właściwie. Już po wszystkim zobaczyła spojrzenie mamy, która odwróciła się z zaciśniętą pięścią na ustach. Ale wcześniej nic nie zrobiła, żeby do tego nie dopuścić.

Obiad okazał się równie krótki jak ceremonia ślubna. Ojciec i James pili whisky, matka popijała wino. Ona również dostała kieliszek wina, pierwszy w życiu. W jednej chwili przeszła od dzieciństwa do dorosłości. Wiedziała, że mama posłała im w pokoju gościnnym, na wersalce, która po rozłożeniu była podwójnym łóżkiem. Dała im niebieską kołdrę i niebieskie prześcieradła. Podczas obiadu Helen miała przed oczami te prześcieradła i łóżko, które miała dzielić z Jamesem. Jedzenie na pewno było smaczne, ale ona nic nie zjadła, dziobała tylko na talerzu. Już w domu rodzice życzyli im dobrej nocy. Ojciec nagle wydał jej się zakłopotany. Śmierdział whisky, którą pił podczas obiadu. Od Jamesa również bił cierpki zapach alkoholu i dymu. Lekko się potknął, kiedy wchodzili do pokoju gościnnego. Rozebrała się, kiedy James poszedł do gościnnej łazienki i głośno oddał mocz. Wciągnęła obszerny T-shirt i wsunęła się pod kołdrę. Położyła się przy ścianie. Leżała sztywna jakby kij połknęła. James zgasił światło, a ona czekała i zastanawiała się, co się teraz stanie. Czekała na dotknięcie, które wszystko zmieni. Ale nic się nie stało. Po kilku sekundach usłyszała chrapanie. Kiedy w końcu i ona zasnęła, przyśniła jej się dziewczynka o rudoblond włosach.

– MÓWIŁEM PRZECIEŻ, że nie znajdziecie u mnie żadnej niezarejestrowanej broni – powiedział James, rozsiadając się w niewielkim pokoju przesłuchań.

Patrik miał ochotę zetrzeć mu z twarzy tę bezczelną minę. Musiał nad sobą zapanować.

– Mam pozwolenie na colta M1911, jeden pistolet smith &wesson i strzelbę myśliwską sauer 100 classic – wyliczył James, patrząc mu spokojnie w oczy.

– A skąd tam, gdzie pan ćwiczy strzelanie, wzięły się pociski i łuski z innej broni? – spytał Patrik.

James wzruszył ramionami.

– Skąd mam wiedzieć? To nie tajemnica, że tam ćwiczę, pewnie wiele innych osób tam jeździ i korzysta z moich tarcz.

– I pan tego nie zauważył? – Patrik nie ukrywał niedowierzania.

James się uśmiechnął.

– Często wyjeżdżam, na długo, więc nie mogę o wszystkim wiedzieć. Na pewno nikt nie odważy się korzystać z mojej strzelnicy, kiedy jestem w domu, a większość ludzi w okolicy wie, kiedy wyjeżdżam i na jak długo. Na pewno młodzież przyjeżdża, żeby sobie postrzelać.

– Młodzież? I strzela z pistoletu maszynowego?

James westchnął.

– Właśnie, ta dzisiejsza młodzież. Dokąd ten świat zmierza?

– Żarty pan sobie stroi? – Patrik był na siebie zły, że dał się podejść.

Na ogół podchodził do ludzi bez uprzedzeń, ale z trudem znosił takich facetów jak James: macho, zarozumiałych, przekonanych, że powinni stosować prawa Darwina.

– Oczywiście, że nie – odparł James, uśmiechając się jeszcze szerzej.

Patrik nie pojmował, jak to możliwe, że przeszukali cały dom i znaleźli jedynie broń, na którą miał pozwolenie. Był przekonany, że kłamie i że ma jeszcze inną broń. Gdzieś blisko, żeby mieć ją pod ręką. Niestety nie znaleźli jej. Oprócz domu przeszukali również szopę w ogrodzie. Teoretycznie mógł ją ukryć poza posesją, przecież nie mogli przeszukiwać całego lasu.

– Leif Hermansson kontaktował się z panem trzeciego lipca, w dniu swojej śmierci, prawda?

– Jak już mówiłem, nie miałem żadnego kontaktu z Hermanssonem. Jedyne, co mi o nim wiadomo, to że prowadził dochodzenie, po którym oskarżono moją żonę.

– Oskarżono i uznano za winną – dodał Patrik, żeby sprawdzić, jak zareaguje.

– Tak, ale jedynie na podstawie jej zeznania, które potem wycofała – odparł James bez emocji.

– Ale po co się przyznawać, jeśli człowiek jest niewinny?

James westchnął.

– Była wtedy dzieckiem, pewnie czuła się skołowana, zmuszona do czegoś, chociaż tego nie chciała. Ale co to ma do rzeczy? O co chodzi? Skąd to zainteresowanie moją bronią? Wiecie, czym się zajmuję, broń jest częścią mojego życia, nie ma nic sensacyjnego w tym, że ją mam.

– Jest pan właścicielem colta M1911. – Patrik nie odpowiedział na jego pytanie.

– Owszem – przytaknął James. – To legendarny pistolet. Najcenniejszy w moich zbiorach. Oryginalny model, nie jakaś późniejsza kopia.

– Na całopłaszczowe pociski kalibru czterdzieści pięć ACP?

– Wie pan chociaż, co to znaczy? – spytał James.

Patrik policzył w duchu do dziesięciu.

– Bronioznawstwo to część wykształcenia policjanta – odparł sucho, chociaż tak naprawdę musiał o to zapytać Torbjörna.

– W dużych miastach policja musi się orientować, ale na prowincji wiedza wyniesiona ze szkoły dość szybko się dezaktualizuje – zauważył James.

Patrik zignorował tę uwagę.

– Nie odpowiedział pan na moje pytanie.

– Tak. To podstawowa amunicja.

– Od jak dawna ma pan ten pistolet?

– Od bardzo dawna. To moja pierwsza broń. Dostałem go od ojca, kiedy miałem siedem lat.

– Czyli jest pan dobrym strzelcem? – spytał Patrik.

James wyprostował się na krześle.

– Jednym z najlepszych.

– I przechowuje pan broń prawidłowo? Czy ktoś mógłby jej użyć bez pana wiedzy? Na przykład pod pana nieobecność?

– Zawsze pilnuję broni. Ale skąd to zainteresowanie moim coltem? I Hermanssonem? Jeśli dobrze pamiętam, wiele lat temu popełnił samobójstwo. Mówiło się wtedy o depresji po śmierci żony, która umarła na raka...

– A, to nie słyszał pan? – Patrik poczuł satysfakcję, bo na mgnienie oka dojrzał na jego twarzy niepewność. – Wykopaliśmy go.

Świadomie zrobił przerwę. James milczał. Poprawił się na krześle.

– Jak to wykopaliście? – Jakby nie rozumiał.

Patrik domyślił się, że chce zyskać na czasie.

– Tak, dowiedzieliśmy się czegoś nowego, więc go ekshumowaliśmy. I okazało się, że nie popełnił samobójstwa. Nie mógł się zastrzelić z pistoletu, który trzymał w ręce, kiedy go znaleźli.

James milczał. Wciąż próbował być arogancki, ale Patrik czuł, że jego pewność siebie została lekko nadszarpnięta. Dostrzegł w tym szansę i postanowił ją wykorzystać.

– Poza tym dowiedzieliśmy się, że był pan w lesie tamtego dnia, kiedy została zamordowana Stella. Mamy świadka – dodał, dopuszczając się grubej przesady, którą można by nawet uznać za kłamstwo.

James nic po sobie nie pokazał, ale na skroni zaczęła mu pulsować żyłka. Chyba się zastanawiał, jaką drogę wybrać.

Wstał.

– Zakładam, że nie macie wystarczających podstaw, żeby mnie zatrzymać – powiedział. – W związku z tym uznaję tę rozmowę za zakończoną.

Patrik się uśmiechnął. W końcu przestał się szczerzyć i odsłonił swoje słabe miejsce. Pozostało znaleźć dowody.

– Proszę wejść – powiedziała Erika, patrząc badawczo na Helen. Zaskoczyła ją, kiedy zatelefonowała i powiedziała, że chciałaby do niej przyjść.

– Przyszła pani z Samem?

Helen pokręciła głową.

– Nie, wysadziłam go pod domem koleżanki – powiedziała.

Erika przepuściła ją w drzwiach.

– Cieszę się, że pani przyszła – dodała. Postanowiła, że nie będzie jej więcej o nic pytać.

Patrik zadzwonił chwilę wcześniej i powiedział, że podejrzewają, że to James Jensen był Zielonym Panem, o którym mówiła Stella. Natykała się na niego w lesie, kiedy biegał w mundurze w ochronnych barwach. Podejrzewają, że to właśnie jego mogła słyszeć w lesie Marie.

– Poczęstuje mnie pani kawą? – spytała Helen.

Erika skinęła głową.

Tymczasem w salonie doszło do kolejnego starcia między Noelem i Antonem. Zupełnie zlekceważyli uwagi Mai. Erika poszła tam, krzyknęła, żeby natychmiast przestali, a kiedy to nie poskutkowało, sięgnęła po ostatni wybieg zdesperowanego rodzica: lody na patyku kupione z samochodu-lodziarni. Cała trójka zasiadła zgodnie nad lodami, a ona wróciła do kuchni, wyrzucając sobie, że jest złą matką.

– Jak ja to pamiętam – westchnęła z uśmiechem Helen.

Wzięła z rąk Eriki filiżankę kawy i usiadła przy stole. Chwilę milczały. Erika podniosła się, wyjęła z szafki tabliczkę czekolady i położyła ją na stole.

Helen pokręciła głową.

– Dziękuję, nie mogę jeść czekolady. Dostaję wyprysków – powiedziała, popijając kawę.

Erika ułamała kawałek, obiecując sobie, że odstawi słodycze. Od poniedziałku. Ten tydzień i tak jest już zmarnowany.

– Ciągle myślę o Stelli – powiedziała Helen.

Erika uniosła brew. Ani słowa o tym, dlaczego ni stąd, ni zowąd do niej przyszła. Ani słowa o tym, co się stało. Bo przecież coś się stało, czuła to. Od Helen biła jakaś nerwowa energia. Nie sposób było tego nie zauważyć. Ale bała się spytać, żeby Helen się nie przestraszyła i nie zamilkła. Potrzebowała jej opowieści do książki. Nie odezwała się, tylko czekając na dalszy ciąg, odłamała jeszcze jeden kawałek czekolady.

– Nie miałam rodzeństwa – zaczęła Helen. – Nawet nie wiem dlaczego. Do głowy by mi nie przyszło pytać rodziców. Nie rozmawialiśmy o takich rzeczach. A ze Stellą było miło. Mieszkałyśmy po sąsiedzku i zawsze się cieszyła, kiedy do niej przychodziłam. Fajnie było się z nią bawić, bo to była fajna dziewczynka. Miała mnóstwo energii. Ciągle podskakiwała. Na dodatek te rudoblond włosy. I piegi. Nie cierpiała swoich włosów, aż jej powiedziałam, że są najładniejsze. Wtedy to się zmieniło. Ciągle o wszystko pytała. Dlaczego jest za gorąco, dlaczego wieje wiatr, dlaczego jedne kwiaty są białe, a inne niebieskie, dlaczego trawa jest zielona, a niebo niebieskie, a nie na odwrót. Tysiące pytań. I nie poddała się, dopóki nie usłyszała zadowalającej odpowiedzi. Nie dało się powiedzieć „bo tak jest i już" ani wymyślić czegoś na odczepnego, bo pytała dalej, aż dostała odpowiedź, która ją zadowoliła. – Mówiła tak szybko, że dostała zadyszki. Przerwała na chwilę, żeby nabrać tchu. – Lubiłam jej rodzinę. Byli zupełnie inni od mojej. Obejmowali się i żartowali. Mnie też obejmowali, kiedy wpadałam. Mama Stelli lubiła ze mną pożartować, pogłaskać mnie po głowie. Jej tata powtarzał, że muszę przestać rosnąć, bo przebiję głową chmury. Czasem bawiła się z nami Sanna, ale ona była poważniejsza od Stelli i trochę jej matkowała. Ale przeważnie trzymała się blisko mamy, wolała pomagać w kuchni. Chciała być dorosła, podczas gdy świat Stelli od rana do wieczora wypełniała zabawa. Byłam bardzo dumna, kiedy miałam się nią opiekować. Chyba to zauważyli, bo czasem miałam wrażenie, że mnie nie potrzebowali, ale widzieli, jaka byłam wtedy szczęśliwa. – Przerwała. – Przepraszam, że tak bez ogródek, ale czy mogłabym dostać jeszcze kawy?

Erika kiwnęła głową i wstała, żeby jej dolać, a ona mówiła dalej, jakby puściła w niej jakaś tama.

– Kiedy zaprzyjaźniłam się z Marie, moi rodzice zareagowali dopiero po pewnym czasie. Byli bardzo zajęci swoimi sprawami, przyjęciami, stowarzyszeniami i imprezami. Nie mieli czasu zastanawiać się, z kim się spotykam. Kiedy do nich dotarło, że się zaprzyjaźniłyśmy, najpierw podeszli do tego z rezerwą, ale potem coraz bardziej krytycznie. Nie chcieli, żeby Marie przychodziła do nas do domu, u niej też nie mogłyśmy bywać, jej dom... cóż, nie było to przyjemne miejsce. I tak starałyśmy się przebywać ze sobą jak najczęściej. W końcu rodzice się domyślili i zabronili nam się spotykać. Nie miałyśmy nic do gadania. Marie nie przejmowała się zdaniem swoich rodziców, a ich nie interesowało, dokąd chodzi i z kim. Ja nie miałam odwagi się sprzeciwić swoim. Nie jestem tak silna jak ona. Byłam przyzwyczajona do posłuszeństwa. Nic innego nie przyszłoby mi do głowy. Więc próbowałam się z nią nie spotykać. Naprawdę.

– Ale tamtego dnia zgodzili się, żebyście razem zaopiekowały się Stellą? – wtrąciła Erika.

– Tak, ojciec Stelli przypadkiem spotkał na ulicy mojego i zapytał go. Nie wiedział, że nie wolno nam się spotykać. Tata był tak zaskoczony, że się zgodził. – Przełknęła ślinę. – Fajnie się bawiłyśmy tamtego dnia. Stella była zachwycona wyprawą do Fjällbacki. Przez całą drogę podskakiwała. Szłyśmy przez las. Uwielbiała las, a skoro nie chciała jechać w wózku, równie dobrze mogłyśmy iść tamtędy. – Głos jej zadrżał. – Kiedy ją zostawiałyśmy na ich podwórku, była bardzo rozradowana. Ciągle to pamiętam. Taka wesoła. Bo byłyśmy na lodach, bo trzymała nas za ręce i cały czas podskakiwała. Nie wiem, skąd miała tyle energii. Odpowiedziałyśmy na wszystkie jej pytania. Wyściskała nas, czepiała się jak małpeczka. Pamiętam, że kichnęłam, kiedy jej włosy połaskotały mnie w nos, a ona zaśmiewała się do rozpuku.

– A człowiek z lasu? – spytała Erika, zanim zdążyła się powstrzymać. – Ten niby-kolega Stelli, którego nazywała Zielonym Panem. Może nie była to wymyślona postać, tylko prawdziwy człowiek? Czy to był James? Pani mąż? Czy to on był człowiekiem z lasu, o którym mówiła Marie?

Zobaczyła w oczach Helen przerażenie i już wiedziała, że popełniła błąd. Helen oddychała krótko, urywanie, wyglądała jak ścigane zwierzę na sekundę przed strzałem. Wybiegła z jej domu. Erika została przy stole i zaczęła na siebie kląć. Wszystko zepsuła, akurat wtedy, kiedy Helen była bliska ujawnienia czegoś, co mogło się stać kluczem do przeszłości. Zabrała ze stołu filiżanki i postawiła na blacie. Słyszała, jak samochód Helen z piskiem opon rusza spod domu.

– Dziś do badania pocisków stosuje się technikę 3D – powiedział Gösta, gdy Paula weszła do kuchni.

– Skąd wiesz? – spytała.

Odłożyła notes Dagmar.

Uświadomiła sobie, że więcej czasu spędzają w tej małej żółtej kuchence niż w swoich pokojach, ale wymiana pomysłów bywała owocna. Zresztą tam pracowało się przyjemniej niż w ich klitkach biurowych. No i mieli bliżej do maszynki do parzenia kawy.

– Wyczytałem w „Kriminalteknik" – odparł. – Lubię to pismo. Za każdym razem dowiaduję się czegoś nowego z dziedziny kryminalistyki.

– No dobrze, ale czy da się jednoznacznie przypisać pocisk do broni? Albo stwierdzić, że dwa pociski wystrzelono z tej samej broni?

– Z tego artykułu wynika, że nie ma dwóch identycznych wzorów żłobień. Problemem może również być to, że z jakiejś broni strzelano przy różnych okazjach. Broń się starzeje, jej stan zależy również od warunków, w jakich była przechowywana.

– Ale zazwyczaj da się to zrobić, prawda?

– Myślę, że tak – odparł Gösta. – Technika 3D na pewno jest skuteczniejsza.

– Podobno Torbjörn powiedział, że ktoś przejechał po lufie colta pilnikiem. – Paula odwróciła się, żeby nie siedzieć w słońcu.

– Ktoś – prychnął Gösta. – Na pewno Jensen, i to zaraz po tym, jak go spytaliśmy o kontakty z Leifem. Cwany to on jest.

– Ale trudno mu będzie się wytłumaczyć, jeśli pocisk z trumny będzie miał takie same rowki jak pociski z jego strzelnicy w lesie – zauważyła, siorbiąc kawę.

Skrzywiła się. Lura. Pewnie Gösta ją parzył.

– Boję się, że facet wyjedzie ze Szwecji. I tak większość czasu spędza za granicą. Trochę potrwa, zanim dostaniemy wyniki z Narodowego Centrum Ekspertyz Sądowych, a wcześniej nie będzie podstaw, żeby go zatrzymać.

– Ma tutaj rodzinę.

– Czyżbyś odniosła wrażenie, że jest do niej mocno przywiązany?

– Też prawda – westchnęła.

Nie pomyślała, że James może uciec z kraju.

– A da się udowodnić, że zabił Stellę?

– Nie wiem – odparł Gösta z rezygnacją. – Minęło trzydzieści lat.

– Wydaje się, że Hermansson miał rację. Dziewczyny były niewinne. Przeżyły piekło.

Pokręciła głową. W recepcji nieustannie dzwonił telefon. Annika ciągle odbierała telefony od ludzi na temat tajemniczego głosu.

– Tak... – Gösta zawiesił głos. – Wciąż się zastanawiam, dlaczego Marie kłamie w sprawie swojego alibi. Wiemy również, że Jensena nie było w Fjällbace, kiedy zginęła Nea, więc tego morderstwa nie mógł popełnić.

– Rzeczywiście, w tym przypadku jego alibi jest niepodważalne – przyznała Paula. – Wyjechał z Fjällbacki dzień wcześniej. W hotelu Scandic Rubinen potwierdzili, że u nich mieszkał i że widzieli go na śniadaniu. Do późnego popołudnia miał spotkania, dopiero potem wrócił do domu. Zegarek Nei zatrzymał się na ósmej, co by wskazywało na to, że właśnie wtedy zginęła. A Jensen był wtedy w Göteborgu. Teoretycznie mogła zginąć wcześniej, a zegarek mógł zostać uszkodzony, kiedy ktoś przenosił jej ciało, ale to niczego nie zmienia w kwestii Jensena, bo był w Göteborgu od niedzieli wieczorem do poniedziałku po południu.

– Tak, wiem – powiedział z rezygnacją Gösta, drapiąc się w głowę.

Paula przysunęła sobie notes Dagmar.

– Ciągle nie mogę wpaść na to, co jest nie tak z tymi notatkami Dagmar – powiedziała. – Chyba dam to Patrikowi. Niech spojrzy świeżym okiem.

– Zrób to. – Gösta wstał. Zatrzeszczało mu w stawach. – Pójdę już do domu. Ty też nie siedź za długo, jutro będziesz miała kolejną szansę.

Paula przewracała kartkę za kartką. Prawie nie zauważyła, jak wyszedł. Co jej umyka?

James wszedł do sypialni. Policja to patałachy, porządnego przeszukania nie potrafią zrobić. Chodzą na palcach jak baletniczki i wszystko delikatnie podnoszą. Wszystko przez te podszyte strachem szwedzkie przepisy. Kiedy on i jego ludzie dostawali rozkaz, żeby czegoś poszukać, zrywali każdą deskę. Szukali, aż znaleźli albo to, czego szukali, albo człowieka, który wiedział, gdzie to jest.

Będzie mu brakowało colta. Pozostałą bronią się nie przejmował. Zresztą większość jest w schowku za koszulami i ścianą szafy. Nawet w nią nie postukali.

Przejrzał wszystko, zastanawiając się, co ze sobą zabrać. Długo tu nie zostanie. Ziemia pali mu się pod nogami. Zostawi to wszystko. Pomyślał o tym bez cienia sentymentu. Wszyscy odegrali role, które im przypisano. Do końca.

Posunął się w latach, jego kariera w wojsku nieubłaganie zmierzała do finału. Trudno, pójdzie na wcześniejszą emeryturę. Ma środki. Przez te wszystkie lata było wiele okazji, żeby zdobyć zarówno gotówkę, jak i rzeczy, które łatwo mógł na nią zamienić i ulokować na zagranicznym koncie.

Drgnął, kiedy od drzwi dobiegł głos Helen.

– Dlaczego się skradasz? – powiedział ze złością. Przecież wiedziała, że jej nie wolno. – Od jak dawna jesteście w domu?

Zamknął schowek i wstawił na miejsce ściankę szafy. Będzie musiał zostawić większość broni. Ubolewał nad tym, ale nie było rady. Zresztą wiedział, że nie będzie mu potrzebna.

– Ja od pół godziny. Sam wrócił przed kwadransem. Przyszedł piechotą, jest w swoim pokoju.

Złapała się za ramiona i spojrzała na niego.

– Zmywasz się, prawda? Opuszczasz nas. Nie jedziesz na misję, tylko wyjeżdżasz na dobre.

Powiedziała to bez żalu, bez żadnych emocji. Po prostu stwierdziła.

W pierwszej chwili nie odpowiedział. Nie chciał, żeby znała jego plany, bo wtedy miałaby nad nim władzę. Od dawna mieli ustaloną hierarchię. Władzę miał on.

– Przygotowałem dokumenty, żeby przepisać na ciebie dom. To, co jest na koncie, pozwoli wam się utrzymać przez jakiś czas.

Kiwnęła głową.

– Dlaczego to zrobiłeś? – spytała.

Nie musiał pytać, o co jej chodzi. Zamknął szafę i odwrócił się do niej.

– Dobrze wiesz – odparł krótko. – Ze względu na twojego ojca. Obiecałem mu.

– Nigdy niczego nie zrobiłeś ze względu na mnie, prawda?

Nie odpowiedział.

– A Sam?

– Sam – prychnął. – Dla mnie był złem koniecznym. Nigdy nie udawałem, że jest inaczej. Sam jest twój. Gdyby mi zależało, nie pozwoliłbym ci go wychować na maminsynka, od małego uczepionego twojej spódnicy. Kompletnie do niczego.

Coś skrobnęło w ścianę, oboje się obejrzeli. James się odwrócił.

– Zostaję do niedzieli – powiedział. – Potem radźcie sobie sami.

Helen stała jeszcze chwilę w drzwiach. Potem usłyszał, jak odchodzi.

– Jestem wykończony – powiedział Patrik i osunął się na kanapę obok Eriki.

Podała mu kieliszek wina. Chętnie go przyjął. Martin został na dyżurze, więc z czystym sumieniem mógł sobie pozwolić na wino.

– Jak poszło z Jensenem? – spytała.

– Bez twardych dowodów nigdy go nie złamiemy. A to musi potrwać. Wysłaliśmy pociski do Narodowego Centrum Ekspertyz Sądowych, ale są zawaleni robotą.

– Szkoda, że w bazie nie było tych odcisków, ale słusznie przeczuwałeś, że te z powiek Nei będą zgodne z tymi z papierka po wafelku.

Nachyliła się i pocałowała go.

Czując dotyk jej miękkich, dobrze znajomych warg, od razu się rozluźnił.

Odchylił głowę do tyłu i westchnął głęboko.

– Boże, jak dobrze jest przyjść do domu. Tylko muszę jeszcze trochę popracować, żeby dostrzec w tym wszystkim jakiś porządek.

– To myśl głośno – powiedziała, odgarniając włosy. – Kiedy człowiek mówi, wszystko robi się wyraźniejsze. Zresztą ja też mam ci coś do powiedzenia...

– Co takiego? – zaciekawił się.

Erika pokręciła głowę i wypiła łyk wina.

– Nie, najpierw ty. Dawaj. Słucham cię.

– Niektóre rzeczy wydają się jasne jak słońce, inne są mało czytelne, a jeszcze innych zupełnie nie mogę uchwycić.

– Wyjaśnij mi to.

Patrik kiwnął głowę.

– Nie mam wątpliwości, że Jensen zastrzelił Hermanssona ze swojego colta. Że potem włożył mu jego własną broń do prawej ręki, bo założył, że jest praworęczny. – Zrobił krótką przerwę i ciągnął dalej: – Prawdopodobnie się umówili i Hermansson zginął.

– Dwa pytania – przerwała mu Erika, pokazując dwa palce. – Po pierwsze: jaki miał motyw, żeby go zastrzelić? Według mnie są tylko dwie odpowiedzi: żeby chronić żonę albo żeby chronić siebie.

– Zgadzam się. Nie wiem, która odpowiedź jest prawdziwa. Zgaduję, że chodziło mu o siebie. Jesteśmy przekonani, że to on był Zielonym Panem, którego widywała w lesie Stella. Zawsze był samotnym wilkiem.

– A pytaliście rodziców Nei, czy spotykała kogoś w lesie?

– Nie, bo mówili, że nie bawiła się w lesie, tylko w stodole. Z Czarnym Kotem, jak go nazywała. To szary kociak, z którym się zaprzyjaźniłem, kiedy przeszukiwaliśmy dom Bergów.

– No dobrze – odparła. – Przyjmijmy, że masz rację i że to James zabił Stellę, a potem, żeby to ukryć, również Leifa Hermanssona. Wynikają z tego następne pytania. Dlaczego dziewczyny się przyznały? I czy to nie dziwne, że potem James ożenił się z Helen?

– Tak – zamyślił się. – W tej historii nadal wiele rzeczy jest niezrozumiałych. I boję się, że nigdy ich do końca nie wyjaśnimy. Gösta jest przekonany, że James pryśnie za granicę, zanim będziemy mieli okazję go wsadzić.

– Nie da się temu zapobiec? Zabronić mu wyjeżdżać? Jak w amerykańskich filmach: *You are not allowed to leave this town...*

Zaśmiał się.

– *I wish**. Nie, nie ma takiej możliwości, dopóki nie zdobędziemy twardych dowodów. Co musi potrwać. Liczyłem, że

---

* *You are not allowed...* (ang.) – Ma pan zakaz opuszczania miasta. / *I wish...* – Chciałbym.

podczas przeszukania znajdziemy nielegalną broń. To by wystarczyło, żeby go zatrzymać, i mielibyśmy więcej czasu. – Umilkł. – A co po drugie? Mówiłaś, że masz dwa pytania.

– Jak mógł przypuszczać, że tak nieudolna mistyfikacja nie zostanie wykryta. Gdyby sekcja zwłok Hermanssona została przeprowadzona porządnie, już wtedy by zauważyli, że pocisk nie pasuje do jego pistoletu. Przecież mają różne kalibry.

– Ja też się nad tym zastanawiałem – powiedział Patrik, obracając w palcach kieliszek. – Ale po rozmowie z Jensenem odpowiem jednym słowem: arogancja.

Erika kiwnęła głową.

– A zabójstwo Nei? W jaki sposób łączy się ze sprawą Stelli? Jeśli nadal zakładamy, że James zabił Stellę, a potem, żeby się nie wydało, Leifa, to jaki ma z tym związek sprawa Nei?

– I to jest podstawowe pytanie – odparł Patrik. – W tej sprawie facet ma niepodważalne alibi. Uwierz mi, sprawdziłem. Był wtedy w Göteborgu, nie ma co do tego żadnych wątpliwości.

– W takim razie kto? Czyje odciski palców znajdują się na papierku po wafelku i na jej powiekach?

Patrik rozłożył ręce.

– Gdybym to wiedział, nie siedziałbym tu. Już byłbym w drodze, żeby aresztować mordercę. Chciałbym je porównać z odciskami palców Marie i Helen, ale nie mogę się domagać, żeby mi pozwoliły je pobrać, bo nie mam dostatecznych podstaw.

Erika wstała. Pogłaskała Patrika po policzku.

– Nie dam ci odcisków obu, ale jednej owszem.

– Co?

Erika poszła do kuchni i po chwili wróciła z filiżanką w foliowej torebce.

– Chcesz odciski palców Helen?

– Jak to?

– Była tutaj. Sama się zdziwiłam. Zadzwoniła i powiedziała, że chciałaby wpaść. Teraz wiem, że to musiało być wtedy, kiedy przeszukiwaliście dom.

– I czego chciała? – spytał, patrząc na filiżankę, którą Erika postawiła na stole w salonie.

– Porozmawiać o Stelli – odparła Erika. – Mówiła i mówiła. Już myślałam, że powie to najważniejsze, ale jak ta idiotka przerwałam jej i spytałam, czy James był w to zamieszany... Wtedy prawie uciekła.

– A ty zabezpieczyłaś jej filiżankę. – Patrik znacząco uniósł brwi.

– No tak, nie chciało mi się zmywać. Ale skoro potrzebujesz jej odcisków, to bardzo proszę. Odciski palców Marie musisz sobie załatwić sam. Gdybym wcześniej wiedziała, zwędziłabym kieliszek do szampana, z którego piła w Café Bryggan.

– Łatwo być mądrym po szkodzie – zaśmiał się i nadstawił po jeszcze jednego całusa. Po chwili spoważniał. – Słuchaj, Paula prosiła, żebym jej pomógł coś wyjaśnić. W skrócie: w domu przy zakręcie na drodze do gospodarstwa Bergów i domu Jensenów mieszka czarująca staruszka. Kojarzysz ten śliczny czerwony domek.

– Wiem, ten na sprzedaż?

Po raz kolejny mógł się przekonać, że w sprawach Fjällbacki Erika jest chodzącą encyklopedią.

– Właśnie. Otóż ta pani przed południem zawsze przesiaduje w oknie w kuchni i rozwiązuje krzyżówki, a jednocześnie notuje wszystko, co widzi na drodze. W tym oto notesie.

Położył na stole granatowy notes Dagmar.

– Według Pauli coś się nie zgadza w tych notatkach, ale nie potrafi dojść, co takiego. Może chodzi o samochody? Zapisywała tylko kolory i modele, bez numerów, więc nie da się sprawdzić. Zresztą nawet nie wiem, czy o to chodzi. Paula to przeglądała, potem ja, i żadne z nas nie wie, co tu zgrzyta.

– Daj – powiedziała, biorąc notes do ręki.

Siedziała nad nim dobrą chwilę. Patrik starał się na nią nie zerkać, popijał wino i skakał po kanałach. W końcu położyła na stole notes otwarty na dniu, kiedy zginęła Nea.

– Skupiliście się nie na tym, co trzeba. Szukaliście czegoś odbiegającego od normy zamiast tego, czego zabrakło.

– Jak to?

Pokazała mu notatki z poniedziałkowego poranka i przedpołudnia.

– Tutaj. Czegoś brakuje. A we wszystkie inne poranki było.

– Co? – Patrik wpatrywał się w notatki. Przewrócił kartki do tyłu. Zaczął czytać krótkie notatki i w końcu zrozumiał.

– Co rano zapisywała, że Helen przebiegała koło domu. Ale w tamten poniedziałek przebiegła dopiero w porze lunchu.

– Paula podświadomie zwróciła na to uwagę, ale nie potrafiła tego uchwycić. To okropnie irytujące. Człowiek ma coś na końcu języka, ale nie jest w stanie tego wypowiedzieć.

– Helen... – powiedział Patrik. Spojrzał na filiżankę. – Jutro rano muszę ją wysłać do zbadania. Będę musiał trochę poczekać, zanim się dowiem, czy odciski z papierka po wafelku zgadzają się z tymi z powiek Nei.

Erika uniosła kieliszek.

– Ale Helen o tym nie wie...

Zdał sobie sprawę, że jego żona ma rację. Zdarzało się to bardzo, ale to bardzo często.

Bohuslän 1672

Przed sądem przesunął się długi szereg świadków. Elin popadła w coś w rodzaju odrętwienia i już nie brała do siebie bajań o własnych diabelskich poczynaniach. Chciała tylko jednego: żeby to się wreszcie skończyło. Trzeciego dnia po śniadaniu przez salę rozpraw przeszedł szmer i Elin obudziła się z odrętwienia. O co chodzi?

I wtedy ją zobaczyła.

Swoją córkę, swoją ukochaną. Märtę. Z jasnymi warkoczami i jasnym spojrzeniem. Prowadzona za rękę przez Brittę weszła do sali rozpraw i rozejrzała się zmieszana. Serce Elin zabiło mocniej. Co tu robi jej córka? Chcą ją dodatkowo upokorzyć, każąc Märcie słuchać, co mówią o jej matce? Britta zaprowadziła Märtę na miejsce dla świadków. W pierwszej chwili Elin nie zrozumiała, o co chodzi. Dlaczego ma siedzieć tam, a nie wśród publiczności? Potem zrozumiała. I wtedy poczuła, że chce jej się krzyczeć.

– Nie, nie róbcie tego Märcie! – powiedziała z rozpaczą.

Märta speszyła się i spojrzała w jej stronę. Elin wyciągnęła do niej ręce. Märta chciała podbiec, ale Hierne przytrzymał ją siłą. Elin miała ochotę rozerwać go na sztuki, ale wiedziała, że musi się opanować. Nie chciała, żeby Märta była świadkiem, jak straż wywleka ją z sali.

Zagryzła wargi i uśmiechnęła się do córki, chociaż w oczach miała łzy. Märta wydała jej się taka malutka, taka bezbronna.

– To matka Märty, prawda? Elin Jonsdotter?

– Tak, moja matka ma na imię Elin i siedzi tam – odparła Märta jasnym, czystym głosikiem.

– Märta opowiadała ciotce i wujowi, co robiła razem z matką – powiedział Hierne, patrząc na publiczność. – Mogłaby Märta powtórzyć to sądowi?

– Tak, jeździłyśmy z matką na sabat na Blåkulla.

Rozległy się okrzyki zgrozy. Elin zamknęła oczy.

Rozochocona Märta ciągnęła:

– Leciałyśmy na naszej krowie Rosie. Na Blåkullę, gdzie się świętowało i weseliło! Tam wszystko robiło się na odwrót: siedziało się tyłem do stołu, a talerze były odwrócone do góry dnem, a jadło się przez ramię i w odwrotnej kolejności, zaczynając od słodkiego. Śmiesznie było, nigdy takich obiadów nie widziałam.

– Świętowało się i weseliło – powtórzył Hierne, wywołując nerwowe śmiechy. – Mogłaby Märta opowiedzieć coś więcej o tym świętowaniu? Kto tam był? Co się wyprawiało?

Elin z coraz większym zdumieniem i przerażeniem słuchała opowieści swojej córki o wyprawach na Blåkullę. Hiernemu udało się nawet skłonić ją do wyszeptania, że widziała, jak jej matka spółkowała z diabłem.

Elin nie rozumiała, jak im się udało namówić jej córkę do wymyślania takich rzeczy. Spojrzała na Brittę. Siedziała w ławce w kolejnej nowej pięknej sukni. Uśmiechając się szeroko, machała i mrugała do Märty. Märta się rozpromieniła i też do niej pomachała. Najwidoczniej od czasu, kiedy ją uwięziono, Britta zrobiła wszystko, żeby przeciągnąć siostrzenicę na swoją stronę.

Märta nie zdawała sobie sprawy z tego, co robi. Snując swoje opowieści, uśmiechała się do matki. Dla niej to były bajki. Zachęcona przez Hiernego opowiadała o czarownicach, które poznała na Blåkulli, i o dzieciach, z którymi się bawiła.

Mówiła, że diabeł bardzo się nią zainteresował. Brał ją na kolana i razem patrzyli, jak jej matka tańczy przed nimi nagusieńka.

– A w sąsiedniej sali, zwanej Białą Górą, były anioły, i one bawiły się ze wszystkimi dziećmi, i były piękne i wspaniałe, że aż nie do uwierzenia. – Märta złożyła ręce z zachwytu.

Elin, gdziekolwiek spojrzała, widziała oczy i usta szeroko otwarte z wrażenia. Była coraz bardziej zrezygnowana. Jak mogłaby się przeciwstawić takim opowieściom? Skoro jej własna córka zeznaje, że jeździły na Blåkullę, a ona spółkowała z samym diabłem? Jej Märta. Śliczna, naiwna i niewinna Märta. Serce jej pękało z tęsknoty, kiedy patrzyła na córkę opowiadającą niestworzone rzeczy. Publiczność słuchała z entuzjazmem.

Gdy sędzia nie miał już do Märty więcej pytań, podeszła do niej Britta, żeby ją zabrać. Wzięła ją za rękę i ruszyły do wyjścia. Wtedy Märta odwróciła się do Elin, uśmiechnęła się serdecznie i pomachała do niej.

– Mam nadzieję, że matka wkrótce do mnie wróci! – powiedziała. – Bardzo za matką tęsknię!

W tym momencie Elin się poddała. Nie umiała być silna. Pochyliła się i chowając twarz w dłoniach, zapłakała.

– JAK WAM SIĘ MIESZKA? – spytał Bill. Cieszył się, że rozumieją, kiedy mówi po szwedzku powoli i wyraźnie.

– Dobrze – odparł Khalil.

Bill nie był przekonany, że tak jest. Obaj wyglądali na zmęczonych, a Adnan stracił dawną żywość charakterystyczną dla zbuntowanego nastolatka.

Karim miał następnego dnia wyjść ze szpitala i wrócić do dzieci.

– Do zwrotu przez sztag, *turn up in the wind* – powiedział, ruchem głowy wskazując na bakburtę.

Adnan wykonał polecenie. Żeglowali dużo lepiej, ale nie czerpali już z tego radości. Jakby zeszło z nich powietrze. Bill uznał to za bardzo trafne określenie.

Nie rozmówił się z Nilsem. Miał świadomość, że sam się przed tym wzdraga. Nie wiedział, co miałby mu powiedzieć. Za bardzo się od siebie oddalili. Nawet Gun nie miała już siły próbować. Zjawiał się późnym wieczorem, szedł prosto do swojego pokoju i włączał ten swój łomot. Żadnego dobry wieczór, tylko mruczał coś pod nosem.

Bill wybrał szoty, żeby zawrócić. Powinien im dawać więcej wskazówek, wykorzystać czas, żeby przed regatami dookoła Dannholmen nauczyć ich jak najwięcej. Ale na tle białych żagli ich twarze wydawały się szare. Domyślał się, że tę rezygnację widać również na jego twarzy. Do tej pory jego znakiem firmowym był entuzjazm. Teraz całkiem uleciał. Bez niego sam nie wiedział, kim jest.

Kazał im zrobić zwrot. Wykonali go w milczeniu i bez protestów. Bezdusznie.

Po raz pierwszy, od kiedy wymyślił ten kurs, ogarnęły go wątpliwości. Jak będą żeglować, nie mając krzty entuzjazmu? Nie tylko wiatr napędza łódkę.

Wczesnym rankiem pojechali do Jensenów. Patrik, gdy tylko się obudził, zadzwonił do Pauli i poprosił, żeby pojechała z nim. Nie miał pewności, czy wypali plan, który wymyślili z Eriką. Znał już trochę Helen Jensen i uważał, że całkiem możliwe, że tak. Helen otworzyła mu drzwi i spojrzała na niego pytająco. Była ubrana, jakby już od dawna była na nogach.

– Musimy pani zadać kilka pytań. Czy może pani pojechać z nami?

Miał nadzieję, że nie zastali Jamesa, bo byłby problem. Nie mieli nakazu zatrzymania w celu doprowadzenia na przesłuchanie, co oznaczało, że nie mogli jej zmusić, żeby z nimi pojechała. Zależało to wyłącznie od jej dobrej woli.

– Oczywiście – odparła, spojrzawszy w głąb domu.

Chyba chciała jeszcze coś zrobić, ale zmieniła zdanie. Zdjęła kurtkę z wieszaka i poszła z nimi. Nie spytała, o co chodzi, nie okazała złości, niczego nie kwestionowała. Pochyliła głowę i spokojnie wsiadła do radiowozu. Patrik zagadywał ją w drodze do komisariatu, ale odpowiadała monosylabami.

Kiedy już byli na miejscu, do pokoju przesłuchań przyniósł dwie filiżanki kawy. Helen nadal milczała. Był ciekaw, co się dzieje w jej głowie. Starał się rozumować jasno, chociaż wciąż ziewał, bo przez całą noc rozpatrywał wszystkie wątki i wnioski, do których pomogła mu dojść Erika. Nadal nie miał jednoznacznego poglądu na związki między sprawami, ale był przekonany, że kluczem jest Helen. Że zna prawdę, może nie całą, ale jednak.

– Mogę nagrywać? – spytał, wskazując na stojący na stole odtwarzacz.

Zgodziła się.

– Rozmawiałem wczoraj z pani mężem – zaczął. Słuchała nieporuszona. – Mamy dowody, które wiążą go z zabójstwem Leifa Hermanssona. Domyślam się, że pani zna to nazwisko.

Przytaknęła.

– Prowadził dochodzenie w sprawie morderstwa Stelli.

– Właśnie. Podejrzewamy, że pani mąż go zabił.

Znów nie doczekał się żadnej reakcji. Ale nie wydawała się zdziwiona.

– Czy wiadomo pani coś na ten temat? – spytał, wpatrując się w nią.

Pokręciła głową.

– Podejrzewamy, że pani mąż trzyma w domu broń, na którą nie ma pozwolenia. Czy pani wie coś o tym?

Znów tylko pokręciła głową.

– Przepraszam, ale ze względu na to, że nagrywamy, powinna pani odpowiedzieć słownie.

Zawahała się, a potem powiedziała:

– Nie, nic o tym nie wiem.

– Czy wie pani, jaki pani mąż miał motyw, żeby zabić policjanta, który prowadził dochodzenie, w wyniku którego wraz z Marie Wall została pani uznana za winną morderstwa?

– Nie – odpowiedziała. Zacięła się, więc powtórzyła: – Nie, nie wiem.

– Nie wie pani, dlaczego to zrobił? – spytał jeszcze raz.

– Nie wiem, czy zabił Leifa Hermanssona, dlatego nie mogę domniemywać, jaki mógł mieć motyw – odpowiedziała, po raz pierwszy patrząc mu w oczy.

– A jeśli powiem, że mamy dowód?

– To ja poproszę, żeby mi go pan przedstawił – odparła bardzo spokojnie.

Patrik odczekał dłuższą chwilę.

– Porozmawiajmy teraz chwilę o morderstwie Linnei Berg.

– Mojego męża wtedy nie było – powiedziała, patrząc mu w oczy.

– Wiemy – odparł Patrik. – Ale pani była. Co pani robiła tamtego ranka?

– Już mówiłam. To co zawsze. Co rano. Biegałam.

Coś mignęło w jej oczach.

– Ale tamtego ranka pani nie biegała. Zabiła pani tę dziewczynkę. Nie wiemy dlaczego i chcielibyśmy to od pani usłyszeć.

Milczała, wpatrywała się w stół. Ręce złożyła nieruchomo na kolanach.

Patrik przez chwilę jej współczuł, a potem powiedział mocnym głosem:

– Wczorajsze przeszukanie to nic w porównaniu z tym, co zrobimy, żeby znaleźć dowody w sprawie zamordowania niewinnego dziecka. Zajrzymy w każdy kąt i sprawdzimy każdy najmniejszy szczegół pani życia. Waszego życia.

– Nie macie dowodów – powiedziała ochryple.

Zauważył, że jej ręce zadrżały.

– Proszę pani – zaczął miękko. – Na papierku po wafelku znalezionym w stodole i na ciele dziewczynki są pani odciski palców. Już po wszystkim. Jeśli pani się nie przyzna, przenicujemy pani życie od góry do dołu, dotrzemy do każdej najmniejszej tajemnicy, którą ukrywa pani albo pani rodzina. Chce pani tego?

Wpatrywała się w swoje ręce. Potem powoli podniosła głowę.

– Zabiłam ją – przyznała. – Stellę też.

Erika patrzyła na ścianę w swoim gabinecie. Przyczepiła do niej zdjęcia, wycinki i kopie starych badań śladów na miejscu zbrodni i z sekcji zwłok, a także notatki ze swoich rozmów z Harriet, Violą, Helen, Marie, Samem i Sanną. Spojrzała na zdjęcie Stelli i wiszące obok zdjęcie Nei. Nareszcie koniec. Rodziny doczekały się zamknięcia spraw. Dla Sanny wprawdzie za późno, ale przynajmniej będzie wiedziała, co się przydarzyło jej siostrzyczce. Kiedy Patrik zadzwonił i powiedział, że Helen przyznała się do obu zbrodni, najpierw pomyślała właśnie o niej. O tej, która została sama.

Zastanawiała się, jak zareagowali rodzice Nei. Czy cierpieli bardziej, bo ich córeczka zginęła z rąk sąsiadki, czy byłoby jeszcze gorzej, gdyby mordercą okazał się ktoś obcy. Pewnie nie miało to znaczenia, i tak nie ma już ich dziecka. Ciekawe, czy zdecydują się zostać w swoim gospodarstwie. Ona nie potrafiłaby mieszkać w domu, w którym wszystko przypominałoby jej żywą, radosną dziewczynkę, która już nigdy nie będzie wokół niego biegała.

Włączyła komputer i otworzyła Worda. W ciągu wielu miesięcy gromadzenia dokumentacji poznała wszystkich ludzi zamieszanych w tę sprawę, odkryła wiele nowych faktów i zapełniła wiele luk. Doszła do punktu, w którym wreszcie mogła zacząć pisać. Wiedziała dokładnie, od czego zacznie. Od dwóch dziewczynek, którym dane było przeżyć tylko kilka lat. Chciała, żeby okazały się przekonujące i pozostały w pamięci czytelników. Odetchnęła i położyła dłonie na klawiaturze.

*

Stella i Linnea były pod wieloma względami podobne. W ich życiu było wiele miejsca dla wyobraźni i przygód, a ich światem było gospodarstwo pod lasem. Stella kochała las i kiedy tylko mogła, biegła tam pobawić się z kolegą, którego nazywała Zielonym Panem. Czy była to postać prawdziwa, czy wymyślona – tego pewnie nigdy się nie dowiemy. Możemy jedynie zgadywać i domniemywać, bo nie na wszystkie pytania znalazła się odpowiedź.

Ulubionym miejscem Linnei była natomiast stodoła. Bawiła się w jej mrocznym, spokojnym wnętrzu, a jej najlepszym przyjacielem nie był wyobrażony znajomy, tylko kot.

Obie miał nieograniczoną wyobraźnię. Były radosne i szczęśliwe. Aż do dnia, kiedy na ich drodze stanął ktoś, kto życzył im źle. Oto historia Stelli i Linnei, dwóch małych dziewczynek, które nazbyt wcześnie dowiedziały się, że świat nie zawsze jest dobry.

Zdjęła palce z klawiatury. W nadchodzących miesiącach jeszcze wiele razy będzie poprawiała tekst, ale wiedziała, że taki ma być początek. Jej książki nigdy nie były czarno-białe. Bywała nawet krytykowana za swego rodzaju wyrozumiałość wobec sprawców zbrodni, często brutalnych i ohydnych. Ale ona wierzyła, że nikt nie rodzi się zły, że każdy człowiek jest kształtowany przez swój los. Jedni zostają ofiarami, inni sprawcami. Nie znała jeszcze szczegółów zeznań Helen ani motywu, którym się kierowała, kiedy postanowiła odebrać życie dwóm dziewczynkom. Z jednej strony było dla niej wręcz nie do pojęcia, że ta spokojna kobieta, która jeszcze wczoraj siedziała u niej w kuchni, mogła zamordować dwoje dzieci. Z drugiej – nagle wiele zaczęło się zgadzać. Domyślała się, że pobudzenie Helen wynikało z poczucia winy. To dlatego wpadła w panikę, kiedy zaczęła pytać o jej męża i zabójstwo Stelli. Widocznie się przestraszyła, że jej mąż zostanie obarczony winą za to, co ona zrobiła.

Śmierć człowieka dotyka wiele osób, ale najmocniej jej skutki uderzają w najbliższych. A żałoba przenosi się na następne pokolenia. Zastanawiała się, co będzie z synem Helen. Wydał się jej nadwrażliwym chłopcem. Na pierwszy rzut oka można by go wziąć za twardziela. Kruczoczarne włosy, czarne ciuchy i czarne paznokcie, plus czarne obwódki wokół oczu. Ale pod tym przebraniem Erika dostrzegła wielką wrażliwość. Miała nawet wrażenie, że nawiązała z nim jakiś kontakt. Jakby tęsknił za kimś, komu mógłby się zwierzyć. A teraz zostanie sam z ojcem. Jeszcze jednemu dziecku zrujnowano życie. W myślach wciąż zadawała sobie pytanie: dlaczego?

Gösta pojechał do Bergów, żeby ich powiadomić. Nie chciał robić tego przez telefon, to byłoby zbyt zimne, bezosobowe. Powinni to usłyszeć bezpośrednio od niego.

– Helen Jensen? – powiedziała z niedowierzaniem Eva Berg, łapiąc męża za rękę. – Ale dlaczego to zrobiła?

– Jeszcze nie wiemy – odparł.

Rodzice Petera milczeli. Ich opalenizna zbladła, od przyjazdu wyraźnie się postarzeli.

– Nic nie rozumiem... – Peter pokręcił głową. – Helen? Właściwie się nie spotykaliśmy, od czasu do czasu zamienialiśmy kilka słów. To wszystko.

Spojrzał na Göstę, jakby miał nadzieję, że wyciągnie od niego coś więcej, ale Gösta miał takie same wątpliwości.

– Przyznała się również do zabicia Stelli. Teraz jest przesłuchiwana, dom zostanie jeszcze raz przeszukany, gruntownie. Będziemy szukać kolejnych dowodów. To, że się przyznała, tylko potwierdziło to, co na nią mamy.

– Jak zginęła Nea? Co ona jej zrobiła? – spytała ledwo słyszalnie Eva.

– Nie wiadomo do końca, ale poinformujemy was.

– A co z Jensenem? – Peter był zdezorientowany. – Słyszeliśmy, że został zatrzymany i przesłuchany. Więc myśleliśmy...

– Chodziło o inną sprawę – odparł Gösta.

Nie mógł im powiedzieć więcej. Dopóki nie będą mieli wyników badań i twardych dowodów, nie będą mogli postawić Jamesowi zarzutów. Ale zdawał sobie sprawę, że Fjällbacka, ba, cała gmina aż się trzęsie od plotek. Ani przeszukanie, ani przesłuchanie Jamesa w komisariacie nie uszły niczyjej uwagi.

– Biedny chłopiec – westchnęła Eva. – Myślę o ich synu. Robi wrażenie zagubionego. A teraz jeszcze to...

– Nie martw się o niego – powiedział cicho Peter. – Żyje. W odróżnieniu od Nei.

Zapadła cisza. Słychać było jedynie tykanie kuchennego zegara. Gösta chrząknął.

– Chciałem wam przekazać tę wiadomość osobiście. Domyślam się, że w całej okolicy będzie mnóstwo gadania. Nie słuchajcie tego. Obiecuję, że będę was informował na bieżąco.

Milczeli.

– Chciałem was też poinformować, że zakończyli... obdukcję. Oddadzą wam ją, żebyście mogli się przygotować do... – urwał.

– Pogrzebu – dopowiedział Peter.

– Tak, do pogrzebu Nei.

Nie miał do powiedzenia nic więcej.

Odjeżdżając, spojrzał we wsteczne lusterko. Przez mgnienie oka wydawało mu się, że mignęły mu dwie małe dziewczynki. Pomachały do niego. Zamrugał oczami i zniknęły.

– Co za hieny! – parsknął James.

Rzucił telefon i zaczął nerwowo chodzić po kuchni. Sam obserwował go niby obojętnie, ale w głębi duszy miał satysfakcję, że ktoś wytrącił starego z równowagi. Jego, pana i władcę, który musi mieć pod kontrolą wszystko, jakby świat należał do niego.

– Czy oni naprawdę myślą, że będę im udzielał jakichś cholernych wywiadów? Prosimy pana o komentarz do... kurwa mać.

Sam oparł się o lodówkę.

– Oby tylko miała dość oleju w głowie, żeby siedzieć cicho – dodał James. Zatrzymał się. Zdał sobie sprawę, że Sam słucha. Pokręcił głową.

– Tyle dla was zrobiłem. Tyle poświęciłem. I nic, żadnej wdzięczności. – Znów zaczął chodzić po kuchni. – Trzydzieści lat dbałem, żeby był ład i porządek. A teraz to.

Sam słyszał, co mówi. Rejestrował każde słowo, ale tak, jakby był poza własnym ciałem. Już go nic nie zatrzyma. Wszystko zostanie naprawione. Nie będzie już żadnych tajemnic. Nastąpi oczyszczenie. Do tej pory żył jak w bańce. Razem z Jessie. Nic spoza tej bańki nie mogło na nich wpłynąć. Nawet wczorajsze przeszukanie, chociaż myślał, że chodzi o niego, że dowiedzieli się, jakie ma plany. Ani to, że mama siedzi w komisariacie. Nic.

Ruszyli już z przygotowaniami. Jessie przeczytała jego notes i wszystko zrozumiała. Zrozumiała, czego chce i dlaczego musi to zrobić.

Patrzył na Jamesa: stał przy oknie i trząsł się ze złości.

– Wiem, że mną gardzisz – powiedział spokojnie.

James odwrócił się i spojrzał na niego szeroko otwartymi oczami.

– O czym ty mówisz? – spytał.

– Jesteś żałosny – powiedział Sam powoli.

James zacisnął pięści. Gruba tętnica po prawej stronie jego szyi zaczęła pulsować. Sam napawał się tą reakcją. Spojrzał mu w oczy i pierwszy raz w życiu nie umknął wzrokiem.

Przez całe życie bał się, denerwował się, próbował zachować obojętność, a mimo to pozwalał się ranić. Dawniej złość była jego najgorszym wrogiem, teraz stała się przyjacielem. Zapanował nad nią i to dało mu władzę. Prawdziwą władzę zdobywamy dopiero wtedy, gdy przestajemy się bać, że coś utracimy. James nigdy tego nie rozumiał.

Zauważył, że James się waha. Mrugnięcie, umykające spojrzenie. Nienawiść. Szybki krok w jego stronę. Podniósł rękę. W tym momencie rozległo się pukanie. James drgnął. Spojrzał na Sama wymownie i poszedł otworzyć. Usłyszał męski głos:

– Dzień dobry. Mamy nakaz ponownego przeszukania domu.

Sam oparł głowę o lodówkę, a potem przez taras wyszedł z domu. Czekała na niego Jessie.

Całe miasteczko aż się trzęsło. Wiadomość rozeszła się lotem błyskawicy, nie było nawet wiadomo jak. Po prostu nagle wszyscy wiedzieli.

Sanna usłyszała o tym, kiedy stała w kolejce do kiosku. Nie chciało jej się gotować, postanowiła, że na lunch zje kiełbaskę z purée ziemniaczanym. Ludzie stojący w kolejce zaczęli gadać. O Stelli. O Helen. O Linnei. Nie zorientowała się, o co chodzi, i zagadnęła stojącego za nią faceta. Rozpoznała w nim mieszkańca Fjällbacki. Powiedział, że Helen została aresztowana w związku z zabójstwem Linnei i że się przyznała. Również do zamordowania Stelli.

Słuchała w milczeniu. Wiedziała, że ci, którzy wiedzą, kim jest, patrzą na nią i czekają na jej reakcję. Nie da im tej satysfakcji. Zwłaszcza że to tylko potwierdza, że to jedna z nich. Dziwne. Zawsze widziała je w parze. Ale teraz w końcu dowiedziała się, która z nich. Wątpliwości, które dręczyły ją przez trzydzieści lat, zniknęły. Poznała prawdę i było to uczucie zupełnie niepodobne do innych.

Wyszła z kolejki. Odechciało jej się jeść. Poszła na molo i usiadła nad wodą, obok punktu informacji turystycznej, na końcu pomostu pontonowego. Lekki wiatr rozwiewał jej włosy. Zamknęła oczy, rozkoszowała się chłodnym powiewem. Słyszała gwar, głosy ludzi, krzyki mew, brzęk naczyń w Café Bryggan i przejeżdżające samochody. I zobaczyła Stellę. Biegła w stronę lasu, zerkając na nią złośliwie. Bo biegła za nią. Machała rączką i uśmiechała się, odsłaniając krzywy ząbek na przodzie. Ujrzała rodziców, takimi, jakimi byli, zanim zmieniła ich żałoba i zanim o niej zapomnieli. I zobaczyła trzynastoletnią Helen, którą skrycie podziwiała, a potem dorosłą Helen przygarbioną, ze spłoszonym spojrzeniem. Zdawała sobie sprawę, że wkrótce będzie chciała dowiedzieć się dlaczego, ale jeszcze nie teraz. Teraz ten rozkoszny wiatr owiewa jej twarz, a ulga jeszcze jej nie opuściła.

Trzydzieści lat. Trzydzieści długich lat. Wystawiła twarz do wiatru. I wreszcie przyszły łzy.

Bohuslän 1672

Trzy dni po zakończeniu procesu w areszcie zjawił się Lars Hierne, przedstawiciel komisji do spraw czarownictwa. Elin czekała w ciemnicy, przegrana i samotna. Dostała do jedzenia trochę zjełczałej kaszy zalanej odrobiną wody. Była osłabiona i przemarznięta, nie walczyła już nawet ze szczurami, które nocami obgryzały jej palce u nóg. Skoro wszystko jej odebrali, równie dobrze mogła oddać szczurom palce.

Kiedy landwójt otworzył drzwi, zmrużyła oczy od światła. Hierne, jak zwykle elegancko ubrany, zasłonił nos białą chustką, żeby się ochronić przed smrodem, którego ona już nie czuła.

– Elin Jonsdotter, oskarżona o czarownictwo, może się teraz przyznać do swojej zbrodni.

– Nie jestem czarownicą – odpowiedziała spokojnie i wstała.

Próbowała strzepnąć brud z ubrania. Bezskutecznie, bo był wszędzie. Hierne patrzył na nią z niesmakiem.

– To zostało już udowodnione podczas próby wody. Elin unosiła się na wodzie jak łabędź. Do tego dochodzą świadectwa złożone przed sądem. Przyznanie się potrzebne jest samej Elin. Żeby mogła odpokutować za zbrodnię i zostać przyjęta do chrześcijańskiej wspólnoty.

Oparła się o zimną kamienną ścianę.

Zawrotna myśl. Celem każdego człowieka jest pójście do nieba i zapewnienie sobie życia wiecznego, bez codziennej mozolnej harówki, na którą jest skazany na ziemskim padole.

Ale kłamstwo jest grzechem. Przecież ona nie jest czarownicą. Żachnęła się.

– Nie mam się do czego przyznawać.

– W takim razie porozmawiamy sobie tam – powiedział i skinął ręką na strażników.

Powlekli ją do jakiegoś pomieszczenia. Aż się zatchnęła. Patrzył na nią mężczyzna potężnej postury, z krzaczastą rudą brodą. Na widok znajdujących się tam dziwnych przyrządów spojrzała pytająco na Hiernego.

Uśmiechnął się.

– To mistrz Anders. Współpracujemy od wielu lat, ujawniamy dzieła szatana. Mistrz Anders skłonił już do przyznania się wiele czarownic z całej naszej prowincji. Elin również ma tę możliwość. Zatem pytam jeszcze raz: czy Elin skorzysta z możliwości przyznania się do zbrodni?

– Nie jestem czarownicą – wyszeptała, patrząc na przyrządy.

– A zatem niech mistrz Anders czyni swoją powinność – powiedział Hierne i wyszedł.

Potężny mężczyzna z bujną rudą brodą przyglądał się jej w milczeniu. Miał nie tyle nieprzyjazne, ile obojętne spojrzenie. Było jeszcze bardziej przerażające niż nienawiść, do której już przywykła.

– Proszę – odezwała się.

Nie zareagował.

Sięgnął po łańcuch zwisający z sufitu.

Szeroko otworzyła oczy. Krzyknęła i cofnęła się, aż poczuła za plecami zimną wilgotną ścianę.

– Nie, nie, nie.

Nie odpowiadając ani słowem, chwycił ją za przeguby. Próbowała się zaprzeć bosymi stopami, daremnie. Bez trudu związał jej ręce i nogi. A potem wziął nożyce. Krzyknęła dziko. Rzucała się po podłodze, a on spokojnie chwycił ją za długie piękne włosy i zaczął obcinać kosmyk po kosmyku. Mogła tylko bezradnie płakać.

Mistrz Anders wstał i sięgnął po stojącą na stole butelkę. Wyjął korek i poczuła zapach spirytusu. Pewnie musi się wzmocnić przed czekającym go zadaniem. Miała nadzieję, że jej też da łyk, który ją znieczuli i złagodzi ból. Chociaż w to nie wierzyła. Ale on się nie napił, tylko oblał jej głowę. Zamrugała, kiedy nalało jej się do oczu.

Nic nie widziała, ale usłyszała, że coś zgrzytnęło, jakby krzesiwo. Poczuła zapach ognia. Zaczęła się wić ze strachu.

Po chwili poczuła potworny ból. Mistrz Anders przytknął płomień do jej głowy. Spirytus zapłonął i wypalił resztę włosów i brwi.

Ból był straszny. Miała wrażenie, jakby opuściła ciało i patrzyła na nie z góry. Kiedy ogień zgasł, poczuła zapach palonych włosów. Zrobiło jej się niedobrze.

Pobrudziła się. Mistrz Anders mruknął coś pod nosem, ale nadal nic nie mówił.

Postawił ją na nogi, przypiął jej coś do rąk i podciągnął w górę. Z trudem łapała oddech po poparzeniu, ale gdy łańcuch wżarł jej się w przeguby, odcinając dopływ krwi, ból był tak potworny, że zaczęła krzyczeć.

Znajdowała się gdzieś poza świadomością i w pierwszej chwili nie zrozumiała, czym kat maże ją pod pachami. Poczuła zapach siarki i znów usłyszała odgłos krzesania. Rzucała się, ale podpalił siarkę. Ryknęła. Kiedy siarka się wypaliła, ucichła i zwiesiła głowę. Mogła tylko skomleć z bólu.

Nie wiedziała, jak długo wisi. Minuty czy godziny. Mistrz Anders spokojnie zasiadł przy stole i zjadł posiłek. Wytarł usta. Oczy piekły ją o tyle mniej, że już widziała niewyraźne cienie. Drzwi się otworzyły. Odwróciła głowę w tamtą stronę, zobaczyła tylko sylwetkę. Rozpoznała głos.

– Czy Elin jest gotowa przyznać się do zbrodni? – spytał Hierne powoli i wyraźnie.

Walczyła ze sobą. Wolałaby już nie czuć bólu, ale jakże mogłaby się przyznać do czegoś, czego nie zrobiła? Wszak kłamstwo jest grzechem. Jak Bóg miałby się nad nią ulitować, gdyby skłamała?

Potrząsnęła poparzoną głową i zdrętwiałymi wargami wyszeptała:

– Nie… jestem… czarownicą.

Milczenie. Po chwili Hierne powiedział oschle:

– W takim razie mistrz Anders będzie kontynuował.

Drzwi się zamknęły, znów została sama z mistrzem Andersem.

– JAK WAM POSZŁO?

Mellberg wyjrzał, kiedy Patrik przechodził obok jego gabinetu. Patrik się zdziwił. Drzwi były otwarte, co zdarzało się raczej rzadko. Ale ta sprawa, a raczej sprawy, wyjątkowo wszystkich poruszyły.

Patrik przystanął i oparł się o framugę.

– Pełny sukces. W kominku w salonie znaleźliśmy resztki ubrań Nei. Helen spaliła prawie wszystko, ale na szczęście na ubrankach były plastikowe nadruki, które nie spłonęły. Poza tym na przyborach do sprzątania znaleźliśmy ślady krwi, a w szafce w kuchni kilka czekoladowych wafelków. Oczywiście to za mało, żeby to uznać za dowód, bo są w wielu domach, ale ten niespalony plastik plus krew na szczotkach i ścierce wystarczą.

– Powiedziała, dlaczego je zabiła? – spytał Mellberg.

– Nie, ale zaraz znów ją przesłucham. Chciałem zaczekać na wyniki przeszukania. I żeby posiedziała i podenerwowała się kilka godzin. Chętniej będzie zeznawać.

– Potrafiła trzymać buzię na kłódkę przez trzydzieści lat – zauważył sceptycznie Mellberg.

– Fakt. Ale w końcu się przyznała, prawda? Wydaje mi się, że chce mówić. – Rozejrzał się. – A gdzie Ernst?

Mellberg mruknął coś pod nosem.

– E tam, Rita ma takie miękkie serce, że to aż śmieszne... – Umilkł.

Patrik czekał na dalszy ciąg.

– Więc Ernst został...

Mellberg zrobił speszoną minę. Podrapał się w głowę.

– No wiesz, dzieciaki są nim zachwycone. Tak im było ciężko... to zresztą mało powiedziane. Więc pomyślałem, niech pies zostanie w domu...

Patrik stłumił śmiech. Bertil Mellberg. W głębi serca tkliwy gość.

– Bardzo słusznie – powiedział. – Idę do Helen. Nie powtórzysz gazetom, co ci teraz powiedziałem?

– Ja? – Mellberg z oburzeniem złapał się za pierś. – Jeśli chodzi o informacje dotyczące śledztwa, jestem szczelny jak Fort Knox!

– Mhm... – mruknął Patrik. Odwrócił się i wreszcie pozwolił sobie na uśmiech.

Przechodząc obok pokoju Pauli, kiwnął na nią i ruszył do pokoju przesłuchań. Annika już przyprowadziła Helen. Zadbała, żeby na stole znalazły się kawa i kanapki. Uznali, że nie jest agresywna i nie zechce uciec, więc traktowali ją raczej jak gościa niż zbrodniarkę. Patrik zawsze był zdania, że muchy lepiej wabić miodem, niż ganiać z packą.

– Jak się pani czuje? Chce pani zeznawać w obecności adwokata? – spytał, włączając nagrywanie.

Paula usiadła obok.

– Nie, nie trzeba – odparła.

Była blada, ale wiedziała, co się wokół niej dzieje. Nie wydawała się ani zdenerwowana, ani wzburzona. Czarne włosy, tu i ówdzie przetkane siwizną, ściągnęła w kitkę. Ręce splotła na stole.

Patrik patrzył na nią dłuższą chwilę.

– Podczas przeszukania znaleźliśmy dowody potwierdzające pani zeznania. Resztki ubrań Nei, które próbowała pani spalić, krew na mopie i ścierce do podłogi, również w wiadrze.

Zesztywniała. Popatrzyła na niego, a potem jakby się rozluźniła.

– Zgadza się – powiedziała. – Spaliłam w kominku jej ubranka i posprzątałam w stodole. Pewnie trzeba było spalić również mopa i ścierkę.

– Nadal nie rozumiemy, dlaczego zabiła pani Stellę i Neę – spytała miękko Paula.

Helen kiwnęła głową. Nikt nie okazywał złości ani agresji. Wydawało się nawet, że panuje senny nastrój. Może z powodu upału, a może spowodowany jej rezygnacją. Odwróciła wzrok, a potem zaczęła mówić:

– Obie z Marie cieszyłyśmy się, że możemy pobyć razem. Był piękny dzień, jak wszystkie tamtego lata. Chociaż kiedy się jest dzieckiem, pewnie wszystkie lata są słoneczne. W każdym razie jest tak we wspomnieniach. Postanowiłyśmy pójść ze Stellą na lody na rynek. Bardzo się ucieszyła, zresztą zawsze była wesoła i chociaż byłyśmy dużo starsze od niej, lubiłyśmy się z nią bawić. A ona lubiła się za nami skradać. Uwielbiała się zakraść i znienacka wyskoczyć, żeby kogoś nastraszyć. Pozwalałyśmy jej na to. Obie bardzo ją lubiłyśmy. Bardzo...

Umilkła, zaczęła skubać skórkę przy paznokciu. Patrik czekał.

– Wzięłyśmy wózek i prawie zmusiłyśmy, żeby do niego wsiadła, kiedy ruszałyśmy do Fjällbacki. Kupiłyśmy jej największą porcję lodów. Bez przerwy paplała. Lody się topiły i ciekły, musiałyśmy pobiec po serwetki, żeby ją wytrzeć. Stella była... aż bulgotała od energii. – Znów skubnęła zadartą skórkę. Pokazała się krew, ale nie przestawała skubać. – Kiedy wracałyśmy, też cały czas paplała i podskakiwała przed nami. Obie z Marie zauważyłyśmy, jak ślicznie wyglądają w słońcu jej rudoblond włosy. Aż błyszczały. Tyle razy widziałam je potem w snach.

Z ranki na palcu popłynęła obficiej krew. Patrik podał jej serwetkę.

– Kiedy doszłyśmy do gospodarstwa Strandów, na podwórku zobaczyłyśmy samochód jej ojca – ciągnęła, zaciskając serwetkę na palcu. – Powiedziałyśmy jej, żeby już poszła do domu, że czeka na nią tata. Widziałyśmy, jak szła w stronę domu, więc przypuszczałyśmy, że weszła do środka. A my pobiegłyśmy nad jeziorko, żeby się wykąpać i nagadać. Bardzo nam tego brakowało. Żeby móc ze sobą porozmawiać.

– A o czym? – spytała Paula. – Pamięta pani?

– Niedokładnie, ale pewnie o rodzicach. Jak to nastolatki. Że rodzice nic nie rozumieją, że są niesprawiedliwi. Bardzo się nad sobą użalałyśmy. Uważałyśmy się za ofiary, a jednocześnie bohaterki wielkiego dramatu.

– I co było dalej? – wtrącił Patrik. – Jak to się stało?

Długo milczała. Zaczęła skubać serwetkę owiniętą wokół palca, odrywała ją po kawałeczku. Westchnęła, a potem mówiła dalej, tak cicho, że ledwo było słychać. Patrik podsunął jej magnetofon i oboje z Paulą nachylili się, żeby lepiej słyszeć.

– Wytarłyśmy się i ubrałyśmy. Marie poszła w swoją stronę, ja też miałam już wracać do domu. Pamiętam, że się denerwowałam, nie wiedziałam, jak mam się wytłumaczyć z mokrych włosów. Wymyśliłam, że biegałyśmy ze Stellą pod zraszaczem. I wtedy zjawiła się Stella. Okazało się, że przyszła za nami, i była obrażona, że poszłyśmy się kąpać bez niej. Była taka wściekła, że tupała i krzyczała. Kiedy wracałyśmy z Fjällbacki, chciała pójść się kąpać z nami, ale się nie zgodziłyśmy. Więc już nad jeziorkiem powiedziała...

Musiała przełknąć ślinę i chyba nie była pewna, czy chce mówić dalej. Patrik nachylił się jeszcze niżej, jakby chciał ją zachęcić.

– Zagroziła, że naskarży rodzicom, że się kąpałyśmy. Była naprawdę bystra, a uszy miała jak anteny. Usłyszała, że rodzice nie pozwalają nam się spotykać, i na swój dziecinny sposób postanowiła się odegrać. A ja... nie umiem wytłumaczyć, jak ani dlaczego do tego doszło. Strasznie mi brakowało Marie i wiedziałam, że jeśli Stella na nas naskarży, już nigdy nie będziemy miały szansy się spotkać. – Przygryzła dolną wargę i wpatrzyła się w nich. – Nie wiem, czy pamiętacie, jak to jest mieć trzynaście lat i czuć, że koleżanka albo chłopak są dla nas całym światem. Myśli się wtedy, że zawsze tak będzie. Że bez tego kogoś cały świat się zawali. Dla mnie takim kimś była Marie. A Stella wściekała się i wrzeszczała. Wiedziałam, że może wszystko zniszczyć, więc kiedy się odwróciła, żeby pobiec do domu... wściekłam się i jednocześnie przestraszyłam, wręcz spanikowałam. Chciałam tylko, żeby siedziała cicho! Podniosłam z ziemi kamień i rzuciłam w nią. Chyba chciałam ją po prostu uciszyć, przekonać, żeby nic nie mówiła, może przekupić, cokolwiek, byle nie naskarżyła. Ale kamień uderzył głucho, trafił ją w potylicę. Upadła i przestała krzyczeć. Przestraszyłam się i uciekłam. Dobiegłam do domu, wpadłam do swojego pokoju i zamknęłam się. A potem przyszła policja...

Porwane kawałeczki serwetki leżały rozrzucone po całym stole. Helen oddychała gwałtownie. Patrik zrobił chwilę przerwy, żeby mogła się uspokoić.

– Dlaczego się obie przyznałyście? A potem się z tego wycofałyście? Dlaczego Marie się przyznała, skoro nie miała z tym nic wspólnego?

Pokręciła głową.

– Byłyśmy jeszcze niemądrymi dziećmi. Myślałyśmy tylko o jednym: żeby być razem. Marie nienawidziła swojej rodziny, o niczym tak nie marzyła jak o tym, żeby się od nich uwolnić. Nigdy nie miałyśmy okazji o tym porozmawiać, ale przypuszczam, że wymyśliła, że jeśli obie się przyznamy, trafimy w to samo miejsce. Myślałyśmy, że dzieci też idą do więzienia. A Marie wolała być ze mną w więzieniu niż ze swoją rodziną w domu.

– Patrzyła to na Paulę, to na Patrika. – Teraz się domyślacie, jak jej musiało być źle. Kiedy zrozumiałyśmy, że nigdzie nie wyślą nas razem, chciałyśmy się wycofać, ale było już za późno. Zdawałam sobie sprawę, że powinnam powiedzieć, co zrobiłam. Ale bardzo się bałam. Miałam wokół siebie dorosłych, którzy krzyczeli i grozili albo byli zrozpaczeni i wzburzeni. Tyle było tych emocji, że nie dałam rady. Więc skłamałam, że nie zabiłam Stelli, co właściwie było już bez znaczenia... Równie dobrze mogłam się przyznać. Prokurator powiedział w mowie oskarżycielskiej, że jesteśmy winne. Zresztą tu, w Fjällbace, zawsze patrzono na mnie podejrzliwie. Większość ludzi i tak uważa, że zabiłam Stellę. Wiem, że powinnam powiedzieć prawdę i przynajmniej oczyścić z podejrzeń Marie, ale sąd właściwie nie orzekł prawdziwej kary. Zresztą naprawdę wierzyłam, że w rodzinie zastępczej będzie jej lepiej niż we własnym domu. A potem lata mijały, wydawało się nawet, że ona w pewnym sensie skorzystała na tym wiszącym nad nami cieniu. Więc zostawiłam to.

Patrik powoli pokiwał głową.

– Teraz już lepiej rozumiem – powiedział. – Ale musimy porozmawiać również o Nei. Może chciałaby pani zrobić przerwę?

Pokręciła głową.

– Nie, ale napiłabym się jeszcze kawy.

– Przyniosę. – Paula wstała.

W milczeniu czekali na jej powrót. Przyniosła cały dzbanek kawy i karton mleka, nalała do trzech filiżanek.

– Nea – przypomniał Patrik. – Ja kto się stało?

Nie mówił ani oskarżycielskim, ani napastliwym tonem. Równie dobrze mogliby rozmawiać o pogodzie. Zależało mu, żeby się czuła bezpieczna. I nie był na nią zły. Chociaż powinien, bo zabiła dwoje dzieci. Odczuwał nawet coś w rodzaju życzliwości dla tej siedzącej po przeciwnej stronie stołu kobiety.

– Ona… – Helen spojrzała w górę, jakby chciała przywołać wspomnienie. – Przyszła do nas. Siedziałam w ogrodzie, kiedy nagle stanęła przede mną. Czasem tak robiła, wymykała się z domu i przychodziła do nas. Zawsze wtedy mówiłam, żeby wracała do domu, bo rodzice będą się martwić, ale ona koniecznie chciała mi coś pokazać… Była taka ożywiona, taka radosna. Więc… poszłam z nią.

– Co chciała pani pokazać? – spytała Paula. Podniosła karton z mlekiem, jakby chciała zapytać, czy chce jeszcze, ale Helen pokręciła głową.

– Chciała, żebym z nią poszła do stodoły. Spytała, czy się z nią pobawię. Odpowiedziałam, że nie, że mam co innego do roboty. Ale ona wyglądała na taką zawiedzioną. Więc powiedziałam, że może mi pokazać to coś, a potem muszę wracać do domu.

– Zastanawiała się pani, gdzie są jej rodzice? Przecież to było wcześnie rano.

Wzruszyła ramionami.

– Często bawiła się na dworze wcześnie rano. Pomyślałam, że wypuścili ją po śniadaniu.

– I co się stało? – ponaglił ją delikatnie Patrik.

– Zaprowadziła mnie do stodoły. Był tam mały kotek, szary, kręcił się koło nóg. Powiedziała, że chce mi pokazać stryszek. Spytałam, czy wolno jej tam wchodzić. Powiedziała, że tak. Wdrapała się po drabinie, a ja za nią. A potem…

Wypiła łyk kawy i ostrożnie odstawiła filiżankę, jakby była z delikatnej porcelany.

– Odwróciłam się na moment… To była sekunda… Spadła. Usłyszałam krzyk, a potem głuche uderzenie. Spojrzałam w dół, leżała na ziemi. Oczy miała otwarte, z głowy leciała jej krew. Od razu wiedziałam, że nie żyje. Tak samo jak Stella, kiedy kamień trafił ją w głowę. Wpadłam w panikę…

– Dlaczego ją pani przeniosła? – spytał Patrik.

– Ja… sama nie wiem… – Pokręciła głową, ręce jej drżały. – Miałam przed oczami Stellę. Tam, nad jeziorkiem. Chciałam ją tam zanieść. I usunąć wszystkie ślady, które by prowadziły do mnie. Mam syna, który mnie potrzebuje. Nie mogłam… Nie mogę…

Zamrugała oczami, ręce zadrżały jej jeszcze bardziej. Patrik jej współczuł, chociaż sam nie rozumiał dlaczego.

– Więc usunęła pani ślady ze stodoły?

Przytaknęła.

– Zaniosłam ją nad jeziorko. Rozebrałam, obmyłam i położyłam pod drzewem. Było bardzo gorąco, więc nie bałam się, że będzie jej zimno... – Urwała. Uprzytomniła sobie, jakie to absurdalne. Zacisnęła palce na filiżance. – Długo tam siedziałam, a potem poszłam po coś do domu. Chciałam posprzątać w stodole. Widziałam, jak jej matka odjeżdża swoim samochodem, więc mogłam to zrobić bez przeszkód.

Patrik kiwnął głową.

– Nea miała w żołądku czekoladę. I wafelek. U Bergów w domu tego nie było...

Helen przełknęła ślinę.

– Rzeczywiście, ja jej dałam. Kiedy do nas przyszła, zobaczyła, że jem wafelek czekoladowy, i też chciała. Więc jej dałam.

– Znaleźliśmy w stodole papierek po wafelku.

– Tak, tam jej dałam.

– Gdzie? Na dole czy na stryszku?

Chwilę się zastanawiała.

– Nie pamiętam. Wiem tylko, że dałam.

Patrik zerknął na Paulę.

– Zrobimy przerwę.

– Okej – odparła Helen.

– Potrzebuje pani czegoś? – spytała Paula, wstając.

– Dziękuję. Niczego mi nie trzeba.

Patrik odniósł wrażenie, że chodziło jej o coś więcej, nie tylko o to, co mogła jej zaproponować Paula. Wymienili z Paulą spojrzenia. Najwyraźniej pomyślała o tym samym. Usłyszeli odpowiedzi na wiele pytań. A jednocześnie musieli sobie zadać nowe pytania.

Karim wyglądał przez okno samochodu. Z każdym kilometrem denerwował się coraz bardziej. Stęsknił się za dziećmi, a teraz z przerażeniem myślał o spotkaniu z nimi. Nie wiedział, jak je pocieszać. Sam był przygnieciony żałobą.

Bill przyjechał po niego do szpitala. Doceniał to, ale nie był w stanie z nim rozmawiać. Bill próbował gawędzić, ale dość szybko zrezygnował i pozwolił mu spokojnie patrzeć przez okno. Kiedy dojechali na miejsce, Bill spojrzał na jego zabandażowane ręce i spytał, czy mu pomóc. Odparł, że wystarczy, jeśli przewiesi mu torbę przez ramię. Nie zniósłby zbyt wielu współczujących spojrzeń, nie teraz.

Otworzyła mu kobieta, która nie wyglądała na Szwedkę. Zapewne matka Pauli, policjantki, która zaproponowała mu pomoc. Ta, która w tysiąc dziewięćset siedemdziesiątym trzecim uciekła z Chile. Jak postrzega Szwecję? Czy musiała znosić takie same spojrzenia jak oni? Podejrzliwość i nienawiść? Ale to przecież były zupełnie inne czasy.

– Tata!

Hassan i Samia rzucili mu się na szyję. Omal się nie przewrócił pod ich ciężarem.

– *They missed you* – powiedziała kobieta, uśmiechając się serdecznie.

Nie zdążył się z nią przywitać. Najpierw musiał poczuć zapach swoich dzieci, zapach Aminy, spojrzeć na jej rysy na twarzy córki, na jej oczy u syna. To wszystko, co mu po niej zostało. Dzieci były bolesnym przypomnieniem tego, co utracił.

Gdy w końcu wypuścił ich z objęć, pobiegli do telewizora w dużym pokoju, zwabieni programem dla dzieci. Usiedli na kanapie obok chłopczyka ze smoczkiem w buzi i przytulanką na kolanach. Przyglądał się nieśmiało Karimowi.

Odstawił torbę i się rozejrzał. Mieszkanie było jasne i przyjemne, ale poczuł się w nim obco. Dokąd ma iść? Są sami, nie mają domu ani najpotrzebniejszych rzeczy, są zależni od łaski ludzi, którzy ich tutaj nie chcą. A jeśli ich wyrzucą na ulicę? Widział żebraków siedzących pod sklepem z byle jak wypisaną kartonową tabliczką, z wyciągniętą ręką i pustym, nieobecnym wzrokiem.

Jest odpowiedzialny za dzieci, do tej pory robił, co mógł, żeby im zapewnić bezpieczeństwo i lepszą przyszłość. I oto stoi bez niczego w przedpokoju w obcym mieszkaniu. Poczuł, że już nie ma siły.

Osunął się na podłogę i rozpłakał. Wiedział, że to źle, że dzieci się przestraszą, że powinien być silny, ale właśnie tej siły mu zabrakło.

I wtedy objęły go czyjeś ramiona. Ciepło tej kobiety ukoiło ból w piersi, który miał jeszcze w Damaszku. Kołysała go, a on się temu poddał.

Odczuwał bolesną, szarpiącą tęsknotę za domem. Niszczyła nadzieję na lepsze życie. Był rozbitkiem.

– Dzień dobry?!

Martin stanął jak wryty, kiedy zobaczył, kto stoi przy recepcji. Z rozbawieniem zauważył, że nawet Annika oniemiała. W milczeniu gapiła się na Marie Wall.

– W czym mogę pani pomóc? – spytał.

Zrobiła minę, jakby się wahała. Gdzieś się podziała jej zwykła pewność siebie. Pomyślał, że nawet jej z tym do twarzy. Wyglądała młodziej.

– Dowiedziałam się od kogoś z planu, że zatrzymaliście Helen. W związku z zabójstwem tej dziewczynki. To niemożliwe, ja... muszę porozmawiać z kimś, kto tu rządzi.

Pokręciła głową, jasne włosy uczesane w stylu lat pięćdziesiątych opadły jej na twarz. Martin zauważył, że Annika nie odrywa od niej wzroku. Pomyślał, że trudno się dziwić, w komisariacie w Tanumshede rzadko bywają gwiazdy filmowe. Tak naprawdę zdarzyło się to chyba po raz pierwszy.

– Chodźmy do Patrika Hedströma – powiedział i skinął głową, pokazując jej, żeby poszła z nim.

Zatrzymał się przed wejściem do pokoju Patrika i lekko puknął w otwarte drzwi.

– Patriku, ktoś chce z tobą porozmawiać.

– A nie może poczekać? – zapytał Patrik, nie podnosząc wzroku znad papierów. – Muszę napisać protokół z przesłuchania Helen, a potem jeszcze...

Martin mu przerwał:

– Myślę, że jednak zechcesz z tym kimś porozmawiać.

Patrik podniósł głowę i jego oczy zrobiły się okrągłe. Była to jedyna oznaka tego, że się zdziwił. Wstał.

– Oczywiście. Martinie, pójdziesz z nami?

Poszli do pokoju, w którym chwilę wcześniej przesłuchiwali Helen. Na stole leżały jeszcze kawałki porwanej serwetki. Patrik zebrał je i wrzucił do kosza.

– Proszę usiąść. – Wskazał jej krzesło pod oknem.

Marie rozejrzała się niepewnie.

– Dawno mnie tu nie było – powiedziała.

Martin domyślił się, że trzydzieści lat wcześniej była przesłuchiwana w tym samym pokoju, w innych, choć zastanawiająco podobnych okolicznościach.

– Napije się pani kawy? – spytał Patrik.

– Nie, dziękuję... ja... czy to prawda, że zatrzymaliście Helen w związku z zabójstwem Nei? I że się przyznała do zamordowania Stelli?

Patrik się zawahał. Zerknął na Martina, a potem przytaknął.

– Prawda. Nie informowaliśmy o tym, ale widać poczta pantoflowa działa bez zarzutu.

– Dowiedziałam się przed chwilą.

Pytającym gestem podniosła do góry paczkę papierosów. Patrik kiwnął głową. W komisariacie obowiązywał zakaz palenia, ale uznał, że tym razem należy zrobić wyjątek.

Marie zapaliła i zaciągnęła się.

– Nigdy nie wierzyłam, że Helen zabiła Stellę. I nie uwierzę. Choćby nie wiem co mówiła. Przede wszystkim jednak nie ma nic wspólnego ze śmiercią tej drugiej dziewczynki.

– A skąd pani wie? – Patrik pochylił się w jej stronę.

Wskazał palcem na magnetofon. Marie kiwnęła głową. Włączył go i szybko wyrecytował datę i godzinę. Nie było to wprawdzie formalne przesłuchanie, ale lepiej nagrać za dużo niż za mało. Ludzka pamięć jest zawodna, czasem wręcz prowadzi na manowce.

– Bo była ze mną, kiedy zginęła ta dziewczynka. Chcieliście wiedzieć, gdzie byłam w poniedziałek około ósmej rano – powiedziała, patrząc na nich niepewnie.

Martin zakaszlał, zakrztusił się dymem. Zawsze miał wrażliwe drogi oddechowe.

– I gdzie byłyście? – zapytał Patrik.

– U niej. Mieliście rację, kłamałam w sprawie alibi, nikogo nie zaprosiłam na noc do domu. U Helen zjawiłam się około ósmej. Nie wiedziała, że przyjadę, bo byłam pewna, że się nie zgodzi, jeśli ją uprzedzę.

– Jak się pani tam dostała?

Martin spojrzał na jej niebotycznie wysokie obcasy. Piechotą raczej nie szła.

– Opłata za wynajęcie domu obejmuje również korzystanie z samochodu. Białego renault, które stoi na dużym parkingu tuż przy domu.

– Sprawdziliśmy, nie ma samochodu zarejestrowanego na właścicieli tego domu.

– Jest zarejestrowany na matkę właściciela. Pożycza im go, kiedy są w Szwecji, a teraz mnie.

– W notatkach Dagmar z tamtego poranka jest mowa o białym renault – potwierdził Martin, zwracając się do Patrika.

– Początkowo nie chciała mnie wpuścić, ale potrafię być… przekonująca i w końcu się poddała. Poprzedniego wieczoru rozmawiałyśmy przez telefon. Powiedziała mi wtedy, że jej mąż wyjechał. Inaczej bym do niej nie poszła. Podejrzewam, że wspomniała o tym wyjeździe, bo podświadomie chciała, żebym przyszła.

– A jej syn? Sam?

Wzruszyła ramionami i znów się zaciągnęła.

– Nie wiem. Albo spał, albo nie było go w domu. W każdym razie nie widziałam go. Ale poznałam go u mojej córki. Dziwnym zrządzeniem losu zaprzyjaźnili się, właściwie to nawet więcej. Cóż, obydwoje są pokręceni.

– Czego pani chciała od Helen? – spytał Patrik i też zakaszlał.

Na jej twarzy znów zobaczył niepewność. Zgasiła papierosa.

– Chciałam się dowiedzieć, dlaczego ze mną zerwała – powiedziała cicho. – Dlaczego przestała mnie kochać.

Zapadła cisza. Słychać było jedynie brzęczenie muchy w oknie. Patrik nawet nie drgnął. Martin trawił to, co powiedziała. Spojrzał na Patrika: patrzył w milczeniu na Marie i chyba nie wiedział, co dalej.

– Byłyście parą… – powiedział w końcu.

Urwane zdania, niejasne aluzje, miny, spojrzenia, tyle rzeczy, które nagle złożyły się w całość.

– Niech pani mówi – dodał.

Marie Wall odetchnęła głęboko.

– Z początku nie rozumiałyśmy, co do siebie czujemy. Wie pan, jak człowiek jest z takiej prowincji, w dodatku w tamtych czasach… to nie to co dziś, nie wiedziało się o czymś takim. Istniał tylko jeden model rodziny, mama, tata i dzieci, koniec. Nawet nie słyszałam, że kobieta może kochać kobietę, a mężczyzna mężczyznę. Więc trwało dość długo, zanim zrozumiałyśmy, że jesteśmy w sobie zakochane. Żadna z nas nie była wcześniej zakochana, dopiero co zostawiłyśmy za sobą dzieciństwo, byłyśmy nastolatkami i jak inne dziewczyny gadałyśmy o chłopcach, bo wiedziałyśmy, że tak się robi. Ale czułyśmy zupełnie co innego. Powoli zaczęłyśmy przekraczać granice. Dotykać się. Pieścić. Bawiłyśmy się i badałyśmy. Nigdy w życiu nie przeżyłam czegoś takiego. Stworzyłyśmy sobie świat składający się tylko z nas dwóch i on nam wystarczał, niczego innego nie potrzebowałyśmy. Ale potem… Sądzę, że rodzice Helen przeczuwali, że dzieje się coś, co według nich było nie do przyjęcia. Nie mieli dowodów, żadnych konkretów, ale myślę, że czuli, co się dzieje. Więc postanowili nas rozdzielić. Świat nam się zawalił. Tygodniami płakałyśmy i myślałyśmy tylko o jednym, żeby znów być razem, a to, że nie mogłyśmy się nawet dotknąć… doprowadzało nas do rozpaczy. Wiem, że śmiesznie to brzmi, byłyśmy dziewczynami, nie kobietami. Mówi się, że najsilniejsza jest pierwsza miłość. A ta nasza płonęła dniem i nocą. Helen przestała jeść, ja się awanturowałam ze wszystkimi o wszystko. Atmosfera w domu stała się jeszcze gorsza niż przedtem. Robili wszystko, żeby mi ją wybić z głowy. Dosłownie.

Zapaliła następnego papierosa.

Patrik otworzył okno, mucha wyleciała.

– Domyślacie się, co to dla nas znaczyło, że razem miałyśmy pilnować Stelli. Oczywiście zdarzyło nam się spotkać ukradkiem, ale nie więcej niż raz czy dwa i tylko na krótko. Rodzice Helen pilnowali jej na każdym kroku.

– Helen zeznała, że poszłyście ze Stellą na lody, a potem wróciłyście przez las i widząc, że samochód jej ojca stoi na podwórku, zostawiłyście ją tam. Zgadza się? A potem poszłyście się kąpać?

– Tak, zgadza się. Śpieszyłyśmy się, żeby odstawić Stellę, żeby mieć chwilę dla siebie. Kąpałyśmy się, całowałyśmy i… chyba się domyślacie. Właśnie wtedy wydawało mi się, że kogoś usłyszałam, odniosłam wrażenie, że ktoś nas obserwuje.

– I co było dalej?

– Ubrałyśmy się. Poszłam do domu, ona też. Więc jak mówi, że zabiła Stellę, kiedy sobie poszłam... – Pokręciła głową. – Nie potrafię w to uwierzyć. Boże, miałyśmy trzynaście lat! To musiał być ten człowiek, którego słyszałam w lesie, i sądzę, że wiem, kto to był. James już wtedy był paskudnym typem, ciągle przesiadywał w lesie. Czasem znajdowałyśmy martwe zwierzęta. Domyślam się, że bawił się w snajpera. Zawsze miał obsesję na punkcie broni, wojny i zabijania. Wszyscy wiedzieli, że coś jest z nim nie w porządku. Wszyscy poza ojcem Helen. Byli nierozłączni. James, jeśli tylko nie chodził po lesie, przesiadywał u jej rodziców. A że potem się z nią ożenił... to zatrąca prawie o kazirodztwo. – Zmarszczyła nos.

– Dlaczego przyznała się pani do morderstwa, którego pani nie popełniła? – spytał Patrik. Czy Marie odpowie inaczej niż Helen?

– Byłam bardzo naiwna. I nie zdawałam sobie sprawy z powagi sytuacji. Pamiętam nawet, że mnie to jakoś emocjonowało. Plan był taki, żebyśmy były razem. Wyobraziłam sobie bardzo romantycznie, że zostaniemy skazane i osadzone razem. Ja uwolnię się od swojej rodziny i będę tylko z Helen. A kiedy nas wypuszczą, ruszymy razem w świat... sam pan słyszy, dziecinne fantazje trzynastolatki. Nigdy nie wyobrażałam sobie, jakie będą skutki mojej głupoty. Przyznałam się i liczyłam, że Helen się domyśli, jaki jest plan. I rzeczywiście tak się stało. Później, kiedy już zrozumiałam, że nie trafimy do tego samego zakładu poprawczego, było już za późno. Nikt nam nie wierzył. Wyjaśnili sprawę, klepnęli i zamknęli. Jakby wręczali prezent obwiązany czerwoną wstążką. Nikt nie był zainteresowany kwestionowaniem czegokolwiek ani kontynuowaniem dochodzenia. – Przerwała, przełknęła ślinę. – Rozdzielili nas. Ja byłam kolejno w kilku rodzinach zastępczych, a Helen po krótkim pobycie w zakładzie poprawczym wyprowadziła się z rodzicami do Marstrand. Odliczałam sekundy dzielące nas od ukończenia osiemnastu lat...

– I co się stało? – spytał Martin. Nie odrywał od niej wzroku. Historia, którą im opowiadała, była niesamowita, ale w gruncie rzeczy całkiem prosta. Uzupełniała luki i wyjaśniała to, co przeczuwali, chociaż nie umieli tego nazwać.

– Skontaktowałam się z nią, ale ona mnie odrzuciła. Powiedziała, że wychodzi za Jamesa i nie chce mieć ze mną nic wspólnego. Że wszystko było pomyłką... W pierwszej chwili jej nie uwierzyłam, a kiedy zrozumiałam, że mówi serio, załamałam się. Ja ją nadal kochałam, równie mocno jak dawniej. Okazało się, że nie jest to głupie młodzieńcze zadurzenie, z którego się wyrasta. Czas i okoliczności sprawiły raczej, że kochałam ją jeszcze mocniej. Ale ona nie chciała mnie znać. Nie mogłam tego zrozumieć. Najtrudniej było mi się pogodzić z tym, że miała wyjść akurat za Jamesa. Coś się nie zgadzało. Ale nie miałam wyboru i dałam jej spokój. Aż do dziś. To nie może być zbieg okoliczności, że dostałam tę rolę i musiałam tu wrócić. Chodziło o to, żebym mogła dostać odpowiedź na pytanie: dlaczego? Nie potrafiłam o niej zapomnieć. Była moją wielką miłością. I myślałam, że ja byłam jej miłością.

– Więc to dlatego pojechała pani do niej tamtego ranka? – spytał Patrik.

Przytaknęła.

– Tak. Postanowiłam, że zmuszę ją, żeby mi odpowiedziała. Jak już mówiłam, na początku nie chciała mnie wpuścić.

– A potem?

– Wyszłyśmy na werandę na tyłach domu i rozmawiałyśmy. Z początku odnosiła się do mnie jak do kogoś obcego. Zimno, wyniośle. Ale widziałam, że dawna Helen wciąż tam jest, choćby ją ukrywała. Pocałowałam ją.

– I co ona na to?

Marie dotknęła palcami warg.

– W pierwszej chwili nie zareagowała. A potem też mnie pocałowała. Jakby nie było tych trzydziestu lat. Była moją Helen, wręcz wczepiła się we mnie. I już wiedziałam, że miałam rację, że ona też nie przestała mnie kochać. Powiedziałam to, nie zaprzeczyła, ale nie potrafiła wyjaśnić, dlaczego mnie rzuciła. Nie potrafiła albo nie mogła. Spytałam ją o Jamesa, powiedziałam, że nie wierzę, że mając osiemnaście lat, chciała za niego wyjść, że na pewno go nie kochała. Że coś się tu nie zgadza. Ale ona uparcie twierdziła, że była w nim zakochana, że go wybrała, a ja muszę się z tym pogodzić. Wiedziałam, że kłamie, w końcu się rozzłościłam i wyszłam. Zostawiłam ją na werandzie. Odjeżdżając, spojrzałam na zegarek, bo już byłam spóźniona na plan. Było dwadzieścia po ósmej. Więc jeśli ta mała zginęła około ósmej, to Helen nie mogła jej zabić, bo była wtedy ze mną.

– To dlaczego mówi, że ją zabiła? Jak pani myśli? – spytał Patrik.

Długo się namyślała, zaciągała się dymem.

– Wydaje mi się, że Helen ma wiele tajemnic – odparła w końcu. – I jedyną osobą, która ma do nich klucz, jest ona sama. – Wstała. – Muszę wracać na plan. Praca to jedyna ważna rzecz, która mi została.

– Ma pani córkę – nie wytrzymał Martin.

Spojrzała na niego. Niepewność i wrażliwość zniknęły.

– Wypadek przy pracy – odparła krótko i zostawiła ich w pokoju pełnym dymu i ciężkiego zapachu perfum.

– STÓJ SPOKOJNIE! – syknęła Paula.

Wszelkie próby zawiązania krawata Mellbergowi okazywały się daremne. Rita poddała się dobrą chwilę wcześniej. Mruczała i klęła pod nosem, a czasu było coraz mniej. Musieli zdążyć na ślub Kristiny i Gunnara.

– Co za idiotyczny strój! Kto wymyślił, żeby człowiek zakładał sobie na szyję taką pętlę! – Mellberg pociągnął i rozwiązał krawat, który dopiero co zawiązała mu Paula.

– Cholera jasna! – zaklęła i natychmiast pożałowała, bo Leo się rozpromienił i krzyknął:

– Cholela, cholela!

Mellberg zarechotał i odwrócił się do niego. Leo siedział na łóżku i obserwował go.

– Bardzo dobrze. Człowiek powinien utworzyć własny katalog przekleństw, żeby z niego korzystać przez całe życie! Umiesz powiedzieć kurde? I do diabła?

– Kulde! Diabła! – krzyknął Leo.

Paula się rozzłościła.

– Jesteś jak dziecko. Jak można uczyć przekleństw trzylatka! – A potem, zwracając się do synka, powiedziała ostro: – Nie wolno ci mówić takich rzeczy! Słyszysz?

Leo wyglądał na zawiedzionego, ale kiwnął głową.

Mellberg odwrócił się do niego, mrugnął i szepnął:

– Niech to diabli!

– Diabli! – powtórzył Leo, chichocząc.

Paula jęknęła. To nie do wytrzymania. Miała na myśli nie tylko krawat.

– Co zrobimy, jeśli Karim nie dostanie tego mieszkania? – spytała, podejmując ostatnią próbę. – Widać, że mu ciężko, że muszą mieszkać u nas. Na dłuższą metę dla nas też to będzie nie do wytrzymania. Muszą mieć własne mieszkanie. To obok nas byłoby idealne, ale nigdy mi się nie udaje zastać administratora, żeby się dowiedzieć, jakie ma umowy z gminą i jak wysoki jest czynsz. Z kolei gmina jakoś nie potrafi im załatwić innego mieszkania.

– E, jakoś się to załatwi – powiedział Mellberg.

– Się? Łatwo ci mówić. Palcem nie ruszyłeś, żeby pomóc Karimowi, chociaż to częściowo twoja wina, że tak się stało!

Zagryzła wargę. Niepotrzebnie to powiedziała. Była taka zła, że nikt nie chce pomóc Karimowi i jego rodzinie, że miała ochotę kopać po kostkach. Mocno.

– Masz temperament jak twoja matka – zauważył beztrosko Mellberg. Nie przejął się jej wybuchem. – Czasem to dobrze, ale obie powinnyście poćwiczyć cierpliwość i panowanie nad sobą. Spójrz na mnie. Zawsze jakoś się układa. Jak mówią w *Królu Lwie*: *Hakuna matata*.

– *Hakuna matata!* – krzyknął radośnie Leo i podskoczył na łóżku.

Król Lew był jego ulubionym filmem. Oglądał go, średnio licząc, pięć razy dziennie.

Paula puściła krawat. Zdawała sobie sprawę, że nie powinna dać się sprowokować, ale jego nonszalancja doprowadzała ją do szału.

– Bertilu, zdążyłam się już przyzwyczaić do tego, że jesteś egoistycznym męskim szowinistą! Ale to, że masz gdzieś Karima i dwoje dzieci, które właśnie straciły matkę, to… – Rozzłościła się tak, że nie znajdowała słów. – Cholera jasna!

Wypadła z sypialni. Leo krzyknął radośnie: cholela jasna! Później sobie z nim porozmawia. Teraz musi dorwać tego cholernego administratora, choćby miała walić w jego drzwi do jutra. Zebrała fałdy szerokiej sukienki i zaklęła, kiedy schodząc, poślizgnęła się na wysokich obcasach. Elegancki ubiór to nie był jej styl, czuła się głupio w tej sukience. A jakie to niepraktyczne, pomyślała, kiedy znów o mało się nie poślizgnęła przed drzwiami administratora. Walnęła w nie pięścią i już miała to zrobić jeszcze raz, jeszcze mocniej, kiedy nagle się otworzyły.

– Co się dzieje? – spytał administrator. – Pali się?

– Nie, nie – odparła. Udała, że nie widzi, że jest zdumiony jej strojem.

Przybrała wyniosłą pozę, ale czuła, że nie bardzo jej to idzie w tej kwiecistej sukni i na szpilkach.

– Chodzi o mieszkanie. Dla tych uchodźców, którzy u nas mieszkają. Wiem, że różnica między wysokością czynszu a dotacją z gminy wynosi kilka tysięcy koron, ale może da się to jakoś rozwiązać? Mieszkanie stoi puste, a oni naprawdę go potrzebują, w dodatku jest obok naszego, nie czuliby się samotni. Ręczę za nich, jestem gotowa wszystko podpisać! W końcu ktoś musi wykazać odrobinę empatii wobec rodziny, która potrzebuje pomocy! – Wzięła się pod boki i spojrzała na niego ze złością.

Wyglądał na zdziwionego.

– Przecież to już załatwione – odparł. – Bertil był tu wczoraj i powiedział, że będzie pokrywał tę różnicę, jak długo będzie trzeba. Mogą się wprowadzać już w poniedziałek.

Paula zaniemówiła z wrażenia.

Administrator pokręcił głową.

– Nic pani nie powiedział? Zabronił mi mówić Karimowi, bo chciał, żeby to pani mu powiedziała.

– A to dziadyga – mruknęła.

– Słucham?

– Nic, nic – odparła i machnęła ręką.

Powoli wróciła na górę, do mieszkania Mellberga i matki. Zdawała sobie sprawę, że Mellberg pęka teraz ze śmiechu. Niech mu będzie. Nigdy go nie rozgryzie. Potrafi być najbardziej denerwującym, tępym i ograniczonym, upartym typem na świecie. I jednocześnie dziadzią, którego Leo uwielbia. Już to wystarczyło, żeby mu wybaczyć większość jego grzechów. A teraz... nigdy mu nie zapomni, że załatwił mieszkanie dla Karima i dzieci.

– Chodź tu, zawiążę ci ten cholerny krawat! – zawołała, jak tylko weszła do mieszkania.

Z sypialni dobiegł głos Leo. Krzyknął radośnie:

– Cholelny!

– Grubo w tym wyglądam? – spytała Erika niespokojnie i spojrzała na Patrika.

– Wyglądasz świetnie – odparł, stanął za nią i objął ją. – Mmm... i ładnie pachniesz.

Wtulił nos w jej kark.

– Uważaj na moją fryzurę – zaśmiała się. – Miriam potrzebowała półtorej godziny, żeby mnie uczesać, więc żeby ci nic nie przyszło do głowy...

– Nie rozumiem, o co ci chodzi – zaprotestował i chapnął ją w szyję.

– Przestań!

Odwróciła się do lustra.

– Niezła sukienka, prawda? Bałam się, że będę musiała włożyć coś łososiowego z wielką kokardą na tyłku, ale twoja mama mnie zaskoczyła. Jej suknia też jest absolutnie cudowna.

– Mnie ten cały ślub wciąż wydaje się cudaczny – mruknął Patrik.

– Śmieszny jesteś – westchnęła. – Rodzice też mają prawo do własnego życia. W każdym razie ja mam zamiar chodzić z tobą do łóżka, nawet jak będziesz miał siedemdziesiąt lat... – Uśmiechnęła się do niego. – Ciekawe, jak wygląda Anna. Uszycie sukni dla takiej druhny było nie lada wyzwaniem.

– Rzeczywiście, robi się naprawdę gruba – zauważył Patrik, siadając na łóżku, żeby zawiązać buty.

Erika wpięła do uszu kolczyki ze skrzącymi się białymi kamieniami i odwróciła się do niego.

– Co sądzisz o tym wszystkim? To, co mówią, składa ci się w logiczną całość?

– Sam nie wiem. – Patrik potarł oczy. – Całą noc chodziło mi to po głowie. Nie wiem, co o tym myśleć. Helen mówi, że to nieprawda, że łączyła ją z Marie miłość. Twierdzi, że to czysty wymysł i że Marie nie było u niej tamtego ranka. Ale zapiski Dagmar potwierdzają, że koło domu przejechało białe renault. Więc Marie mówi prawdę. Ale to tylko jej słowo, tylko ona mówi, że była tam około ósmej. Z drugiej strony nie ma pewności, że zegarek Nei rzeczywiście wskazuje godzinę jej śmierci. Mógł się zepsuć, wcale nie musiał stanąć, kiedy spadła ze stryszku. Poczuję się znacznie lepiej, kiedy już dostaniemy do ręki wyniki badań, czyli twarde dowody. Tak czy inaczej mamy podstawy, żeby zatrzymać Helen. Jej zeznania w wielu punktach zgadzają się z tym, co już ustaliliśmy, i właściwie nie ma powodu mieć wątpliwości. Ślady w stodole, czekolada, którą dała Nei, ubranka, które spaliła, odciski palców...

Erika widziała, że coś go gryzie.

– Ale? – spytała.

– Kilka rzeczy się nie zgadza. Helen mówi na przykład, że rzuciła w Stellę kamieniem i trafiła ją w głowę. Zobaczyła, że nie żyje, i pobiegła do domu. Ale z akt sprawy wynika, że Stella została uderzona w głowę kilka razy. W dodatku znaleźli ją w wodzie. Jak tam trafiła?

– Minęło trzydzieści lat, pamięć bywa zawodna – odpowiedziała Erika i ostatni raz rzuciła okiem w lustro. Wykręciła pirueta. – No już. Może być?

– Jesteś przepiękna – powiedział. I naprawdę tak myślał. Włożył marynarkę, a potem wykręcił imitację jej piruetu.

– A ja?

– Super, kochanie – pochwaliła go i pocałowała w usta.

W tym momencie coś ją zastanowiło. Co on powiedział? Objął ją i wyleciało jej to z głowy. Ładnie pachniał. Pocałowała go delikatnie.

– Jak tam nasze dzikusy? – spytał. – Nadal całe, czyste i ubrane czy musimy zacząć wszystko od początku?

– Trzymaj kciuki – odpowiedziała i zeszła na dół pierwsza.

Czasem zdarzają się cuda, pomyślała, kiedy weszli do salonu. Noel i Anton siedzieli wyprostowani na kanapie. W kamizelkach i białych koszulach z muszkami wyglądali zachwycająco. Prawdopodobnie zawdzięczali to Mai, która pilnowała ich jak pies pasterski. Bardzo stanowcza strażniczka wyglądała jak księżniczka. Pozwolili jej, żeby sama wybrała sobie sukienkę i – co nie było zaskoczeniem – wybrała różową z szeroką tiulową spódniczką. Kropką nad i był różowy kwiatek wetknięty w loki. Erice udało się je nakręcić, nie przypalając Mai włosów. Niezły wyczyn.

– No to już! – Uśmiechnęła się do swojej eleganckiej rodziny. – Jedziemy na ślub babci!

Na miejscu okazało się, że wielu gości zdążyło już przyjechać. Kristina i Gunnar postanowili wziąć ślub w Fjällbace, chociaż mieszkali w Tanumshede. Dla Eriki było to zupełnie zrozumiałe. Kościół w Fjällbace, wznoszący się jak granitowa kolumna nad miasteczkiem i nad morzem, był przepiękny.

Chłopcy wpadli do środka pierwsi. Erika z przyjemnością powierzyła ich Patrikowi. Sama wzięła za rękę Maję i poszła szukać Kristiny. Rozglądała się za Anną, która też miała iść w ślubnym orszaku, ale nigdzie nie mogła dojrzeć ani jej, ani Dana. Spóźnia się. Cała Anna.

– Gdzie Emma? – spytała Maja.

Emma, córka Anny, była jej ulubienicą, a to, że tego dnia miały nosić identyczne sukienki, było dla niej niesamowitym wydarzeniem.

– Zaraz będą – uspokoiła ją, tłumiąc westchnienie.

Ksiądz i orszak weselny już czekali, aż goście usiądą w ławkach.

– *Wow*! – wykrzyknęła na widok teściowej. – Ale pięknie wyglądasz!

– Ty też! – Kristina ją uściskała. Zerknęła na zegarek i lekko się skrzywiła. Wyglądała na zmartwioną. – A gdzie Anna?

– Spóźnia się, jak zawsze – odparła Erika. – Na pewno zaraz będzie.

Sięgnęła po komórkę. Może napisała do niej SMS-a. I rzeczywiście, na wyświetlaczu zobaczyła imię: Anna.

Przeczytała wiadomość i powiedziała ze sztucznym uśmiechem:

– Nie uwierzysz. Pojechali do Munkedal po Bettinę i w drodze powrotnej zagotowała im się woda w chłodnicy. Stoją na poboczu i czekają na pomoc drogową. Anna od pół godziny próbuje złapać taksówkę.

– I dopiero teraz nas zawiadamia! – powiedziała ostrym tonem Kristina.

Erika pomyślała to samo, ale nakazała sobie spokój. Dla jej teściowej to wielki dzień, nic nie powinno go zepsuć.

– Na pewno przyjadą. A jeśli nie, będziemy musieli zacząć bez nich.

– Tak zrobimy – odparła Kristina. – Ludzie czekają, zresztą nie powinniśmy się spóźnić na kolację do Stora Hotellet. Naprawdę nie rozumiem, jak to się dzieje, że zawsze musi jej się coś przytrafić…

Westchnęła, ale widać było, że już się nie złości. Jeśli nie ma wyjścia, to trzeba polubić to, co jest. Nikt się specjalnie nie dziwił. Annie zawsze udawało się wpaść w jakieś kłopoty.

Zaczęły bić dzwony. Erika wręczyła Kristinie ślubny bukiet.

– Już pora – powiedział Gunnar i pocałował przyszłą żonę w policzek.

W ciemnym garniturze wyglądał bardzo elegancko, promieniał, kiedy patrzył na pannę młodą. Bardzo dobrze, wręcz wspaniale i na miejscu, pomyślała Erika. Poczuła, że ma łzę w kąciku oka, i powiedziała sobie, że musi się wziąć w garść. Na ślubach zachowuje się jak sentymentalna idiotka, ale byłoby dobrze, gdyby makijaż uchował się przynajmniej do chwili, kiedy młoda para dojdzie do ołtarza.

– Idźcie już – zwrócił się do nich przewodniczący rady parafialnej i machnął ręką.

Erika zerknęła na wrota kościoła. Anny nie było. Ale dłużej nie mogli czekać.

Zagrzmiał marsz na wejście. Kristina i Gunnar szli środkiem nawy, trzymając się za ręce, za nimi druhny, Erika i Maja. Erika trzymała Maję za rękę i uśmiechała się, patrząc, jak Maja przeżywa to, co ma do zrobienia. Kroczyła dostojnie i niczym królowa kiwała ręką gościom.

Kiedy doszły do ołtarza, stanęły po lewej stronie. Kristina i Gunnar podeszli do pastora. Patrik, który siedział w pierwszej ławce razem z Noelem i Antonem, bezgłośnie poruszając wargami, spytał: Gdzie Anna? Erika dyskretnie pokręciła głową i przewróciła oczami. Jak można tak nawalić? Emma tak się cieszyła, że będzie druhną.

Wszystko przebiegało zgodnie z ceremoniałem, państwo młodzi powiedzieli tak. Erika starła łzę, ale panowała nad emocjami. Uśmiechnęła się do Kristiny. Czekali już tylko, aż rozlegnie się marsz do wyjścia.

Tymczasem znów rozległ się marsz na wejście. Organista się upił czy co? I wtedy ich zobaczyła. I wszystko zrozumiała. Cały niepokój się ulotnił, z oczu popłynęły jej łzy. Spojrzała na Kristinę, a ona się uśmiechnęła i mrugnęła okiem. Ona i Gunnar stanęli z boku, naprzeciwko Eriki i Mai.

Przez ławki przeszedł szmer, uśmiechy zdumienia towarzyszyły młodej parze aż do ołtarza. Mijając siostrę, Anna odwróciła się do niej. Erika rozpłakała się tak, że ledwie mogła oddychać. Ktoś na szczęście wetknął jej w dłoń chusteczkę. Podniosła wzrok i zobaczyła, że to Patrik.

Anna wyglądała przepięknie. Wybrała białą suknię z haftem. Opinała się na brzuchu i podkreślała go, zamiast ukrywać. Rozpuściła jasne włosy, a welon upięła niewymyślną opaską. Welon po ich matce. Erika również miała go na głowie, kiedy wychodziła za Patrika. Dan w granatowym garniturze, białej koszuli i ciemnoniebieskim krawacie też wyglądał bardzo elegancko. Ze swoimi szerokimi barami i blond włosami wyglądał jak wiking, ale w garniturze było mu zaskakująco dobrze.

Po złożeniu przysięgi, kiedy już ogłoszono ich mężem i żoną, Anna spojrzała na Erikę. Erika po raz pierwszy zobaczyła w jej oczach coś, czego dotąd w nich nie widziała. Zrozumiała też, co Anna próbuje jej powiedzieć bez słów. Że już nie musi się o nią martwić, że Anna w końcu osiągnęła spokój duszy.

Na pomoście, na którym Marie rozłożyła się na leżaku, było jeszcze ciepło. Popołudniowe słońce jak zawsze było przepiękne. Jessie wyszła przed godziną, więc dom był pusty. Znów poszła do Sama, a następnego dnia miała iść na jakąś imprezę. To ciekawe, że zaczęła chodzić na imprezy. W końcu jej się układa.

Marie wypiła więcej niż zwykle, ale nie miało to znaczenia. Zdjęcia na planie miała dopiero następnego dnia po południu. Chciwie wysączyła z kieliszka ostatnie krople i sięgnęła do stolika po butelkę. Pusta. Próbowała wstać, ale opadła z powrotem na leżak.

W końcu jej się udało i z pustą butelką w ręku, zataczając się, poszła do kuchni. Otworzyła lodówkę i wyjęła butelkę szampana. Trzecią tego wieczoru. Musiała zagłuszyć ból.

Nie umiałaby powiedzieć, czego się spodziewała. Że Helen potwierdzi jej słowa i już nie będzie niczego ukrywać? Ale Helen znów ją odrzuciła. Odprawiła i upokorzyła.

To zdumiewające, ale dziś, trzydzieści lat później, boli wciąż tak samo. Przez lata robiła wszystko, żeby zapomnieć, osiągnęła sukces, o jakim Helen mogła tylko marzyć. Żyła pełną piersią, bez hamulców, ograniczeń, bez końskich okularów. Helen tymczasem przycupnęła w szarej codzienności ze swoim nieciekawym mężem i dziwacznym synem. Została w Fjällbace, gdzie ludzie biorą człowieka na języki, jeśli wypije kieliszek wina w dzień powszedni albo ufarbuje włosy na kolor ciekawszy niż popielaty blond.

Jak ona mogła ją odrzucić?

Padła na leżak. Chlapnęła sobie na rękę szampanem i zlizała go. Nalała sobie jeszcze jeden kieliszek i dodała soku brzoskwiniowego. Jej ciało zrobiło się przyjemnie ociężałe. Przypomniało jej się, co odpowiedziała uroczemu rudemu policjantowi. Że Jessie była wypadkiem przy pracy. W pewnym sensie tak było. Nigdy nie chciała mieć dzieci i pilnowała się, żeby nie ściągnąć sobie na głowę takiego kłopotu. A jednak zaszła w ciążę. W dodatku z małym, grubym producentem. Oczywiście żonatym. Jak oni wszyscy.

Nienawidziła być w ciąży i zupełnie serio bała się, że umrze przy porodzie. Dziewczynka była upaćkana, czerwona, wrzaskliwa i ciągle głodna. Zajęły się nią nianie. Był ich długi szereg. A potem trafiała do szkół z internatem. Prawie wcale nie musiała się nią zajmować.

Zastanawiała się, co będzie z Jessie. Aż do chwili, kiedy ukończy osiemnaście lat, zgodnie z umową miała dostawać alimenty od grubego producenta. Potem córka nie będzie jej do niczego potrzebna. Próbowała wyobrazić sobie, jak to będzie bez Jessie. Pociągała ją myśl o samotności i wolności. Ludzie tak czy inaczej są rozczarowujący. Podobnie jak miłość.

Media w końcu wywęszą ich historię, jej i Helen. To tylko kwestia czasu. Nie potrafiła zrozumieć, jak to się dzieje, że w takich miejscach wieści rozchodzą się tak szybko, jakby ludzie mieli wspólną świadomość. Wiadomości, informacje, plotki, fakty, kłamstwa – rozchodziły się z szybkością błyskawicy.

Może nie byłoby to takie złe. Teraz to nawet na czasie. Wśród artystów zapanowała niemal moda na seks z osobami tej samej płci. Jej marka zyskałaby nowy walor, znak, że jest *en vogue*. Producenci filmu byliby zachwyceni. Dla nich kontrowersyjna gwiazda to jak główna wygrana w totka. Najpierw tabloidy pisały o zabójstwach. To zawsze przyciąga. Potem historia miłosna. I konflikt. Brutalne rozdzielenie dwóch dziewczyn przez nierozumiejących dorosłych. Banalne, ale dramatyczne i nośne.

Podniosła do oczu niedopity kieliszek. Bąbelki tańczyły i uwodziły. Przez te wszystkie lata były u jej boku. Jak towarzyszki życia.

Sięgnęła po butelkę. Zamierzała pić, dopóki nie utopi w alkoholu i w ciemności wszystkich myśli o Helen i o Jessie. O tym, co miała. I o tym, czego nigdy nie miała.

– Halo?

Mellberg odszedł na bok i zatkał ręką uszy. Ależ ci ludzie jazgoczą! – Słucham? – powiedział do telefonu. Przeszedł w głąb hallu. W końcu miał dobry zasięg. Usłyszał głos znajomego z „Expressen". – Dostaliście cynk? Tak, do nas też ciągle dzwonią. Wszyscy rozpoznają głos. Od listonosza po mojego sąsiada... Co? Ktoś podwiózł? Kiedy? Mów głośniej.

Słuchał uważnie, a potem się rozłączył i wrócił do restauracji. Patrik właśnie rozmawiał z panią, której termin przydatności do spożycia już minął. W dodatku chyba nadużyła weselnego wina.

– Hedström, możesz pozwolić na chwilę?

Patrik spojrzał na niego z wdzięcznością i wstał.

– Co to za dinozaur? – syknął Mellberg.

– Jakaś szwagierka babki czy ktoś taki. Jest tu sporo ludzi, z którymi jestem spokrewniony, chociaż o tym nie wiedziałem.

– I to jest na weselach najgorsze. Dlatego nie przyszłoby mi do głowy brać ślub. Rita może sobie prosić i błagać, ale nic z tego. Należę do tych, którzy za bardzo potrzebują wolności, żeby dać się zakuć w kajdany.

– Miałeś mi powiedzieć coś ważnego – przerwał mu Patrik.

Podeszli do baru.

– Telefonowali z „Expressen". Zadzwonił do nich jakiś gość i powiedział coś bardzo interesującego. Wieczorem dzień przed anonimowym telefonem o Karimie podwoził troje młodych ludzi z Fjällbacki. Dwóch chłopaków i dziewczynę. Wysadził ich przed ośrodkiem. Słyszał, jak chichotali. Rozmawiali o czymś, co zamierzali zrobić. Wtedy nie potraktował tego poważnie. Ale jak przeczytał w gazetach, co się stało, zmienił zdanie.

– Rzeczywiście ciekawe – powiedział Patrik.

– Czekaj. To nie wszystko. Rozpoznał jednego z tych chłopaków. To syn Billa.

– Billa? Żeglarza?

– Syn faceta, który dzwonił, chodził do szkółki żeglarskiej Billa. I to on rozpoznał jego syna.

– Wierzysz w to? Co o nim wiemy? – spytał Patrik i pokazując barmanowi dwa uniesione palce, zamówił piwo.

– Innymi słowy dziś nic z tym nie robimy? – upewnił się Mellberg, podnosząc szklankę.

– Nie, dziś nie. Ale w poniedziałek chętnie bym pogadał z całą trójką. Pojedziesz ze mną?

Mellberg rozejrzał się i ze zdumieniem wycelował w siebie palcem.

– Ja?

– Tak, ty – odparł Patrik, popijając piwo.

– Nigdy mnie o to nie prosisz. Zwykle zabierasz Martina. Albo Göstę. Albo Paulę…

– Ale teraz proszę ciebie. Ty to wyczaiłeś. Sam pewnie nie przeprowadziłbym tego w ten sposób, ale zadziałało. Więc chciałbym, żebyś pojechał ze mną.

– Kurde, pewnie, że pojadę – odparł Mellberg. – Może ci się przydać ktoś z większym doświadczeniem.

– Oczywiście. – Patrik się zaśmiał. A potem spoważniał i dodał: – Paula mówiła mi o mieszkaniu dla Karima. Chciałem ci tylko powiedzieć, że to cholernie przyzwoicie z twojej strony. – Podniósł do góry szklankę.

– E tam. – Mellberg też podniósł swoją. – Rita nalegała. Jak to mówią: *Happy wife, happy life.*

– *Hear, hear**.

Patrik znów podniósł do góry szklankę. Zamierzał się odprężyć i zabawić.

Dawno nie miał okazji.

*

---

* *Happy wife, happy life* (ang.) – Jak żonka szczęśliwa, to i życie szczęśliwe. / *Hear, hear* – Słuchajcie, słuchajcie.

Bohuslän 1672

Mistrz Anders postawił przed sobą butelkę ze spirytusem. Wyjął korek i Elin zaczęła się modlić, choć podejrzewała, że Bóg ją opuścił.

Poczuła na plecach chłodny płyn i wzdrygnęła się. Już wiedziała, co będzie dalej. Przestała walczyć i się kręcić, bo łańcuch, na którym wisiała, przecinał jej skórę na przegubach. Usłyszała odgłos krzesania i poczuła zapach ognia. Nabrała w płuca powietrza, a potem wydała potworny krzyk. Mistrz Anders podpalił jej plecy.

Potem, kiedy spirytus się wypalił, skomlała tylko. Omdlenie stępiło jej zmysły. Zwisała z sufitu jak kawał mięsa. Coraz bardziej opuszczało ją poczucie człowieczeństwa.

Mogła myśleć tylko o bólu i oddychaniu.

Otworzyły się drzwi. Domyśliła się, że Lars Hierne wrócił, żeby się dowiedzieć, czy jest już gotowa się przyznać. Wiedział, że nie wytrzyma już zbyt długo.

Tymczasem usłyszała inny głos. Znała go aż za dobrze.

– O mój Boże! – powiedział Preben.

W jej sercu obudziła się nadzieja.

Chyba zmięknie, skoro zobaczył ją w tym stanie? Nagą, zbrukaną i wystawioną na najgorsze okropności.

– Preben... – wydusiła i chciała na niego spojrzeć, ale łańcuch odwrócił ją w przeciwną stronę. – Pomóż... mi.

Głos jej się załamał, ale wiedziała, że usłyszał. Oddychał krótko, urywanie, ale nic nie mówił. Odezwał się dopiero po dłuższej chwili:

– Przychodzę jako proboszcz Elin, by nakazać jej, żeby przyznała się do zbrodni, za którą została skazana. Jeśli Elin przyzna się do czarownictwa, będzie mogła odkupić swoje zbrodnie. Przyrzekam osobiście zadbać o pogrzeb Elin. Tylko musi się Elin przyznać.

W jego słowach usłyszała strach i nagle jakby zupełnie rozum jej odjęło. Zaśmiała się ochryple i poddała się szaleństwu. Śmiała się i śmiała, aż drzwi się zamknęły. Postanowiła, że nie przyzna się do czegoś, czego nie zrobiła.

Po upływie kolejnej doby Elin Jonsdotter przyznała, że jest czarownicą na usługach diabła. Pokonała ją fachowość mistrza Andersa. Kiedy przywiązał jej ciężary do stóp, zrzucił ją plecami na deski nabite gwoździami, zaczął piłować pilnikiem między palcami, zmiażdżył jej kciuki imadłem i wbił drzazgi pod paznokcie u rąk i nóg, nie wytrzymała.

Wyrok został zatwierdzony zarówno przez sąd w Uddevalli, jak i sąd apelacyjny prowincji Gotalandia. Jako czarownica została skazana na śmierć przez ścięcie. Następnie jej ciało miało zostać spalone na stosie.

– MUSISZ PORZĄDNIE JEŚĆ – powiedział Sam.

Zajrzał do lodówki. Siedząca przy kuchennym stole Jessie wzruszyła ramionami.

– Zrobię kilka kanapek.

Wyjął masło, ser i szynkę. Pokroił chleb i posmarował masłem dwie kromki. Położył je na talerzyku i postawił przed nią. Na koniec podał jej jeszcze szklankę rozpuszczalnego kakao.

– Rozpuszczalne kakao jest dla dzieci – zaprotestowała.

– Jest pyszne.

Patrzył, jak siedzi lekko pochylona nad stołem i je kanapkę. Uważał, że jest piękna. Do bólu. Gotów był iść za nią na koniec świata i z powrotem, i miał nadzieję, że ona czuje to samo.

– Nie zmieniłaś zdania?

Pokręciła głową.

– Już nie możemy się wycofać.

– Trzeba jeszcze raz sprawdzić, czy wszystko zabraliśmy. Musi być idealnie. Elegancko. Pięknie.

Jessie kiwnęła głową i dokończyła drugą kromkę.

Sam usiadł obok niej i przyciągnął ją do siebie. Przesunął palcem po jej policzku, aż do warg. Nikt by się nie domyślił, że kiedyś miała na całym ciele obrzydliwe napisy, a jednak zostało to, co było ukryte pod powierzchnią. Był tylko jeden sposób, żeby to zmyć. Zamierzał jej pomóc. Przy okazji zmyje czerń, która go oblepiła.

– Jak wyglądamy z czasem?

Spojrzał na zegarek.

– Powinniśmy wyjechać za pół godziny. Ale prawie wszystko gotowe. Broń też.

– Jak się potem poczułeś? – spytała, naciągając na głowę kaptur. – Dobrze?

Znieruchomiał. Chwilę się zastanawiał. Stanął mu przed oczami zdumiony James.

– Poczułem się super. – Uśmiechnął się.

Muzyka dudniła tak, że Sanna poszła na górę. Ze złością stawiała na schodach kolejne kroki. Szarpnęła drzwi. Vendela i Nils siedzieli na łóżku. Odskoczyli od siebie.

– Co ty wyprawiasz! – krzyknęła Vendela. – Nie można mieć trochę prywatności?

– Ścisz muzykę. I od tej pory drzwi mają być otwarte!

– Zwariowałaś?

– Ścisz muzykę i zostaw drzwi otwarte, inaczej możesz zapomnieć o podwózce do Tanumshede.

Vendela już miała coś powiedzieć, ale zamknęła usta. Sanna odniosła wrażenie, że właściwie jej ulżyło.

– Basse też jedzie?

Vendela pokręciła głową.

– Już się z nim nie zadajemy – powiedział Nils.

– Aha, a dlaczego?

Nils spoważniał.

– Rozwijamy się. Dorastamy jako ludzie. Idziemy dalej. To się nazywa dorosłość, prawda, proszę pani?

Przekrzywił głowę. Zerknął na Vendelę i uśmiechnął się. Vendela odpowiedziała uśmiechem dopiero po chwili.

Sanna odwróciła się na pięcie. Nie podobał jej się ten Nils, a teraz wyglądało na to, że Vendela też już nie chce z nim być.

– Ścisz muzykę. Drzwi otwarte. Wyjazd do domu kultury za dziesięć minut.

– Umiesz prowadzić? – spytała Jessie, kiedy Sam nacisnął kluczyk i zamek szczęknął.

Otworzył bagażnik i włożył do niego pakunki.

– Mama mnie nauczyła. Jeździliśmy po podwórku.

– To trochę inaczej niż po szosie, co?

– A co proponujesz? Pojedziemy autobusem?

Jessie pokręciła głową. Oczywiście ma rację. Zresztą jakie to ma znaczenie?

– Wszystko zabraliśmy?

– Chyba tak – odparł.

– Zostawiłeś pendrive'a w komputerze?

– Tak, nie da się go nie zauważyć.

– Kanistry?

– Zabrane. – Zamknął bagażnik i uśmiechnął się do niej. – Nie martw się. Pomyśleliśmy o wszystkim.

– Okej – odparła, wsiadając do samochodu.

Sam usiadł za kierownicą i uruchomił silnik z taką pewnością siebie, że się rozluźniła. Poszukała w radiu stacji grającej wesołą muzykę. Leciał jakiś stary popowy kawałek Britney Spears, łatwy do zanucenia i pogodny. Zresztą to było bez znaczenia. Opuściła szybę i wystawiła głowę. Zamknęła oczy. Poczuła, jak wiatr rozwiewa jej włosy i pieści policzki. Była wolna. Nareszcie, po tylu latach. Wolna. Może być, kim zechce.

Wszystko znalazło się na swoim miejscu, zostało szczegółowo przemyślane i zaplanowane. Sam naszkicował to w notesie, przewidział wszystkie możliwości. Wiele godzin obmyślał przebieg tego wieczoru, a to, czego nie wiedział, wyszukał w internecie. Nie było to trudne. Nie potrzeba wielkiej inteligencji, żeby się dowiedzieć, jak spowodować jak najwięcej zniszczeń.

Zniszczenia miały wszystko oczyścić i przywrócić równowagę. Bo wszyscy w tym uczestniczyli. Każdy na swój sposób. Jedni przez całe lata milczeli, przyglądali się bez słowa. Albo się śmiali. Wytykali. Zagrzewali okrzykami i poklepywaniem po plecach. Nawet ci, którzy protestowali, ale nie głośno, pod nosem, tak, że nie było ich słychać, i tylko po to, żeby we własnych oczach pozostać porządnymi ludźmi.

Oni też zasłużyli na to, żeby ponieść konsekwencje.

Dojechali na miejsce wcześnie. Trwały przygotowania do wieczornej dyskoteki. Nikt ich nie widział. Niezauważenie rozładowali samochód i rozstawili potrzebne rzeczy. Ciężkie kanistry z benzyną ukryli w krzakach, zasłonili je gałęziami. Ukryje je zapadający zmierzch.

Sam sprawdził wszystkie wyjścia. Długo się zastanawiał, zanim wpadł na najprostsze rozwiązanie: duże kłódki. Oczywiście zawsze można wybić szyby w oknach, ale nie sądził, żeby ktokolwiek z nich okazał się na tyle sprytny albo odważny. To tchórze.

Czekali w samochodzie, osunęli się na siedzeniach. W milczeniu trzymali się za ręce. Kochał ciepło jej dłoni. Będzie mu tego brakowało. Chyba tylko tego. Za bardzo bolało. Życie bolało.

Zaczęli się schodzić ludzie. Obserwowali ich przez okno, żeby wiedzieć, kto idzie. Nie powinni zaczynać, dopóki nie przyjdą najważniejsi.

W końcu i oni się zjawili. Najpierw Vendela i Nils. Chwilę później Basse. Trójca najwyraźniej się rozpadła. Sam nachylił się i pocałował Jessie. Miała suche i napięte usta, ale zmiękły pod jego wargami.

Nie całowali się długo. Mogli zaczynać. Wszystko zostało już powiedziane, przygotowane.

Nikt nie patrzył w ich stronę, kiedy wysiadali z samochodu. Zrobili duży łuk, żeby wejść od tyłu. Ciągnęli za sobą kanistry i torbę. Nikt nie zauważył, jak przechodzili przez trawnik. W budynku było ciemno, bo okna zostały zasłonięte zaciemniającą tkaniną albo folią. Otworzyli tylne drzwi i wtedy muzyka zagrała na całego. Na parkiecie przed estradą pulsowały dyskotekowe światła.

Rozmieścili kanistry, zostawili torbę i wyszli. Owinęli klamki łańcuchem i spięli go kłódką. Przy sobie mieli tylko pieniądze na bilety, jeszcze jeden łańcuch i kłódkę. Obeszli budynek i stanęli w kolejce do wejścia. Nikt nie zwracał na nich uwagi. Wszyscy zachowywali się głośno, byli już lekko podpici.

Weszli na salę, nikt ich nie zaczepiał. W środku było już pełno ludzi. Tańcząca, wrzeszcząca, wielogłowa ludzka masa. Szeptem przypomniał jej, jaki jest plan. Skinęła głową. Szli wzdłuż ścian. Przy samym wyjściu migdaliła się jakaś para. Sam ich znał, chodzili do równoległej klasy i byli tak zajęci sobą, że ich nie zauważyli. Otworzyli torbę i szybko wsunęli broń pod ubrania. Starannie dobrane, obszerne, nieforemne ciuchy. Kanistry nie były im jeszcze potrzebne. Wiedzieli, że zanim rozpoczną zabawę, muszą przede wszystkim zamknąć drzwi.

Sam kątem oka zobaczył Vendelę i Nilsa, tańczyli w grupce na środku parkietu. Bez Bassego. Rozejrzał się i dostrzegł go w kącie po drugiej stronie sali. Opierał się o ścianę. Skrzyżował ręce na piersi i gapił się na Nilsa i Vendelę.

Przed wejściem ciągnęła się dziesięciometrowa kolejka chętnych. Przed samymi drzwiami stał kasjer. Sam podszedł do niego.

– Musimy sprawdzić, czy drzwi się zamykają zgodnie z przepisami. To potrwa dwie minuty, nie więcej.

– Okej – odparł chłopak, który przyjął od nich opłatę za bilety.

Sam zamknął drzwi, a potem szybko założył łańcuch i kłódkę. Rozluźnił mięśnie ramion i głęboko odetchnął. Pełne skupienie. Teraz już nikt nie wyjdzie. Ani nie wejdzie. Mieli pełną kontrolę nad salą. Odwrócił się do Jessie i skinął głową. Ktoś zaczął się dobijać do drzwi, ale nikt poza nimi tego nie słyszał, bo muzyka grała naprawdę głośno.

Rozdzielnia świateł znajdowała się w niewielkim przedpokoju na lewo od wejścia. Poszedł tam. Ostatni raz spojrzał na Jessie: trzymała ręce w pogotowiu, pod ubraniem. Włączył światło i wyłączył nagłośnienie. Już nie mieli odwrotu.

Kiedy światło zalało salę, a muzyka umilkła, wszyscy byli zaskoczeni. Zapadła cisza. Potem ktoś kogoś zawołał, jakaś dziewczyna krzyknęła. Po chwili odezwało się wiele wzburzonych głosów. Stojący w pełnym świetle młodzi ludzie wyglądali blado i żałośnie. Sam poczuł przypływ pewności siebie. Odezwały się nagromadzone przez lata emocje. Stanął tyłem do wejścia, twarzą do parkietu.

Jessie stanęła obok niego.

Powoli wyjął broń. Postanowili, że wezmą po dwa pistolety. Karabin byłby nieporęczny i trudno byłoby go ukryć.

Oddał strzał w powietrze i gwar natychmiast ucichł. Wszyscy patrzyli na nich. Wreszcie się odwróciło. Zawsze wiedział, że jest od nich lepszy. Wiodą nędzne życie, mają nędzne, banalne myśli. Wkrótce zostaną zapomniani. A jego i Jessie nikt nie zapomni.

Ruszył w stronę Nilsa i Vendeli. Gapili się na niego z głupimi minami. Upajał się przerażeniem, które widział w oczach Nilsa. Widać było, że wie.

Podniósł pistolet. Powoli, napawając się każdą sekundą, nacisnął spust. Trafił idealnie w środek czoła. Nils runął na podłogę. Leżał na wznak, z otwartymi oczami. Z idealnie okrągłej dziury w jego czole popłynął strumyczek krwi.

Chodzili i chodzili. Co wieczór spacerowali bez końca. Wydawało im się, że się uduszą w swoim pokoju w piwnicy, że kiedy będą spać, ściany zejdą się nad nimi. Telewizor na piętrze grał do drugiej, trzeciej w nocy, ich gospodyni chyba nigdy nie kładła się spać. Pomagały tylko te spacery. Chodzili wiele godzin, aż się zmęczyli i dotlenili tak, żeby wystarczyło na całą noc w piwnicy.

Podczas spacerów nie rozmawiali, bo wracaliby do tego, co było, a potem śniłyby im się zbombardowane domy i dzieci rozrywane wybuchami. Albo mówiliby o przyszłości, która nie niosła im żadnej nadziei.

Mijali domy, w których mieszkali ludzie z zupełnie innego świata.

To była Szwecja, którą chcieli poznać. Chodzili po miasteczku, zaglądali do mieszkań z dziwnie schludnymi balkonami. Bez suszącego się prania, bez lampionów, czasem tylko z listwą świetlną. Raz widzieli, że ktoś wystawił na balkon jukę. Było to tak niezwykłe, że Adnan zwrócił na to uwagę Khalilowi.

Z centrum miasteczka poszli w stronę szkoły. Była dla nich fascynująca. Taka nowa. Taka piękna.

– W czerwonym domu chyba jest zabawa – zauważył Adnan, wskazując na wiejski dom kultury.

Bill usiłował im wytłumaczyć, co to znaczy, ale nie znali odpowiednika po arabsku, więc dla wszystkich, którzy znaleźli tam tymczasowe lokum, stał się po prostu czerwonym domem.

– Pójdziemy zobaczyć? – spytał.

Khalil pokręcił głową.

– To impreza dla młodzieży. Na pewno pili wódkę, a wtedy na bank znajdzie się jakiś chętny do bitki z czarnuchami.

– Wcale nie musi tak być – zaprotestował Adnan i chwycił go za ramię. – Może poznamy jakieś dziewczyny.

Khalil westchnął.

– Już mówiłem, jeśli tam pójdziemy, będzie awantura.

– E, daj spokój.

Khalil się zawahał. Wiedział, że czasem przesadza z ostrożnością, ale czy można mu się dziwić?

Adnan ruszył, ale Khalil go przytrzymał.

– Słuchaj!

Adnan stanął i zaczął nasłuchiwać. Zrobił wielkie oczy.

– Strzały – powiedział.

Khalil kiwnął głową. Dobrze znali ten odgłos. Strzały w czerwonym domu. Spojrzeli po sobie i pośpieszyli w tamtą stronę.

– Jaki fantastyczny ślub – powiedziała Erika, przytulając się na kanapie do Patrika. – Byłam niesamowicie zaskoczona, kiedy Anna i Dan weszli do kościoła. Wiedziałam, że coś ukrywa, ale nigdy bym się nie domyśliła, że chodzi o podwójny ślub.

Przyjęcie weselne okazało się najprzyjemniejszym ze wszystkich, na których była – nawet lepsze niż jej własne. Wszyscy byli tak rozemocjonowani niespodzianką, którą zafundowali im Anna i Dan, że już w kościele nabrali ochoty na zabawę. Po wspaniałej kolacji z mnóstwem przemówień tańce na parkiecie trwały prawie całą noc.

Erika i Patrik siedzieli na werandzie, wspominali i podziwiali zachodzące słońce.

– Szkoda, że siebie nie widziałaś, kiedy Dan i Anna weszli do kościoła. Myślałem, że popłyniesz. Nie miałem pojęcia, że można się aż tak zalewać łzami. Ślicznie wyglądałaś. Makijaż ci się rozmazał, przypominałaś rozkosznego szopa pracza. Albo kota. Czarnego kotka ze ślicznym pyszczkiem...

– Bardzo śmieszne – powiedziała, ale musiała mu przyznać rację.

Kiedy dotarli do hotelu, najpierw poszła do łazienki, żeby się umalować. Rozmazał jej się cały tusz do rzęs i eyeliner. Wyglądała jak...

Zesztywniała. Patrik spojrzał na nią ze zdziwieniem.

– O co chodzi? Wyglądasz, jakbyś zobaczyła ducha.

Zerwała się. Przypomniało jej się jeszcze coś, co ją uwierało. Coś, co Patrik powiedział o Helen.

– Wczoraj, kiedy rozmawialiśmy o Helen, powiedziałeś, że dała Nei czekoladę. O co chodziło z tą czekoladą?

– O to, że Nea miała w żołądku czekoladę. To była ostatnia rzecz, którą zjadła. A dokładniej wafel i czekoladę, więc Pedersen powiedział, że to mógł być wafel czekoladowy. Kiedy spytałem o to Helen, powiedziała, że Nea widziała ją, jak jadła wafel, i też chciała taki dostać, więc jej dała. A na stryszku znaleźliśmy papierek po wafelku, więc wszystko się zgadzało...

– Helen nie mogła jeść czekolady. Ma alergię. Kto pierwszy wspomniał o czekoladzie? Ona czy ty?

Musiał się zastanowić.

– Nie pamiętam... Możliwe, że ja.

– A jak Nea mówiła na kota? Tego, z którym się bawiła w stodole?

– Czarny kot. – Patrik się zaśmiał. – Dzieci są zabawne.

– Patriku, już wiem. Wiem, kto to zrobił.

– Co zrobił?

Właśnie miała mu wyjaśnić, kiedy zadzwonił jego telefon. Erika zobaczyła jego minę i zdenerwowała się. Słuchał z zaciśniętymi zębami.

– Muszę jechać – powiedział, kiedy się rozłączył. – Dzwonił Martin. Strzelanina w domu kultury w Tanumshede.

– Co wiemy? – Martin odwrócił się do Pauli i Mellberga. Siedzieli na tylnym siedzeniu. Miał dyżur i kiedy zadzwonił Patrik, pojechał po nich. – Wiemy, kto strzela?

– Nie – odparła Paula, patrząc na niego we wstecznym lusterku. – Cały czas jestem w kontakcie z Anniką. Ludzie dzwonią do komisariatu. Mam nadzieję, że wkrótce się czegoś dowiemy.

– Może to znów coś, co ma związek z uchodźcami? – powiedział Mellberg.

– Nie wydaje mi się – odparł Martin. – Zorganizowali tam zabawę przed rozpoczęciem roku szkolnego. To gimnazjaliści.

– Czyli dzieciaki, cholera jasna. Daleko jeszcze? – spytał Mellberg.

– Bertilu, jeździsz tą drogą tak samo często jak ja – zniecierpliwił się Martin.

– Jak myślisz, zadzwonić do Uddevalli po posiłki? – spytała Paula.

Martin chwilę się namyślał, chociaż właściwie wiedział, co odpowiedzieć. Wiedział, że jest źle. Nawet bardzo.

– Zadzwoń – rzucił, nie konsultując się z Mellbergiem.

Wcisnął mocniej gaz.

– Jeszcze moment i jesteśmy na miejscu. Widzicie gdzieś Patrika i Göstę?

– Nie, ale wiem, że już jadą – odpowiedziała Paula.

Martin skręcił w stronę domu kultury i zobaczył biegnących stamtąd dwóch chłopaków. Zaparkował i zatrzymał ich.

– Co się dzieje?

– *Someone is shooting in there!* – powiedział jeden. Martin pamiętał go z ośrodka dla uchodźców. – To jest *crazy! People are panicking...*

Mówił szybko, mieszając języki. Martin podniósł rękę, chciał go powstrzymać.

– Wiadomo, kto strzela?

– Nie, nie widzieliśmy, *we just heard shots and people screaming**.

– Okej, dzięki, uciekajcie stąd – powiedział Martin, popychając ich lekko. Spojrzał na dom kultury. – Musimy się dowiedzieć, co się dzieje. Podejdę bliżej – dodał i ruszył z opuszczonym pistoletem.

– Idziemy z tobą – odparli Paula i Mellberg.

W ich stronę znów biegli jacyś młodzi ludzie. Pewnie nie udało im się wejść na zabawę, bo nie wybiegli z budynku.

– Podzielmy się – zdecydował Martin. – Podejdźcie możliwie najbliżej okien. Musimy się zorientować, co się dzieje w środku.

Starali się poruszać jak najciszej. Martin w napięciu zajrzał przez szparę w zasłonie i zmartwiał. Już wiedział, z czym mają do czynienia – co nie znaczy, że wiedział, co robić. Patrik i Gösta byli w drodze, ale na posiłki z Uddevalli musieli poczekać, a przeczucie mówiło mu, że nie mają za dużo czasu.

Znów rozległy się krzyki. Sam strzelił w powietrze.

– Zamknąć mordy!

Wszyscy umilkli, tu i ówdzie słychać było pojedyncze szlochy. Kiwnął głową do Jessie, dał jej znak. Poszła do tylnych drzwi, przydźwigała kanistry i postawiła obok niego.

– Ty. – Sam pokazał palcem na wysokiego chłopaka w białej koszuli i brązowych chinosach. – Weź ten kanister i zacznij tam rozlewać.

Wskazał ręką na lewy, dłuższy bok sali.

---

* *Someone is shooting in there* (ang.) – Tam w środku ktoś strzela. Ludzie wpadli w panikę. / *We just heard...* – Usłyszeliśmy strzały i krzyki.

– A ty... – kiwnął na krępego bruneta w różowej koszuli –
...ty lej z tamtej strony. I zmocz porządnie zasłony. – Machnął
w stronę wielkich płacht z materiału zawieszonych na oknach.
Obaj stali jak sparaliżowani. Podeszli, kiedy podniósł pistolet. Wzięli kanistry i stanęli pod ścianami. Wahali się.

– Ruszać się! – krzyknął. Potem zwrócił się do Jessie: – Pilnuj, żeby robili to porządnie, a w razie czego strzelaj.

Spojrzał na trzęsący się ze strachu, szlochający i żałosny
tłum. Niektórzy zaczęli szukać dróg ucieczki, oceniać szanse na
wyłamanie drzwi.

– Zamknięte, nie wydostaniecie się stąd – powiedział, szczerząc zęby. – Nie ma nawet co próbować.

– Ale dlaczego? Dlaczego to robicie? – zapytała z rozpaczą
Felicia z jego klasy. Jedna z tych mających powodzenie. Duże
cycki, masa blond włosów. Głupia jak but.

– A jak myślisz? – odparł.

Spojrzał na trzęsącą się Vendelę w króciutkiej spódniczce
i bardzo wyciętej koszulce. Stała obok ciała Nilsa.

– Masz jakiś pomysł, Vendelo? Dlaczego to robimy? – Rozejrzał się po sali, zatrzymał się na Bassem. – A ty jak myślisz?

Basse płakał cicho rzewnymi łzami.

– Co tak stoisz sam jak palec? – ciągnął Sam. – Podejdź do
Vendeli i Nilsa. Przecież tacy z was kumple. Nierozłączna paczka.

Basse powoli ruszył do patrzącej przed siebie Vendeli. Stanął
obok niej, nie spojrzał na zwłoki Nilsa.

Sam przekrzywił głowę.

– Jak myślicie, które z was powinno zginąć pierwsze? Możecie sami wybrać, to chyba fair, co? Czy wolicie, żebym ja zdecydował? Trudny wybór. Najpierw suka, która się z nikim nie liczy,
czy tchórzliwy facio, który zrobi wszystko, co mu każą?

Nie odpowiadali. Po policzkach Vendeli spływały czarne
strużki rozmazanego tuszu.

Kontrola. Teraz on miał nad nimi kontrolę.

Podniósł pistolet. Strzelił. Vendela padła martwa, bez słowa.
Rozległy się głośne krzyki.

– Cicho! – ryknął.

Nie potrafili się powstrzymać od płaczu. Chłopak z siódmej klasy zwymiotował na podłogę. Vendela leżała na prawo

od Nilsa. Sam nie wycelował tak dobrze jak wtedy, kiedy strzelał do Nilsa, i pocisk przeszedł przez jej prawe oko. Ale skutek był taki sam.

Była martwa.

Erika siedziała obok Patrika. Jechał szybko jak nigdy. Zmusiła go, żeby zabrał ją ze sobą, chociaż wiedział, że to wbrew zasadom i rozsądkowi.

– Tam są młodzi ludzie, którzy znaleźli się w śmiertelnym niebezpieczeństwie – powiedziała. – Potrzeba dorosłych, którzy będę potrafili ich wesprzeć i pocieszyć.

Oczywiście miała rację. Ścisnął jej rękę. Patrzyła przez okno na cudowny letni krajobraz. Jazda ciemnymi, pustymi drogami mogła się wydawać usypiająca, ale Patrik jeszcze nigdy nie był tak pobudzony.

Wreszcie dotarli do zjazdu do domu kultury. Patrik skręcił z piskiem opon i zatrzymał się obok samochodów Martina i Gösty. Erice kazał zostać w środku, a sam wysiadł, żeby się zorientować w sytuacji.

– To syn Helen! I córka Marie! – powiedział zdenerwowany Martin.

Mellberg i Paula potwierdzili.

– Sytuacja jest krytyczna. Co robimy? Sam i…

Martin szukał w pamięci. Patrik mu podpowiedział:

– Jessie, ona ma na imię Jessie.

– Właśnie. Są uzbrojeni, trzymają ich pod bronią jak zakładników. Widzieliśmy jedną osobę na podłodze, leży bez ruchu, ale stali tak, że zasłaniali, więc nie wiemy, w jakim jest stanie. Karetka już jedzie, ale chwilę potrwa, zanim tu dotrze.

– A posiłki z Uddevalli? – spytał Patrik.

– Potrzebują co najmniej pół godziny – powiedziała Paula. – Chyba nie możemy czekać tak długo.

Drgnęli, gdy ze środka dobiegł odgłos wystrzału.

– Co robimy? – spytał Gösta. – Nie możemy tu sterczeć i czekać na posiłki, podczas gdy oni zabijają kolejnego dzieciaka.

Patrik pomyślał, otworzył drzwi i poprosił Erikę, żeby wysiadła. Powiedział jej, co się stało.

– Masz numer Sama, prawda?

– Tak, dał mi, kiedy z nim rozmawiałam.

– Daj mi. To jedyna szansa nawiązania z nim kontaktu. Może dadzą się przekonać, że to szaleństwo.

Podała mu numer. Wybrał go trzęsącymi się palcami. Sam nie odbierał.

– Cholera jasna! Od Helen może by odebrał, ale nie ma czasu, żeby po nią jechać. Trzeba się z nim porozumieć, bo zabije więcej osób! – Był coraz bardziej zdenerwowany.

– Może ja spróbuję? – zaproponowała cicho Erika. – Może odbierze, jeśli mu się wyświetli mój numer. Wtedy fajnie nam się rozmawiało. Nawet się przede mną otworzył.

– Zawsze warto spróbować – odparł. – Włącz głośnomówiący – dodał.

Erika wybrała numer Sama.

– Po co pani dzwoni? – Głos Sama odbił się echem na parkingu.

Odetchnęła głęboko.

– Miałam nadzieję, że ze mną porozmawiasz – powiedziała. – Kiedy się spotkaliśmy, dałeś mi do zrozumienia, że nikt cię nie słucha. Ale ja słucham...

Milczenie. W tle słychać było łkania, jakieś mamrotanie, ktoś krzyczał.

– Sam?

– Czego pani chce? – spytał głosem starego, zmęczonego życiem człowieka.

Patrik pokazał jej, żeby mu oddała telefon. Zawahała się, ale zrobiła to.

– Sam? Mówi Patrik Hedström, z policji.

Milczenie.

– Chciałbym z tobą porozmawiać. Czy ktoś potrzebuje pomocy? Karetka już jedzie...

– Za późno.

– Co to znaczy?

– Już za późno.

Jego głos odpłynął. Usłyszeli, jak w tle Jessie syczy do kogoś, żeby był cicho.

Patrik spojrzał na Erikę. Kiwnęła głową, żeby go zachęcić. Może dotrze do Sama, a może jeszcze pogorszy sytuację, ale telefon był ich jedyną szansą. Nie mogli szturmować budynku, zanim przybędą posiłki, mogli jedynie próbować z nimi rozmawiać jak najdłużej.

– Sam, my już wiemy, co się stało – powiedział Patrik. – Twoja mama chciała wziąć winę na siebie. Mógłbyś wypuścić tych młodych ludzi, którzy nic nie zrobili? A potem o tym porozmawiamy.

– Nic nie zrobili? Co wy możecie wiedzieć o tym, co zrobili, a czego nie? – Głos Sama przeszedł w falset. – Nie macie o niczym pojęcia. Oni są wstrętni, zawsze tacy byli i nie zasługują na to, żeby żyć.

Załkał. Patrik dostrzegł w tym szansę. Jeszcze coś czuje. Najbardziej niebezpieczni są ludzie, którzy już wyłączyli emocje.

– A Nea? – spytał. – Co się z nią stało? Też nie zasługiwała na to, żeby żyć?

– Nie, to był wypadek – odparł Sam cicho. – Ja nie chciałem. Byłem… widziałem, jak mama całowała się z Marie. Myślały, że są same, ale ja je widziałem z kryjówki w stodole. Chciałem być sam, a Nea nie dawała mi spokoju. Marudziła, chciała się bawić, w końcu straciłem cierpliwość i ją odepchnąłem. Znalazła się prawie na krawędzi stryszku, wyciągnąłem rękę, żeby ją wciągnąć z powrotem, ale widocznie się mnie przestraszyła, pewnie popchnąłem ją mocniej, niż chciałem, bo zrobiła krok do tyłu… i spadła…

Zapadła cisza. Patrik spojrzał na Erikę.

– I mama pomogła ci zatrzeć ślady? – spytał, chociaż znał odpowiedź.

Milczenie. Tylko w tle jęki, płacz i wołanie o pomoc.

– Przepraszam – powiedział Sam cicho. – Przekażcie mamie, że bardzo mi przykro.

Rozłączył się.

Patrik gorączkowo wykręcił ponownie numer, ale Sam już nie odebrał. Znów zabrzmiał strzał. Podskoczyli. Patrik z ponurą miną spojrzał na zegarek.

– Nie możemy dłużej czekać. Trzeba podejść bliżej. Erika, zostajesz tu z Mellbergiem. Nie wolno ci pod żadnym pozorem wysiadać z samochodu. Okej?

Kiwnęła głową.

– Paula, Martin, Gösta, idziecie ze mną. Mellberg, poinformujesz kolegów z Uddevalli, kiedy już dotrą. Okej?

Spojrzał posępnie na dom kultury i upewnił się, że ma broń. Nie miał pojęcia, jak zapobiec katastrofie, ale musiał spróbować.

Sam drżał lekko, kiedy się rozłączał. Już wiedzą, co zrobił. Stanęła mu przed oczami tamta scena. Jak spadła, kiedy się okazało, że nie ma na czym oprzeć stopy. Chciał tylko, żeby sobie poszła i dała mu spokój. Spadając, wyglądała raczej na zdziwioną niż przerażoną. Rzucił się, żeby ją złapać, ale było za późno. Leżała na ziemi z głową w kałuży krwi. Kilka razy odetchnęła chrapliwie, jej ciało jakby się zapadło, a oczy zrobiły się puste.

Pewnie by go tu teraz nie było, gdyby to się nie stało. Zapiski w notesie były zabawą, fantazją, dzięki której mógł mieć wrażenie, że w każdej chwili może przejąć kontrolę nad sytuacją. Ale po tym, co oni zrobili Jessie i co on zrobił Linnei, nie miał już nic do stracenia.

– Przyjechała policja – powiedział do Jessie. – Pora kończyć.

Jessie kiwnęła głową.

Podeszła do Bassego i stanęła przed nim w rozkroku. Spokojnie podniosła pistolet i przystawiła mu do czoła. Oczy zaszły mu łzami. Bezgłośnie poruszył wargami, mówiąc: przepraszam. Tu i ówdzie rozlegały się łkania. Ręka Jessie odskoczyła od wystrzału. Głowa Bassego poleciała w tył. Padł na wznak.

Sam i Jessie spojrzeli na trzy ciała leżące na podłodze. Znów usłyszeli krzyki. Sam podniósł broń i momentalnie umilkły.

Jessie włożyła rękę do kieszeni i wyjęła dwie zapalniczki. Rzuciła chłopakom, którzy rozlali benzynę.

– Podpalajcie – rozkazał krótko Sam.

Nie poruszyli się, patrzyli tylko na zapalniczki.

Sam spokojnie wpakował pocisk w pierś wysokiego chłopaka w białej koszuli. Spojrzał ze zdziwieniem na swoją klatkę piersiową. Rosła na niej plama krwi. Osunął się na kolana i padł na brzuch. Z zapalniczką w prawej ręce.

– Ty, weź zapalniczkę. – Sam wskazał na niskiego chłopaka w okularach.

Chłopak się schylił, chociaż cały się trząsł.

– Zapalajcie – rozkazał Sam i podniósł pistolet.

Przytknęli zapalniczki do zasłon oblanych benzyną. Płomienie buchnęły, pomknęły do góry i na boki. Już nie było sensu uciszać krzyków. Wszyscy w panice rzucili się do drzwi. Sam i Jessie stanęli plecami do siebie, tak jak ćwiczyli. Podnieśli broń. Czuł ciepło jej pleców i rytmiczny wstrząs przy każdym strzale. Nikt nie powinien ocaleć, bo nikt na to nie zasłużył. Wszyscy albo nikt, wiedział to od początku. Dotyczyło to również jego. I Jessie. Przez moment było mu żal, że ją w to wciągnął. A potem przypomniała mu się spadająca ze stryszku Nea.

Policjanci powiedzieli im, żeby uciekali, i Khalil byłby to zrobił, ale Adnan złapał go za koszulkę.

– Nie możemy odejść, musimy im pomóc.

– Niby jak? Jest już policja. Jak mielibyśmy pomóc?

– Nie wiem, tam w środku są dzieciaki. W moim wieku.

– Nie wolno nam – nalegał Khalil.

Policjanci chyłkiem podeszli do budynku, chcieli zajrzeć do środka.

– Rób, jak chcesz – powiedział Adnan i się odwrócił.

Khalil domyślił się, że zmierza do tylnego wejścia.

– Cholera – zaklął i poszedł za nim.

Na drzwiach wisiała jakaś zasłonka. Krzywo, więc mogli zajrzeć przez małą szybkę. Od razu zobaczyli sprawców. Chłopaka i dziewczynę. Wyglądali bardzo młodo. Na podłodze leżały ciała: dziewczyny i chłopaka. Dziewczyna podeszła do jakiegoś chłopaka. Khalil poczuł, że Adnan łapie go za ramię. Nie zdradzając żadnych emocji, dziewczyna zastrzeliła chłopaka. Głowa mu odskoczyła i padł na wznak obok tamtych dwojga.

– Dlaczego policja nic nie robi? – wyszeptał Adnan ze ściśniętym gardłem. – Dlaczego oni nic nie robią?!

Szarpnął za łańcuch z kłódką.

– Jest ich za mało, pewnie czekają na posiłki – odparł Khalil. – Tamci na pewno się zabezpieczyli. Jeśli policja wedrze się do środka, zastrzelą jeszcze więcej ludzi.

– I co, mamy stać i się przyglądać?

Widzieli, jak został zastrzelony następny chłopak, jeden z dwóch, którym kazali rozlać benzynę. Ten z pistoletem wskazał na małego chłopaka w okularach.

– Co oni robią?

– Chyba wiem – odparł Khalil.

Odwrócił się i zwymiotował, opryskując sobie buty. Wytarł usta wierzchem dłoni. W sali buchnęły płomienie. Rozległy się okrzyki przerażenia, panika rosła z każdą sekundą. Wszyscy rzucili się do drzwi. Padły kolejne strzały. Adnan i Khalil patrzyli ze zgrozą, jak ludzie padają na podłogę.

Khalil się rozejrzał. Zobaczył kamień brukowy. Złapał go, zamachnął się i zaczął walić w klamki. Łańcuch puścił, mógł szarpnięciem otworzyć drzwi.

Huk ognia, okrzyki śmiertelnego przerażenia i paniki. Przez gęsty, czarny, szczypiący dym widzieli nadbiegających ludzi.

– Tutaj, tutaj! – krzyczeli, pomagając kolejnym osobom trafić do wyjścia.

Ledwo widzieli, oczy ich szczypały i łzawiły od dymu, ale nie przestawali wyprowadzać przerażonych ludzi. Khalil słyszał, jak Adnan woła tuż obok niego, zobaczył, jak pomaga zszokowanej dziewczynie.

W tym momencie dosięgnął go ogień. Khalil odwrócił się, kiedy usłyszał jego krzyk.

Bohuslän 1672

Na pagórku szubienicznym było pełno ludzi. Elin została ściągnięta z wozu, kat czekał już przy pieńku. Na jej widok wszyscy wstrzymali oddech. Miała na sobie nową białą koszulę, ale była łysa i poparzona, powykręcane ręce zwisały jej wzdłuż boków. Ledwo szła, ciągnięta przez strażników.

Przy pieńku padła na kolana. Rozejrzała się niespokojnie. Od chwili gdy się przyznała i wyrok się uprawomocnił, myślała tylko o jednym: czy będzie przy tym Märta. Czy zmuszą ją do patrzenia na śmierć matki?

Z wielką ulgą stwierdziła, że córki nie ma. Britta stała obok Prebena. Kawałek dalej Ebba z Mörhult i wielu innych dawnych sąsiadów jej i Pera, i tych mieszkających niedaleko plebanii.

Larsa Hiernego nie było. Wyruszył w inne strony, do innych spraw, do dalszej walki z czarownicami i diabelskimi sztuczkami. Dla niego Elin Jonsdotter była zaledwie kolejną pozycją w księgach. Jeszcze jedną czarownicą skazaną na śmierć przez komisję do spraw czarownictwa.

Britta trzymała się za całkiem spory już brzuch. Wyglądała na zadowoloną, że oto wymierza się sprawiedliwość. Preben obejmował ją jedną ręką, w drugiej trzymał kapelusz. Patrzył w ziemię. Stali bardzo blisko, zaledwie kilka metrów od niej. Słyszała, jak Ebba z Mörhult trajkoce ze stojącymi obok kobietami, jak powtarza urywki swoich zeznań. Ciekawe, ile razy opowiadała te kłamstwa. Zawsze była plotkarą i kłamczuchą.

Elin gotowała się z nienawiści. W ciągu tych wielu godzin, które spędziła w ciemnej celi, ciągle wracała do słów, które padły, do wszystkich kłamstw. Do śmiechu Märty, kiedy prostodusznie mówiła to, do czego ją namówili. Do satysfakcji na twarzy Britty, kiedy wyprowadzała ją z sądu. Jak Märta będzie mogła z tym żyć, kiedy dorośnie i zrozumie, co zrobiła?

Jej wściekłość rosła jak nawałnica, ta, która zabrała jej Pera, a z niej i Märty uczyniła łatwe ofiary.

Nienawidziła ich tak bardzo, że aż się trzęsła. Podniosła się i stanęła na słabych, drżących nogach. Strażnicy postąpili krok naprzód, ale kat powstrzymał ich ruchem ręki. Chwiejąc się, wbiła wzrok w Brittę, Prebena i Ebbę. Umilkli i spojrzeli na nią niespokojnie. Wszak to czarownica. Kto wie, co jeszcze wymyśli u progu śmierci?

Mocnym i pewnym głosem powiedziała spokojnie, ze wzrokiem utkwionym w tych rzekomo sprawiedliwych, którzy skazali ją na śmierć:

– Wmówiliście wszystkim, że wypełniacie wolę Bożą. Ale ja wiem, jaka jest prawda. Britto, jesteś fałszywa i zła, zawsze taka byłaś, od chwili gdy wyszłaś z łona swojej równie fałszywej matki. Prebenie, jesteś lubieżnikiem i kłamcą, człowiekiem słabym i tchórzliwym. Dobrze wiesz, że spółkowałeś ze mną nie raz, lecz wiele razy, za plecami małżonki, obrażając Boga. Ebbo z Mörhult, zła, zawistna plotkaro, nigdy nie mogłaś znieść, żeby sąsiad miał więcej od ciebie, choćby to była spleśniała skórka od chleba. Niech się stanie i niech was spali ogień piekielny, a wasze potomstwo niech spotka hańba, śmierć i zagłada. Z pokolenia na pokolenie. Choćbyście się rozprawili z moim ciałem żelazem i ogniem, moje słowa będą z wami długo po tym, jak to ciało zamieni się w proch. Obiecuję wam to ja, Elin Jonsdotter, w tym błogosławionym dniu, wobec Boga Wszechmogącego. Powiedziałam to i jestem gotowa na spotkanie z Nim.

Odwróciła się do kata i kiwnęła głową. Potem uklękła i oparła głowę na pieńku. Wpatrywała się w ziemię. Kątem oka zauważyła, że rozpalili stos. Za chwilę trafią tam oddzielone od siebie jej głowa i reszta ciała.

Gdy spadał topór, odmawiała ostatnią modlitwę do Boga, którego imię chwilę wcześniej wezwała. Całą duszą czuła, że tym razem Bóg jej wysłuchał.

Spadnie na nich kara.

Głowa oddzielona od ciała stoczyła się z pagórka i zatrzymała z oczami zwróconymi ku niebu. Zapadła cisza. Wszyscy byli w szoku, aż się zatchnęli. A potem rozległy się radosne okrzyki: czarownica nie żyje!

PATRIK PRZEZ CAŁY ranek przygotowywał się do przesłuchania Helen. Właściwie należałoby dać jej spokój i pozwolić opłakiwać syna. Ale jako matka mordercy musiała im pomóc zamknąć dochodzenie. Jako ojciec wolałby zostawić ją w spokoju, ale jako policjant musiał poznać odpowiedzi na wiele pytań, żeby móc je przekazać krewnym ofiar. Tyle ich było. W całej okolicy, ba, w całej Szwecji ludzie nie umieli poradzić sobie z tym, co się stało. Wszędzie – w gazetach i na ulicznych posterach – wielkie czarne tytuły krzyczały o tragedii, która rozegrała się w Tanumshede.

Kiedy pojawiły się pierwsze doniesienia o strzelaninie, Przyjaciele Szwecji szybko ogłosili w mediach społecznościowych, że to zamach terrorystyczny, którego dokonał jeden albo kilku cudzoziemców. A nie mówiliśmy? – rozeszło się w mediach otwartych na ich wersję. Wkrótce stało się jasne, że tej rzezi dokonało dwoje szwedzkich nastolatków. Wiadomość o tym poszła w świat. Kiedy media poinformowały o bohaterach, którym udało się uratować życie wielu młodym ludziom, Przyjaciele Szwecji nabrali wody w usta. W całym kraju wezbrała fala podziwu i wdzięczności dla nich. I współczucia dla Tanumshede. Szwedzi byli w szoku, mieszkańcy Tanumshede przeżywali żałobę.

W tym momencie Patrik widział przed sobą jedynie kobietę w głębokiej żałobie. Zarówno jej mąż, jak i syn nie żyli. Jak rozmawiać z kimś tak ciężko dotkniętym przez los?

W domu Jensenów znaleźli ciało Jamesa. Został zastrzelony przed skrytką na broń znajdującą się za ruchomą ścianą w szafie. Sam pewnie zmusił go, żeby ją otworzył, a potem strzelił mu w głowę.

Powiedzieli Helen, co się stało. Rozpłakała się histerycznie. Na pewno z powodu syna. O mężu nie wspomniała.

Zostawili ją na pół godziny, ale dłużej nie mogli czekać.

– Bardzo pani współczuję – powiedział Patrik. – I przepraszam, że muszę panią przesłuchać.

Kiwnęła głową. Była blada i patrzyła przed siebie tępo. We-zwali do niej lekarza, ale odmówiła przyjęcia jakichkolwiek leków.

– Rozumiem – odparła.

Jej chude ręce drżały, ale już nie płakała. Lekarz stwierdził, że jej stan pozwala na przesłuchanie. Zapytali ją, czy chce, żeby był z nią adwokat, ale podziękowała.

– Jak już mówiłam, to ja zabiłam Stellę – powiedziała, pa-trząc Patrikowi prosto w oczy.

Patrik odetchnął głęboko. Położył przed nią kilka kartek, żeby mogła przeczytać to, co na nich napisano.

– Nie, nie zabiła jej pani.

Otworzyła szeroko oczy, spojrzała najpierw na niego, potem na papiery.

– To kopie dokumentu, który znaleźliśmy w kasie pancernej pani męża. Na wypadek gdyby zginął podczas misji za granicą, zostawił kilka dokumentów. – Na chwilę umilkł. – Niektóre do-tyczą spraw czysto praktycznych: domu, kont bankowych i ży-czeń co do pogrzebu. Ten, który pani teraz pokazuję, to... nie wiem, jak to nazwać. Wyznanie?

– Wyznanie? – zdziwiła się.

Spojrzała na dokument napisany ręką jej męża, a potem go odsunęła.

– Proszę mi powiedzieć, co tam jest.

– Nie zabiła pani Stelli – powtórzył Patrik. – Myślała pani, że zabiła, ale ona jeszcze żyła, kiedy pani uciekła. Jamesa łączy-ła z pani ojcem relacja miłosna. Zdał sobie sprawę, że jeśli Stella opowie, co pani zrobiła, dla niego i dla całej waszej rodziny będzie to katastrofa. Więc ją zabił. Ale wam pozwolił myśleć, że tylko ukrył ciało, żeby pani pomóc. W ten sposób wyszedł na waszego wybawcę, a pani ojciec miał wobec niego dług wdzięczności. Dla-tego zgodził się na wasz ślub. James potrzebował żony jako para-wanu, bo w wojsku zaczęły już krążyć plotki na jego temat, więc przekonał pani ojca, że dla wszystkich będzie najlepiej, jeśli się z panią ożeni. Miała pani posłużyć jako fasada dla człowieka pro-wadzącego podwójne życie, co mogło go kosztować karierę.

Helen wpatrywała się w niego. Ręce drżały jej jeszcze moc-niej. Oddychała płytko, ale nadal milczała. Sięgnęła po kartki z wyznaniem Jamesa i zmięła je w twardą kulę.

– Chciał, żebym myślała… – Głos jej się załamał, zacisnęła dłonie na papierowej kuli. – Chciał, żebym… – Oddychała coraz gwałtowniej, zaczęła płakać. W oczach miała furię. – Sam… – na chwilę przestała płakać. – Myślałam, że jestem morderczynią, i dlatego Sam… – Nie była w stanie dokończyć. Głos jej się załamał z wściekłości, wydawało się, że pod jej naporem runą ściany. – Mój syn mógł tego wszystkiego uniknąć! Jego złość… jego wina… to nie jego wina. Rozumie pan, prawda? On nie ponosi za to odpowiedzialności! To nie jest złe dziecko. Nie jest okrutny, nigdy nie życzył nikomu źle. Myślę, że ugiął się pod ciężarem mojej winy i w końcu nie wytrzymał… – Krzyczała, z jej oczu lały się strumienie łez. Kiedy w końcu umilkła, wytarła łzy rękawem i spojrzała nieprzytomnie na Patrika. – Wszystko, wszystko było kłamstwem. Sam nigdy by… Gdyby James przez wszystkie te lata nie kłamał, Sam nigdy by… – Zaciskała i otwierała pięści. Wreszcie złapała papierową kulę i cisnęła nią o ścianę. Potem zaczęła walić pięściami w stół. – Tylu młodych ludzi zginęło! Tylu młodych ludzi! Przecież to by się nigdy nie stało, gdyby nie… I jeszcze Nea… To był wypadek, on nie chciał jej zrobić nic złego! On nigdy by nie… – Umilkła, patrzyła z rezygnacją w ścianę. Kiedy znów się odezwała, mówiła już spokojniej, ale nieskończenie smutno.

– Musiał strasznie cierpieć, że zrobił coś takiego. Widocznie przygniótł go ciężar, który na niego zrzuciliśmy, ale tego nikt nie zrozumie. Nikt nie zobaczy w nim mojego dobrego synka, będą myśleć o nim jako o potworze, który odebrał życie ich dzieciom. Jak mogłabym ich przekonać, że był dobrym chłopcem, ciepłym i serdecznym, ale zniszczyły go nasze kłamstwa? Niech nienawidzą mnie albo Jamesa, ale nie Sama! To nie była jego wina! Padł ofiarą naszych lęków, naszej winy i zapatrzenia w siebie. Daliśmy się pochłonąć własnemu cierpieniu. Jak mam ich przekonać, że to nie jego wina?

Padła twarzą na stół i złapała się za głowę. Patrik się zawahał. Jako policjant nie powinien poddawać się współczuciu. Zginęło tyle osób. Ale był też ojcem i patrzył na paraliżującą rozpacz matki. Usiadł obok niej i objął ją. Kołysał ją w ramionach, jej łzy moczyły mu koszulę. W tej historii nie było sprawców, nie było zwycięzców, były tylko ofiary i tragedie. I rozpacz matki.

Wróciła do domu dopiero o świcie. Wozy strażackie. Szpital. Karetki. Reporterzy. Wszystko jak we mgle. Przypomniała sobie, że była przesłuchiwana przez policję, ale nie pamiętała, co mówiła, tylko że nic nie wiedziała, że się nie domyślała.

Nie pozwolili jej zobaczyć Jessie. Nie wiedziała nawet, gdzie teraz jest ciało jej córki. Co z niego zostało. Co spowodował ogień, a co policyjne kule.

Spojrzała sobie w oczy w lustrze. Dłonie poruszały się siłą przyzwyczajenia. Frotowa opaska przytrzymująca włosy. Trzy pompki emulsji na płatek kosmetyczny. Wcieranie kolistymi ruchami. Tonik do twarzy. Następny płatek kosmetyczny. Uczucie chłodu i świeżości przy ścieraniu emulsji. Kolejny płatek kosmetyczny i demakijaż oczu. Delikatne usuwanie tuszu, żeby nie złamać żadnej rzęsy. Twarz naga. Czysta. Gotowa, żeby się odmłodzić, odnowić. Sięgnęła po płaski srebrny słoik. Krem na noc La Prairie. Potwornie drogi, ale chyba rzeczywiście działający na cerę tak zbawiennie, jak sugerowała cena. Nabrała go szpatułką i zaczęła starannie wcierać palcami. Najpierw policzki, okolice ust i nosa. Następnie czoło. Teraz mały srebrny słoiczek. Krem pod oczy. Nie wcierać za mocno, żeby nie uszkodzić cienkiej skóry wokół oczu. Wystarczy wklepać odrobinę.

Już. Gotowe. Tabletka nasenna, dzięki niej będzie spać, podczas gdy komórki jej skóry będą się odmładzać, a wspomnienia wymazywać.

Nie wolno myśleć o niczym innym. Bo tama pęknie, jeśli pomyśli o czymś innym niż srebrne słoiczki i cera, która powinna pozostać młoda i sprężysta, żeby kolejni producenci nie bali się w nią zainwestować. Fasada stała się jej ratunkiem, światła reflektorów i blask sławy pomagały zapomnieć o brudach życia i cierpieniu. Istnienie w tym jedynym wymiarze pozwalało jej uciec od wspominania tego, co utraciła i czego nigdy nie dostała.

Jej córka żyła w równoległej rzeczywistości, w świecie, który ona odwiedzała tylko na krótko. Czy były chwile, kiedy kochała Jessie? Jej córka na pewno by zaprzeczyła. Wiedziała o tym. Zawsze miała świadomość, że Jessie marzy o tym, żeby jej okazała odrobinę czułości. I bywały chwile, kiedy chciała to zrobić. Te najpierwsze pierwsze, kiedy położyli jej dziecko na piersi. Jessie była zapaćkana, gorąca, a spojrzenie miała badawcze. Potem, kiedy stawiała pierwsze kroki. Szczęście w oczach córki, kiedy opanowała sztukę znaną ludzkości od milionów lat. Była wtedy tak dumna, że musiała się odwrócić i odejść, żeby tego nie okazać. Pierwszy dzień w szkole. Blondyneczka z końskim ogonem i tornistrem na plecach podskakiwała z radości, że będzie się uczyć o świecie i o życiu. Już była na chodniku, trzymała za rękę opiekunkę Juanitę, kiedy się odwróciła i pomachała do niej, do matki stojącej w drzwiach pięknego wynajmowanego domu w The Hills. Wtedy też było blisko. O mało nie podbiegła, żeby ją objąć, przytulić i zanurzyć twarz w jasnych włosach pachnących drogim lawendowym szamponem dla dzieci. Ale się oparła. Cena była za wysoka.

Bo uczuciowe zaangażowanie może kosztować zbyt wiele. Przekonywała się o tym boleśnie przez całe życie. Najboleśniej dzięki Helen. Kiedyś się kochały. A jednak Helen zdradziła ją i wybrała kogoś innego. A może coś innego. Podeptała ich miłość i wspólne nadzieje. To się nie może powtórzyć. Nikt jej już nigdy nie zrani.

Jessie też ją opuściła. Wolała pójść prosto w ogień. Nawet ona ją zdradziła. Zostawiła samą.

Poczuła w nozdrzach zapach dymu. Wzięła następny płatek, obficie zwilżyła tonikiem i starannie przetarła nozdrza. Szczypało i łaskotało, chciało jej się kichać, do oczu napłynęły jej łzy, ale zapach nie znikł. Spojrzała do góry, żeby przestać łzawić, chusteczką Kleenex nerwowo wytarła oczy, ale nie mogła powstrzymać łez.

Miała przerwę w zdjęciach. Przez jakiś czas nikomu nie była potrzebna. Była zupełnie sama. Zawsze wiedziała, że tak będzie. Ale nie da się złamać. Musi być silna. *The show must go on.*

– To był czarny dzień w historii gminy – powiedział Patrik.

Ktoś przytaknął, ale większość obecnych siedziała ze spuszczonym wzrokiem. Salka konferencyjna wydawała się jeszcze bardziej duszna niż zwykle.

– Jak brzmi najświeższy raport ze szpitala? – spytał Gösta. Miał szarą, pooraną zmarszczkami twarz. Ostatniej nocy nikt nie zmrużył oka. Musieli poinformować najbliższych, co było ciężkim i jednocześnie czasochłonnym obowiązkiem, w dodatku przeszkadzali im obcesowi reporterzy.

Stało się coś, o czym od dawna się mówiło i czego się obawiano. Że tak jak w USA, również w Szwecji będzie dochodzić do strzelanin w szkołach. Sam i Jessie nie zrobili tego wprawdzie w szkole, ale wzorzec był ten sam, cel również: koledzy ze szkoły.

– Godzinę temu zmarła jeszcze jedna dziewczyna. Obecny bilans to dziewięcioro zmarłych i piętnaścioro rannych.

– O mój Boże – powiedział Gösta, kręcąc głową.

Patrikowi ciągle nie mieściło się to w głowie. Nie do pojęcia, że tyle osób straciło życie albo zostało ciężko poszkodowanych.

– Dziesięcioro, jeśli doliczyć Jamesa Jensena – zauważył Martin.

Patrik kiwnął głową.

– Co mówi Helen Jensen? – spytał Gösta. – A Marie Wall? Zauważyły coś? Czy w zachowaniu Sama i Jessie było coś podejrzanego albo dziwnego?

– Obie mówią, że niczego się nie domyślały. W pokoju Sama znaleźliśmy notes ze szczegółowym planem akcji, szkicem domu kultury i tak dalej. Wydaje się, że planował to od pewnego czasu i że namówił Jessie.

– Czy ona wykazywała wcześniej skłonności do przemocy? – spytała Paula.

– Marie twierdzi, że nie. Według niej jej córka była samotniczką. W szkole mogła być ofiarą mobbingu, ale nie jest tego pewna. Chyba nie poświęcała jej za wiele uwagi.

– Wydaje się, że Sama doprowadził do tego wypadek z Neą – zauważył Martin. – Pomyślcie tylko: mieć piętnaście lat i zmagać się z takim poczuciem winy. Na dodatek despotyczny ojciec i słaba matka. I jeszcze życie w cieniu jej winy. Nie mogło mu być łatwo…

– Nie współczuj mu za bardzo – powiedział Mellberg. – Wielu ludzi miało cięższe życie, a jednak nie strzelali do kolegów.

– Nie to miałem na myśli – odparł spokojnie Martin.

– Co mówi Helen? – powtórzył Gösta.

– Jest zrozpaczona. Zdruzgotana. Jej mąż i syn nie żyją. W związku z tym, co zrobiła po śmierci Nei, zostanie oskarżona o zbezczeszczenie zwłok i pomaganie sprawcy przestępstwa. Pogodziła się z tym.

Paula podniosła do góry gazetę.

– Cała prasa wysławia bohaterstwo Adnana – zmieniła temat. – Uchodźca oddał życie, ratując szwedzkich nastolatków.

– Szaleniec – powiedział Mellberg, ale w jego tonie usłyszeli podziw.

Patrik przytaknął. To, co zrobili Adnan i Khalil, było szalone i zarazem bardzo odważne. Uratowali trzydzieści osób, które inaczej by się spaliły.

Wiedział, że to, co się stało, wryje mu się w pamięć już na zawsze. On i Paula jako pierwsi wpadli przez drzwi wyłamane przez strażaków. Nie było czasu na wahanie. Zobaczyli Sama i Jessie. Stali oparci o siebie plecami na środku płonącej sali i strzelali do nastolatków biegnących z krzykiem do tylnych drzwi, które udało się otworzyć Adnanowi i Khalilowi. Patrik spojrzał na Paulę: wymierzyli i strzelili. Sam i Jessie padli jednocześnie.

To, co się działo później, pamiętali jak przez mgłę. Karetki jeździły tam i z powrotem przez całą noc, również osoby prywatne pomagały rozwozić rannych do szpitali w całej prowincji.

Przed domem kultury gromadziło się coraz więcej ludzi. Zapalali świeczki i płakali, pocieszali się i zadawali pytania, które może nigdy nie doczekają się odpowiedzi. Tanumshede trafiło na listę miejsc kojarzących się z wielką tragedią, śmiercią i złem. Ale wtedy nikt o tym nie myślał, wszyscy przede wszystkim opłakiwali swoje dzieci, rodzeństwo i przyjaciół, sąsiadów i znajomych. Już nie można było się łudzić, że małe miasteczko nie jest narażone na zło, o którym piszą w gazetach. Od tej chwili mieszkańcy będą zamykać drzwi na klucz, a idąc spać, martwić się, co się może zdarzyć w nocy.

– A wy jak? W porządku? – spytała Annika, patrząc na Patrika i Paulę.

Oboje wzruszyli ramionami. Co można odpowiedzieć na takie pytanie?

– Nie było innego wyjścia – odparła Paula.

Patrik tylko pokiwał głową. Miała rację. Musieli zastrzelić Sama i Jessie, bo tylko w ten sposób mogli uratować innych. Wiedział, że nikt nigdy nie będzie im tego wyrzucać. Ale świadomość, że strzela się do dziecka… Będą musieli z tym żyć. Bo Sam i Jessie byli tylko dwojgiem zagubionych nastolatków, chociaż to, co zrobili, było straszne, i może nigdy nie da się ustalić, co ich do tego skłoniło. Ani jak sami to sobie tłumaczyli.

Patrik chrząknął.

– Technicy znaleźli dziś w pokoju Sama pendrive z intymnymi zdjęciami Jamesa z mężczyzną. Z KG Perssonem, ojcem Helen.

– Może to był impuls, który popchnął go do działania? – powiedział Martin. – Zobaczył matkę całującą się z kobietą i takie zdjęcia ojca.

Paula pokręciła głową.

– Nigdy się tego nie dowiemy – odparł Patrik. – Jest za to jeszcze jedna kwestia, którą musimy się zająć. – Wskazał na Mellberga. – Bertil powiedział mi podczas wesela, że dostał cynk o trojgu młodych ludzi, których pewien kierowca podwiózł w okolice ośrodka dla uchodźców, mniej więcej w tym czasie, kiedy majteczki Nei zostały podrzucone do domu Karima. Świadek twierdzi, że jednym z nich był syn Billa, Nils. Towarzyszyli mu dziewczyna i jeszcze jeden chłopak. Wszyscy troje zostali wczoraj zastrzeleni. Nie widzę powodu, żeby to drążyć. Czy ktoś zgłasza obiekcje?

Nikt się nie zgłosił.

– Jeśli chodzi o pożar ośrodka... oczywiście kontynuujemy dochodzenie, chociaż wydaje mi się, że trudno będzie ustalić sprawców. Ośrodki dla uchodźców płoną w różnych miejscach w Szwecji, a sprawców nie udaje się znaleźć. Ale miejcie oczy i uszy otwarte.

Zapadła cisza. Patrik zdawał sobie sprawę, że należałoby zrobić odprawę i podsumować to, co się stało, ale czuł się coraz bardziej zmęczony. Zwłaszcza że było bardzo gorąco. Wszyscy byli wykończeni i przygnębieni. Telefon w recepcji dzwonił bez przerwy. Nie tylko w Szwecji, również w innych krajach ludzie mówili o tragedii w Tanumshede. Wszyscy w tamtej chwili czuli, że coś się na zawsze zmieniło. Nic już nie będzie tak jak przedtem.

Bał się, że posądzą go o niewdzięczność, o to, że nie docenia tego, co dla niego zrobili. To nie tak. Nigdy by nie przypuszczał, że jacyś Szwedzi wezmą go do swego domu, że pomogą mu dostać mieszkanie, że będą tulić jego dzieci i rozmawiać z nim jak z równym. Cieszył się, że poznał Szwecję od tej strony. Również od tej.

Ale nie mógł zostać. Za dużo mu Szwecja zabrała. Amina była gdzieś wśród gwiazd. Nie było chwili, żeby za nią nie tęsknił. Włożył do walizki jej zdjęcia starannie owinięte w ubrania. Większą część zajmowały ubrania dzieci. Nie uniesie więcej niż tę jedną walizkę, więc dla siebie wziął tylko najbardziej niezbędne rzeczy. On nie potrzebuje wiele, a one powinny mieć wszystko.

Nie mógł zabrać wszystkich zabawek, które dostały od Rity, Bertila i Leo. Wiedział, że będzie im przykro, ale nie miał na nie miejsca. Znów muszą zostawić ulubione rzeczy. To była cena, którą kiedyś zapłacili za wolność.

Spojrzał na dzieci. Samia spała, trzymając w objęciach szaro-białego króliczka, prezent od Leo. Nie zasypiała bez niego. Króliczka zabiorą. Hassan trzymał w rączce czarną siateczkę z kolorowymi kulkami. Potrafił całymi godzinami patrzeć na te mieniące się kuleczki. One też zostaną zabrane. Na resztę już nie ma miejsca.

Słyszał o Adnanie i Khalilu. Dawni sąsiedzi z ośrodka dzwonili do siebie i opowiadali o nich wstrząśnięci, ale i dumni. Szwedzi wysławiają ich jak bohaterów. Co za ironia losu. Miał przed oczami Adnana, kiedy opowiadał, że Szwedzi patrzą na niego nieprzyjaźnie, jak na przybysza z innej planety. Akurat Adnan był w ośrodku tym, który naprawdę chciał się przystosować i zostać zaakceptowany przez Szwedów. Teraz Szwedzi wychwalają jego bohaterstwo, ale co mu z tego? I tak tego nie doświadcza.

Rozejrzał się po mieszkaniu. Jasnym, ładnym, przestronnym. Zdawał sobie sprawę, że mogłoby się dla nich stać dobrym domem. Gdyby nie ten dotkliwy żal po Aminie i gdyby jeszcze miał nadzieję, że mają w tym kraju jakąś przyszłość. Ale spotkał się z odrzuceniem, nienawiścią i nieufnością. Dlatego uznał, że nigdy nie poczuje się w tym kraju pewnie. Pojadą dalej. Gdzieś, gdzie będą mogli odpocząć, poczuć się bezpiecznie i odzyskać wiarę w przyszłość. A kiedy przed oczami stanie mu uśmiech Aminy, nie będzie temu towarzyszyć ból serca.

Z trudem chwycił poparzoną dłonią długopis. W przychodni zdjęli mu bandaże, ale ręce wciąż bolały. Jeszcze długo, może

już zawsze, będą je pokrywały blizny i zgrubienia. Wziął kartkę i przyłożył do niej długopis, chociaż nie bardzo wiedział, co
napisać. Naprawdę nie było w nim niewdzięczności. Jedynie lęk
i pustka.

W końcu napisał tylko jedno słowo. Jedno z pierwszych, których nauczył się po szwedzku. *Tack**. A potem poszedł obudzić
dzieci. Mają przed sobą długą podróż.

---

* *Tack* (szw.) – dziękuję.

PRAWIE TYDZIEŃ minął od tragedii w wiejskim domu kultury. Żałoba wkroczyła w nowy etap, wszyscy musieli się zająć zwykłymi codziennymi sprawami. Ale ci, którzy utracili kogoś bliskiego, mieli jeszcze długą drogę przed sobą, zanim osiągną stan przypominający zwykłą codzienność.

Martin patrzył w sufit i zastanawiał się, co oznaczał ten dziwny telefon od adwokata. Zadzwonił do niego poprzedniego dnia. Zaspana Mette przetoczyła się na jego stronę łóżka i wymamrotała:

– O której masz tam być?

– O dziewiątej. – Zerknął na zegarek. Powinien niedługo jechać. – Jak myślisz, o co chodzi? Pozwał mnie ktoś? Jestem komuś winien pieniądze?

Rozłożył ręce. Rozśmieszyło ją to. Kochał jej śmiech. Prawdę mówiąc, kochał w niej wszystko, chociaż jeszcze nie odważył się jej tego powiedzieć. W każdym razie nie tymi słowami. Nie śpieszyli się, posuwali się krok po kroku.

– A może zostałeś milionerem? Może jakiś obrzydliwie bogaty nieznany krewniak z Ameryki umarł i zapisał ci cały majątek?

– Ha! Wiedziałem! – powiedział. – Chodziło ci tylko o mój majątek!

– Boże, no pewnie! A coś ty myślał? Że urzekły mnie twoje bicepsy?

– Słuchaj no! – Martin rzucił się, żeby ją połaskotać.

Mette już wiedziała, że jego nieszczególnie wyćwiczone bicepsy to drażliwy temat.

– Musisz się ubierać, jeśli chcesz zdążyć – zauważyła.

Martin kiwnął głową i niechętnie ją zostawił.

Pół godziny później siedział w samochodzie jadącym do Fjällbacki. Adwokat nie chciał zdradzić, o co chodzi. Powiedział tylko, że ma się u niego stawić o dziewiątej. Punktualnie.

Martin zaparkował przed willą, w której miała siedzibę kancelaria adwokacka, i zapukał. Otworzył mu siwy sześćdziesięciolatek. Z entuzjazmem potrząsnął jego dłonią.

– Pan siada – powiedział, wskazując mu krzesło przed biurkiem, na którym panował wzorowy porządek.

Martin usiadł. Zawsze odnosił się podejrzliwie do ludzi, którzy mieli wokół siebie taki porządek, a tam każda rzecz wydawała się leżeć na swoim miejscu.

– Zastanawiam się, o co chodzi – odezwał się.

Poczuł, że pocą mu się dłonie, i domyślał się, że całą jego twarz i szyję pokrywają czerwone plamy, których tak nienawidził.

– Proszę się nie denerwować, to nie jest nic nieprzyjemnego – odparł adwokat.

Martin uniósł brwi.

Jego zaciekawienie nie zmalało. Może Mette miała rację z tym amerykańskim milionerem.

– Jestem wykonawcą testamentu pani Dagmar Hagelin – oznajmił adwokat.

Martin ze zdziwienia aż drgnął.

– Pani Hagelin umarła? Kiedy to się stało? Jeszcze tydzień temu z nią rozmawialiśmy.

Poczuł ukłucie w piersi. Polubił starszą panią. Nawet bardzo.

– Umarła kilka dni temu, ale zanim ruszy postępowanie spadkowe, zazwyczaj musi upłynąć trochę czasu.

Martin coś mruknął. Nie rozumiał, co tam robi.

– Pani Hagelin miała specjalne życzenie odnośnie do pana.

– Do mnie? Właściwie się nie znaliśmy. Spotkaliśmy się tylko dwa razy, i to w sprawie służbowej.

– Tak? – zdziwił się adwokat. Po chwili ciągnął: – Musiał pan na niej zrobić bardzo dobre wrażenie, bo do testamentu dodała zapis, że dziedziczy pan dom, w którym mieszkała.

– Dom? Jak to? – Martin zamilkł. Ktoś stroi sobie z niego żarty. Ale adwokat patrzył na niego z powagą.

– Tak, życzyła sobie, żeby pan odziedziczył jej dom. Zaznaczyła, że dom wprawdzie wymaga kilku napraw, ale wydaje jej się, że będzie się panu w nim dobrze mieszkało.

Martinowi nie mieściło się w głowie to, co usłyszał. I nagle uderzyła go pewna myśl.

– Przecież ona miała córkę. Czy ta pani nie będzie miała nic przeciwko temu? Nie chce tego domu?

Adwokat wskazał na leżące przed nim papiery.

– Tu jest oświadczenie jej córki. Zrzeka się wszelkich praw do tego domu. Rozmawiałem z nią przez telefon i powiedziała mi, że jest za stara, żeby brać na siebie taki dom, a pieniędzy nie potrzebuje. Ma ich dość, a skoro jej mama tak postanowiła, to tak ma być.

– Ale... – zaczął Martin i przeraził się, bo poczuł, że ma łzy w oczach.

Zaczynało do niego docierać, że Dagmar podarowała mu swój śliczny czerwony dom, o którym nie przestawał myśleć. Ciągle się zastanawiał, czy stać go na to, żeby go kupić dla siebie i Tuvy. Już wyobrażał sobie, jak go urządzi, gdzie w ogrodzie zawiesi huśtawkę, gdzie założy ogródek warzywny dla córeczki, jak zimą będzie rozpalał ogień na kominku w salonie i odgarniał śnieg ze ścieżki prowadzącej do schodków. Tysiące takich drobiazgów, ale jakkolwiek liczył, ciągle wychodziło mu, że jednak go na to nie stać.

– Ale dlaczego? – powiedział w końcu i już nie mógł powstrzymać łez. Przyszła mu na myśl Pia. Tak bardzo chciała, żeby Tuva dorastała w czerwonym domku na wsi, z huśtawką w ogrodzie z warzywnikiem.

Płakał nie tylko dlatego, że Pię to ominęło, ale również dlatego, że wiedział, że cieszyłaby się z ich nowego życia, chociaż jej z nimi nie było.

Adwokat podał mu papierową chusteczkę.

– Pani Hagelin powiedziała, że pan i ten dom potrzebujecie siebie nawzajem. I wie pan co? Miała rację.

Kiedy wyszedł ze szpitala, zaopiekowali się nim Bill i Gun, chociaż sami byli w żałobie. Dali mu ładny, jasny pokój na parterze swojego domu. Zastał tam swoje rzeczy. I rzeczy Adnana. Bill obiecał, że pomoże mu napisać list do jego rodziców. Zależało mu na tym, żeby się dowiedzieli, że ich syn zginął jak bohater. Że w jego nowym kraju nie ma człowieka, który by nie znał jego imienia albo nie widział jego zdjęcia. Adnan stał się symbolem, pomostem do szwedzkiego społeczeństwa. Premier powiedział w wystąpieniu telewizyjnym, że Adnan udowodnił, że miłość bliźniego nie zna podziałów narodowościowych ani rasowych. Adnan nie zastanawiał się nad narodowością nastolatków, których ratował, ich kulturą czy kolorem skóry, kiedy oddawał za nich życie. Premier powiedział znacznie więcej, bo przemówienie było długie, ale właśnie te słowa Khalil chciał przytoczyć w liście do rodziców Adnana.

Premier mówił również o nim, ale tego już nie słuchał. Nie czuł się bohaterem i wcale nie chciał nim być. Chciał tylko być jednym z nich. Miał koszmarne sny, w których widział przerażone twarze tych dzieciaków. Myślał, że już nigdy nie będzie musiał tego przeżywać, ale strach w ich oczach wyglądał dokładnie tak samo jak strach dzieci w Syrii. Nie było żadnej różnicy.

Wieczorami Bill i Gun siedzieli przed telewizorem. Czasem trzymali się za ręce, a czasem tylko milczeli, a telewizor rzucał światło na ich twarze. Jeszcze nie było im dane pochować syna, Nilsa. Policjanci nie wiedzieli, kiedy zakończą dochodzenie. Odwiedzili ich starsi synowie, ale potem wrócili do swoich rodzin. Nie mogli ich wspierać w żałobie, sami potrzebowali wsparcia.

Khalil myślał, że już nie popłyną. Że bez Adnana i Karima to nie ma sensu. Brakowało mu Karima i ciekaw był, dokąd pojechał z dziećmi. Zniknęli bez słowa.

Trzeciego dnia po tym, jak wyszedł ze szpitala, Bill powiedział, że rozmawiał z załogą i że o dziesiątej mają zbiórkę przy żaglówce. Tak po prostu. Nawet nie spytał, tylko oznajmił, że popłyną.

I oto są, czekają tylko na strzał z pistoletu startowego. Odbyło się już kilka wyścigów łodzi innych klas, więc na Dannholmen znajdowało się mnóstwo ludzi. Pogoda sprzyjała. Niebo było bezchmurne i świeciło słońce, ale wielu ludzi przyszło specjalnie po to, żeby zobaczyć, jak się uda to, co wymyślił Bill. Ludzie z mediów i gapie, miejscowi i turyści. Wyglądało to tak, jakby cała Fjällbacka i cała okolica zjechała na tę nagą skalistą wysepkę. Khalil przeczytał w internecie, że na Dannholmen mieszkała kiedyś wielka szwedzka gwiazda filmowa. Ta z pomnika na rynku w Fjällbace. Nie słyszał o niej, ale Bill i Gun dali mu poprzedniego dnia do obejrzenia film pod tytułem *Casablanca*. Rzeczywiście była piękną kobietą. Trochę smutną, ale piękną, o nieco chłodnej, szwedzkiej urodzie.

Widział przedtem wyspę, ale na niej nie był. Przez tych kilka dni, które pozostały do regat, opływali ją, trenując intensywnie. Z początku regaty organizowano jedynie dla małych żaglówek, dla dzieci i młodzieży ze szkółki żeglarskiej w Fjällbace. Ale od kilku lat dołożono jeszcze jedną klasę, C55.

Khalil spojrzał na stojącego przy rumplu Billa. Podobnie jak pozostałych siedem żaglówek z ich klasy, pilnując zegara, ciągle robili zwroty, żeby, gdy rozlegnie się strzał, znaleźć się w możliwie najlepszym punkcie startowym. Nie rozmawiali o Adnanie, ale wszyscy czuli, że nie są to zwykłe regaty ani sposób na spędzenie czasu w oczekiwaniu na decyzję, czy znajdą w Szwecji nowy dom.

Do startu zostały jeszcze trzy minuty. Khalil spojrzał na wyspę. Domyślali się, jaki gwar tam panuje, jak głośno rozmawiają ludzie siedzący przy kawie, reporterzy i fotoreporterzy, biegające i bawiące się dzieci. I ten gwar nagle ucichł. Wszyscy zebrali się po tej stronie wyspy, z której miał ruszyć wyścig. Dorośli. Dzieci. Reporterzy. Mieszkańcy Fjällbacki. Turyści. Dojrzał kilka osób z ośrodka dla uchodźców. Także Rolfa. Gun z dwoma starszymi synami. Kilkoro policjantów z komisariatu. Wszyscy patrzyli w milczeniu na ich łódź. Słychać było tylko chlupot fal o kadłub i łopot żagla na wietrze. Bill zacisnął szczęki, tak mocno trzymał rumpel, że aż mu zbielały palce.

Jakieś dziecko zaczęło do nich machać. Ktoś się przyłączył. I jeszcze ktoś. Po chwili wszyscy na Dannholmen machali do nich. Khalilowi zrobiło się ciepło na sercu. Bo był to język zrozumiały na całym świecie, nie trzeba było się trudzić, żeby go zrozumieć. Uniwersalny gest sympatii. On też do nich pomachał, żeby pokazać, że widzi i rozumie. Ibrahim i Farid też. Bill stał wyprostowany i patrzył przed siebie. Tylko lekki błysk w oku zdradzał, że coś zauważył.

Huknął wystrzał. Z idealną dokładnością przekroczyli linię startową. Publiczność na Dannholmen machała, okrzyki i pogwizdywania wzniosły się pod błękitne niebo. Wiatr wydął żagiel, łódź się przechyliła, przecinając fale. Przez moment wydawało mu się, że w tłumie dojrzał ich twarze. Aminy. Karima. Adnana. Ale kiedy znów tam spojrzał, już ich nie było.

– Cieszę się, że ci smakuje – powiedziała Erika, nakładając siostrze drugą porcję zapiekanki ziemniaczanej.

Anna rzeczywiście jadła za dwoje.

– Nie tylko tobie – powiedział Patrik, sięgając po półmisek z polędwiczkami wieprzowymi. – Zaczynam wreszcie odzyskiwać apetyt.

– A jak się czujesz? – spytał Dan. – Wszyscy jesteśmy wstrząśnięci tą tragedią, ale dla ciebie musiało to być... straszne. – Kiwnął głową, kiedy Erika podstawiła mu pod nos butelkę Ramlösy*. Bał się pić wino: w każdej chwili mogło się okazać, że Anna musi jechać na porodówkę.

Patrik odłożył sztućce. Nie bardzo wiedział, co odpowiedzieć.

– Otrzymaliśmy pomoc – powiedział, obracając kieliszek. – Z początku czułem się trochę dziwnie, że rozmawiam z psychologiem, ale potem... Nie powinno się odrzucać takiej pomocy.

– Słyszałam, że film ma szansę na Złotego Żuka** – powiedziała Anna, zmieniając temat. – Marie Wall również.

– Nie dziwię się, zważywszy na to, ile hałasu było wokół tego filmu – zauważyła Erika. – Wydaje się zresztą, że zmieniła się od śmierci Jessie. Nie udzieliła ani jednego wywiadu.

– Słyszałem, że chce napisać książkę o tej historii – powiedział Dan, sięgając po sałatę.

– Tak, mówi, że chce przedstawić swoją wersję – potwierdziła Erika. – Ale obie, Helen również, obiecały, że jeszcze się ze mną spotkają. Sanna też.

– Jak ona się czuje? – spytał Patrik.

– Wczoraj z nią rozmawiałam – odparła Erika. Biedna kobieta. Do tego wszystkiego straciła córkę. – Co tu mówić? Radzi sobie, jak może.

– A Helen? – spytał Dan.

– Stanie przed sądem. Zostanie oskarżona o zbezczeszczenie zwłok i ukrywanie przestępcy. Grozi jej więzienie – powiedział

---

* Ramlösa – najbardziej znana szwedzka woda mineralna z uzdrowiska o tej samej nazwie.
** Złoty Żuk – *Guldbaggen* – doroczna nagroda Szwedzkiego Instytutu Filmowego.

Patrik. – Sam nie wiem, co o tym sądzić. W pewnym sensie ona też jest ofiarą, jak inni w tej tragicznej sprawie. Ale prawo to prawo.

– Jak się czują rodzice Nei? – spytała Anna, odkładając sztućce.

– Sprzedają gospodarstwo – odparł krótko.

Erika spojrzała na niego ze współczuciem. Bardzo to wszystko przeżył. Nie spał po nocach, przewracał się z boku na bok, męczyły go myśli i obrazy, które nigdy nie miały go opuścić na dobre. Kochała go właśnie dlatego, że taki był. Że się angażował, że był odważny. I silny, i lojalny. Nie mogła marzyć o lepszym mężu ani ojcu dla swoich dzieci. Ich życie nie zawsze wyglądało różowo i romantycznie, nie zawsze było łatwe. Było w nim mnóstwo stresów, zamieszania i drobnych codziennych potyczek. Dzieci przechodziły fazy uporu, oni sami cierpieli na brak snu, brak seksu i czasu dla siebie. Ale byli razem, dzieci były zdrowe i szczęśliwe, cieszyły się ich uwagą. Chwyciła go za rękę, uścisnął ją.

Anna jęknęła. Zjadła cztery porcje polędwiczek z zapiekanką. Nic dziwnego, że jej żołądek zaprotestował. Ale krzywiła się coraz bardziej. Dan zesztywniał i popatrzył na nią. Spojrzała w dół. Potem podniosła głowę i zaczęła sapać.

– Krew mi leci – powiedziała. – Pomóżcie mi, bo krwawię.

Erika rzuciła się do telefonu.

KLĄTWA CZAROWNICY

Przypadek? A może jednak klątwa czarownicy sprzed trzystu lat znów zbiera żniwo? Piętnastoletnia Lisa Hjalmarsson dokonała odkrycia, które przyprawia o dreszcze.

Lisa Hjalmarsson z klasy 9b liceum w Hamburgsund napisała wypracowanie o Elin Jonsdotter z Fjällbacki, która w 1672 roku została skazana i ścięta za to, że była czarownicą. Ale zanim położyła głowę na pieńku, rzuciła klątwę na donosicieli: na swoją siostrę Brittę i jej męża Prebena Willumsena, i na kobietę zwaną Ebbą z Mörhult.

Jest to tyleż fascynująca, co krwawa opowieść. Teraz, dzięki badaniom przeprowadzonym przez Lisę Hjalmarsson, znalazła dalszy ciąg.

Okazuje się, że potomków donosicieli dotknęły najróżniejsze nieszczęścia, padali ofiarą morderstw i samobójstw.

Kulminacja nastąpiła ostatniego lata.

Szeroko opisywane tragiczne wydarzenia w Tanumshede można bowiem wywieść wprost od klątwy Elin Jonsdotter sprzed przeszło trzystu lat. Lisa Hjalmarsson wykazała, że młodzi ludzie, którzy podpalili wiejski dom kultury i zastrzelili dziewięcioro koleżanek i kolegów ze szkoły, są w prostej linii potomkami Prebena i Britty Willumsenów oraz Ebby z Mörhult.

Przypadek?

A może klątwa Elin Jonsdotter wciąż ma moc?

Podziękowania

Pisanie o tym, co się działo w siedemnastym wieku, było dla mnie sporym wyzwaniem, ale również ogromną przyjemnością. Musiałam przewertować całe mnóstwo książek, przeszukać sieć i konsultować się ze specjalistami od tamtych czasów. Mimo to ledwo dotknęłam tematu, a więc wszelkie błędy – świadome i nieświadome – obciążają jedynie moje konto. To samo dotyczy opowieści z czasów współczesnych. Pozwoliłam sobie na pewną dowolność przy dopasowywaniu wydarzeń historycznych i współczesnych. Jest to przywilej zarówno pisarza, jak i bajarza.

Na zakończenie pragnę jak zawsze podziękować kilku osobom. Żadna książka nie powstaje w próżni, każda jest owocem pracy zespołowej, chociaż to ja stukam w klawiaturę komputera.

Stale towarzyszy mi niepokój, że przez pomyłkę pominę kogoś ważnego, kogoś, kto miał duży wpływ na powstanie mojej powieści, ale chciałabym wymienić niektórych spośród ludzi, którzy zajmują najważniejsze miejsca w moim życiu zawodowym i prywatnym.

Moja wydawczyni Karin Linge Nordh i mój redaktor John Häggblom włożyli dużo wysiłku w pracę nad tekstem *Czarownicy*, tym więcej, że jest on tak obszerny. Usuwali chwasty z mojej rabatki starannie, uważnie i z miłością, znajdując to, co należało poprawić. Jestem świadoma ich wielkiego wkładu i ogromnie im wdzięczna. Dziękuję również Sarze Lindegren z wydawnictwa Forum, a także Thérèse Cederblad i Göranowi Wibergowi z wydawnictwa Bonnier. Przygotowując dokumentację, korzystałam ze wsparcia takich ludzi, jak Niklas Ytterberg, Miriam Säfström, Ralf Tibblin, Anders Torewi, Michael Tärnfalk, Kassem Hamadè, Lars Forsberg i Christian Glauman. Wasza pomoc była nieoceniona!

Pragnę również wymienić osoby, które na co dzień pomagają mi w organizowaniu mojego życia: należą do nich moja mama Gunnel Läckberg, Anette i Christer Sköld, Christina Melin, Sandra Wirström, Andreea Toba i Moa Braun. I moje cudowne starsze dzieci: Wille, Meja i Charlie, które nie odmawiają, kiedy je proszę, żeby pozmywały naczynia albo popilnowały Polly, kiedy muszę popracować. Jesteście wspaniali!

Joakim wraz z zespołem w Nordin Agency – jesteście bezbłędni. Liczę na kolejne wielkie sukcesy w przyszłości.

Dziękuję mojej przyjaciółce i siostrze (chociaż nie krewnej) Christinie Salibie i Seanowi Canningowi, który stał się nie tylko wspaniałą częścią mojego zespołu, ale również moim przyjacielem. Dziękuję całemu waszemu gronu, fantastycznemu i niezwykle utalentowanemu.

Chciałabym wymienić jeszcze dwie osoby. Pierwsza to Johannes Klingsby, który stał się inspiracją do ważnej postaci, bohatera tej książki. Podczas aukcji na rzecz *Musikhjälpen** zadeklarował sporą sumę na ich działalność i wylicytował możliwość pojawienia się w mojej książce. Uczestnikiem aukcji był również mój przyjaciel Fredrik Danermark, narzeczony mojej przyjaciółki Cecilii Ehrling, którą poznałam, kiedy brałam udział w programie *Taniec z gwiazdami*. Przegrał licytację z Johannesem. Był ogromnie zawiedziony, bo miał to być prezent z okazji zbliżającego się ślubu z Cecilią. Dlatego postanowiłam, że w prezencie ślubnym ode mnie i Simona Cecilia także dostanie rólkę w mojej książce. Dziękuję Johannesowi i Cecilii, że nadali mojej opowieści dodatkowy walor – dzięki nim stała się bardziej autentyczna.

Wreszcie moi przyjaciele. Jak zwykle nie chcę wymieniać nikogo konkretnie, bo jest was tak wielu i jesteście tak wspaniali, że czułabym się podle, gdybym kogoś pominęła. Zatem, jak zawsze, tylko honorowe wyróżnienie dla Denise Rudberg. Widuję cię chyba najrzadziej ze wszystkich moich przyjaciół, ale w ciągu całej mojej kariery pisarskiej zawsze byłaś w odległości zaledwie

---

* *Musikhjälpen* – szwedzka wersja międzynarodowego programu organizowania zbiórek pieniędzy na konkretny cel. W 2016 roku nosił tytuł *Dzieci mają prawo do szkoły również podczas wojny.*

jednego telefonu i zawsze udzielałaś mi najmądrzejszych, najinteligentniejszych i najlepszych rad. À propos inteligentnych rad: nie mogę tu nie wymienić Mii Törnblom… Dzięki, że nieustannie dodajecie mi skrzydeł!

Na koniec moja miłość, Simon. Od czego zacząć? Od czasu, kiedy została wydana moja poprzednia książka, urodziła nam się rozkoszna córeczka. Polly. Nasze słonko i ulubienica całej rodziny. Pisałam tę powieść w pierwszym roku jej życia. Gdybyś nie był tak wspaniałym mężem, nigdy by mi się to nie udało. Jesteś moją opoką. Kocham Cię. Dziękuję Ci za wszystko, co robisz dla mnie i dla dzieci. Dziękuję Ci za to, że nas kochasz.

Camilla
Gamla Enskede, niedziela, 5 marca 2017